ÜBER DEN AUTOR

Tony Park wurde 1964 geboren und wuchs in den westlichen Vorstädten von Sydney, Australien, auf. Er arbeitete als Zeitungsreporter, Pressesprecher, PR-Berater und freiberuflicher Schriftsteller. Ausserdem diente er 34 Jahre lang in der Reserve der australischen Armee, darunter sechs Monate als Offizier für Öffentlichkeitsarbeit in Afghanistan im Jahr 2002. Er und seine Frau Nicola verbringen ihre Zeit je zur Hälfte in Australien und im südlichen Afrika. Er ist der Autor von zwanzig weiteren afrikanischen Romanen und mehreren Biografien.

www.tonypark.net

BÜCHER VON TONY PARK

Geister der Vergangenheit

Afrikanischer Himmel

Okavango

Rote Erde

Lautloser Jäger

BLUTRACHE

TONY PARK

Übersetzt von
MAYA VON DACH

Ingwe
PUBLISHING

Für Nicola

PROLOG

HAZYVIEW, MPUMALANGA, 2012

›Das Buch der Toten‹ nannte Frank Greenaway das alte Fotoalbum, das er im moderig riechenden Colonelen Abteils seines gebrauchten Kleiderschranks suchte.

Franks Finger fühlten es, und als er es unter einem schimmligen Koffer hervorzog, spürte er, wie die durchsichtige Plastikhülle unter seiner Berührung zu knistern begann und sich auflöste. Die Sammlung von Erinnerungen, guten und schlechten, lag schon mehr Jahre ungestört dort, als einige der Männer darin gelebt hatten und erst recht, als ihre Todesdaten zurücklagen.

Frank schwankte auf der kleinen Trittleiter. Er fühlte sich schwindlig und schwach, aber wann war er nicht verkatert? Dieser war allerdings schlimm. Vielleicht war es das Delirium tremens, das er in den letzten zwei Tagen in den Polizeizellen von Hazyview gehabt hatte. Er kannte die Symptome nicht, konnte sich aber nicht daran erinnern, wie lange es her war, dass er sechsunddreissig Stunden ohne einen Drink ausgekommen war.

Langsam kletterte er hinunter und folgte seiner Spur: Klebrigen Blutflecken auf den Bodenfliesen, vom Schlafzimmer bis zum Wohnzimmer. Er ging immer barfuss durch die Stadt, in der gleichen Uniform aus Rugby-Shorts und T-Shirt, die er an diesem warmen

"

Septembertag trug. In der Kneipe erzählte er jedem, der ihm zuhörte, er könne den Krügerpark ohne Schuhe durchlaufen. Aber schliesslich war er ein Mensch. Einfach nur ein Mensch. Er blutete, wohl von irgendeinem Stück Müll, auf das er in seinem ungepflegten Vorgarten getreten war.

Frank sass am Esstisch aus Schilfrohr und Glas, den jemand ausrangiert hatte, obwohl er sich nicht erinnern konnte, wer. Vom Schulporträt an der Wand lächelte ihn Mia an. Sie hatte die gleichen Augen wie ihre Mutter. Frank schniefte. Dann öffnete er das Album, griff nach dem halben Krug ›Klipdrift‹ und schenkte sich einen Schluck ein.

»Prost Frik«. Er hob sein Glas auf den ersten der Gefallenen, den Zwanzigjährigen, der unter dem Gewicht des Funkgeräts auf seinem Rücken grinste und ein Friedenszeichen zeigte. Frank trank.

Die Ränder der Albumseiten waren vom selben Nikotin gebräunt, das seine Finger verfärbte und den schmutzigen Deckenventilator, der über ihm ummantelte. Draussen bellte Frau Baloyis afrikanischer Hund unaufhörlich, und eine Kaptaube verhöhnte ihn mit ihrem Ruf, der wie ›work harder, work harder‹ klang. Wie konnte er, hatte er doch seit die verdammte Parkverwaltung ihn gefeuert hatte, keinen richtigen Job mehr.

Frank wandte seinen Blick von den Fotos ab, und suchte im Aschenbecher nach einem Stummel, in dem noch ein wenig Leben steckte. Er fand einen, zündete ihn an und hustete, seine Lungen vom verbrannten, ausgedrückten Ende gereizt.

Mia hätte dieses Album nur zu gern in die Finger bekommen. Sie fragte ihn oft nach seiner Zeit in der Armee, und er konnte in ihren Fragen die Amateurpsychologin hören. Sie wollte wissen, wie er sich fühlte, ob er Rückblenden hatte, ob er über den Krieg sprechen wolle. Er war ein ehemaliger Fallschirmjäger, ein ›Parabat‹, und ›Bats‹, Fledermäuse, litten nicht unter den Wirkungen posttraumatischer Belastungsstörungen. Es war nicht der Krieg, der ihn kaputt gemacht hatte, es waren die verdammten Menschen.

Er redete nicht darüber, er trank. Der Rauch kräuselte sich, als Frank die Seiten umblätterte und seine Zeit in Angola nachverfolgte:

Die Grundausbildung, die Infanterieschulung, das Erlernen des Absprungs aus Flugzeugen und dann das Perfektionieren des Tötens. Er fand das Foto, nach dem er gesucht hatte. Auf der Rückseite stand in verblasster Bleistiftschrift ›Ondangwa, 1987‹. Er betrachtete Evan, Ferri, Adam, sich selbst und die Fährtensucher. Die anderen lächelten.

Nach all den Jahren, in denen er sich stählte, mit Alkohol betäubte, mit dem Leben zurechtzukommen versuchte, und dabei scheiterte, brachen die Erinnerungen hervor. Sie drängten aus seinem Hirn, seiner Seele und durch seine Haut. Sie sickerten aus seinen Poren ans Tageslicht. Er begann zu weinen.

Wie oft hatte er an diesem Tisch gesessen und überlegt, wie er sich das Leben nehmen könnte? Meistens waren es Momente wie dieser, wenn er wusste, dass Mia auf einer Klassenfahrt war oder eine Freundin besuchte, so dass sie nicht die Erste wäre, die seine Leiche finden würde.

Das war seine Antwort gewesen, sein einziger sicherer Weg, den Erinnerungen, der Scham und den Fehlschlägen seines Lebens zu entkommen. Frank blätterte eine weitere Seite um. Da stand er kerzengerade in seiner Ausgehuniform, die Streifen des Sergeants frisch aufgenäht. Er blickte aus toten Augen darauf. Einen Krieg verloren, eine Frau verloren, einen Job verloren.

Frank blinzelte. Ihm war übel und er fühlte sich so schwach, als wäre eine schlimme Grippe im Anmarsch. Er hustete erneut und schaute auf die Uhr, die Mittag zeigte, an einem perfekten Tag im Lowveld, dem Tiefland. Einem ebenso guten Zeitpunkt wie jedem anderen, um fünfundzwanzig Jahren Schmerz ein Ende zu setzen.

AN DER HALTESTELLE bei der Kreuzung stieg Nokuthula Mathebula aus dem Minibus-Taxi. Ein Simbabwer verkaufte dort metallene Warzenschweine und winzige San-Jäger aus Blech, die sich mit Pfeil und Bogen niederkauerten. Sie schüttelte den Kopf über den touristischen Firlefanz, denn Nokuthula hatte in ihrem ganzen Leben noch keinen Buschmann, wie die San früher genannt wurden, gesehen.

Sie schaute auf ihr Telefon. Es war zwei Uhr, aber Frank nahm es mit der Pünktlichkeit nicht so genau. Sie ging langsam, um in ihrer neuen Bluse nicht zu schwitzen. Manchmal wusste Frank nicht, welcher Tag es war. Ihr Herz war traurig für ihn, aber sie freute sich darauf, Mia wiederzusehen.

Nokuthula kannte Mia seit dem Tag ihrer Geburt. Sie hatte sie wie ein Shangaan-Baby eingewickelt auf ihrem Rücken herumgetragen und ihr die Sprache und die Sitten ihres Volkes beigebracht. Nachdem Mias Mutter starb, wurde das kleine Mädchen für sie wie eines ihrer eigenen.

Als Frank ihnen vor einigen Jahren eröffnet hatte, er habe seinen Job im Krügerpark verloren und könne es sich nicht mehr leisten, Nokuthula ganztags zu beschäftigen, hatten sie alle geweint. Jetzt stand Mia, eine schöne, kluge, unabhängige junge Frau, kurz vor dem Ende ihrer Schulzeit, aber Nokuthula betrachtete sie insgeheim immer noch als ihr Baby. Bei den seltenen Gelegenheiten, wenn Frank von seinem Gelegenheitsjob wieder einmal genug Geld hatte, um sie für die Reinigung des Hauses zu bezahlen, freute sie sich immer sehr, Mia zu sehen.

Als Nokuthula die Strasse hinaufging, zu deren beiden Seiten einstöckige Backsteinhäuser hinter Mauern mit Stacheldraht standen, sah sie Franks Nachbarin, Eva Baloyi vor seinem Sicherheitstor stehen.

»Inhlikanhi, Eva«, begrüsste Nokuthula sie.

»Ayeh minjani«.

»Phukile«, antwortete Nokuthula. Es ging ihr an diesem Nachmittag gut und sie freute sich am Gedanken, ihr Mädchen morgen, wenn Mia aus dem Schullager zurückkehrte, zu sehen. Sie plante, im Quartier der Hausangestellten, in ihrem alten Zimmer, zu übernachten.

Frau Baloyi machte grosse Augen. »Ndzi swi twile gunshot.«

»Was?« Nokuthula wich einen Schritt zurück. »Du hast einen Schuss gehört? In Franks Haus?«

»Ja.«

Nokuthula kramte in ihrer riesigen Handtasche nach der Fernbedienung für das Tor, drückte fest auf den Knopf und ging, von Frau Baloyi gefolgt, über den überwucherten Rasen. Sie fummelte mit den Schlüsseln herum, bis sie den für die Eingangstür fand und stürmte hinein.

Nokuthulas schrie gellend.

1

KWAZULU-NATAL, IN DER GEGENWART

»**E**r muss der Stadttrinker sein«, sagte das junge Mädchen mit leiser, aber durch das offene Fenster des Porsche Cayenne hörbarer Stimme.

Adam Krüger tat, als habe er sie nicht gehört. Stereotypen – sein Land war immer noch auf sie fixiert. Er sah sich durch ihre Augen – warum sonst sollte ein weisser Mann mittleren Alters auf einem Parkplatz arbeiten? Der Junge hinter dem Steuer war nicht viel älter als das Mädchen, vielleicht im ersten Studienjahr und hier an der Küste südlich von Durban in den Ferien. Das Nummernschild zeigte ›GP‹, die Abkürzung für die Provinz Gauteng oder ›Gangster-Paradies‹, wie man witzelte. Somit waren sie ›Vaalies‹, Touristen. Schon wieder Stereotypen. Als das Fahrzeug rückwärts aus dem niedrigen, ungedeckten Parkplatz der Scottburgh Mall fuhr, streckte der Fahrer einen durchtrainierten, tätowierten Arm aus dem Fenster und reichte Adam eine Zwei-Rand-Münze.

»Baie dankie«, sagte Adam und berührte die Spitze seiner verblichenen Toyota-Baseballmütze. Er wollte den jungen Mann aus der Parklücke lotsen, doch der gab Gas. Das Mädchen kreischte vor Freude und ein älteres indisches Paar wich zurück, um nicht umgefahren zu werden. Adam erinnerte sich an sich selbst in diesem Alter, wie er sich vor Mädchen aufspielte und ein Leibchen trug, um seine Tätowierung mit den Fallschirmjäger-Flügeln zu zeigen. Dumm. Die Worte des Mädchens trafen ihn, vor allem deshalb, weil ein Körnchen Wahrheit in ihnen steckte. Er war kein Alkoholiker, obwohl er in seinem Erwachsenenleben vielleicht mal einer gewesen war. Dennoch stimmte es, dass er das Geld, das er als Autowächter in der Scottburgh Mall verdiente, für die magere Alkoholration verwendete, die er sich heutzutage erlaubte.

Unter dem gebrauchten Langarmhemd und der reflektierenden Weste mit der Aufschrift ›Parkplatzwache‹ rann ihm der Schweiss den Körper hinunter. Das Hemd war am Kragen ausgefranst, aber die Falten an den Ärmeln waren messerscharf gebügelt. Die Jeans waren bei diesem Wetter heiss, hielten aber, wie das Hemd, die Sonne von ihm fern. Der Sanitäter, an dessen Seite Adam im Krieg gekämpft hatte, Rassie Erasmus, hatte Angola, zwei Ehen und einen langanhaltenden, heftigen Kampf mit der Flasche überlebt, bevor er schliesslich vor fünf Jahren an Hautkrebs gestorben war.

Adam hörte hinter sich ein Hupen und drehte sich um. Er steckte die einzelne Münze in seine Kunstleder-Bauchtasche mit Reissverschluss und kniff die Augen zusammen. Der Porsche-Junge war nicht weit gekommen, weil er hinter einem weissen Fortuner steckenblieb. Am Steuer des Toyotas, der mitten auf der Strasse geparkt war und die Ausfahrt versperrte, sass ein junger Mann. Die beiden Jugendlichen im Cayenne brüllten Beschimpfungen.

Der Fahrer des Fortuners war aufmerksam und schaute in den Rückspiegel, nicht etwa auf sein Handy. Doch warum hatte er angehalten? Adam spürte, dass sich die Härchen in seinem Nacken sträubten. Er blickte zum Eingang des Einkaufszentrums, wo ein Sicherheitsbeamter in Schutzweste und mit einem LM5-Sturmgewehr in den Händen mit dem Rücken zur Wand stand. Er hatte eine gute Position gewählt, doch seine Aufmerksamkeit war, wie die der meisten Leute auf dem Parkplatz, vom Vorfall auf der Strasse abgelenkt, der sich fünfzig Meter von Adam entfernt abspielte. In der Nähe des Eingangs zum Einkaufszentrum war auf dem Behindertenparkplatz ein Geldtransporter abgestellt und zwei Wachleute gingen mit Kisten voller Geld hinaus.

Adam sah sich um und sah vier junge Männer, die zwischen den Autos umherliefen. Genau wie er trugen sie weder die richtigen Kleider für den Strand noch für dieses Wetter. Einer öffnete seine Jacke und Adam sah die Sonne auf dem Stahl einer kurzläufigen AK-47 glitzern.

»Waffe!«

Adam hatte die Aufmerksamkeit des Wachmanns geweckt und zeigte auf die anrückenden Männer, die nun alle ihre Waffen gezogen hatten: Zwei trugen Gewehre, die anderen zwei Pistolen.

Der Wachmann hob seine Waffe, war aber zu langsam. Der erste Schuss aus einer AK schlug in seine Panzerweste. Er wurde mit dem Rücken gegen die Wand geschleudert, was seinen Atem aussetzen und ihn vor Überraschung mit grossen Augen in die Welt blicken liess – vielleicht darüber, dass er noch am Leben war. Keuchend und offensichtlich unter Schmerzen, versuchte er, sein Gewehr wieder anzuheben, doch der zweite Schuss traf ihn ins Genick.

Während Kunden schrien und flüchteten, beugte sich Adam vor und rannte zwischen den geparkten Autos hindurch. Der Porsche setzte zurück, worauf einer der bewaffneten Banditen auf ihn feuerte. Die anderen eröffneten das Feuer auf die Männer des Geldtransporters, die ihre Geldkassetten fallen liessen und nach ihren Waffen tasteten.

Obwohl Adam unbewaffnet war, ging er auf die Räuber zu. Er hörte das Quietschen von Metall auf Metall und einen Aufprall, als ein Auto rückwärts in ein anderes fuhr. Der Fortuner versperrte immer noch den Weg nach draussen und die Schlange der Weihnachtseinkäufer, die den Parkplatz umrundet hatten, um einen geeigneten Platz möglichst nahe bei Einkaufszentrum zu finden, war zum Stillstand gekommen. Menschen in Panik versuchten, der Schiesserei zu entkommen, was ihnen nicht gelang. Die beiden Wachleute, die sich im Einkaufszentrum befanden, schossen zurück. Mit seiner Warnung hatte Adam die Entführer gezwungen, ihre Absicht viel früher zu zeigen, als ihnen lieb war. Einer kam näher. So aufrecht wie er mit erhobenem Gewehr und schiessend vorwärtsging, fragte sich Adam, ob er auf Drogen war. Oder hatte er von einem Sangoma, einem einheimischen Medizinier, Umuthi gekauft, das ihn kugelsicher machte? Der Schuss aus einem der Gewehre der Wachleute schleuderte ihn nach hinten.

»Adam!«, zischte eine Stimme.

Adam, der immer noch geduckt vorwärtsrannte, blickte über die Motorhaube eines Ford Ranger und sah Wilfred, einen simbabwischen Parkwächter, der mit ihm Schritt hielt.

»Geh zurück, in Deckung«, forderte Adam ihn auf.

Wilfred schüttelte den Kopf. »Nein. Das ist doch unsere Aufgabe.«

Eher Wahnsinn, dachte Adam, spürte aber das Adrenalin, das ihn in der zweiten Hälfte seiner Zeit auf der Erde so gut wie nie mehr kitzelte. Es trieb ihn an, liess ihn dieses Leben vergessen und versetzte ihn in ein anderes zurück.

Er roch Kordit und wurde vom Knall einer AK erschreckt. Eine weitere Windschutzscheibe zerbrach und Menschen schrien.

Adam Puls dröhnte in seinen Ohren, dann folgte zusätzlich das Geräusch eines Pistolenschusses, der weiter entfernt auf dem Parkplatz abgegeben wurde. Eine Kugel schlug ein Loch in die Tür eines Polos direkt vor ihm. Der Schuss war von der Seite gekommen. Adam hob den Kopf und sah einen Geschäftskunden, einen ergrauten Mann wie er selbst, der mit einer Neun-Millimeter-Pistole zielte. Der Räuber mit der AK schwang seine Waffe herum und feuerte mit voller Automatik eine Salve ab, woraufhin der Wehrhafte vorwärts stürzte.

Adam sah sich nach einer behelfsmässigen Waffe um und entdeckte am Rande eines Gartenbeets einen zerbrochenen Pflasterstein und hob ihn auf. Der Schwung der Diebe hatte sich verlangsamt und Adam hörte eine Sirene. Der Mann mit der AK wandte seine Aufmerksamkeit wieder den Wachleuten zu und leerte sein Magazin auf sie. Einer der Wachmänner schrie vor Schmerz auf, was die beiden verbleibenden Verbrecher dazu ermutigte, ihren Vormarsch fortzusetzen.

Fummelnd wechselte der Schütze sein Magazin. Adam näherte sich ihm vorsichtig von hinten.

Als Adam sich aufrichtete, rief einer der Kollegen des Mannes diesem eine Warnung zu. Adam war bewusst, dass er nur ein oder zwei Sekunden Zeit hatte, um zu handeln. Der Bewaffnete drehte sich um und hob seine AK-47, bei der Adam erkannte, dass das neue Magazin zwar eingesetzt war, er aber keine Ladebewegung gesehen hatte. Als der Räuber abdrückte, geschah nichts. Adam prallte auf ihn, schlug mit einer Hand den Lauf des Gewehrs zur Seite und hieb ihm mit der anderen den zerbrochenen Pflasterstein ins Gesicht. Der Kopf des Mannes kippte nach hinten. Adam stürzte sich auf ihn, verzichtete auf das zerbrochene Stück Zement und schlug dem Mann ins Gesicht, seine Wut an ihm auslassend. Wilfred kam hinzu und Adam nahm dem verwundeten und benommenen Mann das Gewehr aus der Hand. Während Adam die AK mit geübter Leichtigkeit spannte, hielt Wilfred den Mann fest.

Das Gefühl des hölzernen Griffs und Schafts, das Gewicht des Gewehrs, die Hitze des Laufs, der Geruch von Öl – all das drohte seine Sinne zu überwältigen. Das Muskelgedächtnis brachte die Waffe an seine Schulter und während er nach einem Ziel suchte, sehnte er sich beinahe nach dem Rückstoss.

Der Räuber, der seinen Kollegen gewarnt hatte, drehte sich um, bewegte sich zwischen einem Amarok und einem Land Cruiser Prado hindurch und hob seine Waffe in Richtung Adam.

»Fallen lassen!«, befahl Adam, beugte sich über die Motorhaube des Polos, um sich damit zu einem kleineren Ziel zu machen und bemühte sich, das Bild seines Ziels zu verinnerlichen. Der junge Mann grinste und drückte ab. Adam sah, wie die Hand des Jungen zuckte, hörte den Knall des Neun-Millimeter-Geschosses, das neben ihm die Luft zerschnitt und drückte dann selbst den Abzug. Seine Kugel traf die Zielperson in die Schulter und warf sie nach hinten.

Adam rannte zu dem am Boden liegenden Mann, der, als er getroffen wurde, seine Pistole hatte fallen lassen und sich nun umzudrehen versuchte, um sie zu erreichen. Adam bückte sich, hob die Pistole auf und steckte sie in den Bund seiner Jeans.

Der letzte der Diebe sprintete zum Fortuner, der die Ausfahrt des Parkplatzes blockierte, seit der Überfall begann. Wie Adam vermutet hatte, war es der Fluchtwagen.

Adam verfolgte den flüchtenden Mann durch das Visier der AK, hatte aber nicht vor, ihm in den Rücken zu schiessen. Als der Dieb die Hintertür des Fortuners öffnete, gab der Fahrer Gas und zwang den Räuber, schneller zu rennen und sich am Griff festzuhalten. Hüpfend und springend schaffte er es, sich auf den Rücksitz zu hieven, bis der Toyota den Eingang des Einkaufszentrums erreichte. Gleichzeitig fuhr ein verbeulter Pick-up der südafrikanischen Polizei in entgegengesetzter, falscher Richtung auf die Einbahnstrasse des Parkplatzes, so dass die beiden Fahrzeuge frontal zusammenstiessen.

Aus beiden zerdrückten Kühlern zischte Dampf und der Fahrer des Fortuners kämpfte sich hinter seinem Airbag hervor, während die Polizei mit gezogenen Waffen aus ihrem Fahrzeug stieg. Die beiden Männer im Fluchtwagen ergaben sich.

Zwei weitere Autobewacher kamen aus ihrer Deckung hinter den Fahrzeugen hervor und liefen zu Adam, der nun auf den Beinen war. »Passt auf den mit dem Einschuss in der Schulter auf. Sucht etwas, um die Blutung zu stoppen«, wies Adam sie an.

Er lief zum verwundeten Wachmann, der von einem der Männer des Geldtransporters behandelt wurde. Adam bemerkte allerdings sofort, dass auch der Mann selbst, der seine Hand an den Hals des anderen presste, verwundet war. Sein Gesicht war grau, und als Adam ankam, sackte der Ersthelfer zusammen und lehnte sich mit dem Rücken gegen die Wand.

Nun spritzte in einem geraden Strahl Blut aus dem Hals des anderen Mannes und sammelte sich auf dem weiss gestrichenen Beton. Adam riss sich das Hemd vom Leib, wobei die Knöpfe wegplatzten. Mitsamt seiner Weste knüllte er es zusammen und drückte den behelfsmässigen Verband gegen den Hals des Mannes. Während er darum kämpfte, die Kompresse richtig zu platzieren und die Blutung zu stoppen, spritzte ihm ein Strom von Blut ins Gesicht und auf die Brust. Der dritte Wachmann war mit seinem Handy beschäftigt.

»Der Krankenwagen ist auf dem Weg. Was ist los mit ihm?«, fragte er Adam.

»Seine Halsschlagader ist verletzt« Adam drückte fester auf die Wunde und verlagerte seine Finger so, dass er die durchtrennte Arterie gegen die Knochen der Wirbelsäule des Mannes drücken und damit den Blutfluss verlangsamen konnte. Diese Methode hatte ihnen Rassie beigebracht und tatsächlich hörte das Sprudeln auf.

Der Wachmann, der ihn gefragt hatte, kümmerte sich jetzt um den anderen Kollegen, der in die Schulter geschossen worden war. Adam sah, dass der zweite Verletzte einen Schock erlitten hatte, aber die Wunde sah wie ein glatter Durchschuss aus, mit dem er überleben würde. Der Fahrer des Geldtransporters stieg aus dem gepanzerten Fahrzeug, kam mit einem Erste-Hilfe-Kasten herüber und stellte sich dann mit einer Pump-Action-Schrotflinte in der Hand zu ihnen alle.

Der Mann in Adams Armen kam wieder zu sich. »Ich ... Ich lebe noch«, krächzte er.

»Ja, mein Freund«, bestätigte Adam. »Wie heisst du?«

»Themba.«

Adam hielt ihn fest und hob seine Hand in den Nacken des Mannes. » Halte durch, Mann. Du wirst wieder gesund, Themba.« Obwohl sich Adam seiner Worte nicht ganz sicher war, liess er sie so zuversichtlich wie möglich klingen. »Es kommt Hilfe, du kommst gleich ins Krankenhaus.«

Neugierig, weil die Schüsse aufgehört hatten, strömten die Leute zum Einkaufszentrum und zum Ort der Schiesserei zurück. Adam blickte auf und sah, dass das Mädchen aus dem Porsche ihn mit dem Handy auf Video aufnahm.

»Schau dir mal die Bauchmuskeln dieses Kerls an«, sagte sie zum tätowierten Jungen neben sich, »der alte Junge hat ganz schön was drauf.«

Adam schüttelte den Kopf und konzentrierte sich auf den Mann in seinen Armen. Er schloss die Augen, fest, aber nicht genug, um das Bild von Frik Rossouw zu verdrängen, der im Staub von Angola an einem Kopfschuss gestorben war.

Er hörte das Klopfen von Rotorblättern. »Jetzt bin ich wirklich verrückt.«

Das Geräusch wurde lauter, aber Adam konnte sich nicht umdrehen, denn beim Bewegen verringerte er vielleicht den Druck auf die Arterie des verwundeten Wachmanns. Ein Hagel von Kieselsteinchen sandstrahlte seinen nackten Oberkörper, als tatsächlich ein Hubschrauber auf dem mittlerweile halbleeren Parkplatz landete.

»Das ist einer der Fahrzeugsuchhubschrauber unserer Firma«, rief der Fahrer des Transporters über das Aufheulen des Motors hinweg.

Der andere Wachmann, der Erste Hilfe leistete, legte dem Mann mit der Schulterwunde einen Verband an und kam danach zu Adam. »Komm, wir bringen Themba zum Hubschrauber. Er muss so schnell wie möglich in ein Krankenhaus, denn er hat schon zu viel Blut verloren.«

Adam fühlte sich schwindelig. Vielleicht lag es an der Hitze oder am Geräusch der Schüsse und des Hubschraubers, aber er fühlte sich, als ob er in der Luft schwebe und beobachte, wie er und der andere Mann Themba halb zu dem kleinen Robinson-Hubschrauber schleiften, und ihn halb trugen.

»Du musst mit ihm nach Ondangwa fliegen«, wies Adam an. »Halt deine Hand, so wie ich es tue, an seinen Hals.«

»Ist Ondangwa nicht in Namibia?«, fragte der Mann. Adam schüttelte den Kopf. »Ich meine natürlich Durban, zum Krankenhaus.«

Der Pilot war aus dem Hubschrauber gestiegen und hatte die hintere Tür geöffnet. Zu dritt gelang es ihnen, Themba auf den Sitz zu schieben. Adam nahm die Hand des Wächters, legte sie zuerst über seine, wobei er das zusammengeknüllte Hemd festhielt, dann liess er seine Hand herausgleiten. Während der andere Mann in den Hubschrauber stieg, liess der Druck ein wenig nach und erneut spritzte Blut. Adam zeigte es ihm noch einmal und es gelang ihnen, den Blutfluss wieder zu stoppen.

»Fliegt!«, sagte Adam.

Der Pilot brauchte keine weitere Ermutigung. Innerhalb von Sekunden waren sie angeschnallt und der Hubschrauber hob ab. Der

Wachmann im hinteren Teil des Hubschraubers, der seine Hand immer noch fest auf Thembas Hals gedrückt hielt, sah Adam an und nickte ihm zu.

Adam wandte sich vom Abwind des Rotors ab, und als der Hubschrauber weg war, ging er zu dem Pflanzkübel, in dem er seinen Rucksack und eine Flasche Wasser, die Pinkie, eine der Kassiererinnen vom Food Lovers' Market tagsüber für ihn im Kühlschrank aufbewahrte, deponiert hatte. Sie war in der Hitze ziemlich warm geworden. Er setzte sich schwerfällig hin, kippte sich Wasser über den Kopf und fuhr sich mit der Hand durch seinen borstigen, mit Grau durchzogenen Bürstenschnitt. Das Blut des Wachmanns rann ihm, mit seinem Schweiss vermischt, über die Haut.

Ein Krankenwagen traf ein und die Sanitäter an Bord begannen mit der Behandlung des verletzten Wachmanns und des Räubers. Wilfred beobachtete den Mann, den Adam mit dem zerbrochenen Pflasterstein niedergeschlagen hatte. Er sass aufrecht da und hielt sich eine Hand an den Kopf.

Ein Schatten fiel auf Adam und er schaute auf. Es waren der Junge mit dem tätowierten Arm und das grossmäulige Mädchen aus dem Porsche.

»Das war ja verrückt, Mann«, sagte der Junge. »Sie waren wie Chuck Norris auf Steroiden, Kumpel.«

Adam blinzelte und stand auf. Er ballte die Fäuste, damit seine Hände nicht zitterten. Er kehrte von seiner ausserkörperlichen Erfahrung auf die Erde zurück, doch jetzt, wo das Adrenalin und die Wut seinen Körper verliessen, spürte er, dass ihn lähmende Müdigkeit erfasste.

»Wir dachten, Sie wären nur ein Autowächter«, sagte das Mädchen, das ihn von oben bis unten musterte, als schätze sie ihn neu ein und ihr Haar um den Finger einer Hand zwirbelte.

Mit fast zwei Metern Körpergrösse und breiten Schultern überragte Adam sie bei Weitem. Der Junge machte unwillkürlich einen Schritt rückwärts. Die Fallschirmflügel, die auf Adams Bizeps tätowiert waren, zogen seinen Blick magisch an.

»Waren Sie so etwas wie ein ›Parabat‹, im Fallschirmjägerbataillon oder so?«, fragte der Junge, und hielt Adam sein Handy entgegen.

Adam hob eine Hand und versuchte, das winzige Kameraobjektiv zu überdecken. Er blickte sich auf dem Parkplatz um. Jetzt wimmelte es auf dem Areal von Polizisten, bewaffneten Sicherheitsbeamten und Mitarbeitenden des Rettungsdienstes. Bestimmt würden sie ihn finden, wenn sie ihn bräuchten.

»Ich bin nur ein Autowächter.« Er drehte sich um und ging weg.

2

———

Captain Susan van Rensburg, den meisten als Sannie bekannt, hatte sich im ›Rip Curl Shop‹ im Einkaufszentrum Galleria in Amanzimtoti Bikinis angesehen, als ihr Telefon klingelte und eine Nachricht über den Raubüberfall und die Schiesserei in Scottburgh ankam. Sie verliess das Geschäft sofort und fuhr auf der N2 35 Kilometer weiter nach Süden, zum Einkaufszentrum von Scottburgh.

Obwohl ranghöher als Sannie, war Gita einige Jahre jünger und wie bei jeder der seltenen Gelegenheiten, bei denen sie sich bisher getroffen hatten, sah Gita aus, als käme sie gerade aus einem Schönheitssalon. Keine Strähne ihres glatten schwarzen Haars war nicht am richtigen Platz und ihr Make-up betonte ihre sonst schon wunderschönen Augen perfekt.

»Sannie, howzit, entschuldigen Sie, dass ich Sie an Ihrem freien Tag störe«, begrüsste Gita sie, bevor sie sich mit einem Lächeln von einem Medieninterview verabschiedete.

Im Gegensatz zu Gita, die einen eleganten, weissen Leinenanzug und eine Seidenbluse trug, war Sannie locker mit Jeans-Shorts, einem weissen T-Shirt mit V-Ausschnitt und Birkenstock-Imitaten bekleidet. Ihre Z88-Dienstpistole steckte in einem Holster an ihrem

Gürtel und ihr südafrikanischer Polizeiausweis hing an einem Schlüsselband um ihren Hals.

»Kein Problem.« Sannie nahm ihre Sonnenbrille vom Scheitel und setzte sie auf. Sie hatte sich immer noch nicht daran gewöhnt, wie grell das Licht in KwaZulu-Natal war und ebenso wenig an das Küstenklima. Im Krüger-Nationalpark, in der Provinz Mpumalanga, wo sie zuletzt als Leiterin der Abteilung für Viehdiebstahl und gefährdete Tierarten gearbeitet hatte, war es im Sommer sehr heiss gewesen, aber hier in KZN, im Distrikt KwaZulu-Natal, erreichten sowohl die Hitze wie auch die Luftfeuchtigkeit ein viel höheres Niveau. Nicht zum ersten Mal fragte sie sich, ob es die richtige Entscheidung gewesen war, einen Antrag auf Versetzung zu stellen und ihr Leben komplett umzukrempeln. Sannie sah sich auf dem Parkplatz um. »Nun, da herrscht ja ein ziemliches Chaos.«

»Sannie, ich weiss, Sie sind noch daran, sich einzuleben und ausserdem auf Wohnungssuche. Aber ich habe bereits die Erfahrung gemacht, dass Sie eine aussergewöhnlich gute Detektivin sind.« Gita nickte dem Fernsehteam, einem Kameramann und einer jungen Frau mit einer aufwendigen Frisur, die gerade ihre Ausrüstung zusammenpackten, zu. »Mein Gefühl sagt mir, dass dies zu einer grossen Mediengeschichte wird, deshalb ist es mir wichtig, dass jemand Schlaues den Mann, der zwei der Räuber neutralisiert hat, befragt. Rund ein halbes Dutzend Zeugen haben bereits von diesem ›Supermann‹ gesprochen, der gerettet hat, was zu retten war.«

»Ist es einer der Geldtransport-Wächter?« Die Tatortermittler der Polizei fotografierten den Lieferwagen, dessen dicke Panzerglasscheiben von Schüssen zerfetzt waren und ein anderer Techniker machte Fotos von einer blutverschmierten Wand. An mehreren Stellen waren kleine Fähnchen mit Nummern angebracht, die auf gebrauchte Patronenhülsen hinwiesen. »Das sieht nach einer Schiesserei aus.«

»Nicht ganz. Ein Parkplatz-Wächter, stell dir das vor.« Sannie zog die Augenbrauen hoch. »Hat sich heute irgendein armer Nigerianer oder Simbabwer mehr als seine fünf Rand verdient?«

»Nein, es ist ein weisser Mann, Sannie. Einer der Augenzeugen sagte, der Mann habe eine militärische Tätowierung, einen Fallschirm. Er schaltete einen der Räuber aus, indem er ihn mit einem zerbrochenen Pflasterstein niederschlug, schnappte sich die AK des Mannes, schoss und verwundete dabei einen der anderen. Ausserdem rettete er einem der Sicherheitsbeamten, der einen Schuss in den Hals bekommen hat, das Leben. Dieser wurde mit einem Hubschrauber ins Krankenhaus geflogen, wo sein Zustand als ernst, aber stabil eingestuft wird.«

»Beeindruckend, aber das könnte politisch werden«, bemerkte Sannie.

Gita nickte. »Genau aus diesem Grund war es richtig, dass ich Sie heute hergebeten habe. Die Geschichte macht bereits in den sozialen Medien die Runde, heute Abend wird sie im Fernsehen zu sehen und morgen in den Zeitungen sein. Selbst für Südafrika ist das unglaublich – ein Parkplatzwächter als Held des Tages. Schauen Sie sich die Facebook-Gruppe ›Ich bleibe in Südafrika‹ an.«

Sannie nahm ihr Handy heraus und öffnete die Facebook-App. Die Seite war beliebt und hatte einige hunderttausend Follower – stolze Südafrikaner, die sich dem Trend all derer, die aus Südafrika in Länder wie Australien, Neuseeland und die Vereinigten Staaten auswandern wollten, widersetzten. Normalerweise hätte diese Seite niemals ein Video von einem bewaffneten Raubüberfall veröffentlicht, doch in diesem Fall handelte es sich um ein kriminelles Ereignis mit einer Besonderheit: Ein Bürger hatte sich besonders hervorgetan.

Beim Betrachten des Videos hörte Sannie durch den Lautsprecher des Telefons das unverwechselbare Knallen einer AK-47, die intensiv schoss. Dass einer der Räuber erschossen wurde, war nicht zu sehen, aber ein aufgeregter junger Mann kommentierte laufend.

»Das ist verrückt: Der Wachmann hebt die AK des Mannes auf und vereitelt so den Raubüberfall. Jetzt rammen die Polizisten den Fluchtwagen.«

Das Video über den Autowächter war grobkörnig und verwackelt. Sannie hielt es ein paar Mal an und sah sich den Mann, der vielleicht Anfang fünfzig war und kurzes, graues Haar hatte, an. Ein späterer

Ausschnitt zeigte ihn ohne Hemd, wie er einem verwundeten Wachmann Erste Hilfe leistete. Im nächsten Clip war das Gesicht des Mannes kurz zu sehen, doch dann hob er die Hand, als wolle er seine Identität verbergen.

»Ich bin nur ein Parkplatzwächter«, sagte er auf die Frage, ob er in einem Fallschirmjägerbataillon der Armee gewesen sei.

»Bescheiden«, sagte Sannie zu Gita, als sie die App schloss. »Kennen wir seinen Namen schon?«

»Adam Krüger. Die Verwaltung des Einkaufszentrums hat die Angaben aller Parkplatzwächter, aber für Krüger ist keine Adresse hinterlegt – was auch nicht ungewöhnlich ist, da einige der Wächter obdachlos sind. Die Uniformierten haben eine Kassiererin von ›Food Lovers'‹ gefunden, die aussagt, sie glaube, er wohne irgendwo südlich von Scottburgh. Sie müssen ihn schnell finden, Sannie. Die Kassiererin sagt, Krüger habe kein Auto und sei direkt nach dem versuchten Überfall weggegangen. Bevor er vom Tatort wegging, hat er die Waffe, die er einem der Tsotsis, der Verbrecher, abnahm, bei einem Wachmann abgegeben. Ich habe ein paar Fahrzeuge losgeschickt, um nach ihm zu suchen, aber bisher hat ihn niemand gefunden.«

»Ich muss mit der Supermarktmitarbeiterin sprechen«, sagte Sannie.

Gita sah sich um. Am Eingang des Einkaufszentrums sprach eine Beamtin mit einer jüngeren Frau. »Das ist sie.«

»Danke.« Sannie ging hinüber und bedankte sich bei der uniformierten Polizistin. »Ich übernehme jetzt«, sagte sie und wandte sich an die Kassiererin. »Hallo, wie geht es Ihnen? Ich bin Captain Susan van Rensburg und ich würde gern mit Ihnen über Adam Krüger sprechen. Wie ist Ihr Name?« Sannie zog ein Notizbuch und einen Stift aus der Gesässtasche ihrer Shorts.

»Ich bin Pinkie Ndlovu. Aber ich habe den anderen Polizisten bereits alles gesagt, was ich über Adam weiss.«

»Ja, das ist mir klar, aber ich habe vielleicht noch ein paar weitere Fragen an Sie.«

Die junge Frau sah auf ihre Uhr. »In Ordnung, aber ich muss zurück zur Arbeit.«

»Trägt er einen Ehering?«

Pinkie sah verblüfft aus. Diese Frage war ihr noch nicht gestellt worden. »Ähm, nein. Ich habe der anderen Beamtin gesagt, dass er nie über sich selbst spricht.«

»Sie sind aber mit ihm befreundet?«

Sie zuckte mit den Schultern. »Er ist ruhiger, aber ein guter Mann.«

»Warum sagen Sie das?« Sannie machte sich eine Notiz.

»Er hat mir einmal geholfen. Eines Abends, als ich von der Schicht kam, standen ein paar auswärtige Typen auf dem Parkplatz. Sie tranken Bier und Schnaps, pfiffen mir hinterher und sagten anzügliche Dinge. Einer von ihnen betatschte mich, und ich schrie. Dann kam Adam und brachte sie zur Vernunft.«

»Zur Vernunft? Wie viele von ihnen waren es?«

»Vier.«

»Und was hat er mit ihnen gemacht?«

Pinkie schaute sich um, wollte aber keinen Blickkontakt herstellen. »Ich will ihm keinen Ärger machen, aber jedenfalls sind diese Typen nie zurückgekommen.«

»Vier zu eins. Ist der Mann gewalttätig?«

Pinkie schüttelte den Kopf. »Nein, ein anderes Mal haben ihn ein paar andere Kerle verspottet, ihn Abschaum genannt und solche Sachen. Die Leute denken... Nun ja, manche Leute sagen, dass neben den armen Leuten und denen, die keine Arbeit haben, manchmal auch Leute als Parkplatzwächter arbeiten, die Geld für Drogen oder Bier brauchen. Aber Adam ist nie betrunken. Selbst als diese Typen ihn beschimpften, stand er einfach da und schwieg.«

»Sie haben der anderen Beamtin gesagt, Adam habe kein Auto. Kommt er mit dem Taxi? Oder zu Fuss?«

»Er läuft.«

Jetzt war Sannie an der Reihe, sich zu wundern. »Bei dieser Hitze?«

»Jeden Tag, an dem er hier arbeitet.«

Sannie machte sich eine Notiz. »Kommt er nicht jeden Tag hierher?«

Pinkie schüttelte den Kopf. »Nein. Vielleicht drei oder vier Tage in der Woche, dann sehe ich ihn vielleicht eine Woche lang nicht, bevor er wiederkommt. Aber ich sehe ihn jeweils am Nachmittag oder Abend, wenn er fertig gearbeitet hat. Dann geht er im Einkaufszentrum auf die Toilette, kommt in seinen Laufklamotten wieder heraus und hat die Tageskleidung in einem kleinen Rucksack.«

»Läuft er zur Arbeit?«

»Er läuft nach Scottburgh Beach.« Pinkie deutete in Richtung Küste. Der Strand war nur ein paar Kilometer vom Einkaufszentrum entfernt, das etwas abseits der Stadt an der R102, der Küstenstrasse, lag. Ich habe ihn einmal an meinem freien Tag beim Wohnwagenpark gesehen. Er hat dort geduscht, sich umgezogen und ist dann zum Einkaufszentrum gelaufen. Wenn er mit der Arbeit fertig ist, läuft er dorthin, wo er wohnt.«

»Wissen Sie, wo das ist?«

Sie schüttelte erneut den Kopf. »Ich habe ihn einmal gefragt und er sagte: ›Im Süden‹, das war alles. Einmal wollte ich wissen, wie weit er gelaufen ist und er sagte: ›Ungefähr zwölf Kilometer‹.«

Sannie machte sich eine Notiz und stellte sich vor, wo das sein könnte. »Pennington?«

Pinkie zuckte nur mit den Schultern.

»Haben Sie an dem Tag, als Sie ihn in Scottburgh sahen, mit ihm gesprochen, nachdem er sich umgezogen hat?«

»Ja«, sagte Pinkie. »Ich fragte ihn, ob er schwimmen gewesen sei. Er antwortete, ›nein, nicht dort, aber in der Rocky Bay‹. Bekommt er Ärger, weil er den Mann erschossen hat?«

»Ich weiss es nicht«, sagte Sannie. »Aber jedenfalls ist es wichtig, dass ich mit ihm sprechen kann.«

»Die Leute erzählen, er habe dem Räuber gesagt, er solle seine Waffe weglegen, und der Mann habe auf Adam geschossen. Es war Selbstverteidigung«, erklärte Pinkie.

»Wir werden sehen.« Sannie legte ihr Notizbuch weg.

Gita war damit beschäftigt, mit einem Mann mit einem Notizbuch und einem Stift zu sprechen – wahrscheinlich einem weiteren Reporter. Sannie ging zu ihrem Fortuner, stieg ein und startete den

Motor. Die Klimaanlage verschaffte ihr die dringend benötigte Erleichterung.

Sie schaltete ihr Navi ein und betrachtete eine Karte der Küste. Sie lernte diesen Teil Südafrikas vor allem durch ihre Wohnungssuche kennen. Das regionale Büro der Hawks befand sich in Port Shepstone, etwa fünfundsechzig Kilometer südlich von Scottburgh. Sannie wohnte in einer Wohnung über der Garage ihres Schwagers Johan in Pennington, zwölf Kilometer in der gleichen Richtung und die Rocky Bay, in der Krüger scheinbar gerne schwamm, lag zwischen ihrem jetzigen Aufenthaltsort und ihrem vorübergehenden Zuhause.

Es war höllisch heiss und der Mann hatte gerade jemanden erschossen. Wenn er, aus welchem Grund auch immer, entkommen wollte, ginge er vielleicht zum Meer. Sannie schaute auf die Uhr. Ihrer Schätzung nach waren seit dem kurzen, aber blutigen Feuergefecht etwa fünfundvierzig Minuten vergangen.

Dieser Adam Krüger hatte kein Auto und war fit genug, um zur Arbeit zu laufen. Sannie würde ihn finden.

Region Nordkap, **Südafrika**

Der schwarzmähnige Löwe, dessen Silhouette sich wunderbar vom roten Sand der Kalahari-Wüste abhob, stiess ein tiefes, grollendes Brüllen aus. Die Grosskatze war so nah an Chef-Safariführerin Mia Greenaway und ihre Gäste herangekommen, dass es sich anfühlte, als vibrierten die Aluminiumteile des Land Rovers von dem Lärm.

Digitalkameras klickten und piepten, aber der Löwe liess sich nicht stören.

»Er warnt ein anderes Männchen«, sagte Mia leise, »und teilt ihm mit, dies sei sein Revier und er solle ja nicht wagen, es zu betreten.«

Hier, in diesem riesigen Sandmeer im Landesinneren, fühlte sich Mia manchmal immer noch wie eine Auswärtige, als ob sie sich in einem fremden Land befände. Sie war im südafrikanischen Lowveld aufgewachsen, dem Tiefland am Rande des Krüger-Nationalparks. Sie war die dicht bewachsenen Ufer des Sabie-Flusses gewöhnt, wo man eher einem umherstreifenden Leoparden als einem der ansässigen Löwenrudel begegnete. Nicht nur die Landschaft war anders, sondern auch die Kultur. Dank Nokuthula Mathebula, dem Shangaan-Kindermädchen, das sie nach dem Tod ihrer Mutter aufgezogen hatte, sprach Mia fliessend Xitsonga. Um einen weiteren Karriereschritt voranzukommen, hatte Mia ihren besten Freund, Fährtenleser und Mentor Bongani Ngobeni zurückgelassen, aber gelegentlich fragte sie sich, ob sie die richtige Entscheidung getroffen hatte. Auch ihr immer wieder mal Freund, dann wieder Exfreund und momentan ehemaliger Freund, Graham Foster, war in der ›Khaya Ngala Lodge‹ im Sabi Sand Game Reserve zu Hause. Er sah gut aus, war mehr Alphatier, als es ihm guttat und konnte sie aus verschiedenen Gründen in den Wahnsinn treiben. Als sich die Gelegenheit ergab, in die Dune Lodge zu wechseln, hatte sie sich gesagt, sie brauche unbedingt einen Tapetenwechsel. Diesen Wunsch hatte ihr die Kalahari sicherlich erfüllt.

»Was würde passieren, wenn der andere Kerl in sein Revier eindränge?«, fragte Joe, einer ihrer vier amerikanischen Kunden. Es waren zwei Paare aus Michigan: Bill und Judy, ein Zahnärztepaar sowie Joe und Melanie, ein Ärztepaar.

»Es gäbe einen grossen Kampf«, erklärte Mia, »wahrscheinlich bis zum Tod.«

»Übrigens, wenn es Luiz nicht gut geht, kann ich ihn mir ja mal ansehen«, bot Melanie an.

»Danke, Melanie«, sagte Mia. »Das ist wirklich nett von Ihnen, vor allem, weil Sie im Urlaub sind. Aber ich bin sicher, wenn er sehr krank ist, bringt ihn die Managerin der Lodge hier in Askham zum Arzt.«

Luiz Siboa war Mias San-Tracker, der Fährtenleser, und die Geschichte, dass er sich nicht wohl fühle, hatte Mia sich ausgedacht, um die Tatsache zu vertuschen, dass er sich vor der morgendlichen Pirschfahrt in der Dune Lodge nicht zur Arbeit gemeldet hatte. Mia war besorgt, versuchte aber, sich das nicht anmerken zu lassen. In der ganzen Zeit, seit sie in der Lodge arbeitete, hatte Luiz noch nie eine vorgesehene Ausfahrt versäumt. Als Mia in der Dunkelheit vor dem Morgengrauen nachsah, um sich mit ihm auf die morgendliche Safari vorzubereiten, fand sie auch in seinem Zimmer in den Personalunterkünften keine Spur von ihm.

Sie beobachteten den Löwen noch ein paar Minuten lang und hörten ihn brüllen. Nachdem die grosse Katze durch den Sand weggetrottet war und sich in den Schatten eines einsamen Dornenbaums gesetzt hatte, stellten die Canons und Nikons das Feuer ein.

»Ist bei Ihnen alles in Ordnung?«, fragte Mia und fuhr sich mit der Hand durch ihr kurzes, dunkles Haar.

»Natürlich«, antwortete Bill, der die Angewohnheit hatte, für die ganze Gruppe zu sprechen. Mia musterte kurz die Gesichter und alle nickten. Sie waren etwas länger als normal draussen geblieben. Es war fast elf Uhr morgens und Mia wusste, dass die Amerikaner, so sehr sie sich auch freuten, hungrig waren und auf dem offenen Fahrzeug in der Hitze fast kochten.

Sie startete den Motor und funkte das Camp an, um dort mitzuteilen, sie seien noch eine Viertelstunde unterwegs. Die Managerin, Shirley Hennessy, würde dafür sorgen, dass eine Mitarbeiterin mit kalten Handtüchern und einem eisgekühlten Mocktail, einem alkoholfreien Cocktail, oder gekühltem Champagner auf die Gäste wartete, um sie in der Lodge willkommen zu heissen.

Nach der Löwensichtung, dem Höhepunkt des Vormittags, waren die Gäste sehr aufgeregt und es schien, als sei der unausgesprochene Druck auf Mia, grossartige Wildsichtungen zu liefern, weggefallen und die Gruppe könne sich entspannen.

»Also«, sagte Joe als sie durch ein Stück lockeren Sand fuhr und lehnte sich in seinem Sitz nach vorne, so dass Mia ihn trotz des Motorengeräuschs hörte, »wie lange sind Sie schon in der Dune Lodge?«

»Erst drei Monate.« Mia schaltete einen Gang zurück. »In den paar Jahren davor arbeitete ich als Chefführerin in Julianne Clyde-Smiths anderer Lodge, Khaya Ngala.«

»Dorthin gehen wir als Nächstes«, mischte sich Melanie ein.

»Es gefällt Ihnen bestimmt«, sagte Mia. »Das Sabi Sand Game Reserve, in dem Khaya Ngala liegt, ist ganz anders als die Kalahari. Viel dichter Busch und dazwischen grosse Bäume. Ein gutes Leopardengebiet, aber schwarzmähnige Löwen von der Grösse des Kerls, dem wir gerade begegneten, werden Sie dort keine entdecken.«

»Und auch keine Schuppentiere oder Erdferkel, oder?«, erkundigte sich Judy mit einem Hauch von Besserwisserei.

»Dazu kann ich lediglich sagen, dass ich in meinen fünf Jahren im Khaya Ngala fünfmal ein Schuppentier und vielleicht neun oder zehn Erdferkel gesehen habe, wogegen wir hier in der Wüste an den Erdferkeln vorbeifahren, um zu den Schuppentieren zu gelangen. Es stimmte tatsächlich – in den überraschend kühlen Nächten hatte Mia in ihrer neuen Lodge erstaunlich viele dieser beiden Tierarten gesehen, die auf der Liste der beliebtesten Safaritiere stehen.

»Und warum haben Sie hierher gewechselt, Mia?«, fragte Joe, als sie über die hügelige Strasse fuhren.

»Julianne fördert den Austausch zwischen ihren Lodges, damit man sich beruflich weiterentwickeln kann, und zwar nicht nur innerhalb Südafrikas, sondern auch in Form eines Teilzeitaustauschs mit Mitarbeitenden der Häuser in Simbabwe und Tansania. Ich habe eine Qualifikation als Meister-Trackerin, aber San-Leute wie Luiz haben viel bessere Fähigkeiten im Fährtenlesen und ich wollte meine Kenntnisse verbessern und üben. Ich habe hier bereits unglaublich viel gelernt.« Es gab aber noch einen zusätzlichen Grund, warum Julianne wollte, dass Mia in die Dune Lodge kam, doch dieser war ein Geschäftsgeheimnis, von dem ihre Gäste nicht zu wissen brauchten.

»Sind die San so etwas wie die Buschleute der Kalahari?«, fragte Judy.

Sie fuhren an einem prächtigen Oryxbock vorbei, aber während die auffällige graue Antilope mit ihrem schwarz-weissen Gesicht und den langen, spitzen Hörnern am ersten Tag ein faszinierendes Fotomotiv für die Touristen gewesen war, wusste Mia, dass sie mittlerweile nicht mehr anhalten musste. »Das ist der alte Name für die San, den man nicht mehr verwendet«, erklärte Mia, »weil er als respektlos angesehen wird.«

»Warum trägt ein San-Mann einen Namen wie Luiz?« fragte Melanie. Mia warf einen Blick über ihre Schulter. »Das ist portugiesisch.« Bill hob die Augenbrauen. »Kommt er denn aus Portugal?«

»Nein, ursprünglich aus Angola, das einmal eine portugiesische Kolonie war. Luiz wurde, irgendwann Mitte bis Ende der 1950er Jahre, dort geboren. Er hat mir einmal erzählt, er wäre sich nicht hundertprozentig sicher, wie alt er sei, glaube aber, sechsundsechzig zu sein. Als er jung war, lebte er das völlig traditionelle Leben der San als Jäger und Sammler im Busch. Mit etwa siebzehn schloss er sich der portugiesischen Armee an, um gegen die Kräfte zu kämpfen, die Angola in den 1960er und frühen 70er Jahren zu befreien versuchten.«

»Gegen seine eigenen Leute?«, staunte Judy.

Mia wusste, dass sie in ein Wespennest gestochen hatte. Die Gäste stellten Fragen, was bedeutete, dass sie interessiert waren und dass es ihnen gefiel. »Nicht wirklich. Die San wurden im Laufe ihrer Geschichte immer wieder an den Rand gedrängt. Sie bewohnten ursprünglich einen Grossteil des südlichen Afrika, wurden aber durch die Einwanderung zahlreicherer afrikanischer Stämme aus ihren angestammten Jagdgebieten verdrängt. Die Ankunft der Kolonialarmeen und Siedler machte alles nur noch schlimmer. Ausserdem waren sie mit einigen der anderen Stämme verfeindet.

»Sie kämpften also auf der Seite der Weissen, der Portugiesen?«, fragte Joe.

Mia nickte. »Ja. Die Familie von Luiz war pro-portugiesisch. Ich kenne die Geschichte nicht genau, denn er ist sehr zurückhaltend, aber ich weiss, dass er eine halbportugiesische Stiefschwester hatte. Sie war die Mutter von Shirley, unserer Lodge-Managerin, Luiz' Nichte.«

»Aha«, sagte Melanie. »Ich habe mich über Shirleys Nachnamen gewundert, Hennessy. Ich habe entfernte Cousins desselben Namens, die Amerikaner irischer Abstammung sind. Ist sie verheiratet?«

»Nein«, sagte Mia. »Ich kenne ihre Familie nicht in- und auswendig, aber Shirley hat mir einmal erzählt, ihr verstorbener Vater sei eigentlich ein Ire gewesen, der in Südafrika lebte. Als Portugal sich nach einem Staatsstreich in Lissabon in den 1970-er Jahren aus all seinen afrikanischen und anderen Kolonien zurückzog, gewährte die weisse südafrikanische Armee Luiz und Hunderten anderer San-Soldaten Asyl und setzte sie in ihrem Kampf gegen die neue angolanische Regierung und gegen andere Nationalisten ein, die in Namibia für die Unabhängigkeit kämpften.«

»Junge, ist Afrika mit all diesen verschiedenen Stämmen und so weiter kompliziert«, kommentierte Bill kopfschüttelnd.

›Das war der amerikanische Bürgerkrieg auch‹, hätte Mia am liebsten gesagt, hütete aber ihre Zunge.

»Worum ging es in diesem Krieg?«, wollte Judy wissen.

Mia holte tief Luft. »In Südafrika nannten wir es den ›Grenzkrieg‹. In den siebziger und achtziger Jahren wurde die Apartheidregierung durch den Aufstieg von Nelson Mandelas ANC, dem Afrikanischen Nationalkongress, von innen bedroht. Angola bot dem ANC und einer Organisation namens SWAPO, der ›South West Africa People's Organisation‹, einen sicheren Hafen.

»Südwestafrika war doch der alte Name für Namibia, oder?«, warf Bill ein.

»Genau«, bestätigte Mia. »Und ihr militärischer Flügel, die Volksbefreiungsarmee von Namibia, kurz PLAN, unternahm Angriffe über die Grenze ins heutige Namibia, das damals fast als Teil Südafrikas angesehen wurde. Die südafrikanische Regierung war strikt antikommunistisch eingestellt und deshalb über die Wahl einer linken Regierung in Angola, die von Kuba und Russland unterstützt wurde, besorgt. Die südafrikanischen Streitkräfte führten in Angola Krieg und unterstützten einen Mann namens Jonas Savimbi und seine Partei, die UNITA.«

»Und Onkel Sam, also die USA, spielte ebenfalls eine Rolle«, sagte Bill. »Die CIA unterstützte Savimbi, und ich habe in einem Roman gelesen, Savimbi habe seine Kriegsanstrengungen mit Elefantenelfenbein, Nashornhorn und Blutdiamanten finanziert, bei dessen Verkauf ins Ausland die USA und Südafrika ihm geholfen hätten.«

»Wiederum in allen Punkten richtig, Bill. Weisse südafrikanische Männer, darunter mein Vater, wurden zum Kampf eingezogen und an die Grenze zu Angola geschickt. In Angola gab es grosse Schlachten und auch in Südwestafrika einige Kämpfe. Das Ganze endete 1990, als Namibia als unabhängiges Land proklamiert wurde, mit einer Art ›Unentschieden‹.«

»Aber wie ist jemand wie Luiz hier gelandet?«, fragte Melanie, »So weit weg von zu Hause und seinem traditionellen Leben?«

Mia mochte Melanie. Sie war einfühlsam und fürsorglich, was sie, wie Mia vermutete, zu einer guten Ärztin machte. »Nach dem Ende des Krieges in Angola wurden Luiz und Hunderte von San-Soldaten mit ihren Familien nach Südafrika verlegt, auf einen Militärstützpunkt in der Nähe der Diamantenminenstadt Kimberley. Wenn sie versucht hätten, nach Angola zurückzukehren, wären sie verfolgt worden. Als Nelson Mandela in Südafrika die Macht übernahm, sorgte er dafür, dass sie in einem Township namens Platfontein eine dauerhafte Bleibe und etwas Land in der Nähe erhielten.«

»Das war gut von ihm«, sagte Melanie.

Obwohl sie von Luiz und Shirley erfahren hatte, dass das Leben für die San-Flüchtlinge aus dem Krieg hart war, wollte Mia nicht widersprechen.

»Sicher«, stimmte Mia zu. »Aber sie landeten in einfachen Unterkünften in einer trockenen Gegend weit weg von ihrer Heimat, wo sie kaum Aussicht auf Arbeit hatten und ebenso wenig jagen konnten. Ausserdem sahen hier in Südafrika nach den demokratischen Wahlen viele Leute sie immer noch als Feinde an.«

Melanie nickte. »Ich verstehe. Ich würde gerne mit Luiz sprechen, wenn es ihm besser geht, oder, wie gesagt, wenn ich etwas tun kann ...«

»Danke, Melanie«, sagte Mia ernst.

Mia richtete ihren Blick wieder auf die Strasse, erkannte aber an der Peripherie einen dunklen Fleck am Himmel. Sie verlangsamte und sah hinauf.

»Geier«, sagte sie, als sie sah, dass es mehr als einer war, der zur Landung ansetzte.

»Wo?«, fragte Bill.

»Zehn Uhr nach oben, Kumpel«, sagte Joe. »Du brauchst wohl eine neue Brille.«

Mia fuhr auf den Kamm der nächsten Düne, um einen besseren Blick auf das zu werfen, woran die Geier interessiert waren. Sie hielt an und holte ihr Swarovski-Fernglas heraus, das Geschenk früherer Kunden aus den Vereinigten Staaten. Amerikaner konnten unglaublich grosszügige und dankbare Gäste sein. Sie kannte diesen Ort mit dem grossen Kameldornbaum, der sich malerisch von der kargen Wüstenlandschaft abhob, gut. Es war für Mia und die anderen Führer ein beliebter schattiger Platz, um ihre Pirschfahrten für einen Morgenkaffee oder am Nachmittag für einen Sundowner zu unterbrechen. Sie konzentrierte sich auf das Beobachten, dann biss sie sich heftig auf die Unterlippe.

»Bleiben Sie bitte alle einen Moment im Fahrzeug sitzen und warten Sie auf mich. Ich sehe mir das kurz an.«

»Sind Sie dabei sicher?«, fragte Judy.

»Natürlich, bleiben Sie einfach im Land Rover.« Mia nahm die lange, grüne Segeltuchtasche aus dem Regal auf dem Armaturenbrett des Land Rovers und öffnete deren Reissverschluss. Sie zog ihr .375 Brno-Gewehr heraus, stieg aus dem Fahrzeug, öffnete den Verschluss und lud ihre Waffe mit fünf dicken Patronen aus dem handgefertigten Lederpatronengürtel um ihre Taille. »Ich bin gleich zurück, bitte bleiben Sie sitzen.«

»Okay, aber seien Sie vorsichtig«, sagte Melanie.

Mia nickte und verliess das Wildbeobachtungsfahrzeug. Der rote Sand war locker, und sie spürte jeden Schritt in den Waden, aber das Pochen in ihrer Brust machte ihr mehr Sorgen. Sie schaute sich um. Vor ihr erstreckte sich die Wüste Kilometer um Kilometer, wie ein leeres Meer aus roten Wellen. Anfangs war es dieses Nichts, an das sie sich nur schwer gewöhnen konnte. Sie hatte sich nach den hoch aufragenden Bleiholz- und Schakalbeerbäumen gesehnt, die selbst die trockenen Wasserläufe ihrer Heimat säumten, ganz zu schweigen vom fliessenden Sabie River. Mit der Zeit hatte sie aber die Schönheit, die sich in dieser Trostlosigkeit verbarg, erkannt. Sie machte den beeindruckenden Kameldorn, auf den sie zusteuerte, zu einem noch spezielleren Wahrzeichen. Das Reservat lag mitten im Nirgendwo, fast hundert Kilometer von der nächstgelegenen Stadt Askham entfernt, und hier fand sie einen Frieden, den sie seit dem Tod ihres Vaters nicht mehr erlebt hatte. Was sie ihren Gästen nicht erzählte, war, dass ihr Vater, Frank, sich umgebracht hatte und dass sie sicher war, dass der Krieg, von dem sie wie eine Geschichtslehrerin gesprochen hatte, mit ein Grund dafür gewesen war. Die Stille, die sie zuerst als unheimlich, fast beängstigend empfand, beruhigte sie jetzt.

Einer der Geier ergriff die Flucht, als sie näherkam und andere hüpften vom Kadaver weg, von dem sie unter dem Baum frassen. Weitere der riesigen Vögel schwangen sich in die Lüfte und sie hörte das Klatschen gewaltiger Flügel, die die Luft durchpflügten.

Die Sonne brannte ihr in den Nacken und auf ihrer Oberlippe standen Schweissperlen. Mit glitschigen Handflächen umklammerte sie das Gewehr fester. Der Löwe, den das grosse Männchen herausgefordert hatte, konnte ganz in der Nähe sein und sich zwischen Mahlzeiten ausruhen, vielleicht im Windschatten des nächsten Sandhügels. Sie glaubte jedoch nicht, dass ein Löwe, ein Gepard oder einer der verstecktlebenden Kalahari-Leoparden hier etwas gerissen hatte.

Mia betrachtete den Sand. In diesem Gebiet war es wahnsinnig schwierig, Spuren zu lesen, also versuchte sie, sich an alles zu erinnern, was Luiz ihr in den letzten drei Monaten erklärt und gezeigt hatte. Sie warf einen Blick über die Schulter. Ihre Touristen, zumindest die beiden Männer, die sie durch ihre Ferngläser beobachteten, sassen still.

Sie hob den Kolben ihres Brünner-Gewehrs an die Schulter, bereit, einfach für den Fall. Eine Bewegung zu ihrer Rechten schreckte sie auf und sie schwenkte den Lauf herum. Es war nur ein weiterer Geier, ein Nachzügler.

Ihre Rogue-Stiefel quietschten beim Gehen und sie spürte, dass Sandkörner die Rückseite ihrer Bein trafen. Der Kadaver war nur noch höchstens zwanzig Meter entfernt und sie erkannte, dass ihr erster Instinkt richtig gewesen war.

Erneut suchte sie die Umgebung mit einem Rundumblick nach Gefahren ab. Als sie zu der Stelle zurückblickte, wo die Geier gewesen waren, sah sie Blut und roch den ersten verräterischen Geruch des Todes im heissen Wüstenwind. Mia schloss die Augen, doch eine Träne bahnte sich kullernd einen Weg über ihre Wange hinunter.

»Nein«, flüsterte sie.

Sie blieb stehen und sah, worauf sich die Geier gestürzt hatten. Sie brauchte nicht näher heranzugehen, um festzustellen, dass es sich um einen Menschen handelte. Der Mann trug das khakifarbene Hemd und die grünen Shorts der Dune Lodge.

»Luiz!«.

3

Von Scottburgh aus nahm Sannie die R102 und fuhr in Richtung Süden. Die alte Hauptstrasse schlängelte sich der Ostküste des Landes entlang, bis zur Südspitze des Kontinents, nach Kapstadt. Zu ihrer Linken glitzerte der Indische Ozean.

Sie hielt nach auf der Strasse joggenden Männern Ausschau, sah aber niemanden. Bei dieser Hitze zu laufen, war mörderisch und sie war noch nie so dankbar für die Klimaanlage des Fortuners gewesen.

Nach Park Rynie zweigte sie links nach Rocky Bay ab und überquerte die Bahnlinie. Sie hatte gehört, dass der Personenverkehr auf der Strecke schon vor einigen Jahren eingestellt worden war und lange Zeit nur noch Güterzüge fuhren, allerdings sehr selten. Seit den grossen Überschwemmungen, die die Provinz verwüstet hatten, sogar überhaupt keine mehr. In Pennington hatte sie Menschen gesehen, die der Strecke entlangliefen und von Schwelle zu Schwelle hüpften. Vielleicht hatte Adam Krüger diese Route genommen.

Natürlich konnte sie sich mit ihrer Theorie, Krüger könnte hierhergelaufen sein, irren, als Detektivin hatte sie aber schon vor langer Zeit gelernt, ihren Instinkten zu trauen. Wie immer blieb sie auch bei diesem Fall unvoreingenommen, hoffte aber, den Fall schnell bearbeiten und abschliessen zu können.

Sie hatte ihre neue Stelle erst vor drei Wochen begonnen, die Zeit durchgearbeitet und deshalb die folgende Woche frei. Sie freute sich auf den Urlaub, in welchem sie ihre Freundin Mia Greenaway besuchen wollte. Allerdings war es in der Kalahari-Wüste und im Kgalagadi Transfrontier Park genauso heiss oder sogar noch heisser als hier an der Südküste.

Sannie lenkte den Fortuner auf dem städtischen Parkplatz auf einen Platz mit Blick auf das Meer. Zu ihrer Rechten befand sich die felsige Landzunge, die der Bucht ihren Namen gab. Ein kurzer Betonsteg mit einem Sicherheitsgeländer bildete den perfekten Ort für Angler, von denen zwei ihre Leinen im Wasser hatten. Ein älteres Ehepaar, vielleicht vom Wohnwagenpark auf der anderen Seite des Parkplatzes, lag in der Nähe im Schatten eines Sonnenschirms und las. Unter einem ausklappbaren Pavillon sass eine Familie beim Picknick und drei Teenager lachten und kreischten in der Brandung, wenn sich Wellen über ihnen brachen.

Sannie stieg aus und senkte ihre Sonnenbrille über die Augen. Zu ihrer Linken befand sich der ›Skiboat-Club‹, ein kleineres, zweistöckiges Backsteingebäude mit einer Küche im Erdgeschoss und einer Bar mit Holzterrasse darüber. Oben sah sie ein Paar an einem der hölzernen Tische sitzen.

Sie überquerte den Parkplatz, ging zum Haus und stieg drinnen die Treppe hoch.

»Guten Morgen, was kann ich für Sie tun?«, fragte die blonde Frau an der Bar, die gerade den Tresen wischte. Ein kräftiger grauhaariger Mann mit rotem Gesicht, der eine Flasche Castle Lite in einem Kühler vor sich stehen hatte, nickte ihr zu.

»Ich suche nur einen Freund«, sagte Sannie.

»Wen?«, fragte die Barkeeperin. »Die Chancen, dass ich ihn kenne, stehen gut.«

»Adam Krüger.«

Der ältere Mann an der Bar rülpste. »Sharky.«

»Wie bitte?«, fragte Sannie.

Die Barkeeperin legte ihr Tuch hin und stemmte die Hände in die Hüften. Dann fiel ihr Blick auf die Pistole an Sannies Hüfte. Ihr

Hemd war hochgerutscht und der Griff kam zum Vorschein. »Was wollen Sie von Adam?«

Sannie hielt der Barkeeperin ihren Polizeiausweis, den sie an einem Schlüsselband um den Hals trug, entgegen.

»Hier«, erklang die Stimme eines Manns, die blonde Frau blickte über Sannies Schulter und diese drehte sich um. Durch ein offenes Fenster kamen der Kopf und die Schultern eines Mannes in Sicht. Er trug kein Hemd und hatte an einem der Picknicktische auf der Terrasse gesessen, die sie vom Parkplatz aus nicht hatte sehen können. Das Gesicht verschwand.

Als Sannie die Holzterrasse betrat, die gerade breit genug war, um die Tisch-Bank-Kombinationen hinzustellen, ging das Paar, das draussen gesessen hatte, an ihr vorbei und die Treppe hinunter.

»Adam Krüger?«

Er schaute in ihre Richtung und nickte ihr kurz zu. Er hatte kurzes, dunkles, mit Grau gesprenkeltes Haar und sonnengebräunte Haut. Sein Oberkörper war praktisch unbehaart und die Bauchmuskeln darin deutlich ausgeprägt. Sie bezweifelte allerdings, dass er zu den Leuten gehörte, die sich enthaarten oder für eine Mitgliedschaft im Fitnessstudio bezahlten. Wie der ältere Mann, der die Bar führte, trank auch Krüger aus einer Flasche, aber Black Label. Das billigste Bier in der Bar.

Sie ging zu ihm, schaute ihn an und bemerkte seine Augen. Sie hatten einen auffälligen Grünton und obwohl er sie ansah, hatte sie das Gefühl, sie sei für ihn unsichtbar und er schaue durch sie hindurch bis zu einem fernen Horizont. Möglicherweise war er schon betrunken, obwohl sie an seiner Körpersprache weder Anzeichen von Entspannung noch von Rausch bemerkte. Wegen irgendetwas schien er hyperwachsam. Er sass in der hintersten Ecke und mit dem Rücken zur Wand, das Meer zu seiner Linken, weshalb sie ihn nicht gesehen hatte.

»Ich bin Captain Susan van Rensburg von den Hawks und muss mit Ihnen über die Ereignisse in der Scottburgh Mall heute Morgen sprechen.«

Er nahm einen Schluck Bier aus der Flasche. »Wie haben Sie mich gefunden?«

»Das ist meine Aufgabe.«

Er nickte zweimal, langsam. »Das haben sie gut gelöst.«

Sie stand da und ihre rechte Hand ruhte auf dem Pistolengriff der Z88. »Warum sind Sie einfach vom Tatort des Überfalls und der Schiesserei weggegangen? Oder war das eine Flucht?«

»Nein, ich bin nicht geflohen. Meine Schicht war vorbei.« Er blickte weg, zurück auf die Weite des Indischen Ozeans. »Und ich mag keine Menschenmengen.«

»Und dennoch arbeiten Sie im Parkhaus eines Einkaufszentrums? Am Monatsende, wenn alle ihren Zahltag erhalten haben, muss das schlimm sein.«

Er blickte zu ihr zurück. »Ich brauche das Geld.«

Sannie nickte auf die halbvolle Flasche, die er gerade abgestellt hatte. »Dafür?«

Adam zuckte mit den Schultern. »Zufälligerweise, ja.«

Er war aufmüpfig oder unverschämt, vielleicht sogar beides. »Ich muss eine Aussage von Ihnen entgegennehmen und entscheiden, ob ich Sie anklage oder nicht. Wir können das hier tun, oder ich lege Ihnen Handschellen an und bringe Sie nach Port Shepstone.«

»Darf ich Sie auf einen Drink einladen?«, fragte er.

»Nein, danke.« Sannie setzte sich ihm gegenüber auf den Picknicktisch und nahm ihr Notizbuch heraus. Sie fragte ihn nach seinem vollen Namen und seinem Geburtsdatum. Er war fünfundfünfzig, also zwölf Jahre älter als sie, aber sie hätte ihn auf Mitte vierzig geschätzt. Wenn er ein Trinker war, der auf einem Parkplatz arbeitete, um billiges Bier zu kaufen, hielt er sich gut in Form. »Beruf?«

»Parkplatzwächter.«

»Keine andere Arbeit?«, fragte sie.

Er zuckte mit den Schultern. »Gelegentlich übernehme ich den einen oder anderen Gelegenheitsjob. Und wenn sich jemand anderes krankmeldet, arbeite ich in der Hochsaison auf den Tauchbooten.«

»Adresse?«

Er nannte die Nummer eines Hauses am Botha Place in Pennington. Obwohl sie das Dorf noch nicht so gut kannte, erkannte sie es sofort. »Es steht zum Verkauf, nicht wahr?«

»Nicht mehr.«

»Ah.« Sie nickte.

»Haben Sie es auf dem Immobilienmarkt gesehen?« Er trank sein Bier aus und stellte die leere Flache auf den Tisch.

»Ich stelle hier die Fragen.« Sie erinnerte sich an das Haus: Es war alt, der Garten überwuchert, das Gebäude in einem furchtbaren Zustand. Über einem zerbrochenen Fenster hatte sie Plastikfolie bemerkt, die Dachrinnen waren verrostetet und ein altes Dach, das einst die Treppe schützte, lag jetzt im Vorgarten, als wäre es vor kurzem weggerissen worden. »Dieses Haus steht zum Verkauf«, hatte Pam, die Immobilienmaklerin ihr gesagt, als sie sie herumführte. Es war das heruntergekommenste Haus in einer der besten Strassen, aber Sannie hatte Pam erklärt, sie ziehe wegen ihres beschränkten Budgets ein Haus in Betracht, das renoviert werden müsse. »Die alte Frau, der es gehörte, ist verstorben«, hatte Pam ihr erklärt. »Der Zustand ist eine Schande, aber ihr Sohn ist aus Australien zurückgekommen und will es renovieren, bevor er es wieder verkauft.«

Sannie erzählte Pam nicht, dass sie sich von den meisten Häusern, die sie bisher gesehen hatte, problemlos eins hätte aussuchen können, weil ihr verstorbener Mann Tom, der im Irak getötet worden war, ihr eine hohe Lebensversicherung hinterlassen hatte. Als militärischer Auftragnehmer, der an einem gefährlichen Ort als Leibwächter arbeitete, waren die Prämien für seine Lebensversicherung astronomisch hoch gewesen. Irgendwann hatte Sannie ihn zu überreden versucht, die Zahlungen einzustellen – im Nachhinein wurde ihr klar, dass sie damit versucht hatte, sich selbst davon zu überzeugen, dass ihm nie etwas passieren würde. Jetzt fühlte sie sich schuldig, weil sie überhaupt daran dachte, in irgendeiner Weise vom Tod ihres Mannes zu profitieren. Er hatte aber darauf bestanden und ihr erklärt, bei seinem allfälligen Tod finanziere eine Auszahlung aus der Versicherung die Ausbildung der Kinder und ermögliche Sannie ein Leben, wie sie es sich wünsche. Sannie hatte ausgerechnet, dass sie, selbst wenn der kleine Tommy die Universität abschliessen sollte, immer noch mehr als genug hatte, um ein sehr schönes Haus zu kaufen und sogar falls sie in den Ruhestand ging, dreissig Jahre oder noch länger bequem davon zu leben, ohne ihre Polizeirente antasten zu müssen. Das bedeutete jedoch nicht, dass sie Geld verschwendete. Der Gedanke an ein renovierungsbedürftiges Haus, das sie ausserhalb der Arbeitszeit zusätzlich beschäftigen würde, reizte sie.

»Warum sind Sie aus Australien zurückgekommen?«, fragte sie ihn.

Sein Verhalten änderte sich und er sah sie mit anderen Augen an. Sein Blick war nun eher auf sie konzentriert, als nach draussen zu schweifen.

»Woher wissen Sie das?«

»Es ist mein Auftrag.« Sie sah die feine Andeutung eines Lächelns. Sie stellte fest, dass er glattrasiert war, was auch nicht zum Bild eines *Dronkies* passte, der als Autowächter arbeitete, um seine Sucht zu befriedigen.

Er nickte. »Jetzt weiss ich, wo ich Sie schon einmal gesehen habe – beim Spaziergang am Strand von Pennington. Dort kennt jeder jeden, so dass ein neues Gesicht immer auffällt.«

Jetzt war Sannie an der Reihe, überrascht zu sein und räusperte sich. »Also, bringen wir es hinter uns, Herr Krüger.«

Er fuchtelte mit einer Hand in der Luft herum. »Da waren bestimmt ein Dutzend Menschen, die ihre Handys zückten, als die Schiesserei begann. So etwas gibt es nur in Südafrika ...«

»Erzählen Sie mir, was passiert ist, von Anfang an.«

Während Krüger die Ereignisse des Vormittags schilderte, machte sie sich Notizen. Er sprach langsam und prägnant, so dass sie Zeit zum Schreiben hatte. Zweimal, als sie von ihrem Notizbuch aufblickte, sah sie, dass er die Augen geschlossen hatte, als durchlebe er die Ereignisse im Geist noch einmal.

»Ich habe den einen *Tsotsi* mit einem Teil eines Pflastersteins geschlagen, den Ihre Gerichtsmediziner wahrscheinlich untersuchen und Blut daran finden.«

»Standen Sie hinter ihm?«

Er nickte. »Ja, aber einer seiner *Tjommies,* seiner Kumpel, hat ihn alarmiert, so dass er sich umdrehte und sein Gewehr, eine AK-47, auf mich richtete.«

»Und Sie haben ihn mit einem kaputten Pflasterstein angegriffen?« Sie konnte ihre Ungläubigkeit nicht verbergen.

»Ich habe beobachtet, dass er ein neues Magazin geladen, aber das Gewehr noch nicht entsichert hatte – er hätte mich also nicht erschiessen können.«

»Sie kennen sich mit Waffen aus?«

Er zuckte mit den Schultern. »Ich war, wie jeder in meinem Alter, in die Armee einberufen.«

Wie fast alle weissen südafrikanischen Männer in seinem Alter während der Zeit der Apartheid, wollte er damit sagen. Ihr erster Mann, Christo, hatte ebenfalls als Wehrpflichtiger in der Armee gedient, in Namibia, und der Vater ihrer Freundin Mia hatte als Folge seines Dienstes in Angola an einem Post-Traumatischen-Syndrom gelitten und sich das Leben genommen. Der südafrikanische Grenzkrieg hat ein bleibendes Erbe hinterlassen.

»Wo haben Sie gedient?«

»In Angola.«

»Im ersten Fallschirmjägerbataillon?«

Wieder dieses Mikro-Lächeln. »Das Video machte die Runde im Internet, oder?«

»Sie sagen, Sie wurden einberufen, aber um zu den ›Parabats‹ zu kommen mussten Sie sich freiwillig melden.«

Er zuckte mit den Schultern. »Nach der Grundausbildung wurde ich nach Phalaborwa zum 7 SAI, dem 7. südafrikanischen Infanterie-Bataillon geschickt. Die ›Bats‹ mit ihren kastanienbraunen Baretten kamen und hielten uns einen Vortrag, erzählten uns, wie stolz wir sein könnten, wenn wir wie sie wären und wie wir unser Land so verteidigen könnten. Ich war jung und bin darauf reingefallen.«

Sannie prüfte zuerst ihr Notizbuch, dann wieder seine Augen. Er redete seinen Dienst herunter, schloss sich den Parabats aber auf der Suche nach Action an. »Haben Sie die AK-47 des Mannes, den Sie mit dem kaputten Pflasterstein angegriffen haben, genommen?«

»Angegriffen? Ein Wachmann war verletzt und eine Schiesserei im Gang.«

»Achten Sie auf Ihren Tonfall, Herr Krüger. Ich sammle einfach nur Fakten.« Er holte tief Luft und wurde ruhiger.

»Sie haben einen Mann angeschossen.« Sie machte sich Notizen, als er ihr erzählte, wie es dazu gekommen sei und dass er zu dem Mann mit der Pistole gesagt habe: »Lassen Sie das.« Der Räuber habe daraufhin auf Adam gefeuert, worauf er zurückgeschossen und ihn in die Schulter getroffen habe.

»Warum haben Sie gewartet, bis er zuerst abgedrückt hat?«, fragte Sannie.

»Ich wollte weder ihn töten noch des Mordes beschuldigt werden. Ich hoffte, er gebe vorher auf.«

»Ja, aber Sie sagen, er hat mit der Pistole auf Sie gezielt und in einem solchen Fall hätten Sie zuerst schiessen können.«

»Er ist jung – er hat sein Leben sogar dann noch vor sich, wenn er einen Teil davon im Gefängnis verbringt.«

»Und Sie? Was ist mit Ihrem Leben?«, fragte Sannie. Er zuckte mit den Schultern.

»Ich lasse diese Erklärung abtippen und dann müssen Sie sie unterschreiben. Wir haben mehrere Videos vom ganzen Vorfall, die wir durchgehen müssen. Sie klappte ihr Notizbuch zu und steckte es in die Gesässtasche ihrer Shorts. Wir dulden es nicht, dass sich Unbeteiligte in eine Schiesserei einmischen, aber der Sicherheitsbeamte, der einen Schuss in den Hals bekommen hat, verdankt Ihnen wahrscheinlich sein Leben.«

»Hat er überlebt?«

»Ja«, bestätigte Sannie. »Das Letzte, was ich gehört habe, war, dass sein Zustand als ernst, aber stabil bezeichnet wurde.«

Er atmete aus. »Gut.«

Sie sah, dass er es ernst meinte.

»Was Sie getan haben, war mutig«, sagte sie ihm. »Dumm, aber mutig.«

»Sind wir fertig, Captain?«, erkundigte er sich.

»Sie haben mir noch nicht gesagt, warum Sie aus Australien

zurückgekommen sind. Ich weiss, dass das manchmal vorkommt, aber die meisten Leute, die einmal weg sind, kehren nie wieder nach Afrika zurück. Ausser vielleicht für einen Urlaub. Die Leute sagen, das sei die Regel in Australien ...«

»Warum sind Sie noch in Südafrika, Captain?«

Sie bedauerte, sich auf ein Gespräch mit ihm eingelassen zu haben. Sie hätte sich an die Regeln halten sollen, aber er war so anders, als sie erwartet hatte. Als Leiterin der Abteilung für Viehdiebstahl und gefährdete Tierarten im Krügerpark hatte sie Tatortuntersuchungen und die Vorbereitung von Akten für die Verfolgung von Wilderern überwacht, aber es war lange her, dass sie einen Verdächtigen oder den Zeugen eines Verbrechens befragt hatte – erst recht einen gutaussehenden. Und trotz ihres Witzes war er tatsächlich mutig gewesen.

»Meine Kinder sind hier. Sie studieren alle und werden hier hoffentlich auch Arbeit finden. Einige meiner Freunde haben Südafrika verlassen, damit ihre Kinder eine bessere Ausbildung erhalten und mehr Chancen haben. Das gönne ich ihnen.«

Er nickte mit zusammengepressten Lippen. Als er tief einatmete, schwellte sich seine Brust. Er hielt etwas in sich zurück.

Da er ihrer Frage, warum er nach Südafrika zurückgekehrt sei, auswich, versuchte sie es mit einem anderen Ansatz. »War das der Grund, warum Sie Südafrika verlassen haben? Wegen Ihrer Kinder?«

»Sind Sie mit der Befragung fertig, Captain?«, fragte er.

Die blonde Barkeeperin kam heraus. »Willst du eine Cola, Sharky?«

»Oder vielleicht eine für Madam?«

»Danke, nicht für mich«, sagten beide unisono, worauf die Frau scheinbar unschlüssig in der Tür zur Terrasse herumlungerte, wohl entweder, um ein mütterliches Auge auf Adam zu werfen oder um zu lauschen.

»Eine Cola, nicht noch ein Bier?«, fragte Sannie.

»Heutzutage beschränke ich mich auf wenig.«

Sie fragte sich, ob das daran lag, dass er mit dem Bewachen von Autos nicht viel Geld verdiente, oder ob er in der Vergangenheit ein

Alkoholproblem gehabt habe. Und da war der Spitzname ›Sharky‹ wieder.

Die Barfrau meldete sich zu Wort. »Hat Adam Ihnen von seinen Forschungen erzählt?«

»Nein«, sagte Sannie. »Er ist wohl eher der starke, stille Typ.«

Die ältere Frau kam an ihren Tisch zurück und nahm die leere Flasche. »Er ist ein ziemlicher Experte für alles, was mit Haien zu tun hat und lernt für sein Doktor-Ding, nicht wahr, Adam? Sind Sie sicher, dass Sie nichts trinken wollen, meine Liebe?«

Sannie lächelte. »Okay. Eine Cola Zero, bitte.« Sie war neugierig. Dieser Adam Krüger war also mehr als nur ein Parkplatzwächter und Teilzeit-Tauchbootkapitän.

»Kommt sofort. Adam, dir hole ich ein eiskaltes Wasser aufs Haus, okay? Ich war gerade auf Facebook. Sieht ja aus, als wärst du heute der Held.«

Adam verdrehte die Augen und die Frau ging wieder hinein. »Doktor-Ding?«, fragte Sannie.

»Doktorat.«

»Einen Doktortitel?«

Er nickte. »Unwahrscheinlich, aber ja.«

Die Barfrau kam mit den Getränken zurück. Als Adam seine Plastikflasche mit Wasser in die Hand nahm, bemerkte Sannie, dass seine Hände zitterten.

»Geht es Ihnen gut?«, erkundigte sie sich.

Er nahm einen grossen Schluck. »Prima.«

Der Himmel war von einem schönen, klaren Blau und die Brise, die vom Meer herüberwehte, liess sie die Feuchtigkeit etwas erträglicher empfinden. Es war schön hier, dachte sie, aber dennoch leider für alle von ihnen unmöglich, der Welt jenseits des Strandes zu entkommen.

»Sie sollten vielleicht eine Beratung aufsuchen«, sagte sie.

»Das tat ich früher schon einmal«, sagte er.

Sannie hatte dies auch schon getan. Sie hatte sogar die Hilfe eines traditionellen Heilers in Anspruch genommen, der in der Nähe des Krügerparks lebte. Ausserdem hatte sie sich einer Reinigungszeremonie unterzogen, um ihre Trauer über den Verlust von Tom, ihrem zweiten Ehemann, zu verarbeiten. Dieser schweigsame Mann hier war Zeuge und an einer Schiesserei Beteiligter. Sie sollte seine Aussage einfach hinnehmen und gehen, aber er hatte etwas Verletzliches an sich, das sie zum Verweilen veranlasste und sie dazu brachte, ihm helfen zu wollen. Sie schaute hinein und sah, dass die Barkeeperin sie beide, während sie ein Glas trocknete, im Auge behielt. Dieser Adam Krüger war ein Mann der Gegensätze – ein attraktiver Parkplatzwächter mittleren Alters, der eine Stufe über einem Bettler zu leben schien, ein billiges Bier trinkender ›Stadttrinker‹, der zugleich doktorieren wollte und ein Haiforscher, der ausserdem ausgebildeter Soldat und ehemaliger Fallschirmjäger war.

Sannie war seit zwei Jahren nicht mehr mit einem Mann zusammen gewesen. Sie hatte eine Dating-App heruntergeladen und sich, allerdings hauptsächlich auf Drängen ihrer Tochter Ilana, bei ›Liefie‹, der Online-Dating-Website für Afrikaaner, angemeldet. Sie war mit vier Männern ausgegangen: Der Erste hörte nicht auf, über sich selbst zu reden, ein Zweiter sagte kaum ein Wort, vom Dritten vermutete sie stark, dass er verheiratet war, und der Letzte fasste ihr bei ihrem ersten und einzigen Date nach dem Abendessen an die Brust und drückte ihr einen Kuss auf die Lippen.

Sie wusste nicht, ob es sein nackter Oberkörper oder diese seltsam anziehenden Augen waren, jedenfalls beunruhigte sie Adam Krüger.

Sannie stand vom Picknicktisch auf und nahm ihr ungeöffnetes Getränk in die Hand. Es wäre unprofessionell, weiterhin auf dem Deck einer Bar zu sitzen und sich mit einem Mann zu unterhalten, den sie im Zusammenhang mit einer Schiesserei befragte – ganz egal, wie gut er aussah oder wie sehr er sich Sorgen machte. Sie fragte sich, ob ein Teil dieser seltsamen Anziehungskraft darauf zurückzuführen war, dass er litt. Denn sie selbst hatte gerade erst eine Phase der Trauer hinter sich.

Sannie hielt einen Moment inne, aber Krüger sagte nichts und machte auch keine Bewegung, die sie hätte zum Bleiben bewegen können. Vielleicht erwartete er, für das, was er getan hatte, wie ein

Held behandelt zu werden. Wenn das der Fall war, hatte er sich getäuscht.

»Ich danke Ihnen für Ihre Zeit. Ich melde mich, wenn wir noch etwas brauchen«, sagte Sannie.

Als sie das Geräusch eines Hubschraubers hörten, drehten beide den Kopf. Eine tarnfarbige BK 117 flog, von Norden kommend, schnell und niedrig über dem Wasser die Küstenlinie entlang.

Krüger sah zu, wie der Hubschrauber an ihnen vorbeiflog, sagte aber nichts mehr. Sannie drehte sich um, ging in die Bar und die Treppe hinunter und fragte sich, was in seinem Kopf vorging.

4

SÜDWESTAFRIKA (HEUTIGES NAMIBIA), 1987

Adam schwitzte im Schatten des Blechdachs des Hangars auf dem Luftwaffenstützpunkt von Ondangwa. Er lag auf dem Betonboden, der die Hitze von unten abstrahlte und sein Kopf ruhte auf einem aufgerollten Gürtel mit 7,62-Millimeter-Munition für sein Maschinengewehr.

Mit halb geöffneten Augen sah er über seine Brust hinweg nach unten, wo ein Alouette-Hubschrauber von flirrendem Hitzedunst verschluckt wurde, als der Pilot aufsetzte. Er hörte das Rumpeln eines Dieselmotors und das Knirschen eines Getriebes und blickte nach rechts. Ein Land Rover hatte den Kontrollpunkt passiert und kam auf sie zu. Aus Rossouws Kassettenrekorder kreischte Bon Jovi ›Livin' on a Prayer‹.

Hennie und Rassie spielten an einem ausklappbaren Tisch Karten und Sergeant Greenaway sah vom Wilbur-Smith-Roman auf, den er gerade las.

Der Land Rover fuhr vor das offene Hangartor. Seltsam. Normalerweise kamen die Aufforderungen an die ›Reaksie Mag‹ – so nannten die Parabats ihre Feuerwehr –, sich zu melden, über Funk aus dem Operationsraum, der dem Hangar angeschlossenen war.

Dass sie Besuch bekamen, war ungewöhnlich. Das Reaksie Mag war tabu, denn die Reaktionstruppe musste als Pikettdienst jederzeit zum sofortigen Abheben bereit sein.

Ein grosser, schlanker Mann stieg auf der Beifahrerseite aus. Seine Koteletten unter der Baskenmütze waren grau, die Uniform gestärkt und seine Stiefel glänzten. Er schritt in das höhlenartige Gebäude, blieb stehen und stemmte die Hände in die Hüften. »Leutnant Ferri!«

Tony Ferri kam beim Klang seines Namens aus dem Einsatzraum gehuscht, glättete mit den Händen die Vorderseite seiner Uniform und strich sich das schwarze Haar aus den Augen. Der junge Offizier war ein Aussenseiter, ein REMF aus dem Hauptquartier der 44. Fallschirmjägerbrigade, der zufällig wie Vogelkacke bei ihnen gelandet war, weil ihr regulärer Zugführer, Leutnant Jooste, an Malaria erkrankte. Jooste war einer von ihnen gewesen, ein Soldat, der aus den Rängen befördert worden war. Ferri dagegen war ein Hinterwäldler, der vor seinem dreimonatigen Einsatz im Brigade-Hauptquartier noch ein paar Gefechte abspulen wollte. Frik Rossouw, der Melder aus Benoni, der hinter Adam sass, erzählte, Ferri sei vor seinem Militärdienst Rechtsanwalt gewesen. Er war bisher bei nur einem einzigen anderen Einsatz dabei gewesen und da war nichts passiert. Ferri, Adam, Evan Litis, Luiz Siboa – einer der San-Fährtensucher – und ein widerwilliger Frank hatten anschliessend auf Drängen von Ferri für ein Foto posiert. Er freute sich auf den Einsatz, obwohl er im Kampf noch unerprobt war.

»Sir.« Ferri schlängelte sich zwischen den sitzenden und liegenden Parabats hindurch.

Frank Greenaway legte sein Buch weg, stand auf und ging auf die beiden Offiziere zu.

»Bleiben Sie bei Ihren Männern, Sergeant«, sagte der ältere Offizier. »Ferri, Sie kommen mit mir.«

Adam bemerkte, dass Ferri seinen Schritt beschleunigte, wie ein von einem neuen Spiel begeisterter Welpe, und dem älteren Mann, einem Colonel, nach draussen folgte. Sergeant Frank Greenaway blieb dort stehen, wo man ihn aufgefordert hatte, stehen zu bleiben und beobachtete die beiden anderen.

Der Colonel winkte dem Fahrer des Land Rovers und rief einen Befehl, den die Männer im Hangar nicht hören konnten. Daraufhin kletterten zwei Soldaten in hellbraunen Uniformen, die ältere RI-Gewehre und südafrikanische Gurtbänder trugen, aus dem hinteren Teil des Fahrzeugs. Adam erkannte sie, ebenso wie die anderen, denn manchmal, wenn ihre besonderen Fähigkeiten notwendig waren, teilte man den Parabats die San-Fährtenleser des 31. Buschmann-Bataillons zu.

»Die Siboa-Brüder«, sagte Rossouw. »Wenn die beiden für uns auf Spurensuche gehen, wissen wir, dass wir jede Scheisse finden.«

Evan Litis kam aus der Latrine und ging zu Adam. »Was ist los, Boet?«

»Ich weiss es auch nicht so genau«, sagte Adam, richtete sich aber auf und zerrte an seinem Gurtband.

Auf dem Rollfeld vor dem Hangar salutierte Leutnant Ferri vor dem Colonel, der zurück in seinen Land Rover stieg. Der Fahrer liess den Motor an und fuhr los.

Ferri kam mit geschwellter Brust zurück. »In Angola wurde im Gebiet der FAPLA ein ›Bosbok‹ abgeschossen. Es ist unsere Aufgabe, die zweiköpfige Besatzung zu finden, zu retten und zurückzubringen. Der Puma setzt uns zwei Kilometer von der Absturzstelle entfernt ab und wir müssen zu einer sicheren Landezone patrouillieren. Los geht's!«

»Ein Bosbok?«, fragte Evan, während sie sich ihre Waffen schnappten.

»Ein einmotoriges Flugzeug, das zur Beobachtung und Luftüberwachung eingesetzt wird. Keine Buschbockantilope, du Idiot«, lachte Frank Greenaway, als sie über das Rollfeld zu einem wartenden Puma-Hubschrauber liefen. »Und die Besatzung von Bosboks besteht nur aus einem Piloten.«

Frank hatte ihrem Offizier gerade widersprochen und Adam spürte die Verärgerung des Sergeants – vielleicht darüber, dass er von der Besprechung auf der Rollbahn ausgeschlossen worden war. Als sie sich auf den ihnen zugewiesenen Plätzen im Puma niedergelassen hatten, traf Adams Blick kurz den von Frank. Der Sergeant war einer von ihnen, ein älterer Mann mit einem Bart, in dessen Augen eine Leere lag, die von Vielem zeugte. Er hatte zahlreiche Einsätze hinter sich und war, im Gegensatz zu Evan und Adam, die erst zwei Monate dabei waren, schon neun Monate auf dieser Tour.

Frank zeigte Adam die Daumen nach oben, aber ohne ein Lächeln und Adam nickte. Nicht alles war *lekker,* gut. Als der Puma abhob, spürte Adam, dass sich sein Magen zusammenzog. Es roch nach Schweiss, Öl und etwas viel stärkerem, vielleicht Desinfektionsmittel, als die Metallhaut des Gehäuses um sie herum vibrierte. Adam sass mit nach aussen baumelnden Beinen in der offenen Tür des Hubschraubers, seiner LMG im Anschlag.

Evan lehnte sich dicht zu Adam und schrie ihm durch das Motorengeräusch und das Rauschen der Luft ins Ohr: »Wer war dieser verdammte Bein-Offizier, der diese Anweisungen gab?«

Der Parabat-Jargon war ihnen bereits vertraut: Ein ›Bein‹ war jemand, der zu Fuss in den Kampf ging, anstatt zu springen, also jemand ausserhalb des Fallschirmjägerbataillons.

»Ich glaube, es war Colonel de Villiers, der Sektorkommandant«, erklärte Adam. »Ein weiterer Marmeladenklauer, der die besten Rationen und ein weiches Bett bekommt.«

»Seltsam, dass er den ganzen Weg hergefahren ist, um uns zu sagen, dass gerade ein Flugzeug abgeschossen wurde«, wunderte sich Evan.

Adam nickte. Warum war ein so dringender Befehl nicht über Funk gekommen? Sie überquerten ›Oom Willie se Pad‹, Onkel Willies Strasse, die deutlich zu sehen war, als der Schatten des grossen Puma-Hubschraubers über sie hinweg zog. Der Schnitt durch den ausgedörrten Busch, der die Grenze zwischen Südwestafrika und Angola markierte, war so deutlich zu sehen, wie eine frische Narbe auf glatter, junger Haut.

Das LMG lag schwer auf Adams Knien. Als der Mann, der das leichte Maschinengewehr des Stabs trug, musste er bei Bedarf Deckungsfeuer geben können. »Ferri hatte gesagt, der Bosbok sei hinter den FAPLA-Linien abgestürzt, was bedeutete, dass die angolanische Armee in der Gegend, wenn nicht sogar schon an der Absturzstelle war. Adam schaute sich um. Er sah nur Augen und Zähne, denn die weissen Gesichter der Parabats und die freiliegende Haut ihrer Hände und Arme waren mit schwarzer Tarnfarbe bedeckt. Luiz, einer der beiden San-Fährtenleser, grinste ihn an, während sein Bruder Roberto, ohne zu lächeln neben ihm sass und aus dem Hubschrauber starrte.

Ferri sass mit einem Headset weiter vorn, hockte zwischen und hinter den beiden Piloten und zeigte durch die Windschutzscheibe.

Adam schaute über die endlosen Mopane-Bäume. Er konnte sich kaum noch an den Indischen Ozean erinnern. Sie kamen aus verschiedenen Teilen Südafrikas und ihr einziger gemeinsamer Nenner war der Militärdienst. Adams Vater kam aus einer afrikaansstämmigen Familie, aber da seine Mutter in Grossbritannien geboren war, sprach seine Familie zu Hause in Natal Englisch. Evan, mit seinem schwarzen, lockigen Haar, stammte aus einer griechischen Fischerfamilie, die in Port Elizabeth lebte. Frank hatte Naturschutz studiert und wollte nach dem Krieg im Krügerpark, im östlichen Transvaal Wildhüter werden, sagte aber, die Armee habe ihm gefallen und so sei er in die ständige Truppe gewechselt. Vielleicht war es der Krieg, der Frank gefiel, Adam war sich nicht sicher. Rassie Erasmus, der Einsatzsanitäter aus Potchefstroom, wollte Medizin studieren und eines Tages Arzt werden. Hennie Steyn, der Korporal, ein Bauernsohn aus dem Freistaat, war ein weiterer der *ou manne*. Er hatte sich seinen braunen Armeeschal als Schweissband um den Kopf gewickelt.

Der Techniker des Hubschraubers, ein Besatzungsmitglied, drückte die Sprechtaste an seiner Funksprechanlage und nickte. Er hielt einen Finger hoch, ein Signal, das sie sich gegenseitig weitergaben. ›Eine Minute.‹

Als der Pilot den Puma zu Boden brachte, spürte Adam den Adrenalinstoss und sein Körper spannte sich vom Schliessmuskel bis zur Brust. Er hielt den hölzernen Griff des Maschinengewehrs belgischer Bauart fester und suchte mit den Augen den Busch ab.

»Los!«, schrie das Besatzungsmitglied.

Mit klopfendem Herzen sprang Adam, sobald die Räder aufsetzten, aus dem Hubschrauber. Er rannte ein paar Meter durch trockenes, brüchiges Gras, dann liess er sich auf ein Knie fallen. Bereit, für die Männer, die aus dem Puma kletterten, zu töten oder zu sterben, suchte er das Gebüsch um sich herum ab.

5

———

DUNE LODGE, KALAHARI-WÜSTE, IN DER GEGENWART

Mia stand auf der Holzterrasse vor dem Essbereich der Dune Lodge, im Schatten einer beduinenähnlichen Markise aus khakifarbenem Segeltuch. Das Gebäude bestand aus einem Stahlgerüst, das so mit Stoff verkleidet war, dass Gästen die Illusion vermittelt wurde, sich in einem grossen, geschmackvoll eingerichteten Zelt zu befinden.

Das Hauptgebäude war von der Terrasse umgeben und vor Mia glitzerte einladend ein Swimmingpool, hinter dem sich die Dünen bis zum Horizont erstreckten.

Ihr Telefon klingelte und sie wusste, dass es ihre Chefin, Julianne Clyde-Smith, war. Audrey Uren, Juliannes stets effiziente Assistentin, hatte zuvor angerufen, um einen Termin zu vereinbaren.

»Mia, wie geht es Ihnen?«, fragte Julianne mit ihrem britischen Akzent.

»Gut, danke, und Ihnen?«

»Könnte besser sein. Ist die Polizei schon weg?«

Wie immer kam Julianne ohne viel Smalltalk sofort zur Sache.

»Ja.«

»Haben die Gäste etwas davon mitbekommen, was passiert ist?«

»Nein, zum Glück waren nur die vier Amerikaner im Camp und

51

die waren, als die Kriminalbeamten und der Gerichtsmediziner eintrafen, bereits beim Mittagsschlaf. Sie sagen, es war Selbstmord.« Mia schauderte bei der Erinnerung an ihren Vater.

»Wie hat er ...?«

Mia schluckte. »Der eine Detektiv sagte, er habe sich in den Kopf geschossen. Ich wusste nicht einmal, dass Luiz eine Waffe hatte.«

»Hat er keins unserer Gewehre benutzt?«, fragte Julianne.

»Nein.« Die Lodge verfügte über fünf grosskalibrige Gewehre des Kalibers .375, die die Safariführer bei Wanderungen zum Schutz vor gefährlichem Wild mit sich führten, über ein Jagdgewehr Winchester 300 mit Zielfernrohr für die Tierkontrolle sowie über LM5-Sturmgewehre und Pistolen für die Anti-Wilderer-Einheit. Eine Pistole – keine von unseren Waffen.«

»Wie ging es ihm in letzter Zeit? Hatte er irgendwelche persönlichen Probleme, von denen Sie wussten oder war er sogar depressiv?«

Die Polizei hatte ihr die gleichen Fragen gestellt. »Gut, und zwei Mal nein – aber er war nicht der Typ, der seine Gefühle auftischt. Ausserdem war sein Englisch nicht besonders gut. Aber wir kamen sehr gut miteinander aus. Er hat mir so viel beigebracht, Julianne ...«

»Es tut mir so leid, Mia. Ich weiss, wie schwer das für Sie sein muss. Besonders für Sie. Es tut mir leid, ich hoffe, Sie wissen, was ich meine.«

Mia schniefte, schaffte es aber, ihre Tränen unter Kontrolle zu halten. »Ist schon gut, ja, danke.«

Julianne wusste, dass sich Mias Vater auf die gleiche Weise umgebracht hatte. Es war glücklicherweise nicht nötig gewesen, dass Mia sich Luiz' Überreste aus der Nähe ansah, denn seine Nichte, Shirley, hatte die Leiche identifiziert. Aber allein der Gedanke daran, wie er sich das Leben genommen hatte, erschüttert Mia und rief schreckliche Erinnerungen in ihr wach. Vor ihrem geistigen Auge sah sie die roten Flecken auf dem Kachelboden in ihrem Haus, denn nachdem die Leiche ihres Vaters weggebracht worden war, war Nokuthula zu verzweifelt gewesen, um das Haus richtig zu reinigen.

»Mia?«

»Ja, ich bin da. Mir geht es gut – nun, so gut, wie man es nach so was erwarten kann.«

»Brauchen Sie etwas Zeit?«

»Meine Freundin Sannie kommt zu Besuch und ich habe vor, einige meiner Freinächte für sie zu nutzen.« Alle von Juliannes wichtigeren Mitarbeitenden erhielten ein Kontingent an Nächten, die sie für sich selbst, ihre Familie und Freunde nutzen konnten, weil sie in einer der Lodges arbeiteten.

»Ah ja, natürlich, die gradlinige Captain an Rensburg. Grüssen Sie sie von mir. Ich hoffe, Sie beide verbringen eine schöne Zeit zusammen und geniessen das Leben auf der Gästeseite der Lodge. Allerdings beneide ich Ihren Führer nicht, wer immer es ist.«

Mia lachte ihrer Arbeitgeberin zuliebe leise. »Ich werde niemanden korrigieren, zumindest nicht, bis ich wieder im Dienst bin.«

»Sehr gut. Es tut mir leid, Mia. Ich habe einen Termin mit Shirley und muss jetzt gehen. Bitte lassen Sie von sich hören, wenn Sie etwas brauchen.«

»Ich danke Ihnen.«

Obwohl sie sich mitfühlend äusserte, war Julianne geschäftsmässig. Mia zweifelte nicht an ihrer Aufrichtigkeit, aber bei der Sicherstellung, dass die Gäste vor dem Schlimmsten bewahrt wurden und der Kommunikation mit dem Personal in einer Krisensituation wie dieser, ging es ebenso sehr um Geld und Tripadvisor-Bewertungen, wie darum, das Richtige zu tun.

Mia setzte sich auf eine Sonnenliege. Sie war nicht nur von der Nachricht, sondern auch von der Art und Weise, wie Luiz sich das Leben genommen hatte, sehr erschüttert. Sie begann zu weinen. Miriam, eine der Angestellten des Hotels, kam zu ihr herüber. »Schau, Mia ich habe dir etwas zu essen gebracht. Dein Lieblingsessen, frische Sushi.«

Mia wischte sich die Augen und lächelte, von dieser kleinen Geste gerührt. Sie hatte nicht einmal darum gebeten. »Danke, Miriam. Wie geht es dir?«

Miriam runzelte die Stirn. »Wir sind alle traurig. Alle haben Luiz gerngehabt und er war, seit die Lodge vor vielen Jahren eröffnet wurde, hier.«

»Es ist so schrecklich.« Mia biss Miriam zuliebe in ein Sushi-Röllchen, stellte aber fest, dass sie nicht hungrig war. »Meinst du, er hatte Probleme?«

Miriam schüttelte den Kopf. »Nein. Weisst du, er war immer fröhlich, steckte voller Lachen und hat den Leuten kleine Streiche gespielt. Zum Beispiel damals, als er Mathias' Socken mit Schuhcreme einschmierte. Als er sie anzog hat Mathias so laut geschrien, dass ihn jeder im Personalraum gehört hat.«

Das beschrieb Luiz, jedenfalls nach dem Wenigen, was Mia nach drei Monaten von ihm wusste. Obwohl er viel älter als alle anderen Führer und Fährtenleser war, hatte er immer noch das Funkeln eines schelmischen Teenagers in den Augen.

Mia ahnte jedoch, dass Luiz viele Geheimnisse in seinem Herzen barg. Sie hatte versucht, ihn auf seinen Militärdienst anzusprechen, aber er tat, als verstehe er sie nicht. Was sie erfahren hatte, wusste sie von Shirley. Mias Vater hatte in Angola mit San-Soldaten gedient und Mia wollte unbedingt mehr darüber erfahren, was Luiz getan hatte.

Miriam ging zurück in die Küche und Shirley kam langsam auf die Terrasse hinaus. »Hallo.«

Mia sah auf. Shirleys haselnussbraune Augen waren rot umrandet. Sie war Anfang dreissig und sehr schön. Ihre Haut hatte die Farbe von Honig und ihr rotbraunes, glänzendes Haar war gelockt. Sie hatte Mia erzählt, ihre Mutter, Luiz' Schwester, habe einen irischen Priester geheiratet, der seine Kutte dafür an den Nagel gehängt habe. Mia hatte dieses kleine Detail bei der Einweisung ihrer Gäste ausgelassen. Shirleys Eltern waren beide verstorben. Mia fand, die Trauer um Luiz habe körperlichen Tribut von Shirley gefordert, die normalerweise vor Selbstvertrauen und Energie strotzte.

»Ich habe gerade mit Julianne gesprochen.« Shirley zuckte zusammen.

»Ich auch. Wie fühlst du dich?« Mia dachte, Shirley habe sich gerade neu geschminkt, vielleicht um die Spuren ihrer Tränen zu überdecken.

»Ich musste weinen, aber vor allem fühle ich mich wie betäubt und todmüde. Ich kann es einfach nicht glauben, Mia.«

Mia stand auf, ging zu Shirley und nahm sie in die Arme. »Danke«, sagte Shirley nach ein paar Augenblicken.

»Möchtest du etwas essen?« Mia deutete auf das übriggebliebene Sushi. »Nein, danke. Er hat bei dir doch nichts angedeutet, oder, Mia?«

»Nein, jedenfalls nichts von traurig sein. Er schien mir einfach wie immer.«

»Eigentlich habe ich nicht wegen Luiz geweint.« Shirley fuhr sich mit den Händen über die Vorderseite ihrer Uniformhose. »Zumindest noch nicht. Eine der Reinigungskräfte war heute Morgen in seinem Zimmer und hat etwas Schreckliches gefunden, von dem dir sicher noch jemand erzählen wird.«

»Was?«

Shirley sah sich um, dann sagte sie leise. »Ich möchte, dass du mit mir kommst. Mir ist übel und ausserdem wirst du wissen, was zu tun ist.«

»Was ist es denn?«

»Das kann ich nicht sagen.«

Shirley führte und Mia folgte ihr, zurück durch den Ess- und den Aufenthaltsbereich mit seinen Sofas und Teppichen, dann durch die Bibliothek mit ihren Büchern über Wildtiere, durch das Büro und hinaus in den Sand. Sie nahmen den Weg, der sich durch den Fahrzeugpark schlängelte, wo die Safarifahrzeuge in Unterständen aus Stangen und Schattentüchern standen, und gelangten schliesslich zu den einfachen, aber geschmackvollen Räumen der Personalunterkünfte.

Shirley sah sich noch einmal um und vergewisserte sich, dass niemand in Sicht war, dann schloss sie Luiz' Zimmer auf. »Er hat mir seinen Ersatzschlüssel überlassen – in der Wüste war er ein Genie, aber er hat sich ein paar Mal ausgesperrt. Er erzählte mir, er habe bis zu seinem Eintritt in die Armee nicht einmal gewusst, was ein Schloss sei, und habe sich nie daran gewöhnt.

Drinnen war es dunkel, ein Ort, an dem man sich von der Kalahari und der Sonne erholen konnte. Luiz schlief freiwillig ohne Bett auf einer dünnen Matratze auf dem Boden. Seine Uniformen hingen gebügelt und einsatzbereit an einem hölzernen Gestell und sein Paar Ersatzstiefel glänzte frisch poliert.

Shirley ging zum Kleiderschrank in der Ecke. »Mach ihn auf«, wies Sie Mia an und trat zurück.

Mias Puls wurde schneller, als sie sich an Shirley vorbei in die Enge des kleinen Zimmers drängte und die Tür öffnete. Sie hörte ein kratzendes Geräusch und sah, dass der Schrank bis auf eine Holzkiste leer war. Sie schob eine Jacke von deren Deckel und hob ihn an.

»Oh, mein Gott.« Mia hielt sich erschrocken die Hand vor den Mund, als sie das schuppige Geschöpf darin sah. »Ein Schuppentier!«

»Pst«, beschwichtigte Shirley, ging zur Tür zurück, schaute wieder nach links und rechts und schloss die Tür.

»Was zum Teufel sollen wir damit tun, Mia?«

Mia war sprachlos. Dasselbe war ihr schon einmal passiert, als sie Sannie van Rensburg kennengelernt hatte. Diese hatte das Verschwinden einiger Mädchen aus einem Dorf in der Nähe des Krüger-Parks untersucht und ein junger Mann, den Mia kannte, war mit einem Schuppentier in seinem Zimmer erwischt worden. So kam ihr dieser Fund unheimlich bekannt vor. Angesichts der Tatsache, dass Schuppentiere die wahrscheinlich am häufigsten illegal gehandelten Tiere in Afrika sind, war dies jedoch nicht allzu überraschend. Sie wandte sich wieder zum Schrank um, griff in die Schachtel und hob das Schuppentier heraus. Die Kreatur rollte sich zu einem Ball zusammen.

»Mia?«

»Ich muss nachdenken.« Sie hielt das Tier ruhig im Arm. Mia wusste, dass es Schuppentieren in Gefangenschaft nicht gut ging. Viele starben, nachdem sie von Wilderern gefangen wurden, an Dehydrierung. War Luiz auch so einer gewesen, ein Wilderer?

»Wusstest du nichts davon?«, fragte Shirley.

»Nein, natürlich nicht«, sagte Mia. »Das ist doch strengsens verboten und ich kann nicht glauben, dass Luiz gewildert hat.«

»Nein, mein Onkel war bestimmt kein Wilderer.« Shirley stemmte die Hände in die Hüften. »Er liebte wilde Tiere und die Wüste. Manchmal spielte er den Clown, den Spassvogel, aber er hatte auch Traumata in seinem Leben durchgemacht. So glücklich wie hier war er in der ganzen Zeit davor, in der ich ihn kannte, nie. Er liebte es hier, Mia und hätte nichts getan, was ihn um diesen Job hätte bringen können.«

Der Fund des Schuppentiers in Luiz' Zimmer passte nicht zu dem, was Mia über den Fährtenleser wusste, aber ihr war gleichzeitig klar, dass es im Krügerpark und in den benachbarten Reservaten, in denen sie als Guide gearbeitet hatte, gute Männer und Frauen gab, die von den hohen Geldsummen, die Wildererbanden boten, korrumpiert worden waren. Dort, im Lowveld, wurde das grosse Geld mit der Nashornwilderei gemacht, aber auch Schuppentiere gehörten im illegalen Wildtierhandel zu den sehr lukrativen Waren.

Mia untersuchte das Schuppentier und war ebenso fasziniert wie entsetzt von der Vorstellung, Luiz könnte ein Wilderer gewesen sein. »War es möglich, dass er es für Umuthi oder etwas Ähnliches wollte?«

»Das bezweifle ich«, sagte Shirley. »In unserer Kultur gibt es nichts, was darauf hindeutet, Schuppentiere hätten magische Kräfte und sie werden auch nicht für traditionelle Medizin verwendet. Es ist mir ein Rätsel, warum die Leute diese Viecher überhaupt wollen.«

»Die Menschen in Asien glauben, die Schuppen dieser Tiere könnten Krebs und Schuppenflechte heilen und stillenden Frauen helfen, Milch zu produzieren. Doch das ist alles Blödsinn.« Mia hatte nichts gegen den Glauben der Menschen, aber wenn er zum Rückgang oder gar zum Aussterben einer Tier- oder Pflanzenart führte, und es keinerlei wissenschaftliche Grundlagen für die Behauptungen gab, machte sie das einfach wütend. »Und übrigens ist das Fleisch der Schuppentiere in Restaurants eine teure Delikatesse.«

»Aber was sollen wir nun tun, Mia?«

»Als Erstes müssen wir den kleinen Kerl so schnell wie möglich wieder in die freie Wildbahn bringen, wo er fressen kann, und dann müssen wir ihn wirklich zu den Experten, die ich in Askham kenne, bringen.«

»Und was ist mit meinem Onkel? Müssen wir die Polizei informieren?«

Mia hatte keine Ahnung. Wenn Luiz in ein Verbrechen verwickelt war, musste die Polizei davon erfahren, aber das würde die Lodge in ein schlechtes Licht rücken und ihren Ruf langfristig ruinieren. Obwohl ein Mann weniger Worte, war Luiz der Star einer Reihe von Online-Videos und Werbefilmen, die Julianne in Auftrag gegeben hatte. Sie glaubte nicht, dass sich ihre Chefin an der Vertuschung eines Verbrechens beteiligen würde, weil das ihr und dem Geschäft, das nach COVID-19 gerade erst wieder in Schwung gekommen war, schaden könnte. »Ich weiss es wirklich nicht, Shirley. Wenn er mit diesem Schuppentier hätte handeln wollen, frage ich mich, wer sein Kontakt war.«

»Keine Ahnung«, gab Shirley zurück. »Onkel Luiz ist selten nach Platfontein zurückgekehrt, weil es so weit weg ist und soviel ich weiss, hat er sich ziemlich zurückgehalten.«

»Was ist mit seiner Familie?«

»Als er noch sehr jung war, hatte er in Angola eine Frau und ein Kind, aber sie wurden während des Krieges getötet. Es geschah bei einer Art Vergeltungsschlag, wie sie den San manchmal widerfuhren, weil sie die Portugiesen unterstützten.«

»Das ist schrecklich«, sagte Mia.

»Ja.« Shirley fuhr sich mit der Hand durch ihr Haar. »Selbst für die Familien, die mit ihren Männern nach Namibia und dann weiter nach Südafrika gezogen sind, war das Leben hart. Unsere Gemeinschaft in Platfontein hat viele Probleme – Arbeitslosigkeit, Gewalt, Männer, die Frauen und Mädchen nicht respektieren, ungewollter Sex und unerwünschte Schwangerschaften. Wir arbeiten daran, aber es ist schwierig.«

»Das verstehe ich.«

Shirley sah sie einige Sekunden lang an, und Mia konnte nicht umhin, sich zu fragen, ob Shirley bei sich selbst dachte: ›Tust du das wirklich?‹

»Ich bin ohne Mutter aufgewachsen und mein Vater hat zu viel getrunken«, sagte Mia. »Ich weiss, was Alkoholsucht bei Menschen und in Gemeinschaften anrichten kann.«

»Das tut mir leid, Mia«, sagte Shirley, »ich wollte nicht andeuten, dass du uns nicht verstehen kannst. Ich denke, jede Gesellschaft hat ihre Probleme.«

Mia setzte das Schuppentier behutsam in seine Schachtel zurück. »Was hast du mit ihm vor?«, fragte Shirley.

»Ich weiss es wirklich nicht, Shirley. Ich nehme an, wir können es einfach in die freie Wildbahn entlassen, aber wenn es ihm nicht gut geht, braucht es vielleicht erst einmal etwas Pflege. Ich rufe einen Schuppentierforscher an, den ich kenne und stelle ein paar allgemeine Nachforschungen an. Natürlich sage ich nicht, dass Luiz etwas damit zu tun hat.«

»Wir wissen ja auch nicht, ob Luiz etwas damit zu tun hatte«, schoss Shirley zurück.

»Tut mir leid«, sagte Mia, die aber insgeheim das Gefühl hatte, die Beweislage sehe nicht gut aus. »Vielleicht können wir in seinen Sachen nachsehen, ob es einen Grund gab, warum das Schuppentier bei ihm war. Oder hat er vielleicht eine Nachricht hinterlassen?«

Obwohl sie seine Leiche nur kurz gesehen hatte, wurde ihr plötzlich bewusst, dass Luiz nicht mehr da war. Sie wusste, was Shirley jetzt durchmachte, wenn sie sich fragte, warum Luiz sich das Leben genommen hatte. Ihr Vater hatte keine letzte Nachricht hinterlassen.

»Du hast Recht, Mia.« Shirley begann, Luiz' Kleidung zu durchsuchen. Sie prüfte die Taschen der Hemden und der Fleecejacken, die er bei Fahrten am frühen Morgen und am Abend trug, weil es in der Kalahari nachts bitterkalt sein konnte, fand aber nichts. Sie untersuchte die drei Schubladen eines kleinen Nachttischs und Mia schaute über ihre Schulter, obwohl es ihr immer noch unangenehm war, die Sachen eines Toten zu durchsuchen.

Mia sah auf Luiz' Nachttisch eine Bibel. Shirley nahm sie in die Hand und blätterte darin. Der Text war auf Portugiesisch. Plötzlich fiel ein Bild heraus und Shirley hob es vom Boden auf.

»Wer ist das?«, erkundigte sich Mia und betrachtete die Frau auf dem kleinen Schwarz-Weiss-Foto.

»Maria, Luiz Frau, meine verstorbene Tante. Ich glaube, er hat sie sehr geliebt.« Es war so traurig, dachte Mia. Shirley öffnete die drei Schubladen des Nachttischs, durchsuchte Luiz' Shorts, fand aber auch dort nichts in den Taschen. In der zweiten Schublade befanden sich einige traditionelle Kleidungsstücke, darunter ein Karo aus Schakalfell, das um die Taille getragen wurde. Mia spürte, wie sich ihre Wangen röteten, weil sie nicht nur in Luiz' Privatsphäre, sondern auch in seinen Glauben einzudringen schien.

Shirley bückte sich und schaute unter das unbenutzte Bett, ging auf alle Viere und griff darunter. Sie zog eine schwarze Metallkiste heraus, setzte sich auf die Matratze und öffnete den Deckel der Blechkiste. Das ist Armeezeugs, wie es aussieht.«

Mia schob den Koffer über den Boden, um ihn besser sehen zu können und setzte sich dann neben Shirley auf das Bett. Das war tatsächlich interessant für sie. Weil sie sich daran erinnerte, wie ihr Vater von den ›Buschmännern‹ gesprochen und ihr erzählt hatte, was für tolle Fährtenleser sie seien, hatte sie Luiz nach seiner Zeit in der alten südafrikanischen Armee gefragt. Die Geschichten über einige der damaligen Heldentaten der Fährtensucher, die sie als Kind bei den Trinkgelagen ihres Vaters mit alten Armeefreunden gehört hatte, waren es, die ihre Faszination für das Fährtenlesen entfacht oder zumindest verstärkt hatten.

Sie seufzte. Sie hatte so gehofft, viel von Luiz zu lernen und obwohl er ihr das eine oder andere gezeigt hatte, etwa wie man Schlangen und Eidechsen im Sand aufspürt, indem man auf Bewegungen des Sandes achtet, die durch unterirdisches Wühlen verursacht werden, wollte er sich nie auf lange Gespräche mit ihr einlassen. Sie hatte gehofft, die Erwähnung des Militärdiensts ihres Vaters trage dazu bei, das Eis zu brechen, aber jetzt dachte sie, Luiz habe genau zu diesem Punkt geschwiegen.

Als Shirley in den Koffer griff und zwei alte Munitionstaschen, einen Gürtel und eine Mütze herausholte, drang Mia der Geruch von schimmligem Segeltuch in die Nase.

»Ich habe das Zeug noch nie gesehen.« Shirley zerrte eine Handvoll Fotos hervor, die meisten davon verblichene Farbbilder mit weissen Rändern, aber auch einige kleinere, schwarzweisse Abzüge, wie das Bild von Luiz' Frau. »Das ist erstaunlich.«

Als sie die Bilder fertig studiert hatte, reichte Shirley Mia ein Bild nach dem anderen.

»Das muss er sein, in Angola, als er zum ersten Mal der portugiesischen Armee beitrat«, erklärte Shirley.

Mia sah sich das Bild an.

Sie erkannte, dass es Luiz war, aber er sah unglaublich jung aus. Er trug eine Tarnuniform, und obwohl das Bild schwarz-weiss war, erkannte sie, dass die Mütze, die er trug, das gleiche Muster hatte wie die aus dem Koffer. Ein zweiter junger San-Mann war bei ihm.

»Da ist er noch ein Junge«, kommentierte Shirley. »Und das hier ist der andere Bruder meiner Mutter, Roberto, neben ihm. Er ist im Krieg gefallen.«

Luiz sah nicht älter als wie sechzehn oder siebzehn aus und trug ein G3-Gewehr, von dem Mia wusste, dass es von den Portugiesen benutzt worden war. Roberto war vielleicht ein paar Jahre älter, aber das war schwierig zu sagen. Mia drehte das Bild um, auf dessen Rückseite 'Flechas 1972' stand. Mia wollte nichts sagen, aber sie hatte ein Buch über die Buschmann-Bataillone der südafrikanischen Verteidigungskräfte gekauft und im Internet viel darüber gelesen. Im Buch wurde darauf hingewiesen, dass die San, als sie in Angola für die Portugiesen kämpften, verheerend wirkungsvoll waren – wofür auch das Wort ›rücksichtslos‹ verwendet wurde.

Das nächste Bild, das Shirley Mia überreichte, war in Farbe und zeigte Luiz und einen anderen San-Mann in einer schlichten, braunen Uniform – Mia erkannte sie als typisch für die alten südafrikanischen Verteidigungskräfte, die ihren Namen nach dem Ende der Apartheid in ›nationale‹ Verteidigungskräfte geändert hatten. Auf diesem Bild trug Luiz einen anderen Hut, eine Art Haube, denen ähnlich, die Mia von Dudelsackspielern kannte.

Luiz hatte sein G3 gegen ein südafrikanisches R1 getauscht, dasselbe Gewehr, das ihr Vater im Buschkrieg getragen hatte. Mia schienen die Männer auf diesem Bild, Luiz und Roberto, inszeniert. Obwohl ihre Uniformen gestärkt und sauber aussahen, als ob die

Männer gerade von einem Exerzierplatz kämen, liefen sie durch den Busch und schauten halbwegs auf den Boden, als seien sie auf der Pirsch. Sie bezweifelte, dass sie diese unpraktischen Hauben im Feld getragen hätten.

Ihr Vater hatte ihr erzählt, Politiker und Journalisten hätten die Buschmann-Bataillone oft im Rahmen von Führungen besucht, um die Botschaft zu untermauern, die SADF führe keinen Rassenkrieg, sondern es sei ein Krieg zwischen Gut und Böse, der Demokratie und dem Kommunismus. Sie hatte gelesen, die San seien von einigen anderen afrikanischen Stämmen in Angola misshandelt und versklavt worden, was sie zu leicht zu Bekehrenden für die portugiesische Sache gemacht habe. Ebenso wenig mochten sie die Ovambo, die die Mehrzahl der namibischen Unabhängigkeitskämpfer in der SWAPO, der South West Africa People's Organisation und ihrem militärischen Flügel, der PLAN, ausmachten.

Männer wie Luiz befanden sich in den siebziger und achtziger Jahren bereits seit einem Jahrzehnt oder länger im Krieg. Sie waren aus ihren angestammten Gebieten vertrieben worden und konnten angesichts der weltpolitischen Veränderungen nicht mehr zurückkehren.

»Oh, mein Gott«, sagte Shirley, die den Namen des Herrn selbst wenn sie schockiert war nie in den Mund nahm.

Sie reichte Mia ein Foto, zeigte ihr aber nicht das Bild, sondern die Rückseite des Fotos. Dort war zu lesen: Luiz, Leutnant Ferri, Litis, Krüger, Sergeant Greenaway.

Mia spürte, dass etwas wie eine unsichtbare Hand nach ihrem Herz griff. Als sie das Bild umdrehte, sah sie ihren Vater.

6

Adam schaute auf den Indischen Ozean hinaus. Das Boot dümpelte fünf Kilometer vor der Küste KwaZulu-Natals in der weiten Leere über der seichten Bucht von Aliwal. Das einzige Geräusch, das er im Moment hörte, war das sanfte Klatschen des Wassers gegen den Rumpf.

Irgendwo auf der anderen Seite des Ozeans waren seine Frau und seine Kinder, die er dort zurückgelassen hatte.

»An einem Tag wie heute kann man Australien fast sehen«, lächelte Bruce. Bruce Kirkwood war ein Zuckerrohrbauer aus Mtubatuba, der zudem in Pennington ein grosses Haus mit Panoramablick auf den Ozean besass. Wenn er an der Küste war, was er so oft wie möglich zu tun versuchte, stellte Bruce gern sein Boot und den notwendigen Treibstoff zur Verfügung, um Adam bei seinen Forschungen zu unterstützen, oder er nahm ihn mit hinaus, wenn er mit seinen Freunden zum Fischen ging. Heute waren sie nur zu zweit.

Adam fragte sich, ob Bruce seine Gedanken lesen konnte oder nur seinen Blick auf das Meer richtig deutete.

»Wie geht es deinen Kindern?«, fragte Bruce.

Er redete gern, wenn er fischte, während Adam Stille bevorzugte.

Diesen Preis bezahlte er jedoch gern dafür, einen grossmütigen Freund und inoffiziellen Förderer zu haben, der seine Forschung unterstützte. »Denen geht es prima. Phillip steht kurz vor dem Abschluss seines Jurastudiums und Jolene schliesst bald das Lehramt ab.«

»Ah, ja, ich erinnere mich, dass du sagtest, deine Kinder studierten.«

Adam hatte zwei mit Ködern versehene Ruten in Halterungen. Er entdecke am Horizont, zu dem er blickte, einen dunklen Fleck, ging ins Steuerhaus, und holte dort Bruce' Fernglas. Als er an seinen Platz zurückkehrte, überprüfte er die Spannung der Angelschnüre – immer noch nichts – bevor er sich auf die Stelle konzentrierte, an der er etwas gesehen hatte.

»Ein anderer Fischer?«, fragte Bruce.

Adam nickte und beobachtete weiter. »Sieht so aus.« Er richtete sich aus und sah, dass das andere Schiff auf sie zukam. Sein Aufbau war unverwechselbar.

»Renshaw«, bemerkte Adam und umklammerte das Fernglas, durch das er weiterhin starrte, fester.

»Wir sind nicht auf der ›Sea Shepherd‹, Adam«, versuchte Bruce einen Witz. »Ich werde ihn nicht rammen, zumindest nicht mit meinem Boot, *Boet*.«

Adam sagte nichts, spürte aber, dass sein Blut in Wallung geriet, als er beobachtete, wie im hinteren Teil des Bootes jemand blutige Fischdärme und Innereien ins Wasser warf. »Der wirft Köder raus«, sagte Adam schliesslich, »und zieht damit Haie an, dieser Bastard.«

Adam sah das Glitzern von Glas in der Sonne und wandte seinen Blick leicht dorthin. Jemand anderes stand hinter dem Steuer des zweiten Bootes und sah ihn an.

Aus den Augenwinkeln sah Adam eine seiner Angelruten ruckeln und registrierte im selben Moment, als er das Fernglas absetzte, dass das andere Boot den Kurs änderte. Er eilte zur Rute und zog sie aus ihrem Halter. Der unvermittelte Zug verriet ihm, dass es ein grosser Fisch war, also stellte er die Bremse ein und begann, die Schnur einzuholen.

Dreissig Meter weiter sah Adam eine überlange Flosse die Oberfläche durchpflügen. Sein Herz pochte. »Ja! Es ist ein Gitarrenfisch, Bruce! Bitte mach die Schlinge und das Gaff bereit.«

Bruce hob den Landungshaken auf und kam an Adams Seite. »Toll, das ist ein grosser Fisch. Er sieht wie ein grosser, blasiger Stachelrochen mit einer Haifischflosse aus.«

»Das beschreibt ihn ziemlich genau.« Adam zog die Rute ein und spulte die Leine auf. Das war der Grund und sein Ziel, warum er hier war, und er durfte diesen Hai nicht verlieren. Er konnte den vielleicht zweieinhalb Meter langen Fisch, dessen sandbraune Haut mit weissen Punkten gesprenkelt war, jetzt deutlich sehen.

Bruce hakte den kräftigen Hai unter den Kiemen ein und schaffte es, ihn mehr oder weniger fest gegen die Bordwand zu drücken, während Adam die Angel wieder verstaute, sich vorbeugte und die Nylonschlinge unter den schlanken Körper des Fisches schob. Er sicherte die Schlinge.

»Ich hab dich!« Adam machte sich schnell, aber methodisch an die Arbeit. Er ging zu seinem Vorrat an Forschungsinstrumenten und holte seinen Popper, eine kleine Speerpistole mit einem bereits geladenen GPS-Ortungsgerät, heraus. Dann beugte er sich wieder über das Dollbord, legte das Gerät an die dicke, fleischige Flosse des Hais und drückte ab.

»Unglaublich«, sagte Bruce. »Und nun kannst du ihn auf deinem Computer überwachen?«

»Genau«, sagte Adam, nahm eine Schere zur Hand und schnitt ein kleines Stück Haut aus der Flosse. »Und diese Biopsie kommt nun in unsere Genbank«, erklärte er Bruce, während er die Probe in einen Reissverschluss-Beutel steckte.

»Was zum Teufel... Hey!«

Adam blickte auf und sah Bruce winken. Hinter ihm ragte das Boot, das auf sie zugefahren war, mit dem Namen ›Sea Predator‹ und einem auf die Seite gemalten Seestern-Logo, in die Höhe. Wie er vermutet hatte, war es Renshaws Boot.

»Was zum Teufel macht er da?«, sagte Bruce. »Hau ab, Mann!«

Adam griff erneut zu, um den Gitarrenfisch zu befreien. Am

liebsten hätte er einen Moment lang einfach nur dagesessen und das Wunder dieser geschmeidigen, perfekten Kreatur genossen, gleichzeitig wusste er jedoch, dass jede Sekunde, in der der Hai gefangen gehalten wurde, ein Risiko für sein Wohlbefinden darstellte.

Adam nahm an, dass Renshaw nur kam, um zu sehen, was sie taten, oder um ihn zu beschimpfen. Er arbeitete am Knoten, der die Schlinge sicherte.

»*Fokof*, verschwinde!«, schrie Bruce ein zweites Mal.

Adam blickte wieder auf und sah, dass sich ihnen der Bug von Renshaws Boot näherte. Der andere Skipper grinste und Adam sah, wie Renshaw seine Dose ›Windhoek Lager‹ Bier in der Hand zu einem Scheingruss erhob. Renshaw drehte das Steuer seines Schiffes hart nach Steuerbord und der grosse Kreuzer drehte sich weg.

Adam wusste, was gleich passieren würde und wappnete sich gegen die Bugwelle, die sie mit voller Breitseite traf, aber in diesem Moment wollte Bruce aufstehen und Renshaw den Finger zeigen. Als die Gischt über sie hinwegspülte und sie durchnässte, verlor Bruce den Halt und stiess mit Adam zusammen, so dass dieser über die Reling ins Wasser stürzte. Renshaws Besatzungsmitglied, ein Mann namens ›Jaapie‹, mit einem vernarbten Gesicht kippte lachend einen Eimer mit Innereien über das Heck des wegfahrenden Schiffs. Das Wasser um Adam herum war nun rot und roch nach verfaultem Fisch. »Adam!«

»Alles okay, Bruce.« Adam trat neben dem Gitarrenfisch Wasser, wobei er darauf achtete, seine Hand vom Maul des Hais fernzuhalten. Das grosse Tier hatte zwar nicht die bösartigen Zähne eines Weissen Hais, aber seine Brechplatten waren dafür gemacht, Krebse oder Krabben zu zermalmen, so dass sie einen enormen Schaden anrichten konnten. Behutsam griff Adam nach dem grossen Haken, mit dem der Fisch befestigen war.

»Pass auf, hinter dir!«, schrie Bruce. »Ein Hai!«

Adam riss den Kopf herum und sah die dunkelgraue Flosse eines Bullenhais, der sich durch das Wasser schlängelte. Im Gegensatz zum Gitarrenfisch war dies ein Menschenkiller, der zweifelsohne von der Kombination aus aufgewirbelten, blutigen Ködern und der am Boot angebundenen, strampelnden Kreatur angezogen wurde.

Adam griff an seine rechte Wade und zog sein Tauchermesser aus der Scheide. Er durchtrennte zuerst die am Haken befestigte Angelschnur, dann die Leine, mit der die Schlinge am Boot befestigt war. Der Gitarrenfisch belohnte seine Bemühungen mit einem Schlag seiner Schwanzflosse in Adams Gesicht, dann tauchte er in die Tiefe.

Bruce griff nach ihm, aber der Bullenhai änderte seinen Kurs um eine Kleinigkeit, so dass er nicht mehr in die Richtung des entschwindenden Gitarrenfischs, sondern in die von Adam schwamm. Dieser wusste, dass ihn Bruce, wenn er dessen angebotene Hand nahm, unmöglich rechtzeitig aus dem Wasser ziehen konnte. Deshalb drehte er sich im Wasser um, hob seine Messerhand und wappnete sich für den Aufprall. Der Bullenhai prallte mit der Wucht eines Motorrollers auf einen Fussgänger und Adam spürte den Schmerz in der Brust. Da er aber auf den Schlag vorbereitet war, schlug er seine Faust auf die Nase des Hais.

Als der Hai sich mit geöffnetem Maul umdrehte und sich auf einen weiteren Angriff vorbereitete, sah Adam die spitzigen, scharfen Zähne. Er drehte das grosse Messer aus rostfreiem Stahl in seiner Hand um und rammte dessen Spitze in die Schnauze des Hais. Dieser tauchte, abgeschreckt, aber nicht tödlich verwundet, ab. Nun endlich griff Adam nach Bruce' Hand, dieser zog ihn hoch und half ihm zurück an Bord.

»Das war selbst für einen Mann, der so viel Zeit mit diesen Dingern im Wasser verbringt, verrückt.«

Adam sass mit dem Rücken gegen die Reling gelehnt auf dem Deck, seine Brust hob und senkte sich. Er schwieg, aber sein Herz hämmerte.

»Verdammt, Adam, das Ding hätte dich fast umgebracht. Woher wusstest du, dass du es schlagen musst? Ich habe schon von Surfern gehört, die das machen, aber ich hätte nicht gedacht, dass es wirklich funktioniert.«

Adam schüttelte den Kopf. »Ich war mir auch nicht sicher. Ein Hai ...«, er schnappte nach Luft, »... hat in seiner Schnauze ein komplexes Netzwerk von Neuromastzellen, die alle miteinander verbunden sind – man nennt sie ›die Lorenzinischen Ampullen‹. Diese Sinnesorgane helfen dem Hai, zu spüren, was im Wasser ist, und machen seine Nase unglaublich empfindlich. Es war ... Es war zumindest einen Versuch wert.« Er wischte sich das Meerwasser aus dem Gesicht und hustete.

»Schau, Adam! Du blutest ja, Mann.«

»Mit mir ist alles okay, Bruce.« Adam sah auf den Schlitz in seinem Neoprenanzug und untersuchte ihn. Es blutete ein wenig, aber die Wunde war nicht schlimm. Er spürte keinerlei Schmerzen, wusste aber, dass diese später kommen würden. Im Moment war er einfach nur froh, dass es ihm gelungen war, ein seltenes Exemplar zu markieren und seinen Job zu erledigen.

Adam fühlte sich schwindlig.

»Bist du okay, Adam?«, erkundigte sich Bruce. »Warte, ich hole dir etwas Wasser.« Er zog eine Flasche aus der Kühlbox, schraubte deren Deckel ab und reichte sie ihm.

Adam trank gierig und während er den Inhalt der Flasche hinunterstürzte, sah er auf. Er bemerkte, dass der Himmel ein leuchtenderes Blau hatte, als er seit langem gesehen hatte. Ausserdem roch er das Salz in der Luft.

»Du grinst wie ein Verrückter, Adam.« Bruce schüttelte den Kopf.

›Was soll's‹, sagte Adam zu sich selbst. ›Immerhin bin ich am Leben.‹

Adam blieb sitzen und Bruce kletterte auf die Brücke und startete die Motoren des Bootes. Adam spürte die Vibrationen in seinem Körper und es erinnerte ihn an den Hubschrauberflug, bei dem sein ganzes Wesen im Takt seines Herzschlags zu pochen schien. Sie steuerten auf einen weiteren Kontakt, eine weitere Schlacht in Angola oder im Südwesten zu, bei der jeder von ihnen getötet oder verwundet werden konnte.

Er hatte gedacht, er würde sich nie wieder so lebendig fühlen wie während des Krieges. Es war verrückt, ein Paradoxon, dass man sich, wenn der Tod allgegenwärtig war, so erfüllt und so in Kontakt mit dem Leben fühlen konnte. Er war mit Männern in die Schlacht gezogen, denen er sein Leben anvertraut und dabei gewusst hatte, dass sie dasselbe umgekehrt empfanden. Genau so war es auch jetzt gewesen: Adam hatte gewusst, dass Bruce da war, dass er ihn, falls er zerfleischt würde, aus dem Wasser zöge.

Bruce holte die Leinen ein und setzte das Boot auf den Kurs zurück in Richtung Rocky Bay. Dann kam er die Treppe hinunter, zu Adam, der immer noch auf dem Deck sass und sich erholte.

Bruce ging wieder zur Kühlbox und öffnete sie. »Nach dem, was du gerade durchgemacht hast, brauchst du ein Bier.«

Adam schüttelte den Kopf. »Ich nehme eine Cola oder, wenn du eins hast, ein Stoney.«

Bruce riss Augen und Mund weit auf und wiederholte theatralisch: »Du sagst nein zu einem Bier?«

»Ich muss heute Nachmittag arbeiten.«

»Auf dem Parkplatz?«

»Ja«, bestätigte Adam.

»Warum?« Bruce reichte Adam eine Dose Ingwer-Bier und öffnete für sich selbst ein Long Tom von Castle Lite.

Allein das Geräusch, dieses ›pfft‹ des Gases, das aus der silbernen Dose entwich, liess Adam das Wasser im Mund zusammenlaufen. Er leckte sich über die Lippen und überlegte, ob er Bruce die Wahrheit sagen sollte.

»Sag, geht es dir gut, mein Junge? Brauchst du einen Kredit?«, fragte Bruce.

Adam schüttelte den Kopf. »Ich arbeite im Einkaufszentrum, um ein paar Rand für Essen und ein paar Bier zu verdienen. So bleibe ich auf der richtigen Linie, Bruce. Ich bekomme von der Universität in Australien, an der ich meinen Doktor mache, zwar Geld, aber davon schicke ich fast alles zurück nach Australien, um die Kinder zu unterstützen. Wenn ich nicht arbeitete, sässe ich nur im Bootsclub und tränke, so dass ich nicht das ganze Geld schicken könnte.«

Bruce hob seine Dose und nahm einen Schluck. »Ich bin mir nicht sicher, ob ich dich verstehe, Adam, aber du bist ein guter Mann. Mir gefällt, was du für die Haie tust. Hast du deshalb abgelehnt, als ich dir Geld angeboten habe, um deine Forschung zu unterstützen?«

»Ja.« Adam öffnete das kühle Getränk und nahm einen langen Schluck. »Ich hätte dein Geld einfach weggeschmissen. Auf diese Weise muss ich Rechenschaft ablegen. Wenn ich einen Drink will, muss ich ihn mir verdienen.«

Bruce nickte. »Ich habe von der gestrigen Schiesserei auf dem Parkplatz gehört. Das war schlimm, selbst für Südafrika. Bist du in Ordnung?«

»Ja«, sagte Adam.

»Ich war während meiner Zeit in der Armee nie im Kampfeinsatz. Die meiste Zeit habe ich in den Townships verbracht, doch da wurde ich innerhalb von zwei Tagen zweimal fast getötet.«

»Das muss besonders hart gewesen sein«, sagte Adam, »eine Auseinandersetzung mit unseren eigenen Leuten, anderen Südafrikanern.«

Bruce zuckte mit den Schultern und ging wieder nach oben zum Steuerstand und Adam blickte wieder hinaus aufs Wasser. Manchmal wünschte er sich, auf dem Meer leben zu können und nie mehr an Land zurückkehren zu müssen. Als die Küste in Sicht kam, piepste Adams Telefon in seiner Tauchtasche.

Er suchte es und schaute auf den Bildschirm. Es war eine Nachricht von Evan Litis, von dem er seit fünf oder sechs Jahren nichts mehr gehört hatte. Damals, bevor er nach Australien gezogen war, hatte Evan nach ihm gesucht, aber Adam hatte seine Kontaktversuche ignoriert und war sich nicht einmal sicher, wie er seine Nummer gefunden hatte. Aber das hier war anders.

›*Luiz tot. Selbstmord.*‹

Bruce kam wieder die Treppe hinunter. »Ich habe mein Bier vergessen«, grinste er. Adam sah seinen Freund an.

»Adam, du siehst aus, als seist du zum ersten Mal, seit ich dich kenne, seekrank.«

AM SPÄTNACHMITTAG WANDERTE Sannie am Strand von Pennington Beach entlang. Zwischen der hölzernen Aussichtsplattform vor dem

Café und dem Gezeitenbecken sah sie Adam Krüger weiter südlich aus der Brandung auftauchen.

Als sie näherkam, sah sie seinen Rucksack, sein Laufshirt und seine Schuhe am Strand liegen.

Als sie sich ihm näherte, fuhr er sich mit der Hand durch das nasse Haar. »Captain van Rensburg. Ist dies wieder ein offizielles Gespräch?«

»Nein, ich bin nur auf einem Spaziergang.« Er war wirklich in sehr guter Form. Sie musste auch wieder zu laufen anfangen. »Aber ich kann Ihnen gute Nachrichten überbringen. Ich habe heute mit meiner Chefin gesprochen und sie sagt, es gäbe keinen weiteren Handlungsbedarf in Bezug darauf, dass Sie den Verdächtigen angeschossen haben. Aber falls er sich nicht schuldig bekennt, muss die Staatsanwaltschaft Sie als Zeugen vorladen.«

»Selbstverständlich.« Er hob sein T-Shirt auf und zog es an. »Und wie läuft Ihre Wohnungssuche?«

»Wer sagt, dass ich etwas suche?«, fragte sie.

Er lächelte. »Als ich Ihnen zum ersten Mal die Adresse meines Hauses nannte, fragten Sie, ob es immer noch zu verkaufen sei. Wie sonst kommt man auf diese Frage? Ich nehme an, Sie haben mit Pam gesprochen und sie hat Ihnen wahrscheinlich erzählt, dass ich aus Australien zurückgekommen bin und das Haus meiner Eltern vom Markt genommen habe.«

»Schuldig.« Er war klug und aufmerksam. »Ich lasse mir Zeit. Und gehe bald in den Urlaub.«

»Und Sie fahren weg?«

»Ja, in die Kgalagadi.«

»Wirklich?«

Sannie fiel auf, dass Krüger sofort aufmerksam und interessiert wirkte. Als sie ihn im Bootsclub befragt hatte, wirkte er die meiste Zeit über distanziert, als wäre er mit seinen Gedanken woanders oder in einer anderen Zeit.

»Kennen Sie sie – die Kgalagadi?«, fragte sie und meinte damit den grenzüberschreitenden Park, der die Kalahari-Wüste auf beiden Seiten der Grenze zwischen Südafrika und Botswana umfasst.«

»Ähm, nein, eigentlich nicht ... Aber ich habe – hatte – einen Freund, der dort in der Nähe arbeitete.«

»Ich auch«, sagte Sannie. »Meine Freundin ist dort Safariführerin. Sagten Sie ›hatte‹?« Er hob seine Laufschuhe auf und wandte den Blick von ihr ab. »Ich sollte nach Hause gehen. Danke, dass Sie mir wegen des Falls Bescheid gesagt haben.«

»Ich gehe in dieselbe Richtung«, erklärte Sannie und blieb im Gleichschritt neben ihm, als er losging.

»Mein Freund ...«, er blickte kurz zu ihr hinüber »war ein San-Fährtensucher, der für einen Ort namens Dune oder so etwas arbeitete.«

»Dune Lodge?«, fragte Sannie.

»Ja, genau, so heisst es«, sagte er. »Kennen Sie es?«

»Meine Freundin arbeitet dort. Vielleicht kennt sie Ihren Freund.«

Adam sah sie wieder an. »Er hat sich umgebracht.«

»Oh, nein, das tut mir leid. Wussten Sie, dass er Probleme hatte?«

Er blickte geradeaus und Sannie hatte im weichen Sand Mühe, mit ihm Schritt zu halten. »Wir sind alle manchmal unruhig, aber nein, ich wusste nicht, dass Luiz sich besonders schwertat. Er schien immer der Unverwüstlichste von uns allen zu sein, der, der sich am wenigsten um die Dinge sorgte, um die wir uns Gedanken machten.«

»In Angola?«, fragte sie.

Die Flut ging zurück und Adam lenkte sie gnädigerweise auf den festen, nassen Sand am Rand der Wasserlinie zurück. Seine Schritte waren lang und obwohl sie nicht klein war, musste sie kräftig ausschreiten.

»Ja. Mein Freund Luiz war Mitglied des Bataillons 31.«

»Einer der San, die für die alte südafrikanische Armee gekämpft haben?«

»Ja«, sagte er.

Die Umgebung, das Licht des Sonnenuntergangs und die Temperatur waren wunderschön, doch wie so oft in ihrer Welt, drehte sich alles um Tod und Verlust. Ich erinnere mich, irgendwo in einer Zeitung gelesen zu haben, dass das Leben für die San-Gemeinschaften, fernab von ihrem angestammten Land und ihren traditionellen Gewohnheiten, hart ist.«

»Luiz hatte einen Job und im Gegensatz zu uns anderen trank er nicht.«

»Zu uns anderen? Was heisst das, Herr Krüger?«

»Nennen Sie mich doch Adam, wenn das Ihnen recht ist. Viele Veteranen kämpfen gegen Alkoholsucht. Ich nicht – zumindest in letzter Zeit nicht mehr.«

»Für Polizeibeamte gilt das Gleiche. Mein erster Mann hat immer von euch, den ›Parabats‹, gesprochen – ich glaube, mit einer gewissen Bewunderung oder vielleicht sogar mit einer Art Sehnsucht.«

»Erster Ehemann?« »Das ist eine lange Geschichte«, sagte Sannie. »Aber ich möchte zuerst Ihre hören. Tut mir leid, wenn ich Sie unterbrochen habe. Was wollten Sie über Luiz sagen?«

»Wir wurden als Feuerkräfte eingesetzt, um im Südwesten und in Angola auf Feindkontakte zu reagieren. Meistens flogen wir mit Hubschraubern oder fuhren mit ›Buffels‹ hinaus.«

»Den Truppentransportern?«

Er nickte. »Jedenfalls arbeiteten wir von Zeit zu Zeit mit den Jungs vom Bataillon 31, den San, zusammen, und dabei hatten wir unsere Lieblinge. Mit Luiz und seinem Bruder Roberto gingen wir auf mehrere Patrouillen. Wir haben sie dabei kennengelernt, das heisst, die Jungs aus meiner Abteilung und ich.« Er kam wieder ins Stocken und schaute aufs Meer hinaus.

»Und sind Sie in Kontakt geblieben ...?«

Er nickte. »Wir versuchen es – zumindest ein paar von uns. Oder sollte ich sagen, wir haben es versucht? Wir bemühten uns, so vielen San wie möglich bei der Stellensuche zu helfen. Ein Colonel blieb mit der Gemeinschaft in Kontakt und half bei verschiedenen Aufbauprogrammen. Aber wir sind alle weitergezogen.«

»Sie sind nach Australien gegangen«, bemerkte sie.

Er sah sie wieder an, doch diesmal entdeckte sie die Andeutung eines Lächelns. »Ja, aber Sie stellen wirklich eine Menge Fragen, selbst für eine Polizistin ...«

»Oh. Ich bin Susan«, sagte sie, »oder viel lieber Sannie.« Er streckte seine Hand aus.

Nach COVID-19 einem Fremden die Hand zu geben, war immer noch ein komisches Gefühl, aber sie nahm seine. Sie war kühl vom Meer, aber nicht kalt. »Schön, Sie kennenzulernen. Ich hoffe, Sie finden hier ein Haus und etwas Frieden«, sagte er.

»Wer sagt, dass ich den Frieden suche?«

»Die Leute kommen vor allem an die Südküste, um sich zur Ruhe zu setzen oder einfach nur, um von allem wegzukommen. Sie sind noch nicht alt genug, um in Rente zu gehen, aber gleichzeitig sind Sie sicher nicht hierhergekommen, um Entführer oder Mörder zu verhaften.«

Sannie lachte. »Im Einkaufszentrum kümmern Sie sich um die.«

»Das war eine einmalige Sache, glauben Sie mir. Die örtliche Zeitung sucht immer noch nach Material für Folgeartikel.«

Sannie beobachtete, wie sich am Umdoni Point, weiter südlich, die Wellen an den Felsen brachen und die Gischt hoch in die Luft spritzte. »Aber, ja, ich brauche eine Veränderung. Ich habe wieder geheiratet ...«

Sie gingen weiter und er schwieg. Sannie verfluchte sich im Stillen dafür, dass sie sich diesem fremden, gutaussehenden Mann, den sie kaum kannte, so schnell öffnete.

»Und wo ist Ihr Mann?«

Da war sie wieder, die Klugheit, eine offene Frage zu stellen, die sie nicht mit einem Ja oder Nein beantworten konnte.

»Er ist gestorben, im Irak. Er war auch Polizist, in England, zog dann aber nach Südafrika, um bei mir zu sein, bis er das Gefühl hatte, mehr tun zu müssen und mehr Geld zu verdienen, um uns zu versorgen. Er erhielt einen Job als Vertrags-Leibwächter für Diplomaten und VIPs, kam dann aber bei einem Raketenangriff in Bagdad ums Leben.«

Adam sagte nichts und als sie weitergingen war nur das Quietschen ihrer Füsse im Sand zu hören, sowie im Hintergrund das Rauschen der Wellen. »Glauben Sie, er war bei dieser Arbeit glücklich?«, fragte Adam.

In diesem Moment sagten die meisten Leute nur: ›Mein Beileid für Ihren Verlust‹, aber er stellte eine gute Frage. »Ich glaube, es ging ihm um mehr als nur um Geld.« ›Glücklich‹ ist vielleicht nicht das richtige Wort, aber er hatte das Gefühl, was er tue, nämlich Menschen zu schützen, sei es wert.«

Adam sah auf seine Füsse. »Er scheint ein guter Mann gewesen zu sein, Sannie.« Sie hatte ihn aufgefordert, ihren Vornamen zu benutzen, dennoch war es seltsam, ihn von einem Mann zu hören, der neben ihr ging. Er klang, als ob er es ernst meine. »Ja, das war er. Wir hatten einen Sohn, wir beide. Und ich habe ausserdem zwei Kinder aus meiner ersten Ehe, einen Jungen und ein Mädchen.«

»Mein Sohn und meine Tochter sind in Australien.«

»Sie vermissen sie bestimmt«, sagte Sannie, deren Kinder jetzt weit weg von ihr lebten, und obwohl Sannie nichts getan hätte, was ihren Horizont oder ihre Möglichkeiten einschränkte, wollte sie nicht einmal daran denken, sie könnten ins Ausland ziehen.

»Ja, das tue ich«, sagte er. »Jeden Tag. Aber sie haben mich darin unterstützt, nach Südafrika zurückzukehren.«

»Ich hatte ein schlechtes Gewissen«, bekannte Sannie, »weil ich nicht versucht hatte, Tom davon abzuhalten, in den Irak zu gehen. Wir hätten mit dem Geld, das ich verdiente, überleben können und Tom arbeitete nebenbei als Safari-Führer im Krüger-Park. Sein Verdienst war nicht grossartig, aber er liebte die Arbeit. Als er starb, fühlte ich mich lange Zeit schuldig, weil ich ihn nicht zum Bleiben bewegt hatte.«

Er sah sie wieder mit diesem durchdringende Blick aus den markanten Augen an. »Wenn man jemanden zwingen muss, etwas zu tun, ist das nicht Liebe.«

Sie nahm an, er spräche aus Erfahrung, liess es aber dabei bewenden. »Ihr Freund Luiz«, fragte sie, »gehen Sie zu seiner Beerdigung?«

Adam seufzte. »Es ist ein weiter Weg und ich habe kein Auto.«

»Aber Sie möchten gehen?«

»Ja, obwohl ich es wohl nicht rechtzeitig schaffe, wenn ich ein

Taxi nach Durban nehme und von dort mit dem Bus quer durchs Land bis hinauf in den Norden der Kapprovinz fahre.«

»Können Sie nicht fliegen?«

»Dafür verdiene ich als Autowächter nicht genug.«

»Das tut mir leid.« Sie schaute ihn an und sah das Grinsen, das sich auf seinem Gesicht ausbreitete. Sannie lachte.

Sie erreichten einen felsigen Teil des Strandes, vor dem sich die Wellen weiter draussen an einer Sandbank oder einem überschwemmten Riff brachen. Zwischen den zerklüfteten Granitfelsen gab es Gezeitenbecken und hundert Meter weiter stiess ein Fischer sein Boot in die Brandung.

Adam zeigte auf eine Lücke in der üppigen grünen Vegetation am Rande der Felsen. »Ich wohne da drüben.«

Sannie blieb, die Hände in die Hüften gestemmt und angenehm müde, stehen. »Normalerweise kehre ich hier um.«

Sie sahen sich einen Moment lang an. So schnell in ihre Wohnung zurückzukehren widerstrebte ihr und ausserdem wollte sie mehr über ihn erfahren.

»Möchten Sie auf eine Tasse Kaffee mit hochkommen?«, fragte er. »Allerdings fürchte ich, es gibt nur, Ricoffy, Fertigkaffee.«

Sie gab sich einen kurzen Moment Zeit, sich zu entscheiden. »Ich hätte gern eine Tasse. Das erinnert mich an meinen Opa, der immer nur solchen getrunken hat.«

Sie gingen durch das dschungelartige Grün, ein Gewirr von Palmen, Lianen und wilden Bananen, welches die Küstenlinie hinter dem Strand säumte. Er fragte sie, woher sie käme, und sie erzählte ihm ein wenig von ihrer Geschichte und von ihrer letzten Stelle im Krügerpark. Als Sannie hinter Adam herging, fiel ihr Blick auf die Muskeln in seinem Rücken, die sich dort, wo sein dünnes, nasses T-Shirt an der Haut klebte, abzeichneten.

Sie fühlte sich schuldig, weil sie einerseits von Tom gesprochen hatte und nun andererseits den Körper eines anderen Mannes betrachtete. Sie errötete und war froh, dass der Weg durch die dichte Vegetation so schmal war, dass Adam nicht neben ihr stehenbleiben und ihr Gesicht sehen konnte. Vielleicht sollte sie eine Ausrede finden, um umzukehren.

Sie erreichten die eingleisige Bahnlinie und überquerten sie zum Botha Place hin. Dort standen schöne Gebäude, eine Mischung aus neueren, zweistöckigen Häusern und älteren, renovierten Häuschen. Auf der linken Seite, wo das Land steil anstieg, lag eine moderne, eingezäunte Siedlung namens Umdoni Point, wo neue Häuser und zweistöckige Maisonette-Wohnungen in fast identischem Design auf den Ozean blickten. Ein Trupp von einem Dutzend neugieriger Grünen Meerkatzen-Affen unterbrach seinen nachmittäglichen Streifzug, um die beiden Menschen zu beobachten.

»Vermissen Sie den Krügerpark nicht?«, erkundigte sich Adam und warf einen Blick über die Schulter, als sie ihn einholte.

»Ich weiss es noch nicht«, sagte Sannie. »Aber ich habe dort viele schreckliche Dinge gesehen. Ich habe eine Zeit lang in Nelspruit an schweren und grässlich gewalttätigen Verbrechen gearbeitet und die Kadaver abgeschlachteter Nashörner zu sehen, ist furchtbar. So prächtige Tiere, die aus reiner Gier, für nichts, getötet wurden.« Sie wollte noch hinzufügen, es sei, als sähe man ein totes Kind, hielt sich aber zurück.

»Ich weiss, was Sie meinen. Was manche Leute tun, um ihre Eitelkeit zu befriedigen, widert mich an. »Für viele Arten von Meerestieren gilt das Gleiche. Sie werden ausgerottet, damit ein reicher Mann vor seinen Freunden angeben kann«, erklärte Adam.

Sie kamen zu dem Haus, das sie bei einer ihrer ersten Besichtigungen mit Pam, der Immobilienmaklerin, gesehen hatte. Sie gingen einen Gartenweg mit rissigen Betonpflastersteinen hinauf und Sannie fragte sich, was sie da eigentlich tat.

7

Genau wie sie es in Erinnerung hatte, war das Haus von aussen eine Ruine. Die Fassade hatte Risse, der Putz war an einigen Stellen abgebröckelt und die Überbleibsel des Blechdachs über der Treppe lagen wie das verbogene Wrack eines abgestürzten Flugzeugs im Vorgarten. Aus den Dachrinnen wuchs Gras und der Garten war fast so wild wie der Dschungelstreifen, den sie auf der anderen Strassenseite gerade durchquert hatten.

Adam führte Sannie die Treppe hinauf und stiess und trat gegen eine von Feuchtigkeit aufgequollene Tür, bis sie sich quietschend öffnen liess.

Das Innere war anders. Hier roch es nach frischem Sägemehl und ihr Blick fiel auf die hellen Dielen, die vom Teppich befreit und frisch abgeschliffen aussahen. In den schrägen Strahlen der späten Nachmittagssonne, die durch das Küchenfenster ohne Vorhänge hereinfiel, schimmerte das Holz golden. Die Wände des ehemaligen Wohnzimmers waren in einem hellen Grau gestrichen und die Fensterbänke in schönem Kontrast dazu dunkelblau gehalten.

Adam ging durch eine Trennwand aus Plastikplanen und hielt sie für Sannie offen. Die Küche war eindeutig original, vielleicht aus den 1970er Jahren. Sannie erschauderte. Aufgequollene Spanplattenschränke, Türen die schief hingen oder fehlten und ein alter, fleckiger und zerrissener Linoleumbodenbelag. Mit einem Streichholz entzündete Adam eine Flamme eines Camping-Gaskochers und stellte einen verbeulten Topf mit Wasser darauf, um es zum Kochen zu bringen. Er blies den Staub aus einem beschädigten Becher und stellte ihn neben einen Zweiten. Sannie sah eine Tüte Maismehl für Brei auf der abgenutzten Arbeitsplatte liegen und in einer Ecke klapperte ein rostiger Kühlschrank.

»Kommen Sie hier rüber, bis das Wasser kocht«, bat er Sannie.

Adam hielt ein weiteres Stück Folie auf und Sannie befand sich wieder in einem anderen Raum.

»Dies war ursprünglich eines der Schlafzimmer«, sagte er, »aber ich habe es in meine Bibliothek und mein Büro verwandelt.«

Durch ein Panoramafenster sah sie hinter einem knorrigen ›Umdoni‹, einem Wasserbeerbaum, das von goldenem Sonnenlicht überzogene Meer. Auf der anderen Seite des Flurs bemerkte sie ein Badezimmer mit einem alten, rissigen Waschbecken und einer schmuddeligen Dusche mit einem schimmeligen Plastikvorhang. Dann richtete Sannie ihre Aufmerksamkeit wieder auf Adams Büro. Sie fuhr mit dem Finger an einer Reihe von Büchern entlang, die in eingebauten Regalen standen, die zwei ganze Wände ausfüllten und neu aussahen. »Haben Sie diese Regale alle selbst gebaut?«

Er nickte. »Ich kann mir schon Holz kaum leisten, also engagiere ich nur Arbeitskräfte, wenn ich etwas absolut nicht selbst machen kann.«

Sie sah sich die Buchrücken an. Meeresbiologie, Haie, Wale, Seepferdchen ...

»Ich hatte noch kistenweise Bücher aus meiner Zeit als Student. Zum Glück hat meine Mutter sie alle aufgehoben. Ich dachte, sie hätte sie vielleicht verschenkt oder an den Hospizladen verkauft.«

Sannies Augen schweiften umher. Es gab Belletristik, darunter einige Südafrika-Romane von Deon Meyer, die sie liebte, sowie ein Regal mit Büchern über den Grenzkrieg in Angola und Südwestafrika. Auf einem der Regale standen auch Kochbücher und solche über Gartenarbeit und Innenausbau.

»Jetzt machen Sie mich verlegen«, sagte er. »Anhand des Bücherregals erfährt man viel über eine Person.«

Er ging, um nach dem Wasser zu sehen und Sannie schaute sich noch etwas um. Die Möbel waren alt, aber sie sah, dass Adam sie renoviert, umfunktioniert und in den genau gleichen Farben angemalt hatte, wie sie im anderen Zimmer gesehen hatte, an dem er gerade arbeitete: Blau, Grau und Weiss. In der Bibliothek, die gleichzeitig als Büro diente, glänzten die nackten Dielen des Bodens durch die Lackschichten. Auf einem Rolltop-Schreibtisch, der ebenfalls liebevoll restauriert worden war, stand ein Apple-Laptop. Dieser Computer war wahrscheinlich das Teuerste, was es im Haus gab.

Auf dem Schreibtisch lagen weitere Bücher und Ausdrucke, hauptsächlich über Haie. Sie nahm ein Dokument in die Hand und sah, dass es sich um den Entwurf für eine Doktorarbeit handelte. In diesem Moment kam Adam herein.

»Entschuldigung«, sagte sie.

»Kein Problem.« Er stellte ihr eine Tasse Kaffee auf den Schreibtisch und sie legte den Ausdruck zurück. »Sie sind ausser dem Beurteilungsgremium, das dies prüfen muss, vielleicht die einzige Person, die je darin liest.«

Interessant war, dass er einen Grossteil seiner Zeit und Energie – und vermutlich auch seiner begrenzten Ersparnisse und seines Einkommens – darauf verwendet hatte, sein Arbeitszimmer einzurichten, bevor er Räume wie die Küche oder das Badezimmer in Angriff nahm, die andere Leute vielleicht als vorrangig betrachtet hätten.

Er wies auf einen Ledersessel, der zwar abgenutzt war, aber zwischen den Büchern gut zur Geltung kam und sie setzen sich.

»Gitarrenfisch?«, fragte sie, als sie sich an das Titelblatt der Dissertation erinnerte. Sie pustete auf ihren Kaffee.

»Er ist eigentlich eine Rochenart, sieht aber wie ein flacher Hai aus. Gitarrenfische sind vom Aussterben bedroht.«

»Darf ich fragen, worum es in der Arbeit geht?« Sie nippte am Kaffee. Es war nicht, was sie normalerweise trank, aber sowohl der

Geruch wie auch der Geschmack erinnerten sie an ihre Kindheit und liessen sie lächeln.

»Ich suche nach neuen Wegen, um Haifischflossen aufzuspüren. Das Abfischen von Haifischflossen ist ein grosses Verbrechen, das aber nicht annähernd so viel Aufmerksamkeit erregt wie die Wilderei von Nashörnern.« Er hielt inne. »Oh, Entschuldigung.«

»Wofür?« Sie realisierte, dass er sich auf ihre letzte Stelle bezog. »Oh, Sie brauchen sich nicht zu entschuldigen. Wenn es um Nashörner geht, ist nie genug Geld vorhanden, obwohl der Krügerpark und andere Leute, die sich für die Bekämpfung der Wilderei und den Naturschutz einsetzen, eine Menge Geld von ausländischen Unterstützern bekommen. Aber, ja, ich weiss, was Sie meinen. In diesem Land gibt es bei der Verbrechensbekämpfung so viele Prioritäten, dass man das Gefühl hat, es könne gar nie genug Geld da sein. Sie sollten sich einmal den Zustand unserer Polizeistationen ansehen.«

Er nickte. »Das habe ich.«

Ihre Aufmerksamkeit war geweckt. »Hatten Sie denn schon einmal mit der Polizei zu tun?«

Er sah von seiner Tasse auf. »Das ist mir peinlich.«

Sannie seufzte innerlich und wünschte, keiner von ihnen hätte etwas gesagt. Sie war in der Wohnung eines Kriminellen gelandet.

»Nein, nein.« Er hatte in ihrem Gesicht gelesen und hob eine Hand wie ein Stoppsignal. »Ich war das Opfer eines Verbrechens, aber es ist so dumm, dass ich es Ihnen fast nicht erzählen möchte.«

Erleichtert lächelte sie. »Ich habe schon alles Mögliche gesehen und gehört.«

Er nickte. »Nach unserer einvernehmlichen Scheidung haben wir unser Haus in Australien verkauft, einen guten Preis dafür bekommen und den Erlös geteilt. Ich musste immer noch Geld für die Kinder beiseitelegen, vor allem, weil ich wieder zur Universität ging und nicht viel verdienen konnte. Dann bin ich nach Südafrika zurückgekommen, weil ich es vermisst habe, aber auch, weil Immobilien hier viel erschwinglicher sind als in Australien. Ich hatte genug

Geld, um mir hier an der Küste ein schönes Haus zu kaufen und immer noch Geld übrig zu haben.« Er holte tief Luft.

»Was ist passiert?« Sie nippte an ihrem Kaffee.

»Man denkt, ein Betrug oder so was passiere nur Idioten oder älteren, vielleicht ein wenig verwirrten Menschen.«

»Oh, nein«, sagte Sannie.

»Oh, doch. Irgendwie wurde ein Mail-Konto von jemandem gehackt – entweder mein eigenes, das des Immobilienmaklers, des Verkäufers oder des Anwalts, den der Eigentümer des Hauses genommen hat. Jedenfalls fingen die Betrüger alle unsere Nachrichten ab. Sie richteten ein gefälschtes Gmail-Konto ein, das fast genauso aussah wie meines und eine falsche Version der E-Mails des Immobilienmaklers. Danach leiteten sie alle Unterlagen über die gefälschten Mailadressen weiter und lasen alle unsere Nachrichten untereinander.«

»Und lassen Sie mich raten«, sagte Sannie, weil sie die Antwort bereits kannte. »Sie haben schlussendlich eine gefälschte Zahlungsaufforderung mit dem Briefkopf der Anwaltskanzlei von der betrügerischen Mailadresse erhalten und Ihre Bank hat die Überweisung getätigt, allerdings auf das Konto der Betrüger.«

»Ja, genau.«

»Adam, da können Sie wenigstens sicher sein, dass Sie nicht der Einzige in Südafrika sind, dem das passiert ist. Es kommt immer häufiger vor.«

Er setzte seine Tasse ab. »Ja, danke. Kurz nachdem es passiert ist, habe ich es gegoogelt. Es war zwar kein grosser Trost, aber wenigstens passierte es nicht nur mir. Ich habe dabei alles verloren, den gesamten Kaufpreis. Das Problem scheint, dass wir so daran gewöhnt sind, alles per E-Mail zu erledigen, dass man nicht mehr zum Telefon greift und miteinander redet, um Dinge wie Kontonummern zu überprüfen.«

Ihr Herz schlug für ihn. Sie konnte sich nicht vorstellen, so viel Geld zu verlieren, wusste aber, dass es passierte. »Haben Sie nichts davon zurückbekommen?«

Adam schüttelte den Kopf. »Ich bin mir wie ein Narr vorgekommen.«

»Diese Leute sind sehr schlau, wirkliche Experten, könnte man sagen«, erklärte sie. »Das stimmt, es ist ein ganzer Berufszweig und in Nigeria, wo sie am aktivsten sind, nennt man diese Hacker ›Yahoo Boys‹.

Er zuckte mit den Schultern. »Jetzt lebe ich von einem Universitätsstipendium, bewache Autos, versuche, meine Doktorarbeit abzuschliessen und das alte Haus meiner Eltern zu renovieren. Und mit dem Geld, das mir von der Scheidungsvereinbarung in Australien übriggeblieben ist, bezahle ich das Studium meiner Kinder in Australien. Ich erfülle meine Verpflichtungen und habe ein undichtes Dach über dem Kopf. Aber manchmal fühle ich mich wie ein Versager.«

»Nein, das müssen Sie nicht«, sagte Sannie. »Stellen Sie sich vor, Sie hätten einen Freund in derselben Situation, dem das Gleiche passiert wäre, was würden Sie ihm sagen?«

Er lachte. »Sie klingen wie mein Psychiater, als ich mir noch einen leisten konnte.«

Sannie spürte, wie sich ihre Wangen röteten. Es war eine Frage, die ihr ihre eigene Therapeutin gestellt hatte, als Sannie ihr erzählte, dass sie sich für Toms Tod verantwortlich fühle, weil sie sich nicht stärker bemüht habe, ihn von der Arbeit im Irak abzuhalten. Sannies Antwort darauf lautete, Tom gefalle die Arbeit, er tue es für die Familie. Ausserdem sei er erwachsen und absolut in der Lage, seine eigenen Entscheidungen zu treffen.

»Entschuldigung«, sagte er.

Sie zuckte mit den Schultern. »Ich war in einer Therapie. Sie sagten ›als Sie sich noch eine leisten konnten‹. War das vor dem Immobilienbetrug?«

»Ja. In Australien. Bevor die Ehe zerbrach, hatte ich eine schwierige Zeit. Wahrscheinlich hat das alles zusammengehört. Aber machen Sie sich keine Sorgen, ich bin wieder gesund.«

So wie er den Blick von ihr abwandte und wieder auf das Meer hinausschaute, bezweifelte sie das, ging aber nicht weiter darauf ein. Bei nur einer halben Tasse Kaffee hatten sie schon eine ganze Menge erlebt, dachte sie. »Ich bin mir sicher, dass das Haus wunderschön ist, wenn Sie damit fertig sind«, sagte sie. »Sie haben hier schon sehr viel gearbeitet und das sieht grossartig aus.«

Er sah sie an. »Danke.«

Sie warf einen Blick auf die Uhr. Eigentlich sollte sieh gehen, wollte aber nicht in ihre Wohnung zurückgehen und sich vor die Kiste setzen oder auf einen Zoom-Anruf von Ilana oder den Jungs warten, die wahrscheinlich alle Wichtigeres zu tun hatten. »Wollten Sie mir nicht von Ihrer Doktorarbeit erzählen?«

Er setzte sich ein wenig aufrechter hin. »Ja, über den Gitarrenfisch. Ich bin mir nicht sicher, wie viel Sie über Flossen wissen?«

»Ich weiss, dass Haifischflossen, legal und illegal gefischt werden, viel Geld wert sind und es sich um ein lukratives Geschäft handelt. Und dass die Leute in Asien Suppe daraus machen.«

Das stimmt, aber das sogenannte ›Finning‹ bezeichnet auch das Abschneiden der Flosse eines Hais, während dieser noch lebt.

»Was? Das klingt ja barbarisch«, sagte Sannie.

»Ja, aber es geht dabei nur um Geld. Das Geschäft mit Haifischflossen, die in Teilen Asiens als Delikatesse für Suppen geschätzt werden, ist riesig.«

»Wie gross?«, fragte sie, denn hohe Umsätze mit Produkten aus der Wildtierkriminalität waren ihr nichts Unbekanntes.

»Jedes Jahr werden etwa hundert Millionen Haie getötet«, erklärte Adam, »viele davon illegal. Finning geschieht, wenn ein Fischer oder ein Trawler einen Hai an Land zieht, seine Flosse abschneidet und den noch lebenden Hai zum Sterben zurück ins Wasser wirft.«

»Warum tun sie das?«

»Eine Flosse nimmt nicht viel Platz ein, jedenfalls nicht so viel wie ein ganzer Hai. Dadurch kann ein Fischer also Dutzende Haie töten, ohne sein Boot mit Haifischfleisch zu füllen, das nicht annähernd so viel wert ist wie die Flossen.«

»Das ist grauenhaft«, schauderte Sannie, obwohl ihr nicht neu war, wie weit Menschen gehen, um ihre Gier zu befriedigen.

»Eine Flosse ist bis zu dreihundert US-Dollar wert, was bedeutet, der gesamte Handel damit beläuft sich also auf einen Wert von Milliarden Rand pro Jahr.«

»Das wusste ich nicht«, sagte Sannie. »Ich meine, ich hatte davon gehört, aber vom Ausmass hatte ich keine Ahnung.«

»Genau das ist das Problem. Es wird nicht so viel darüber berichtet wie über andere gefährdete Tierarten, aber es geschieht in unserer Region und vor unseren Augen. Südafrika hat das Finning verboten, aber in Mosambik ist es weit verbreitet. Chinesische Exporteure kaufen Kleinstfischern neuere Boote und Aussenbordmotoren und schicken sie zum Finning hinaus.«

»Sie sind sehr leidenschaftlich bei der Sache.«

Er nickte. »Als ich jung war, bevor ich zur Armee ging, tauchte ich immer vor der Aliwal-Untiefe, nicht weit von hier und jedes Jahr zur gleichen Zeit gab es dort Walhaie. Nun hat man seit Jahren keinen mehr gesichtet. Es sind die sanftesten Geschöpfe und für Menschen völlig harmlos, aber sie werden ausgerottet.«

Sie hätte ihm Geschichten von Nashörnern, die sie gesehen hatte, erzählen können, denen ihre Schlächter, nachdem sie ihnen das Horn abhackten, die Wirbelsäule durchtrennten, damit sie nicht mehr weglaufen konnten. Mehr als einmal hatte sie erlebt, dass sie noch lebten, obwohl ihre Gesichter bis auf die Knochen zerhackt waren, um auch den letzten Rest des gesamten Horns zu entfernen. Es war herzzerreissend und sie konnte nicht ertragen, ihm darüber zu berichten.

»Möchten Sie einen richtigen Drink?«, fragte Adam. »Es ist so deprimierend.«

Sannie schaute wieder auf ihre Uhr. »Es ist schon spät.«

»Sie haben Recht«, sagte er. »Und ich sollte meine Ein-Bier-pro-Tag-Regel nicht brechen. Manchmal trinke ich eins in Rocky Bay, manchmal, wenn ich lange gelernt oder am Haus gearbeitet habe, hier.«

Er tat ihr leid, wegen all der Arbeit, die am Haus noch zu erledigen war, wegen der Verluste, die er erlitten hatte, wegen seiner Familie und seiner Finanzen. Sie müssen wirklich sehr engagiert sein, um all das auf sich zu nehmen und Ihr Studium fortzusetzen.«

»Anstatt sich einen richtigen Job zu suchen, meinen Sie?«

»Das habe ich nicht gesagt.« Aber sie hatte es gedacht.

Er zuckte mit den Schultern. » Vielleicht nennen wir es Midlife-Crisis. Wahrscheinlich ist sie produktiver als eine Affäre. Ich hatte einfach das Gefühl ... Als ich jünger war, steckte ich voller Pläne für mein Leben, ich wollte Meeresbiologe werden und etwas für die Umwelt tun, aber dann kam mir die Armee in die Quere und, nun ja, das Leben hat mich eingeholt. Ich heiratete, wahrscheinlich das falsche Mädchen und wir bekamen die Kinder, die wir beide lieben, und dann war da noch die ganze Sache mit dem Wegzug aus Südafrika.«

Sannie glaubte, zu verstehen. In letzter Zeit hatte sie sich selbst ähnliche Fragen gestellt. Was ausser ihren Kindern und der Tatsache, dass sie ein paar Kriminelle hinter Gitter gebracht hatte, hatte sie noch zur Welt beigetragen? Und war das genug?

»Mein Doktorvater, der Professor, der meine Doktorarbeit in Australien betreut, sagt, er liebe ältere Studenten.« Adam lachte ein wenig. »Er sagt, wir seien ernsthafter und engagierter als die Jüngeren.«

»Ich bin sicher, er hat Recht. Sie scheinen eine Menge zu opfern, um Ihre Forschung fortzusetzen«, sagte Sannie.

Er stand auf, ging in die Küche und öffnete den klappernden alten Kühlschrank.

»Ich habe hier etwas Wein vom Fass, wenn Sie ein Glas davon möchten.«

Sannie stand auf. »Nein danke, es ist gut, wie es ist. Ich glaube, ich gehe besser nach Hause, bevor es dunkel wird.«

Adam richtete sich auf. »Ja, gut. Danke fürs Vorbeikommen«, sagte er und begleitete sie zur Eingangstür.

Auf der Treppe zögerte Sannie und überlegte, ob sie zum Drink hätte ja sagen sollen, schlug sich den Gedanken dann aber aus dem Kopf. Er war nicht nur ein gutaussehender und besorgter, sondern scheinbar auch ein prinzipientreuer Mann.

»Es war nett, Sie kennen zu lernen«, sagte er und lächelte, »ausserhalb von der Arbeit.«

»Ja, ja, das war es.« Sie spürte, wie sich ihr Herzschlag beschleunigte.

Er sah sie an, sagte aber nichts. Sie strich eine Haarsträhne hinter das Ohr.

»Können wir ... uns vielleicht wiedersehen?«, platzte er heraus. »Ich meine, ich werde Sie wahrscheinlich am Strand sehen, beim Spazierengehen.«

»Ich sollte, wie Sie, einfach weglaufen«, sagte sie und überlegte, was sie sonst noch sagen könnte, obwohl sie wusste, dass sie einfach gehen sollte.

»Wir könnten ...«

Sie sah zu ihm auf. Er war sehr gross.

»Ja«, sagte Sannie. »Ja, wir können uns wiedersehen. Gute Nacht.« Sannie drehte sich um, ging die Treppe hinunter und den kaputten Gartenweg entlang durch das Gewirr der überwucherten Sträucher. Ihre Wangen brannten und ihr Herz raste immer noch. Sie drehte sich um und sah, dass er immer noch dastand und ihr nachsah. Oder vielleicht schaute er wieder aufs Meer hinaus. Sie ging zügig den mit Schlaglöchern übersäten Weg hinunter.

Mia sass auf dem Bett ihres Einzelzimmers im Personalhaus der Dune Lodge und betrachtete das alte Bild, das ihren Vater mit Luiz und den anderen in Angola zeigte.

In mancher Hinsicht war ihr Leben wie das eines Soldaten: Sie trug jeden Tag eine Uniform zur Arbeit, hatte lachhaft lange Arbeitszeiten und lebte in einer Unterkunft, die sich wahrscheinlich nur wenig von einem Kasernenblock unterschied. Ihr Leben war von Routine bestimmt und wenn sie noch eine Familie gehabt hätte, was nicht der Fall war, wäre sie wochen-, oder vielleicht sogar monatelang von ihr getrennt gewesen.

Trotzdem liebte sie ihre Arbeit, verbrachte viel Zeit im Busch oder in der Wüste, spürte Tiere auf und teilte ihre Liebe zur Natur mit den Gästen. Die Leidenschaft für die Wildnis und die Umwelt hatte sie von ihrem problembelasteten Vater geerbt. Er hatte zu viel getrunken, war leicht wütend geworden und hatte, vor allem, nachdem der ANC an die Macht gekommen war, Schwierigkeiten, beruflich voranzukommen. Das Einzige, was ihn zur Ruhe brachte, seine sanfte Seite zum Vorschein brachte und wahre Persönlichkeit hervortreten liess, war der Aufenthalt in der Natur.

Mia hatte genug über posttraumatische Belastungsstörungen gelesen, um zu erkennen, dass ihr Vater trotz seiner Beteuerungen, es gehe ihm gut, schon lange bevor er sich das Leben nahm, gelitten hatte. Sie wusste, dass die Krankheit manchmal erst später im Leben auftrat, viele Jahre nachdem eine Person ein Trauma wie einen Krieg erlebt hatte. Sie vermutete, der Verlust seines Arbeitsplatzes bei den südafrikanischen Nationalparks – er wurde entlassen und seine Stelle an einen schwarzen Mitarbeiter vergeben – habe die Situation noch verschlimmert. Auf jeden Fall erinnerte sie sich daran, dass sein Alkoholkonsum mit seiner Arbeitslosigkeit ins Unermessliche stieg.

Wenn sie zurückblickte, erkannte sie, dass es mit ihrem Vater im Laufe der Jahre stetig bergab gegangen war. Aber Luiz schien, seit sie ihn kannte, nach aussen hin in Ordnung zu sein. Bis zum Tag, an dem er sich umbrachte.

Die Jungen auf dem Bild, mit ihren wilden Haaren, schmutzigen Gesichtern und dreckigen Uniformen, grinsten sie an. Das Lächeln ihres Vaters empfand sie allerdings schon damals als gezwungen. Sie kannte diesen Blick. Er war ziemlich gutaussehend und konnte lächeln, aber in seinen Augen lag schon lange eine Leere, die sie auch auf dem zerknitterten, mit der Zeit verblichenen Foto erkannte.

Als das Bild aufgenommen wurde, war ihr Vater Sergeant – Luiz hatte die Abkürzung ›SGT‹ neben seinen Namen geschrieben. Da sie wusste, wo er im Krieg gedient hatte, vermutete sie, das Bild sei in den späten Achtzigern, vielleicht um 1987, aufgenommen worden. Zu diesem Zeitpunkt war er in Angola gewesen und auf dem Bild war sein Haar lang. Ausserdem trug er einen Bart, was wahrscheinlich bedeutete, dass sie sich bereits dem Ende des Einsatzes näherte. Nach dem Tod ihres Vaters hatte Mia sehr viel über den Krieg gelesen. Zu spät. Doch warum hatte Luiz ihr nicht gesagt, dass er ihren Vater kannte?

Frank hatte wohl mehr erlebt als die anderen Männer auf dem Bild. Zu diesem Zeitpunkt war ihr Vater ein ›Bos Oupa‹, ein Busch-Grossvater, der bereits einen Einsatz an der Grenze und in Angola hinter sich hatte und sich in seinem zweiten befand.

Der Leutnant, oder ›LT‹, Ferri, sah, wie die beiden anderen, Krüger und Litis, sehr jung aus. Ihr Vater hatte sich abfällig über Offiziere im Allgemeinen geäussert, sie konnte sich aber nicht daran erinnern, dass er einen ›Ferri‹ besonders erwähnt hatte.

Krüger war der Grösste von ihnen. Sie starrte auf sein Gesicht, das aussah, als wäre er noch in der Highschool gewesen, was er wahrscheinlich, kurz bevor dieses Bild aufgenommen wurde, auch war. Irgendetwas an ihm kam ihr bekannt vor. Auf der Rückseite des Bildes standen keine Vornamen und Shirley sagte, sie erkenne keinen von ihnen.

Im Gegensatz zu Krüger war Ferri kein üblicher südafrikanischer Nachname, aber auch der Leutnant sah wie jemand aus, den sie schon einmal irgendwo anders gesehen hatte.

Mia nahm ihren Laptop aus der Schublade des kleinen Nachttisches und klappte ihn auf. Sie war mit dem W-LAN der Lodge verbunden und öffnete den Internetbrowser. Sie tippte ›Ferri Angola South African Army‹ ins Suchfeld und klickte auf ›Bilder‹.

Eines der Bilder auf dem Bildschirm war das Porträtfoto eines lächelnden Mannes im Anzug. Sein Haar war schwarz mit grauen Sprenkeln und ordentlich geschnitten. Die Bildunterschrift lautete: Tony Ferri: »Auch wenn Sie glauben, dass Krieg falsch ist, können Sie auf Ihren Dienst und auf die, mit denen Sie gedient haben, stolz sein.«

Mit einem Doppelklick auf das Bild gelangte Mia zu einem Artikel des ›Daily Maverick‹ über Tony Ferri, einen Parlamentsabgeordneten aus dem Westkap, der als nächster Vorsitzender der Demokratischen Allianz gehandelt wurde. Die DA, eine der wichtigsten Oppositionsparteien, hatte kürzlich bei den Provinzwahlen gegenüber dem ANC, dem regierenden Afrikanischen Nationalkongress, an Boden gewonnen und war dabei, mit anderen Oppositionsgruppen Koalitionen zu schmieden.

Mia überflog den Artikel.

Wie die meisten weissen südafrikanischen Männer seines Alters wurde auch Ferri zum Wehrdienst einberufen und diente als Fallschirmjäger in Angola.

Ihr Vater war ein Parabat gewesen. Mia öffnete ein neues Fenster und ging zu Facebook. Sie folgte einer Gruppe von Parabat-Veteranen, hatte aber schon lange nicht mehr auf die Seite geschaut. Als sie sie öffnete, sah sie einen Beitrag, der das gleiche Portrait von Ferri zeigte.

›Wir wünschen unserem Kameraden, Tony Ferri, alles Gute für die bevorstehende Wahl zum Parteivorsitzenden.‹ Mia sah, dass es noch mehr Bilder gab, also klickte sie auf das Plus-Symbol. Sie stiess auf ein Bild von Ferri mit einer hübschen blonden Frau, einem Jungen und einem Mädchen im späten Teenageralter. Das nächste zeigte ihn mit einem afrikanischen Baby im Arm – typisch Politiker.

»Ja!«, sagte sie. Das nächste Bild zeigt Ferri als jungen Leutnant in Angola und sie hielt Luiz' Foto neben den Bildschirm. Es war eindeutig derselbe Mann.

Mia wurde nun klar, dass ihr Ferri nur deshalb bekannt vorkam, weil sie ihn wegen seiner politischen Karriere ein paar Mal in der Zeitung und im Fernsehen gesehen hatte.

Als ihr Vater gestorben war, hatte es auf der Parabat-Facebook-Seite viele Beiträge gegeben, in denen Leute ihn lobten und Beileidsbekundungen hinterliessen. Ein gutes Dutzend Männer in passenden Blazern, Krawatten und mit kastanienbraunen Baretten waren zur Beerdigung gekommen und salutierten, als der Sarg ihres Vaters in die Erde gesenkt wurde. Einen von ihnen, den grössten, erkannte sie jetzt, als sie noch einmal hinschaute, auf Luiz' Bild. Krüger. Sie erinnerte sich an seinen Vornamen und daran, ihn getroffen zu haben – Adam Krüger. Das war es.

Damals war sie noch jung und Mia erinnerte sich an einige der Männer, die sie umarmt hatten und an den Brandy in ihrem Atem, das Nikotin in ihren Schnurrbärten, aber nur an den Namen Adam Krüger. Er war schon einmal in ihrem Haus gewesen, da war sie sich jetzt sicher. Sie starrte wieder auf eines der aktuellen Fotos von Tony

Ferri. Im Gegensatz zu einigen der alten Soldaten, an die sie sich erinnerte, die grosse Bierbäuche und rötliche Gesichter hatten, weil sie zu viel getrunken hatten, sah Ferri noch fit und gut aus. Vielleicht hatte er auch Eindruck auf sie gemacht, als sie jünger war, aber sie erinnerte sich nicht daran, ihn bei der Trauerfeier gesehen zu haben.

Mia stand vom Bett auf und ging zu ihrem kleinen Bar-Kühlschrank. Sie nahm eine Dose Eistee heraus. Im Kühlschrank befanden sich noch ein paar Bierflaschen und ein vorgemischter Gin Tonic, aber es war schon spät und am nächsten Morgen musste sie wie immer früh aufstehen. Sie nahm die Dose mit und als sie sich wieder aufs Bett legte, klingelte ihr Telefon. Mia schaute auf den Bildschirm.

»Sannie, howzit?«

»Gut, und dir, Mia?« erkundigte sich Sannie van Rensburg.

»Prima. Freust du dich schon auf deine Reise? Ich kann kaum erwarten, dich zu sehen.«

»Ja, ich freue mich sehr. Tut mir leid, dass ich so spät anrufe. Ich weiss ja, dass du normalerweise um halb fünf aufstehst.«

»Alles in Ordnung und ich bin nicht wirklich müde. Ich schaue mir nur ein paar Sachen im Internet an.«

»Mia, sag mal: Ist bei euch kürzlich ein Führer oder ein Fährtenleser gestorben? Jemand, der sich das Leben genommen hat?«

Mia setzte sich aufrecht hin. »Ja, Luiz. Ich habe mit ihm gearbeitet. Er war ein Tracker, ein Fährtenleser.«

»Ein San?«

»Ja. Woher weisst du das?«

Sannie berichtete Mia, sie habe einen Mann, der an der Vereitelung eines bewaffneten Raubüberfalls beteiligt gewesen sei, kennengelernt, und dieser habe ihr erzählt, einer seiner Freunde habe sich umgebracht, Luiz, der Spurenleser.

»Und woher kannte er Luiz?«, wunderte sich Mia.

»Sie haben zusammen in der Armee gedient, in Angola. Er war in einem der Fallschirmjägerbataillone. War dein Vater nicht auch ein Parabat, Mia?«

»Ja, war er.« Mia lief ein Schauer über den Rücken.

»Dieser Typ, Adam, scheint deinem Freund Luiz sehr nahe gestanden zu haben und würde gerne an der Beerdigung teilnehmen, hat aber kein Geld und besitzt nicht einmal ein Auto.«

»Adam?«, staunte Mia. »Wie ist sein Nachname?«

»Krüger«, sagte Sannie. »Warum?«

»Lass mich kurz auf Lautsprecher stellen, Sannie.« Nachdem sie das getan hatte, nahm sie das Foto, das sie gerade angeschaut hatte, machte ein Foto davon und schickte es Sannie.

Am Ende der Leitung gab es eine Pause, vermutlich weil Sannie das Bild betrachtete. Mia hielt den Atem an.

»Ja, das ist er, der Mann, von dem ich gesprochen habe. Adam Krüger, vierter von links.«

8

ANGOLA, 1987

Als der Puma abhob und in Richtung der Grenzlinie zurückkehrte, wurde es still im Busch. Evan Litis hielt sein Gewehr so fest umklammert, dass ihn die Hände schmerzten, und blinzelte sich den Schweiss aus den Augen.

Auf dem Boden, inmitten der Mopane-Bäume, war es stickig. Die Sonne strahlte auf ihn herab, es wehte kein Lüftchen und vom Sandboden unter seinen Stiefeln strahlte die Hitze hinauf.

Als sich die Parabats in ihre Patrouillenformation begaben, stürzten sich winzige Fliegen auf die Feuchtigkeit in Evans Augen und drangen in seine Nase.

Die beiden San-Fährtensucher, Luiz und Roberto, waren vorne, gefolgt von Hennie, dem Korporal. Dessen Blick ging dorthin, wohin das Ende des Laufs seines R4-Sturmgewehrs gerichtet war.

Als nächstes kam Hauptgefreiter Erasmus, der Sanitäter, dann Leutnant Ferri, gefolgt von Rossouw, dem Melder. Hinter Ferri folgte Feldwebel Greenaway, dann Adam mit dem Maschinengewehr und Evan als sein Unterstützer, der zusätzliche Munition trug und die Rückendeckung übernahm.

Evan achtete darauf, wo er seine Füsse hinsetzte, um nicht auf einen toten Ast zu treten und ein Geräusch zu verursachen und zwang sich, sich alle paar Schritte um 180 Grad zu drehen, um sicher-zustellen, dass ihnen niemand folgte. Sein Herz klopfte, denn er hatte Angst. Nicht etwa davor, erschossen oder verwundet zu werden, sondern, etwas falsch zu machen.

Feldwebel Greenaway liess sich zurückfallen, bis er neben Evan stand. »Sind Sie okay?«

»Ja, Sergeant«, flüsterte Evan zurück.

Greenaway lächelte ein wenig. »Hier draussen, im Busch, reicht Frank und Sie können Englisch sprechen. Denken Sie daran, die Augen offen zu halten und unsere Sechs zu beobachten.«

»Ja ... Frank.«

Evans Brust schwoll an. In der Grundausbildung hatte man ihn wegen seines griechischen Nachnamens ausgesondert. Bei den Para-bats hatte er jedoch gelernt, dass die Herkunft eines Menschen unbe-deutend war. Die ›Bats‹ kämpften nicht für eine Flagge, ein Land oder die Apartheid, sondern füreinander. Dafür verachteten sie, unabhängig von Rasse, Glaube oder Rang jeden, der nicht zum Fall-schirmjägerbataillon gehörte.

Die Formation, in der sie sich jetzt befanden, hatten sie im Trai-ning geübt und Evan wusste, dass er dauernd an Adams Seite sein musste, um sein hungriges Maschinengewehr dauernd mit Munition versorgen zu können und bereit zu sein, das Geschütz zu überneh-men, falls Adam getroffen wurde. Er hatte achthundert Patronen, sechs Magazine für sein eigenes R4, zwei Granaten, eine Ersatzbat-terie für Rossouws Funkgerät, sechs Ein-Liter-Wasserflaschen und ein Rationenpaket für vierundzwanzig Stunden zu tragen. Wenn man mit dem Essen sparsam umging, reichte die Ration für drei Tage.

Sie marschierten los. Evan schätzte, das abgestürzte Flugzeug beim Tempo, das sie vorlegten, in etwa einer halben Stunde zu errei-chen. Sie gingen langsam genug, um Vorsicht walten zu lassen, aber mit der Dringlichkeit, die die Annahme, die Besatzung der ›Bosbok‹ könnte noch am Leben sein, erforderte.

Evan hatte den afrikanischen Busch, insbesondere den Krüger-Nationalpark, schon als kleiner Junge geliebt. Doch die Wildnis Afrikas, die auf dem Rücksitz des Fords seiner Familie das Paradies war, zeigte sich jetzt, zu Fuss, als heisse, staubige Hölle, in der bei jedem Schritt Todesgefahr drohte. Evan dachte an seine Mutter, die zu Hause in der Küche Moussaka backte und an den Vater, der mit einem einzigen Fischerboot ein erfolgreiches Miniimperium aufgebaut hatte. Evan hatte im Schatten seines Vaters gelebt, und alle nahmen an, er übernehme das Familienunternehmen eines Tages. Aber er wollte sich beweisen und sich als eigenständiger Mann profilieren. Vielleicht erhielt er diese Chance in der Armee, falls er nicht vorher umkäme.

Adam sah zu ihm hinüber und beim Umdrehen schwang der lange Lauf des LMG herum. Evan lächelte ihn an und Adam nickte ihm zu.

Irgendwo weiter vorne knallte ein Schuss.

»Kontakt!«, schrie Greenaway.

Evan erinnerte sich an die Ausbildung und an seine Aufgabe bei dieser Patrouille. Er rannte ein paar Meter zu etwas hin, das wie ein stämmiger Baum aussah, liess sich dort auf den Bauch fallen und blickte nach hinten. Adam schob sich vor und klappte, noch während er sich hinlegte, das Zweibein seines Maschinengewehrs aus.

Es fielen zwei weitere Schüsse und jemand schrie.

»Mister Litis? Hallo, Mister Litis.«

Evan sah von seinem Computerbildschirm auf, obwohl er sich nicht wirklich auf die Finanznachrichtenseite vor sich konzentriert hatte. Seine persönliche Assistentin, Phumzile Msani, stand in der Tür zu seinem Büro.

»Tut mir leid, Phum, ich war mit den Gedanken eben woanders.«

»Kann ich noch etwas tun, oder ist es gut, wenn ich jetzt gehe?«

Draussen wurde es dunkel. Die Lichter von Johannesburg leuchteten verschwommen durch den Smog von Autoabgasen und Küchenfeuern. »Nein, es ist schon in Ordnung, Phum, aber Sie müssen alle meine Termine für die kommende Woche aus meinem Kalender streichen.«

»Eine weitere Geschäftsreise?« Sie lächelte wohlwollend. Er reiste viel, um seine bestehenden Geschäfte zu überprüfen und neue zu akquirieren.

Evan schob sich die Brille auf die Nase. »Nein, eine Beerdigung.«

»Haibo! Das tut mir leid. Aber niemand von der Familie?«

Er schüttelte den Kopf. »Nein, aber jemand, dem ich vor langer Zeit nahestand. Ich werde morgen trotzdem an der Konferenz teilnehmen, aber danach muss ich nach Upington fliegen und von dort brauche ich einen Charterflug zur Dune Lodge für drei Personen. Ich habe Ihnen die groben Zeitpläne per E-Mail geschickt.«

»In Ordnung, Herr Litis. Ich werde das alles morgen früh machen und für Ihren Freund beten.«

Evan lächelte. »Danke, Phum.«

Phum ging. Evan stand auf und öffnete den Kühlschrank, der in einem Bücherregal eingebaut war, das die ganze Wand seines Büros im zehnten Stock des Bürogebäudes in Melrose Arch einnahm. Die Stadt breitete sich unter ihm aus. Ein roter Ferrari mit getönten Scheiben brauste aus der Tiefgarage und ein in Schichten von Secondhand-Kleidung gehüllter Mann, der einen Einkaufswagen voller Aludosen und Plastiktüten schob, musste rennen, um sich vor ihm in Sicherheit zu bringen.

Der Ferrari gehörte seinem Freund Bongi, einem seiner wichtigsten Investoren, mit dem er jedes zweite Wochenende Golf spielte. In Südafrika hatte sich viel verändert, doch gewisse Ungerechtigkeiten blieben bestehen.

Evan nahm einige Eiswürfel heraus, liess sie in einen Becher fallen und goss einen doppelten Schluck Johnny Walker Blue Label darüber. Er nippte am Scotch und dachte an Luiz.

Bevor Phum hereingekommen war, hatte Evan sich an den Tag in Angola erinnert und daran, wie sehr er sich darauf gefreut hatte, einen Einsatz zu erleben. Er ging zu seinem Schreibtisch zurück und setzte sich hin. Dann klickte er auf seinem Computer auf das Symbol ›Meine Bilder‹ und öffnete den Ordner ›Armee‹. Schon vor Jahren hatte er alle seine alten Fotos eingescannt und nun klickte er auf das Foto von Luiz, Ferri, Adam, Greenaway und ihm.

Evan hatte Luiz einen Ausdruck dieses Fotos, auf dessen Rückseite ihre Namen standen, gegeben. Er fragte sich, ob der alte Fährtenleser es aufbewahrt habe und wo es jetzt sei.

Evan nippte an seinem Scotch, lehnte sich in seinem ledernen Bürostuhl zurück und schloss die Augen. Das Telefon vibrierte in seiner Hemdtasche und er nahm es heraus. Es war Tony Ferri.

»Howzit, Boet?«, begrüsste ihn Evan.

»Ja, so so, und du?«

»Ich bin immer noch sprachlos«, sagte Evan. »Mann, das sind schlechte Nachrichten.«

»Luiz... Er wirkte immer so ... gelassen. Weisst du, was ich meine? Beinahe zen-artig. Dabei kämpfte er schon seit zehn Jahren im Krieg, bevor wir überhaupt auf den Plan traten. Dass der die ganze Zeit durchgehalten hat ...«

»Wo bist du?«, fragte Evan.

»In einem Uber in Kapstadt, auf dem Weg zu einem Benefiz-Dinner. Lisa ist bei mir.«

Ferri war der perfekte Politiker, dachte Evan, hatte aber dennoch etwas Echtes an sich.

»Grüss Lisa von mir. Ich bin einfach froh, dass wir ihn wiedersehen konnten«, sagte Evan.

»Ja, ich auch. Als ich nach Platfontein ging, hatte ich gehofft, herauszufinden, was aus ihm geworden ist, aber es war *lekker*, noch viel besser, ihn zu finden und sogar wieder zu treffen.«

»Auf jeden Fall«, sagte Evan. Im Rahmen seiner politischen Kampagnenarbeit im Nordkap und als Mitglied des Wohnungsausschusses der DA, der Demokratischen Allianz, war Tony auf Evans Drängen hin nach Platfontein gefahren, um auf die schlechten Lebensbedingungen der dort lebenden San aufmerksam zu machen, ein hochbrisantes Thema. Weisse, männliche Wähler, die im Krieg gedient hatten, mochten für die Platfontein-San, die nur weil sie in der alten südafrikanischen Verteidigungsarmee Dienst geleistet hatten, in der Siedlung nordwestlich von Kimberley lebten, Sympathie empfinden. Ganz im Gegenteil zu den schwarzen Wählern, die die San-Leute aus

Angola, die gegen ihre Väter gekämpft hatten, wohl nicht sehr mochten.

Evan war in der San-Gemeinschaft von Platfontein kein Fremder. Seit mehr als dreissig Jahren war er ein regelmässiger Besucher und Tony hatte das Gemeindezentrum und die Jugend- und Berufsausbildungsprogramme, die Evans Unternehmen unterstützte, besucht.

»Gehst du zur Beerdigung?«, fragte Tony.

»Ja, ich habe Phum gerade gebeten, die kommende Woche freizumachen.«

»Schön«, gab Tony zurück. »Ich komme auch. Ich habe mit Shirley, der Managerin der Lodge, gesprochen und sie hat gesagt, es sei definitiv am Donnerstag.«

»Gut«, sagte Evan. »Wohnst du wieder in der Dune Lodge?«

»Das übersteigt mein Budget ein wenig, Boet und von der Partei kann ich nicht verlangen, dass sie eine Unterkunft für einen privaten Besuch bezahlt. Vielleicht finde ich ein B&B in Askham oder sonst wo.«

»Sei nicht albern«, sagte Evan. »Ich lade dich ein. Und ich habe bereits einen Charterflug von Upington zur Lodge gebucht und dafür gesorgt, dass es Platz für dich und Lisa hat.«

»Mensch, das ist ja nett. Aber du hast schon letztes Mal alles bezahlt«, sagte Tony. »Ich bekomme ein schlechtes Gewissen, also lass mich wenigstens etwas beisteuern. Das Gehalt eines Parlamentsmitglieds ist nicht gerade üppig, aber ich möchte im Minimum etwas beisteuern.«

»Tony, ich habe es dir gesagt, es ist in Ordnung«, sagte Evan. »Aber zumindest beweist es, dass du ein ehrenhafter Politiker bist.«

»Geht es dir gut, Boet?«, fragte Tony. »Ich weiss, dass so etwas wie einen alten Kameraden zu verlieren, Dinge wieder an die Oberfläche bringen kann. Ich habe in letzter Zeit viel über den Krieg nachgedacht, aber das hat nur noch mehr Dinge zurückgebracht.«

»Ich verstehe dich«, bestätigte Evan. »Mir geht es auch so.«

Evan starrte über die Stadt, aber statt Strassenlaternen und Autos sah er die nächtlichen Brandherde im angolanischen Busch, Leuchtspuren und die Auswirkungen von Mörserbomben. Erinnerungen an die Kakophonie, den Geruch von Kordit, gekochtem Blut und dem schwefligen, chemischen Geruch von Sprengstoff stiegen in ihm auf. Es war die Hölle.

»Lisa hat mir von deiner letzten Spende erzählt, Evan. Danke.«

Tony versuchte, das Thema zu wechseln, was gut war. »Kein Problem«, gab Evan zurück. »Du weisst, dass ich gern Unterstützung leiste und in die Partei und in dich investiert habe. Ich glaube, wir können bei der nächsten Wahl wirklich etwas bewirken.«

»Ich bin froh, dass du ›wir‹ gesagt hast, Boet, dann hört es sich an, als wärst du ein Teil des Teams.«

»Danke«, sagte Evan, der so sehr daran glauben wollte, dass Tony etwas bewirken konnte. Tony hätte sich in der Dune Lodge ganz einfach eine kostenlose Unterkunft sichern können, wenn er Julianne Clyde-Smith angerufen hätte – Evan hatte die Milliardärin in der Vergangenheit schon bei ein paar Spendenaktionen der Partei gesehen. Aber so etwas würde er nie tun, dazu war Tony zu prinzipientreu. »Ich bitte Phum, Lisa die Details meines Fluges nach Upington und des Charterflugs zu schicken, damit wir das koordinieren können.«

»Danke, Evan.«

Evans Telefon vibrierte erneut. »Da kommt noch ein Anruf, Tony.« Er sah auf den Bildschirm. »Es ist Annelle und die nehme ich besser an.«

»Klar, *Boet*. Ich will keinen Ärger mit der Chefin.«

»Genau. Also sehen wir uns nächste Woche.«

»Danke, Evan, ich weiss das alles wirklich zu schätzen.« Tony beendete den Anruf.

»Hallo Schatz«, sagte Evan, als er den Anruf entgegennahm.

»Wann kommst du nach Hause, Evan?«

»Bald, Liebes.« Er nippte an seinem Scotch.

»Trinkst du?«

»Nein.«

Zwischen ihnen hing Schweigen. Er trank ein wenig mehr als üblich und Annelle hatte es bemerkt. Sie ging jeden Tag ins Fitnessstudio und achtete streng darauf, was sie ass und trank. Evan redete sich ein, wenn er erst einmal ein paar Dinge in den Griff bekommen habe, tränke er weniger, aber die Liste schien jeden Tag länger zu werden und das Bedürfnis, Dampf abzulassen, liess nie nach.

»Dann beeil dich und komm. Meine Mutter ist um sieben Uhr zum Abendessen hier. Komm bitte nicht zu spät.«

»Okay.«

»Evan? Ist alles in Ordnung mit dir?«

Er seufzte. »Ja, ja, mir geht es gut.«

»Bist du sicher? Ich merke, dass die Nachricht über den Kerl aus der Kalahari, mit dem du gedient hast, dich erschüttert hat. Das ist schon in Ordnung, weisst du. Vielleicht solltest du einen neuen Termin bei Dr. van Tonder machen.«

Van Tonder war ein Psychiater bei dem Evan einmal gewesen war. Er war ein Freund von Annelles Familie und hatte während des Grenzkrieges in der Armee gedient. Er hatte Evan erzählt, das südafrikanische Militär habe bei der Diagnose und Behandlung von psychischen Problemen eine Vorreiterrolle gespielt, noch vor den Amerikanern und bevor alle Vietnamveteranen mit PTBS auftraten. Das glaubte ihm Evan, aber nicht, dass er an einer posttraumatischen Belastungsstörung leide.

»Ja, da hast du vielleicht recht, aber wir sehen uns bald, Schatz.«

Evan beendete den Anruf und starrte auf den Bildschirm. Sein Telefon piepte erneut.

»Scheisse«, sagte er und schaute auf den Bildschirm. Es war eine Nachricht von Tony.

Ich nehme an, du hast nichts von Adam gehört?

Evan tippte eine Antwort ein. *Nein, unerlaubt abwesend, wie immer.*

Er leerte das Glas, versorgte die Flasche, dann hob er die Jacke seines Anzugs auf und schaltete das Licht aus. Nein, er litt nicht an PTBS sondern hatte einfach eine Last für sie alle übernommen.

Im Fahrstuhl holte er sein Handy heraus und öffnete den Internetbrowser. Aus Spass an der Freude googelte er vielleicht zum tausendsten Mal: Adam Krüger Parabat.

»Scheisse«, entfuhr es ihm laut.

9

———

ANGOLA, 1987

Er hörte einen Knall und ein Zischen, dann sah Tony von vorne links eine schmutziggraue Rauchfahne kommen. Es schien wie in Zeitlupe abzulaufen. Am anderen Ende der Rauchfahne erblickte er einen Mann, und eine weitere Gestalt flitzte direkt vor ihm durch die Mopane-Bäume.

Der vorderste Mann, Hennie, schrie immer noch. »RPG!«, brüllte Greenaway.

Als die Panzergranate in einen Baum rechts von ihm einschlug und explodierte, stürzte Tony zu Boden. Er lag mit dem Gesicht im Dreck, während Greenaway sich auf ein Knie hinuntergelassen hatte und Befehle gab.

»Krüger, Ziel einhundert Meter halblinks, Feuer!«

Der Maschinengewehrschütze eröffnete das Feuer und liess eine lange Salve ins Gebüsch fliegen, in die Richtung, aus der die Rakete gekommen war. Der Lärm war ohrenbetäubend. Greenaway packte Tony am Gurt und zog ihn hoch. »Komm mit mir, Junge.«

Jede Faser von Tonys Verstand und seinem Körper sagte ihm, er solle bleiben, wo er war: Flach in die sandige Erde gepresst. Doch er wusste, dass er aufstehen, sich bewegen und vorangehen musste.

»Rossouw«, sagte Greenaway zum neben Tony liegenden Melder,

»geh auf die eine Seite des Feindes, nach rechts. Umrunde diese Typen.«

»Ja, Sergeant«, sagte Rossouw. »Kommen Sie, Sir.«

Tony nickte nur und folgte dem Funker stumm. Sie bewegten sich langsam vorwärts, wobei Tony dauernd das Gebüsch um sie herum absuchte, und unvermittelt einen Mann in Grün mit einer AK-47 in den Händen hinter einem Baum hervortreten sah. Der Mann hob das Gewehr an die Schulter. Unbeholfen tat Tony dasselbe, zielte und drückte ab. Nichts geschah.

»Scheisse.« Tony merkte, dass seine Waffe immer noch gesichert war. Er entsicherte sie, zielte erneut und spürte, wie das Gewehr in seine Schulter prallte. Der Schuss ging daneben, woraufhin sich der Mann duckte und hinter einem Baum in Deckung ging. Um ihn herum knallten weitere Schüsse.

Der Mann, auf den Tony gezielt hatte, sprang wieder auf und rannte. Rossouw hob sein Gewehr und feuerte zwei Schüsse ab, die den Mann stürzen liessen, bevor Tony ihn überhaupt erfasste. Tony war bewusst, dass er eigentlich im Mittelpunkt stehen, Befehle geben und vorne führen sollte, aber es war alles so verwirrend. Greenaway hatte ihm und Rossouw befohlen, den Feind zu flankieren, als wäre Tony einfach ein weiterer Soldat. In Tony stieg Groll auf, aber er wusste nicht, ob er zurückgehen und den Sergeant zur Rede stellen oder die Anweisungen befolgen sollte, die dieser ihm gegeben hatte. Krüger feuerte immer noch aus seinem Maschinengewehr. Sie trafen auf Greenaway, der ebenfalls weiter nach vorne gekommen war und nun neben Rassie kniete. Der Sanitäter hatte Hennies Hemd aufgeschnitten und es geschafft, einen Feldverband um dessen Brust zu wickeln. Der dicke Wattebausch war bereits mit Blut durchtränkt und Hennie schluchzte, als Rassie ihm einen Infusionsschlauch in den Arm legte.

»*Bly by my, Man*«, sagte Rassie zu seinem Patienten, womit er ihn aufforderte, wach zu bleiben.

Greenaway sah zu ihnen hinüber. »Rossouw, fordern Sie eine Evakuierung an und holen Sie den verdammten Puma zurück.«

»Die Mission ...«, begann Tony.

»Tu verdammt noch mal einfach, was ich sage!« Greenaways Nasenlöcher blähten sich und seine Augen starrten aus seinem geschwärzten Gesicht auf Tony, als ob dieser, der Offizier, für Hennies Wunde verantwortlich sei. Greenaway drängte nach vorne, rannte ein paar Meter, liess sich auf ein Knie fallen und gab zwei Schüsse ab. »Vorwärts! Nach rechts verschieben.« Der Sergeant war bereits wieder auf den Beinen, bewegte sich und gab Befehle, als sei das alles selbstverständlich.

Tony hielt inne und blickte auf den verwundeten Soldaten hinunter. Seine Sicht begann zu verschwimmen und er spürte, dass sich sein Magen umdrehte. Die Galle stieg auf, brannte in seiner Kehle und er musste sich übergeben. Vor ihnen ertönten weitere Schüsse, dann war es still.

Tony wusste nicht, ob der Feind sich zurückgezogen oder ob Frank alle getötet hatte. Er spuckte und wischte sich den Mund ab. Währenddessen funkte Rossouw mit ihrer Basis in Ondangwa. »Hier ist Romeo-Mike-Zero-Nine.«

Greenaway kam durch den Busch zurück. Er sagte nichts zu Tony, sondern wandte sich an Rossouw. »Sagen Sie Ondangwa, wir haben zwei Gefallene, einen Verwundeten und Hennie. Organisieren Sie für Hennie die Evakuierung, holen Sie das Casevac. Ich habe Rassie angewiesen, sobald Hennie stabil ist, nach den verwundeten Feinden zu sehen.«

»Ja, Sergeant«, sagte Rossouw.

»Zwei Gefallene, ein Feind und einer unserer Leute wurden verwundet.« Und Tony hatte nichts getan. Er musste etwas Führungsstärke zeigen, also sagte er: »Wo sind die Buschmänner, Sergeant, sind sie in Ordnung?«

Greenaway nickte. »Ja. Bis der Casevac eintrifft, halten wir die Position hier.« Greenaway ging dahin zurück, wo Krüger und Litis warteten.

Tony hatte das Gefühl, noch etwas anderes tun zu müssen, seinen Auftrag noch zu erfüllen. »Komm mit«, wies er Rossouw an.

»Aber Sergeant Greenaway sagte ...«

»Sergeant Greenaway hat hier nicht das Kommando, *Troep*, sondern ich.«

Rossouw warf einen Blick über die Schulter zu Greenaway und den anderen, zuckte dann aber mit den Schultern und folgte Tony, der sich auf die Suche nach den San machte. Colonel de Villiers hatte ihm die Bedeutung dieser Mission sehr deutlich gemacht, also mussten sie schnellstmöglich zur Absturzstelle vordringen.

Vor sich, im dichten Gebüsch, hörte Tony einen einzelnen Schuss. Er drängte vorwärts und hielt dabei sein Gewehr schussbereit fest in den Händen. Dann sah er eine Bewegung durch die Bäume und verlangsamte.

Luiz, einer der Fährtenleser der Buschmänner stand vor ihm, sein R1-Gewehr locker neben sich haltend, obwohl er auf eine Leiche hinunterblickte. Roberto, der zweite San-Spurensucher, hockte in der Nähe im Gras.

Als Tony näherkam, drehte sich Luiz um, dann nickte er Rossouw zu.

Tony sah sich den Toten an, bei dem er weder ein Gewehr noch eine Pistole erkennen konnte. Er ging zur Leiche, kniete sich nieder und drehte sie um. Der Mann hatte einen Schuss in den Hinterkopf erhalten und ein weiteres Loch in der Schulter. Ein grosser Teil seines Gesichts fehlte. Tony drehte sich wieder der Magen um, er konnte aber verhindern, dass er sich erneut übergeben musste.

Tony sah Luiz an. »Dieser Mann hat gar keine Waffe. Hat er sich ergeben?«, fragte er auf Afrikaans. »War er der Verwundete?«

Luiz blinzelte, blieb aber genauso stumm wie Roberto. »Antworte mir«, versuchte er es auf Englisch.

»Er spricht auch nicht viel Englisch, Ferry«, meldete sich Rossouw. »Sie sprechen meistens Portugiesisch oder ihre eigene Sprache mit den Klicks.«

Luiz drehte den beiden Männern den Rücken zu und ging etwa zehn Meter von ihnen weg. Dort bückte er sich und hob einen Panzerfaust-Werfer auf, den er dorthin zurücktrug, wo Tony stand.

»War der Mann bewaffnet, als Sie ihn erschossen haben?«, erkundigte sich Tony.

Luiz kam und liess den Raketenwerfer neben seine Füsse und den toten Angolaner fallen.

»Er hat Hennie verwundet«, sagte Luiz, während Roberto schweigend und mit teilnahmslosem Gesicht zusah.

Das war nicht die Antwort auf die Frage, die Tony dem Tracker gestellt hatte. Er hörte aus dem Funkgerät ein statisches Zischen und Rossouw, der leise in den Hörer sprach.

»Sir«, sagte Rossouw. »Die Ondangs, verlangen nach einem Lagebericht.«

Dieser ganze Wahnsinn und jetzt wollte das verdammte Hauptquartier in Ondangwa einen Lagebericht von ihm? Tony fuhr sich mit der Hand durchs Haar. Erst war er verwirrt, dann wurde ihm, als er den verletzten Südafrikaner Hennie sah, übel. Und jetzt stand er unter dem Schock, dass ein verwundeter Mann, der nicht einmal in der Nähe seiner Waffe war, im Schnellverfahren hingerichtet worden war. Aber all das schien niemanden zu interessieren.

»Sir?«, holte ihn Rossouw aus seinen Gedanken.

Tony ging zu ihm und nahm den hingestreckten Hörer in die Hand. »Hier ist Romeo-Mike-Zero-Nine. Ich bestätige nicht nur zwei, sondern drei feindliche Verwundete und einen unserer eigenen Leute. Wo ist unser Casevac, over?«

»Roger, Romeo-Mike-Zero-Nine, die Evakuierung der Verletzten erfolgt nächstens«, antwortete die Einsatzzentrale.

Tony reichte den Hörer an Rossouw zurück, blickte Luiz an und zeigte mit dem Finger auf ihn, während er auf die Antwort der Basis wartete. »Du ...?«

Luiz schaute ihn unbeweglich und emotionslos an.

»Sir«, sagte Rossouw leise. »Diese Typen waren ›Flechas‹, portugiesische Spezialeinheiten. Für die ist das Töten eine Selbstverständlichkeit.«

Tony wandte sich zum Funker. »Halten Sie den Mund. Wir untersuchen das.«

Rossouw zuckte mit den Schultern und begann in der Nase zu bohren.

. . .

»Tony? Bist du wach?«, fragte seine Wahlkampfmanagerin Lisa Ingram.

Er hatte seinen Kopf an die kühle Glasscheibe des Uber Black gelehnt, in welchem er zusammen mit Lisa auf dem Rücksitz sass. Er hatte nicht geschlafen, sondern sich nur an diese Begegnung mit Luiz erinnert. Es war schwer, sich vorzustellen, dass er tot war, und erst recht, dass er sich selbst umgebracht hatte. Luiz war ihm immer so gefühllos vorgekommen.

»Ich bin hier, aber in Gedanken versunken.« Er sah ihr in die Augen und hätte gern ihr langes rotes Haar berührt.

Lisa legte eine Hand auf seinen Oberschenkel. »Alles in Ordnung? Der Zeitplan ist zermürbend.«

Tonys Telefon vibrierte. Es war Sanette, seine Frau. *Ich liebe dich, viel Glück heute Abend,* lautete ihre Nachricht.

Ich liebe dich auch x, antwortete er.

Lisa drückte sein Bein, blickte dann nach oben, als ob sie prüfen wolle, ob der Uber-Fahrer in den Rückspiegel schaute, und fuhr dann leicht mit ihren Fingern am Innenschenkel seiner Anzughose entlang, immer höher.

Er lächelte, legte aber seine Hand auf ihre und hielt sie damit auf. Er hätte sie gern geküsst, aber sein Gesicht war jetzt so hoch, dass er nicht riskieren konnte, dass der Fahrer ihn sah und erkannte. Lisa war gefährlich, aber er hatte gelernt, dass sie Risiken mochte. Es machte sie unberechenbar und sensationell im Bett, aber als seine Wahlkampfmanagerin wusste sie noch besser als er, dass ein Hauch von Skandal seine Position als Parteivorsitzender und ihre ohnehin geringen Chancen, einen Regierungssitz zu gewinnen, ruinieren konnte.

»Später«, flüsterte er.

»Ja, Sir«, grinste sie.

Er setzte sich aufrecht hin, und ihre Aufmerksamkeit lenkte ihn wenigstens für einen Moment von Luiz und den anderen ab. »Ich muss meine Notizen für den Vortrag durchgehen.«

Er zog diese aus der Innentasche seiner Anzugsjacke und versuchte, sich zu konzentrieren, aber die schmutzigen, unrasierten

Gesichter der Männer – seiner Männer – und die Geräusche und Gerüche Angolas drangen wie schleichendes Artilleriefeuer wieder in sein Gehirn. Der Uber fuhr über ein Schlagloch, was ihn zusammenzucken liess.

»Bist du okay?«, fragte ihn Lisa.

Er schluckte. »Alles gut.«

»Bist du sicher?«, wollte Lisa wissen.

Der Uber-Fahrer zeigte nach rechts und wartete darauf, in den Parkplatz des Hotels, in dem das Benefiz-Dinner stattfand, einzubiegen.

»Ja, ich denke gerade über meine Rede nach.«

»Du kümmerst dich nie um deine Notizen für eine Rede und hast nicht einmal auf die Seiten geschaut. Willst du mir sagen, was los ist? Geht es um uns?«

»Nein.«

Er wollte das alles nicht, weder die Erinnerungen an den Krieg und an Luiz, noch Luiz' Beerdigung und auch Lisa nicht – jedenfalls nicht jetzt.

»Ich weiss, dass du unter grossem Druck stehst und das wird nur noch schlimmer«, sagte Lisa. »Aber du kannst ganz offen zu mir sein.«

Er sah sie an. Sie war klug, witzig und sexy und sie begehrte ihn – zumindest dachte er das. Der Uber hielt unter der überdachten Säulenhalle des Hotels, sie bedankten sich beim Fahrer und stiegen aus. Der örtliche Parteivorsitzende, ein glatzköpfiger Geschäftsmann im Anzug und dessen hübsche, jüngere Frau warteten darauf, Tony und Lisa zu begrüssen. Ein Fotograf, vielleicht von der örtlichen Zeitung, schoss ein paar Bilder von Tony und dem Vorsitzenden.

»Tony muss sich vor der Veranstaltung kurz frisch machen und wir gehen seine Rede durch«, erklärte Lisa.

»Kein Problem«, sagte der Vorsitzende. »Ihre Zimmer sind fertig und die Leute treffen nach wie vor ein. Wir beginnen erst in einer halben Stunde.« Schliesslich händigte er ihnen die Schlüsselkarten zu ihren Zimmern, die sich im achten Stock befanden, aus.

»Uns bleibt noch viel Zeit«, sagte Lisa.

»Viel Zeit für was?«, wollte Tony mit leiser Stimme wissen, als sie zu den Aufzügen gingen.

Im Aufzug küssten sie sich und drückten sich aneinander. Sie fasste ihm an den Hintern und er hob den Saum ihres Kleides, das die gleiche Farbe wie ihre Augen hatte. Der Stoff war seidenweich, wie sie selbst. Sie presste sich an ihn.

Als sich die Aufzugstüren öffneten, lösten sie ihre Umarmung, richteten ihre Kleidung und gingen schnell den Korridor entlang. Nachdem sie sich in beide Richtungen umgesehen hatten, liess Tony Lisa in sein Zimmer und schlug die Tür hinter ihnen zu.

»Wir haben kaum Zeit«, sagte er zwischen zwei Küssen.

»Du musst deinen Kopf bei der Sache haben.« Sie griff zwischen sie beide und löste seinen Gürtel.

Im Auto war er mit seinen Gedanken ganz woanders gewesen, aber Lisa war eine Meisterin darin, ihn in die Gegenwart und zu ihr zurückzubringen. Es war wie eine Sucht mit ihr – falsch, gefährlich und vielleicht ein Mittel, um ein anderes Problem oder Thema zu verdrängen, aber er konnte einfach nicht genug von ihr bekommen. Tony befreite eine ihrer Brüste aus dem Kleid und dem BH und senkte seinen Mund auf ihre Brustwarze. Lisa warf ihren Kopf zurück und stöhnte, nahm dann sein Gesicht in ihre Hände und küsste ihn auf die Lippen. Sie trat zurück, lächelte und liess sich auf die Knie sinken.

Als sie den Reissverschluss öffnete und ihn in sich aufnahm, fuhr er mit den Fingern durch ihr langes rotes Haar. Tony schloss die Augen und versuchte, sich der unglaublichen Weichheit ihres Mundes und dem Kitzel des unerlaubten Augenblicks hinzugeben. Auf der anderen Seite des Raumes befand sich ein Ganzkörperspiegel, in welchem er ihr Spiegelbild betrachten konnte.

All das hätte reichen müssen, um ihn völlig abzulenken und seine Gedanken vom Druck des Wahlkampfes, den Geistern von Angola und seinem anderen Leben wegzuführen. Er versuchte es, schaltete seinen Verstand aus und konzentrierte sich auf ihren Anblick und seine Gefühle.

Doch wie eine vergiftete Pille, die im Wasser zischt und dessen

Klarheit in ein trübes, tödliches Gebräu verwandelt, wirbelte die Schuld in seinem Gehirn herum. Sie infizierte seine Seele und lähmte seinen Körper. Lisa hörte auf und Tony blickte zu Boden.

Sie hob ihren Blick zu ihm.

»Tony?« Sie hatte ihren Mund durch ihre Handfläche und ihre Finger ersetzt, die sich rhythmisch bewegten, aber es war sinnlos.

Er drückte mit zwei Fingern auf seinen Nasenrücken.

Lisa sah auf und runzelte mitfühlend die Stirn. »Ist schon gut. Das passiert Männern manchmal. Das ist einfach nur der Stress.«

Er senkte seine Hand.

»Tony?« Lisa war aufgestanden. »Weinst du?«

10

Sannie ging dem Strand entlang von Nkomba in Richtung Pennington und hielt sich an die Gezeitenzone, wo der Sand nass und fest war. Ihre GPS-Uhr, ein Geschenk der Kinder, surrte, was ihr sagte, dass sie ihr tägliches Schrittziel bereits erreicht hatte. Es war ein gutes Gefühl, zu Fuss unterwegs zu sein. Als sie noch im ›Hippo Rock Private Nature Reserve‹ am Rande des Krügerparks gelebt hatte, waren ihre Möglichkeiten, sich zu bewegen, begrenzt gewesen. Dort gab es Wildtiere, und obwohl man tagsüber im Reservat spazieren gehen konnte, schien nie genug Zeit dafür da zu sein. Jeden Moment konnte sie einen Anruf erhalten, dass ein weiteres Nashorn getötet worden war, worauf sie reagieren musste.

Hier an der Küste hatte sie besser geregelte Arbeitszeiten. Sicher, es gab auch Kriminalität, aber es war weniger hektisch als in Johannesburg. Sie sagte einem älteren Ehepaar, das mit seinem Jack Russell spazieren ging guten Morgen und nickte.

Dieser Strandabschnitt war mehr als zwei Kilometer lang und wurde von nur einer Handvoll Frühaufsteher bevölkert. Keines der Häuser in dieser Gegend war mehr als zwei Stockwerke hoch und der schmale, aber dichte Gürtel aus grüner Küstenvegetation schirmte alle bis auf die eine oder andere Dachlinie ab.

Der Indische Ozean war ruhig und die Morgensonne schimmerte auf dem blaugrauen Wasser. Ein einsamer Paddler auf einem Waveboard bahnte sich seinen Weg zum Strand und am anderen Ende schlugen die Wellen gegen die roten Felsen von Umdoni Point. Sannie atmete die klare Luft tief ein. Dieser Ort war genau das, was sie brauchte.

Sie dachte wieder an das Gespräch, das sie mit Mia geführt hatte. Als Detektivin glaubte sie nicht an Zufälle, doch manchmal gab es solche. Heute wollte sich Sannie ein anderes Haus am Botha Place ansehen und kam auf dem Weg dorthin am Haus von Adam Krüger vorbei.

Sie überlegte, was sie ihm sagen sollte. Als sie das Gezeitenbecken erreichte, stand der Mann auf dem Waveboard auf einer Welle, die ihn in Richtung Ufer trieb und steuerte so geschickt, dass das Manöver trotz der hohen Geschwindigkeit mühelos aussah. Sannie hob eine Hand über die Augen und betrachtete die grosse, muskulöse Gestalt, die aus dem Wasser auftauchte.

»Adam!«

Er klemmte seinen Wave-Ski unter einen Arm und schaute in ihre Richtung. Sie war noch ein Stück entfernt, konnte aber sein anerkennendes Lächeln sehen. Sannie ging auf ihn zu.

»Guten Morgen«, grüsste sie ihn.

»Hallo.«

»Das sah aus, als mache es Spass«, bemerkte Sannie.

»Haben Sie es noch nie versucht?«

»Nein. Aber das würde ich gern tun.«

»Ich bin gerade auf dem Heimweg«, erklärte Adam.

»Haben Sie etwas dagegen, wenn ich Sie begleite?«

Er lächelte. »Ganz und gar nicht.«

Auf seiner glatten, gebräunten Haut perlten Wassertropfen und obwohl er den Waveboard trug, der ziemlich schwer aussah, musste Sannie sich beeilen, um seinem langen, gleichmässigen Schritt folgen zu können. Er bemerkte es und verlangsamte für sie, was sie sehr schätzte.

»Ich habe gestern Abend mit meiner Freundin in der Dune Lodge telefoniert. Sie hat sehr eng mit Ihrem ehemaligen Armeekameraden Luiz zusammengearbeitet. Er war ihr Fährtenleser. Sie möchte Sie gern kennenlernen, Adam.«

Er blieb im Sand stehen und sah sie an. »Mich? Warum?«

»Sie sagt, Sie hätten ihren Vater während des Krieges in Angola gekannt und wären wohl in derselben Einheit gewesen. Ihr Name ist Mia Greenaway.«

Adam stand einen Moment lang ruhig da und schloss die Augen, so dass Sannie sich fragte, welche Erinnerungen der Name wachgerufen hatte.

»Mias Vater hat sich auch umgebracht. Wussten Sie das?«

Er nickte und atmete tief durch, wie um sich zu beruhigen. »Ich war auf der Beerdigung und erinnere mich an Mia.«

»Wollen Sie immer noch zur Beerdigung von Luiz gehen?«

Adam kaute auf seiner Unterlippe und wieder fragte sich Sannie, was ihm durch den Kopf ging. Sie hatte erwartet, er sage sofort ›ja‹, denn er hatte ja bereits angedeutet, er würde gern hinfahren, könne es sich aber nicht leisten. Sie fragte sich, ob er immer noch über Geld nachdachte.

»Hat Mia gesagt, sie wisse, dass Luiz mit ihrem Vater, Frank, gedient hat?«

»Nein«, sagte Sannie. Soviel ich weiss, war es eine Überraschung für sie.«

Adam ging weiter und Sannie hielt mit ihm Schritt. Es sah aus, als gehe er die Informationen in seinem Kopf durch. »Glauben Sie an Zufälle?«, wollte er wissen.

»In meinem Job, nein, obwohl ich annehme, dass Dinge passieren, die sich jeglicher Logik entziehen.«

»Wie etwa, dass Ihre Freundin in der gleichen Lodge arbeitet wie ein San-Fährtensucher, der mit ihrem Vater zusammen gedient hat?«

Sannie zuckte mit den Schultern. »Vielleicht. Mein erster Mann traf jedenfalls immer wieder Leute, mit denen er in der Armee gedient und die er jahrelang nicht gesehen hatte. Oder Freunde von Freunden. Manchmal schien es, als kenne jeder jeden, der in der Armee gedient hatte. Standen Sie Frank Greenaway nahe?«

»Das ist eine gute Frage«, sagte er, als sie vom Hauptstrand abbogen und den schmalen Sandweg durch den Grüngürtel nahmen, der, wie Sannie jetzt wusste, direkt zu Adams Haus führte. Wir dienten sechs Monate lang zusammen in Angola, aber das ist mehr als fünfunddreissig Jahre her. Vielleicht ist es bei der Polizei genauso, ich weiss es nicht, aber was wir damals erlebt haben, hat uns für immer zusammengeschweisst. Ich habe Frank im Laufe der Jahre nur ein paar Mal gesehen, aber jedes Mal war es so, als seien wir enge Freunde, die Tür an Tür wohnen.«

»War es ein Schock für Sie, dass er sich das Leben nahm?«

Adam blieb an der eingleisigen Bahnstrecke stehen. Er hielt nicht nach einem Zug Ausschau, sondern dachte mit der methodischen Art, mit der er alles zu analysieren schien, über ihre Frage nach. Sannie fragte sich, ob das mit seinem wissenschaftlichen, forschenden Verstand zu tun hatte.

»Ja und nein. Ich hatte ihn vielleicht sechs Monate davor gesehen und es ging ihm nicht allzu schlecht. Ich weiss nicht, was Ihre Freundin Mia Ihnen erzählt hat, aber Frank war Alkoholiker. Viele von uns, die den Krieg mitmachten, haben zu viel getrunken – ich hatte meine Höhen und Tiefen, bin aber froh, dass ich mir das heutzutage nicht mehr leisten kann. Frank war in einer anderen Liga. Der Alkohol war seine Flucht – er sagte mir, er könne nur so einschlafen.«

»Wegen der Albträume?«

Adam nickte. Und ›Tagträumen‹. Dem, was die Amerikaner ›Flashbacks‹, Rückblenden nennen. Frank hatte viel, vor dem er weglaufen wollte. Als ich ihn das erste Mal traf, war ich gerade neunzehn und er mein Sergeant. Er war nur ein paar Jahre älter als ich, hatte aber die Augen eines alten Mannes, wenn Sie verstehen, was ich meine?«

»Die Amerikaner in meiner Branche haben ebenfalls einen Ausdruck dafür – ›cop eyes‹, Augen, die schon alles gesehen haben.«

»Ja, ich glaube, Frank hatte schon alles und noch einiges mehr gesehen. Er war bereits in seinem zweiten Einsatz. Wir waren hart im Nehmen, wissen Sie? Und die Buschmänner, die San bei uns, waren ebenfalls schon im Krieg gewesen, nur wir anderen waren noch Anfänger.«

»Mein erster Mann war in Südwestafrika im Einsatz«, sagte Sannie, womit sie das heutige Namibia meinte, »aber wahrscheinlich nicht so wie ihr.«

Adam ging weiter in Richtung seines Hauses. »Frank hatte seine Dämonen und ich wusste, dass es ihm nicht gut ging – ganz sicher posttraumatischer Stress. Aber er liebte seine Tochter und ich glaube, sie sind sich nach dem Tod seiner Frau noch näher gekommen.

»Mia hat mir erzählt, sie sei mehr oder weniger von ihrem Shangaan-Kindermädchen aufgezogen worden. Sie steht den Einheimischen, die am Rande des Krügerparks leben, sehr nahe.«

Adam nickte. »Ja, ich erinnere mich, dass Frank von Nokuthula sprach, der Frau, die Mia grossgezogen hat. Aber Frank wollte das Beste für Mia, weshalb es mich überrascht, dass er sich erschossen hat.«

Sannie dachte an die Zeit kurz nach dem Tod ihres zweiten Mannes Tom zurück, als sie auf dem Tiefpunkt war. »Haben Sie jemals ... Ich meine ..., haben Sie je daran gedacht, sich das Leben zu nehmen?«

Er blieb wieder stehen und schaute sie an. »Ja. Und Sie?«

Sie schaute, sich beinahe schämend, zu Boden. »Ja.«

»Aber getan haben Sie es offensichtlich nicht«, sagte er.

Sie lachte ein wenig. »Nein.«

»Was hat Sie davon abgehalten?«

»Ich dachte an meine Kinder. Nach Toms Tod war ich verzweifelt und hatte das Gefühl, ich könne nicht mehr weitermachen, es habe alles keinen Sinn mehr. Ich sass im Krügerpark in meinem Auto und blickte auf den Golfplatz von Skukuza, einem schönen Ort, aber alles, was ich sah und fühlte, war Elend. In diesem Moment rief mich mein jüngster Sohn an. Ich hatte meine Waffe in der Hand, wusste jedoch, dass ich es ihnen, den Kindern, nicht antun konnte.

Adam nickte. »Das habe ich von Frank auch gedacht. So verkorkst er auch war, er hatte seine Tochter.«

Sie kamen zu Adams Haus. »Ricoffy?«

»Klar, gern«, sagte sie.

Sie gingen die Treppe hinauf und schon als er die Tür öffnete, roch es nach Sägemehl und Farbe. Er ging in die provisorische Küche und setzte etwas Wasser auf. Sannie blieb in der Tür stehen.

»Adam?«

»Ja?«

Er löffelte Instantkaffee in Tassen. »Möchten Sie in die Kalahari zur Beerdigung fahren?«

Diesmal antwortete er. »Wenn Geld keine Rolle spielte, ginge ich. Aber ich glaube nicht, dass ich mir das leisten kann.«

»Ich könnte Sie mitnehmen.«

Er sah ihr in die Augen. »Sie kennen mich kaum.«

»Ja, dieser Gedanke ging mir auch durch den Kopf. Vor allem, weil wir uns nur getroffen haben, weil Sie auf jemanden geschossen haben.«

»Ich hatte Sie schon am Strand gesehen«, sagte er.

»Und? Hatten Sie vor, mich anzusprechen?«

Er sah sich um und deutete auf das Haus. »Ich bin nicht gerade ein vermögender Mann und dachte, ich könne nicht einfach Hallo sagen oder Sie zum Essen einladen.«

Aber der Gedanke war ihm durch den Kopf gegangen. Sannie spürte, wie ihre Wangen brannten. »Wie auch immer, was meinen Sie? Ich habe Urlaub und fahre in die Kalahari. Mia nutzt einige ihrer Gratisübernachtungen, die sie als Angestellte erhält, um mich in der Dune Lodge unterzubringen, und sagt, sie könne Ihnen auch ein Zimmer besorgen.«

Das Wasser kochte und Adam schenkte ein. Sannie ging durch die Bibliothek, die gleichzeitig als Büro diente und auf die Treppe. Es war ein schöner, ruhiger Morgen, und das grelle Licht des Meeres blendete sie beinahe.

Adam brachte den Kaffee und sie setzten sich auf billigen Plastikstühlen an einen alten Tisch mit rostigen Metallbeinen.

»Das ist sehr nett von Ihnen«, sagte Adam.

»Sie kommen also mit?«

Er nippte an seinem Kaffee. »Ich bin mir nicht sicher.«

»Was? Hey, ich biete Ihnen eine kostenlose Reise durchs Land und ein paar Nächte in einer der teuersten Luxus-Wildlodges Südafrikas an.«

»Ja, dafür bin ich dankbar«, sagte Adam. »Glauben Sie mir, das bin ich wirklich. Es ist nur ... Ich frage mich, wer noch dabei sein wird und warum.«

Sannie kam sich dumm vor, dass sie einem praktisch Fremden, einem Mann mit einer gewalttätigen Vergangenheit, angeboten hatte, zwei Tage mit ihr in ihrem Auto zu verbringen. Was hatte sie sich nur dabei gedacht? Er hatte doch gesagt, er wolle zur Beerdigung seines Freundes und jetzt benahm er sich so seltsam. Obwohl ihr Kaffee erst halb ausgetrunken war, stand sie auf.

»Ich muss gehen.«

Adam sah zu ihr auf, machte aber keine Anstalten, sie aufzuhalten, und sagte nichts, um sie umzustimmen.

ADAM SAH ZU, wie Sannie die Treppe zum Botha Place hinunterging und damit wahrscheinlich aus seinem Leben verschwand.

Es war wohl das Beste. Er kam sich dumm vor, weil er ihr erzählt hatte, dass sie ihm am Strand aufgefallen sei und er daran gedacht habe, sie um eine Verabredung zu bitten. Sie war schön und er hatte von Pam – die halb als Immobilienmaklerin, halb als Dorfvermittlerin agierte – erfahren, dass sie Single sei. Weil er nicht wie ein Stalker wirken wollte, hatte er Sannie nicht gesagt, dass er sich nach ihr erkundigt hatte.

Was zum Teufel hast du dir dabei gedacht?

Sannie verschwand aus seinem Blickfeld. Er wandte seine Gedanken den anderen zu – Ferri und Litis. Wer wohl zur Beerdigung käme? Vielleicht war er nur paranoid, aber das Letzte, was er tun wollte, war, Sannie van Rensburg in Gefahr bringen.

Adam wusste, dass Tony und Evan nach ihm gesucht hatten. Sie hatten schon vor Jahren aufgehört, sich zu melden, aber hin und wieder hörte er von einem alten Armeefreund oder Bekannten, dass der eine oder andere von ihnen nach ihm gefragt habe. Selbst in Sydney hatten sie sich über die Organisation ›South African Military Veterans of Australia‹ auf deren Facebook-Seite gemeldet und gefragt, ob jemand wisse, wo er sei.

Er hatte sich nicht versteckt, wollte allerdings auch keinen der beiden sehen und genau dazu käme es möglicherweise, wenn er zur Beerdigung ginge. Wenn das geschah, wollte Adam nicht in die Lage kommen, Sannie den beiden vorstellen zu müssen.

Während er an seinem Kaffee nippte und auf das Wasser hinausblickte, dachte Adam an Mia. Er erinnerte sich an sie als Baby, als Franks Frau noch da gewesen war, und an ihre Tränen als Teenager bei Franks Beerdigung. Ferri und Litis würden sie in der Dune Lodge treffen. Ob sie ihr die Wahrheit sagen würden?«

Auch wenn sie auf unterschiedliche Weise mit ihren Verletzungen umgegangen waren und ihr Glück unterschiedlich aussah, hatte der Krieg sie alle gezeichnet. Evan war reich, Ferri hatte die Möglichkeit, eines Tages der mächtigste Mann Südafrikas zu werden. Frank und Luiz waren tot und Rassie, der einzige andere Überlebende, war an Hautkrebs gestorben.

Hennie Steyn hatte zwar seine Verletzungen überlebt, war aber später in der Schlacht von Cuito Cuanavale getötet worden. Adam wusste, dass der Dienst auch sein Leben verändert hatte. Es war nicht der einzige Grund, warum er geschieden und mittellos war, aber es war mit ein Faktor.

Adam duschte kalt. Aus Kostengründen verzichtete er auf den Betrieb eines elektrischen Boilers und ging mit dem Strom, mit dem er seinen Laptop und das Telefon auflud, sparsam um. Er zog sich ein T-Shirt und Laufshorts an, ass ein Frühstück aus frischen Mangos und arbeitete dann den ganzen Vormittag an seiner Doktorarbeit. Es fiel ihm allerdings schwer, sich zu konzentrieren.

Sannie van Rensburg drängte sich immer wieder in seine Gedanken – die Art, wie sie lächelte, ihre Figur, die Ehrlichkeit, mit der sie ihre Gedanken darüber, sich das Leben zu nehmen, mit ihm teilte, und ihr Duft nach Lavendelseife. Als sie ihm vorgeschlagen hatte, ihn in die Kalahari mitfahren zu lassen, hatte er einen Schreck verspürt, oder vielleicht einen Adrenalinstoss. Die Idee gefiel ihm und er wollte wirklich bei Luiz' Verabschiedung dabei sein, obwohl das bedeutete, alte Wunden aufzureissen und andere möglicherweise in Gefahr zu bringen.

Um die Mittagszeit schnürte er seine Laufschuhe, packte seine Kleider und die reflektierende Weste für die Arbeit als Autowächter in den Rucksack. Dann machte er sich auf den anstrengenden Weg und lief in der vollen Kraft der Sonne über den Sand und die Strasse. Während er sich schwitzend und stampfend seinen Weg von Pennington nach Rocky Bay bahnte, stellte er sich die Schmerzen in seinen Waden und Gesässmuskeln als eine Art Strafe für sein eigenes Fehlverhalten in Angola vor.

»Was würden Sie einem Freund sagen, wenn er in der gleichen Situation wäre?«, hatte der Psychiater wiederholt zu ihm gesagt.

Während er lief, sagte er eine Art Mantra zu sich selbst:

Du hast deinem Land gedient.

Du solltest stolz auf dich sein.

Du hast deine Kameraden nicht im Stich gelassen.

Der Krieg mag in den Augen vieler nicht gerecht gewesen sein, aber du hast deine Pflicht erfüllt, und zwar ehrenvoll.

Du hast getötet, um deine Kameraden zu schützen, und dies nur, wenn es nötig war.

Niemand kann einen Krieg durchmachen und sehen, was du gesehen hast, ohne davon betroffen zu sein.

Du bist ein guter Mann, Adam Krüger.

»Schwachsinn«, sagte er laut, schüttelte den Kopf und versuchte, die Erinnerungen abzuschütteln, während er lief.

SEINE SCHICHT auf dem Parkplatz zog sich dahin und er erhielt wenig Trinkgeld.

Am späten Nachmittag joggte er langsam dem Strand entlang nach Hause, beobachtete dabei die anderen Spazierenden aus der Ferne und hoffte und fürchtete gleichzeitig, Sannie sei unter ihnen.

Als er vom Sand auf den Weg zu seinem Haus abbog, war es

schon fast dunkel. Drinnen zündete er ein paar Petroleumlaternen an und begann, auf dem Gaskocher Wasser für das Essen zu kochen. Während er wartete, liess er seinen Frust am alten Teppich im Hauptschlafzimmer aus, den er vom Boden wegriss, in Stücke schnitt und so rollte, dass er die Teile gut tragen konnte.

Er ass zu Abend, setzte sich auf die Veranda und gönnte sich seine drittletzte Flasche Black Label.

Um neun Uhr abends blies Adam seine Laternen aus und ging ins Bett. Er lag da und lauschte dem Rauschen der Brandung. Normalerweise beruhigte es ihn, aber heute Abend klang es wie in einer Endlosschleife abgespieltes lautes Scharren, das ihn quälen und am Schlaf hindern sollte.

Um Mitternacht stieg er aus dem Bett, ging in sein Büro und klappte seinen Laptop auf. Der Akku war fast leer, also steckte er den Computer ein. Allerdings gab es keinen Strom, obwohl keine der geplanten Stromunterbrechungen angesagt war, die der südafrikanische Stromversorger Eskom nachts regelmässig durchführte, um damit seine mangelnde Wartung zu kompensieren. Das Wetter war gut, also war es unwahrscheinlich, dass ein Sturm die Versorgung unterbrochen hatte. Er konnte nichts tun – dies war Afrika. Er hatte noch genug Akkulaufzeit, um etwas zu arbeiten, also versuchte er, die tagsüber vergeudete Zeit wieder aufzuholen.

Nach einer weiteren halben Stunde erfolglosen Lesens und dem Tippen einiger weniger Wörter lehnte sich Adam in seinem Stuhl zurück, streckte sich und gähnte. Er ging zurück ins Schlafzimmer, legte sich, einen Arm hinter dem Kopf verschränkt, auf den Rücken ins Bett und dachte wieder an Sannie. Vielleicht würde er ja jetzt Schlaf finden.

Draussen knarrte seine Holzveranda.

Er setzte sich auf. Nach Tagesanbruch, frühmorgens, hörte er oft eine der in Pennington ansässigen Scharen Grüner Meerkatzen auf der Terrasse oder dem Dach herumhüpfen. An den Tagen der Müllabfuhr waren sie besonders aufsässig, aber in der Nacht waren die Affen nicht aktiv. Adam stand aus dem Bett auf und ging zum Fenster. Er zog das fleckige Bettlaken, das er als provisorischen Vorhang an den Holzrahmen genagelt hatte, zur Seite. Er meinte, eine Bewegung wahrzunehmen, doch um diese Uhrzeit konnten ihn seine Augen täuschen. Vielleicht war es eine streunende Katze gewesen. Er nahm sein Telefon von der umgedrehten Bierkiste aus Plastik, die ihm als Nachttisch diente.

Plötzlich hörte Adam auf der Rückseite des Hauses ein Krachen wie von splitterndem Holz.

Er verliess sein Schlafzimmer und ging in den angrenzenden Raum, wo er den Teppichboden herausgerissen hatte, nahm dort einen Klauenhammer und ging, diesen fest in der Hand, leise in die Küche. Er spürte Sägemehl an seinen nackten Füssen kleben und sein Puls pochte ihm im Nacken. Er hatte weder eine Alarmanlage noch einen Panikknopf, besass aber auch nicht viel wirklich Wertvolles. Er schlief immer mit dem Telefon neben sich und seinem Laptop unter dem Bett – dieser war für sein Studium unerlässlich und abgesehen vom Werkzeug, das seinem verstorbenen Grossvater gehört hatte, gab es sonst nichts, was sich zu stehlen lohnte.

Sein Handy vibrierte in der Hand. Er schaute auf das Display und war überrascht, zu dieser späten Stunde eine Whatsapp-Nachricht von Sannie van Rensburg zu sehen.

Ich habe heute Abend mit Mia G. gesprochen. Sie sagt, falls Sie Ihre Meinung ändern sollten, sei in der Lodge noch ein Zimmer für Sie frei.

Sie hätte diese Nachricht auch schon abends oder erst am Morgen schicken können, dachte Adam. Ob die Detektivin überlegt hatte, ob sie sich mit ihm in Verbindung setzen sollte oder nicht, und war nun, genau wie er, hin und her gerissen?

Adam wählte die Taschenlampen-App auf seinem Handy und leuchtete aus dem Küchenfenster, um den Garten zu erhellen. Es war nichts zu sehen. Er griff nach der Falle der Hintertür und rüttelte daran. Sie war geschlossen und der Türrahmen intakt.

Er ging in den Flur und sah, dass auch die Haustür verschlossen war. Auf der dem Schlafzimmer gegenüberliegenden Seite des Hauses hatte er eine Tür und ein Fenster entfernt, die früher auf eine kleine Holzterrasse geführt hatten, deren Bretter und Stufen längst verrottet waren. Als er auf halbem Weg feststellte, dass das Projekt sein derzeitiges Budget überstieg, hatte er die Öffnungen mit Plastikfolie abgedeckt und versiegelt. Die Folie war intakt. Erleichtert ging er den Korridor entlang in Richtung seines Zimmers, las dabei noch einmal die Nachricht auf seinem Handy und stellte sich wieder Sannies Gedankengänge vor.

Vielleicht hatte ihr Gespräch über Selbstmord und Trauer ihre eigenen Plaggeister geweckt? Er machte sich Sorgen um sie. Er könnte sie, überlegte er, einfach fragen, warum sie ihm um drei Uhr morgens eine Nachricht geschickt hatte.

Während des Gehens tippte er eine Nachricht ein. *Howzit? Weshalb sind Sie so spät ...*

Der Schlag, der ihn von hinten traf, warf Adam geradewegs zu Boden und er schlug mit dem Gesicht auf den nackten Holzdielen des Flurs auf.

Sannies Telefon piepte. Schnell setzte sie sich auf und nahm es vom Nachttisch.

Der Deckenventilator über ihr quietschte, doch immerhin verschaffte er ihr etwas Linderung von der anhaltenden Hitze. Statt eines Pyjamas trug sie nur ein T-Shirt und eine Unterhose. Trotz aller Mängel schien in Adams Haus, das direkt gegenüber dem Strand lag, eine ständige Brise zu wehen. Im Gegensatz dazu war Johans Haus, das nur ein paar hundert Meter vom Strand entfernt lag, windgeschützt und daher viel heisser.

Sie las Adams Nachricht, die aus einem angefangenen Satz bestand. Sannie schaltete die Nachttischlampe ein, stützte sich den Rücken mit zwei Kissen und wartete, bis er fertig war. Doch nach einer Minute hörte sie noch immer nichts.

Sannie war überrascht, wie schnell Adam geantwortet hatte. Mia hatte ihr in einer Nachricht mitgeteilt, sie könne sich nicht wie geplant frei nehmen, wenn Sannie zu Besuch kam, da einige unerwartete Gäste in der Lodge einträfen. Trotzdem können Sie aber Zeit miteinander verbringen. Nachdem sie am Abend gegen neun Uhr, als sie annahm, Mia sei von ihrer abendlichen Pirschfahrt zurück, mit ihr gesprochen hatte, überlegte sie sich lange, ob sie ihm die Nachricht schicken solle. Mia hatte ihr Angebot wiederholt und Sannie gesagt, sie habe aus ihrer Kindheit und von der Beerdigung ihres Vaters ein paar Erinnerungen an Adam, wolle ihn wiedersehen und unbedingt besser kennen lernen.

Sannie hatte Mia geantwortet, sie versuche es noch einmal, sie machte sich aber Sorgen, er würde sie falsch verstehen oder man würde ihr unterschieben, sie stelle diesem gutaussehenden, problembeladenen Mann nach. Sie versuchte sich einzureden, wenn sie einem armen Mann eine Mitfahrgelegenheit zu einer Beerdigung anbiete, tue sie nur das Richtige, das Christliche, konnte aber nicht leugnen, dass sie auch eine körperliche Anziehung verspürte.

Einen Moment lang fragte sie sich, ob Adam vielleicht betrunken sei – sie selbst war nach nur einem Glas Wein mit Johan und Annelien ins Bett gegangen. Dann erinnerte sie sich an Adams armseligen Vorrat von drei Flaschen warmem Bier. Das reichte kaum, um einen Mann seiner Grösse so betrunken zu machen, dass er einen Satz nicht mehr beenden konnte.

Selbst spät noch auf, tippte sie in ihr Telefon und drückte auf Senden und wartete wieder. Ihr Telefon surrte wegen einer Nachricht.

Mmmmmmmmmmmmmmmm.

»Was zum Teufel ...?«, sagte sie laut. War das eine Art vulgärer Ausdruck der Freude? Sie bezweifelte es. Irgendetwas kam ihr an dieser seltsamen Antwort sehr merkwürdig vor. Sannie rief Adams Telefon an und wartete ungeduldig. Er nahm ab.

»Adam?«

Er sagte nichts, aber sie hörte ein Geräusch wie schweres Atmen. »Was ist los?«

Sie wollte das Gespräch gerade beenden, als sie einen Schmerzenslaut hörte und das Telefon verstummte. Als sie die Nummer erneut zu wählen versuchte, erhielt sie die Meldung, das Telefon sei nicht erreichbar.

»Scheisse.« Sie stieg aus dem Bett, zog sich Badeshorts an und schlüpfte in die Badelatschen, dann schnappte sie sich ihre Schlüssel und zog ihre Z88-Pistole aus dem Holster. Sannie nahm auch die Hochleistungs-LED-Taschenlampe in die Hand, die sie wegen der häufigen offiziellen Stromunterbrüche neben ihrem Bett aufbewahrte. Sie öffnete die Tür, danach das Sicherheitstor, schlug es zu und rannte die Aussentreppe der Wohnung hinunter. Sie drückte auf die Fernbedienung, um den Aussenalarm des Haupthauses zu deaktivieren und tastete nach der anderen Fernbedienung, um das elektrische Tor zu öffnen. »Verdammtes Südafrika.«

Während sie fuhr, wählte sie und sprach ins Bluetooth-Mikrofon: »Hier ist Captain Susan van Rensburg, South African Police Service«, meldete sie sich, als die Notrufzentrale abnahm. Sie gab Adams Adresse an und wies die Person am anderen Ende an, einen Krankenwagen dorthin zu schicken.

Den Pennington Drive hinunter beschleunigte Sannie ihren Fortuner. Er hüpfte über die Bodenwellen und seine Reifen quietschten, als sie kurz hinter dem OKAY-Supermarkt scharf rechts in den Botha Place abbog. Sie trat das Gaspedal erneut durch und der Wagen schlitterte durch Schlaglöcher, bis sie vor Adams Haus eine Vollbremsung machte.

Sie hielt die Z88 in der rechten Hand und stieg aus dem Auto.

»Adam!«

Während sie durch den überwucherten Garten lief, schaltete sie die Taschenlampe ein und beleuchtete den Weg vor sich. Aus Gewohnheit hielt sie die Lampe von ihrem Körper weg.

»Adam, ist bei Ihnen alles okay?«

Als sie zur Haustür kam, sah sie, dass diese einen Spalt offenstand. Sannie stellte sich zur Seite und trat dagegen, so dass sie weit aufschwang.

Sie hörte aus dem Inneren des Hauses ein Geräusch, von der linken Seite und versuchte, sich an den Grundriss zu erinnern. Adams Schlafzimmer lag rechts. Sie holte tief Luft, trat ein, drehte den Oberkörper über der Hüfte und hob sowohl ihre Pistole wie auch die Taschenlampe. Unvermittelt hörte sie das Geräusch von Füssen, die auf den nackten Dielen im Flur tappten.

Es war dunkel und sie sah niemanden.

Sie wollte gerade den Flur in die Richtung laufen, aus der sie die Schritte gehört hatte, als sie nach rechts sah. Dort entdeckte sie Adam, der, den linken Arm ausgestreckt, auf dem Rücken am Boden lag. Sannie holte ihr Telefon heraus, rief die Notrufnummer erneut an und meldete einen Einbruch in Adams Wohnung. Dann ging sie zu ihm, kniete sich neben ihn und legte eine Hand an seinen Hals, um seinen Puls an der Halsschlagader zu ertasten. Er war bewusstlos, aber am Leben. Sie drehte ihn auf die Seite, konnte aber kein Anzeichen für eine Schusswunde erkennen. Sie stand wieder auf, rannte den Flur entlang und hob, als sie den letzten Raum erreichte, ihre Pistole.

»Halt, Polizei!« Sie trat die Tür nach innen und ging, um sich einen kleinen Vorteil zu verschaffen, geduckt in den Raum. Die Stirnseite des Gebäudes war dort, wo Adam im Zuge seiner Renovierungsarbeiten eine Tür und ein Fenster entfernt und mit Plastikfolie abgedeckt hatte, offen. Ein mannshoher Riss klaffte in der Folie, die in der Meeresbrise flatterte.

Sannie bewegte sich vorsichtig auf die weggerissene Wand zu und steckte den Kopf durch den Schlitz hinaus. Sie sah die Überreste einer offensichtlich morschen Holzveranda und einer teilweise zusammengefallenen Treppe und blickte in einen einige Meter tiefen Abgrund. Der Mann muss in aller Eile ausgestiegen, dann hinuntergefallen und davongelaufen sein, jedenfalls gab es vom Eindringling keine Spur.

Sie drehte sich um und eilte zu Adam zurück.

Als sie ihn erreichte, war er bei Bewusstsein und stöhnte. »Adam, antworten Sie mir! Sind Sie okay?«

»Ja, alles in Ordnung. Ich glaube, ich bin ohnmächtig geworden.«

»Der Typ ist weg. Was ist passiert?«

Adam setzte sich auf und legte eine Hand an seine Kehle. Sein Adamsapfel wippte, als er schluckte. »Er kam von hinten, schlug mich und hat mich, glaube ich, gewürgt.«

»Ungewöhnlich für einen Überfall«, sagte Sannie, sowohl zu sich selbst als auch zu Adam.

Er hustete. »Ich kann mich nicht erinnern, was danach passiert ist.«

Sannie seufzte, erleichtert darüber, dass Adam nicht schwerer verletzt war. Sie blickte sich um. »Ist das Ihre Waffe?«

Adam folgte ihrem Blick. Auf dem Boden, neben der Stelle, an der Adams ausgestreckte Hand gelegen hatte, lag eine Pistole. Sie sah aus wie eine CZ, eine kleinkalibrige Handfeuerwaffe aus tschechischer Produktion.

»Ich habe sie noch nie in meinem Leben gesehen. Ich besitze keine Waffe.« Abgesehen von seiner Aktion bei der Vereitelung des Raubüberfalls im Einkaufszentrum von Scottburgh hatte Adam in der Armee zum letzten Mal eine Waffe abgefeuert.

11

ANGOLA, 1987

»Wir müssen die Mission beenden, Sergeant«, sagte Ferri zu Greenaway.

Adam beobachtete den Busch, insbesondere den Bereich, den Frank ihm zugewiesen hatte, legte aber den Kopf schief, um den immer hitziger werdenden Streit zwischen den beiden ranghöheren Mitgliedern seiner Einheit besser hören zu können.

»Ich nehme die Fährtenleser und ein paar der Männer«, fuhr Ferri fort. »Wir müssen zum Flugzeug gelangen.«

Frank schüttelte den Kopf. »Wir bleiben hier, bis der Hubschrauber für Hennie kommt, erst dann werden wir entscheiden. Sir, wir können die Patrouille nicht aufteilen. Der Feind weiss jetzt, dass wir hier sind und wartet auf uns.«

»Sie haben hier nicht das Kommando«, sagte Ferri.

Frank spuckte in den Dreck. Rassie, der Sanitäter, kniete neben Hennie, der bandagiert im blutgetränkten Staub lag und nach Atem rang. Er hielt Hennies Hand und drückte sie.

»Rossouw und Litis, ihr kommt mit mir«, befahl Ferri.

Adam warf einen Blick auf Evan, der ein paar Meter links von ihm lag. Dieser schaute zurück zu Adam, zuckte leicht mit den Schultern und hievte sich auf die Beine.

»Scheisse.« Frank schüttelte den Kopf, »Rossouw bleibt bei mir. Er muss den Puma einweisen und Luftunterstützung anfordern, falls wir für die Evakuierung solche benötigen. Sir ... Ich rate dringend, dass wir alle zusammenbleiben, denn wir wissen nicht, wie viele Feinde uns erwarten. Unsere Priorität liegt im Moment bei unserem Verletzten, Corporal Steyn. Wir können uns danach auf die Suche nach dem abgestürzten Flugzeug machen oder, noch besser, die Luftwaffe bitten, eine Luftaufklärung zu machen und nach Überlebenden zu suchen.«

»In Ordnung, Rossouw kann bei Ihnen bleiben, aber hören Sie auf, mir Vorschriften zu machen.« Ferri zeigte auf Luiz und Roberto. »Aber ihr zwei kommt mit und Litis auch.«

Die San-Soldaten wechselten ein paar Worte in ihrer Sprache miteinander, dann standen sie auf und gingen zu Ferri.

Evan richtete seine Munitionsgurte, bevor er sich Ferri und den San anschloss. Ein Teil von Adam wäre auf der Suche nach Gefechtshandlungen am liebsten mit ihnen gegangen, aber bei Sergeant Greenaway zu bleiben, schien ihm irgendwie sicherer.

»Menschenskind«, seufzte Frank. »Die Schüsse werden jeden verdammten Kubaner und Angolaner im Umkreis von fünf Kilometern alarmiert haben, Sir. Gehen Sie einfach auf Erkundungstour, in Ordnung?«

Ferri nickte.

»Dann kommen Sie zurück und wir gehen alle zusammen«, fuhr Frank fort.

»Ich greife Ihren Vorschlag auf, Sergeant«, sagte Ferri.

»Pass auf dich auf, Bruder«, flüsterte Adam Evan zu, der nickte. Die beiden Fährtenleser drangen in den Busch und der Offizier und Evan folgten ihnen.

»Dieser *Doos* wird sich und die anderen umbringen«, sagte Rossouw.

»Halt die Klappe«, sagte Frank, »und finde heraus, wo der Puma ist.«

»In Ordnung, Sarge«, sagte Rossouw und sprach in seinen Hörer.

Adam dachte, Frank stimme wahrscheinlich mit Rossouw darin

überein, dass Ferri ein Mistkerl sei. Seine Erwiderung an Rossouw war eher sachlich als mahnend gewesen. Unvermittelt spürte Adam, dass sich die Haare in seinem Nacken aufstellten. Irgendetwas an dieser Mission stimmte definitiv nicht, und zwar nicht nur bei der Art und Weise, wie sich der Sergeant und der Offizier gegenseitig an die Gurgel gingen. Ihm war aufgefallen, dass Frank bei der Besprechung zwischen dem Lieutenant und dem Colonel in Ondangwa ausgeschlossen worden war.

»Sergeant«, sagte Adam.

»Was?«

»Wir wurden zwei Kilometer von der Absturzstelle entfernt abgesetzt und sind bereits auf den Feind getroffen. Sicherlich ist er überall rund um die Absturzstelle und wenn die Luftwaffenleute überlebt haben, sind sie jetzt Gefangene.«

Frank nickte nur.

Sie warteten. Als der Schweiss durch die Tarncrème auf seiner Stirn rann und in seine Augen floss, blinzelte Adam.

Das Klopfen von Rotorblättern, die durch heisse Luft schneiden, unterbrach Frank, und Rossouw verkündete, der Vogel sei im Anflug.

»Halt Wache, Adam«, sagte Frank. »Wenn der Feind sich uns genähert hat, wird er wahrscheinlich, wenn der Hubschrauber eintrifft, das Feuer mit allem, was er hat, eröffnen.«

Adam leckte sich über die Lippen und drückte den Griff seines LMG fester zusammen. Er war bereit. Das Geräusch des Hubschraubers wurde lauter und als der Pilot den Puma auf dem Boden aufsetzte, spürte Adam, der auf dem Bauch lag, eine Welle aus Schotter, Zweigen und Blättern, die seinen Rücken sandstrahlte.

Frank, Rassie und Rossouw griffen sich je eine Ecke des Ponchos, auf dem Hennie lag und hoben ihn hoch. Rassie trug ausserdem den Infusionsbeutel und der Techniker des Hubschraubers kletterte hinaus und half ihnen, Hennie inmitten des aufgewirbelten Staubs auf den Boden des Hubschraubers zu schieben. Adam blinzelte den Staub weg und suchte die Bäume ab, bereit, beim ersten Anzeichen von Bewegung aufzubrechen. So wie er mit Evan und dem Leutnant auf die Suche nach Action hätte gehen wollen, verspürte er jetzt einen fast unkontrollierbaren Drang, aufzustehen, zum Puma zu rennen und sich an Bord zu werfen. Doch er behielt die Nerven und blieb, wo er war.

Sobald der Hubschrauber abhob, kehrten die Stille und die drückende Hitze in den Busch zurück. Frank und Rassie kamen zu Adam, der aufstand. Rassie nahm eine Zigarette aus einer Schachtel in seiner Hemdtasche und zündete sie mit blutverschmierten Händen an.

»Rassie, glaubst du, dass Hennie wieder gesund wird?« fragte Frank.

Rassie atmete tief ein und schloss die Augen, als er den Rauch aus seinen Nasenlöchern entweichen liess. Er schüttelte den Kopf. »Ich weiss nicht. Es ist schlimm.«

Frank gab Rassie eine Minute Zeit, sich zu beruhigen. »In Ordnung, mach die Zigarette jetzt aus. Wir müssen los, um die anderen zu finden.«

Adam hob das Maschinengewehr und legte sich die Munitionsgürtel straff um den Körper. Frank ging vor ihnen her und führte sie in die Richtung, in die Ferri und die anderen gegangen waren. Sie waren erst ein paar Minuten auf Patrouille, als Frank die Hand hob und sich auf ein Knie sinken liess. Adam und Rassie taten dasselbe und sahen, wie Frank seine R1 an die Schulter hob. Der Rest der weissen südafrikanischen Soldaten im Stab trug das neuere, leichtere R4, doch Frank war von der alten Schule und bevorzugte die schwere Version des R1, die dank grösserer Kugeln eine bessere Durchschlagskraft hatte.

»Ich bin's«, rief Leutnant Ferri leise und trat aus dem dichten Mopane-Busch. Er kam zu Frank und Adam und rückte, immer noch wachsam, näher heran, um zu hören, was vor sich ging. Kurz nach Ferri kam Evan und nickte Adam zu. Ferri zeigte in die Richtung, aus der sie gerade gekommen waren. »Das Wrack der Bosbok liegt gleich dort drüben, fünfhundert Meter entfernt. Dort sind fünf Feinde, von denen drei das Flugzeug durchsuchen und die anderen beiden halten Wache, einer mit einem RPD. Ich habe die Buschmänner dort gelassen, um den Feind im Auge zu behalten.«

Frank nickte. »Sie haben den Hubschrauber und das Feuergefecht gehört und wissen, dass wir hier sind.«

Ferri ignorierte die Warnung. »Luiz entdeckte die frischen Spuren eines Mannes, der von rechts nach links quer über unseren Weg lief. Ostdeutsche Stiefel. Luiz sagt, er humpelt und blutet.«

»Vielleicht jemand, der von seiner Einheit getrennt wurde?« Weil er sich nützlich machen wollte, meldete sich Adam freiwillig.

Frank zuckte mit den Schultern. »Pass einfach auf, Krüger. Sie sind hier draussen, überall um uns herum.« Er schaute wieder zu Ferri. »Irgendein Zeichen vom Pilot?«

Ferri nickte. »In der Nähe der Trümmer des Cockpits liegt die Leiche eines Mannes, der einen Pilotenhelm trägt. Es sieht aus, als hätten sie ihn herausgezogen. Colonel de Villiers sagte mir, es seien zwei Personen an Bord gewesen, aber vom anderen gibt es keine Spur.«

»Wie ich schon sagte, besteht die Besatzung eines Bosbok aus einer einzigen Person, dem Piloten.«

»Und wer ist der Passagier?«, erkundigte sich Frank.

Ferri wandte den Blick von ihm ab und schaute auf den Busch hinaus. »Ich weiss es nicht, ich fand keine Zeichen von ihm.«

»Falls er lebt, haben sie ihn bestimmt gefangen genommen«, bemerkte Frank. »Die Angolaner hätten ihn sich sofort geschnappt. Die anderen sind wahrscheinlich nur auf der Suche nach Informationen oder Souvenirs.«

»Also gut, hört zu«, sagte Ferri und winkte mit der Hand, um alle aufzufordern, sich um ihn zu versammeln. »Wir werden die Jungs an der Absturzstelle ausschalten und das Flugzeugwrack untersuchen. Frank, ich möchte, dass Sie, wenn wir dort ankommen, mit Krüger und Rassie nach rechts ausschwärmen, um mit dem LMG Feuerunterstützung zu geben. Rossouw, Litis und ich bilden die Angriffsgruppe.«

Frank schaute ihn einige Augenblicke lang an. »Ist das Ihr Plan, Sir?«

Ferri starrte zurück. »Haben Sie ein Problem damit, Sergeant Greenaway?«

»Sir, Sie sagten, einer der Kerle habe ein RPD, ein Maschinengewehr.«

»Ich weiss, was ein RPD ist, Sergeant. Haben Sie Angst? Wir haben auch ein Maschinengewehr.«

Frank grinste. Adam gefiel nicht, wie sich die Sache entwickelte. »Sir«, fuhr Frank fort, »ich bin nicht ängstlicher als Sie es sein sollten, aber wenn wir einen Feind angreifen wollen, rechnen wir normalerweise mit einer Quote von drei zu eins. Die Soldaten an der Absturzstelle sind bestimmt nicht die einzigen, die sich in der Gegend aufhalten. Ich schlage vor, wir senden einen Lagebericht an Ondangs und bitten um Luftaufnahmen ...«

»Nein, Sergeant, wir gehen. Sofort.«

Adam war hin- und hergerissen. Er war noch nie im Ernsteinsatz gewesen und der Gedanke, auf fünf feindliche Soldaten zu treffen und dabei das Überraschungsmoment auf ihrer Seite zu haben, war aufregend. Aber Frank hatte schon mehr Kontakte gehabt als sie alle zusammen, mit Ausnahme von Luiz und Roberto, und wusste, was er tat. Frank war bestimmt müde, aber kein Feigling.

»Sir ...«, begann Frank erneut.

»Ich habe den Befehl, zu diesem Flugzeug zu gelangen und es zu räumen«, sagte Ferri.

»Was meinen Sie mit ›räumen‹?«, fragte Frank. »Ich dachte, wir suchen nur nach der Besatzung?«

»Das tun wir«, sagte Ferri.

»Verschweigen Sie uns etwas?«, fragte Frank.

Ferri schaute wieder weg, in die Richtung, aus der er gerade gekommen war. »Dort drüben sind fünf Feinde. Wir haben das Überraschungsmoment und werden ... das Ziel sofort angreifen.«

Frank schüttelte den Kopf, sagte aber nichts weiter und Adam spürte, dass sein Herz schneller schlug.

»Adam?«, rief ihn Sannie.

Er sass in seinem Büro/Bibliothekszimmer. Die Sanitäter und die örtliche Polizei waren schon weg. Als Sannie eingetroffen war und ausserdem ein paar Freiwillige der ›Pennington Community Watch‹ kamen, berichteten Nachbarn, sie hätten Geräusche gehört. Jemand kochte Kaffee und Rooibostee für alle und räumte danach Adams baufällige Küche auf.

Sannie hatte bei Adam gesessen und ihren Tee getrunken. Wieder einmal hatte er unablässig aufs Meer hinausgestarrt. Es war zu dunkel, um die Wellen zu sehen, denn der Mond stand nicht am Himmel, doch das Rauschen der Brandung beruhigte sie.

Er drehte sich um und lächelte sie an. »Nochmals danke, dass Sie mir das Leben gerettet haben.«

Sie zuckte mit den Schultern. »Das gehört zu meinem Job. Konnten Sie auch nicht schlafen?«

Er schüttelte den Kopf. »Ich bin aufgestanden und habe an meiner Dissertation gearbeitet, dann bin ich wieder ins Bett gegangen und habe einzuschlafen versucht, als ich ein Geräusch hörte. Ich dachte, ich bilde mir das nur ein, aber dann hat er mich von hinten überfallen. Er muss mich in eine Art Würgegriff genommen haben, denn ich wurde sofort ohnmächtig.«

»Sie haben nichts von ihm gesehen?«

»Nein. Wie ich den Jungs vor Ort schon sagte, war es stockdunkel und ich habe nichts gesehen. Aber ich erinnere mich daran, dass er Handschuhe trug.«

Sannie hatte der Polizei in Scottburgh berichtet, als sie angekommen sei, habe sie im Haus eine Person gehört, könne aber keinerlei Beschreibung geben.

»Haben Sie irgendwelche Feinde, Adam? Jemanden, der Ihnen etwas antun will, oder glaubt, Sie hätten ihm Unrecht getan?«

Er schien über die Frage nachzudenken, antwortete dann aber mit einer Gegenfrage.

»Warum hat der Eindringling eine Pistole zurückgelassen?«

»Darüber habe ich auch schon nachgedacht«, sagte Sannie. »Natürlich kann es sein, dass er sie einfach fallen liess.«

Adam nickte. »Vielleicht, aber ich habe mich überhaupt nicht gewehrt. Der Typ kam von hinten und bevor ich mich versah, war ich bewusstlos. Er wusste genau, was er tat.«

»Ich habe der Polizei in Scottburgh gesagt, dass ich die Ergebnisse der Fingerabdrücke auf der Pistole sehen möchte. Die örtliche Polizei hatte die Waffe eingezogen und mitgenommen.«

»Sie haben gehört, dass der Angreifer Handschuhe getragen hat«, sagte Adam.

»Ja.«

Er schaute ihr jetzt in die Augen, und war absolut im Hier und Jetzt, ohne in seinen Erinnerungen zu schwelgen. Sie dachten beide das Gleiche. »Denken Sie, der Typ habe sie mir absichtlich in die Hand gedrückt, damit man meine Fingerabdrücke auf der Waffe findet?«

»Ich will nicht vorgreifen oder die Ermittlungen der örtlichen Kriminalpolizei behindern, habe mich aber tatsächlich schon gefragt, ob diese Person Ihnen die Waffe, als Sie bewusstlos waren, in die Hand drücken wollte. Vielleicht wollte sie es so aussehen lassen, als hätten Sie sich selbst erschossen.«

Er nickte nur.

»Wenn jemand Sie ermordet und es so aussehen lässt, als hätten Sie Selbstmord begangen, muss es einen Grund dafür geben, Adam, und diesen Grund müssen Sie kennen.«

Adam holte tief Luft und atmete dann aus. »Da ist ein Fischer aus der Gegend, der gedroht hat, mich zu töten.«

Sannie hob die Augenbrauen. »Warum?«

»Er wird beschuldigt, Haifischflossen geholt zu haben, konnte sich aber aus der Anklage herauswinden. Ich habe ihn aber beobachtet und der Polizei auf einem USB-Stick ein Video von ihm zur Verfügung gestellt. Dieses ist allerdings aus der Asservatenkammer in Port Shepstone verschwunden.«

»Hmm«, sagte Sannie. »Würde jemand Sie wegen Haifischflossen umbringen?«

»George Renshaw, der Fischer, verdient mit dem Flossenschmuggel Millionen von Rand pro Jahr. Er ist nicht nur hier aktiv, sondern betreibt auch in Mosambik Fischereibetriebe. Er tut dasselbe wie die Chinesen, und liefert Boote und Aussenborder an die kleinen Fischer jenseits der Grenze. Diese sind es, die den Haipopulationen den grössten Schaden zufügen.«

»Und er sieht Sie als Bedrohung an? Warum, wegen schlechter PR?«

»Nun, als mein Versuch, ihn strafrechtlich zu verfolgen, scheiterte, habe ich vielleicht auch versehentlich eines seiner Boote beschädigt.«

»Adam ...«

Er hielt seine Hände hoch, konnte aber ein Grinsen nicht unterdrücken. »Ich hatte einen alten Land Rover, der zu diesem Haus gehörte und bin mit diesem auf dem Parkplatz des ›Skiboatclubs‹ in Rocky Bay versehentlich in sein Boot gefahren.«

Sannie verschränkte die Arme. »Ich habe keine Zeit für Ihre Selbstjustiz, Adam.«

»Ich habe meine gerechte Strafe bekommen. Der Land Rover wurde gestohlen und abgefackelt. Fällt Ihnen jemand ein, der einen alten, klapprigen Defender klauen würde?«

»Ich fahre einen Toyota, also, nein. Glauben Sie, dass es dieser Renshaw war?« Adam nickte. »Dessen bin ich mir so sicher, wie ich nur sein kann. Ich war bei der Polizei, aber die haben sich damit begnügt, einen Fall zu eröffnen und mir eine Aktennummer zu geben, damit ich meine Versicherung in Anspruch nehmen kann. Natürlich hatte ich gar keine Versicherung, weil ich sie mir nicht leisten konnte.«

»Glauben Sie wirklich, dass Renshaw Sie töten und es so aussehen lassen würde, als hätten Sie sich selbst umgebracht?«

»Vielleicht. Er hat neulich sein Bestes getan, um mich einem Hai zum Frass vorzuwerfen. Während ich einem Gitarrenfisch einen GPS-Sender implantierte, warf er Futter ins Wasser, wahrscheinlich um Haie zu fangen und ihnen die Flossen abzuschneiden. Er fuhr zu schnell zu nahe zu dem Boot, auf dem ich war, und ich fiel ins Wasser. Als ein Bullenhai auf mich zukam fuhr Renshaw einfach davon, ohne anzuhalten, um mir zu helfen.«

»Adam!«

Adam zuckte mit den Schultern. »Renshaw hat guten Grund,

mich zu hassen. Ich habe getan, als wäre ich sein Freund. Er erzählte, er sei während des Krieges ein Aufklärer gewesen und ich habe mich eine Weile mit ihm angefreundet, ihm ein paar Geschichten über meine Zeit in Angola aufgetischt und ihm gesagt, dass ich Arbeit brauche. Das war, bevor er wusste, dass ich ein Doktorand bin, der über Haie forscht.«

Sannie hob eine Hand. »Moment mal. Sie haben verdeckt ermittelt?«

»Ja«, gab er zu. »Ich wollte das Flossenschlagen mit eigenen Augen sehen. Es war furchtbar anzusehen, aber ich konnte mit meinem Handy, ohne dass er es bemerkte, ein paar Videos aufnehmen. Er weiss, dass die südafrikanischen Behörden versuchen, gegen Finning vorzugehen und dass es hier illegal ist, aber ich glaube, es gefällt ihm, zu demonstrieren, dass er sich über das Gesetz hinwegsetzen kann. Es sah fast aus, als mache es ihm sogar Spass, einem lebenden Tier die Flosse abzuschneiden. Im Video war zu sehen, wie er lachte, als er einen Hai zurück ins Wasser warf.«

»Ekelhaft«, sagte sie. Wie bei allem, was sie bei den Nashörnern gesehen hatte, fand Sannie den Gedanken, dass jemand so grausam zu Tieren sein konnte, schwer zu ertragen. Sie sagen, ›er sagt‹, er sei bei einem Aufklärungskommando gewesen?«

»Er ist ein Grossmaul mit zu vielen Kriegsgeschichten. Rekruten sind nicht so, also dachte ich, möglicherweise lüge er. Jedenfalls fand er bald heraus, wer ich bin, denn ich war mit dem Video bei den Fischereibehörden und der Polizei. Was ihn aber wirklich auf die Palme brachte, war, dass ich online auf einige Websites über Militär-Imitatoren ging, auf denen man Leute findet, die sich irgendetwas über ihren Militärdienst zusammenfantasieren. Als Renshaw sah, dass ich ein paar Fragen über ihn und seinen Dienst stellte, rastete er aus.«

»Das bedeutet entweder, dass er wirklich bei den Aufklärern war, oder dass es ihm peinlich war, wenn etwas auskam«, erklärte Sannie.

»Letzteres, denke ich. Ich habe jedenfalls ein paar private Nachrichten von Leuten erhalten, die schrieben, sie hätten zur gleichen Zeit wie Renshaw bei den ›Recces‹, den Aufklärern gedient, aber noch nie von ihm gehört. Nachdem er gesehen hatte, dass ich auf Facebook war, rief er mich an und sagte mir, er bringe mich irgendwann, wenn ich es am wenigsten erwarte, um.«

»Waren das seine Worte?«

»Ja«, sagte Adam.

»Und wie lange ist das alles her?«, fragte sie.

»Etwa zwei Monate. In der Zwischenzeit wurde das Verfahren eingestellt, weil die Kopie des Videos, das ich der Polizei gegeben hatte, verschwunden ist. Ausserdem war da noch die Sache, dass ich rückwärts in sein Boot fuhr, er meinen Land Rover stahl und danach versuchte, einen Hai dazu zu bringen, mich zu fressen.«

Sannie schüttelte den Kopf. »Männer. Ich kann mit meinem Chef bei den Hawks sprechen. Die hatten ebenfalls ein Problem mit einer Ladung Drogen, die aus der Asservatenkammer in Port Shepstone gestohlen wurde, also muss ich leider sagen, dass das Verschwinden Ihres Videos etwas ist, das von Zeit zu Zeit vorkommt.«

»Ja, ich habe in der *Witness* von den Drogen gelesen.«

»Hatten Sie keine Sicherungskopie des Videos?«

»Doch, habe ich«, sagte Adam, »auf meinem alten Computer. Von meinem Telefon musste ich es allerdings löschen, weil ich den Speicherplatz brauchte. Und mein Computer wurde eines Tages, als ich auf See war, gestohlen. Zum Glück hatte ich meinen Laptop dabei. Und ich muss gestehen, dass ich mich schäme, nicht dazu gekommen zu sein, das Video auf meinen Laptop zu laden.«

»Ich glaube, Sie allein sind für den grössten Teil der Verbrechensstatistik von Pennington für das ganze Jahr verantwortlich.«

Er lächelte. »Scheint so.«

Sie sah sich im dunklen, stillen Haus um. »Wollen Sie den Rest der Nacht woanders verbringen?«

»Ist das ein Angebot?«

Sie hoffte, nicht wieder rot zu werden. »So habe ich das nicht gemeint.«

»Ich weiss, tut mir leid, ich habe das auch nicht so gemeint. Nein, ich denke, ich komme schon klar. Wenn es Renshaw war, wird er wissen, dass er das Überraschungsmoment verloren hat.«

Sannie überlegte, was sie hierhergebracht hatte. Adam zu Hilfe zu eilen und die Nachrichten, die sie beide sich gegenseitig mitten in der Nacht geschickt hatten. »Adam, warum haben Sie mein Angebot, Sie in die Kalahari mitzunehmen, nicht angenommen?«

Er blickte wieder hinaus in die Dunkelheit. »Ich glaube, es kommen noch andere Männer, mit denen ich im Krieg gedient habe, zur Beerdigung und möchte nicht riskieren, dass Sie oder Mia in etwas hineingezogen werden, was damals zwischen uns vorgefallen ist.«

»Darüber brauchen Sie sich keine Sorgen zu machen. Mia und ich werden unter uns bleiben, obwohl sie natürlich Fragen an die Männer haben wird, die mit ihrem Vater gedient haben. Vielleicht sollten Sie für sie dorthin kommen. Aber glauben Sie mir, Mia ist mittlerweile eine ziemlich starke und furchtlose jungen Frau geworden.«

»Das wundert mich nicht«, sagte er. »Wissen Sie, ich denke, wenn Sie immer noch bereit sind, mich zur Dune Lodge mitzunehmen, komme ich gern auf Ihr Angebot zurück.«

»Das bin ich«, sagte Sannie, »aber Sie scheinen einige Probleme aus Ihrer Zeit in der Armee zu haben. Glauben Sie mir, ich weiss, dass ein Trauma bleibende Auswirkungen auf einen Menschen haben kann, deshalb möchte ich, dass Sie mir ehrlich über diese ›schlimmen Dinge‹, die Sie erwähnt haben, erzählen.«

»Alles.«

»Haben Sie während des Krieges etwas Illegales getan? Gibt es etwas, das ich wissen sollte?«

»Nein.«

Sie sah ihm in die Augen. Sannie hatte in ihrem Beruf schon Hunderte von Lügnern angetroffen, doch dieser Mann sagte die Wahrheit. »Gut. Betrachten Sie das Angebot als noch gültig. Wenn Sie sich als verantwortungsvoller Fahrer zeigen, können wir uns die Zeit hinter dem Steuer teilen.«

»Ich habe etwas Geld auf die Seite gelegt, damit ich einen Anteil an den Treibstoff beisteuern kann.«

»Danke«, sagte sie. Benzin war teuer und obwohl sie von seiner finanziellen Lage wusste, sagte sie sich, wenn er selbständig zur Beerdigung von Luiz hätte fahren wollen, hätte er die Fahrkarte für den Bus auch bezahlen müssen. Sie stand auf.

»Ich spreche morgen mit den Jungs von Scottburgh und schaue, was sie über Mister Renshaw herausfinden.« Sie hob mahnend einen Finger. »Aber Sie halten sich von ihm fern.«

Er legte die rechte Hand auf sein Herz. »Ich verspreche es.«

Adam stand ebenfalls auf und als Sannie sich umdrehte, um zu ihm hinzuschauen, sah sie die eine Hälfte seines Gesichts im warmen Licht der Petroleumlampe glühen, während die andere im Dunkeln lag. Sie winkte ihm zum Abschied zu, verweilte aber nicht und brachte sich auch nicht in eine Situation, in der der Gedanke an einen Abschiedskuss auf die Wange einen oder beide in eine peinliche Lage bringen konnte. Als sie durch die Tür auf die Treppe hinausging und in den Garten schaute, warf sie einen Blick zurück über die Schulter.

Er lächelte sie an und legte die Hand wieder auf sein Herz. Es war eine einfache Geste, die bei Sannie aber ein Flattern auslöste. Trotz ihrer Müdigkeit und des Achterbahnabends, den sie gerade hinter sich hatte, fühlte sich ihr Schritt, als sie durch Adams verwilderten Vorgarten zu ihrem Auto ging, leicht an.

12

In der Kühle des frühen Morgens ging Mia durch den Sand zu der Stelle, an der Luiz' Leiche gefunden worden war. Sie trug ihr .375-Kaliber-Gewehr locker in der rechten Hand. Vor ihr watschelte ein Schuppentier und schien zufrieden damit, in dieselbe Richtung zu gehen.

Sie hatte mit dem Schuppentierforscher, den sie kannte, gesprochen, und er hatte ihr erklärt, bevor man das Tier zurück in die Freiheit entlassen könne, müsse es erst wieder zu Kräften kommen. Dafür musste jemand den kleinen Kerl – es war ein Männchen – täglich während einer oder zwei Stunden auf die Futtersuche begleiten. Der Forscher war gerade im Kgalagadi Transfrontier Park unterwegs, aber Mia nahm sich vor, ihm das Schuppentier so bald wie möglich zu bringen, damit er es untersuchen und mit seiner Rehabilitation fortfahren konnte.

»Warum hat Luiz dich mitgenommen?«, fragte Mia das Schuppentier laut.

Sie musste sich eingestehen, dass sie Luiz zwar für einen netten Kerl gehalten hatte, aber eigentlich nichts über ihn wusste. Vielleicht war er in jungen Jahren in Angola ein Wilderer gewesen? Zweifellos hatte er gejagt, um genug zu essen zu haben, aber war das illegal oder legal? In den letzten Jahren hatte er seinen Lebensunterhalt damit verdient, für begeisterte Touristen Wildtiere zu finden, aber hatte er für deren Liebe zur Natur Verständnis oder sah er die Tierwelt nur als Mittel zum Geldverdienen? Diese Fragen stellte sie Shirley nur ungern.

Das Schuppentier schnüffelte im Sand und grub nach Ameisen, währenddessen betrachtete Mia den Boden um sich herum. Der Ort, an dem Luiz gestorben war, lag etwas abseits der Strasse, auf der sie mit ihren Gästen unterwegs gewesen war, aber in einem vielbefahrenen Gebiet. Unter dem grossen Kameldornbaum hielt mindestens jeden Tag eines der Wildbeobachtungsfahrzeuge, um auf der Morgenfahrt eine Kaffeepause einzulegen oder einen Sonnenuntergangs-Drink zu servieren.

Obwohl die Sonne aufging, spürte Mia ein Frösteln. Irgendetwas bewegte sie, vielleicht spürte sie Luiz' Geist.

Glücklicherweise blieben die Gäste in der Regel nur zwei oder drei – und höchstens vier oder fünf – Nächte in den luxuriösen Safari-Lodges und die Leute aus ihrem Fahrzeug waren abgereist, bevor die Nachricht von Luiz' Selbstmord sich herumsprach. Mia schaute auf die Uhr. Um zwei Uhr nachmittags sollten auf der Landebahn der Dune Lodge mit einem Charterflug drei neue Gäste ankommen. Ein anderer Führer würde sie abholen, doch Mia träfe sie zum Nachmittagstee und um vier Uhr zu einer Pirschfahrt.

Aus Respekt vor Luiz und weil der Ort nach der Entdeckung seiner Leiche vor drei Tagen wie ein Tatort behandelt worden war, war der grosse Baum nicht mehr für Getränkehalte benutzt worden. Als sie sich dem Baum näherte, spürte Mia wieder, wie sich ihre Flaumhärchen im Nacken sträubten.

Es gab kaum mehr Anzeichen für seinen Tod und der Wind hatte die Spuren an der Stelle, an der sein Körper gelegen hatte, weggewischt. Die fernen Dünen waren leuchtend rot und ihre wogenden, wellenförmigen Kämme hoben sich deutlich vom tiefblauen Himmel ab. Sie liebte es hier, denn im Vergleich zum Buschland von Mpumalanga und den dicht bewachsenen Rändern des Sabie-Flusses, wo sie täglich Leoparden für mit Kameras und Smartphones bewaffnete Touristen gesucht hatte, war es wie auf einem anderen Planeten.

Hier draussen herrschte ein Gefühl von echter Isolation und Wildnis. Das Gebiet rund um die Kalahari war sehr dünn besiedelt und es gab nur wenige Siedlungen. Ganz im Gegensatz zum Krügerpark und dessen angrenzende Wildreservate. Den wenigsten ausländischen Besuchern war allerdings bewusst, dass am Rande dieser wildreichen Reservate etwa zwei Millionen Menschen lebten.

Mia hatte es genossen, etwas über die verschiedenen Tierarten zu lernen – den Oryxbock mit seinen langen, spitzen Hörnern, den Löffelhund, die Wüstenmanguste und die braune Hyäne, die sie vor ihrer Ankunft in der Dune Lodge noch nie gesehen hatte.

Ausserdem faszinierten sie die verschiedenen Kulturen, insbesondere die der San und sie hatte sich darauf gefreut, von Luiz noch viel mehr darüber zu erfahren. Ihr war klar gewesen, dass der ruhige, ältere Mann sein Wissen in seinem eigenen Tempo an sie weitergeben würde, aber jetzt war er plötzlich nicht mehr da.

Mia freute sich darauf, Sannie wiederzusehen und über die Nachricht, Adam Krüger habe endlich zugestimmt, sie zu begleiten. Mia fragte sich, warum Adam sich so viel Zeit für seine Entscheidung gelassen hatte. Vielleicht hielt er es für eine zu grosse Zumutung für Sannie, die er bei einer polizeilichen Untersuchung kennengelernt hatte, ihn auf eine zweitägige Fahrt durch Südafrika mitzunehmen.

»Er ist nett«, hatte Sannie über Adam gesagt, als Mia sie gefragt hatte, wie er denn so sei. Sie hatte schwache Kindheitserinnerungen an ihn. Sie erinnerte sich an seine Grösse – selbst unter Erwachsenen war er gross. »Fit, aber unruhig«, hatte Sannie ihn beschrieben.

Und etwas anderes hatte Mia aus Sannies Stimme herausgehört: Sannie mochte ihn.

Mias Gedanken kreisten um die kommenden Tage. Die Gäste, die sie heute Nachmittag abholte, waren keine gewöhnlichen Gäste. Shirley hatte ihr erzählt, es handle sich um Evan Litis und Tony Ferri, zwei der Männer, die auf dem Foto mit ihrem Vater zu sehen waren. Evan, so Shirley, hatte Luiz in den Jahren, in denen er in der Dune Lodge gearbeitet hatte, ein paar Mal besucht. Tony Ferri dagegen war auf dem besten Weg, in Südafrika ein bekannter Name zu werden, falls er es nicht schon war. Offenbar begleitete ihn seine Wahlkampfmanagerin Lisa Ingram, die sich mit Shirley in Verbindung gesetzt hatte.

»Absolut keine Selfies, Bilder oder Erwähnung seines Besuchs in den Medien«, hatte Shirley Mia und die anderen Mitarbeiter der Lodge gewarnt. Die Lodges von Julianne Clyde-Smith waren teuer und das Personal war es gewohnt, besondere Anweisungen zu erhalten - von bizarren Diätvorschriften bis hin zu Regeln für die Privatsphäre. Mia hatte in der Vergangenheit schon mehrere Prominente begleitet, darunter berühmte Hollywood-Schauspieler und Musikstars aus aller Welt.

Tony Ferris Wunsch nach Privatsphäre war nicht ungewöhnlich und Mia respektierte ihn.

»Er will unter dem Radar fliegen«, hatte Shirley gesagt, »um nicht den Eindruck zu erwecken, die Beerdigung von Luiz für die PR seines Wahlkampfs zu nutzten.«

Mia hatte sich bei Sannie entschuldigt, denn die Ankunft der Überraschungsgäste und die Notwendigkeit, bei der Organisation eines Gottesdienstes für Luiz zu helfen, bedeuteten, dass Mia nicht in der Lage wäre, während Sannies Besuch Urlaub zu nehmen. Dennoch könnte sie Sannie zwischen den Pirschfahrten sehen.

Mia setzte sich ein paar Meter von der Stelle entfernt, an der sie Luiz gefunden hatte, unter dem Dornenbaum in den Schatten. Sie behielt das Schuppentier, das weiterhin schnaubend und schnüffelnd umherlief, im Auge. Bevor die Sonne viel höher kletterte, musste sie umdrehen und das Tier ins Lager zurückbringen.

Mia wollte gerade aufstehen, als sie aus dem Augenwinkel eine Bewegung wahrnahm. Sie drehte den Kopf nach rechts, sah aber nichts. Einen Moment lang fragte sie sich, ob sie es sich nur eingebildet hatte, doch dann mahnte sie sich, ihren Instinkten zu vertrauen und nicht nur nach ihrem Verstand und der Erfahrung im Busch zu urteilen. Obwohl die Kalahari mit ihrer trockenen Landschaft ohne Wasser ein wunderbarer Ort war, um Greifvögel wie Schlangenadler und Habichte zu beobachten, war es unwahrscheinlich, dass es ein Vogel gewesen war. Ausserdem war das, was sie gesehen hatte, auf dem Boden, nicht in der Luft.

Sie starrte auf eine nahe gelegene Düne. Wieder sah sie etwas Weisses, eine Art Flackern. Mia hielt den Atem an, beobachtete und lauschte. Sie hörte nichts.

Das Schuppentier war links von ihr und auf der der Düne, auf der Mia die Bewegung wahrgenommen hatte, abgewandten Seite. Weiss? Sie grübelte.

Unvermittelt spürte Mia, dass ihr Herz einen Sprung machte, als ein bärtiges, geflecktes Gesicht mit goldenen Augen langsam und vorsichtig über dem Kamm der Düne auftauchte. Wenn es ein Merkmal gab, das einen Leoparden verriet, dann die schneeweisse Spitze seines immer geringelten Schwanzes. Sie liebte es, Leoparden, ihre Lieblingskatzen, zu beobachten. Allerdings sass sie normaler-weise sicher hinter dem Steuer eines Wildbeobachtungsfahrzeugs.

Mia beobachtete, wie die Katze, dem schlanken Körper nach wohl ein Weibchen, sich geduckt und mit an den Sand geschmiegtem Körper über die Düne vorwärts schlich. Mia erkannte, dass der Leopard sie, weil sie ganz still dasass, nicht gesehen hatte. Er war auf das Schuppentier konzentriert.

Ganz langsam, Zentimeter für Zentimeter, griff Mia nach dem Gewehr, das sie neben sich an den Baum gelehnt hatte. Sie war hin- und hergerissen. In der freien Wildbahn durfte sie es nicht wagen, sich zwischen ein Raubtier und seine Beute zu stellen.

»Können Sie nicht etwas tun, um das Impala-Baby zu retten?«, wurde sie mehr als einmal von Touristen gefragt, wenn sie und ihre Gäste still dasassen und beobachteten, wie sich ein Leopard an eine Antilope anschlich.

»Leoparden haben auch Babys, wissen Sie«, war ihre übliche Antwort. »Und die müssen auch fressen.«

Dies hier war jedoch anders. Das Schuppentier war in einem geschwächten Zustand und durch die Zeit in Gefangenschaft unterernährt. Mia führte es zu einer Zeit auf die Suche nach Ameisen durch die Dünen aus, die ihr und nicht dem Schuppen-tier passte, denn normalerweise wäre es nachts auf Nahrungssuche. Wenn die Katze es zufällig entdeckt hätte, wäre der Kleine auch nachts Freiwild für einen Leoparden gewesen, aber jetzt, nahm Mia an, in den kühlen frühen Morgenstunden des helllichten Tages, hatte sich das Kräfteverhältnis stärker zugunsten des Leoparden verschoben.

Um ihre eigene Sicherheit hatte Mia keine Angst. Sie kannte Katzen – Löwen, Leoparden und Geparden – und andere gefährliche Tiere und hatte gelernt, wie man sich in ihrer Nähe verhält und sich ihnen nähert. Diese Situation war jedoch ungewöhnlich. Während sie schon ein paar Mal einem Leoparden zu Fuss gefolgt war, ohne dass die Katze von ihrer Anwesenheit wusste, hatte sich ihr noch nie ein Leopard genähert, ohne dass sie sich dessen bewusst gewesen war.

So sehr sie das Schuppentier auch beschützen wollte, war sie dennoch nicht bereit, den Leoparden, der seinen natürlichen Instinkten folgte, zu verletzen oder zu töten. Sie liess ihr Gewehr los und schaute auf den Boden um sich herum, wo sie einen dicken, etwa dreissig Zentimeter langen Ast des Kameldornbaums fand, den sie nahm und umklammerte.

Während er vorwärts schlich, schien sich der Leopard so weit hinunterzuducken, dass er mit dem Sand verschmolz. Mia sah, dass er nervös mit dem Hintern wackelte und seine Muskeln anspannte, bereit, die verbleibende Strecke zwischen sich und dem Schuppentier zu sprinten und sich auf das unglückliche kleine Wesen zu stürzen.

Mia holte mit dem Arm aus und schleuderte den Stock nach dem Leoparden. Die Katze erschrak, hörte zu pirschen auf und drehte sich zu Mia, um die Quelle der Ablenkung auszumachen. Mia rappelte sich auf, griff dabei nach ihrem Gewehr und hielt es einhändig über den Kopf, um gross und bedrohlich zu wirken.

»Hah!«

Der Leopard musterte sie und einen Moment lang dachte Mia, sie habe eben die schlimmste und letzte Entscheidung ihres Lebens getroffen. Die Raubkatze starrte sie an, drehte sich dann aber um und rannte über die Düne zurück.

Mia atmete aus und sah das immer noch fröhlich im Sand wühlende Schuppentier an. »Du bringst mich noch ins Grab.«

Mia ging um das Schuppentier herum, um es zurück zum an der Strasse geparkten Fahrzeug zu führen. Als sie jedoch zu der Stelle kamen, an der Luiz gestorben war, blieb das Schuppentier stehen und begann im Sand zu wühlen.

»Hey ...«, wandte sie ein.

Mia ging neben dem Schuppentier her, das jetzt mit ihr ganz entspannt war. Die Morgensonne spiegelte sich glitzernd auf etwas im Sandhaufen, den das Schuppentier eben aufgewühlt hatte. Sie dachte, es sei ein Stück Abfall, vielleicht der Metallverschluss einer Bierdose und bückte sich, um es aufzuheben.

Sie fuhr mit den Fingern durch den Sand und spürte den kleinen Gegenstand. Sie zog das dehnbare Tuch um ihren Hals aus und hob damit eine kupferfarbene Patronenhülse auf.

Sie hielt die Hülse gegen das Licht und untersuchte die Beschriftung, die auf ihrem Boden, rund um das Zündhütchen herum, angebracht waren. Mia war von Berufs wegen eine gute Schützin und obwohl sie keine Pistole besass, erkannte sie sofort, dass die Hülse aus einer Pistole mit desselben Kalibers stammte, wie die Waffe, mit der Luiz sich erschossen hatte.

»Verdammt.«

TONY UND LISA waren vom jungen Produzenten der Morgenshow ›Expresso‹ in die SABC-Studios im Johannesburger Vorort Auckland Park eingeladen.

Tony unterdrückte ein Gähnen. Um zu seinem morgendlichen Fernsehinterview zu kommen und einen frühen Flug nach Johannesburg zu nehmen, waren sie um vier Uhr aufgestanden und durch halb Südafrika unterwegs gewesen. Während des Flugs hatte es keine Gelegenheit für ein Nickerchen gegeben, denn er hatte die Zeit damit verbracht, die Morgenzeitungen zu lesen und sich auf seinen Fernsehauftritt vorzubereiten. Nach dem Beenden des Interviews« wollten sie zurück zum Flughafen fahren, dort zuerst einen Flug nach

Upington und danach den von Evans persönlicher Assistentin organisierten Charterflug zur Dune Lodge nehmen.

»Ich zeige Ihnen den Green Room, Lisa«, sagte der Produzent, »und Sie, Herr Ferri, gehen bitte direkt zum Friseur und zum Make-up.«

Sie trennten sich und Tony nahm vor einem von Lichtern umgebenen Spiegel Platz.

»Hallo, Herr Ferri«, sagte die hübsche junge Stylistin in seinem Spiegelbild zu ihm. »Ich bin ...«

»Zandile, wie geht es Ihnen?«

»Sie erinnern sich?« Sie strahlte.

Er lächelte. »Wie könnte ich nicht? Sie haben mir doch letztes Mal von den Dialyseproblemen Ihrer Mutter erzählt.«

»Ja!« Sie machte sich daran, sein Gesicht zu pudern. »Sie war begeistert, als sie einen Anruf von dem Arzt bekam, der sich bereit erklärte, ihr zu helfen. Ich habe eine E-Mail an Ihr Büro geschickt, um mich zu bedanken, und eine Dame hat geantwortet.«

»Lisa, meine Wahlkampfmanagerin.«

»Wow.« Zandile machte sich an seinem Haar zu schaffen. »Ich kann immer noch nicht glauben, dass Sie uns so helfen konnten.«

»Wenn man den Menschen nicht helfen kann, hat es keinen Sinn, ein öffentliches Amt zu bekleiden, weder in der Regierung noch sonst wo.«

Zandile trat einen halben Schritt zurück, um ihre Arbeit zu bewundern, lehnte sich danach dicht an ihn heran, so dass Tony ihr Parfüm, das nach Kaugummi duftete, riechen konnte. Sie flüsterte ihm ins Ohr:

»Meine Mutter hat immer nur den ANC gewählt, hat aber gesagt, sie stimme vielleicht das nächste Mal für Sie. Sie sagt, Sie seien wohl die einzige Person, die Eskom wieder in Fahrt bringen und die geregelten Stromunterbrüche stoppen könne!«

Tony hielt einen Finger an seine Lippen. »Das bleibt aber unser Geheimnis.«

Zandile trat wieder etwas nach hinten, nahm ihm den schützenden Umhang ab und Tony stand auf. »Schlagen Sie sie bei den Wahlen, Mister Ferri.«

»Bitte, nennen Sie mich Tony.«

Zandile grinste. »Viel Glück, Tony.«

»Danke, und grüssen Sie Ihre Mutter von mir.«

Tony hatte gerade noch Zeit für eine Tasse Kaffee im Green Room, bevor der Produzent ihn abholte und zum Set der Frühstücksfernsehsendung führte. Er hob seine Füsse, um nicht über verschlungene Kabel zu stolpern und ein Techniker befestigte ein Ansteckmikrofon an seiner Sportjacke und das Netzteil an seinem Gürtel.

Die Moderatoren, ein Mann und eine Frau, zeigten ihm, wo er sitzen und wohin er schauen solle.

»Wir sind auf Sendung in vier, drei, zwei, eins«, sagte ein Produzent.

Die Gastgeberin schaute auf einen versteckten Bildschirm. »Nun, er ist auf dem besten Weg, auf dem nächsten Parteitag die Führung der Demokratischen Allianz zu übernehmen und wenn die Meinungsumfragen rechthaben – und einige komplizierte Kooperationen hinter den Kulissen funktionieren – hat er möglicherweise eine Chance, den seit Jahrzehnten regierenden ANC von seiner langjährigen Macht in Südafrika abzulösen. Willkommen auf der Couch, Tony Ferri.«

»Danke, schön, wieder hier zu sein«, sagte Tony und lächelte. Er war erfahren mit Medien und wusste, dass einer der Tricks für ein gutes Interview darin bestand, schon am Anfang einige seiner Schlüsselbotschaften zu formulieren und festzuhalten. »Und danke für diese sehr schmeichelhafte Einleitung. Allerdings darf man nicht vergessen, dass es hier nicht um Geschäfte und Parteipolitik geht, sondern um eine bessere Zukunft für alle Südafrikaner, was bei der Rechenschaftspflicht und dem Kampf gegen die Korruption anfängt.«

»Sicherlich«, sagte der Moderator, »und wie wir jetzt auf dem Monitor sehen können, haben Sie in ganz Südafrika fleissig Wahlkampf gemacht. Es sieht fast aus, als ob Sie bereits für das Amt des

Präsidenten kandidierten und nicht nur für das Amt des Vorsitzenden der DA.«

»Ich mache nur meinen Job. Wenn mehr von unseren gewählten Vertretern – auf allen Ebenen – mehr Zeit unter Menschen verbrächten, statt auf vom Steuerzahler finanzierte Reisen zu gehen, sich im Parlament einzuschliessen, oder in Ausschussräumen zu sitzen, könnten sie die Stimmung der Menschen besser einschätzen. Wir haben Lücken bei der Erbringung von Dienstleistungen und in der Stromversorgung und steigende Zahlen bei der Arbeitslosigkeit und Kriminalität. Die Menschen sind unzufrieden, was ich ihnen nicht einmal verdenken kann. Es ist an der Zeit, dass Südafrika nicht nur nach innen schaut, sondern auch eine grössere Rolle bei der Unterstützung unserer Nachbarn in ...«

Heute Morgen sind in ›The Star‹ beunruhigende Nachrichten erschienen«, unterbrach ihn die Gastgeberin lächelnd, »in denen ein Regierungsvertreter behauptet, Sie hätten in den 1980er Jahren einer Armeeeinheit angehört, die während des so genannten Grenzkriegs in Angola Gräueltaten beging. Was sagen Sie dazu?«

Er hatte den Bericht in den Nachrichten gelesen. »Wie viele Männer in meinem Alter wurde ich zum Militärdienst eingezogen – einberufen. In dieser Schlammschlacht wurde nur vage angesprochen, was gemeint ist. Ich habe meinem Land gedient und würde dies, wenn das Gesetz des Landes vorschriebe, dass ich zur Verteidigung unseres grossen Landes einberufen würde, wieder tun. Wichtig ist hier, dass die ANC-Regierung, deren bewaffnete Mitglieder während des Krieges von Angola geschützt wurden, wenig oder gar nichts getan hat, um für diese Unterstützung zurückzuzahlen oder dem Land zu helfen. Im Gegensatz dazu gehöre ich einer Wohltätigkeitsorganisation für Veteranen an, die Geld für den Bau von Schulhäusern und Brunnen in Angola sammelte. Ausserdem haben wir ein Programm gestartet, das behinderte angolanische Veteranen – also die Menschen, gegen die wir gekämpft haben – dabei unterstützt, ein besseres, gerechteres Leben führen zu können.«

»Sie leugnen also die Behauptungen über Gräueltaten?«

»Ganz klar«, bestätigte Tony. »Auch wenn man sich wünscht, der

Krieg hätte nie stattgefunden, kann man auf seinen Dienst stolz sein. Ich glaube, so ziemlich jeder Veteran eines beliebigen Konflikts irgendwo auf der Welt würde das Gleiche sagen.«

»Gut ausgedrückt«, sagte der Moderator.

»Und da wir gerade von Menschen mit Behinderungen sprechen«, schaltete sich Tony unaufgefordert ein, fest entschlossen, das Gespräch wieder dorthin zu lenken, wo es eigentlich hingehörte und wo er vorher unterbrochen wurde, »lassen Sie mich Ihnen etwas über die Strategie der Demokratischen Allianz zu diesem Thema, die wir bei der nächsten Wahl vertreten werden, erzählen.«

NACH DEM INTERVIEW KAM LISA, die hinter den Kameras zuschauen durfte, zu ihm. »Du hast den Sieg aus dem Rachen der Niederlage gerissen.«

»Einen Moment, dann bin ich mein Mikrofon los.« Mit Hilfe des Tontechnikers löste Tony die Geräte von seinem Revers und dem Gürtel und bedankte sich bei dem Mann. Er hatte schon zu viele Politiker erlebt, die ein Gespräch führten und dabei vergassen, dass sie ein Mikrofon trugen.

Als sie das Studio verliessen, winkte Tony und lächelte den Mitgliedern des Teams zu. Der Produzent, der sie abgeholt hatte, begleitete sie hinaus.

Ein Uber kam, um sie zum OR Tambo Flughafen zu bringen. Tony sackte auf dem Rücksitz des Mercedes zusammen. »Angesichts der Schlagzeilen von heute Morgen wusste ich, dass diese Frage kommen würde, aber sie hat mich trotzdem erschüttert.«

Lisa legte eine Hand auf sein Knie. »Du hast es gut gemacht, Chef.«

Er legte seine Hand auf ihre und schob sie sanft weg. »Danke. Der ANC fischt nur im Trüben, da bin ich mir sicher. Aber wenn sie die Online-Communities und die Memoiren einiger sensationslüsterner Schreiberlinge durchforsten, werden sie wahrscheinlich genug Dreck finden, mit dem sie mich bewerfen können. Die Menschen an den Krieg zu erinnern, ist ein Zeichen von Verzweiflung.

»Solange die EFF, die ›Economic Freedom Fighters‹, nicht auf den Zug aufspringen«, bemerkte Lisa. »Doch unsere gelehrten Kollegen sind zu sehr damit beschäftigt, ihre eigenen glorreichen Kriege anzuzetteln, als dass sie sich um einen kümmern wollten, der vor der Geburt der meisten von ihnen stattgefunden hat.«

Lisa gluckste, aber Tony lächelte nicht.

»Du guckst schon wieder aus dem Fenster«, sagte sie. Sie hatte Recht. Jede Erwähnung des Militärdienstes oder des Grenzkrieges schien ihn aus der Fassung zu bringen und heute wurde ihm klar, dass die Sache mit Luiz der Grund dafür war.

»Zum internationalen oder nationalen Abflug?«, fragte der Fahrer.

»National, bitte«, wies ihn Tony an.

»Urlaub? Geschäftlich?«

Tony sah, dass der Mann immer wieder in den Rückspiegel schaute, als ob er herauszufinden versuchte, wo er ihn schon einmal gesehen habe. »Zu einer Beerdigung.«

»Oh, Entschuldigung, mein Beileid.«

»Danke.« Das schien den Fahrer zum Verstummen zu bringen. Normalerweise hätte Tony ein Gespräch begonnen, aber im Moment hatte er keine Lust auf Smalltalk oder den Versuch, sich eine weitere der vielen Millionen Stimmen zu sichern, die er und seine Partei brauchten, um überhaupt eine Chance auf eine Regierungsbeteiligung zu haben.

Manchmal schien alles so schwierig. Er wusste, dass ihn der Gedanke an die Armee und den Krieg niederdrückte. Ausserdem schien es für ihn und Lisa keine Zukunft zu geben. Nachdem er vor der Rede nicht auf ihre Annäherungsversuche eingegangen war, hatte er es später in der Nacht nicht mehr mit ihr versuchen wollen. Sex war für Tony ein Weg gewesen, seine Vergangenheit zu verdrängen, aber jetzt war ihm auch das genommen worden.

Die Äusserungen des ANC-Abgeordneten hatten ihn weit mehr beunruhigt, als er zugeben wollte. Im Moment, in dem er die Schlagzeile im ›Star‹ sah, verspürte er einen so starken Adrenalinstoss, dass er dachte, er bekomme mitten beim Frühstück einen Herzinfarkt.

Die Geschichte war weder begründet noch enthielt sie Einzelheiten, ausser dass man ›seine Einheit‹ – was sich auf seinen Zug, seine Kompanie, sein Bataillon oder sogar die 44. Fallschirmjägerbrigade beziehen konnte – der Gräueltaten beschuldigte. Wie in jedem anderen Konflikt waren auch während des Krieges schlimme Dinge passiert. Das Einzige, wovor er sich fürchtete, war, dass seine Zeit in Angola in der Öffentlichkeit publik gemacht werden könnte, denn dieser Teil seiner Vergangenheit war anscheinend immer noch unter Verschluss. Er war sich sicher, dass der ANC, wenn er konkrete Informationen darüber gehabt hätte, diese schon vorher an die Medien weitergegeben oder in diesem Artikel verwendet hätte. Er erinnerte sich daran, wie Luiz auf der Lichtung neben der Leiche des angolanischen Soldaten stand, der Hennie verwundet hatte und dem in den Hinterkopf geschossen worden war.

Es bestand die Gefahr, dass die Regierung die Sache jetzt dramatisieren und in den Medien und der Öffentlichkeit den Eindruck von Gräueltaten vermitteln wollte. Bestimmt wollen sie ihn dazu bringen, die Anschuldigungen zu dementieren, wie er es gerade getan hatte und ihm dann kurz vor den Wahlen einen tödlichen Schlag versetzen.

Tony seufzte. Er musste mit dieser Möglichkeit leben, denn falls die Wahrheit ans Licht kam, gab es nichts, was er dagegen unternehmen konnte. Tatsache war jedoch, dass nur sehr wenige Menschen sein Geheimnis darüber teilten, was an jenem Tag in Angola, als sie sich auf die Suche nach dem vermissten Flugzeug gemacht hatten, geschehen war. Drei von ihnen – Greenaway, Luiz und Colonel de Villiers – waren nun tot.

Seit er sich dazu bereit erklärt hatte, für die DA zu kandidieren, hatte Tony die Last dieses Geheimnisses und die damit verbundenen Risiken im Wissen darum getragen, dass die Informationen jederzeit an die Öffentlichkeit gelangen könnten. In diesem Fall wäre es für ihn allerdings, selbst wenn er in der Partei und im Parlament bliebe, fast unmöglich, ein höheres Amt zu bekleiden.

Aber es gab eine Chance, dies alles zu überstehen und den Krieg und Angola vielleicht eines Tages hinter sich zu lassen. Er sehnte sich danach.

»Was überlegst du?«, erkundigte sich Lisa.

»Ach, nichts.« Sie näherten sich dem Flughafengebäude. Tony blickte auf und sah, dass der Fahrer ihn wieder im Spiegel anstarrte.

Tony beschloss, die Initiative selbst zu ergreifen: »Sie kommen mir bekannt vor.«

»Ich bin Sipho Sir, und ich habe Sie schon einmal gefahren.«

»Ah ja, jetzt erinnere ich mich, an die Veranstaltung im ›Coca-Cola Dome‹.«

Er lächelte. »Ja, genau, Sir.«

»Sie können mich Tony nennen, Sipho, wo wir doch alte Bekannte sind.«

Sipho lachte. »Okay, Tony. Ich habe überlegt, wo ich Sie sonst schon mal gesehen habe, und da ist mir eingefallen, dass es in der Zeitung war.«

»Möglicherweise«, bestätigte Tony.

»Sie sind der Politiker, der Chef der Demokratischen Allianz.«

Tony schüttelte den Kopf. »Nein, nicht ihr Vorsitzender.«

»Noch nicht«, mischte sich Lisa ein. »Aber wir hoffen, dass er es wird.«

»Ich glaube, Sie sind besser als ihr derzeitiger Anführer «, sagte Sipho, worauf Lisa lachte.

»Ich bin dem Vorsitzenden gegenüber loyal, aber die Entschei-dung liegt nicht bei mir, sondern bei der Partei.«

»Herr ...?«

»Tony.«

»Ja, Tony ... Ich habe eine Frage, wenn es Ihnen nichts ausmacht.«

»Schiessen Sie los.« Sie fuhren die Rampe zur Abflughalle hinauf und Sipho steuerte das Auto durch das Gedränge der ankommenden und abfahrenden Autos des Inlandterminals. Tony war von seiner Idee, keine Konversation zu führen, abgerückt, also musste er es jetzt durchziehen, sonst würde der Fahrer ihn als unhöflich in Erinnerung behalten.

»Ich habe im Radio gehört, Sie wären im Krieg an Verbrechen

beteiligt gewesen, verneinten dies aber kategorisch. Haben Sie an den Krieg für die Apartheid geglaubt?«

Er hätte Sipho korrigieren und ihm sagen können, dass sich der Krieg nicht um den Schutz der Apartheid gedreht hatte, sondern vielmehr darum, in Afrika die Ausbreitung des Einflusses kommunistischer Länder zu verhindern. Aber wie bei den meisten Kriegen ging es wahrscheinlich auch in diesem eher um Ressourcen wie Angolas Diamanten und Öl, als um Ideologie.

»Im Nachhinein betrachtet, nein, Sipho. Krieg ist immer der letzte Ausweg. Aber ich war stolz darauf, meinem Land zu dienen und ich war bereit, obwohl mir der Gedanke natürlich Angst machte, für mein Land zu sterben, als ich zweiundzwanzig war. Und ich würde auch heute sterben, um Südafrika zu verteidigen.

Sipho hielt auf einem Parkplatz, drehte sich um und sah Tony an. »Wir brauchen mehr Anführer wie Sie. Gott segne Sie, Tony.«

13

Am Tag nach dem nächtlichen Einbruch holte Sannie Adam um fünf Uhr morgens von seinem Haus ab. Sie wollten dem Pendlerverkehr auf der N2 in Richtung Durban entgehen und dann, bevor er zu stark wurde, auf der N3 durch Pietermaritzburg nach Harrismith fahren.

Von dort führte die Reise südlich an Johannesburg vorbei immer westwärts. Bis zu ihrem ersten Zwischenstopp in Kuruman waren es etwas mehr als tausend Kilometer, aber die Route, die sie wählten, gliederte die lange Reise in sinnvolle Abschnitte und ermöglichte es ihnen, am zweiten Tag zu einer vernünftigen Zeit in der Dune Lodge am Rande der grossen Kalahari-Wüste anzukommen.

»Ich kenne in Kuruman eine gute Frühstückspension, die noch zwei Zimmer frei hat«, informierte ihn Sannie, als sie losfuhren. Sie wollte so früh wie möglich Klarheit über die Schlafmöglichkeiten schaffen. »Und sie ist relativ preisgünstig.«

»Danke«, sagte Adam. »Ich habe ein wenig Geld für schlechte Zeiten beiseitegelegt und das kann man wohl als eine solche betrachten.«

Es regnete und Sannie liess es auf der N2 ruhig angehen, denn bereits als junge Polizeibeamtin in Uniform hatte sie viele tödliche Verkehrsunfälle gesehen. Als sie nach links, ins Landesinnere von Kwa Zulu Natal abbogen, wichen der Indische Ozean und der Hafen von Durban mit seinen Vorstädten üppigen grünen Zuckerrohrfeldern.

»Es ist schön hier oben«, sagte Sannie und betrachtete die Hecken und baumbestandenen Farmen, die wahrscheinlich viele der Engländer, die sich hier niedergelassenen hatten, an die alten Tagen in ihrem Heimatland erinnerten. Die Provinz Natal hatte sich selbst oft als ›letzte britische Kolonie‹ bezeichnet und sie verstand, warum.

»Ja, das ist es wirklich«, bestätigte Adam. »Obwohl ich nicht glaube, dass ich lange weit weg von einem Strand leben könnte.«

»Wo haben Sie in Australien gewohnt?«

»Südlich von Sydney, an der Südküste von New South Wales. Es erinnerte mich sehr an Pennington und Scottburgh, nur ohne das Zuckerrohr – und die Feuchtigkeit und die Affen.«

Sie lachte.

»Ich glaube, ich hatte immer Heimweh nach Südafrika«, fügte er hinzu.

Sannie nickte. »Das verstehe ich. Ich glaube nicht, dass ich weggehen könnte und das hätte auch keinen Sinn mehr, ich bin zu alt dafür.«

»Nein, das sind Sie bestimmt nicht.«

Sie blickte ihn an und belohnte ihn mit einem Lächeln.

»Oh, ich habe übrigens einen Anruf von der Polizei in Scottburgh erhalten«, sagte sie, während sie blinkte, um einen Lastwagen zu überholen. Sie haben Ihren Freund Renshaw befragt. Er behauptet, in der Nacht, in der Sie überfallen wurden, in Durban gewesen zu sein. Sie überprüfen nun sein Alibi.«

»Von Durban nach Pennington ist es nur eine Stunde«, sagte Adam. »Er hätte sich problemlos von dort absetzen und zurückfahren können.«

»Stimmt«, sagte Sannie. »Er sagt, er habe eine Konferenz der Fischereiindustrie besucht.«

Adam spottete. »Wahrscheinlich sitzen sie dort alle herum und erzählen sich, wie umweltverträglich sie sind, oder beschweren sich über Leute wie mich, die versuchen, ihre Existenz zu ruinieren. Die Wahrheit ist, dass ich Meeresfrüchte liebe und die Fischerei mag, aber es ist leider so, dass die Leute so verdammt gierig sind. Das ist es, was ich hasse.«

»Ja, nun, er wohnte im Suncoast Casino-Komplex. Wir können die Videoüberwachung des Hotels überprüfen, um zu sehen, ob er in der Nacht weggegangen ist. Vielleicht können wir auch sein Handy aufspüren, aber wenn er es in seinem Zimmer liegen gelassen hätte, würde es zeigen, dass er die ganze Nacht dort war.«

»Es ist gut, dass ich ein paar Tage von Pennington wegkomme. Ich weiss nicht, wie ich reagieren würde, wenn ich Renshaw auf der Strasse antreffen würde.«

Sie versuchte, ihre Stimme ruhig und gelassen klingen zu lassen. »Haben Sie ein Problem mit Aggressionen?«

»Das hatte ich eine Zeit lang, bis ich Hilfe bekam. Aber ich war nie gewalttätig gegenüber meiner Frau oder den Kindern, das können Sie mir glauben.«

»Okay, gut zu wissen«, gab sie zurück und atmete innerlich erleichtert auf.

»Ich konnte guter Laune und völlig entspannt sein, und plötzlich stieg mein Angstpegel, mein Zorn, innerhalb von ein paar Minuten von Grün auf Rot. Manchmal waren wir in guter Gesellschaft in Australien und irgendwelche Leute beschwerten sich über die Politik oder die Preise, ignorierten aber die Tatsache, gut zu verdienen und sich keine Sorgen machen zu müssen. Ich hätte am liebsten gesagt: »Wenn ihr über Politik reden wollt, schaut zuerst nach Afrika, wo man, wenn man die falsche Partei unterstützt, getötet werden kann oder selbst Kinder in den Krieg geschickt werden.« Dann musste ich schleunigst gehen. Meine Frau verstand das irgendwie, aber doch nicht wirklich. Diese Art von *Kak* war schlimm.«

»Ja, das verstehe ich. So geht es mir manchmal auch, wenn sich meine Freundinnen über einen gespaltenen Nagel beschweren, während ich mich mit einem Mordopfer mit einer Panga, einer Machetete im Kopf beschäftigen muss.«

Er sah sie an.

»Entschuldigung.«

»Nein, überhaupt keine Ursache. Sie verstehen das.«

Auf dem Highveld, im südafrikanischen Hochland mit weitläufigen Farmen und ausgedehnten Graslandschaften, war es wie in einem anderen Land. Sie hielten ungefähr alle zweihundert Kilometer an, um sich beim Fahren abzuwechseln, zu tanken oder einen Snack zu sich zu nehmen und jedes Mal war die Luft kühler und klarer. Sie war im Lowveld aufgewachsen und hatte später in Kempton Park in Johannesburg gelebt, dem einzigen Ort, den sie und Christo sich nach ihrer Heirat leisten konnten. Aber die Städte, durch die sie fuhren, waren auch sehr ›afrikaans‹, burisch geprägt. Sie fühlte sich diesen Farmern, die zweifarbige Hemden trugen und mit Toyotas fuhren, nahe. Sie fragte sich, wie sie an der Südküste mit ihrer hohen Luftfeuchtigkeit und der fast tropischen Hitze zurechtkäme, und in KwaZulu-Natal, wo alle so britisch waren.

»Ich hoffe, Sie finden ein Haus«, sagte er.

Es war, als ob er ihre Gedanken lese, was seltsam, aber nett war. »Danke. Ich habe mich nur gerade gefragt, ob ich in die Szene an der Südküste passe.«

»Ich werde Ihnen das Surfen beibringen.« Sie lachte.

»Ernsthaft. Ich bin sicher, dass das Ihnen Spass macht.«

»Ich kann mich nicht einmal auf einem Rollbrett halten.«

»Ich habe auch meinen Kindern das Surfen beigebracht ...«

Sannie wartete darauf, dass er den Satz beendete, aber er tat es nicht. »Vermissen Sie sie?«

Er nickte. »Ja, tatsächlich.«

»Falls es ein Trost ist«, sagte Sannie, »meine Tochter Ilana ist am Kap und wenn man bedenkt, wie viel Zeit ich mit ihr verbringe, könnte sie genauso gut in Australien sein.«

»Sie sagten, sie will Ärztin werden?«

Sannie straffte die Schultern. »Ja, sie ist bereits im Praktikum.«

»Meine Tochter hat keine Verbindung zu Afrika. Ich glaube, das hat mich am meisten beunruhigt, dass sie nicht sieht und teilen kann, was ich sehe und was mir wichtig ist.«

Sannie war mit der zulässigen Höchstgeschwindigkeit von 120 Stundenkilometern unterwegs, als auf der Gegenfahrbahn ein Auto zum Überholen eines Lastwagens ausscherte. Wenn Sannie nicht verlangsamte, hatte der Fahrer keine Chance, zu überholen. Sie trat auf die Bremse und blinkte, sodass der Mann den Lastwagen schliesslich überholte. »Poah, hier fahren so viele Leute schlecht.«

»Ja«, stimmte Adam zu.

»In Australien ist alles so geordnet, so sicher und so vorhersehbar, dass die Menschen nur selten in Situationen geraten, in denen sie sich engagieren müssen, um wirklich zu helfen. Sicher, es gibt Busch-brände und Überschwemmungen, die das Beste aus den Menschen herausholen, doch die meisten Australier gehen einfach nur durch ihr Leben und machen sich kaum Sorgen.«

»Das ist wohl ein bisschen unfair, Adam. Wir haben doch alle, egal wo wir leben, unsere Probleme im Leben.«

»Ja, da bin ich ganz Ihrer Meinung«, sagte er, »aber denken Sie an die alltägliche Freundlichkeit, die die Menschen hier an den Tag legen. An die Art und Weise, wie sie einander helfen, weil sie nichts haben, weil sie das Schlimmste im Leben erfahren, aber den Willen haben, weiterzumachen.«

Sie fuhren schweigend weiter. Sannie stimmte dem, was Adam gesagt hatte, zu, hatte aber in ihrem Beruf auch schon das Schlimmste von Menschen gesehen.

»Erzählen Sie mir von den Leuten, die Sie kennen und von denen Sie glauben, dass sie zur Beerdigung kommen«, bat ihn Sannie nach einer Weile. »Ich werde sie ja sowieso bald kennenlernen.«

»Haben Sie schon von Tony Ferri gehört, dem Mann, der in den Medien als nächster Vorsitzender der Demokratischen Allianz und vielleicht als künftiger Präsident gehandelt wird?«

»Ja, natürlich. Waren Sie mit ihm in Angola?«

Adam nickte. »Er war unser Vorgesetzter. Während unser regu-lärer Zugführer krank war, war Ferri für eine sehr kurze Zeit unser Leutnant.«

»Er scheint ein guter Kerl zu sein.«

Adam zuckte mit den Schultern. Sie warf einen Blick zu ihm. Sein Kiefer war fest zusammengebissen und er hatte die Arme verschränkt.

»Was ist los, Adam?«

Er wandte ihr wieder den Blick zu und blinzelte. »Einer der Gründe, warum ich nach Australien gezogen bin, war, meiner Vergangenheit zu entfliehen. Frank und ich standen uns, obwohl wir weit voneinander entfernt lebten und uns nicht ständig sahen, nahe, fast wie Brüder. Das war nicht bei allen in unserer Einheit so. Einige von uns verliessen Angola, um alte Rechnungen zu begleichen.«

»Möchten Sie darüber reden?«

Er zwang sich zu einem Lächeln. »Vielleicht irgendwann. Ich weiss es nicht. Möchten Sie, dass ich fahre«?

»Gern. Ich bin ein bisschen müde. Danke.« Sannie blinkte und hielt an. Sie stiegen aus, streckten sich und wechselten die Seiten.

Als er fuhr, war Adam ruhig und Sannie fragte sich, ob er in Gedanken wieder im Krieg war.

Angola, 1987

»Bleib sitzen, Adam, und halt uns den Rücken frei«, flüsterte Frank Greenaway, dann verliess er Adam, um Ferri einzuholen, der sich bereits auf den Weg zur Stelle, an der sich das abgestürzte Flugzeug befand, gemacht hatte.

Adam kauerte hinter einem umgestürzten Baum und sein leichtes Maschinengewehr ruhte auf dem Baumstamm. Er wusste immer noch nicht, wer Recht hatte, ob der Sergeant oder der Lieutenant. Er hätte gern in den Streit eingegriffen und war etwas enttäuscht, weil man ihn aussen vor gelassen hatte. Adam wusste, dass Frank kein Feigling war und Frank hatte Ferri davon überzeugen können, eine kleine Änderung an seinem Plan vorzunehmen.

Frank, der sich nur widerwillig zur Suche nach der abgestürzten

Bosbok verpflichtete, hatte vorgeschlagen, er nehme eine Überwachungsposition ein, statt die Angolaner, die das Wrack bewachten, mit allen Waffen anzugreifen. Er könne dabei seine R1 und die Scharfschützenausbildung nutzen, und so viele Feinde wie möglich ausschalten, bevor die Parabats angriffen. Adam würde ihnen dabei den Rücken freihalten. Frank hatte offensichtlich hart daran gearbeitet, seinen Zorn zu zügeln und Ferri hatte Franks Vorschlag akzeptiert, statt sich einmal mehr wie ein bockiges Kind zu verschanzen.

Adam suchte den Busch hinter ihnen ab. Ein paar Minuten später schreckte er auf, weil er Schüsse hörte: Das laute, entschlossene Krachen von Franks Gewehr, drei gezielte Schüsse, dann das leichte Rattern von R4s. Dann folgte das Geräusch einer AK-47 und schliesslich herrschte Stille.

Irgendwo in einem Baum gurrte eine Taube. Adam war aufgeregt, er fühlte sich bereit, ängstlich und aufgedreht. Er wusste, dass er weiter Ausschau halten sollte, neigte aber den Kopf, um hinter sich zu schauen, wo die Schüsse gefallen waren. Jetzt wurde nicht mehr geschossen. Adam drehte sich wieder nach vorn, wo er eigentlich hätte aufpassen sollen, und erstarrte. Ein schwarzer Soldat mit einer AK-47 kam durch den Busch, dessen kubanische Tarnuniform mit dem Echsenmuster Adam verriet, dass er der FAPLA, der regulären angolanischen Armee angehörte.

In diesem Moment sah der Mann Adam und hob langsam sein Gewehr. Obwohl Adam zunächst in die falsche Richtung geschaut hatte, war sein LMG immer noch nach vorne gerichtet, in den Bereich, den er deckte. Adam drückte ab und aus der Waffe des anderen Mannes, der nach hinten fiel, spritzte eine Salve von Kugeln. Schockiert stellte Adam fest, dass er den Mann getroffen hatte.

»Kontakt!«, kam Adam in den Sinn, rufen zu müssen. Ein Gewehr eröffnete das Feuer und Adam nahm wahr, dass um ihn herum zerfetzte Blätter und Zweige herabfielen.

Hinter Adam ertönten weitere Schüsse und er warf sich neben den Wurzeln des umgestürzten Baumes auf den Bauch. Sein Buschhut rutschte nach vorn und verdeckte ihm die Sicht. Adam versuchte, den Hut wegzuschieben und spürte, dass eine Kugel über seinen Kopf hinwegflog. Wenn er sich nicht im letzten Moment hingelegt hätte, wäre er getötet worden, wurde ihm bewusst. Er sah genau vor sich einen Mann durch das Gebüsch rennen und feuerte, doch der Mann rannte unbehelligt weiter. Adam erkannte, dass Frank damit recht gehabt hatte, ihn zurückzulassen, weil er davon ausging, dass weitere Angolaner in der Gegend vom Lärm des Kampfes an der Absturzstelle angelockt würden. Es war Adams Aufgabe, den anderen Parabats Deckung zu geben, wenn sie sich vom Bosbok zurückzogen.

Mit dem letzten Rest seines Munitionsgürtels feuerte er eine weitere Fünf-Schuss-Salve auf den FAPLA-Soldaten, der den am Boden liegenden Adam nicht gesehen zu haben schien und direkt auf ihn zu gerannt kam. Mindestens eine von Adams Kugeln traf ihn und liessen ihn stürzen.

Adam rollte sich auf die Seite, klappte die Ladeklappe seines Maschinengewehrs auf, bürstete das verirrte Stück eines Metallglieds weg und nahm einen neuen Zweihundert-Schuss-Gürtel aus einer seiner Taschen. Er versuchte, seine Hände ruhig zu halten, legte den neuen Gürtel auf den Verschluss, schloss die Zuführungsklappe und spannte das Gewehr. Plötzlich erschreckte ihn eine Bewegung hinter sich und er reckte den Hals.

»Halt!«, zischte Adam.

Erasmus, der Korporal, tauchte aus den Bäumen auf. »Krüger, ich bin's.«

»Tut mir leid, Corporal«, sagte Adam.

»Ach, Mann, du musst dich nicht entschuldigen«, sagte Rassie auf Afrikaans und legte sich neben Adam. »Du hast richtig reagiert. Aber was zum Teufel ist hier eigentlich los?«

»Sie sind zu dritt oder vielleicht zu viert«, platzte Adam heraus. »Zwei habe ich getroffen.«

»Gut gemacht«, sagte Rassie. »Und gut, dass Frank dich hiergelassen hat, um uns den Rücken freizuhalten, anstatt dich mitzunehmen. Vier der fünf haben wir an der Absturzstelle erwischt, aber einer ist abgehauen. Ferri, Luiz, Roberto und Litis sind nach vorn gegangen, um die Trümmer zu beseitigen und Greenaway gibt ihnen Deckung.«

»Und was soll ich tun?«

»Das, was du jetzt tust. Wache halten. Unsere Ärsche beschützen, Junge, und uns einen Weg aus diesem verdammten Drecksloch zeigen.« Rassie klopfte ihm auf die Schulter. »Und: Wirklich gut gemacht.«

»Danke.« Adam schwoll vor Stolz an.

»Dank mir nicht, halte einfach Wache. Wir sind höchstwahrscheinlich umzingelt. Diese ganze Mission ist vermurkst.«

Wenn man sich den Kampf zwischen ihrem Offizier und ihrem Sergeant betrachtete, schien dies zu stimmen, dennoch raste Adams Herz vor Aufregung. Er hörte zwei weitere Schüsse hinter ihnen, von dort, wo die anderen die Absturzstelle räumten. Adam riskierte einen weiteren Blick über die Schulter und sah, dass Ferri, Evan, Luiz und Roberto sich ihren Weg durch den Busch bahnten. Rossouw und Frank tauchten an ihrer Flanke auf. Die Männer schlossen sich zusammen und kehrten dann dorthin zurück, wo Adam wartete.

Während Rassie aufstand und sich zu Ferri und Frank setzte, legte sich Evan neben Adam ins Gras. »Keine Überlebenden im Flugzeug«, sagte Evan.

»Was waren die letzten beiden Schüsse?«, fragte Adam.

»Da war ein verwundeter Gegner bei den Trümmern, der sich totstellte, aber sein Gewehr hob, als wir näherkamen.« Evan hielt inne, um zu Atem zu kommen. »Ferri gab ihm einen Kopfschuss, Mann. Es war verrückt. Er hat mir damit das Leben gerettet!«

»Sind wir jetzt umzingelt?«, wollte Adam wissen.

Evan zuckte mit den Schultern und schaute auf den Busch hinaus. »Hast du den Kerl da drüben durchbohrt?«, erkundigte er sich und zeigte auf eine Leiche.

»Jip«, sagte Adam.

»Ernsthaft?«

»Und noch einen.«

»Scheisse«, sagte Evan. »Ich habe die Schüsse gehört und wusste nicht, was los war.«

Frank kam zu ihnen und sagte ohne Umschweife. »Hört auf zu plappern, ihr beide. Wir müssen weiter. Wir ziehen uns zu einer Abhol-LZ zurück. Bleibt wachsam, die FAPLA ist überall um uns herum.«

»Ja, Sergeant«, sagte Adam, der dachte, jetzt sei nicht die Zeit für Vertraulichkeiten.

Frank sah sich um. »Rassie sagte mir, du hättest unsere Ärsche beschützt. Gute Arbeit, *Boet*.«

Adam fühlte sich drei Meter hoch. »Komm!«, befahl Frank.

Hinter ihnen ertönte ein Maschinengewehrfeuer. Frank drehte sich um und feuerte mit seiner schweren R1 in diese Richtung. Kugeln flogen über ihre Köpfe hinweg.

»Bewegung!« Rassie packte Evan hinten an den Gurtbändern und zog ihn hoch, Adam war bereits auf den Beinen.

Adam fand alles so verwirrend. Diese Typen trafen im Sekundentakt neue Entscheidungen, während er sich daran zu erinnern versuchte, wie er seine Sicherung ein- und ausschalten konnte. Immer noch nach vorne und auf beiden Seiten nach FAPLA-Soldaten Ausschau haltend, von denen er annahm, sie könnten jeden Moment aus dem Busch auftauchen, rannte er nach vorn.

Als sie sich vorwärtsbewegten, kam Adam am ersten der beiden Männer vorbei, die er getötet hatte, wobei ihm richtig bewusstwurde, was er gerade getan hatte. Er sah die weit aufgerissenen, in den Himmel starrenden Augen des Mannes mit dem überraschten oder entsetzten Blick, der für immer in seinem Gesicht eingefroren war und das Blut auf seinem Uniformhemd. Der FAPLA-Soldat war jung, vielleicht so alt wie Adam.

Frank kam zu Adam, liess sich auf ein Knie fallen und durchsuchte schnell und fachmännisch die Taschen und die Ausrüstung des Toten.

»Wir suchen immer nach Informationen«, sagte er, während seine Hände über die Leiche strichen, »Karten, Tagebücher und so weiter. Aber der hier ist zu jung, um viel bei sich zu tragen, und weder Offizier noch Unteroffizier.« Frank hob die ausrangierte AK-47 des

Mannes auf, entfernte das Magazin und warf das Gewehr in den Busch. Los, weiter geht's.«

Adam stand da und blickte auf den toten Soldaten hinunter. Ihm war speiübel, doch er wollte sich nicht vor den anderen übergeben. Fest, aber nicht grob, packte ihn Frank am Arm. »Komm.«

Adam liess sich wegführen.

»Sie sind überall um uns herum, Krüger«, erklärte Frank. »Du musst wieder mit deinem Kopf arbeiten.«

»Okay«, sagte Adam und schluckte heftig. Frank hatte Recht. Er durfte jetzt nicht über den getöteten Mann nachdenken, das musste warten.

Roberto führte sie in ihren Spuren zurück, und Ferri ging neben Luiz hinterher, als Luiz auf etwas auf dem Boden zeigte und nach rechts abbog, obwohl Adam sicher war, dass sie nicht aus dieser Richtung gekommen waren. Luiz, Roberto und Ferri sprachen mit Evan, verliessen ihn dann und gingen auf dem neuen Weg weiter.

»Und jetzt?«, fragte Frank rhetorisch. »Wo zum Teufel geht er hin?«

Evan war nun vor Frank und Adam. Er winkte ihnen zu, sie einzuholen. »Der Boss sagt, wir müssen hier warten«, sagte Evan.

»Was zum Teufel ...?«, brummte Frank und schaute dort, wo die anderen stehen geblieben waren, auf den Boden. »Das ist die Spur des FAPLA-Typen, die wir vorhin schon gekreuzt haben. Frank ging, immer noch die Spuren studierend, ein paar Meter nach links und kam dann zu ihnen zurück. »Dieser Typ ist tatsächlich im Kreis gelaufen. Ich glaube, er kommt auch von der Absturzstelle.«

»Warum sind die anderen dann ohne uns losgezogen?« fragte Adam. »Ferri hört nicht auf das, was ich sage«, sagte Frank. »Irgendetwas ist hier faul, Freunde, und das gefällt mir überhaupt nicht.«

»Verfolgt Ferri nun also einen FAPLA-Typen?«, fragte Adam.

Frank rieb sich das stoppelige Kinn. »Nicht unbedingt, denn mittlerweile tragen viele Leute kubanische Stiefel, die sie vom Gegner ergattert haben. Ferri hat bestätigt, der Colonel habe ihm gesagt, es seien zwei Personen an Bord gewesen – der Pilot und ein Passagier, er erzählte aber nicht, wer die andere Person sei. Als ich ihn, bevor wir das Wrack ausräumten, danach fragte, konnte er mir nicht in die Augen sehen, also verschweigt er uns auf jeden Fall etwas.«

»Wirklich?« Evan klang ungläubig.

Frank suchte, wachsam wie immer, den Busch um sie herum ab. »Überleg mal: Ferri beschliesst, den Absturz selbst zu erkunden und jetzt gehen er und die Fährtenleser wie Jagdhunde allein los. Irgendetwas stimmt hier absolut nicht.«

Auch Adam suchte, hinter jedem Baum einen weiteren feindlichen Soldaten vermutend, weiter das Gebüsch ab.

»Und was sollen wir jetzt tun?«, fragte Evan.

»Wenn wir hierbleiben, könnten wir von der FAPLA überrannt werden.«

»Aber Ferri befahl uns, hier zu warten«, sagte Evan.

Dann hörten sie drei schnelle Schüsse aus der Richtung, in die die anderen vor Kurzem verschwunden waren.

SANNIE ÖFFNETE DIE AUGEN. Sie war überrascht, wie schnell sie eingeschlafen war. Dann kam ihr ein Gedanke.

»Glauben Sie wirklich, dass dieser Renshaw mitten in der Nacht in Ihr Haus eingebrochen und Sie angegriffen hat?«, fragte sie.

Adam zuckte mit den Schultern und blinkte, um einen Lastwagen zu überholen. Er beschleunigte zügig und regelmässig und zeigte, wie Sannie zustimmend feststellte, auch an, wenn er auf seine Spur zurückkehrte.

»Er ist ein Grossmaul und ein Tyrann«, sagte Adam, »aber ein kräftiger Kerl.«

»Ja, aber dieser Angriff mit verschleierter Identität brauchte Planung. Wäre es aus seiner Sicht nicht sinnvoller gewesen, wenn er in der Öffentlichkeit einen Kampf mit Ihnen ausgefochten hätte?«

»Ja, denn er ist stark wie ein Ochse«, sagte Adam, »und ich habe einmal gesehen, wie er in Umkomaas bei einer Schlägerei auf dem Parkplatz der East Coast Brewery einen Mann verprügelt hat.«

Sannie nickte. »Das macht das Herumschleichen in der Nacht zu einer ganz anderen Sache.«

Adam starrte durch die Windschutzscheibe.

»Könnte es jemand anderes gewesen sein? Auf Grund von etwas anderem?«, fragte sie.

»Ich weiss es nicht.« Adam wandte seinen Blick nicht von der Strasse ab.

14

Mia traf ihre Gäste um vier Uhr nachmittags im Ess- und Aufenthaltsbereich der Dune Lodge.

Ihre Stiefel quietschten auf dem polierten Parkettboden des geschmackvollen, mit Segeltuch verkleideten Gebäudes, als sie sich den beiden Männern näherte. Das Nachmittags-Teebuffet war aufgebaut und die Gäste standen Kaffee trinkend darum herum. Mia trug Shorts, ein khakifarbenes Hemd und eine hellbraune Baseballmütze, auf die die Oryxantilope der Lodge gestickt war.

Sie lächelte breit, als sie dem Mann in Jeans und grauem Poloshirt die Hand reichte. Sie erkannte Tony Ferri sofort. Er sah in natura noch besser aus, als auf den Bildern im Internet. »Guten Tag, ich bin Mia.«

»Ich bin Tony Ferri – schön, Sie kennenzulernen, Mia, und das ist Evan. Wir haben beide zusammen mit Ihrem Vater gedient. Mein herzliches Beileid für Ihren Verlust.«

»Danke.« Beinahe hätte sie gesagt: »Sie brauchen sich nicht vorzustellen«, aber in Juliannes Luxus-Lodges war es üblich, hochrangige Gäste wie alle anderen zu behandeln und sie nicht zu umgarnen oder, schlimmer noch, sie zu bitten, für Selfies zu posieren.

»Hallo, Mia.« Evan Litis schüttelte ihr die Hand. Er sah auch gut aus, aber während Tony wie ein alternder Rugbyspieler und Schulsprecher aussah, wirkte Evan in seiner Safarikleidung aus dem ›Cape Union Mart‹ eher wie ein streberhafter Professor. Aber er hatte ein sympathische Lächeln und legte seine andere Hand auf ihre. »Das mit Frank tut auch mir leid. Er war ein toller Kerl und es ist so schön, Sie kennenzulernen.«

»Ich weiss nicht, wo ich anfangen soll«, sagte Mia. »Normalerweise geht es bei Pirschfahrten um, na ja, um Wild ... Und ich möchte Sie bei Ihrem Besuch natürlich nicht mit hundert Fragen belästigen.«

»Das ist kein Problem, Mia«, sagte Tony. »Dies ist ja keine gewöhnliche Safari, sondern wir sind in erster Linie hier, um Luiz die letzte Ehre zu erweisen, aber Evan und ich kennen uns gut, und wir dachten, wir könnten auch etwas Zeit damit verbringen, die Gegend, in der Luiz gearbeitet hat, kennen zu lernen. Sie zu treffen ist ein Bonus, obwohl die Umstände traurig sind.«

Ein ›Bonus‹ dachte Mia. Die Art, wie er lächelte, als er das sagte, liess sie erröten. »Auf der Pirschfahrt sind nur wir drei, also können wir sie ganz nach den Wünschen von

Ihnen als Gäste gestalten, so wie es sein sollte und hier immer ist. Gibt es nicht noch ein drittes Mitglied in Ihrer Gruppe? Lisa Ingram?«

»Ja, aber sie setzt für diese Fahrt aus«, antwortete Tony. »Lisa ist meine Wahlkampfmanagerin und eine Art Workaholic.«

»Genau wie Tony auch«, ergänzte Evan. »Mia, Sie können sich nicht vorstellen, wie schwierig es für ihn war, drei Tage aus seinem Terminkalender zu streichen. Dennoch hat er es getan, für Luiz.«

»Wollen wir gehen?«, fragte Tony, obwohl es für Mia wie ein Befehl klang, der als Frage getarnt daherkam. Er hatte das natürliche Selbstvertrauen, das ein Politiker brauchte und die Fähigkeit einer Führungspersönlichkeit, Menschen so dazu zu bringen, etwas zu tun, dass sie sogar glauben, es sei ihre eigene Idee gewesen. Ihr Ex-Freund Graham konnte arrogant sein, aber Tony Ferri war, sie suchte nach dem richtigen Wort, gebieterisch.

»Wenn Sie bereit sind, können wir fahren«, antwortete Mia.

Evan trank seinen Kaffee aus und hob eine teure Nikon-Kamera vom Couchtisch neben sich auf. Mia führte sie nach draussen.

»Jetzt ist es noch schön warm«, sagte sie, als die beiden Männer auf den Rücksitz ihres Land Rover Defender Safari-Fahrzeugs kletterten, »aber sobald die Sonne untergeht, wird es bitterkalt. In den Boxen zwischen den Sitzen gibt es Decken und fleece-gefütterte Ponchos. Dort können Sie übrigens auch Ihre Kameras und sonstige Ausrüstung unterbringen.«

»Danke.« Tony lächelte.

Tony und Evan setzten sich auf die Sitze direkt hinter Mia, was die Kommunikation zwischen ihnen allen erleichterte. Mia hätte einen der Tracker, der Fährtenleser, mitnehmen können, hatte aber das Gefühl, sie wolle sich und diesen Gästen etwas Privatsphäre gewähren. Sie brannte darauf, sie mit Fragen über ihren Vater zu löchern, musste aber gleichzeitig ihre Wünsche respektieren.

Etwas ausserhalb der Lodge und nachdem sie sich auf der Strasse eine Düne hochgekämpft hatten, von der sie einen wunderschönen Panoramablick über die Wüste geniessen konnten, hielt Mia an. Sie schaltete den Motor aus und gab ihnen die Standardanweisungen, hinten im Fahrzeug nicht zu stehen, sich nicht zu bewegen und nur leise zu sprechen, wenn es etwas zu sehen gab.

»Hat jemand von Ihnen einen besonderen Wunsch, ein Tier, irgendwelche Vögel oder irgendetwas anderes, das Sie besonders gerne sehen würden?«, erkundigte sie sich bei den beiden.

»Ich schon«, sagte Evan. »Ich sähe wirklich gern einen dieser berühmten grossen, schwarzmähnigen Kalahari-Löwen.«

»Wir haben derzeit zwei aktive Löwenbrüder, die zusammen in unserem Reservat unterwegs sind«, erklärte Mia. »Es sind zwei wunderschöne junge Männchen in ihrer Blütezeit und ihre Mähnen sehen wirklich gut aus. Ich bin sicher, dass sie dem alten Männchen, dem Boss unseres Rudels, bald den Rang ablaufen.«

»Es wäre cool, die beiden zu sehen«, freute sich Evan.

»Mia?«

Sie wandte sich Tony zu. »Ja?«

»Denken Sie, es wäre möglich, den Ort zu besuchen, an dem Luiz ...«

»Natürlich«, antwortete Mia. »Ich war erst heute Morgen dort. Es ist kein Tatort mehr, sondern ironischerweise sogar ein Ort, an den wir oft mit Gästen fahren.«

»Ich danke Ihnen.«

Sie fuhren los und sahen schon bald eine Herde Springböcke und einen stattlichen, einsamen Oryxbock. Mia hielt an, damit Evan Fotos machen konnte. Tony schien tief in Gedanken versunken zu sein, und Mia konnte nicht sagen, ob er die Safari genoss oder nicht. Sie waren aus einem düsteren Grund hier, aber sie hoffte, der Politiker könne sich dennoch ein wenig entspannen.

Als sie losfuhr, beugte sich Evan vor, damit Mia ihn besser hören konnte. »Wissen Sie, Ihr Vater war ein guter Kerl. Einige von uns jüngeren Soldaten haben wirklich zu ihm aufgeschaut.«

»Das ist schön zu hören, Evan, danke. Die Armee – der Krieg – waren so grosse Dinge in seinem Leben. Ich selber habe nur die Wirkungen davon gesehen, was all das mit ihm gemacht hat. Ich habe einige Erinnerungen daran, dass er sich mit ein paar seiner Freunde getroffen hat, meistens zum Trinken. Obwohl sie über Dinge gelacht haben, hat er mir nie wirklich viel von dem erzählt, was er gemacht hat oder was vielleicht hätte lustig sein können.«

Evan nickte. »Das ist ziemlich normal. Auch ich bin verheiratet und habe zwei Söhne, aber selbst wenn ich glaubte, dass sie sie hören wollten, würde es mir schwer fallen, ihnen von einigen der Dinge zu erzählen, die mir widerfahren sind, weil ich mir trotzdem nicht sicher wäre, ob sie das wollen.«

»Sie würden sich wundern«, sagte Mia. »Mein Vater war ein ziemlich erfahrener Soldat, nicht wahr?«

»Ja«, sagte Evan. »Er war schon lange vor mir in Angola und hatte viele Kontakte, also Feuergefechte. Er behielt immer einen kühlen Kopf und hatte eine erstaunliche Fähigkeit, selbst unter Beschuss klare Entscheidungen zu treffen. Manchmal taten mir diejenigen leid, die wie Tony über ihm standen.«

Mia warf einen Blick zurück auf den Politiker. »Stimmt das?«

Tony lachte ein wenig. »Ihr Vater war ein perfekter Berufssoldat, Mia. Ich finde sogar, er hätte für die Offiziersausbildung ausgewählt werden sollen. Aber ja, Evan hat Recht – ihn zu führen war ein Albtraum, vor allem, weil er viel mehr Erfahrung hatte als viele von uns. Ein paar Mal hat Frank Befehle, die ich gegeben habe, in Frage gestellt.«

»Das hört sich ganz nach meinem Vater an«, lächelte Mia. »Wenn er dachte, er sei im Recht, konnte er einem Streit nie aus dem Weg gehen.«

»Das Problem für mich war«, erklärte Tony, »dass Frank meistens Recht hatte. Das war für einen jungen Offizier eine bittere Pille zu schlucken. Aber wir haben die Dinge besprochen und unsere Differenzen überwunden. Ich lernte von Frank und von Männern wie ihm, die unter mir waren und am Ende kamen wir alle gut miteinander aus.«

»So ist das wohl in der Armee, wenn man sein Leben in die Hände anderer legt«, vermutete Mia.

»Ja, genau«, führte Tony weiter aus, »jeder würde für die Person neben sich alles tun, sogar das eigene Leben für sie aufs Spiel setzen, weil man weiss, dass sie das Gleiche für einen täte. So entstehen zwischen Menschen Freundschaften und Verbindungen, die für immer halten.«

Während sie fuhr, dachte Mia über das Gehörte nach. Tony und Evan schienen sich nahe zu stehen, doch sie konnte sich nicht erinnern, einen von ihnen bei der Beerdigung ihres Vaters gesehen zu haben oder bei einem Besuch davor. Aber es gab alte Armeekameraden, mit denen sich ihr Vater manchmal in Hazyview im Pub getroffen hatte, wenn sie durch die Stadt fuhren.

»Haben Sie meinen Vater nach dem Krieg noch einmal getroffen?«, erkundigte sich Mia über ihre Schulter hinweg. Da sie die Strasse im Auge behalten und gleichzeitig die Wüste nach Wild absuchen musste, war es schwierig, mit einem der Männer Blickkontakt aufzunehmen.

»Ja, einmal«, erzählte Evan, »nachdem er den Krügerpark verlassen hatte.«

Mia erinnerte sich an diese Zeit im Leben ihres Vaters. Frank war äusserst deprimiert gewesen, weil er von den südafrikanischen Nationalparks entlassen worden war und daraufhin hatte sein Alkoholkonsum stark zugenommen.

»Ich merkte, dass Frank es damals schwer hatte«, sagte Evan, »und möchte mich bei Ihnen entschuldigen, Mia. Ich hätte vielleicht mehr für ihn tun können und möglicherweise öfter mit ihm in Kontakt aufnehmen sollen.«

Mia schüttelte den Kopf. Diesmal fiel es ihr leichter, auf Wild zu achten, als Evan anzuschauen. »Es gibt keinen Grund, sich zu entschuldigen, Evan. Glauben Sie mir, ich habe mich viel zu oft gefragt, was ich anders hätte machen können, und komme immer wieder zum selben Schluss: Dad hat sich das Leben genommen, und so sehr es mich schmerzt, ich trage keine Verantwortung dafür, und auch niemand anderes.«

»Danke, dass Sie das sagen«, sagte Evan.

»Ich fürchte, das gilt auch für mich, Mia«, sagte Tony. »Ich habe Ihren Vater nur einmal gesehen, als ich in Hazyview eine Wahlkampagne der Partei unterstützt habe. Greg Mahoney, ein mit Ihrem Vater befreundeter Safari-Führer, war unser Kandidat. Es war ein kurzes Treffen. Wie ich schon sagte, hatten wir damals unsere Differenzen, aber es war schön, ihn wiederzusehen und ich hatte das Gefühl, dass alle Schwierigkeiten, die wir in der Armee hatten, der Vergangenheit angehörten.«

»Ich bin sicher, dass das der Fall war«, sagte Mia. »Schauen Sie!« Sie trat auf die Bremse und griff nach dem Fernglas.

Evan beugte sich vor. »Was ist es?«

»Ein Gepard.« Sie senkte das Fernglas und zeigte auf die Kuppe einer Düne in hundert Metern Entfernung.

Tony nahm sein Fernglas in die Hand. »Mia, Sie sind unglaublich.«

Sie grinste. Es war ein grossartiger Start für ihre Pirschfahrt und sie fühlte sich doppelt gesegnet, weil sie in der Gesellschaft dieser Männer, die ihren Vater gekannt hatten, sein konnte. Tony beobachtete die Katze ein paar Sekunden lang, dann drehte er sich zu ihr um.

Seine Augen lächelten und sie spürte einen kleinen, aufregenden Augenblick.

Evan kramte in der Ablage nach seiner Kamera und begann, Fotos zu schiessen. Mia zwang sich, wieder durch ihr Fernglas zu schauen, obwohl ihr schien, sie habe gerade einen besonderen Moment mit Tony geteilt, den sie nur ungern unterbrechen wollte. Sie war aber sicher, dass sie ihn noch mehr beeindrucken konnte. »Das ist ein Weibchen, ich kenne es. Wenn wir Glück haben ...«

Wie auf ein Stichwort stand die Gepardin auf und rannte, vier flauschige Jungtiere mit strubbeligen, langen, weissen Haaren auf dem Rücken in ihrem Schlepptau, die Düne hinunter, in ihre Richtung.

»Wow«, sagte Tony.

»Ja, tatsächlic!« Evans Digitalkamera feuerte in kurzen Intervallen, wie ein Maschinengewehr.

»Ich wollte gerade sagen, wenn wir Glück haben, sehen wir die Jungen dieser Gepardin hier, und da sind sie. Wussten Sie, dass sie diese weisse Zeichnung auf dem Rücken haben? Damit sehen sie wie Honigdachse aus, eine Tierart, vor der sich jedes Raubtier hütet.«

»Das ist erstaunlich«, sagte Evan. Er hielt mit Fotografieren inne, um sich am Anblick zu erfreuen. Der Gepard wich etwas ab und überquerte die Strasse ungefähr dreissig Meter vor ihrem Land Rover. Mia liess den Motor an und fuhr langsam vorwärts, so dass ihre Gäste die Katzen aus nächster Nähe sehen konnten.

Zwei der Jungtiere blieben stehen, drehten sich um und schauten zum Fahrzeug zurück. Evan liess wieder seine Kamera klicken. Mia blickte über die Schulter und sah, dass Tony weder eine Kamera noch sein Handy gezückt hatte. Er schien sich einfach mit der majestätischen Schönheit der Gepardenmutter und den niedlichen Possen ihrer Jungen zufrieden zu geben. Die beiden neugierigen Jungtiere begannen einen Scheinkampf miteinander.

»Wunderbar«, bemerkte Tony. »Mia, ich weiss, dass Ihr Vater durch seinen Job als Ranger den Busch liebte. Das habe ich in Angola in ihm gesehen. Shirley, die Managerin der Lodge, hat mir beim

Einchecken erzählt, Sie seien eine Meisterin im Spurenlesen und ich bin sicher, Frank wäre sehr stolz auf Sie.«

Mia strahlte. »Danke, Herr Ferri.«

»Tony.«

»Danke, Tony.«

Die Gepardenmutter gab ein hohes, zirpendes Geräusch von sich, das fast wie ein Vogelruf klang, dann lief sie über eine weitere Sanddüne davon und ihre Jungen huschten hinter ihr her. Mia blieb, bis die letzte Katze verschwunden war und Evan seine Kamera schliesslich senkte.

»Leute, wenn ihr bereit seid, fahren wir weiter.«

»Von mir aus«, stimmte Tony zu.

»Das war grossartig, danke, Mia. Was für ein toller Start unserer Ausfahrt«, lobte Evan.

Bevor sie den Motor startete, drehte sich Mia um und sah den beiden, einem nach dem anderen, richtig in die Augen. »Möchtet ihr jetzt zur Stelle gehen, wo ich Luiz gefunden habe?«

Sie sahen sich an und nickten. »Ja, bitte«, antwortete Tony. Die beiden Männer schienen die Begegnung mit der Gepardin und ihrer Jungen wirklich genossen zu haben. Mia fand es schade, die Stimmung wieder der traurigen Realität anzupassen, aber ihre Gäste hatten darum gebeten, zum ›Sundowner‹-Baum zu gehen, was schliesslich mit dem Grund ihres Besuchs zu tun hatte. Mia fuhr weiter, hielt aber einmal kurz an, um ihnen einen Einfarb-Schlangenadler zu zeigen.

Der Vogel stand kerzengerade, wie ein Soldat auf dem Exerzierplatz, auf der Spitze eines Dornenbaums und überblickte sein Revier auf der Suche nach Beute. Als sie ankamen, stand die Sonne schon tief und tauchte die Rinde des Sundowner-Baums in ein sanftes Orangebraun. Mia schaltete den Motor aus.

Stille legte sich wie eine Decke über sie und schien jeden von ihnen daran zu hindern, zu sprechen oder sich im Land Rover zu bewegen.

Schliesslich sagte Evan: »Gut, lass es uns tun.«

· · ·

MIA FAND ES BEMERKENSWERT, dass der Geschäftsmann und nicht der ehemalige Armeeoffizier und mögliche angehende Präsident des Landes den ersten Schritt getan hatte.

»Ja«, sagte Tony.

Die Federn des Fahrzeugs knarrten, als sie hinunterkletterten. Mia suchte die Landschaft ab, hielt Ausschau und lauschte auf die verräterische Zeichen der Anwesenheit von Raubtieren – das Zucken eines Ohrs oder Schwanzes, den Alarmruf eines Vogels. Die morgendliche Begegnung mit dem Leoparden war ihr noch sehr frisch in Erinnerung. Doch selbst Mutter Natur schien den Atem anzuhalten.

Mia öffnete ihre Tür, stieg aus und schloss zu den Männern, die auf den grossen Baum zusteuerten, auf. Sie zeigte auf eine Stelle auf freiem Feld, die etwa zehn Meter entfernt war. »Ich habe ihn dort gefunden.«

Evan sah in die Richtung, in die sie zeigte, aber Tony blickte immer noch in eine andere Richtung, in die Wüste. Trotzdem begann er in die Richtung zu gehen, die Mia gerade angegeben hatte.

»Es ist, als könne ich ihn hier immer noch spüren«, sagte Tony.

»Können wir dorthin gehen und dort stehen?«, fragte Evan.

»Sicher«, sagte Mia.

Tony ging vor ihnen her, als ob ihn Luiz' Geist an diesen Ort ziehe. Er sah sich um, dann auf den Boden. Der Wind, die Sonne und der hungrige Sand hatten bereits alle Spuren von Luiz' grausamem Tod verwischt.

»Haben Sie ihn gefunden?« fragte Evan. Sie nickte und schloss die Augen.

Tony nickte. »Ich fürchte, wir haben den Tod alle zu oft gesehen. Bei Männern, die durch Waffen getötet wurden.«

Mia erinnerte sich an die Geier und die Hyänen, die Teile von Luiz' Leiche gefressen hatten. Davon sagte sie Ihren beiden Gästen gegenüber nichts.

»Das muss sehr schwierig für Sie gewesen sein«, bemerkte Evan.

Mia schauderte ein wenig. »Ich habe es gemeldet, aber für Shirley, seine Nichte, die ihn offiziell identifizieren musste, war es bestimmt noch schlimmer.«

»Die arme Frau«, sagte Evan, »musste so etwas Schreckliches sehen und einen Verwandten auf diese Weise identifizieren.«

»Ich erinnere mich, dass Luiz ein ›Flechas‹-Tattoo hatte«, sagte Tony. »Das war seine portugiesische Einheit, die ›Pfeile‹. Wisst ihr, dass die verschiedenen Widerstandsbewegungen in Angola fast zerschlagen waren, bevor Portugal 1975 alle seine Kolonien aufgab?«

»Sie haben nicht damit gerechnet, dass der Kalte Krieg ausbrechen oder dass Russland und Kuba sich in dem Masse engagieren würden, wie sie es, nachdem sie ihnen das Bein gestellt hatten, taten«, erklärte Evan.

Tony nickte. »Es hat keinen Sinn, die Geschichte umzuschreiben oder alte Kriege wieder aufleben zu lassen.«

»Luiz war mutig wie ein Löwe«, bemerkte Evan zu Mia.

Sie starrte zuerst auf die Stelle, an der er gestorben war und danach hinaus in die endlose Wüste. »Ich wünschte, ich hätte ihn besser kennengelernt und dass er sich mir geöffnet hätte.«

»Er war immer ruhig«, sagte Tony. »Colonel de Villiers erzählte mir, viele von Luiz' Familie seien bei einem Massaker in Angola getötet worden. Nach dem Rückzug der Portugiesen wollten sich einige der einheimischen schwarzen Guerillas an den San, die gegen sie gekämpft hatten, rächen. Nach allem, was man hört, war es ein brutaler Konflikt, während dem auf beiden Seiten Gräueltaten begangen wurden.«

»Haben Sie ...?« Am liebsten hätte Mia die Frage, die ihr über die Lippen gekommen war, zurückgezogen.

Tony wandte sich ihr zu. »Wollen Sie fragen, ob ich irgendwelche Gräueltaten oder Kriegsverbrechen begangen habe, Mia?«

Sie schüttelte den Kopf. Das war es nicht. Sie wollte Tony fragen, ob er etwas Illegales beobachtet hatte.

»Nein«, fügte er schnell hinzu. »Und auch Ihr Vater oder sonst einer meiner Männer nicht. Frank war hart und konnte seinen Vorgesetzten auf die Nerven gehen, aber er war kein Kriegsverbrecher. Was er aber alles gesehen hat, kann ich nicht sagen.«

Sie bemerkte, dass Tony den Trick des Politikers angewandt und ihre Frage in eine Richtung gelenkt hatte, die ihm passte, anstatt wahrheitsgemäss antworten zu müssen. Mia meinte, nicht das Recht zu haben, diese Frage zu stellen.

»Krieg ist brutal«, sagte Evan. »Ich glaube, jeder von uns hat Dinge gesehen oder gehört, die er lieber nicht erlebt hätte. Für mich war der Kampf vor allem verwirrend und hektisch, aber im Gegensatz zu Tony hatte ich nicht das Kommando. Ich musste einfach tun, was mir befohlen wurde.«

Mia dachte, wenn sie nach Luiz frage, sei sie auf der sicheren Seite. Sie wollte zu verstehen versuchen, warum er sich umgebracht hatte. »Und was ist mit Luiz? Tony, Sie haben gesagt, im Krieg in Angola seien auf beiden Seiten Gräueltaten begangen worden?«

»Wollen Sie das wirklich wissen, Mia?«

»Ja«, sagte sie.

Er seufzte. »Einiges davon mag Prahlerei oder ein Gerücht sein, aber es gab Geschichten, dass die ›Flechas‹ den Leichen während der portugiesischen Kolonialzeit die Ohren abgeschnitten hätten. Ausserdem gab die Geschichte von einem Flecha, der einem Guerilla-Kämpfer bei lebendigem Leib das Herz herausgeschnitten und einen Bissen davon genommen haben soll, während es noch schlug.«

Mia wurde übel. Wenn die San-Soldaten Leichen verstümmelt hatten, welche Folgen hatte das auf sie? Konnte Luiz nicht mehr mit der Erinnerung an etwas leben, was er getan hatte? »Was ist mit Luiz?«, wiederholte sie. »Haben Sie je gesehen, dass er etwas Unrechtes getan hat?«

Tony schaute sie ohne ein Lächeln im Gesicht an. Nun hatte sie es doch getan, erkannte sie. Sie hatte ihn zu einer direkten Antwort auf ihre halbfertige Frage gedrängt.

Der Politiker sprach langsam und bedächtig. »Nein, ich habe Luiz nie ein Kriegsverbrechen begehen sehen.«

Unfähig, seinem Blick standzuhalten, blickte Mia zu Evan. Dieser sah Tony von der Seite an, und Mia fragte sich, was Evan dachte. Wusste oder glaubte er, dass der mögliche zukünftige Führer der

Nation log? Mia hatte in den Nachrichten über Tony gelesen und sich sehr gewünscht, ihn zu mögen. Sie war erstaunt, wie gut er in natura aussah. War er zu attraktiv, um wahr zu sein?

»Aber hat Luiz etwas getan, was nicht den militärischen Vorschriften entspricht?«, fuhr Tony fort. Mia wandte ihren Blick wieder ihm zu. Tony nickte. »Ja, Mia, ich kann mir gut vorstellen, dass er oder vielleicht sein Bruder so etwas getan hat. Auch wenn uns nur wenige Jahre trennen, kamen sie aus einer Zeit und einer Kultur, die sich von der unseren unterscheidet. Die Welt erinnert sich an die Brutalität der Apartheidsjahre, aber nur wenige Menschen bedenken, mit welch eiserner Faust Länder wie Portugal, Belgien und Deutschland in ihren afrikanischen Kolonien herrschten. Wir alle haben auf die eine oder andere Weise Blut an unseren Händen, und durch Krieg und Verfolgung werden Menschen brutalisiert. Wie Evan gerade sagte, kann niemand von uns die Dinge, die wir gesehen oder gehört haben, ungeschehen machen. Alles, was ich Ihnen berichten kann, ist, was ich getan und was ich gesehen habe, und das kann ich Ihnen gern erzählen, wenn Sie möchten.«

»Es tut mir leid«, sagte Mia. »Ich versuchte eigentlich nur zu verstehen.«

Tony atmete hörbar aus. »Nach einem Kontakt traf ich Luiz über die Leiche eines toten angolanischen Soldaten gebeugt. Der Mann war verwundet worden, aber danach hatte man ihm in den Kopf geschossen. Seine Waffe, ein Panzerfaustwerfer, lag weit von ihm entfernt im Busch. Zu jenem Zeitpunkt dachte ich, Luiz hätte einen Gefangenen kaltblütig erschossen. Später meldete ich den Vorfall meinem Vorgesetzten, dem Sektorkommandanten, der mir sagte, ich solle da ich nicht Zeuge eines Verbrechens geworden sei, den Mund halten. Seitdem habe ich diese Geschichte niemandem mehr erzählt, Mia, ausser jetzt Ihnen.«

Mia war verblüfft. Sie hatte ihn mit seinen halben Antworten und den Irreführungen für einen ›typischen‹ Politiker gehalten, aber jetzt hatte er sich ihr gegenüber geöffnet und ihr etwas anvertraut, was er der Welt noch nicht erzählt hatte. »Ich danke Ihnen.«

»Menschenskind«, sagte Tony. »Das habe ich schon lange mit mir herumgetragen.«

»Wussten Sie, dass Luiz eine Waffe hatte?«, fragte Evan Mia.

Mia schüttelte den Kopf. »Ich hatte keine Ahnung, und Shirley auch nicht. Es war ein solcher Schock. Er schien so ein sanfter Mann zu sein und es ist erstaunlich, von seiner Vergangenheit zu hören. Aber wissen Sie, ich hätte auch nie gedacht, dass mein Vater sich umbringen könnte.«

»Frank schien immer so ... stark«, sagte Evan. »Er war wie der Klebstoff, der unseren Zug zusammenhielt. Er war knallhart, aber wenn man ein persönliches Problem hatte, konnte man zu ihm gehen, und er stand uns immer bei.«

»Der Verlust des Arbeitsplatzes war wirklich sehr schlimm für ihn«, sagte Mia, »aber ich hatte gehofft, er würde in einer der Safari-Lodges Arbeit finden. Ich glaube nicht, dass er sich gut als Safariführer geeignet hätte, aber mit dem, was ich heute über die Branche weiss, schätze ich, er wäre ein grossartiger Wartungs- oder Betriebsleiter gewesen. Er hatte viele Fähigkeiten, und der Busch war sein wahres Zuhause.«

»Manchmal schleicht sich das Schlimme später ins Leben zurück«, sagte Tony. »Man redet sich ein, es gehe einem gut und man habe alles hinter sich gelassen. Wenn man aber älter und reifer wird, und über die Dinge nachdenkt, die man im Leben getan hat, kommen genau die Dinge, die man mit Arbeit oder Alkohol oder was auch immer zu verdrängen versucht hat, zurück, und verfolgen einen.«

»Glauben Sie, das sei mit meinem Vater und mit Luiz passiert?«, fragte Mia.

Tony starrte nur schweigend über die Wüste, wo die Sonne sich auf die Dünen senkte. Mia fragte sich, ob es ihm auch so ging.

15

Adam genoss es, wieder hinter dem Steuer eines Autos zu sitzen: Die Geschwindigkeit, das kaum hörbare Brummen des Motors und das Gefühl, vorwärtszukommen.

Sannie war wieder eingeschlafen. Ihr Mund war halb geöffnet, und obwohl dieser Anblick nicht schmeichelhaft war, lächelte Adam. Eine Autofahrt mit einer schönen Frau, die sich sicher genug fühlte, um zu schlafen, während er fuhr, versetzte ihn in eine andere Zeit.

Er erinnerte sich an Familienurlaube in seinem früheren Leben. Es war in gewisser Weise eine Illusion von Glück gewesen. Das Gift, das seine Beziehung tötete, hatte schon bevor er seine Frau kennenlernte, in ihm gesteckt. Er war sich dessen aber nicht bewusst gewesen, als er zurück an die Universität ging und sich einredete, die Armee, Angola und den Krieg hinter sich lassen zu können.

Sannie wachte auf. »Wo sind wir?«

»Noch etwa eine Stunde ausserhalb von Kuruman.« Die Sonne ging gerade unter und der Himmel färbte sich rosa.

»Ich kann mich nicht erinnern, wann ich das letzte Mal eine längere Reise gemacht habe. Es fühlt sich an wie Urlaub, jedenfalls beinahe.«

»Sie lesen meine Gedanken«, sagte er, blickte zu ihr hinüber und lächelte, um den Schmerz zu verbergen. »Ich habe eben daran gedacht, wie glücklich ich zu sein schien.«

»Schien?«

»Sie sind scharfsinnig«, sagte er. »Ich glaube, ich habe mit glücklichen Familien und mit dem Leben gespielt. Ich heiratete ein Mädchen, mit dem ich vor der Armee, seit ich siebzehn war, ausging, einfach weil mir dies richtig erschien. Und aus demselben Grund bekamen wir Kinder. Wir waren sehr unterschiedliche Menschen und die Armee hatte mich zusätzlich verändert.«

»Sie haben nach der Armee studiert?«

»Ja. Und selbst als wir Heiratspläne schmiedeten und unsere Familien glücklich darüber waren, wusste ich, dass ich mit dem Gehalt eines Meeresbiologen nie eine Familie ernähren konnte. Ich habe mein Studium vernachlässigt und zu viel getrunken.«

»Es tut mir leid, das zu hören.«

Er schüttelte den Kopf. »Nein, wenn ich zurückblicke, sehe ich, welch wilde Zeit ich hatte und dass ich sie genossen habe. Aber ich glaube, ich bin weggelaufen, habe mich versteckt oder beides. Komischerweise rannte ich in Richtung Stabilität, eine Frau, Kinder und einen Job. Okay, es war ein guter Job, der Spass machte. Ich habe ein Tauchgeschäft geführt und war die ganze Zeit auf dem Wasser, aber es war nicht das, was ich vor der Armee hatte machen wollen.«

»Ich habe von Menschen mit PTBS gehört, die das perfekt im Griff haben«, sagte Sannie. »Anstatt zu trinken oder Drogen zu nehmen oder sich zurückzuziehen oder was auch immer, setzen sie ihre ganze Energie und ihre Ängste dafür ein, vollendete Profis zu werden. Sie nutzen ihre Arbeit, um ihren Problemen zu entkommen.«

»Aber es ist ein gutes Gefühl, wegzufahren«, sagte er und wechselte damit das Thema.

Sie sah ihn an, lächelte und ihm wurde warm ums Herz. »Ja. Das ist es wirklich.«

Adam hatte den fast unkontrollierbaren Drang, die Hand auszustrecken und sie zu berühren, einfach nur, um seine Hand auf ihr zu haben und eine Art von Verbindung zwischen ihnen zu spüren. Im nächsten Moment wusste er jedoch, dass ein solcher Schritt nicht nur unangebracht, sondern auch Zeitverschwendung wäre.

Da war er nun und eine Witwe nahm ihn per Anhalter quer durch Südafrika mit, um zu einer Beerdigung zu fahren. Er hatte kaum genug Geld, um sein Versprechen einzulösen, die Hälfte des Benzins zu bezahlen, geschweige denn, um sie zum Essen auszuführen, ihr den Hof zu machen oder für sie zu sorgen. In einem anderen Jahrhundert hätte man seine Aussichten als nicht existent bezeichnet. Falls es ihm jedoch gelänge, die Renovierung des Hauses abzuschliessen und es zu verkaufen, hätte er vielleicht genug Kapital, um wieder ein kleines Unternehmen zu gründen.

Falls.

Er hatte sich selbst etwas vorgemacht. Wenn er nicht so dumm gewesen wäre und es nicht so eilig gehabt hätte, das Geschäft mit dem Haus, das er kaufen wollte, abzuschliessen, hätte er nicht sein ganzes Geld an die nigerianischen Betrüger verloren, sondern sich, ohne Geld zu verlieren, sein Studium finanzieren können. Wenn er sich die Zeit genommen hätte, den Anwalt anzurufen, anstatt das Geld einfach nur zu überweisen, könnte er jetzt in einer grossartigen Wohnung leben. Das Haus seiner Eltern wäre vollständig renoviert und verkauft worden, so dass er Geld zum Leben hätte und den Kindern, wenn sie ihn besuchen wollten, Flugtickets bezahlen könnte. Wenn er nicht so ein Versager wäre.

Sie kamen in Kuruman an, und Sannies Navi wies ihnen den Weg zur Unterkunft, die sie erwähnt hatte. Sie gingen zum Empfang. »Zwei Zimmer, bitte«, sagte Sannie.

»Ja«, sagte der ältere Inhaber. »Meine Frau sagte, Sie hätten das so angegeben. Frühstück gibt es von sieben bis neun Uhr morgens.«

»Danke«, sagte Sannie. Sie holten ihre Taschen aus dem Auto und trugen sie auf ihre Zimmer. »Hier gibt es kein Abendessen, also dachte ich an das ›Spur‹?«

»Ähm, ja, von mir aus«, antwortete Adam und fragte sich, was er sich, ohne wie ein Geizhals oder ein Bettler auszusehen, mit seinem Budget leisten könnte. »In einer halben Stunde?«

»Hört sich gut an«, sagte sie, »ich gehe nur schnell unter die Dusche.«

Als sie sich wieder trafen, hatte sich Sannie nicht nur frischgemacht, sondern auch umgezogen. Sie trug eine Jeans und ein leichtes, langärmliges rosa Oberteil und hatte ihr Haar zurückgebunden. Sie roch gut und er nahm einen Hauch von Parfüm wahr.

Sie fuhren die kurze Strecke zum Einkaufszentrum und gingen ins ›Del Rio Spur‹. Das Restaurant mit seiner Wildwest-Ausstattung sah so vertraut aus, wie jedes der mehr als dreihundert anderen Steakhäuser dieser Kette in ganz Südafrika. Eine Kellnerin führte sie zu einem Tisch und fragte nach ihrer Getränkebestellung.

»Können Sie bitte die Weinkarte bringen?«, bat Sannie.

Als die Kellnerin diese holte, legte Sannie ihre Hände auf den Tisch und beugte sich zu Adam. »Ich habe einen geschäftlichen Vorschlag für Sie.«

Das machte ihn nervös, überlegte er doch noch immer, was er mit dem Abendessen anfangen sollte. »Ich bin ganz Ohr.«

»Welches Haus ich auch immer kaufe, es muss auf jeden Fall renoviert werden. An den ganzen Maler- und Renovierungsarbeiten, die Sie beim Haus Ihrer Eltern machen, sehe ich, dass Sie handwerklich sehr geschickt sind.«

»Ich mag die Arbeit und das war schon immer so.«

»Nun«, sagte Sannie, »ich schlage Ihnen ein Geschäft vor. Ich bezahle das Abendessen und den Sprit für die Reise, wenn Sie sich dafür bereit erklären, mir in meinem Zuhause drei Tage Ihrer Zeit zu opfern, um etwas zu arbeiten. Oder den Rasen zu mähen oder was auch immer.«

Er schlug die Hände zusammen. »Nein.«

»Oh.« Sie sah niedergeschlagen aus, dann runzelte sie die Stirn. »Falls das eine männliche Ego-Sache ist, dann ...«

Adam grinste. »Lassen Sie uns sieben Tage daraus machen und es wird mir ein Vergnügen sein.«

Sannie sah erleichtert aus. »Ich könnte mit Ihnen verhandeln, aber ich arbeite Vollzeit, und das Gehalt einer Polizeikommissarin ist nicht sehr hoch, also nehme ich widerwillig an.«

Adam streckte die rechte Hand aus, sie nahm und schüttelten sie. Er hätte sie am liebsten nicht mehr losgelassen.

Sannie zog ihre Hand nicht weg, sondern sass nur da, hielt seine und lächelte.

Die Kellnerin kam zurück und Adam räusperte sich. »Da ich das hier im Schweisse meines Angesichts bezahle, nehme ich ein Castle Lite, vom Fass, bitte.«

Sannie überflog schnell die Liste. »Würden Sie eine Flasche Rotwein mit mir teilen?«

»Mit Vergnügen«, sagte Adam.

Sannie bestellte eine Flasche Beyerskloof Pinotage und Adam bemerkte dazu, dass dies einer seiner Lieblingsweine sei.

Auf Sannies Drängen hin bestellten beide sowohl eine Vorspeise als auch ein Hauptgericht. Das Essen im Spur war keine gehobene Küche, aber Adam schloss verzückt die Augen, als er die gebratenen Calamari und ein perfekt auf den Punkt gebratenes Filetsteak verschlang.

»Sieht aus, als hätten Sie das genossen.«

»Ich kann mich nicht erinnern, wann ich das letzte Mal Filet gegessen habe.« Der Gedanke an früher hätte ihn hinunterziehen können, doch er erinnerte sich an den Rat seines Psychiaters, im Moment zu leben und nicht in die Vergangenheit zu verfallen. »Danke.«

»Danke für all die Arbeit, die Sie für mich tun werden.« Sannie nickte auf die Weinflasche. »Ich möchte den Rest davon nicht austrinken. Es wäre für eine Polizistin nicht gut, wegen Trunkenheit am Steuer erwischt zu werden. Wenn Sie wollen, können Sie ihn austrinken.«

»Wir sollten ihn mitnehmen«, schlug Adam vor.

»Gute Idee.«

Sannie bezahlte und obwohl Adam sich ein wenig unter Druck fühlte, bewunderte er die Art und Weise, wie sie ihm durch ihr Arbeitsangebot eine Möglichkeit gegeben hatte, sein Gesicht zu wahren. Sie war freundlich und rücksichtsvoll und als er ihr nach draussen folgte, fand er, in ihren Röhrenjeans sehe sie grossartig aus.

Sie fuhren zu ihrer Pension zurück und gingen auf ihre Zimmer, bevor sie sich draussen am kleinen Tisch und den Stühlen vor Sannies Zimmer wieder trafen. Beide brachten ein Glas mit und Adam schenkte ihnen ein. Der Himmel war klar, die Luft wurde kühl und die Sterne begannen zu funkeln.

»Nochmals vielen Dank«, sagte Adam.

Sie winkte seine Dankbarkeit ab. »Es ist mir ein Vergnügen, die Reise ist für mich viel angenehmer, als allein durchs Land zu fahren.«

»Und für mich viel besser als eine Busfahrt.«

Sie hob ihr Glas. »Darauf stossen wir an.«

Adam sah ihr in die Augen, während sie mit den Gläsern anstiessen und beschlossen, sich nun zu duzen. Er arbeitete täglich an seiner Dissertation, war auf dem Wasser und forschte, bewachte beim Einkaufszentrum Autos oder hämmerte, schleifte, strich und sägte am Haus. Er wusste, dass er seine Dämonen in gewisser Weise mit harter Arbeit erstickte, wie Sannie es erwähnt hatte, aber gleichzeitig liess ihm dies auch wenig Zeit, über Frauen oder die Liebe nachzudenken. Jetzt hatte er nicht nur gut gegessen, sondern hatte auch Zeit.

Er fragte sich, wie sich ihre Lippen auf seinen anfühlen würden. Sie tranken ihren Wein in kameradschaftlichem Schweigen, das nur durch ein kurzes Gespräch darüber unterbrochen wurde, wie schön der Mond aussah. Er fragte sich, was sie wohl gerade dachte.

Sannie trank ihren Wein aus und stand auf. »Es war ein langer Tag.« Adam stand ebenfalls auf, aber sie machte keine Anstalten, zu gehen.

Er hätte sie gern geküsst, wollte aber gleichzeitig nichts tun, was die Sache verderben könnte. Er streckte seine Hand aus. »Gute Nacht, Mitfahrerin.«

»Gute Nacht, Nutsman.«

Er lachte über das Afrikaans-Wort für einen guten Handwerker. Sie schüttelten sich die Hände und verweilten, wie schon zuvor, ein paar Sekunden länger als nötig so.

»Gute Nacht, Adam«, sagte sie dieses Mal.

»Gute Nacht, Sannie.«

Sie liessen sich los und gingen zu ihren Türen. Während sie sie öffnete, wartete er und als sie in ihr Zimmer trat, schaute sie über ihre Schulter zu ihm. Kurz bevor sie die Tür schloss, lächelte sie.

ENTGEGEN DEN REGELN der Dune Lodge verliess Tony kurz nach neun seine Suite.

Eigentlich durften die Gäste nach Einbruch der Dunkelheit ihre Unterkunft nur in Begleitung ihres Führers oder von jemand der Sicherheitsleute der Lodge verlassen, denn die Lodge war nicht eingezäunt und immer wieder wurden in der Nähe Löwen und Leoparden gesehen.

In der Dunkelheit hielt Tony inne und blickte nach oben. In Angola, im Busch, waren die Sterne manchmal das Einzige gewesen, was ihm Halt gegeben hatte. Er stellte sich vor, wie er zu Hause in Südafrika mit einem Mädchen an seiner Seite auf dem Rücken lag, oder wie er als Kind staunend in den Nachthimmel geblickt hatte. Die Sterne erinnerten ihn an seine Unschuld, aber jetzt, als er sich durch die kühle Nacht zu Lisas Zimmer aufmachte, fühlte er sich schuldig. Sie wartete schon auf ihn und öffnete die Tür noch bevor er die Treppe zu ihrem permanenten Safarizelt erreicht hatte.

»Beeil dich«, zischte sie. »Es ist eiskalt draussen.«

Er sprang die Treppe hinauf, in ihr Zimmer und in ihre Arme. Sie küssten sich und sie begann, ihn langsam zu entkleiden.

»Können wir nicht einfach reden?«

»Nur?«, schimpfte sie.

»Jedenfalls fürs Erste.« Er löste sich von ihr und setzte sich in der Ecke ihres Zeltes auf einen Stuhl. Lisa liess sich auf ihr Bett fallen. Ihr Haar war zerzaust und die obersten Knöpfe ihres Oberteils bereits geöffnet. Sie war barfuss, sexy, bereit.

Er holte tief Luft. »Ich war heute am Ort, an dem Luiz gestorben ist.«

»Es tut mir leid, mein Schatz«, sagte sie. »Es muss für dich schlimm sein.«

Er fuhr sich mit der Hand durch die Haare. »Ich habe etwas zu der Safariführerin gesagt, das ich später bereut habe. Die Worte sprudelten aus mir heraus, als hätte man mich niedergestochen und sie bluteten aus mir heraus.«

Sie lehnte sich nach vorne, stützte die Ellbogen auf die Knie und sah ihn prüfend an. »Was hast du ihr gesagt? Erzähl es mir, Tony, ich mag Überraschungen nicht.«

Er hielt eine Hand hoch. »Deshalb spreche ich ja mit dir, anstatt einfach gerade mit dir zu schlafen. Als meine Wahlkampfmanagerin musst du das wissen.«

»Und als deine Freundin, Tony, deine Geliebte.«

»Okay, ja, danke. Ich erzählte ihr, dass ich Luiz eines Tages im Busch bei einem toten Angolaner antraf. Ich bin mir ziemlich sicher, dass er ihn kaltblütig hingerichtet hat.«

»Es war Krieg, Tony. Aber davon höre ich ja zum ersten Mal.«

»Ich habe nie jemandem etwas davon erzählt. Damals wurde mir gesagt, ich solle es vergessen, und da ich nicht gesehen hätte, dass Luiz den Abzug betätigte, lohne es sich nicht, der Sache nachzugehen. Es sind schlimme Sachen passiert, aber das geschah zu einer Zeit, als andere Dinge vor sich gingen.«

»Was für andere Dinge?«

Er winkte mit der Hand. »Nichts allzu Schlimmes. Aber jetzt fällt mir alles wieder ein. Es bringt mich durcheinander. Wenn ich selbst kein Kriegsverbrechen begangen habe, ist es dann genauso schlimm, dass ich einem, von dem ich weiss, den Rücken zugewendet habe, Lisa? Was würden die Medien aus der Geschichte, die ich Mia heute erzählt habe, machen? Was, wenn sie es durchsickern lässt?«

Sie stand auf, kam zu ihm und als sie sich vorbeugte und ihn küsste, umrahmte ihr Haar sein Gesicht. Er roch ihr Shampoo, was normalerweise reichte, um ihn zu erregen.

Lisa setzte sich auf seinen Schoss und strich ihm mit einem Finger über die Wange. »Das wird sie nicht. Ich sah, wie aufgeregt sie war, dich zu treffen, einen Mann, der mit ihrem Vater zusammen gedient hat. Wahrscheinlich verehrt sie dich.«

»Ihr Vater war ein respektloser, frecher kleiner Scheisser. Er stellte meine Befehle immer in Frage und war der Meinung, niemand könne ihm sagen, wie er zu kämpfen oder was er zu tun habe. Er war erfahren, aber auch arrogant.«

Sie lehnte sich zurück. »Ich glaube, ich habe dich noch nie so bissig über jemand anderen als den Präsidenten reden hören. Dieser Kerl hat dich wirklich geärgert, was?«

Er holte tief Luft, um sich zu beruhigen. »Ich bin ein Politiker und kann niemanden schlecht machen, ausser die Regierung natürlich. Frank Greenaway hatte es seit ich den Zug übernahm auf mich abgesehen. Jeder denkt, die Armee sei eine grosse, glückliche Familie, in der alle an einem Strang ziehen. Wenn man aber einen Haufen Alphamännchen in einer stressigen Umgebung auf engstem Raum zusammenpfercht, ist das, als zünde man in einer Sprengstofffabrik ein Streichholz an. Ein einziges Mal ...«

Tony wurde bewusst, dass er für einen Tag genug über die Vergangenheit gesprochen hatte. Warum hatte er das Bedürfnis, sich ausgerechnet bei Franks Tochter auszusprechen?

»Einmal, was?«, nahm Lisa den Faden auf. »Was ist zwischen dir und diesem Kerl Greenaway passiert?«

ANGOLA, 1987

TONY HÖRTE, dass sich hinter ihm Schritte näherten. Er und die beiden Buschmänner folgten immer noch den Spuren des Mannes, der die Absturzstelle allein verlassen hatte. Als Tony sich umdrehte, sah er Frank Greenaway. Als er das vielfach wiederholte Knirschen der Mörser, die ihre Rohre verliessen, hörte, legte Tony den Kopf schief.

»Was zum Teufel machen Sie?«, wollte Greenaway wissen.

»Glauben Sie, der Kerl mit den FAPLA-Stiefeln ist einer von uns? Was verschweigen Sie?«

Als die drei Mörserbomben detonierten, zuckte Tony zusammen. Es hörte sich an, als landeten sie in der Nähe oder sogar auf dem Wrack des Bosbok-Flugzeugs, das sie gerade verlassen hatten.

»Wir haben unsere Befehle«, sagte Tony zum Sergeant. »Sie kennen sie genauso gut wie ich. Ich habe Litis gesagt, er solle euch sagen, ihr sollt an Ort und Stelle bleiben. Sie haben sich meinem Befehl widersetzt.«

Greenaway schaute Tony kurz an, sagte aber nichts. Rossouw folgte mit seinem Funkgerät direkt hinter Greenaway und der Rest der Gruppe holte sie ein.

»Nicht schiessen, wir sind's.« Evan tauchte, gefolgt von Krüger, aus dem Busch auf.

Tony war wütend. Er blickte Greenaway und dann Evan an.

»Ich habe Ihnen gesagt, Sie sollen meine Rückkehr und die der Buschmänner warten.«

Frank streckte sein Kinn vor. »Es ist dumm, eine kleine Patrouille auf diese Weise zu teilen.«

»Dumm ... Wenn wir zurückkommen, klage ich Sie an.«

»Ich bin lieber in der Zelle, als mit Leuten hier draussen, die nicht wissen, was sie tun.«

Tony spürte, dass sein Körper zitterte. Er hätte gern ausgeholt und den Sergeant geschlagen, wusste aber, dass das ein Eingeständnis dafür wäre, völlig die Kontrolle verloren zu haben. Ausserdem hätte ihn Greenaway, wenn es zu einem Kampf käme, wahrscheinlich mit blossen Händen umgebracht. Die anderen standen wie schmutzige, verschwitzte Schuljungen, die auf einen Kampf auf dem Schulhof warteten, dabei und sahen zu.

»Hören Sie ...« Greenaway holte tief Luft. »Sir, bei allem Respekt, ich hielt es für unsicher, auf Sie und die anderen zu warten. In der Nähe hat jemand ein zweiundachtzig-Millimeter-Mörsergeschütz in Stellung gebracht. Sie suchen nach uns.«

»Ich habe es gehört«, sagte Tony kalt und gewann die Kontrolle zurück. »In Ordnung, Sie können vorerst bei uns bleiben.«

»Nach wem suchen wir?«, wollte Greenaway wissen.

»Nach dem anderen Mitglied der Bosbok-Besatzung.«

»Wie ich den Jungs schon sagte, ist auf diesem Ding eine Ein-Mann-Crew. Also suchen Sie einen Passagier, kein Besatzungsmitglied.«

»Sergeant Greenaway, man hat Ihnen gesagt, was Sie wissen müssen. Und um die Wahrheit zu sagen, ist es mir egal, ob Sie mit uns kommen, nach Südwestafrika zurückgehen oder im Busch sitzen und sich umbringen lassen, aber wir verfolgen diesen Mann und ich habe das Kommando über diese Patrouille. Wenn ich von Ihnen etwas anderes höre als ›Ja, Sir‹, lasse ich Sie anklagen. Habe ich mich klar ausgedrückt?«

»Ja ... Sir.«

Tony machte auf dem Absatz kehrt und schritt davon, um die San-Fährtensucher einzuholen. Er machte sich nicht die Mühe, über die Schulter zu schauen, hörte aber, dass Greenaway die anderen hinter sich zusammenrief. Er brauchte sich vor einem Sergeant nicht zu rechtfertigen.

Luiz war stehen geblieben und Roberto kniete neben ihm. Tony ging zusammen mit dem Sanitäter, Lance Corporal Erasmus, zu ihnen nach vorn.

»Was ist los?«, fragte Tony.

»Luiz sagt, wir sind nah dran«, sagte Erasmus, »und er hat eine Blutspur entdeckt.«

»Vorher ein wenig Blut«, sagte Luiz. Er sprach selten und sehr wenig und Tony vermutete, das läge daran, dass sein Englisch nicht gut war. »Jetzt, schlimmer.«

Tony schaute in die Richtung, in die der Fährtenleser zeigte, und entdeckte, wo die Erde blutverschmiert war. »Wir müssen zu ihm, schnell.«

Ein pfeifendes Geräusch links von ihnen wurde von einer Explosion gefolgt, die den Boden erschütterte.

»Die Mörser kommen näher«, stellte Greenaway fest. »Da will uns jemand wirklich tot sehen.«

»Scheisse«, sagte Rossouw. Luiz war mittlerweile auf den Beinen und rannte mit Roberto im Schlepptau.

»Hier entlang«, rief Tony und wies den Buschmännern nach.

»Keine Einwände meinerseits«, sagte Greenaway. »Es ist weit weg von der Stelle, wo die Granate gerade gelandet ist.«

Wie um sie noch schneller voranzutreiben, detonierte in der Nähe der Ersten eine zweite Bombe.

»Kommt, wir gehen weiter«, sagte Tony, der endlich das Gefühl hatte, die Kontrolle zu haben. »Wir folgen Luiz und Roberto.« Ein Teil von ihm hätte gern getan, was Greenaway vorgeschlagen hatte: nämlich abhauen. Aber er hatte seine Befehle direkt vom Colonel.

Luiz bewegte sich in der Hocke, als ob er sich an Wild heranpirsche. Er wäre der Erste, der den Mann, den sie verfolgten, zu Gesicht bekäme, weshalb er wahrscheinlich ein möglichst kleines Ziel abgeben wollte.

Der Fährtenleser gab ein Handzeichen zu warten. Als Rassie die Lücke zwischen sich und Roberto schloss, nahm er sein Gewehr hoch. Tony hob ebenfalls die Hand, um Greenaway und die anderen zum Anhalten zu bewegen. Zum Glück gehorchte der Sergeant und wies Krüger und Litis leise an, sich nach aussen zu drehen, um ihre Flanken und Rücken zu schützen.

Tony ging zu Rassie, Luiz und Roberto.

»Hey!«, rief von vorne eine Stimme.

Tony sah einen Mann, der eine Pistole hob und erkannte, dass es seine eigene Bewegung gewesen sein musste, als er die Hand zum Stoppsignal hob, die den Verfolgten alarmiert hatte. Ein Schuss knallte und einen Meter von Tony entfernt schlug die Kugel in einen Baum.

Erasmus stand auf und fuchtelte mit seinem R4 über dem Kopf herum: »Verdammt, Waffe weg, wir sind Südafrikaner!«

Der Mann, den sie verfolgten, taumelte aus dem Busch und kam ins Blickfeld. Er trug eine südafrikanische Uniform in Nutria-Braun. In der rechten Hand hielt er seine Neun-Millimeter-Pistole und in der linken eine braune Ledertasche.

»Was zum Teufel trägt er da?«, fragte Greenaway. »Sein Gepäck?«

Tony schaute über die Schulter und sah, dass der Sergeant in seine Richtung blickte. »Greenaway, erledigen Sie einfach Ihren Job und passen Sie auf unsere Rückseite auf.«

Tony überholte Erasmus, Luiz und Roberto, eilte zum Verwundeten und nahm ihn am Arm. »Kommen Sie. Hier lang.« Er führte den Mann durch eine Baumgruppe, weg vom Rest der Patrouille. »Setzen Sie sich.«

Erasmus schnallte seine Sanitätstasche ab und folgte Tony in dessen Fussstapfen.

Der Mann war jung, wahrscheinlich ebenfalls ein Wehrpflichtiger, und trug die Abzeichen der Luftwaffe. Er trug nicht nur Stiefel des Feindes, sondern an seinem Gürtel auch ein Holster, in dem seine Pistole steckte, die wie eine russische Tokarev aussah. In der kurzen Zeit in Südwestafrika und Angola hatte Tony bereits gelernt, dass sich die Leute, die nicht an der Front waren, gerne so kleideten, als wären sie es. Nicht mit offizieller, sondern mitgestohlener Ausrüstung, die höchstwahrscheinlich von Kämpfern an der Front als Souvenir erbeutet worden waren.

»Flieger Duarte?«, fragte Tony.

Der Mann sah zu ihm auf. »Ja, Herr ....? Sie kennen meinen Namen?« Duarte wirkte benommen, wahrscheinlich weil er unter Schock stand. Sein Gesicht, das seiner Hautfarbe und seinem Namen nach zu urteilen, eigentlich olivfarben sein sollte, war totenblass und das Blut aus der Wunde in seiner linken Schulter hatte seine Uniform durchtränkt. Er hatte schwarzes Haar mit unregelmässigen Koteletten und dunkle, vor Angst blitzende Augen.

»Was ist mit Ihnen passiert?«, fragte Tony. Erasmus kniete sich neben ihn und öffnete seinen Erste-Hilfe-Kasten.

»Wir wurden kurz nach dem Start beschossen und stürzten ab. Der Pilot kam ums Leben. Ich konnte mich befreien, aber dann kam die FAPLA und ich rannte weg. Sie schossen auf mich, schienen aber mehr daran interessiert, den Bosbok zu durchsuchen, als mich zu verfolgen.«

Tony nahm einen Verband heraus, wickelte ihn aus und legte das dicke Wattekissen auf die Wunde in Duartes Seite. Er musste ihn am Reden halten.

»Sir«, sagte Erasmus. »Lassen Sie mich das machen.«

Ferri ignorierte den Sanitäter vorerst. Es war wichtig, dass er zuerst mit Duarte sprach. »Wie lautet Ihr Name? Ist er portugiesisch?«

»Ja, Sir.« Er zuckte zusammen, als Erasmus, der sich bereits hingekniet und an die Arbeit gemacht hatte, einen Teil seines Hemdes wegschnitt, um besser an die Wunde in seinem Oberkörper heranzukommen. Der Sanitäter löste Tony ab, entfernte die Reste von Duartes Hemd und den hastig angelegten Verband, ersetzte das Polster und machte sich dann daran, einen Verband um Duartes Körper zu wickeln.

Luiz kam herüber, hockte sich neben Erasmus, und beobachtete ihn, während er arbeitete. Roberto kauerte in der Nähe.

»Luiz, geh zu Sergeant Greenaway und den anderen«, wies Tony an, denn er wollte keine Zuhörer, während er den Flieger ausfragte.

Luiz blinzelte und schaute Tony an.

»Duarte, können Sie diesem Kerl auf Portugiesisch sagen, er solle zu Sergeant Greenaway gehen?«

Der Flieger schüttelte den Kopf. »Tut mir leid, Sir, ich spreche eigentlich kein Portugiesisch. Als ich meine Grundausbildung abgeschlossen hatte, fragte mich ein Offizier, ob Duarte ein portugiesischer Name sei. Ich bejahte, weil mein Vater Portugiese war, und sie haben mich dem Geheimdienst der Luftwaffe als Dolmetscher zugeteilt.«

»Ein Dolmetscher, der kein Portugiesisch kann? Dann haben sie Ihnen also eine Art Kurierjob gegeben?« Zweifellos hatte der Flieger gedacht, beim Geheimdienst habe er einen bequemen Job.

Duarte sah sich verstohlen um. »Ich darf nicht über meine Aufgabe sprechen, Sir. Mit niemandem.«

»Ich wurde darüber informiert, was Sie bei sich haben, Duarte, also machen Sie es nicht kompliziert.«

»Ja, Sir.«

Tony bemerkte, dass Duarte sich beim Hinsetzen die Ledertasche, die er bei sich trug, unter den Hintern geschoben hatte. Jetzt sass er, die linke Hand an seiner Seite, darauf.

»Heben Sie Ihren linken Arm hoch, damit ich den Verband festmachen kann«, wies Erasmus Duarte an.

»Das geht nicht.«

Duarte bewegte seine linke Hand und sowohl Tony als auch Erasmus sahen, dass die Tasche mit Handschellen an seinem Handgelenk befestigt war.

»Was zum Teufel ist das?« fragte Erasmus.

16

Mia war wie immer vor dem Morgengrauen aufgestanden. Sie machte sich auf den Weg zum Hauptgebäude der Lodge, wo sie sich in Shirleys Büro hinsetzte, um Tony, Lisa und Evan um fünf Uhr dreissig in ihren Suiten anzurufen und sie für die morgendliche Pirschfahrt zu wecken.

»Tut mir leid, Mia, mir geht's nicht gut. Ich fühle mich schrecklich und werde die Fahrt verpassen«, sagte Evan. »Es muss etwas gewesen sein, das ich gegessen habe, vielleicht das Hähnchen-Mayo-Sandwich am Flughafen, bevor wir abflogen.«

»Es tut mir sehr leid, das zu hören, Evan, das ist schade. Ich hoffe, es geht Ihnen bald besser. Sagen Sie bitte Shirley, unserer Managerin, Bescheid, wenn wir einen Arzt rufen sollen.«

»Ich bin sicher, dass es bald besser wird. Das Gröbste ist schon vorbei.«

»Passen Sie auf sich auf, Evan«, sagte Mia laut und beendete das Gespräch. 'Scheisse', sagte sie zu sich selbst. Wenn Evan sich in der Lodge eine Lebensmittelvergiftung zugezogen hatte und Julianne Clyde-Smith davon erfuhr, bräche die Hölle los. Und wenn ein Gast krank war, konnte es auch ein Zweiter sein.

»Guten Morgen, Lisa, hier ist Ihr Weckruf«, sagte Mia, als sie die nächste Nummer wählte. »Wie geht es Ihnen?«

»Mir geht's gut, aber es tut mir leid, ich werde nicht auf die Fahrt kommen. Tschüss.«

Tonys Wahlkampfleiterin legte auf und Mia fragte sich, was mit ihr los war. Es klang nicht, als sei sie krank, aber sie schien auch nicht glücklich.

»Guten Morgen, Tony«, begann Mia ihren letzten Anruf. »Morgen, Mia, ich bin auf dem Weg.«

»Sie haben noch eine halbe Stunde Zeit. Das ist nur ein Weckruf für Sie.«

»Ich bin ein gewohnheitsmässiger Frühaufsteher. Wir sehen uns in fünf Minuten.«

Der Politiker hielt Wort und Mia fand, er sehe so gut aus, als wäre er auf dem Weg zu einem Pressetermin. Er trug ein marineblaues Polohemd und eine dazu passende Jacke, eine leichte Hose und praktische, aber stilvolle, flache Wanderschuhe.

Er lächelte sie an. »Guten Morgen.«

»Guten Morgen, noch einmal. Möchten Sie einen Tee oder Kaffee, bevor wir losfahren? Wir haben Zwieback, Croissants und einige kleine Backwaren.«

»Sie haben doch sicher etwas für den Morgentee im Wagen, oder?«

»Natürlich«, bestätigte Mia. Offensichtlich kannte er die Safari-Routine bestens.

»Dann lassen Sie uns aufbrechen und mit der Wildtiersuche beginnen.«

»Ja, gern. Leider kommen die anderen nicht mit, schade. Evan geht es nicht gut.«

Tony nickte, als sie gemeinsam die Lodge verliessen und zum Wildbeobachtungsfahrzeug gingen. »Ja, er rief mich an und sagte es mir. Lisa ist ... nun ja, wie immer mit Arbeit eingedeckt.«

»Geht es ihr gut? Sie klang ein wenig – ich weiss nicht – gestresst?«

»Sie ist ein Workaholic, Mia. Ich mache mir Sorgen um sie, aber ohne sie wäre ich verloren.«

Sie kletterten in den Landrover. Mia setzte sich ans Funkgerät und teilte Shirley, die gerade in ihrem Büro angekommen war, mit, dass sie früher losfahren und die westliche Seite des Reservats erkunden würden.

Als Mia losfuhr, breitete Tony die Arme aus und lehnte sich zurück. »Ich kann Ihnen gar nicht sagen, wie gut es sich anfühlt, draussen in der Wildnis zu sein und, so ungern ich es auch sage, allein. Oder besser gesagt, nur mit Ihnen.«

»Nun, ich bin froh, dass Sie eine Pause geniessen können«, sagte Mia, »auch wenn Sie aus einem traurigen Anlass hier sind.«

»Ja, das haben Sie gut ausgedrückt, Mia. Luiz war ein guter Mensch und wir standen ihm alle nahe. Ich finde es schrecklich, dass er beschlossen hat, der einzige Weg, damit fertig zu werden, bestehe darin, sich umzubringen. Aber ich möchte mich an seine guten Dinge erinnern. Ich habe Ihnen zwar von meinem Verdacht gegen ihn erzählt, muss aber auch sagen, dass er viele von uns rettete, weil er den Feind fand, bevor dieser uns entdeckte.«

»Apropos«, Mia warf beim Fahren einen Blick über die Schulter, »ich möchte, dass Sie wissen, dass ich niemandem etwas davon erzähle.«

»Danke.« Er lachte ein wenig. »Ich muss sagen, dass Lisa sich Sorgen gemacht hat, Sie könnten die Geschichte, nachdem ich mich Ihnen anvertraut hatte, an die Medien verkaufen. Aber ich habe ihr gesagt, dass ich nicht glaube, dass Sie so ein Mensch sind.«

»Ich danke Ihnen. Ich habe allerdings eine persönliche Frage, wenn es Ihnen nichts ausmacht?«

»Schiessen Sie los«, sagte er, als sie auf eine Herde Springböcke trafen, die zu einer nahe gelegenen Wasserstelle unterwegs waren.

Mia hielt an und stellte den Motor ab. »Warum haben Sie mir das mit Luiz erzählt? Sie haben doch gesagt, Sie hätten es sonst niemandem erzählt.«

»Das ist wahr.«

»Nicht einmal Ihre Frau?«, fragte sie.

»Nein. Wir stehen uns nicht wirklich nahe, weder emotional noch – na ja, im Allgemeinen.«

»Oh. Es tut mir leid, dass ich so neugierig war. Wir dürfen als Safariführer eigentlich keine so persönlichen Fragen stellen, es sei denn, die Gäste erzählen freiwillig etwas über ihre Familie. Verzeihen Sie mir.«

»Es ist alles in Ordnung, machen Sie sich keine Sorgen. Ich schätze, Evan und ich fallen in eine etwas andere Kategorie als der normale Durchschnittsgast, denn wir haben eine persönliche Verbindung zu Ihnen und sind eigentlich nicht für einen Urlaub hier. Obwohl ich sagen muss, dass es sich fast wie ein Urlaub anfühlt, weil ich das hier so sehr geniesse – vor allem, weil ich mit einer sachkundigen, wunderbaren Person auf Safari bin.«

Mia wurde rot. »Danke.« Tony war alt genug, um ihr Vater zu sein, aber er war attraktiv, charmant und ehrlich – selbst wenn es darum ging, dass er sich mit ihrem Vater nicht verstanden hatte. Sie glaubte nicht, dass er versuchte, sie anzumachen, aber wahrscheinlich war er es in seinem Beruf einfach gewohnt, Fremden Komplimente zu machen, um sie für sich zu gewinnen. Trotzdem hatte er es getan, ohne dass es gekünstelt wirkte.

»Sie können mich alles fragen, Mia und wahrscheinlich habe ich jede Frage schon einmal gehört.«

Sie lachte. Sie wollte ihn unbedingt nach seiner Frau fragen, traute sich aber nicht, diese Grenze wieder zu überschreiten. »Was würden Sie anders machen, wenn, sagen wir, die Demokratische Allianz tatsächlich an die Regierung käme?«

»Das ist eine sehr gute Frage«, lobte er.

Mia fuhr wieder los und behielt ein gleichmässiges Tempo bei, wobei sie ihm aufmerksam zuhörte, aber immer in der Wüste nach Wild Ausschau hielt.

»Als Regierungschef«, fuhr er fort, »würde ich als Erstes mein Gehalt kürzen.«

»Wirklich?«

»Ja. Das wäre keine grosse Sache.« Mia lachte wieder.

»Ausserdem würde ich jegliche Vergünstigungen und übermässigen Staatsausgaben streichen. Es stimmt, dass einige Politiker in Südafrika, und wahrscheinlich auch einige der Leute, die wir gerne im Parlament sähen, keine wohlhabenden Privatpersonen sind. Wir müssten also sicherstellen, dass unsere Politiker ein anständiges Gehalt bekommen, aber gleichzeitig müssten sowohl sie wie auch die Wähler, vom Gedanken abkommen, Macht bringe Reichtum.«

»Dem stimme ich zu«, sagte Mia. »Ich habe in Hotels und sogar in Juliannes anderen Lodges politische Konferenzen erlebt und die Ausgaben und der Konsum sind geradezu obszön. Da gehören Hummer und Johnny Walker Blue Label unbedingt dazu.«

»Genau. Das und die Blaulichtbrigaden – weniger bedeutende Politiker, die in einer Kolonne teurer Autos fahren und die Bürger von der Strasse drängen. Ich würde auch verhindern, dass Politiker die jährliche Parlamentseröffnung als Modeschau nutzen, um ihre neuen Designerklamotten und den Klunker zu präsentieren. So etwas gehört in die korrupten Bananenrepubliken der Vergangenheit. Politiker müssen das sein, was man heutzutage ›dienstleistungsorientierte Führungspersonen‹ nennt. Sie sollten sich darauf besinnen, dass sie dazu da sind, das Los des Durchschnittsbürgers zu verbessern, und nicht, um sich an ihm zu bereichern oder ihren neu erworbenen Reichtum zur Schau zu stellen. Aber natürlich gibt es auf allen Seiten der Politik Leute, denen das nicht gefällt und die mir nicht zustimmen.«

»Aber die Bevölkerung würde es lieben«, sagte Mia.

»Ich würde den Mindestlohn anheben, was bei den Grossunternehmen nicht beliebt wäre, dafür aber einen Kompromiss mit den Gewerkschaften anstreben, mit dem Versprechen, dass es keine unnötigen Streiks gibt. Zusätzlich würde ich es ausländischen Unternehmen, die mehr Arbeitsplätze anbieten, leichter machen, in Südafrika zu investieren. Ausserdem würde ich eine wirklich unabhängige Antikorruptionsbehörde einrichten.«

»Klingt, als ob Sie sich genauso viele Feinde wie Freunde machen würden.« Sie sah ihn wieder an.

Tony lächelte und nickte. »Ich verrate Ihnen ein weiteres Geheimnis.«

»Sind Sie sicher, dass Sie mir vertrauen wollen?«

Er lachte. »Das habe ich bereits getan. Ich denke, ich hätte höchstens eine Amtszeit. Wahrscheinlich würden mich sogar einige in meiner eigenen Partei, die mich als bereits zu gemässigt und zu fortschrittlich ansehen, abwählen. Aber wenn ich einen wirklichen Wandel herbeiführen könnte, Mia – wenn ich es Politikern erschweren könnte, korrupt zu sein oder ihre Machtpositionen zu missbrauchen, und wenn ich mehr Arbeitsplätze schaffen könnte – dann würde mir das mehr als genügen.«

»Wow«, sagte sie. »Sie kämpfen sich an die Spitze, obwohl Sie wissen, dass Sie nur wenige Jahre haben?«

Er nickte. »Ja, denn das wäre es wert. Mein Leben war gut, aber ich bin in vielerlei Hinsicht unausgefüllt. Ich möchte bevor ich abgewählt werde in den Ruhestand gehen und mit jemand anderem, der etwas wirklich Sinnvolles tut, ein neues Leben beginnen. Ich würde mich gerne für den Schutz von Wildtieren engagieren.«

»Sie vertrauen mir wirklich alles an, nicht wahr?«

Mia sah ein Straussenpaar und als sie verlangsamte, bemerkte sie flauschige Bällchen zu deren Füssen. Sie hielt an. »Sehen Sie sich die Küken an.« Zwischen den beiden Elternvögeln liefen ein Dutzend oder mehr winzige Junge herum.

»Schön«, sagte Tony. »Und ja, ich habe Ihnen eine Menge erzählt. Ich habe das Gefühl, Sie seien eine vertrauenswürdige Person, Mia, und auch wenn Ihr Vater und ich nicht immer einer Meinung waren, war er ehrlich. Er hat gesagt, wie es ist und sich um die Männer unter seinem Kommando gekümmert. Als Soldat kann man sich nicht mehr wünschen.«

Mia spürte, wie ihr ein Kloss im Hals aufstieg. »Ich danke Ihnen. Es ist nett, dass Sie das sagen, und wie ich schon sagte, sind Ihre Geheimnisse bei mir sicher. Darf ich Sie noch etwas Persönliches fragen?«

»Ich sagte schon, Sie können. Ich möchte sogar, dass Sie das tun.«

Sie fragte sich, warum. Jetzt, wo sie angehalten hatten, drehte sie sich in ihrem Sitz um, damit sie ihm richtig ins Gesicht sehen konnte. »Sie sagten vorhin, dass Sie ein neues Leben mit einem anderen Menschen beginnen wollen. Läuft es schlecht mit Ihrer Frau?«

»Nein, nicht schlecht, aber langfristig nicht praktikabel.«

Mias Radar für schäbige ältere Männer schaltete sich ein. Das ›Khaki-Fieber‹, bei dem sich Frauen in ihre attraktiven, jungen männlichen Safari-Führer verlieben, war in ihrer Branche ein bekanntes Übel, und obwohl es weniger häufig vorkam, war es nicht ungewöhnlich, dass auch Führerinnen ungebetene Aufmerksamkeit und Annäherungsversuche auf sich zogen. In der Vergangenheit war sie schon von einigen verheirateten männlichen Gästen angemacht worden und in der Regel begann ihre Anmache mit dem Satz, ihre Frauen verständen sie nicht.

»Weshalb denn?«, erkundigte sie sich, sofort bereit, das Gespräch abzubrechen und zu den strengen Regeln, die eigentlich für Reiseführer galten, zurückzukehren. Aber gleichzeitig klopfte ihr das Herz bis zum Hals.

»Sie ist lesbisch.«

»Oh.«

Tony lachte. »Schauen Sie nicht so schockiert.«

»Ich bin nicht ... Ich meine, ich bin es, aber ...« Warum zum Teufel erzählte er ihr das alles?

»Meine Frau hatte eine gute Freundin – sie gingen zusammen zur Uni – und Elize, ihre Freundin, hat sich später geoutet und ihren Mann verlassen. Sie und meine Frau Sanette standen sich immer sehr nahe. Schliesslich stellte es sich heraus, dass sie, als sie jünger waren, Gefühle füreinander hatten, aber keine von beiden es für richtig hielt, sie auszuleben. Sie kamen beide aus strengen, burisch geprägten, christlichen Afrikaans-Familien. Schliesslich hatten sie eine Affäre und ich fand es zufällig heraus. Mich erwischte eine Grippe und ich musste eine Parteiveranstaltung in Kapstadt, an der ich teilnahm, verlassen. Und, nun ja, ich fand sie.«

»Oh, mein Gott. Das tut mir leid.«

Tony nickte. »Es war ein ziemlicher Schock, das kann ich Ihnen sagen. Ich habe nicht nur die Zeit und die Beziehung in Frage gestellt, die wir miteinander hatten, sondern auch mich selbst, als

Mann. Damals habe ich ganz egozentrisch versucht, herauszufinden, was mit mir nicht stimmt. Es stellte sich aber heraus, dass es für Sanette genau richtig war, so zu leben und eine andere Frau zu lieben.

»Und was haben Sie daraufhin getan? Ich habe in den Zeitungen und neulich, als ich Sie gegoogelt habe, in einem Artikel im Internet über Sie, Ihre Frau und Ihre Kinder gelesen, wie glücklich Sie alle seien oder jedenfalls zu sein schienen.«

»Wir sind glücklich, Mia, nur nicht auf konventionelle Art und Weise. Sanette sagte und sagt immer noch, dass sie mich liebt. Sie möchte, dass ich eine Chance auf den Parteivorsitz habe und aus einer starken Position heraus in die Wahl gehe, dies nicht nur zu meinem eigenen Vorteil, sondern zum Wohl der Partei. Elize denkt genauso – ironischerweise ist sie sogar ein sehr aktives Mitglied in meinem eigenen Ortsverband der DA.« Er lachte ein wenig, aber Mia hörte heraus, dass es für ihn und für sie alle sehr schwierig gewesen sein musste.

»Was ist weiter passiert?«

»Wir drei und unsere Kinder, die jetzt alt genug sind, um diese Dinge zu verstehen, haben uns damit abgefunden, dass Sanette und Elize eines Tages ein Paar sein werden. Bis dahin macht Sanette zumindest bis zur nächsten Wahl weiter, als hätte sich nichts geändert. In den meisten Dingen ist auch alles beim Alten geblieben. Wir lieben uns immer noch, wenn auch auf eine andere Art und Weise, und wir leben als Familie zusammen. Die Abmachung ist, dass Sanette und ich uns nach der Wahl öffentlich trennen. Wenn die Demokratische Alternative verliert, was das wahrscheinlichste Ergebnis ist, werden wir dies, sobald sich der Staub gelegt hat, tun. Wenn ich vor der Wahl zum Parteivorsitzenden gewählt wurde und wir verlieren, wird mich die Partei höchstwahrscheinlich ersetzen und für den Fall, dass das fast Unvorstellbare eintritt und wir gewinnen, hat Sanette zugestimmt, unsere Vereinbarung ein Jahr lang aufrechtzuerhalten, bevor wir uns trennen.«

»Wow. Trotzdem.«

»Sanette und Elize sehen sich oft, und wenn ich auf Wahlkampftour bin, haben sie Zeit füreinander. Wir haben unsere Kinder dazu erzogen, alle Menschen, unabhängig von ihrer Rasse, Religion oder sexuellen Identität, zu respektieren. Sie sind bei der Umsetzung des Plans alle an Bord.«

»Und wie geht es Ihnen damit?«

Tony lächelte. »Ich bin sehr beschäftigt, Mia. Die Abmachung ist, dass ich, wenn ich jemanden treffe, tun kann, was ich will, aber diskret. Wenn ich Ihnen verriete, wie viele Politiker, die ich kenne, tatsächlich geheime Affären haben, wären Sie schockiert.«

Mia erinnerte sich an etwas. Er hatte schon so viel verraten, dass sie nicht glaubte, eine weitere Frage würde schaden. »Gestern Abend begleitete ich, nachdem alle nach dem Abendessen gegangen waren, eine der Bediensteten zu ihrer Unterkunft, wobei wir an Lisas Zelt vorbeikamen. Zufällig öffnete sie gerade die Tür und ging auf die Treppe hinaus. Sie sagte mir, sie wolle nur etwas frische Luft schnappen und ich erinnerte sie an die Regel, nach Einbruch der Dunkelheit nirgendwo mehr hinzugehen. War sie vielleicht ...?«

»Sie sind sehr scharfsinnig, Mia. Ja, Lisa und ich haben schon ein paar Mal miteinander geschlafen. Letzte Nacht, wahrscheinlich kurz nachdem Sie und Ihre Arbeitskollegin gegangen waren, ging ich zu ihrem Zelt. Es tut mir sehr leid, dass wir die Regeln gebrochen haben. Jedenfalls haben wir uns gestern Abend darauf geeinigt, die körperliche Seite unserer Beziehung zu beenden. Oder besser gesagt, ich habe sie abgebrochen.«

»Warum? Sie ist wunderschön und scheint klug, zielstrebig, engagiert zu sein.«

»Ja, das ist sie alles. Lisa hat jedoch deutlich gemacht, dass sie in naher Zukunft weder mit mir noch mit einem anderen Mann eine dauerhafte Beziehung eingehen möchte. Sie will selbst politisch Karriere machen und dabei nicht als Ehefrau eines Parteivorsitzenden wahrgenommen werden oder als Frau, die sich ins Parlament geschlafen hat. Wie Sie sagen, ist sie getrieben, aber leider nicht von Liebe.«

Sie sah ihm in die Augen und fand in ihnen eine Mischung aus Sehnsucht und Traurigkeit. Mia war von all dem, was er ihr erzählt hatte, überwältigt. Es war, als ob er all das jemandem erzählen müsse, der politisch neutral und vorurteilsfrei war. Sie verspürte einen unglaublichen Drang, ihn in den Arm zu nehmen, aber zum Glück gab es eine solide Abtrennung zwischen der Fahrerkabine des Land Rovers und den Sitzen hinter ihr.

»Danke, Mia.«

»Wofür denn?«

»Fürs Zuhören.«

Mia nickte. »Viele Leute denken, bei meiner Arbeit gehe es nur darum, nach wilden Tieren oder ihren Spuren auf dem Boden Ausschau zu halten, den Busch oder die Wüste abzusuchen und herumzuspähen, dabei geht es auch darum, gut hinzuhören. Wenn ein Raubtier in der Nähe ist, erkennt man das an den Alarmrufen verschiedener Vögel und Tiere oder am Brüllen eines Löwen. Auch das Grunzen eines Leoparden verrät, wenn er in der Nähe ist. Ich bin so etwas wie die Barkeeperin des Buschs – ein Teil meiner Aufgabe ist, zu lauschen.«

Tony hob eine Augenbraue. »Auch wenn Leute Ihnen ihr Herz ausschütten?«

»Nicht immer, aber manchmal. Der Busch hat eine Art, Menschen zu öffnen, sie zum Wesentlichem zurückzubringen und sie erkennen zu lassen, was wirklich wichtig ist.«

Er nickte und sah sich um. »Ja, bei all dieser Offenheit kann man sich nirgends verstecken.«

»Genau. Möchten Sie eine Tasse Kaffee oder Tee? Wir können unsere Getränkepause machen, wo immer Sie wollen.«

»Ja, das wäre schön«, sagte er.

»Aber wir sollten diese kleine Familie in Ruhe lassen.« Mia startete den Motor und fuhr, ohne die Strausse zu beachten, los. Auf dem Weg entdeckte sie ein paar Kuhantilopen, also hielten sie an und schauten eine Weile zu, dann fuhr sie auf einer steilen Strasse einen Hang hinauf. Auf der Spitze des Hügels standen die Überreste eines kleinen Steinhauses.

Sie parkte und sie stiegen aus.

»Was ist das für ein Ort?« Tony hielt sich eine Hand vor die Stirn, um seine Augen vor dem grellen Licht zu schützen, und genoss die weite Aussicht.

»Es ist ein altes Farmhaus aus der Zeit um das Ende des Ersten Weltkriegs. Auch im nahe gelegenen Nationalpark, dem Kgalagadi Transfrontier Park, gibt es ein paar davon. Zu Beginn des Krieges erhielt die südafrikanische Armee von Grossbritannien den Auftrag, den Deutschen Südwestafrika abzuluchsen. Die vorrückenden Soldaten gruben entlang des Weges Brunnen, beispielsweise hier. Nach dem Krieg wurden diese kleinen Aussenposten an zurückkehrende Soldaten abgegeben, damit sie Farmen errichten konnten. Stellen Sie sich vor, hier draussen zu leben.«

»Es ist trostlos«, sagte Tony. »So einsam.«

»Ja«, stimmte Mia zu, »aber mir gefällt es.«

Er drehte sich um und sah sie an. »Ich liebe es.«

Sie lachte. »Wirklich? Hier draussen, mitten im Nirgendwo?«

»Das ist mein Traum, manchmal. Wie ich schon sagte, weiss ich, dass ich, was auch immer bei der nächsten Wahl passiert, ein politisches Leben haben werde. Wenn dieser Teil meines Lebens vorbei ist, möchte ich wirklich irgendwo in der Wildnis leben, weit weg von Politik, grossen Unternehmen, Einkaufszentren und Menschen.«

»Wow«, ertappte sie sich dabei, wieder einmal zu sagen. Dieses Gespräch war voller Überraschungen. »Mir geht es genauso. Deshalb bitte ich die Gäste auch immer, sich vorzustellen, hier draussen zu leben. Die meisten sagen, sie würden das nicht schaffen.«

»Mit der richtigen Person wäre dies das Paradies.«

Mia hatte oft dasselbe gedacht. Sie hatte nur nie die richtige Person gefunden. Sie ging zum Heck des Land Rovers, liess die Heckklappe unter der letzten Sitzreihe herunter und zog eine Kühlbox heraus.

»Lassen Sie mich Ihnen helfen«, sagte Tony.

»Es geht gut, danke. Obwohl ich normalerweise einen Tracker, einen Fährtensucher habe, der mir hilft, ...« Als ihr klar wurde, dass sie gerade an Luiz gedacht hatte, brach sie ab. »Tut mir leid.«

»Kein Problem«, sagte Tony. »Ich habe Luiz und den Grund, warum ich hier bin, keineswegs vergessen, es wäre aber gelogen, wenn ich behauptete, ich könne deswegen das Glück alles anderen nicht geniessen.«

Während Mia einen Klapptisch hochklappte, der in die vordere Stossstange des Land Rovers eingebaut war, nahm er eine Kiste und stellten sie auf den Boden. Sie verriegelte den Tisch, nahm ein weisses Leinentischtuch, Isolierflaschen und Becher aus der Kühlbox und stellte einige Gläser daneben.

»Wir haben Zwieback, Kekse und ein paar Mini-Quiches, die noch warm und in Folie eingewickelt sind. Kaffee?«

»Ja, davon nehme ich gern eine Tasse«, sagte Tony.

Mia nahm eine Kanne heisses Wasser und machte sich und Tony je eine Tasse Kaffee. »Milch?«

»Ja, aber ohne Zucker, danke«, sagte er.

»Ich habe auch Amarula, wenn Sie das möchten«, sagte sie.

Er lachte. »Um diese Tageszeit?«

»Sie würden sich wundern«, sagte Mia. »Ich habe in der anderen Kühlbox auch Champagner und manche Gäste wollen um diese Zeit sogar einen Brandy und eine Cola.«

»Wahre Naturliebhaber, da bin ich mir sicher«, bemerkte er trocken. Sie lachte.

»Eigentlich ..., naja, vielleicht nehme ich doch einen kleinen Spritzer Amarula. Was soll's, hier verstecken sich keine Paparazzi hinter einem Felsen.«

»Kommt sofort.« Mia schraubte den Verschluss einer Miniaturflasche ab und goss ein wenig von dem aus der Frucht des Marulabaums destillierten Sahnelikör in Tonys Tasse, bevor sie ihm diese reichte.

Er nahm einen Schluck. »Mmm, herrlich dekadent. Wollen Sie mir dabei Gesellschaft leisten?«

Mia schüttelte den Kopf. »Nicht, solange ich im Dienst bin.«

»Verstehe ich. Vielleicht kann ich Sie heute Abend auf ein Glas Wein zum Essen einladen?«

Sie lächelte. »Sie wissen doch, dass in der Lodge alle Getränke auf Ihrer Rechnung im Preis inbegriffen sind.«

»Ich weiss, aber ich habe auch gesehen, dass es eine erstklassige

Weinkarte gibt. Ich möchte Sie nur wissen lassen, wie sehr ich es schätze, dass Sie meine Führerin sind.«

»Sie brauchen so etwas nicht für mich zu tun, Tony. Aber ich danke Ihnen.« Mia spürte ein kleines Flattern. Wenn er versuchte, sie anzubaggern, dann machte er das sehr geschickt. Sie nippte an ihrem Kaffee und sagte sich, sie sollte einen kühlen Kopf bewahren. »Haben Sie irgendwelche Wünsche für den Rest der Pirschfahrt?«

»Ehrlich gesagt geniesse ich es einfach, hier draussen zu sein.«

Sie assen jeweils eine Rusk, eine Art Zwieback und eins der warmen Küchlein und tranken ihren Kaffee aus. Tony half Mia, die Kühlbox in den Land Rover zu packen und sie sahen sich kurz im verlassenen Bauernhaus um. Es war winzig – ein Zimmer mit einer Feuerstelle und den Überresten eines Schornsteins.

»Gemütlich«, sagte er.

Als sie in dem kleinen Ruinenhaus standen, war sich Mia seiner Anwesenheit sehr bewusst. Sie bemerkte, dass er darauf achtete, ihr nicht zu nahe zu kommen, konnte aber sein Aftershave riechen.

Tony sah sich in den vier Wänden um, dann sah er sie an. »Das ist Glück«, sagte er wieder.

Sie lächelte, wusste aber nicht, was sie darauf erwidern sollte. Tony deutete mit einer Geste auf die spaltbreit offene Tür. »Sollen wir?«

»Ja, natürlich.«

Sie gingen zum Land Rover zurück. »Mia?«

»Ja?«, fragte sie, während sie sich wieder hinter dem Lenkrad einrichtete.

»Ist es Ordnung, wenn ich mich neben Sie auf den Beifahrersitz setze, statt auf die hinteren Sitze des Fahrzeugs? Das ist ein bisschen komisch, weil wir nur zu zweit sind.«

Sie schob ihr Vogelbuch und ihr Fernglas vom Beifahrersitz ins dafür vorgesehene Fach neben sich und lächelte. »Ich glaube, das würde mir gefallen, Tony.«

17

Adam und Sannie kamen am Vormittag in der Dune Lodge an. Bevor sie Kuruman verliessen, duschte und rasierte er, dann zog er seine eleganteste Freizeitkleidung an. Er trug ein kurzärmeliges Hemd, eine lockere Hose und ›Veldskoen‹, feste Lederschuhe.

Er fand, Sannie sehe in einem khakifarbenen, ärmellosen Safarikleid und hellbraunen Sandalen wunderschön aus.

»Willkommen, Sannie«, begrüsste Shirley sie und stellte sich als Managerin der Lodge vor. »Mia ist mit einem der Gäste auf einer Pirschfahrt, kommt aber bald zurück.«

Adam schüttelte Shirley die Hand. »Sie sind die Nichte von Luiz, ja?«

Sie nickte. »Ja, das stimmt.«

»Es tut mir so leid für Ihren Verlust«, sagte Adam. »Ihr Onkel war ein grossartiger Mann.«

Shirley sah zu Boden. »Danke. Wenn Sie möchten, zeige ich Ihnen jetzt Ihre Zelte. Da sie gestern Abend schon leer waren, haben wir für Sie einen frühen Check-in arrangiert. Oh, und Sannie?« fügte Shirley hinzu.

»Ja?«

»Es tut mir furchtbar leid, dass Mia die paar Tage Urlaub nicht nehmen kann, um Zeit mit Ihnen zu verbringen, wie Sie es geplant haben.«

»Kein Problem«, sagte Sannie. »Ich bin sicher, dass wir zwischen den Fahrten und am Abend Zeit füreinander finden.«

Als Shirley sie durch den Empfangs- und Essbereich der Lodge zu den Unterkünften führte, kam ein Mann mit lockigem, grau meliertem Haar herein. Er blieb stehen und starrte Adam an. Dann lächelte er fragend zu Shirley, die daraufhin nickte.

»Evan?«, versuchte es Adam nach einem Moment.

»Adam. Mensch, wie lange ist es her, Mann?«

Sie reichten sich die Hände. Evan umarmte Adam, aber dieser erwiderte die Umarmung nicht.

»Zu lange, Bruder.« Evan trat einen Schritt zurück.

Adam nickte und Erinnerungen wirbelten in seinem Kopf herum. Er wusste zwar, dass Evan Frank besucht hatte, aber sie drei waren seit 1987 nicht mehr zusammen gewesen. Adam betrachtete Evan. Sie waren alle gealtert, aber, obwohl er zugenommen hatte, sah er immer noch fast genauso aus. Seine Freizeitkleidung sah im Gegensatz zu Adams gebügelten, aber ausgefransten Kragen und Säumen, teuer und neu aus.

»Adam, du siehst gut aus, Junge. Trainierst du etwa jeden Tag?«

Er lächelte. »Ich gehe oft spazieren und laufen, und durch meinen Job bin ich viel im Wasser.«

»Was bist du jetzt, ein olympischer Schwimmer? Oder Meister im Surfen?«

»Ich forsche über Haie und arbeite daneben in Teilzeit im Sicherheitsdienst. Das hält mich fit.«

»Tony hat dich gegoogelt«, sagte Evan, »und mir erzählt, dass du einen Geldtransport-Raub vereitelt und dabei sogar einen Kerl angeschossen hast?«

Adam zuckte mit den Schultern. Er war Evan dankbar, dass er nicht darauf eingegangen war, dass Adams Version von ›im Sicherheitsbereich arbeiten‹ sein Job als Parkplatzwächter war. »In dieser Situation hätte doch jeder das Gleiche getan.«

Evan hob seine Hände. »Ich nicht. Ich hatte damals schon genug von AKs.« Er wandte sich an Sannie. »Verzeihung, ich bin Evan Litis.«

Sannie nahm seine Hand. »Schön, Sie kennenzulernen. Sannie van Rensburg. Ich bin eine Freundin von Mia Greenaway und wohne zufällig in der Nähe von Adam, deshalb sind wir zusammen gereist.«

»Ah, eine Freundin von Adam ... Schön, Sie kennenzulernen.«

Sannie lächelte ihn an und Adam wurde erneut bewusst, wie sehr diese kleine Bewegung sie von einem Augenblick zu andern veränderte. Er hatte sie als die eher strenge Polizistin kennengelernt, aber innert kurzer Zeit erfahren, dass sie eine Last der Trauer und gewisse Schuldgefühle für den Tod ihres Mannes mit sich herumtrug. Ein einfaches Lächeln befreite sie, oder gab vielleicht einen Einblick in die Frau, die sie früher in ihrem Leben gewesen war. Wenn sie über ihre Kinder sprach, lächelte sie. Obwohl sie sowohl im Polizeidienst wie in ihrem Privatleben so viel gesehen und durchgemacht hatte, steckte sie immer noch voller Optimismus.

Adam drehte sich zu Evan um, sie blickten sich in die Augen und Adam fragte sich, ob beide an genau denselben Moment, nicht lange, bevor sie den Kontakt verloren und sich nicht mehr gesehen hatten dachten. Bis heute.

ANGOLA, 1987

EINE WEITERE MÖRSERBOMBE explodierte in der Nähe und Adam spürte die Erschütterung des Bodens bis hinauf in seine Brust. Instinktiv senkte er den Kopf. Aus der Richtung, in die der Leutnant, Rassie und die San-Fährtensucher mit dem vermissten Flugzeuginsassen gegangen waren, hörte er Schüsse.

»Dort sind die anderen«, erklärte Frank, der das Geräusch und die Richtung erkannte. »Litis und Rossouw, geht hin, seht nach, was los ist, und erstattet mir Bericht.«

Evan ging. Adam spürte Franks Wut und Verwirrung über das, was geschah und wurde nervös.

Adam sah durch das Gebüsch vor ihm eine Bewegung. »Frank?«, zischte er.

Frank schaute in die Richtung, in die Adam zeigte, hob seine Rɪ und schoss. »FAPLA!«

Adam schaute durch das Visier seines Maschinengewehrs. Er sah drei Soldaten in Tarnkleidung und drückte den Abzug. Mit der linken Hand zog er den Gewehrkolben fest in seine Schulter und stemmte sich gegen den Rückstoss. Verbrauchte Messinghülsen und Metallglieder klirrten auf einen Haufen neben ihm. Der Mann, auf den Adam geschossen hatte, rannte immer noch. Adam holte tief Luft, zielte und drückte erneut ab. Der Angolaner kippte nach vorn. Der Geruch von Kordit und Waffenöl stieg Adam in die Nase.

Er fühlte kein Hochgefühl, hatte aber auch keine Zeit, Mitleid oder Aufregung zu empfinden. Auf einer Mini-Welle von Adrenalin wogte eine urzeitliche Kraft in ihm auf. Es war dasselbe wie beim Surfen, dachte er. Dieses Gefühl, wenn die unentrinnbare Energie des Wassers ihn anhob und seine Eingeweide plötzlich hinuntersackten, wenn er an der Vorderseite der blauen Wand hinunterglitt.

Frank feuerte erneut, obwohl ihm klar war, dass es viele Angolaner waren, die sich ihnen näherten. Er schoss zweimal und ein vorrückender Soldat fiel. »Rückzug!«, schrie Frank und wies mit einem Daumen über seine Schulter.

Er wollte, dass sie sich mit den anderen zusammenschlossen.

Doch Adam erkannte, dass sie umzingelt waren. Er sah ein weiteres Ziel, einen Mann in kubanischer Tarnkleidung und feuerte eine lange Salve ab, die den Mann zu Fall brachte. Er erhob sich, nahm seine Waffe hoch und als Frank ihn deckte, rannte er los.

Adam legte fünfzig Meter zurück, drehte sich dann um und liess sich, bereit zu schiessen, auf den Boden fallen. So konnte Frank, der jetzt hinter einem Baum in Deckung ging, wieder an ihm vorbeikommen und dies würden sie wiederholen. Frank feuerte noch einmal, dann klickte sein leeres Gewehr nur noch. Adam sah, dass zwei Kubaner aus dem Busch traten und auf Frank, der damit beschäftigt war, ein neues Magazin aus einer Tasche zu zerren, zustürmten.

Einer der Männer kam in Adams Sichtweite. Er drückte ab und sah ihn fallen. Frank stand jedoch zwischen Adam und dem zweiten Mann, so dass er nicht schiessen konnte. Als Frank das neue Magazin in sein Gewehr schob, war der Kubaner schon beinahe über ihm. Frank spähte um den Baumstamm herum und der feindliche Soldat stürzte auf ihn zu, einer so überrascht wie der andere.

Frank hob sein immer noch gesichertes Gewehr, schwang es zur Seite und schlug dem Kubaner den Kolben ins Gesicht. Der Mann taumelte nach hinten und Frank schloss zu ihm auf.

Adam rannte, sein LMG an die Seite gepresst und bereit, zu schiessen, auf die beiden zu. Frank hielt den Kubaner jedoch in einer Art Umarmung fest, damit der Feind sein Gewehr nicht benutzen konnte, und stiess ihn nach hinten. Adam konnte den Kubaner nicht ins Visier nehmen und ohne Gefahr zu laufen, Frank zu treffen, wenn er auf ihn schoss.

Ein FAPLA-Soldat mit einem Maschinengewehr brach aus den Bäumen hervor und eröffnete wild aber ziellos das Feuer.

Adam holte aus und feuerte aus der Hüfte. Der feindliche Schütze stolperte und fiel.

Währenddessen taumelte Frank, weil der Kubaner sich gegen ihn wehrte und die beiden lieferten sich einen Tanz auf Leben und Tod. Adam liess sein schweres Maschinengewehr auf dem Boden liegen, sprang auf und rannte auf die beiden Männer zu. Er löste sein Jagdmesser aus der Scheide am Gurt. Als er sie erreichte, rammte er dem Kubaner das Messer unter die Rippen. Der Mann krümmte den Rücken, liess Frank, der zu Boden stürzte, los und liess sein Gewehr dabei fallen.

Der Kubaner blutete, doch Adam schien seine lebenswichtigen Organe verfehlt zu haben. Als er sich erneut auf ihn stürzte, wich der Gegner ihm aus und hob seine AK. Adam starrte auf den Mann und den auf ihn gerichteten Lauf der Waffe. Er wusste, dass er gleich sterben würde.

Dann öffneten sich die Augen und der Mund des Kubaners mit einem äusserst überraschten Ausdruck. Blut floss über seine Lippen und er stürzte zu Boden. Frank stand, sein blutiges Kampfmesser in der Hand, hinter dem Kubaner.

»Danke, Bru«, seufzte Frank. »Du hast mir das Leben gerettet.«

»Aber ...« Während Adam seine blutige Hand betrachtete, versuchte er, Worte zu finden.

»Vergiss und lass uns aufbrechen.« Als er sein Gewehr fertig spannte, gab sich Frank geschäftsmässig. In seinen Augen lag ein wilder, wenn auch kontrollierter Blick.

»Ich ... Ich wäre beinahe gestorben«, sagte Adam.

»Ja, aber du lebst noch. Komm, nimm dein Gewehr und lass uns zu den anderen gehen. Wir müssen zur Grenze zurück«, sagte Frank, und sie entfernten sich so schnell und so vorsichtig wie möglich. »Die Luftwaffe schickt auf keinen Fall einen Hubschrauber in diese Scheisse.«

Von dort, wo die anderen zurückgeblieben waren, hörte man keine Schüsse mehr.

Adam überlegte, ob dies ein Gutes oder ein sehr schlechtes Omen sei. Er roch Rauch und hörte Stimmen vor sich, war aber nicht nahe genug, um zu erkennen, in welcher Sprache sie redeten.

Frank nickte, um zu bestätigen, dass er sie auch gehört hatte. Sie verlangsamten und Frank hob seine R1 auf die Schulter. Er zielte nach vorn, um Adam zu signalisieren, er gehe nach voraus und Adam solle ihm Rückendeckung geben.

Dieser ging zu einem kräftigen Baum, kniete sich hin und hob das Maschinengewehr. Der Sergeant schien sich so lautlos wie ein Leopard bewegen zu können. Seine Augen tasteten den Busch ab, während er die Sohle seiner Stiefel bei jedem Schritt langsam von aussen über den Boden rollte, um zu vermeiden, dass etwas knackte und seine Position verriet.

Adam lief der Schweiss über das Gesicht und brannte in den Augen. Er war höchst konzentriert und sein Herz klopfte wie wild, als platze es wegen einer Überdosis Adrenalin.

Frank bewegte sich durch dichtes Gebüsch. Adam wartete ein paar Sekunden, dann stand er auf und rannte los.

· · ·

»Adam?«, sagte Evan.

Sannie blickte von einem Mann zum anderen. Es waren erst ein paar Sekunden, seit sie sich wiedergesehen hatten, aber Adam stand einfach nur da, starrte Evan entweder an oder durch ihn hindurch, und schien für einen winzigen Moment die Augen zu schliessen. Diesen verlorenen Blick hatte sie in der kurzen Zeit, seit sie sich begegnet waren, schon einmal gesehen.

Ich sagte: »Das ist eine ganz andere Umgebung als die, in der wir uns zuletzt in Angola gesehen haben, oder?«, wiederholte Evan.

Adam nickte. »Ähm, ja, sicher.«

»Tony ist mit Mia, Franks Tochter, auf einer Pirschfahrt. Wie *lekker*, die alte Mannschaft wieder zusammen zu haben, auch wenn der Anlass traurig ist.«

»Ja«, sagte Adam, aber es klang nicht überzeugend.

Sannie versuchte, die Situation zu deuten. Evan war positiv und aufgeschlossen, aber Adam schien sich in sein Schneckenhaus zurückzuziehen. Sie fragte sich, was diese Männer zusammen mit ihren verstorbenen Kameraden, Luiz und Frank, durchgemacht hatten. Sannie war auch gespannt, den aufstrebenden Star der Demokratischen Allianz, Tony Ferri, zu treffen.

Eine attraktive Frau mit roten Haaren betrat den Aufenthaltsbereich.

»Morgen, Evan«, sagte sie. »Geht es dir besser?«

»Ja, viel besser, danke, Lisa. Ich glaube, es war nur ein kurzes Unwohlsein.« Evan stellte Sannie und Adam Lisa Ingram, Ferris Wahlkampfmanagerin, vor.

»Haben Sie die morgendliche Pirschfahrt verpasst, Lisa?«, erkundigte sich Sannie.

»Ja, ich fürchte, jemand muss arbeiten. Aber verstehen Sie mich nicht falsch, ich liebe meine Arbeit, und Tony wird nicht nur für die Partei, sondern hoffentlich eines Tages auch für das Land ein fantastischer Vorsitzender sein.

»Es muss für euch beide ein unglaublich stressiger Job sein«, äusserte sich Sannie.

»Das ist es. Und was machen Sie beruflich, Sannie?«

»Ich bin Polizeibeamtin.«

»Oh.«

Sannie lächelte. Sie war es gewohnt, dass die Leute nicht gerade begeistert reagierten, wenn sie ihnen erzählte, was sie beruflich tat. Wenn sie verunfallten, ausgeraubt, überfallen oder Opfer eines anderen Verbrechens wurden, waren die Leute immer froh, jemanden von der Polizei zu sehen, aber sonst waren viele misstrauisch oder der Polizei gegenüber sogar negativ eingestellt.

»Ich kann Ihnen nicht genug für alles danken, was Sie für unsere Gemeinschaft tun«, fügte Lisa hinzu. »Ich bewundere unseren Polizeidienst und es ist eine unserer Prioritäten, das Budget für unsere Strafverfolgung zu erhöhen und die Rahmenbedingungen zu verbessern.«

Na, na, dachte Sannie bei sich. Vielleicht schätzte sie Lisa falsch ein, aber in den Jahrzehnten ihrer Tätigkeit bei der Polizei hatte Sannie Politiker jeder Partei so ziemlich das Gleiche sagen hören.

»Eigentlich denke ich daran, mich zur Ruhe zu setzen«, sagte Sannie.

»Schon?« Adam klang überrascht.

»Ich möchte das Leben, jetzt, wo meine Kinder alle erwachsen sind und das Letzte bald das Nest verlässt, noch ein wenig geniessen.«

Lisa sah von Sannie zu Adam. »Seid ihr zwei also ein Paar?«

»Nein«, sagten beide unisono.

Evan lachte. »Ich denke, das war eine ziemlich klare Antwort.«

»Ja«, sagte Sannie. »Adam und ich haben uns gerade erst kennengelernt. Wir sind befreundet und ich hatte sowieso vor, hierher zu kommen, als ich erfuhr, dass Adam an Luiz' Beerdigung teilnehmen wolle. Ich bot ich ihm an, ihn mitzunehmen, oder besser gesagt, uns beim Fahren abzuwechseln.«

»Wofür ich sehr dankbar bin«, sagte Adam.

»Ich verstehe«, sagte Lisa und zog das zweite Wort in die Länge.

Sannie dachte, Lisa sehe Adam plötzlich mit anderen Augen an. Tatsächlich war Sannie sicher, dass sie ihren Blick jetzt abtastend von Kopf bis Fuss schweifen liess. Die andere Frau hatte etwas Raubtierhaftes an sich und seltsamerweise spürte sie einen kleinen Anflug von Eifersucht.

Shirley, die höflich dabeigestanden hatte, während sich ihre verschiedenen Gäste einander vorstellten, nutzte die in der Unterhaltung entstandene Pause. »Vielleicht kann ich Sie jetzt zu Ihren Zimmern bringen?«

»Natürlich«, sagte Sannie.

»Sie treffen sich alle beim Mittagessen wieder«, fuhr Shirley fort, »und das ist bald bereit. Soll ich einen grossen Tisch für Sie alle decken lassen?«

»Ihr werdet euch viel zu erzählen haben«, stimmte Sannie zu, »und ich bin sogar mit Ihrer Führerin, Mia, befreundet. Ich weiss nicht, wie das Protokoll hier in der Dune Lodge aussieht, Shirley und ob die Führer normalerweise mit den Gästen essen, wie in anderen Lodges, oder nicht?«

»Wir tun alles, was unsere Gäste wünschen.« Shirley lächelte.

»Ich möchte auch unbedingt mit Mia sprechen«, sagte Adam.

»Setzen Sie sich doch zu uns, Sannie«, lud Lisa sie ein. »Und wir werden Mia dazu bitten, auch wenn sie normalerweise nicht mit Gästen isst.«

Sannie hatte gehofft, etwas Zeit mit Mia allein verbringen zu können, verstand aber, dass ihre Freundin wahrscheinlich genauso gern mit der Gruppe der Veteranen redete, wie diese Zeit mit ihr verbringen wollten. Da Sannie von Natur aus kein eifersüchtiger Mensch war, beunruhigten sie ihre neu aufkommenden Gefühle.

»Gut«, sagte sie.

»Okay, dann ist alles geklärt«, sagte Shirley. »Sannie und Adam, ich bringe Sie zu Ihren Zelten.«

»Prima«, stimmte Sannie zu.

Zwei Gepäckträger holten ihr Gepäck aus Sannies Fortuner und Shirley führte sie über einen sandigen, durch getrocknete Äste begrenzten Weg. Elektrische Sturm-Laternen an hakenförmigen, in den Sand gesteckten Metallpfählen, säumten den Weg.

Als sie ihr ›Zelt‹ sah, dachte Sannie, dass das Einzige, was bei dieser Suite Ähnlichkeit mit dem verwendeten Namen hatte, die

Verwendung von hellbraunem Segeltuch für einige der Wandpaneele war.

»Es ist wunderschön«, sagte Sannie zu Shirley, als die Lodge-Managerin sie eine Holztreppe hinauf zu einer Holzterrasse und der Suite führte. Auf den ersten Blick schien der Raum an der Vorderseite völlig offen zu sein, doch dann zeigte Shirley ihr die Glastüren, die sich geschickt aus dem Weg schieben und hintereinander aufreihen liessen, so dass die Gäste das Gefühl hatten, sich gut geschützt mitten in der Wüste zu befinden. Das Dach bestand aus wasserdichtem, über eine Reihe von Stangen gespanntem Material, das ein gemütliches Beduinengefühl vermittelte.

Im Inneren befanden sich ein Doppelbett, eine Sitzecke mit bequemen Sofas und ein aus einem alten Dampferkoffer gefertigter Couchtisch.

»Hier sind eine gut gefüllte Minibar, ein Bad mit Dusche im Haus und eine Aussendusche auf der Seitenveranda«, sagte Shirley. Alle Mahlzeiten und Getränke sind im Preis inbegriffen, auch wenn Mia einige ihrer Übernachtungen für Ihren Aufenthalt einsetzt, und was Sie aus der Minibar trinken, wird jeden Tag ersetzt.«

»Es ist grossartig, danke, Shirley.«

»Sollten Sie noch etwas brauchen, benutzen Sie bitte das Funkgerät und im äussersten Notfall benutzen Sie bitte die Hupe neben Ihrem Bett. Falls Sie das Horn in der Nacht benutzen müssen, schalten Sie bitte das Licht neben dem Sofa ein, damit wir wissen, wo wir hinkommen müssen.«

Obwohl Shirley lächelte und sowohl zügig wie professionell wirkte, sah Sannie, dass sie die Hände rang. »Shirley, ist alles okay mit Ihnen? Ich weiss, dass es sehr schwer gewesen sein muss, nicht nur Ihren Onkel zu verlieren, sondern zudem die Art und Weise, wie er gestorben ist, zu verkraften.«

Shirley hielt auf dem Deck inne und schaute auf ihre Hände hinunter, die sich nun nicht mehr bewegten. »Danke, dass Sie das sagen. Ich frage mich nur immer wieder, was ich hätte tun können und warum ich die Zeichen nicht gesehen habe ... Sie wischte sich über die Augen.«

»Es tut mir leid. Ich weiss, dass die Wunde immer noch schmerzt, aber darüber zu reden kann helfen. Wollten Sie noch etwas sagen?«

»Es ist schrecklich, sogar egoistisch, aber ich möchte so gern wissen, warum er mich nicht um Hilfe gebeten hat.«

Sannie nickte. »Das ist für Freunde und Verwandte oft das Schwierigste – sie stellen sich diese Fragen immer. Aber wenn jemand so deprimiert ist, dass er sein Leben beenden will, denkt er nicht an die Folgen seines Handelns für andere. Es ist nicht Ihre Schuld, Shirley.«

»Danke. Ich habe versucht, mir das selbst einzureden, aber es hilft, es von jemand anderem zu hören.«

»Gerne.«

Shirley bedankte sich noch einmal und überliess es Sannie, sich einzurichten.

Diese liess sich in den weichen Kokon eines Eiersessels fallen, der an einem Gestell an der Treppe hing, und blickte über die roten Dünen der Wüste hinaus. Es war sowohl ein weiter Weg von der Südküste KwaZulu Natals, wie auch von ihrem früheren Zuhause in Mpumalanga, am Rande des Krüger-Nationalparks. Die einzigen gleichbleibenden Komponenten in ihrem Leben, stellte sie mit einem Seufzer fest, waren Verbrechen und Tod. Sogar hier im Urlaub. Sie ging wieder hinein, packte ihre Tasche aus und beschloss, in den Hauptteil der Lodge zurückzugehen und auf Mia zu warten, die sicher bald von der Pirschfahrt zurückkehrte. Sie schaute auf ihre Schweizer Armbanduhr. Nach den Eckdaten zu urteilen, die sie und Adam von Shirley erhalten hatten, müsste die morgendliche Pirschfahrt bereits beendet sein. Das Mittagessen war für 12.30 Uhr angesetzt, was schon bald war. Sannie ging also davon aus, Mia und Tony Ferri seien bis dahin bestimmt zurück.

Der Himmel war eine azurblaue Kuppel, die am Horizont einen starken Kontrast zum Wüstensand bildete. Sannie ging die Treppe hinunter in die Hitze des Kalahari-Tages. Während die Gäste tagsüber in der Lodge herumspazieren konnten, sei dies nachts verboten, hatte Shirley ihr gesagt.

Als sie an Adams Zimmer vorbeikam, kam auch er die Treppe herunter.

»Darf ich mich zu dir setzen?«, fragte er.

»Sicher.«

Er hatte sich ein Paar massgeschneiderte Shorts und Sandalen angezogen.

»Ich hoffe, du weisst, dass du mich heute in meinen einzigen beiden Outfits siehst. Wenn man an der Südküste lebt und kein Geld hat, fällt es niemandem auf, wenn man jeden Tag in Rugby-Shorts oder Badehosen und Flip-Flops herumläuft.«

Sie lachte. »Das habe ich bemerkt, obwohl ich die Hälfte meiner Freizeit in Toti verbringe, um Strandausrüstung zu kaufen.«

Er deutete auf die Aussicht. »Hier gibt es viel Sand, aber keine Brandung.«

»Fühlst du dich hier überflüssig?«, fragte sie. »Ich meine buchstäblich?«

»Ja und nein. Die Wüste erinnert mich an das Meer. Wild, leer, fast unendlich. Ich mag beides.«

»Ich habe das Gefühl, wir seien dem Ganzen entkommen«, sagte sie, dachte noch einmal über das Gesagte nach, wobei ihr klar wurde, dass viel daraus gelesen werden konnte. »Es tut mir leid, ich wollte den Grund, warum du hier bist weder beschönigen noch verharmlosen.«

»Es muss dir nicht leidtun. Luiz war ein abgehärteter, grimmiger Krieger, liebte es aber, zu lachen und den anderen San Streiche zu spielen. Eines Nachts, als sein Bruder Roberto im Busch schlief, band Luiz ihm ein Stück Angelschnur um den Knöchel und befestigte den Knochen eines Koteletts am anderen Ende. Als eine Hyäne sich den Köder schnappte und zu zerren begann, konnte man Robertos Geschrei noch einen Kilometer entfernt hören. Ich dachte, Roberto bringe Luiz um.«

»Ein richtig toller Typ, was?«

»Ja, sogar sehr. Aber die meiste Zeit schien er in Gedanken versunken. Er war schwer zu durchschauen, aber ein absoluter Profi.

Alle, jeder Zug und jede Abteilung wollte Luiz als Führer haben. Wir liebten die San, aber ihn ganz besonders.«

Sie gingen schweigend weiter, bis sie in die Nähe des Hauptteils der Lodge kamen. Sannie sah ein Wildtierbeobachtungsfahrzeug am Eingang parken, das vorher noch nicht da gewesen war. Sie hoffte, es sei Mia.

Adam blieb abrupt stehen. »Was ist los?«, fragte Sannie.

»Ich nehme an, Ferri kommt zurück.«

»Ich hoffe, Mia ist auch dabei. Gibt es ein Problem, Adam? Wie ist er denn so?«

Adam schwieg ein paar Augenblicke und Sannie war hin- und hergerissen zwischen ihrer Ungeduld, ihre Freundin zu sehen und der leichten Verärgerung über Adams Launenhaftigkeit. Sie ging langsam wieder los, blieb aber stehen und schaute zurück, als sie merkte, dass er nicht kam. »Was ist los?«

»Ich weiss nicht, ob ich es aushalte, im selben Raum wie dieser Mann zu sein«, sagte Adam.

Sannie stemmte die Hände in die Hüften. »Warum, Adam?«

»Ich habe ihn seit Angola, seit 1987 nicht mehr gesehen.«

»Erzählst du mir, was dort vor all den Jahren passiert ist?«

Er holte tief Luft. »Ich weiss nicht, ob ich das schaffe.«

Adam drehte sich um und ging zu seiner Unterkunft zurück. Drinnen setzte er sich hin und nahm den Hörer ab, um den Hausdienst anzurufen.

»Howzit, hier ist Adam Krüger in Zelt drei. Kann ich bitte für das Mittagessen den Zimmerservice in Anspruch nehmen?«

»Natürlich, Sir.«

Die Bedienung ging die Speisekarte durch und Adam bestellte ein Club-Sandwich und eine Cola.

»Kein Problem, Sir, wir bringen Ihnen Ihr Essen in ungefähr fünfzehn Minuten.«

»Vielen Dank. Kann ich die Cola in einen doppelten Brandy mit Cola umtauschen, bitte?«

»Natürlich, Sir.«

Adam atmete aus. Er hatte keine Angst vor Ferri, sondern eher davor, wie er selbst reagieren würde, wenn er ihn traf. So sehr er es auch zu vermeiden versuchte, wusste er seit dem Krieg, dass der Tag käme, an dem er den ehemaligen Offizier konfrontieren musste. Er hasste, dass seine erste Reaktion darin bestanden hatte, sich einem ›holländischen Mutmacher‹, einem starken Schnaps, zuzuwenden. Er wollte versuchen, ihm die Hand zu reichen, um zu sehen, wie es ihm ging und vielleicht ausserdem das Geschehene wiedergutzumachen.

Adam wurde klar, dass er, seit er die Armee verlassen hatte, vor ihnen und vor Angola geflohen war. Frank hatte der Vergangenheit entkommen wollen, indem er sie wegtrank, aber am Ende war es scheinbar doch zu viel für ihn gewesen. Die Erinnerungen hatten ihn eingeholt und ihn umgebracht, dessen war sich Adam sicher.

Ein wachsender Teil der wahlberechtigten Bevölkerung Südafrikas sah in Tony Ferri die Lösung für ihre Probleme.

Ferri hatte sich äusserst aktiv um die Stimmen der Schwarzen bemüht. Insbesondere ein Experiment machte Schlagzeilen, nämlich dass er, um ein Gefühl dafür zu bekommen, wie die Mehrheit des Landes lebte, sechs Monate lang im Haus seiner Haushälterin in Diepsloot, Johannesburg, wohnte, während sie und ihre beiden Kinder in sein Haus zogen. Die Idee, die anfangs von vielen mit Verachtung oder offener Feindseligkeit betrachtet wurde, hatte ihm schliesslich Millionen von Herzen, Köpfen und wohl auch Wählerstimmen im ganzen Land eingebracht.

Wollte Tony, so fragte sich Adam, während er in seinem Zelt auf einem Stuhl sass, für das, was in Angola geschehen war, büssen?

Sein Essen kam, und mit ihm Sannie.

»Ich dachte, du gehst zu Mia«, sagte Adam.

Sie hielt sich eine Hand vor die Stirn, um ihre Augen vor der Mittagssonne zu schützen. »Nachdem sie Tony Ferri abgesetzt hatte, konnte sie nicht bleiben, weil sie nach Askham fahren musste. Sie muss dort ein paar Sachen für die Trauerfeier abholen und die Umsiedlung eines geretteten Schuppentiers vorantreiben.«

»Hast du zu Mittag gegessen?«

»Nein, aber die Kellnerin in der Lodge hat mir gesagt, mein ›Freund‹ habe Zimmerservice bestellt, worauf ich ihr gesagt habe, ich leiste ihm Gesellschaft.«

Wie auf ein Stichwort kam ein Kellner des Zimmerservice, der ein zweites Tablett in Adams Zimmer trug.

»Wir haben sogar dasselbe zu essen bestellt, nur ist in meiner Cola kein Brandy.«

»Überprüfst du auch meine Getränkerechnung?« fragte Adam. Er freute sich, sie zu sehen, hatte aber ein wenig das Gefühl, als dränge sie sich in sein Leben.

»Ich roch es, als der Wind wehte. Was ist das, ein Dreifacher?«

»Nein, nur ein Doppelter.«

Sie bedankten sich beim Kellner, der guten Appetit wünschte und sich verabschiedete.

»Bittest du mich herein, oder muss ich mein Sandwich hier draussen in der Wüste essen?« fragte Sannie lachend.

Er stand auf und gab ihr ein Zeichen, die Treppe hinaufzukommen. »Nach dir.«

Adam ging zum Tisch, auf dem das Essen stand, holte sein Getränk, trug es durch die Suite ins Badezimmer und kippte es ins Waschbecken.

Als er sich wieder zu Sannie umdrehte, stand ihr der Mund offen. »Es tut mir leid, ich wollte dich weder kritisieren noch urteilen.«

Adam stellte das leere Glas ab. »Bitte setz dich und lass uns das Essen geniessen. Ich hatte in der Vergangenheit ein Problem mit Alkohol, deshalb beschränke ich mich im Normalfall auf ein oder höchstens zwei Bier pro Tag, was ja ausserdem alles ist, was ich mir leisten kann. Gerade jetzt hatte ich aber das Gefühl, einen starken Drink zu brauchen. Ich weiss, dass das kein gutes Zeichen ist.«

Sie nahm ihr Glas, griff hinüber und goss etwas von ihrer Cola in sein Glas. »Okay, das ist ein Friedensangebot. Wirst du mir jetzt sagen, was dich, was Ferri angeht, beunruhigt und was es damit auf sich hat?«

Sein erster Gedanke, als sie ihn fragte, war, ihr die Schrecken dessen, was er durchgemacht hatte, ersparen zu wollen. Aber wie sie selbst sagte, hatte sie bei ihrer Arbeit als Polizistin das Schlimmste vom Leben und den Menschen gesehen. Er setzte sich ihr also gegenüber und nickte.

»Ferri verheimlicht etwas und was auch immer es ist, es hat einigen guten Männern das Leben gekostet.«

18

Tony begann mit einer kalten Gazpacho-Suppe. Sie war köstlich. Er genoss den würzigen Geschmack und die kühle, knackige Konsistenz und dachte darüber nach, wie es wohl wäre, Mia Greenaway zu küssen.

»Woran denkst du?«, fragte ihn Lisa. »Du siehst wie eine Katze aus, die den Rahm entdeckt hat.«

Er lächelte. »An gar nichts. Es war einfach toll, ein paar Stunden in der Wildnis zu sein, ohne dass jemand anderes in der Nähe war.«

»Hmm ... Niemand ausser einer hübschen Safari-Führerin in den Zwanzigern, die dich wahrscheinlich für die Hoffnung der Nation und für umwerfend attraktiv hält.«

»Wie unhöflich von mir, Mia nicht zu erwähnen.«

Lisa schüttelte den Kopf. »Sei einfach vorsichtig, Tony. Du hast ihr bereits dein Herz ausgeschüttet und ich möchte nicht im ›Daily Maverick‹ lesen müssen, dass du ihr Selfies geschickt hast.«

»So etwas Dummes würde ich nie tun«, sagte er. »Aber ja, sie ist eine reizende junge Frau und es war schön, Zeit mit ihr zu verbringen. Sie ist eine gute Zuhörerin.«

»Und ich nicht?«

»Du bist eine gute Erzählerin, Lisa, und eine ausgezeichnete Beraterin. Deshalb und dafür habe ich dich eingestellt.«

Sie senkte ihre Stimme. »Ich dachte, es sei die Art, wie ich blase.«

Er hustete und verschluckte sich fast an seiner Suppe.

»Ganz ehrlich«, Lisa stocherte in ihrem Krabbengericht herum, »magst du sie?«

»Wo ist eigentlich Evan?«

Lisa zeigte mit ihrer Gabel auf ihn. »Versuch nicht, das Thema zu wechseln. Ich sah ihn, als ich meine Suite verliess. Er stand auf der Treppe und telefonierte. Es hörte sich an, als führe er einen seiner geschäftlichen Marathonanrufe. Magst du Mia?«

Er legte den Löffel weg und tupfte sich mit einer Leinenserviette die Lippen ab. »Du hast selbst gesagt, dass es zwischen dir und mir geschäftlich bleiben soll, und du nicht die nächste ›Mevrou Ferri‹ sein wollest, auch nach der Wahl nicht.«

»Es stimmt und es stimmt nicht. Aber es ist das Vorrecht einer Frau, eifersüchtig zu sein, besonders auf ihre schönen Beine in den kurzen Shorts.«

»Sie ist klug – wie du.«

»Gut gerettet«, sagte Lisa. »Um Himmels willen, Tony, sei einfach verdammt vorsichtig. Wir sind zu weit gekommen, als dass du alles wegen eines Schulmädchens wegwerfen solltest.«

»Mia ist Ende zwanzig, Lisa.«

»Wie auch immer. Wo ist dein anderer früherer Armeekumpel, Adam? Ich habe ihn getroffen. Jetzt wäre er es wert, dich zu verlassen. Er ist umwerfend. Ich dachte, ihr zwei würdet euch inzwischen in den Armen liegen und einander Kriegsgeschichten erzählen. Vielleicht hätte ich euch sogar heute Abend beide in mein Zimmer einladen können.« Sie lachte.

Tony nicht. Er schob seinen Teller weg und bedankte sich bei der Kellnerin, die ihn abtrug. Als sie weg war, senkte er seine Stimme. »In jeder Hinsicht: Nein. Adam hasst mich, aber ich versuche schon seit Jahren, mit ihm in Kontakt zu treten.«

»Warum, wenn er dich hasst? Willst du, dass ihr euch umarmt und versöhnt? Und warum genau hasst er dich?«

»Ich habe ihn und seinen Kumpel, Frank Greenaway, wegen eines Vorfalls in Angola wegen ›Feigheit vor dem Feind‹ angeklagt. Ich habe Mia nichts davon erzählt, und möchte auch nicht, dass sie es erfährt. Es ist schon schlimm genug, dass ihr Vater sich umgebracht hat, aber ich kann mir vorstellen, dass seine Alkoholsucht auch mit diesem beschämenden Tag zusammenhängen könnte. Es ist besser, wenn sie sich an ihn als einen Helden mit Problemen erinnert und nicht als einen meuternden Feigling.«

»Und es würde deine Chancen, mit ihr ins Bett zu gehen, vermindern, wenn du ihre Mädchenträume zerstörtest.«

»Nein, das meinte ich nicht.«, sagte Tony.

»Natürlich nicht.«

Die Kellnerin brachte die Hauptgerichte und Lisa bestellte Weisswein, während Tony um ein Windhoek Lager bat.

»Was ist passiert, dass du Adam und Frank angezeigt hast?«

Tony begann seinen Straussenburger zu essen. »Wir hatten den Auftrag, ein südafrikanisches Flugzeug, ein Leichtflugzeug mit zwei Männern an Bord, zu orten. Wir fanden das abgeschossene Wrack. Den Pilot fanden wir, er war tot, doch der Passagier war verschwunden. Dann gerieten wir in ein Feuergefecht.« Tony machte eine Pause und schluckte einen Bissen von seinem Burger herunter. »Wir zogen uns zurück und machten uns auf die Suche nach dem Vermissten. Es war verrückt. Die Angolaner wussten, dass wir in der Gegend waren und beschossen uns mit Mörsern. Luiz und Roberto, unsere San-Jungs, fanden die Spuren des vermissten Besatzungsmitglieds und schliesslich holten wir ihn ein. Er war verwundet, hatte einen Schuss im Oberkörper und Erasmus, unser Sanitäter, und ich leisteten Erste Hilfe.«

Tony nahm einen weiteren Bissen und starrte in die Wüste hinaus. Er hörte wieder das dumpfe Knirschen der Mörserbomben, die aus den Rohren schossen und spürte die Erderschütterungen der Haubitzengeschosse.

»Tony?«

Er kaute langsam und versuchte, sich zu beruhigen. »Unsere Patrouille wurde in zwei Hälften geteilt – zum Teil durch meine

Schuld, weil ich zu jung und zu eifrig war, und zum Teil, weil Frank Greenaway stur und aufmüpfig war. Kaum waren wir alle wieder vereint, sagte Greenaway, wir sollten uns zu Fuss zur Grenze zurückziehen.«

»Ich nehme an, das war eine gute Idee?«, wagte Lisa zu kommentieren.

»Wir hatten Feindeskontakt und kämpften um unser Leben, doch während der Rest von uns gegen eine Welle von Kubanern und Angolanern ankämpften, wandten Greenaway und Krüger sich ab.«

»Mensch, Tony. Was war los? Und wie seid ihr alle rausgekommen?«

»Wir sind nicht alle rausgekommen. Roberto Siboa, Luiz' Bruder, wurde durch den Volltreffer einer Artilleriegranate getötet. Selbst wenn wir Zeit gehabt hätten, seine sterblichen Überreste zu bergen, hätte es nicht gereicht, um einen halben Müllsack zu füllen. So etwas Schockierendes habe ich sonst nie gesehen, weder vorher noch nachher. »Duarte – der Luftwaffenangehörige, den wir gerettet hatten – erlag seinen Wunden. Der Feind war so nah, dass ich unsere Artillerie über Funk auf unsere eigene Position ansetzte. Als Greenaway und Krüger uns verliessen, waren wir bereits umzingelt. Es war die Hölle, Lisa.«

Sie starrte ihn an. »Mein Gott.«

»Wir krallten uns mit blossen Händen in den Dreck, Evan und ich kauerten zusammen neben dem Stamm eines grossen, umgestürzten Baumes. Evan feuerte während des gesamten Beschusses weiter.«

»Es ist ein Wunder, dass der Rest von euch überlebt hat.«

»Das haben wir nicht. Rossouw, der Funker, wurde angeschossen und getötet. Die Kubaner und Angolaner zogen sich schliesslich dank der Artillerie zurück. Als ich zurückkam, erstattete ich dem Sektorkommandeur Bericht. Greenaway und Krüger wurden angeklagt und kamen vor ein Kriegsgericht. Evan hat Frank und Adam nicht direkt der Feigheit beschuldigt, aber er hat sich auch nicht eindeutig zu ihrer Verteidigung geäussert. Ich bin mir sicher, dass er nur seine Freunde schützen wollte, aber er sagte immer wieder, dass er nicht hören konnte, was sie sagten, weil er zu sehr damit beschäftigt war, den Feind anzugreifen.«

»Dann scheinen sich Evan und Adam gut verstanden zu haben.«

Tony zuckte mit den Schultern. »Evan war der Friedensstifter in unserer Gruppe. Er hat sich darum bemüht, Frank und Adam nach dem Krieg die Hand zu reichen und ihnen zu sagen, dass er ihnen, was sie getan haben, verzeiht. Ich habe Evan für ein Honoris Crux, eine unserer höchsten Tapferkeitsmedaillen, vorgeschlagen, doch er erhielt eine geringere Auszeichnung. Ich glaube, das Oberkommando war besorgt, die Nachricht von der Feigheit von Adam und Frank würde ebenfalls an die Öffentlichkeit gelangen, wenn die Aktion, an der wir beteiligt waren, sowie der Tod von Rossouw und Roberto zu sehr im Rampenlicht gestanden hätten.«

»Das war jedenfalls gut von dir«, sagte Lisa.

»Es war das Mindeste, was ich tun konnte. Aber deshalb haben Evan und ich seither diese unerschütterliche Verbindung. Ich spreche nicht gerne öffentlich über meinen Militärdienst, weil ich damit bei den Schwarzen keinerlei Wählerstimmen gewinnen kann, aber ich denke, du verstehst jetzt, warum ich das Thema im Allgemeinen zu vermeiden versuche.«

Lisa nickte. »Ja, ich verstehe es und es tut mir leid, dass ich so neugierig war.«

Er hielt eine Hand hoch. »Kein Grund, dich zu entschuldigen. Es ist ein gutes Gefühl, über diese Dinge zu sprechen, und so ging es mir auch mit Mia, obwohl ich ihr nicht alles über ihren Vater erzählt habe.«

»Nun, wie du sicher weisst, sind deine Geheimnisse bei mir sicher.«

Er lächelte sie an. Sie war wunderschön und sie hatten sich gegenseitig genossen, auch körperlich. Er wusste jedoch, dass das Risiko, eine neugierige Reporterin könnte seine Beziehung zu Lisa, mit der er während des Wahlkampfs die meisten Tage und Nächte verbrachte, aufdecken, weitaus grösser war, als wenn ihm eine hübsche junge Safari-Führerin für ein oder zwei Nächte in die Arme fiel. Er ass den letzten Bissen seines Burgers.

»Ich glaube, ich gehe in mein Zimmer zurück und halte ein Nickerchen.«

»Allein?«

Er zwang sich zu einem Lächeln. »Ja, solo.«

»Bist du sicher, dass ich dich nicht begleiten kann?«

»Ich bin mir ganz sicher, Lisa. Wie ich gestern Abend schon sagte, müssen wir uns ruhig verhalten. Ausserdem habe ich heute schon viel zu viel von mir preisgegeben – ich muss nicht noch mehr von mir erzählen, wenn jemand anderes dabei ist. Ich brauche einfach etwas Zeit für mich. Ich muss darüber nachdenken, was ich Adam sage. Ich kann ihm nicht ewig aus dem Weg gehen.«

»Pass auf dich auf, Tony. Sehen wir uns am Nachmittag auf der Pirschfahrt?«

»Ja, ich komme auch mit.« Er stand auf, bedankte sich bei der Bedienung und verliess den Speisesaal über den sandigen Weg zu seiner Unterkunft.

»WAS MEINST DU, wenn du sagst, Ferris Handeln hätte guten Männern das Leben gekostet?«, fragte Sannie Adam, als sie sich in seinem Zelt gegenübersassen.

»Seine Arroganz und Dummheit auf dem Schlachtfeld haben uns Leben gekostet. Aber da ist noch etwas anderes, mehr ein Bauchgefühl, das ich habe«, sagte er.

Sie lehnte sich in ihrem Stuhl zurück und warf die Hände in die Luft. »Ich bin Polizeibeamtin, Adam. Wir arbeiten mit Beweisen, Fakten und Motiven.«

»Willst du mir sagen, dass du noch nie einer Vermutung oder deinem Instinkt gefolgt bist?«

»Nein, das wäre falsch. Erzähl mir, was mit dir und ihm in Angola passiert ist.«

»Das ist eine lange Geschichte.«

Sannie sah auf ihre Uhr. »Mia muss in zwei Stunden wieder in der Lodge sein, also hast du noch 120 Minuten.«

»Okay«, fügte sich Adam und begann, Sannie die Geschichte der Patrouille zu erzählen.

ANGOLA, 1987

ERASMUS RANNTE mit seinem Sanitätsrucksack auf dem Rücken durch den Busch. Adam sah, dass Frank sein Gewehr senkte, sobald er Rassie erkannte.

»Was ist los, zum Teufel?«, fragte Frank.

Rassie atmete schwer. »Mensch, Sarge, Ferri ..., er weiss nicht, was er tut. Er hat mich geschickt, um dich zu holen.«

»Warum muss ich zu ihm gehen? Warum hat er sich nicht zurückgezogen?« Rassie zuckte mit den Schultern.

»Bleib hier, Rassie, und pass auf uns auf«, sagte Frank. »Adam, komm.« Adam stand auf, hob sein Maschinengewehr und sie gingen vorwärts.

Sie erreichten die anderen. Frank sah sich um und betrachtete den Mann am Boden. »Und der? Der Typ der Luftwaffe?«

»Duarte«, sagte Ferri. »AWG«

›An den Wunden gestorben‹, übersetzte Adam für sich. Duartes Torso war bandagiert und er lag regungslos auf der linken Seite.

Frank schüttelte den Kopf. »In Ordnung. Adam und Evan, nehmt den Toten mit.« Er wandte sich an den Funker. »Rossouw, melde den Unfallhergang.«

»Ja, Sergeant«, sagte dieser.

»Kommt«, sagte Frank zu Adam und Evan, »nehmt die Leiche und lasst uns von hier verschwinden, zurück zur Grenze.«

Adam begann, zu Duarte zu gehen, während Evan neben Leutnant Ferri wartete.

»Nein«, sagte Ferri. »Wir bleiben hier und ich rufe den Sektorkommandanten an, damit er einen Hubschrauber schickt, um uns abzuholen.«

»Wollen Sie mich verarschen?« Jeder Rest von Respekt

verschwand aus Franks Stimme. »Wir sind komplett umzingelt und hauen sofort ab, bevor wir überrannt werden. So wie es aussieht, bekommen wir hier keinen Hubschrauber rein, also müssen wir schnellstens zur Grenze gehen – besser rennen – zumindest zu einem sicheren Ort, wo sie uns abholen können. Wo sind unsere Fährtensucher?«

Ferri zuckte mit den Schultern. »Ich weiss es nicht. Gegangen.«

»Wenn sie vernünftig sind, auf halbem Weg zurück zur Grenze», sagte Frank. »Was für ein Chaos.«

Von vorne schoss eine automatische Waffe auf sie und zerfetzte den Busch über Adams Kopf. Er liess sich zu Boden fallen, während Frank, der noch stand, das Feuer erwiderte.

»Rossouw«, sagte Ferri, »rufen Sie Ondangwa an und besorgen Sie uns einen Hubschrauber.«

Frank feuerte noch einmal, sank dann auf die Knie und begann zu kriechen.

»Rossouw, du bittest Ondangwa nicht, einen Hubschrauber zu diesem Ort zu schicken. Das ist zu riskant und sie sagen sowieso nein. Los geht's. Evan, komm schon, wir müssen uns zurückziehen.«

Adam sah Evan an, der seinen Kopf von Ferri zu Frank und wieder zurück drehte.

»Litis, Rossouw, ihr bleibt hier bei mir«, sagte Ferri. Evans Aufmerksamkeit wurde durch weitere Schüsse abgelenkt, die um sie einschlugen. Er zielte mit seinem R4 und feuerte mit voller Automatik. »Greenaway, Krüger, los! Macht, was ihr wollt!«

» Warum bleiben? Das ist das Todesurteil!« Franks Tonfall war fast flehend.

Adam wusste nicht, was er tun sollte. Wie Frank hätte er einfach gern von Ferri gewusst, warum er sich, obwohl sie in der Unterzahl waren, dafür entschied, mitten in einem solchen Scheisskampf im Busch zu bleiben.

»Wir sind hier, um den Feind zu bekämpfen, nicht um zu fliehen«, bemerkte Ferri.

Frank schüttelte den Kopf. »Sie sind *bossies*, Ferri. Sie haben gesagt, unsere Mission sei, die Leute aus dem Flugzeug zu finden und das haben wir getan. Sie sind beide tot.«

Frank ging zu Ferri. Adam war lange genug an der Grenze gewesen, um zu wissen, dass ›bossies‹ die Abkürzung für ›bosbefok‹ war. Buschgefickt oder buschverrückt zu werden, war, was das Militär im Ersten Weltkrieg ›Granatenschock‹ nannte, und Ferri sah in diesem Moment tatsächlich wie ein Wahnsinniger aus.

»Los!«, schrie Ferri Adam und Frank an. Evans Gewehr dröhnte.

»Evan«, rief Adam. Falls Litis Adam überhaupt hörte, war kein Zeichen davon zu erkennen. Adam sah eine Person, die sich im Busch vor ihm bewegte, und feuerte mit seinem Maschinengewehr.

»Krüger, beweg dich!«, sagte Frank. »Das ist Wahnsinn. Rossouw, Litis, mit mir!«

»Direkt hinter Ihnen, Sergeant«, rief Rossouw. »Ich bleibe bestimmt nicht hier.«

Adam begann, in Richtung der Stelle zurückzurennen, an der sie Rassie zurückgelassen hatten. Dennoch sah er, dass Frank sich nach vorne beugte, die verbleibende Strecke zu Ferri zurücklegte und seinen Vorgesetzten am Arm packte.

Ferri, der immer noch neben Duartes Leiche stand, drehte sich um und richtete sein Gewehr auf Frank. »Gehen Sie.«

Adam sah voller Entsetzen zu, wie Frank Ferri niederstarrte. Der Vorgesetzte hob sein R4 an die Schulter und visierte. Frank holte mit der linken Hand aus, schlug die Waffe beiseite und liess sein R1 fallen. Dann holte er mit der rechten Faust aus und schlug Ferri auf den Kiefer. Dieser taumelte und fiel auf die Knie.

»Lass den toten Kerl liegen«, wies Frank Adam an. »Wir kommen schon so langsam genug voran. Es fällt mir zwar nicht leicht, aber sie werden jemand anderen schicken müssen, um seine Leiche zu holen. Alle Mann – Bewegung!«

»ICH KONNTE es fast nicht glauben, aber inmitten von Mörsergranaten, Schüssen und Feinden verpasste Frank Ferri eine Ohrfeige«, berichtete Adam Sannie, als sie in seinem Zelt sassen.

»Verrückt«, bemerkte Sannie.

»Ferri war übergeschnappt. Ich glaube, Frank und ich waren uns beide sicher, dass Ferri zu diesem Zeitpunkt einfach hinter uns zurückfallen würde. Er sah gebrochen aus. Evan kämpfte unterdessen wie John Wayne und beachtete Frank nicht. Er – Frank – packte mich und wir zogen uns zurück. Ich stellte mit Evan Augenkontakt her und er nickte mir zu. Ich war mir sicher, dass er bereit war, mit uns zu kommen.«

»Was für eine schreckliche Situation«, sagte Sannie. »Wie hast du dich dabei gefühlt?«

Er schien ein paar Sekunden lang über ihre Frage nachzudenken. »Ich habe im Laufe der Jahre hunderte, tausende Male über diesen Moment nachgedacht und mich immer gefragt, was ich hätte tun sollen. Ich erinnere mich genau daran, dass Ferri Frank und mich aufforderte, zu gehen, was er aber später bestritt. Ich dachte wirklich, er würde uns einfach folgen, aber es ärgert mich, dass ich mich nicht vergewissert habe.«

»Warum hätte er das tun sollen – euch sagen, ihr sollt gehen?«

»Das frage ich mich auch immer wieder. Noch während wir uns zurückzogen, bemerkte Frank, dass die anderen nicht bei uns waren, und begann, einen Plan zu schmieden, um Evan und Ferri, sobald wir wieder mit Rassie zusammen wären, zu holen. Wir waren überall verstreut. Ich dachte, Rossouw wäre auch bei uns, aber er wurde, als wir uns zurückzogen, von uns getrennt. Ausserdem wussten wir immer noch nicht, wo unsere San-Tracker waren.«

»Warum hat Ferri nicht einfach auf Frank gehört?«, fragte Sannie.

»Er war ›bossies‹, durchgedreht, zu arrogant, oder ein Ruhmesjäger. Er hätte nicht bleiben sollen, aber die Tatsache, dass er schliesslich, um den angolanischen Angriff zu stoppen, das Feuer auf seine eigene Position eröffnen liess. Dass er und Evan schliesslich überlebten, machte sie zu Helden, während Frank und ich als Feiglinge abgestempelt wurden.

»Aber ihr habt von Frank und von Tony Ferri den Befehl zum Rückzug erhalten.«

Später gab es eine Untersuchung und ein Kriegsgericht. Sowohl

Frank als auch ich sagten aus, Ferri habe uns zu gehen befohlen. Abgesehen von der moralischen Frage, ob wir sie, selbst wenn Ferri verrückt war, zurücklassen sollten, sagte unser Vorgesetzter aus, er habe uns nie gesagt, dass wir gehen sollten, sondern dass er wollte, dass wir bei ihm und Evan blieben.«

»Und was hat Evan dazu gesagt?«

Adam zuckte mit den Schultern. »Er sagte, er habe nie gehört, dass Ferri uns den Befehl zum Aufbruch gegeben habe. Das ist durchaus möglich, denn Evan hat wie ein Verrückter geschossen. Es ist also plausibel, dass er nicht einmal die Hälfte von dem, was Frank und Tony zueinander sagten, gehört hat. Sie waren beide wütend, versuchten aber trotzdem, leise zu sein, weil der Feind in der Nähe war.«

»Und was ist mit dir und Frank danach passiert?«

»Das Kriegsgericht befand uns beide für schuldig. Für ihn war es schlimmer, weil er mein Feldwebel war und ich seine Befehle befolgt habe. Ich erhielt einen strengen Verweis und wurde in eine andere Kompanie versetzt.«

Sannie dachte über alles nach, was Adam ihr erzählt hatte, verdaute die Details der Geschichte und erkannte die fehlenden Teile. »Wo war Luiz, während das alles passierte?«

»Ich weiss es nicht«, sagte Adam. »Es schien, als wären er und Roberto einfach irgendwo im Busch verschwunden. Er tauchte später, unabhängig von Evan und Ferri, auf. Als das Bombardement vorbei war, gingen Frank, Rassie und ich zurück, um sie zu suchen. Offensichtlich hatten Evan und Ferri überlebt, aber Roberto und Rossouw waren tot.«

»Du meine Güte«, schüttelte Sannie den Kopf, »das klingt ja wie die Hölle. Hat Luiz nicht vor dem Kriegsgericht ausgesagt?«

»Nein. Frank hat ihn anzurufen versucht, aber es wurde uns gesagt, er sei zurzeit auf einer anderen Mission in Angola.«

Adam schloss die Augen. Sie streckte die Hand aus und legte sie auf dem Tisch zwischen ihnen auf seine. Er öffnete die Augen und sah sie an. Sie schwiegen beide, aber er legte seine andere Hand auf ihre.

»Danke«, sagte er schliesslich, und sie nahmen ihre Hände weg.

»Wofür?«

»Fürs Zuhören, ohne zu urteilen.«

»Ich war ja nicht dabei. Hast du Ferri seither nicht mehr gesehen?«

»Seit dem Kriegsgericht nicht mehr, nein. Jedenfalls abgesehen von seinen Auftritten im Fernsehen, die ich in letzter Zeit gesehen habe. Sowohl er als auch Evan haben mich im Laufe der Jahre gesucht, aber ich wollte mich nicht von ihnen finden lassen.«

»War das der Grund, warum du nach Australien gegangen bist?«

»Teilweise«, sagte er. »Aber hauptsächlich war es meine Frau, Sarah, die gehen wollte. Ich glaube, ich wollte weglaufen, aber mein Herz war immer in Afrika. Ich schätze, es war mir bewusst, dass ich Litis und Ferri eines Tages wieder begegnen würde. Und da war noch etwas anderes ...«

»Klopf, klopf«, rief eine Frauenstimme von ausserhalb des Zeltes. Adam und Sannie standen auf und gingen zu den Schiebetüren.

»Mia!«, Sannie stürmte die Treppe vom Holzdeck hinunter und umarmte ihre Freundin innig.

»Hallo, Mia.« Adam kam herunter, gesellte sich zu ihnen und reichte ihr die Hand. »Ich bin ... «

»Adam. Ich erinnere mich an Sie.« Mia löste sich aus Sannies Umarmung und schüttelte seine Hand.

Er lächelte. »Sie sind gewachsen – sehr gewachsen – seit ich Sie das letzte Mal gesehen habe. Vielen Dank, dass Sie zugestimmt haben, mich hier aufzunehmen. Die Lodge ist wunderschön.«

»Ich bin so traurig wegen Luiz, aber ich freue mich auch, weitere Menschen zu treffen, die meinen Vater kannten. Danke, dass ihr gekommen seid. Darf ich Ihnen Sannie entführen?«

Adam breitete seine Arme aus. »Von mir aus. Ich denke, ich mache ein Nickerchen oder lese vielleicht.«

Sannie wandte sich an Adam. »Du wolltest mir noch etwas sagen.«

»Später«, sagte er. »Geht, Ihr zwei und holt alles nach. Ich sehe euch dann bei der Pirschfahrt am Nachmittag.«

Sannie ging neben Mia zurück in den Gemeinschaftsbereich der Lodge.

»Ich hatte vergessen, wie gut Adam aussieht«, sagte Mia.

»Findest du?«, fragte Sannie.

Mia lachte. »Sei nicht so verklemmt.«

»Er ist nett«, gab Sannie zu. »Aber er ist durch das, was ihm und allen anderen in der Armee widerfahren ist, durcheinander.«

Mia nickte. »Ich war den ganzen Morgen mit Tony Ferri unterwegs. Er ist wirklich bodenständig, ein guter Kerl. Er wird ein hervorragender Parteivorsitzender sein und ein fantastischer Präsident, falls sich die Dinge eines Tages ändern. Er ist so ... einfühlsam.«

»Aha«, sagte Sannie neutral, obwohl sie, nachdem sie Adam zugehört hatte, ihre Meinung über den charismatischen, beliebten Politiker änderte. Als Detektivin musste sie jedoch unvoreingenommen bleiben – Adam könnte einige seiner Erinnerungen erfunden oder verzerrt haben. Sie wusste genau, dass sie, wenn sie sechs Zeugen eines Verbrechens befragte, sechs verschiedene Geschichten bekäme, obwohl Adam ziemlich offen darüber gesprochen hatte, was ihm widerfahren war. Sannie fragte sich, ob Mia wusste, dass ihr Vater wegen Feigheit angeklagt und diszipliniert worden war, beschloss aber, es nicht zu erwähnen.

»Er sieht auch sehr gut aus und, ich sollte das nicht sagen, aber er ist auch zu haben.«

»Wirklich?« Sannie schaute Mia über ihre Sonnenbrille hinweg an. »Ich habe im Internet gelesen, er sei verheiratet und habe zwei Kinder.«

Mia senkte ihre Stimme. »Seine Frau ist lesbisch. Sie haben eine ›Vereinbarung‹. Ich hatte das Gefühl, dass er sich für mich interessiert, wenn du verstehst, was ich meine.«

»Du klingst jedenfalls, als wärst du an ihm interessiert, Mia.« Für Sannie klang es ausserdem, als wäre Tony Ferri bei diesem Besuch in der Lodge ziemlich indiskret gewesen.

Sie lächelte. »Vielleicht. Jedenfalls habe ich ihn eben erst kennengelernt und er ist berühmt. Ich bin eine Safari-Führerin und glaube nicht, dass ich das Leben im Busch mit dem eines Politikers tauschen möchte ... Wie auch immer. Ich habe heute auch viel von ihm über meinen Vater gehört. Tony erzählte, sie seien oft nicht miteinander ausgekommen. Ich wusste, dass mein Vater stur war, aber es hörte sich an, als wäre er, als er in der Armee war, noch viel schlimmer gewesen. Aber Tony hat ihn respektiert, weil er sich für seine Mitsoldaten einsetzte.«

»Ich verstehe.« Das war definitiv eine andere Version der Geschichte als die, die Sannie gerade gehört hatte. Sie sagte sich erneut, sie mische sich nicht in das Erzählen und Wiedererzählen von Kriegsgeschichten durch diese alten Soldaten ein, vor allem nicht, wenn Mia dabei verletzt werden könnte. Sie fühlte sich jedoch verpflichtet, ihre jüngere Freundin zu beschützen. »Sei nur vorsichtig mit Politikern, Mia. Ich habe schon einige von ihnen kennengelernt. Sie versprechen immer etwas – mehr Polizei, mehr Geld, schärfere Gesetze, härteres Durchgreifen gegen Verbrechen – halten es aber selten. Sie sagen genau das, was du hören willst.«

»Nun, ich glaube nicht, dass Tony so ist.« Mias Augen leuchteten einen Moment lang auf. »Warum hätte er mir sonst erzählt, dass er und mein Vater sich nicht verstanden haben? Er hätte mir das ersparen können.«

Wahrscheinlich, dachte Sannie, weil er weiss, dass sonst jemand anderes auf die Probleme zwischen Tony, Adam und Frank anspielen würde. »Ich weiss, was du meinst, Mia.«

»Es tut mir leid, Sannie. Ich wollte nicht so abwehrend klingen. Es ist einfach schön, dich wiederzusehen.«

»Dich auch.«

»Hast du Lust auf eine kleine Spritztour, nur wir beide?«

»Ja, das wäre schön«, sagte Sannie.

Sie gingen zur Küche, wo Mia eine Kühlbox mit Getränken und Snacks holte, von dort zu Mias Land Rover und fuhren aus dem Camp hinaus.

»Die Luft hier ist so klar«, sagte Sannie. »Es ist schön an der Küste, das Wetter ist *lekker* warm und das Rauschen des Meeres immer hörbar, aber hier ist es ... friedlich.«

»Ich komme oft hierher, um nachzudenken«, sagte Mia. »Es war so intensiv, als ich herausfand, dass Luiz mit meinem Vater gedient hatte. Als ich das erste Mal hierherkam, versuchte ich, ihn in ein Gespräch über den Krieg zu verwickeln, aber es war schwierig. Im Nachhinein habe ich das Gefühl, Luiz sei, nachdem ich ihm sagte, wo mein Vater im Krieg stationiert war, wie er hiess und in welcher Einheit er diente, noch verschwiegener geworden.«

»Greenaway ist kein so häufiger Name«, sagte Sannie. »Vielleicht hat er erkannt, wer du bist und wer dein Vater war, und hat absichtlich geschwiegen.«

»Aber warum?«, fragte Mia. »Nur weil mein Vater ein sturer junger Ziegenbock war, der sich danach in einen sturen alten Ziegenbock verwandelt hat?«

»Eine Sache, die ich von Adam aufgeschnappt habe, Mia, ist, dass es zwischen den beiden Jungs böses Blut gibt. Adam scheute sich sogar, Ferri heute beim Mittagessen zu treffen.«

Mia sah überrascht aus. »Und wovor hat er Angst?«, wollte sie wissen.

Adam war ein Kampfveteran, topfit und hatte sich bewaffneten Entführern entgegengestellt, also glaubte Sannie nicht, dass er sich vor einem Kampf mit Ferri fürchtete.

»Am ehesten vor sich selbst, vermute ich«, mutmasste Sannie. »Oder davor, was er tun könnte.«

19

E in Horn ertönte.

Adam hatte auf dem Rücken auf seinem Bett gelegen und gehofft, ein Nickerchen lasse einige der Erinnerungen verblassen. Sofort hellwach, stand er auf und ging nach draussen. Obwohl es helllichter Tag war, hatte gerade jemand den persönlichen Notfallalarm ausgelöst.

Die Tür zu Sannies Wohnung war geschlossen und als Adam den Weg zu den Zelten entlangging, schien ihm das dritte Zelt, zu dem er kam, ziemlich unordentlich. Die Türen standen offen und im Eingangsbereich lag ein umgestossener Stuhl auf dem Boden. Als er die Treppe hinaufstieg, sah er einen Mann, das Horn in seiner ausgestreckten Hand, auf dem Boden liegen.

»Mist.« Tony Ferri schob sich auf dem polierten Betonboden der Suite auf die Händen und die Knie.

Adam hielt am Eingang inne. Die Decke war halb vom Bett gezerrt und ein Schreibtisch umgestossen worden. Eine umgekippte Lampe ohne Schirm lag mitten im Zimmer und Scherben zersplitterten Glases glitzerten wie verstreute Diamanten auf dem Boden.

»Ferri«, sagte Adam.

Tony Ferri stöhnte, drehte den Kopf und schaute nach hinten.

»Adam Krüger.« Dann berührte der Politiker vorsichtig mit den Fingern seinen Hinterkopf und musterte ihn.

Adam sah, dass Blut in den Kragen des anderen Mannes zu rinnen begann.

Er ging zu ihm. »Lassen Sie mich Ihnen beim Aufstehen helfen.«

Adam streckte eine Hand aus und Ferri ergriff sie. »Komisch«, sagte Ferri und berührte erneut seinen Hinterkopf. »Mein erster Gedanke war, dass Sie mich überfallen hätten. Aber Sie waren es nicht, oder?«

Adam schüttelte den Kopf. »Nein. Ich habe das Signalhorn gehört.«

Ferri ging unsicher zum Bett und setzte sich schwerfällig darauf. »Ich habe geschlafen und bin aufgewacht, weil ich ein Geräusch hörte. Als ich aus dem Bett stieg, schlug mir jemand mit etwas auf den Hinterkopf.« Er blickte auf die Lampe hinunter. »Aha, damit.«

»Wer?«, fragte Adam.

»Ich habe keine Ahnung, ich habe niemanden gesehen«, sagte Ferri. »Ein Typ, schätze ich. Ich hätte nicht gedacht, dass es hier draussen, mitten im Nirgendwo, Diebe gibt, aber man weiss ja nie.«

»Ich müsste Sie fragen, ob Sie jemanden kennen, der Sie verletzen oder umbringen will ...«

Ferri, der sich immer noch den Kopf hielt, zuckte zusammen, als er ein Lachen unterdrückte. »Die Liste wäre lang und hätte ein paar illustre Namen darauf. Ich nehme an, sie würde auch Sie einschliessen. Aber eigentlich glaube ich nicht, dass politische Attentate oder grobe Dinge im Schlachtplan des ANC stehen. Wahrscheinlich ist nur ein Diebstahl schief gegangen.«

Adam sah sich um. »Ist etwas verschwunden?«

Ferri beugte sich vor, um seinen Nachttisch zu überprüfen. »Nein. Die Brieftasche ist noch da und mein Laptop ebenfalls.«

Adam sah auf ihn herab. »Ich hatte Angst, Sie zu treffen.«

Ferri warf einen Blick nach oben. »Ich kann mir auch denken, warum.«

»Nein. Ich befürchtete, Sie zu schlagen.«

Ferri schüttelte den Kopf. »Jetzt hat Ihnen jemand die Mühe

abgenommen. Er richtete sich auf. Adam, was damals in Angola passiert ist, tut mir leid. Ich habe seit Jahren gehofft, mich persönlich bei Ihnen entschuldigen zu können. Ich habe ein paar Mal versucht, Sie zu finden.«

»Ich habe es gehört. Sie haben Franks Leben ruiniert.«

»Frank hat sich umgebracht, Adam. Er war ein guter Soldat und er hätte wieder auf die Beine kommen können. Die halbe Kompanie hasste mich, weil ich ihn und Sie der Feigheit bezichtigte.«

Jetzt war Adam an der Reihe, zu lachen. »Die Hälfte?«

»Nachdem Frank verhaftet worden war, legte jemand eine Granate auf mein Bett in meinem Zelt, an der ein Zettel befestigt war: ›Die ist für Frank Greenaway. Die nächste hat keinen Stift.‹

Adam wusste, was das bedeutete, falls es stimmte. Sie alle hatten Geschichten von amerikanischen Soldaten gehört, die im Vietnamkrieg missliebige Offiziere mit einer Granate ›zerstückelten‹.

»Als ich Colonel de Villiers erklärte, was jenseits der Grenze geschehen war, kam er auf die Idee, Frank wegen Feigheit anzuklagen. Er wollte, dass Frank aus der Einheit ausschied. Ich glaube, er dachte, Frank sei so verrückt, einem der Männer den Befehl zu geben, mich wirklich zu töten. Er erklärte, es wäre das Beste für uns beide.«

Adam schüttelte angewidert den Kopf. »Verdammte Offiziere. Die Männer in unserer Kompanie hätten es nicht nötig gehabt, dass Frank ihnen sagte, was sie tun sollten.«

Ferri schluckte. »Es tut mir leid, dass Sie in unsere Fehde hineingezogen wurden, Adam.«

Adam setzte sich auf den Couchtisch aus dem Dampferkoffer. »Dann war Frank also so etwas wie ein ›Kollateralschaden‹? Sie und de Villiers vertuschten damit Ihren Mist und konntet einen der erfahrensten Soldaten der Kompanie loswerden, der sich wirklich um die Truppe kümmerte. Als Frank Sie dazu aufforderte, hätten Sie, Evan und die anderen mit uns kommen sollen. Ondangwa hätte auf keinen Fall einen Hubschrauber in diese Scheissschlacht geschickt und Ihre dumme Heldentat hat Rossouw und Roberto das Leben gekostet.«

Ferri breitete seine Hände aus und Adam sah wieder das Blut darauf.

»Ist hier alles in Ordnung?«, fragte Shirley, die atemlos am Eingang der Zeltsuite erschien.

»Es ist alles okay«, sagte Tony.

Shirley begutachtete den Schaden. »Sieht nicht so aus. Was ist passiert? Oh ...« Sie legte eine Hand auf den Mund. »Sie haben sich doch nicht etwa gestritten, oder?«

Tony schüttelte den Kopf. »Nein, es war ein Eindringling.«

Shirley schnappte nach Luft. »Oh, mein Gott, nein!«

Adam vermutete, dies sei der schlimmste Alptraum jedes Lodge-managers –ein Krimineller, der an einem Ort wie diesem, welcher aufgrund seiner Abgeschiedenheit als sicher galt, einen zahlenden Gast überfiel.

»Das ist schrecklich, es tut mir so leid, Herr Ferri«, sagte Shirley, und die Anspannung war in ihrer Stimme deutlich zu hören. »Haben sie etwas mitgenommen? So etwas ist in unserem Haus noch nie passiert, das kann ich Ihnen versichern.«

Tony sah sich in seiner Suite um, um Shirley zu helfen. »Nein, nicht dass ich wüsste.«

Shirley zeigte auf das Blut. »Sie sind verletzt. Kann ich einen Krankenwagen rufen?«

Tony berührte wieder seinen Hinterkopf und begutachtete seine Finger, an denen Blut klebte. »Nein, danke, ich komme schon klar. Es ist eher mein Stolz, der verletzt ist. Ich wünschte, ich hätte ihn noch erwischt.«

Shirley schnallte ein Funkgerät von ihrem Gürtel ab. »Meshach, Meshach, hier ist Shirley«, sagte sie in das Walkie-Talkie. »Meshach Shabangu ist unser Sicherheitschef«, bemerkte Shirley zu Tony und Adam, während sie auf die Antwort wartete. Ein Mann meldete sich, und Shirley erzählte ihm schnell, was passiert war, und bat ihn, mit einem zweiten Mann, Ernesto, zu kommen.

»Ernesto ist ein weiterer unserer San-Fährtensucher – jünger als mein Onkel Luiz, aber sehr gut in seinem Job. Hoffentlich kann er die Fährte des Täters aufnehmen, dann können er und Meshach ihn fangen. »Und Sie sagen, das ist noch nie passiert?«, fragte Adam.

»Auf keinen Fall«, sagte Shirley. »Herr Ferri, bitte, was kann ich für Sie tun?«

»Ich glaube, ich brauche nur etwas Eis gegen die Schwellung, Shirley. Und vielleicht ein Bier, um meinen verletzten Stolz zu besänftigen, weil ich den Kerl nicht aufhalten konnte.«

»Ich organisiere das sofort und bin in fünf Minuten zurück.«

Shirley verliess die beiden und Adam nahm ihr Gespräch dort auf, wo sie aufgehört hatten. »De Villiers wollte also, dass Frank die Truppe verliess?«

Ferri breitete seine blutigen Hände aus. »Sie wussten, was vor sich ging, denn Sie waren Zeuge der Probleme zwischen Frank und mir. Sie hätten bei Evan und mir bleiben können – ich war der ranghöchste Mann, also wissen Sie, dass Sie meinem Befehl hätten folgen sollen.«

»Sie hatten Unrecht und Frank hatte Recht. Sie haben uns gesagt, wir sollen gehen, und dabei nicht nur Ihr Leben, sondern auch das von Evan unnötig in Gefahr gebracht.«

»Das war nicht Ihre Verantwortung, Adam.« Er holte tief Luft, als ob er sich beruhigen wolle. »Okay, heute sehe ich ein, dass Frank wahrscheinlich recht hatte, aber ich war ein junger Offizier und Frank tat alles, um meine Autorität zu untergraben. Ich habe unzählige Male über diesen Tag nachgedacht und glaube, ich habe Ihnen und Evan nur deshalb geraten, zu bleiben, weil Frank das Gegenteil gesagt hat. Auch wenn ich den Schaden, den ich Frank und seinem Ruf zugefügt habe, nicht ungeschehen machen kann, kann ich das zugeben und möchte mich dafür entschuldigen.«

Adam schüttelte den Kopf. »Sie haben Frank und mir gesagt, dass wir gehen sollen«, sagte er, »und Ihr Gewehr dabei auf Frank gerichtet, worauf er Sie geohrfeigt hat. Wollen Sie sagen, das alles sei nicht passiert?«

Ferri rieb sich mit der Hand über die Stirn und schirmte dabei seine Augen ab. »Einiges von diesem Tag ist für mich verschwommen, Adam. Frank war ...«

Adam streckte sein Kinn vor. »Frank war ein guter Soldat und ein ebenso guter Mensch.«

Ferri bewegte seine Hand, wobei sein Gesicht einen flehenden, bittenden Ausdruck zeigte. »Sie waren dabei, Adam. Sie erinnern sich bestimmt, wie verrückt es war. Kugeln flogen und Mörserbomben schlugen um uns herum ein. Nachdem Sie und Frank weg waren, wurde Rossouw vor meinen Augen getötet. Ich war voll von Duartes Blut. Von diesem armen Flieger.«

»Als Frank sagte, es sei Zeit zu gehen, hätten Sie mit uns kommen sollen. Wir sind Ihretwegen zurückgekommen und Sie haben auf uns geschissen.« Die Worte, die schon seit Jahrzehnten schwelten, lagen Adam bitter auf der Zunge.

Ferri breitet seine Hände wieder aus. »Ich habe Ihnen meine Seite der Geschichte erzählt.«

»Alles davon?«

Ferri sah auf. »Was meinen Sie damit?«

Adam drehte sich um und verliess das Zelt, bevor er wirklich etwas tat, was er bereuen würde.

Mia und Sannie trafen auf ein Gespann zweier Gepardenmännchen, das sich im Schatten eines Dornenbaums ausruhte.

Sie blieben eine Weile bei den Katzen, bevor sie ihre Fahrt fortsetzten. Es fühlte sich gut an, weg von ihrem anderen Leben zu sein, dachte Sannie, auch wenn die Umstände dieser Reise ein wenig seltsam geworden waren.

»Das ist der Ort, an dem Luiz ... Dort habe ich ihn gefunden.« Mia zeigte auf einen grossen Baum.

»Oh je, das muss schlimm für dich gewesen sein«, sagte Sannie.

Sie nickte. »Darf ich dir dort etwas zeigen, Sannie, etwas Seltsames?«

Sannie zuckte mit den Schultern. »Wenn du willst.«

Mia fuhr das Safarifahrzeug von der Sandstrasse auf eine Sandpiste, die zu dem Baum führte. »Wir halten hier oft an, für den Sonnenuntergangsdrink und den Morgenkaffee.«

»Ist ja auch ein nettes Plätzchen«, sagte Sannie, als Mia kurz vor dem Baum anhielt.

Die Frauen stiegen aus und Mia ging zu einem Sandfleck, von dem aus ein Stock aufragte.

»Ich habe diesen Ast als Markierung aufgestellt«, sagte Mia. »Ich habe Luiz gleich dort drüben unter dem Baum gefunden.« Sie zeigte auf ihn.

Sannie schirmte ihre Augen gegen die Sonne und das grelle Licht der Wüste ab. Der Baum war etwa zwanzig Meter von dem Ort entfernt, an dem sie jetzt standen. »Wofür ist die Markierung?«

Mia griff in die Tasche ihrer Shorts und zog einen verschliessbaren Plastikbeutel heraus. »Für das hier.«

Sannie sah die kupferne Patronenhülse in der Tasche. »Aus einer Pistole?«

Mia nickte. »Neun mal achtzehn Millimeter, russisch. Dasselbe Kaliber wie die Pistole, die Luiz benutzt hat.«

»Wie kommt so eine Hülse den ganzen Weg hierher?«, fragte Sannie.

»Genau das frage ich mich auch.«

»Erklär mir bitte, was du gefunden hast«, sagte Sannie. Ihre berufliche Neugierde war geweckt. Ein Tatort war wie ein Buch, aber wie bei jedem guten Buch war das Ende manchmal geheimnisumwittert und nur um einige Ecken zu erreichen.«

Mia ging zu dem grossen Baum. »Er lag hier. Sein Körper war von Geiern angefressen worden, was kein schöner Anblick war, nicht einmal aus der Ferne.«

»Ja, ich habe auch schon solche Fälle gesehen.« Sannie erinnerte sich an die Leiche einer Frau, die in einem ihrer früheren Fälle ausserhalb des Krüger-Parks von Hyänen angefressen worden war.

»Hast du die Patronenhülse der Kugel gefunden, die ihn getötet hat?«

»Nein, die hat die Polizei gefunden. Ich fand diese Patronenhülse hier zusätzlich und sprach mit dem für die Ermittlungen zuständigen Detektiv, einem Sergeant Cele aus Askham. Er sagte mir, sie hätten die Hülse der Patrone, die Luiz getötet habe, und dass sie zu der Waffe passe, die er in der Hand hielt.«

»Aber dieser Cele hat sich nicht die Mühe gemacht, sie abzuholen?«

Mia schüttelte den Kopf. »Nein, er sagte, er sei sehr beschäftigt und wahrscheinlich sei es sowieso nichts. Er hat mir auch gesagt, ich hätte sie gar nicht aufheben sollen.«

Sannie runzelte die Stirn. »Er hat sich überhaupt nicht für die zweite Hülse interessiert?«

»Offensichtlich nicht. Aber es ist ja auch unmöglich, dass eine Patronenhülse aus einer Pistole von hier bis dorthin geschleudert worden wäre, wo ich sie gefunden habe.«

Sannies Blick verlor sich in der Ferne und sie nickte. »Was hat der Feldwebel noch gesagt?«

»Er war ziemlich abweisend«, sagte Mia, »und sagte, Luiz hätte vielleicht auf ein Tier oder etwas anderes geschossen, bevor er sich umgebracht habe.«

»War die Pistole auf Luiz Namen zugelassen?«

»Nein«, sagte Mia. »Und Shirley sagte, sie hätte keine Ahnung gehabt, dass er eine Waffe besessen habe. Ich selbst sah ihn nie mit einer Waffe schiessen. Er liebte die Wildnis und die wilden Tiere. Ich habe ihn einmal gefragt, ob er auf die Jagd gehe, worauf er erwiderte, dass wenn, dann eher mit Pfeil und Bogen als mit einem Gewehr.«

Sannie überlegte: »Dieser Kerl beschliesst also, sich zu erschiessen, kommt aber zuerst hierher, zu einer bekannten Sehenswürdigkeit im Reservat, wo er ein paar Schüsse abgibt, bevor er sich hinsetzt, um sein Leben zu beenden?«

»Klingt ziemlich bizarr, was?«, sagte Mia.

»Sehr seltsam«, sagte Sannie. »Gab es sonst noch etwas Ungewöhnliches an den Umständen von Luiz' Tod oder irgendetwas, das ihm oder mit ihm in letzter Zeit passiert ist?«

Mia kaute auf ihrer Lippe. »Ja, da war etwas.«

Sannie sah Mia an. Sie kannte ihre junge Freundin gut genug, um zu wissen, wann sie etwas zurückhielt.

»Ich habe in Luiz' Zimmer etwas gefunden, nach seinem Tod.«

Sannie stemmte die Hände in die Hüften. »Mia!«

»Ein Schuppentier.«

»Was?«, platzte Sannie mit der Frage heraus. »Schon wieder?«

Mia nickte. »Ich weiss, verrückt, nicht wahr? Aber dieses Mal gab es keinen Grund, warum Luiz ein Schuppentier versteckt haben sollte.« Der Verdächtige bei einer früheren Ermittlung war bekanntermassen verrückt nach Reptilien und exotischen Tieren gewesen. »Luiz war kein Wilderer, Sannie. Da bin ich mir sicher.«

Sannie warf Mia einen zweifelnden Blick zu. »Musstest du das Schuppentier nach Askham bringen?«

Mia sah wieder verlegen aus. »Ja. Es tut mir leid, dass ich es dir nicht früher erzählt habe.«

»Ja, schade, aber es ist okay. Erklär mir einfach, warum Luiz deiner Meinung nach kein Wilderer gewesen sein kann.«

»Es macht einfach alles keinen Sinn. Luiz hatte selten Urlaub und sollte erst in einem Monat wieder eine Pause machen. Warum sollte er wochenlang ein Schuppentier in seinem Zimmer aufbewahren und riskieren, dass es irgendwann entdeckt wird? Ich glaube, es wurde von jemandem bewusst dort platziert.«

»Mia, glaubst du, Luiz wurde ermordet?«

Die jüngere Frau warf die Hände hoch. »Ich weiss es nicht. Als mein Vater tot aufgefunden wurde, dachte ich, es müsse jemand anderes gewesen sein. Jemand habe ihn umgebracht und versucht, es wie Selbstmord aussehen zu lassen.«

»Da bist du nicht die erste, die als Freund oder Verwandte so denkt«, sagte Sannie.

Mia nickte. »Ich weiss, ich weiss. Ich habe mich mit der Tatsache abgefunden, dass er sich umgebracht und mir keine Nachricht hinterlassen hat. Und weiss, dass es nicht meine Schuld war und all das. Dennoch glaube ich, dass ich im Hinterkopf immer noch nach einer anderen Antwort gesucht habe. Ich dachte, ein Treffen mit Papas alten Kumpeln könne vielleicht etwas Licht in das bringen, was er durchgemacht hat.«

Sannie dachte an das, was Adam ihr über Tony Ferri erzählt hatte. »Und hast du etwas Neues erfahren?«

»Nur, dass Dad in der Armee einige Probleme mit Autorität hatte, was keine grosse Überraschung war. Er hat sich auch im Krügerpark nie gescheut, den leitenden Angestellten zu sagen, was er von der Art und Weise hielt, wie der Park geführt wurde. Er hat sich damit keinen Gefallen getan, wie es sich klar zeigte, als es darum ging, wer seinen Job verlieren würde.«

»Vielleicht solltest du mit Adam reden«, schlug Sannie vor.

»Ja, das würde ich gern tun.«

»Es wäre vielleicht eine gute Idee, wenn du seine Version der Ereignisse in Angola erfahren würdest.«

Mia nickte. »Ja, das werde ich machen. Und was denkst du über die Geschichte von Luiz?«

Sannie blickte um sich herum auf die karge, leere Wüste und ihr lief ein Schauer über den Rücken. »Manche Dinge klingen seltsam.«

Sannie ging zu der Stelle, an der Mia die verbrauchte Hülse gefunden hatte. Sie schloss für einen Moment die Augen und versuchte, sich die Szene vorzustellen und sich in den alternde Krieger hineinzuversetzen, der mit einer Waffe hierhergekommen war. Sie dachte an die Zeit, in der sie selbst darüber nachgedacht hatte, sich das Leben zu nehmen. Sie war weder wild vor Zorn gewesen noch hatte sie dazu geneigt, einen verirrten Schuss abzufeuern – eher im Gegenteil. Es war ein Moment der Verzweiflung gewesen, der auch eine Art von Klarheit mit sich gebracht hatte, dass ihr Leben zu beenden die beste und einzige Möglichkeit für sie war.

»Hast du die Telefonnummer von Sergeant Cele?«

»Ja«, sagte Mia und zog ihr Telefon hervor. »Ich gebe dir seinen Kontakt.«

»Habt ihr hier draussen Empfang?« Sannie nahm ihr eigenes Telefon in die Hand und war überrascht, vier Balken darauf zu sehen.

»Ja, Julianne hat für ihren eigenen Antennenturm bezahlt.« Mia schickte die Angaben und Sannies Telefon piepte.

Sannie wählte die Nummer. Als Sergeant Cele abnahm, stellte sie sich vor und sagte ihm, dass sie wegen des Todes des San-Fährtensuchers anrufe.

»Was interessiert Sie daran, Captain? Sie sind doch von weit weg, von Port Shepstone.«

»Ich bin eine Freundin der Familie«, sagte Sannie, was Erklärung genug war. »Können Sie mir sagen, ob die Obduktion Spuren von Alkohol- oder Drogenkonsum beim Opfer ergeben hat?«

»Nein, nichts. Er war sauber«, sagte Cele.

»Eine Mitarbeiterin des Mannes fand etwa zwanzig Meter von der Leiche entfernt eine verbrauchte Patronenhülse. Sie sagt, sie hat es Ihnen gemeldet.«

»Ja, ich habe mit ihr gesprochen. Der Typ war wahrscheinlich auf der Jagd, vielleicht hat er einen Springbock oder so etwas geschossen.«

»Mit einer Pistole?«

»Wollen Sie damit andeuten, dass ich nicht weiss, wie ich meinen Job machen soll, Captain?«

»Ich behaupte nichts dergleichen. Aber vielleicht hätten Sie sich den Tatort noch einmal ansehen sollen.«

Es gab eine Pause. »Die ganze Gegend war bereits mit Tierspuren und menschlichen Fussabdrücken übersät. In diesem Sand hätten wir nichts gefunden – nicht, dass es etwas zu finden gegeben hätte. Der Kerl hat sich umgebracht, Captain, Ende der Geschichte.«

Sannie ärgerte sich über die unbekümmerte, fast arrogante Haltung des Polizisten, konnte sie aber auch verstehen. Kein Polizist mochte es, wenn ein anderer Beamter, oder wie in diesem Fall eine Beamtin, herumschnüffelte und seine Arbeit in Frage stellte.

»Danke für Ihre Zeit, Sergeant.« Sie beendete das Gespräch.

»Das klang nicht sehr vielversprechend«, sagte Mia.

»War es auch nicht. Aber Cele hat vielleicht Recht und es könnte ein Dutzend Erklärungen für den zusätzlichen Schuss geben. Aber Luiz war weder betrunken noch bekifft, er ist also nicht wie ein Verrückter herumgetorkelt. Hast du der Polizei von dem Schuppentier erzählt?«

Mia schüttelte den Kopf. »Mia ... Warum nicht?«

»Shirley und ich haben es erst entdeckt, als wir Luiz' Sachen durchsuchten und da war die Polizei schon lange weg. Luiz war tot und ich wollte seinen Ruf nicht ruinieren.«

»Mia, du hast ein Verbrechen vertuscht! Du hast einen Verdacht bezüglich der Art und Weise, wie Luiz gestorben ist, aber könnte dann die Tatsache, dass er in ein kriminelles Unternehmen verwickelt war, nicht etwas damit zu tun haben?«

Mia schaute verlegen. »Ähm, doch, ich denke schon. Entschuldigung.«

Sannie winkte mit der Hand. »Nein, mir tut es leid, dass ich dich verärgert habe. Du bist ein guter Mensch, Mia, und denkst immer an die Gefühle der anderen. Aber wenn Luiz mit Kriminellen zu tun hatte, war er vielleicht in ein Geschäft verwickelt, das schiefgelaufen ist.«

Mia nickte. »Ja, da könntest du Recht haben.«

Eigentlich hatte Sannie mit ihrem Urlaub auf der anderen Seite Südafrikas der Kriminalität, den Waffen und der Schattenseite des Lebens entfliehen wollen, aber es kam ihr langsam vor, als hätte sie die Arbeit nie verlassen. Sie war weder verärgert noch wütend, sondern hatte sich mit der Tatsache abgefunden, dass es für sie fast unmöglich war, dem Leben, das sie gewählt hatte, zu entkommen. Am liebsten hätte sie sich mit Mia an den Pool der Lodge gesetzt und einen Cocktail geschlürft, aber sie spürte, dass ihre Ermittler-Sinne sich zu regen begannen, als sie die Informationen, die Mia ihr soeben gegeben hatte, und alles, was sie über die ungleiche Gruppe von Kriegsveteranen erfahren hatte, Revue passieren liess.

»Vielleicht sollte ich mit Shirley sprechen.«

»Das wäre toll, Sannie, aber ich möchte dir nicht den Urlaub verderben.«

»Ich bin sicher, dass mir auch noch Zeit für Spass übrigbleibt.«

»Besonders, wenn du in einem Zelt neben Adam wohnst.«

Sannie lachte. »Wir sind nur Freunde.«

Mia sah auf ihre Uhr. »Ich muss rechtzeitig zum Nachmittagstee und zur nächsten Pirschfahrt zurück in der Lodge sein. Kommst du auch mit?«

»Ich werde sehen«, sagte Sannie. »Ich dachte an ein bisschen Zeit im und am Pool. Ausserdem bin ich mir nicht sicher, ob ich den Dritten Weltkrieg miterleben möchte, wenn die Jungs alle zusammen in ein Fahrzeug steigen.«

»Das wird sicher nicht so schlimm«, sagte Mia.

Sannie war sich da nicht so sicher. Wie um ihre Bedenken zu bestätigen, hörten sie bei ihrer Rückkehr zum Empfang der Lodge laute Stimmen.

»Warum zum Teufel können Sie an einem so abgelegenen Ort nicht für die Sicherheit Ihrer Gäste garantieren?«

Sannie erkannte, dass Tony Ferris Wahlkampfleiterin, Lisa Ingram, so zornig sprach. Als sie sich an Shirley wandte, die ihr Bestes gab, um angesichts dieses Sturms ruhig zu bleiben, schlug sie mit der Hand heftig auf den grossen Esstisch, an dem sie alle gemeinsam die Mahlzeiten einnahmen.

Mia lehnte sich dicht an Sannie und flüsterte: »Was ist wohl passiert«?

Sannie wollte sich aus der Sache heraushalten und einfach in ihre Zeltsuite gehen, als Mia fragte: »Shirley, Lisa, kann ich euch irgendwie helfen?«

Sannie stand in der Nähe des Eingangs und hörte die wütende Lisa berichten, dass Tony Ferri in seinem Zelt überfallen worden sei. Sannie beobachtete aus der Entfernung und hörte zu. Ihrer Erfahrung nach war diese Art von Überfall in einer Luxuslodge fast unbekannt. Sannie überlegte, dass auch der ungewöhnliche Selbstmord eines Fährtenlesers, der nun plötzlich auch noch in Wilderei verwickelt schien, in der Dune Lodge ganz sicher nicht zur Tagesordnung gehörte.

20

———

Adam vermisste seine Haie. Wenigstens wusste er, woran er mit einem prähistorischen Meeresraubtier war.

Luiz' Beerdigung war am nächsten Tag. Als er in seiner Suite sass, überlegte er, ob er am Nachmittag mit Ferri und Evan auf die Pirschfahrt gehen solle oder nicht.

»Klopf, klopf«, rief Sannie.

Adam ging auf seine Treppe hinaus und lehnte sich an das Holzgeländer. »Wie war deine Fahrt?«

»Interessant. Hast du schon gehört, was Tony Ferri passiert ist?«, fragte sie.

»Ich war als Erster vor Ort.«

»Wirklich? Darf ich reinkommen?«

»Sicher.« Als sie die Treppe hinaufkam, trat er zur Seite. Er mochte ihren Geruch.

»Ich bleibe nicht lange.«

»Schon in Ordnung«, sagte er.

»Ich dachte, ich könnte an den Pool gehen.«

»Du nimmst nicht an der Nachmittagsfahrt teil?«, fragte er.

Sie schüttelte den Kopf. »Ich war schon draussen und hatte eine schöne Zeit mit Mia allein. Und was ist mit dir?«

»Ich bin hin- und hergerissen.«

»Wegen der Begegnung mit Ferri?«

»Die habe ich bereits hinter mir«, sagte Adam.

Sie setzte sich auf denselben Stuhl, auf dem sie vor ihrer Fahrt gesessen hatte und den Adam bereits als ihren betrachtete.

»Darf ich dir etwas aus der Minibar bringen?«

»Am liebsten Wasser, das wäre wunderbar.«

Er nahm zwei Flaschen aus dem Kühlschrank und goss das Wasser in Gläser mit Eis aus dem silbernen Eimer auf der Bar.

»Köstlich«, sagte Sannie, während sie an ihrem Glas nippte. »Und was ist mit Ferri passiert?«

»Ein Typ schlich sich in sein Zelt, griff ihn von hinten an und schlug ihm mit einer Lampe auf den Kopf. Ich habe das Blut gesehen und glaube, er war ein paar Sekunden lang bewusstlos. Er schaffte es, sein Horn zu ergreifen und zu drücken. Dann kam ich angerannt.«

»Hast du den Angreifer gesehen?«

Adam schüttelte den Kopf. »Nein, er war schon weg, als ich hinkam. Ferri sagte, es sehe nicht aus, als hätte der Kerl etwas mitgenommen.«

»Keine Beschreibung?«, fragte Sannie und nahm einen weiteren Schluck Wasser. Ein Tropfen Kondenswasser fiel zwischen den offenen Kragenknöpfen ihres khakifarbenen Buschhemdes in ihr Dekolleté. Sie wischte sich über die Brust, sah dann auf und bemerkte, dass Adam sie beobachtete.

Er wandte den Blick ab, räusperte sich und sah sie wieder an. »Glaubst du, das ist ein Zufall?«

»Nachdem du erst vor ein paar Tagen auf ganz ähnliche Weise angegriffen wurdest?«

Er nickte.

Sannie holte ihr Telefon heraus. »Entschuldige mich. Ich rufe nur kurz meinen Kontakt bei den Scottburgh Detectives an.«

Er wartete, während sie wählte und mit einem Beamten sprach. »Ein wasserdichtes Alibi?«, fragte sie. »Und nur eine Kugel? Interessant. Danke.« Sie beendete das Gespräch.

»Es war nicht Renshaw, der mich angegriffen hat?«

Sannie schüttelte den Kopf. »Ihr Fischerfreund war auf einer Konferenz in Durban, was von mehreren Augenzeugen bestätigt wurde, darunter vom Professor, der Gastredner war. Der Professor sagte, Renshaw sei nach dem Abendessen, von neun Uhr abends bis zwei Uhr morgens in einer der Bars des Suncoast Casinos gewesen und habe dort Hof gehalten. Es scheint, die Überwachungskameras des Casinos bestätigen die Behauptung und Renshaw geriet sogar in eine Schlägerei mit einem Mann. Laut den Sicherheitsleuten des Suncoast Casinos ist das alles aktenkundig. Wäre es denkbar, dass er jemand anderen schickte, um dich zu überfallen?«

Adam schüttelte den Kopf. »Ich nehme an, dass es möglich wäre, aber er würde es nicht tun, denn ich glaube, er würde seine Drecksarbeit lieber selbst erledigen. Was sagtest du gerade über ›eine Kugel‹?«

»Ja, das ist sehr interessant«, sagte Sannie. »Der ermittelnde Beamte berichtete, die Waffe, die wir am Tatort gefunden haben und die ich neben dir liegen sah, habe nur eine einzige Patrone im Magazin gehabt.«

»Das ist seltsam«, sagte Adam. »Wie gross ist die Kapazität normalerweise, zwölf oder fünfzehn Schuss?«

»Fünfzehn, glaube ich. Also ja, wer würde mit nur einer Patrone in eine Schiesserei gehen, und warum?«

Adam dachte darüber nach. Der Einbrecher, der in sein Haus in Pennington eingebrochen war, hatte unvorsichtigerweise eine Waffe fallen lassen, vermutlich seine Reservewaffe. Warum also, wenn das der Fall war, beginge der Mann ein Verbrechen mit einer Ersatzwaffe mit nur einer Kugel? »Das führt zu dem zurück, worüber wir vorhin spekuliert haben«, sagte er.

Sannie nickte. »Es war ein abgekartetes Spiel – der Eindringling wollte dich töten, es aber so aussehen lassen, als hättest du Selbstmord begangen.«

In Adams Zelt klingelte das Telefon, worauf er aufstand und ranging. »Eine Minute«, sagte er, dann hielt er seine Hand über das Mikrofon. »Es ist Mia«, sagte er zu Sannie. »Sie erinnert mich daran, dass die Pirschfahrt am Nachmittag bald losgeht und möchte wissen, ob ich mitkomme.«

Sannie lächelte höflich. »Ich denke, dies zu entscheiden liegt bei dir, Adam.«

»Natürlich«, sagte er und spürte, wie seine Wangen brannten. »Ich habe nachgedacht. Du sprachst davon, am Pool zu entspannen. Hättest du gerne etwas Gesellschaft dabei?«

Sie lächelte wieder. »Ich bin sicher, das wäre schön.«

Sie war nett und liess ihm einen Ausweg, obwohl er wusste, dass er ihre Erlaubnis nicht brauchte. Er hatte Ferris Rechtfertigung seines Handelns gehört und war alles andere als beeindruckt davon, was der ehemalige Offizier vorgebracht hatte. Der Gedanke, drei Stunden lang auf dem Rücksitz eines Land Rover mit dem Politiker Smalltalk zu halten, widerte ihn an. »Also, Mia, Ich habe mich entschieden, dieses Mal auszusetzen.«

»Das gilt für mich auch«, rief Sannie.

Adam gab die Nachricht weiter und legte auf.

»Mia hat gerade gesagt, sie hoffe, dass wir unseren gemeinsamen Nachmittag geniessen. Was bedeutet das?«, fragte er.

Sannie lachte. »Sie hat da wohl so eine Vermutung. Aber Adam, ich glaube, Mia ist ein bisschen in Tony Ferri verknallt.«

»Und worüber habt ihr gesprochen?« Er setzte sich wieder neben sie und blickte auf die schöne Aussicht, das Nichts. »Über Männer?«

»Ha. Schmeichle dir sich nicht selbst. Aber ich glaube, Ferri hat eine Charmeoffensive gestartet, und natürlich nicht erwähnt, dass du oder ihr Vater vor ein Kriegsgericht gestellt wurden. Soweit Mia weiss, hatten Frank und Ferri nur ein paar gesunde Meinungsverschiedenheiten.«

»Idiot«, sagte Adam. »Und jetzt spielt er wahrscheinlich die Mitleidskarte aus, weil er von einem Eindringling überfallen wurde, den er abwehren musste. Typischer Politiker-Bullshit.«

Sannie streckte die Hand aus und legte sie auf seine. »Hey, ärgere dich nicht über ihn.«

Er sah ihr in die Augen. Sie schien wirklich mitzufühlen.

Sie trank ihr Wasser aus. »Ich gehe mich umziehen. Wollen wir uns so in einer Viertelstunde am Pool treffen? Dort können wir auch über Waffen und Kugeln reden.«

»Das passt für mich.«

Sie stand auf. »Das ist eine Verabredung.«

Der Klang dieser Worte gefiel ihm und er beobachtete, wie sie die Treppe hinunterging und den Weg zu ihrem Zelt einschlug. Sie war fesselnd, doch seine Gedanken kehrten nach Angola zurück.

ANGOLA, 1987

ADAM RANNTE, voll von purem Adrenalin, auf die Grenze zu. Die Schlinge des Maschinengewehrs rieb seine Schulter auf und schnitt ins Fleisch. Seine Beine schmerzten und sein Atem ging stossweise.

»*Fok*!« Frank blieb stehen und schaute hinter sich. »Ich dachte, die anderen, zumindest Rossouw und Evan, kämen mit uns. Aber wo sind sie?«

Adam sah sich um. »Scheisse, ich dachte, Rossouw wäre direkt hinter mir.«

Die Mörser fielen immer noch dorthin, wo sie eben noch waren. Es gab ein Kreischen über ihnen und dann das laute, tiefe Geräusch einer heftigen Explosion.

»Was war das?«, fragte Adam atemlos. »Schwere Artillerie«, sagte Frank. »Unsere.«

Ein weiteres Haubitzengeschoss brauste durch die Luft und als die Granate diesmal nur fünfzig Meter von ihnen entfernt explodierte, bebte der Boden.

»Runter!« Frank tauchte in den Sand und Adam tat es ihm gleich. »Jemand schiesst mit der Artillerie.«

Als Nächstes kam eine Salve von vier Schüssen, etwas weiter weg, hinter ihnen, in Richtung der anderen.

»Das war Ferri«, brüllte Frank über den Lärm hinweg. »Er hat das Feuer, entweder absichtlich, weil er überrannt werden will, oder weil er ein noch grösserer Idiot ist, als ich dachte, auf seine eigene Position befohlen.«

Adam lag im Windschatten eines umgestürzten Baums. Er spürte den Knall jeder der Explosionen tief in seiner Brust. Das war schon erschreckend genug und er konnte sich nicht vorstellen, wie schrecklich es wäre, noch näher an den Detonationen zu sein.

Ein Dutzend Schüsse später hörte das Bombardement auf. Frank hob den Kopf und lauschte. »Lass uns gehen. Wir müssen zurück und dieses dumme Arschloch holen.«

Adams Ohren klingelten als er aufstand. Dann folgten er und Frank ihren Spuren zurück. Die Luft stank nach Sprengstoff, hier und da stand das Feld in Flammen, der Boden qualmte und kleine Bäume brannten von Granateneinschlägen. Seinen Augen stachen vom Rauch.

Adam sah, wie ein Mann, ein Gewehr locker an seiner Seite, aufstand und ein paar Schritte weitertaumelte.

»Evan!«

Evan schien ihn nicht zu hören. Adam ging zu ihm und legte seine Hand auf die Schulter des Mannes. Evan drehte sich um und hob mit grossen Augen sein Gewehr. Adam schlug die Waffe zur Seite. »Ich bin's!«

Evan blinzelte. Adam konstatierte, dass sein Gesicht schmutzig war und aus seinen Ohren Blut lief.

»Evan, ich bin's!«, sagte Adam lauter. Evan schüttelte den Kopf und Adam fragte sich, ob er das Gehör verloren habe.

»*Fok*, ich dachte hundertmal, wir würden sterben«, sagte Evan laut. »Meine Ohren klingeln. Es ist, als hätte ich auf voller Lautstärke Rodriguez gehört und meinen Kopf zu nah am Lautsprecher gehabt.«

Adam legte einen Finger an seine Lippen, um Evan zu zeigen, dass er leiser reden solle. »Wir waren sicher, dich tot aufzufinden, Bruder.« Adam schaute sich um. Hinter ihnen lag Rossouw auf dem Rücken, ein Einschussloch in der Stirn. Ein Anflug von Wut über Friks Tod war das Einzige, was ihn davon abhielt, sich zu übergeben. Ferri lag benommen auf den Knien und sammelte Kraft zum Aufstehen.

Frank schritt auf Ferri zu. »Wo sind die anderen? Roberto und Luiz?«

Evan wischte sich den Mund ab. »Frik hatte keine Chance und Roberto wurde direkt von einer Granate getroffen. In der einen Minute war er noch da, bei uns, und in der nächsten Sekunde war nichts mehr von ihm übrig.«

»Grässlich«, sagte Adam.

Luiz tauchte, sein R1 locker in der rechten Hand haltend, aus dem Rauch auf.

»Luiz, es tut mir so leid«, sagte Adam zu dem Tracker. »Wo ist Robertos Leiche?«

»*Ele está morto*. Tot.« Luiz schüttelte den Kopf.

»Scheisse«, sagte Adam, denn Luiz schien die Frage nicht verstanden zu haben. Es war klar, dass ihnen nichts anderes übrigblieb, als Robertos Familie zu informieren. Er ging zu Ferri.

Frank war bereits bei dem Offizier und hielt ihm eine Hand hin, um ihm auf die Beine zu helfen, aber Ferri schlug sie weg und benutzte sein Gewehr, um sich festzuhalten und aufzustehen.

»Warum sind Sie uns nicht gefolgt?«, fragte ihn Frank.

Ferri funkelte ihn an. »Ich habe Ihnen zu bleiben befohlen und Sie haben sich einem Befehl widersetzt.«

»Sie haben uns gesagt, wir sollen gehen!« Frank stach, den Finger in der Luft, auf den Leutnant ein. »Und wegen Ihnen wurden Rossouw und Roberto getötet, und das alles wegen eines Air-Force-Typen, der bereits tot war. Verdammt noch mal, warum haben Sie nicht auf mich gehört?«

Adam schaute auf den Boden und sah den Körper von Duarte, dem Passagier der Bosbok, der anscheinend durch die Explosion einer Mörserbombe oder durch Schrapnell einer südafrikanischen Artilleriegranate noch stärker verstümmelt worden war. Seine linke Seite war ein blutiges Durcheinander und die linke Hand fehlte vollständig.

»Ich hatte das Kommando«, sprudelte es aus Ferris Mund, »und ich habe das Kommando.«

Adam sah zu Evan, der, ausser Sichtweite der anderen beiden Männer, nur mit den Schultern zuckte.

Frank ignorierte Ferri. »Krüger, Litis – ihr tragt Rossouws Leiche. Leutnant Ferri, Sie und ich nehmen den Mann von der Luftwaffe. Wir werden sie nicht zurücklassen. Litis?«

»Ja, Sergeant«, sagte Evan.

»Wo ist Roberto?«

»Es gibt... Es ist nichts mehr von ihm übrig, Sergeant. Luiz hat mir gezeigt ... Roberto wurde von einer Artilleriegranate getroffen. Einer von unseren.«

»Scheisse«, sagte Frank.

»Was ist mit Luiz?«, unterbrach Ferri. »Kann er nicht beim Tragen der Leichen helfen?«

»Er muss vor uns aufklären und sicherstellen, dass die FAPLA nicht versucht, uns einzukreisen.« Frank starrte Ferri mit einem kalten Blick an. »Sie sind für den Tod dieser Männer verantwortlich, Leutnant, weil Sie sich nicht zurückgezogen haben, als ich es Ihnen gesagt habe. Und weil Sie ein Artilleriefeuer zu nahe an Ihre eigene Position befohlen haben, wodurch einer unserer Fährtenleser getötet wurde. Jetzt hören Sie mir alle zu!« Frank schaute in alle Gesichter. »Wir gehen zu Fuss, etwa fünf Kilometer zurück zur Grenze. Rassie!« Der Sanitäter kam durch den Busch zu Frank. »Du löst die Männer ab, die die Toten tragen. Wir gehen weiter und wechseln uns mit dem Tragen des Funkgeräts ab. In der Zwischenzeit rufst du, Rassie, die Ondangs an und bittest um eine schnelle Bergung.«

»Ja, Sergeant«, sagte Rassie.

Ferri stand sichtlich wütend da. Adam erkannte, dass, egal wer etwas sagte, Frank das Sagen hatte und nur er sie hier herausbringen würde. Frank holte eine Karte aus der Hosentasche seiner Uniform, konsultierte sie und las die Koordinaten des Abholpunktes ab, zu dem sie gehen würden und Rassie gab diesen an die Einsatzzentrale in Ondangwa weiter.

»Hört zu, Freunde«, sagte Frank mit grimmiger Miene, »wir sind noch nicht aus der Scheisse raus. Also lasst uns loslegen und diesmal zusammenbleiben. Wenn jemand anderer Meinung ist oder nicht einen Teil der Last tragen will, bringe ich ihn persönlich um. Verstanden?«

Alle ausser Ferri, der nur zu Boden schaute, nickten.

ADAM SCHÜTTELTE den Kopf und versuchte, die Erinnerung an Rossouws Blut und dessen klebrige Spuren an seinen Händen und auf der Uniform, sowie an den quälenden Marsch durch die glühende angolanische Sandwüste zu verdrängen. Er ging zu seiner Tasche, holte die Badehose heraus und zog sie, zusammen mit einem T-Shirt und einer Baseballkappe, an. Dann ging er zum Pool.

Sannie van Rensburg lag in einem schwarzen einteiligen Badeanzug auf einer Sonnenliege und sah sensationell aus. Ein Kellner stand aufmerksam an ihrer Seite.

»Adam, howzit? Ich bestelle eben einen Drink, so irgendwas mit einem Schirmchen drin. Was nimmst du?«

»Ein Castle Lite, bitte«, sagte Adam zum Kellner.

»Kommt sofort, Sir, Ma'am.« Er verliess sie.

Sannie rieb sich die Beine mit Sonnencreme ein. Als Adam zu ihr kam, sah sie auf. »Könntest du bitte meinen Rücken einreiben?«

»Sicher.« Er nahm die Flasche, sprühte Sonnencreme in seine Handfläche und kniete sich neben sie. Sannies Haut war hell und glatt. Er rieb die Creme in sie ein.

»Du bist gut. Du könntest Masseur sein.«

Er lachte. »Nur ein eifriger Amateur.«

»Ich wollte gerade sagen, dass ich das vermisst habe – Rückenmassagen – aber jedes Mal, wenn ich so etwas überlege, denke ich an meinen Mann.«

»Entschuldigung.« Er nahm seine Hände schnell weg.

»Nein, hör bitte nicht auf, Adam. Es ist nicht deine Schuld. Es ist nur mein Zeug, und ich muss herausfinden, wie ich damit umgehe.«

Er beendete das Einreiben der Haut und Sannie drehte sich um. »Du siehst gedankenverloren aus.«

Er zog sein T-Shirt aus und legte sich auf die Sonnenliege. »Ich habe wieder über Angola nachgedacht.«

»Ich nehme an, dieses Treffen ruft viele Erinnerungen in dir wach. Kurz bevor Mia auftauchte, um mich abzuholen, wolltest du mir noch etwas darüber erzählen, was im Krieg passiert ist.«

Er nickte. »Frank hatte eine Theorie …«

»Über?«

»Es gab so vieles an diesem Einsatz, das nicht stimmte und Frank glaubte, dass Ferri mehr über die Mission wusste, als er uns verriet. Er dachte, Ferri sei angewiesen worden, Informationen vor uns anderen Soldaten geheim zu halten.«

»Und was denkst du darüber?«

»Es scheint mir durchaus möglich.«

»Erzähl mir den Rest der Geschichte«, bat Sannie. »Vielleicht hilft es dir, über die Ereignisse zu sprechen und möglicherweise kann ich dir dabei helfen, ein Muster oder etwas Ähnliches zu finden.«

Adam holte tief Luft, nickte und berichtete Sannie, dass Ferri Franks Entscheidung, sich zurückzuziehen, ignoriert hatte und er und Frank zurückkehrten, und Rossouw, Roberto und Duarte tot vorfanden.

»Um den Teufelsadvokaten zu spielen«, sagte Sannie, »Ferri war der Offizier, der ranghöchste Mann, richtig?«

»Ja, das war er«, sagte Adam, »obwohl jeder anständige Offizier auf einen erfahrenen Sergeant gehört hätte. Ausserdem schien es für Ferri keinen guten Grund zu geben, zurückzubleiben. Duarte war bereits an seinen Wunden gestorben, aber wir hätten alle entkommen können. Es schien, als wolle er bleiben und es fast im Alleingang mit der angolanischen Armee aufnehmen. Entweder das oder er versuchte immer noch, etwas zu tun oder zu finden, wovon der Rest von uns nichts wusste.«

»Was könnte das gewesen sein?«, wollte Sannie wissen.

»Damals hatten wir keine Ahnung, aber als ich Frank später im Leben, nicht lange bevor er sich umbrachte, wiedertraf, hatte er eine Theorie: Diamanten.«

»Diamanten?«

Er nickte. Der Kellner kam mit ihren Getränken und Adam

schwieg, bis der Mann gegangen war. Sannie nippte an einem raffinierten Cocktail und sein Bier war kalt und erfrischend.

»Es gab damals und in den Jahren danach alle möglichen Geschichten aus Angola, etwa, dass die südafrikanische Verteidigungsarmee für die Wilderei verantwortlich gewesen sei und dass deren Offiziere Elfenbein von Elefanten und Horn von Nashörner geschmuggelt hätten. Ich habe nie gesehen, dass einer unserer Leute so etwas getan hätte, aber es war allgemein bekannt, dass Jonas Savimbi seinen Kampf gegen die Regierung durch den illegalen Handel mit Wildtierprodukten finanzierte. Es wurde auch viel über Diamanten geredet.«

Sannie schaute über den Rand ihres Glases. »Hatte Frank irgendwelche Beweise?«

Er hat die Familie von Tomás Duarte ausfindig gemacht. Er war der bei dem Flugzeugabsturz vermisste Flieger, nach dem wir suchten. Ferri hatte uns gesagt, wir suchten nach der Besatzung eines abgestürzten Bosbok-Flugzeugs, worauf Frank ihn darauf hinwies, dass die Besatzung eines Bosboks nur aus einem Piloten bestehe. Es war aber offensichtlich, dass Ferri darüber informiert worden war, dass sich noch jemand an Bord befand. Wir haben nie erfahren, was dieser zweite Mann an Bord des Flugzeugs gemacht hat. Wie auch immer, Frank fand Duartes Familie, die nie über seinen Tod hinweggekommen war. Seine Eltern wiesen Frank auf Duartes damalige Freundin hin. Als Frank sie kontaktierte, war sie bereits verheiratet, erklärte sich aber bereit, mit ihm zu sprechen. Sie erzählte ihm, Tomás habe einige geheime Dinge getan, über die zu sprechen ihm verboten gewesen sei. Er war beim Nachrichtendienst der Luftwaffe und kehrte manchmal aus Angola nach Südafrika zurück, um einem General in Pretoria Bericht zu erstatten. Dann bekam er jeweils ein paar Tage Urlaub, den er mit seiner Freundin verbringen konnte, bevor er sich wieder zum Dienst melden musste. Sie sagte, er sei irgendeine Art von Kurier gewesen, habe ihr aber nie gesagt, was er tat. Sie dachte, er transportiere vielleicht streng geheime Dokumente oder so etwas.«

»Oder Diamanten«, sagte Sannie.

Adam nickte. »Frank hat auch einen Mann aus Duartes Einheit ausfindig gemacht, der berichtete, er habe Savimbi persönlich getroffen und selbst Diamanten nach Südafrika gebracht. Der Kerl erzählte Frank, er habe eine Aktentasche bekommen, die, wie in einem alten Spionagefilm, an sein Handgelenk gefesselt worden sei. Frank schwor, dass Duarte, als wir ihn zuerst im Busch begegneten, eine Tasche bei sich trug und ich erinnere mich, dass Frank einen Witz über die Tatsache machte, nämlich dass der Kerl in einem Kriegsgebiet ›Gepäck bei sich trage‹ – aber danach haben wir nie mehr ein Anzeichen dafür gefunden.«

»Geld und Gier sind für viele Verbrechen ein Motiv«, erklärte Sannie.

»Frank hatte die wilde Theorie, Ferri habe die Diamanten gestohlen.«

»Du sagtest, die Patrouille sei getrennt worden und Rossouw, Evan, Ferri und die San-Fährtensucher seien zurückgeblieben, während du, Frank und der Sanitäter Erasmus den Rückzug antraten. Ist das richtig?«

Adam nickte. »Ja, und die beiden San, Luiz und Roberto, haben ihr eigenes Ding gemacht, wahrscheinlich weil sie befürchteten, von uns Weissen getötet zu werden. So kam es, dass Roberto, als Ferri das Sperrfeuer einleitete, durch eine verirrte südafrikanische Artilleriegranate getötet wurde. Auf Rossouw schoss ein angolanischer Soldat und er war offenbar auf der Stelle tot.«

»Wir müssen herausfinden, was Evan gesehen hat«, sagte Sannie. »Hast du ihn damals gefragt?«

»Nein«, sagte Adam. »Wir hatten keine Zeit. Wir zogen uns zurück, der Hubschrauber kam und holte uns ab. Wir waren alle fast tot vor Erschöpfung. Zurück in Ondangwa wurden wir getrennt. Der Sektorkommandant, Colonel de Villiers, wartete mit einigen Militärpolizisten auf uns und wir wurden alle einer Leibesvisitation unterzogen. Aber niemandem von uns wurde gesagt, wonach sie suchten. Dies war ein weiterer Grund, warum Frank später glaubte, es habe sich um fehlende Diamanten gehandelt, denn der Colonel suchte offensichtlich nach etwas Wertvollem. Frank machte sogar einen

Soldaten ausfindig, der zu dieser Zeit in der Leichenhalle von Ondangwa arbeitete. Dieser erzählte ihm, de Villiers habe sogar die Leichen sehen wollen. Das Nächste, was wir wussten, war, dass Frank und ich verhaftet und in eine Zelle gesteckt wurden, wo wir wegen ›Feigheit vor dem Feind‹ angeklagt wurden.«

»Aber war es nicht nur so, dass die Patrouille geteilt wurde?«, sagte Sannie.

»Das dachte ich, und habe es auch bei meinem Prozess gesagt. Es war ein typischer ›Kriegsnebel‹, und die Tatsache, dass die beiden ranghöchsten Leute im Stab, Frank und Tony Ferri, sich über nichts einig werden konnten, war nicht gerade hilfreich. Frank hat sich bei der Anhörung vor dem Kriegsgericht keinen Gefallen getan, denn er sagte sogar, er würde Ferri, den er für den Tod unserer Jungs verantwortlich machte, am liebsten umbringen.«

»Ich verstehe«, sagte Sannie.

»Ja. Die Armee wollte die ganze Angelegenheit unter den Teppich kehren. Wie ich schon sagte, erhielt ich einen strengen Verweis und wurde in eine andere Kompanie versetzt, aber Frank wurde nach Greefswald geschickt, einem Stützpunkt an der Grenze zu Botswana, in der Nähe des heutigen Mapungubwe-Nationalparks.«

Sannie schaute verwirrt. »Ich habe noch nie von einem Armeestützpunkt dort oben gehört.«

»Der war streng geheim. Greefswald war ein schrecklicher Ort, an den die Armee Drogenkonsumenten und Homosexuelle schickte, um zu versuchen, ihr Verhalten zu ›korrigieren‹.« Adam zeichnete mit seinen Fingern Anführungszeichen in die Luft. Nachdem er wegen der Patrouille angeklagt worden war, wurde Franks Ausrüstung noch einmal überprüft und die Militärpolizei fand etwas Dagga, Hasch, in seinem Rucksack. Frank schwor, er habe das Zeug nie genommen, aber es brachte ihm eine zweite Anklage ein und war für die Armee ein unumstösslicher Vorwand, ihn in dieses Höllenloch zu schicken. Während er dort eingesperrt war, konnte er nicht einmal Einspruch gegen die Anklage wegen Feigheit einlegen. Dort folterten Sie die Männer mit harter Arbeit, brutalem körperlichem Training und Drill. Das hat viele Männer gebrochen, aber Frank hat überlebt. Er ging zurück an die Grenze – nach Angola – aber ich habe ihn nie wieder in Uniform gesehen.«

»Ich kann verstehen, warum Frank ein Hühnchen mit Ferri zu rupfen hatte und warum er von dem, was er durchgemacht hat, gezeichnet war«, sagte Sannie. »Und was ist mit Evan passiert?«

»Er bekam eine Medaille, weil er bei Ferri blieb und eine beschissene, nichtexistierende Linie gegen die Angolaner hielt. Als Ferri zum Hauptquartier der Fallschirmjägerbrigade 44 zurückkehrte, nahm er Evan mit und dieser kam nie wieder in den Kampf zurück, sondern hat den Rest seiner Dienstzeit als Schreiberling verbracht.«

»Ich verstehe.«

»Frank spielte vor seinem Tod Privatdetektiv und überprüfte Evan und Ferri, ohne dass sie davon wussten«, fuhr Adam fort. »Ferri legte nach der Armee die Anwaltsprüfung ab und wurde ein vollwertiger Anwalt. Er hatte schon in jungen Jahren eine eigene Kanzlei und ein schickes Haus in Clifton am Kap.«

»Oh, dort sind Immobilien teuer«, sagte Sannie.

»Ja, das stimmt. Ferri kam allerdings nicht aus einer reichen Familie. Frank fand heraus, dass Ferris Vater während des Zweiten Weltkriegs von unseren Jungs in der westlichen Wüste gefangen genommen und als italienischer Kriegsgefangener in Zonderwater in der Nähe von Pretoria gebracht worden war. Wie viele Italiener beschloss der Vater, nach dem Krieg nach Südafrika zurückzukehren. Er leitete schliesslich ein Restaurant in Cullinan, aber die Familie war nie vermögend. Ferri heiratete eine Kommilitonin, die Jura studierte, aber auch sie stammte nicht aus einer wohlhabenden Familie.«

»Interessant«, sagte Sannie. »Vielleicht hat er nur hart gearbeitet und Anwälte verdienen gut.«

»Sicher«, sagte Adam, dann herrschte ein paar Sekunden lang Schweigen zwischen ihnen.

»Und was ist mit Luiz?«, wollte Sannie wissen.

»Er war mit Ferri, Rossouw und Evan zusammen, also hat er höchstwahrscheinlich gesehen, was an diesem Tag im Busch passiert ist.«

Sannie dachte darüber nach. »Ja, aber er wurde weder ein erfolgreicher Anwalt noch Politiker oder ein reicher Geschäftsmann. Und auch nicht im Kampf getötet. Er war ein Fährtenleser, der in einer Personalunterkunft in einer Wildtierlodge lebte und vielleicht wilderte, um sein Einkommen aufzubessern.«

»Wilderte?« Adam sah richtig schockiert aus. Sannie erzählte ihm von ihrem Gespräch mit Mia und von dem Schuppentier, das die junge Frau in seinem Zimmer gefunden hatte.

»Unglaublich«, sagte Adam. »Aber ich kannte Luiz nicht so gut – das tat niemand.

Und jetzt, wo Tony Ferri im Begriff steht, sich für einen der wichtigsten Posten in der Politik zu bewerben, dachte Luiz vielleicht, er könne ihn erpressen, indem er ein längst vergessenes Geheimnis preisgebe, das Tony in der Vergangenheit begraben halten wollte? Zum Beispiel den Diebstahl einer Tasche voller Diamanten?«

»Erpressung kann auch ein starkes Motiv sein«, sagte Sannie. »Glaubst du, Ferri hat die Diamanten, falls es überhaupt solche gab, gestohlen?«

Adam zuckte mit den Schultern. »Ferri hatte kein Gepäck dabei – wir hatten alle Hände voll mit den Toten zu tun – aber er könnte sie irgendwo in seiner Uniform oder Ausrüstung verstaut haben.«

»Wurde er, als ihr alle zur Basis zurückgekehrt seid, nicht wie du und die anderen, durchsucht?«

»Ich weiss es nicht«, sagte Adam. »Offiziere helfen einander. Der Befehl für unsere Mission kam direkt vom Sektorkommandanten, Colonel de Villiers, der Ferri vor unserem Einsatz zu einem Gespräch unter vier Augen beiseite nahm. Wir vermuteten, der Colonel habe den Befehl, so etwas wie den Diamantenhandel der UNITA geheim zu halten. Frank vermutete, die beiden Offiziere hätten vielleicht eine Geschichte für ihre Vorgesetzten erfunden, dass die Diamanten im Kampf verschwunden seien, obwohl Ferri sie bei sich hatte. Danach hätten er und de Villiers sie unter sich aufgeteilt.«

»Das klingt nach einer tollen Verschwörung«, sagte Sannie.

Adam zuckte wieder mit den Schultern. »Frank fand keinen wirklichen Beweis. Er sagte mir, er habe versucht, de Villiers zu erreichen, aber der Colonel habe ihm nie geantwortet. Auf jeden Fall war es unwahrscheinlich, dass de Villiers sich selbst belastete.« Adam schwieg einen Moment und fuhr dann fort: »Und was denkst du über den Angriff auf Ferri in seinem Zimmer?«

Sannie nippte an ihrem Cocktail. »Wir alle wissen, dass Kriminalität in Südafrika ein Problem ist, aber es ist das erste Mal, dass ich von einem Überfall in einer Luxuslodge wie dieser höre. So etwas kommt einfach nicht vor.«

Adam nickte. »Vielleicht war es politisch motiviert. Jemand suchte nach Dokumenten, die er vielleicht hatte, oder nach etwas auf seinem Computer?«

»Das Konzept der DA, wie man Wahlen verliert?«

Adam lachte. Sannie grübelte über den Angriff nach. »Vielleicht war es nur ein Gelegenheitsdieb – vielleicht ein Mitarbeiter – und Ferri hat ihn gestört?« Trotzdem war es unwahrscheinlich, dachte sie. Julianne Clyde-Smith führte in ihren Lodges ein strenges Regiment und Sannie wusste, dass sie sich sehr darum bemühte, auf allen Ebenen die besten Mitarbeitenden zu finden. Sie zahlte gut, was für Loyalität sorgte.

Adam erhob sich. Sannie bewunderte seine wohlgeformten Bauchmuskeln und als er sich umdrehte seinen Rücken. Er sprang in den Pool und aus einem Impuls heraus stand sie ebenfalls auf.

»Wie ist das Wasser?«, fragte sie, als Adam auftauchte.

»Erfrischend, aber nicht so warm wie der Indische Ozean.«

Sie tat, als zittere sie.

»Komm herein«, sagte er.

Das Wasser sah klar und einladend aus. Adam fuhr sich mit der Hand durch sein kurzes Haar, sodass die Tropfen nur so flogen. Sie tauchte hinein.

»Brrr. Eher eiskalt«, sagte sie und schnappte nach Luft. Um sich aufzuwärmen, schwamm sie eine Runde. Adam schloss zu ihr auf und schwamm im Gleichschlag, als sie sich umdrehte und eine weitere Runde anhängte. »Du siehst aus, als wärst du im Wasser zu Hause.«

Er lächelte. »Das ist mein natürliches Element. Ich glaube nicht, dass ich in der Wüste leben könnte, nicht einmal im Busch.«

»Ich liebe den Strand«, sagte sie. »Als Kind habe ich mich jedes Jahr auf unseren Urlaub gefreut. Wir fuhren immer nach Margate.«

Adam lachte. »Oh, und wir haben es geliebt, wenn ihr Touristen in den Ferien zu Besuch kamt.«

»Ich wette, das hast du.« Sie bespritzte ihn.

»Haha.« Er schwamm auf sie zu, blieb aber kurz vor ihr stehen.

Er sah so gut aus, und trotz ihres Gesprächs hatte Sannie fast das Gefühl, wirklich im Urlaub zu sein, mit einem schönen Fremden in einem Pool. Sie trottete durchs Wasser und sah ihn an.

»Du zitterst ja.«

»Ich paddle nur und versuche, warm zu bleiben«, sagte sie.

»Du könntest aus dem Wasser steigen.«

Sie schüttelte den Kopf. »Ich will nicht.«

Adam kam zu ihr und Sannies Herz begann schneller zu schlagen. Er war gross genug, um auf dem Boden des Beckens zu laufen und den Kopf über Wasser zu halten, während sie sogar am tiefen Ende immer noch ein paar Zentimeter zu klein dafür war.

Er breitete unter dem Wasser seine Arme aus.

Sannie sah ihm in die Augen und paddelte auf ihn zu. Sie fühlte sich, als nähere sie sich dem Rand einer Klippe. Als sich ihre Körper trafen, spürte sie seine Wärme und glaubte, den Schlag seines Herzens zu spüren. Er legte seine Arme um sie.

Sannie schmiegte sich an seinen Hals und sie küssten sich. Adam legte eine Hand auf ihren Rücken und zog sie so an sich, dass ihre Herzen ganz nahe beieinander waren. Die Wärme seines Mundes vertrieb die Kälte und sie fühlte sich schwerelos. Sie war über den Abgrund gestürzt und er hatte sie aufgefangen.

»Wow«, sagte sie, als sie nach Luft schnappten.

Er lachte. »Du klingst wie ein kleines Mädchen.«

Er hielt sie fest und sie wollte nicht loslassen. »Jetzt zittere ich, wirklich.«

»Ich habe dich.« Adam hielt sie fest und sie küssten sich erneut.

Er bewegte sich langsam rückwärts, dorthin wo es weniger tief war, bis sie auf den Zehenspitzen stehen konnte.

Er führte sie an der Hand aus dem Schwimmbad.

»Was nun?«, fragte Sannie, deren Herz immer noch pochte. Sie schnappte sich ein Handtuch und trocknete sich, nahm dann das bunt gemusterte Kikoi-Tuch, das sie mitgebracht hatte und band es sich um die Taille. Adam stand ihr gegenüber auf der anderen Seite ihrer Sonnenliege, trocknete sich ab und zog sich sein T-Shirt über.

»Ich habe eine Idee.« Er lächelte.

Sie hatte ihn gespürt. Das kalte Wasser hatte sein Verlangen nicht verborgen und sie spürte das Bedürfnis wieder in sich. Es war so lange her.

»Wir können es langsam angehen, wenn du das möchtest«, sagte er.

Sie stieg auf die Sonnenliege und als er unwillkürlich einen halben Schritt rückwärts machte, fiel sie ihm halb in die Arme, als sie von der Liege stieg.

»Nein«, flüsterte sie ihm ins Ohr, »schnell ist gut«.

Adam nahm ihre Hand wieder in seine und führte sie den Weg vom Schwimmbecken hinunter zum Pfad, der zu seinem Zelt führte. Er hielt inne und schaute in beide Richtungen, als ob jemand sie beobachte oder auf sie warte. Sie wollte, dass er weiterging, schneller, bevor sich ihr gesunder Menschenverstand einschaltete und sie ihre Meinung änderte.

Adam spürte die Dringlichkeit und fing halb zu laufen an. Sie hielt mit ihm Schritt und lachte, doch es war eher ein aufgeregtes Kichern.

Er lief die Treppe, zwei Stufen auf einmal nehmend, zu seiner Veranda hinauf, dort hielt er inne, drehte sich um und wartete auf sie.

»Bist du sicher?«

Sie schüttelte den Kopf. »Nein. Aber ich komme mit rein.«

Adam öffnete die Schiebetür zur Suite und Sannie rannte die Treppe hinauf und hinein. Sie schmiegte sich erneut in seine Arme und sie küssten sich wieder. Sie drückte sich an ihn und löste den losen Knoten, mit dem sie ihr Tuch festgebunden hatte. Es fiel zu Boden. Nur der Stoff ihres Badeanzugs trennte sie von ihm und sie spürte ihn wieder hart an sich. Sie wollte ihn so sehr.

Adam hob sie hoch und trug sie zum Bett. Sie fühlte sich in seinen starken Armen leicht. Er legte sie sanft nieder, liess sich neben sie gleiten, stützte sich mit seinen Armen ab und sah auf sie herunter. »Du bist wunderschön.«

Sie errötete. »Du auch.«

Während er sie küsste, berührte er sie durch den Stoff hindurch und zeichnete zärtlich ihre Umrisse nach. Ihr Körper brannte und reagierte fast zu empfindlich, um den sanften Druck seiner Fingerspitzen zu ertragen. Sannie legte einen Arm um seinen Hals und zog ihn näher zu sich heran. Sie wollte ihn ganz und gar spüren, alles.

Adam küsste sich zu ihrer Brust hinunter und zog eine Brustwarze in seinen Mund, die erregt war, aber immer noch von ihrem Einteiler umschlossen wurde. Das sanfte Saugen liess sie aufstöhnen. Er zog die Träger ihres Badeanzugs hinunter und packte sie begierig und dennoch ehrfürchtig aus. Er lächelte und seine Augen leuchteten. Sannie wölbte ihren Rücken, damit er den Badeanzug nach unten schieben und ausziehen konnte. Sie konnte sich nicht erinnern, wann sie sich das letzte Mal so offen, so verletzlich und doch so sicher gefühlt hatte.

Er küsste sie.

Sie fuhr mit ihren Fingern durch sein Haar, genoss das Gefühl und schloss die Augen. Ungeduldig zog Sannie sein Gesicht zu ihrem zurück und ihre Lippen trafen sich erneut.

»Ich will dich«, murmelte er.

»Ich dich auch.«

Seine Finger ersetzten seine Zunge und sie spürte, wie sie sich ihr Inneres anspannte.

›Wie konnte das so schnell gehen‹, fragte sich Sannie? Der besorgte Fremde war verschwunden und durch einen Mann ersetzt worden, der jeden Zentimeter von ihr zu kennen schien und wusste, was ihr am besten tat. Als sie ihm in die Augen schaute, fühlte sie einen Anflug von Schuldgefühlen, aber als er sie wieder küsste, hielt sie ihn fest.

Adam öffnete sie noch mehr und sie wurden Eins.

Sie strich mit einer Hand über seinen harten Hintern, drängte ihn und zog ihn in sich. Plötzlich begann Sannie zu weinen, obwohl sie sich albern vorkam, bis er ihre Tränen wortlos wegküsste. Sie war dankbar für sein Schweigen. Mit der Zeit spürte sie eine Veränderung in sich und rollte ihn auf den Rücken. Als sie sich eine Strähne des blonden Haares aus den Augen strich und auf ihn herabblickte, griff er nach oben und seine Hände umfassten ihre Brüste. Jetzt war sie an der Reihe, ihn in sich aufzusaugen, und den Anblick zu geniessen.

Sein harter, spartanischer Lebensstil hatte seinen Körper perfekt geformt, aber seine Augen waren die eines Mannes, der nach Hoffnung oder Erlösung suchte, oder was auch immer er brauchte, um wieder geheilt zu werden.

Adam öffnete den Mund, um zu sprechen, aber Sannie legte ihm einen Finger auf die Lippen. Er küsste sie, während sie ihn ritt und den Rhythmus ihrer Körper nutzte, um die Trauer, die Unsicherheit und das Grauen, das sie in ihrem Leben erlebt hatte, zu vertreiben.

Das war es, was sie brauchte und vielleicht sogar, wen sie brauchte. Jemanden, der sich um sie kümmerte und sie hielt. Es spielte keine Rolle, dass er fehlerhaft war – das waren alle. Was zählte, war, dass sie wieder empfinden konnte.

Das einfallende Nachmittagslicht tauchte ihre Körper in flüssiges Gold und das Glitzern der Reflexion lenkte ihren Blick zum Spiegel an der Wand. Sie sah sich selbst, auf ihm, ganz.

21

Mia senkte den Kopf und sprach ein stilles Gebet für Luiz, ihren Vater und all die Veteranen, die ihr Leben im Kampf oder seit dem Krieg verloren hatten.

Es war Tonys Idee gewesen, während des Sonnenuntergangs am grossen Baum eine Schweigeminute einzulegen.

Als Mia aufblickte, sah sie, dass Tony sie anschaute. Er lächelte. Er hatte perfekte, gleichmässig weisse Zähne, was ihrer Meinung nach heutzutage für einen politischen Kandidaten eine Voraussetzung war.

Tony hob seine Dose Windhoek Lager. »Auf Luiz und alle unsere Kameraden.«

»Auf Luiz«, wiederholten die anderen.

Lisa und Shirley hatten sich ihnen auf Tonys Vorschlag hin auf dieser Pirschfahrt angeschlossen. Evan hob seinen Brandy und seine Cola und stiess mit Tony an. »Er war ein guter Mann.«

Tony sah wieder zu Mia. »Das waren sie alle. Ich würde gerne ein paar Worte sagen, wenn es niemanden stört.«

»Machen Sie nur«, sagte Shirley. »Ich bin mir sicher, dass Luiz es geschätzt hätte, besonders von jemandem, mit dem zusammen er gedient hat und der, nun ja, mittlerweile so wichtig ist.«

»Ich danke Ihnen, Shirley. Es war mir eine Ehre, mit Ihrem Onkel zu dienen.« Tony holte tief Luft, schloss kurz die Augen und öffnete sie dann wieder. »Luiz wurde in einem Land geboren, das sich in einem Konflikt befand und er starb fern von seiner Heimat Angola, im Exil. Aber er war nicht allein. Er und seine San-Kameraden fanden in Südafrika selbst und in der südafrikanischen Verteidigungsarmee ein Zuhause. Diejenigen von uns, die dabei waren, wissen, dass die San-Krieger und ihre Familien einen besonderen Platz in unseren Herzen einnehmen.

Er sah sich in der kleinen Gruppe um und nahm mit jedem von ihnen kurz Augenkontakt auf. Vielleicht bildete Mia es sich nur ein, aber es kam ihr vor, als ob sein Blick eine Sekunde länger auf ihr verweilte als auf den anderen. »Ich bin Politiker und muss meine Worte immer mit Bedacht wählen, aber ich hoffe, dass ich heute unter Freunden bin und nichts verliere, wenn ich mein Herz ausschütte. Während wir als Südafrikaner Männern wie Luiz geholfen haben, haben wir sie auch im Stich gelassen. Die Tatsache, dass ein Militärveteran in seinem Leben keine andere Möglichkeit mehr sieht, als es zu beenden, ist für mich ein Zeichen dafür, dass jemand, irgendwo, mehr hätte tun können. Er hob eine Hand. Ich spreche nicht von ihren direkten Familien, denn sie sind es, denen Männer wie Luiz ihr Leid und ihren Kummer ersparen wollten, indem sie ihn verbargen. Wir, die Veteranen, wissen, was Luiz im Krieg und wahrscheinlich auch danach durchgemacht hat. Er hätte sich an uns wenden sollen oder besser noch, einer von uns hätte ihn anrufen und fragen sollen, wie es ihm geht und ob wir etwas für ihn tun können.«

Tony hob wieder eine Hand und kniff sich in den Nasenrücken, dann fuhr er fort. »Ich habe Platfontein besucht und mich dort mit den San getroffen. Ich bin mehrmals mit Veteranengruppen nach Angola gereist, um den Veteranen und zivilen Opfern unseres Krieges dort die Hand des Friedens und der Hilfe zu reichen. Ich habe versucht, meinen Kameraden ein guter Freund zu sein« – er schaute zu Evan, der leicht nickte – »aber gleichzeitig habe ich in meiner Fürsorgepflicht anderen gegenüber versagt.«

Tony wandte sich an Mia und hielt inne. »Wenn wir heute Luiz gedenken, Mia, möchte ich vor allem Ihnen sagen, wie leid es mir tut, dass Ihr Vater unter ähnlichen Umständen gestorben ist und dass er, aus welchen Gründen auch immer, nicht in der Lage war, einen oder mehrere seiner ehemaligen Kameraden um Hilfe zu bitten. Ich entschuldige mich auch dafür, dass ich ihn als sein ehemaliger Befehlshaber im Stich gelassen habe, dass ich mich nicht stärker darum bemüht habe, unsere Differenzen in Ordnung zu bringen und ihn nicht unterstützte, als er es am meisten brauchte.«

»Freunde«, er breitete seine Hände weit aus, um sie alle zu umfassen, »wahre Führung ist wie wahre Freundschaft, sie muss beide Seiten umfassen, aus Menschen bestehen, die miteinander reden, und zwar nicht nur in guten, sondern auch in schlechten Zeiten. Damit ergibt sich ein Weg, der nach vorne führt. So bitte ich im Namen des Herrn um Vergebung für diejenigen unter uns, die nicht für ihre Brüder und Schwestern da waren, und um ewiges Licht für diejenigen, die hier auf Erden kein Ende ihrer Dunkelheit gefunden haben.«

Mia spürte, wie die Tränen in ihr aufstiegen und wischte sich über die Augen. Evan schniefte und Mia sah, dass auch Shirley weinte.

»Danke, Herr Ferri«, sagte Shirley. »Das war wunderschön.«

Er ging zu Shirley, streckte seine Arme aus, und als sie nickte, umarmte er sie. Ferri schüttelte Evan die Hand und klopfte ihm auf die Schulter, dann stand er vor Mia.

Als er sie festhielt, brach der Damm in ihr und Mia weinte an der Brust des Politikers. »Danke«, schniefte sie. »Ich bin sicher, mein Vater würde Ihnen alles verzeihen, was zwischen euch beiden war, Tony.«

»Ich kann nur darum beten«, murmelte er leise in ihr Ohr, drückte sie an sich und sie erwiderte seine Umarmung.

Mia richtete sich auf und wischte sich noch einmal über die Augen. Es war ihre Pflicht, sich um diese Menschen zu kümmern, während sie in der Wüste waren, also musste sie bei klarem Verstand bleiben.

»Möchte jemand noch mehr Getränke oder Snacks?«, erkundigte sich Mia.

»Klar, gern, kann ich bitte noch ein Bier haben?«, bat Evan.

Mia setzte ein Lächeln auf. »Kommt sofort.«

Sie vermisste Luiz. Beim ›Sundowner‹ hatte er ihr immer mit den Getränken geholfen und nahm vielleicht den einen oder anderen Gast beiseite, um ihm eine interessante Spur zu zeigen. In ihrer Nähe war er ruhig, beinahe verschlossen, aber in Gesellschaft von Gästen hatte er trotz seiner begrenzten Englischkenntnisse eine lockere Art und verstand es, die Leute zum Lachen zu bringen.

»Was haben Sie auf dem Herzen?«, erkundigte sich Tony, während er sich ein weiteres Bier aus der Kühlbox nahm.

»Ich habe gerade daran gedacht, wie lustig Luiz sein konnte. Er liebte es, zu lachen. Aber es ist so schwierig, das Wenige, das ich von ihm weiss mit seinen offensichtlich vorhandenen Problemen und der Art und Weise, wie er starb, in Einklang zu bringen.«

»Wir alten Soldaten sind Experten darin, unsere wahren Gefühle zu verbergen. Das heisst, bis wir jemanden treffen, der unseren Panzer durchdringt.« Er lächelte sie an.

Mia wurde verlegen.

»Ist es möglich, in der Lodge private Abendessen zu arrangieren, abseits von allen anderen?«, fragte Tony.

»Natürlich«, sagte sie, froh, wieder sicheren Boden unter den Füssen zu haben. »Wir können in Ihrer Suite oder auf Ihrer Veranda einen Tisch aufstellen, wenn Sie das möchten und einer der Kellner bringt Ihnen das Essen. Sie können auch allein essen, wenn Sie eine Pause brauchen.«

»Ich möchte, dass Sie mit mir zu Abend essen«, sagte er.

Sie sah ihm in die Augen und war sich ziemlich sicher, dass er nicht nur das im Sinn hatte.

»Sie essen doch manchmal mit Ihren Gästen zu Abend, nicht wahr?«

Mia nickte. »Äh … Ja.«

»Wenn Sie also nur einen einzigen Gast hätten, wäre es nicht ungewöhnlich, mit ihm oder ihr zu essen?«

»Technisch gesehen haben Sie Recht, aber normalerweise im Hauptbereich der Lodge, wo alle anderen auch essen.«

»Ich mag Sie, Mia, und möchte Sie besser kennen lernen.«

Mia blickte zu Lisa hinüber, die sie, wie Mia schon fast vermutet hatte, beobachtete. Vielleicht behielt sie ihren Chef einfach gern die ganze Zeit über im Blick, aber Lisa war attraktiv und Mia fragte sich, ob zwischen ihr und Tony noch etwas sei.

»Ich möchte Ihnen mehr über Ihren Vater erzählen, Mia«, drängte er.

»Wirklich?« Das weckte ihr Interesse. Vielleicht hatte sie ihn und seine Absichten falsch gedeutet.

Am nächsten Morgen fand Luiz' Beerdigung in der nahe gelegenen Stadt Askham statt, dem ein Gottesdienst für alle Mitarbeitenden in der Lodge folgte. Mia hatte gemischte Gefühle. Sie mochte diesen attraktiven Politiker, fragte sich aber, ob aus einer Beziehung mit einem hochrangigen Mann mit einem unglaublich komplizierten Privatleben etwas werden könne.

Mia holte tief Luft. »Lassen Sie mich das mit Shirley besprechen, denn eigentlich dürfen wir uns nicht mit Gästen in ihren Zimmern unterhalten.«

Er grinste. »Vielen Dank. Es würde mich sehr glücklich machen, wenn Shirley zustimmt.«

»Wir wollen, dass es unseren Gästen in der Dune Lodge gefällt«, sagte sie.

»Mia?«, Lisa kam zu ihnen hinüber. »Kann ich bitte noch einen Gin Tonic haben?«

»Selbstverständlich«, sagte Mia und fühlte sich erleichtert. Einen Moment lang hatte sie gedacht, Lisa mische sich ein und sage ihr, sie solle aufhören, Tony zu vereinnahmen.

Mia ging zum vorderen Teil des Land Rovers und griff nach der blauen Ginflasche, die auf dem an einer Stange befestigten, ausklappbaren Tisch stand. In dem Moment, in dem ihre Finger sie berührten, zersplitterte die Flasche.

Mia riss ihre Hand zurück und wirbelte herum. Lisa liess ihr leeres Glas fallen und schrie auf. Es knallte und klirrte, und in der

Beifahrertür des Safarifahrzeugs klaffte ein Loch. Mia erkannte, dass jemand auf sie schoss. »Runter!«

Tony sprang auf das Trittbrett des Land Rovers und griff über die Sitze hinweg nach Mias Gewehr, das in einer grünen Leinentasche mit Reissverschluss auf dem Armaturenbrett lag.

»Tony, runter!« Mia wollte nach ihm greifen, aber eine weitere Kugel schlug nur wenige Zentimeter vor ihr ins Fahrzeug ein und zwang sie, sich zu ducken.

Tony sprang hinunter, stellte sich mit dem Rücken zu Mia und zog das Gewehr aus der Tasche. »Runter mit Ihnen!«

Ein weiterer Schuss dröhnte. Mia registrierte, dass die Schüsse aus einem leistungsstarken Gewehr in beträchtlicher Entfernung abgegeben wurden. Vielleicht benutzte der Schütze einen Schalldämpfer, dachte sie, denn sie konnte nur das Geräusch der Einschläge deutlich hören, die einzelnen Schüsse aber nicht.

Tony legte eine Hand auf ihre und forderte sie auf, sich auf den Boden zu legen. »Gehen Sie in Deckung. Ich habe das im Griff«, wies er sie an.

Tony war auf einem Knie, sein Körper schützte sie vor dem Feuer und Evan hatte Shirley und Lisa auf die andere Seite des Land Rovers gedrängt. Tony suchte die Dünen ab und bediente den Bolzen von Mias Gewehr. »Jetzt habe ich dich.« Er hob das Gewehr an seine Schulter und drückte den Abzug. Die grosse .375 dröhnte und schlug heftig zurück in seine Schulter.

Tony legte mit geübter Leichtigkeit eine weitere Patrone ein.

»Tony! Geben Sie mir mein Gewehr!«

Ein weiterer Schuss durchschlug, weniger als einen Meter von Ferri entfernt, die Aussenhaut des Land Rovers. Er ignorierte Mias Forderung, zielte und feuerte erneut.

»Ich glaube, ich habe ihn getroffen«, sagte Tony. »Bringen Sie alle ins Fahrzeug, Mia, sofort!«

Mia suchte die Dünenlinie ab, auf die Tony gezielt hatte. Sie sah nichts. Sie stand auf und ging auf die andere Seite des Land Rovers, wo die anderen hockten. »Okay, steigt alle ein und bleibt unten, zwischen den Sitzen auf dem Boden.«

Evan half Shirley und Lisa ins Fahrzeug. Die beiden Frauen legten sich auf den Boden und Evan kauerte über ihnen auf einem Sitz.

Mia kletterte auf den Fahrersitz und startete den Motor. »Tony, steigen Sie ein!«

Er blickte über seine Schulter zu ihr. Seine Augen waren gross und strahlend. »Nein, aber Sie können gehen. Fahren Sie über den nächsten Hügel und ich gebe Ihnen Deckung. Warten Sie dort auf mich.«

»Nein, Tony!«

Tony schritt, Mias Gewehr an seiner Schulter, von ihnen weg, in die Richtung, aus der die Schüsse gekommen waren und tastete mit Blicken die Dünen ab.

»Verrückter, mutiger Mistkerl«, murmelte Mia. Sie drehte sich, um zu prüfen, ob alle anderen in Sicherheit und in Deckung waren, wobei sie bemerkte, dass Lisa aufgestanden war und ihr Telefon in der Hand hielt. »Was machen Sie da, Lisa?«

»Ich filme ihn. Das ist unbezahlbar«, sagte Lisa.

Mia schüttelte den Kopf, legte den Gang ein und beschleunigte das Fahrzeug. Gläser, Flaschen und die Sundowner-Snacks flogen vom noch immer hinuntergeklappten Tisch an der Vorderseite des Fahrzeugs. Sie fuhr die Sandstrasse hinauf und über den Hügel, den Tony angegeben hatte. Als sie auf der anderen Seite war, hielt sie an und nahm ihr Funkgerät in die Hand.

»Dune Lodge, Dune Lodge, hier ist Mia. Wir haben einen Notfall hier am Big Tree Sundowner Spot. Ruft die Polizei. Jemand hat auf uns geschossen, over.«

»Verstanden, Mia«, sagte Meshach, der Sicherheitschef. »Ich schicke sofort die APU, verstanden?«

»Bestätigt«, sagte Mia. Die Jungs von der APU, der Anti-Wilderei-Einheit der Dune Lodge, waren schwer bewaffnet und sehr erfahren, aber vor allem viel schneller vor Ort als die lokale Polizei.

Mia wandte sich wieder an ihre Gäste. »Bleiben Sie bitte hier. Ich fahre zurück und hole Tony.«

Die beiden Frauen kletterten aus dem Land Rover. »Ich komme mit, Mia«, sagte Evan.

Mia schüttelte den Kopf. »Nein, aber danke trotzdem. Bleiben Sie bitte hier bei den anderen, Evan.« Sie zog ein Handfunkgerät aus dem Fach zwischen den Vordersitzen und reichte es ihm. Bleiben Sie in Kontakt, und Meshach in der Lodge erreichen Sie auf Kanal sechs.«

Er nahm das Funkgerät und stieg zögernd aus. »Okay.«

Als sie den Weg, den sie eben erst gekommen waren, zurückfuhr, beschleunigte Mia stark und schaltete schnell. Als sie den grossen Baum erreichte, sah sie, dass Tony weiter in Richtung des Bewaffneten gegangen war. Sie schwenkte das Lenkrad nach links und fuhr in den Sand hinaus. Sie verlangsamte, um den Land Rover in den niedrigen Gang zu schalten, liess den Motor aufheulen und pflügte die sanfte Steigung der Düne hinauf zu Tony.

Als er das Geräusch des Motors hörte und sah, dass Mia sich ihm näherte, drehte er sich um.

»Er ist weg, glaube ich«, sagte Tony.

»Steigen Sie ein«, sagte Mia. So sehr sie seinen Heldenmut auch bewunderte, hatte er doch einfach ihr Gewehr genommen, um wie ein einsamer Wolf loszuziehen.

»Ja, Ma'am«, lachte er und kletterte auf den Beifahrersitz.

»Ich bin froh, dass das jemandem Spass macht.«

Sie fuhr langsam weiter ins immer steiler werdende Gelände. Als sie die Spitze der Düne erreichten, hielt Mia an und beide stiegen aus. »Als Sie gerade losgefahren sind, habe ich einen Motor gehört, es klang wie ein Motorrad oder vielleicht ein Quad«, berichtete Tony.

Mia hielt sich die Hand über die Augen und suchte den Horizont ab. Sie entdeckte eine Vertiefung im Sand, wo offensichtlich jemand gelegen hatte, und von dort führten verschwommene Spuren über die nächste Düne. Mia sah, dass Metall auf Sonnenlicht glitzerte, und sie gingen beide zu der Stelle, an der der Schütze gelegen hatte. Mia hockte sich hin, um mehrere leere Patronenhülsen zu untersuchen.

»Eine .300er, wie es aussieht«, kommentierte sie. Tony nickte. »Wilderer?«

Mia zuckte mit den Schultern. »Wir haben hier im Reservat eine kleine Population von Wüsten-Spitzmaulnashörnern, aber die werden intensiv überwacht. Bis anhin kennen wir hier keine Probleme mit Wilderern, weil wir eine sehr gut funktionierende Anti-Wilderei-Einheit haben, die unsere Tiere ständig beobachtet, und natürlich profitieren wir ausserdem davon, dass wir weit entfernt von Städten und Hauptstrassen sind. Für Nashörner ist dieses Kaliber zu klein.«

»Ich frage mich, was er hier gemacht hat«, sagte Tony.

Mia sah ihn an. »Tony, wer ist hinter Ihnen her, und warum? Erst der Typ in Ihrem Zelt und jetzt das hier.«

Er zuckte die Achseln. »Ein Verschwörungstheoretiker könnte Ihnen hundert Antworten geben. Vielleicht sieht die Regierung in mir eine zu grosse Bedrohung? Zum Teufel, es könnte sogar jemand neidisches aus meiner eigenen Partei sein. Im ANC ist es schon vorgekommen, dass sich Stadträte und Kandidaten gegenseitig umgebracht haben. Es könnte sogar ein eifersüchtiger Ehemann sein, soweit ich weiss.«

»Jetzt ist nicht die Zeit für Witze, Tony.«

Er lächelte. »Entschuldigung.«

»Sjuu«, atmete Mia aus. »Sie nehmen das scheinbar nicht sehr ernst. Dabei hat eben ein Scharfschütze auf ein Safari-Fahrzeug voller Touristen geschossen.«

»Ja, es ist ernst, Mia, aber ...«

»Was?«

»Einen Moment lang, mit dem Geräusch der Kugeln in der Luft und dem Gewicht des Gewehrs in der Hand, fühlte ich mich fast so, als wäre ich wieder in meinen Zwanzigern.«

»Angola?«

Er nickte. »Die Leute können über den Krieg sagen, was sie wollen. Warum wir ihn kämpften, und ob wir gewonnen oder verloren haben. Aber ich habe mich schlicht noch nie so lebendig gefühlt wie damals. Und in diesem einen kurzen Moment kam alles zurück.«

Sie runzelte die Stirn. »Geben Sie mir mein Gewehr zurück, bitte.«

Er reichte es ihr und sie vergewisserte sich, dass es gesichert war. Mia suchte den Boden ab und machte sich auf den Weg, um den Spuren im Sand zu folgen.

Tony hielt mit ihr Schritt. »Ich denke, dass vielleicht jemand hinter mir her ist, Mia. Oder vielmehr, dass jemand dafür bezahlt, mich zu töten.«

»Ein Auftragskiller?«

»Auch das ist in unserem Land nicht unüblich, oder?«

» Tony, Wer, abgesehen von der langen Liste, die Sie bereits angedeutet haben, will Ihren Tod?«

Er beschleunigte seine Schritte, um sie einzuholen.

»Ich glaube, jemand, der hier ist, in Ihrer Lodge und genau jetzt, Mia.«

Sie blieb stehen und schaute ihn an. »Wer?«

»Adam Krüger«.

22

—————

Die Sonne stand schon tief, als Sannie allein in Adams Bett erwachte. Sie schaute auf die Uhr. Sie war wohl erschöpfter gewesen, als sie gedacht hatte – die lange Reise und ihr Liebesspiel hatten dazu geführt, dass sie zwei Stunden geschlafen hatte.

»Adam?« rief Sannie, als sie sich aufsetzte. Dann sah sie den Zettel auf seinem Kopfkissen.

Im Fitnessstudio laufen und schwimmen. Muss nachdenken. Um 17 Uhr zurück, lautete die Nachricht.

Am Ende hatte er ein Herz gezeichnet. Sannie runzelte die Stirn. Sie überlegte, ob sie in ihr eigenes Zimmer zurückgehen sollte, anstatt hier auf ihn zu warten, aber es war schon zwanzig Minuten vor fünf Uhr. Er kam ihr nicht wie ein Typ für einen One-Night-Stand vor, und falls er dennoch einer wäre, hätte er eine lange Busfahrt nach Hause nach Pennington vor sich. Sie beschloss, auf ihn zu warten.

Sannie ging ins Bad und drehte den Wasserhahn im Whirlpool auf. Sie ärgerte sich ein wenig darüber, dass Adam sich vor ihr weggeschlichen hatte, aber das kleine Herz am Ende seiner Nachricht überzeugte sie auch, sich zu entspannen und zu warten. Sie nahm ein kohlensäurehaltiges Wasser aus der Minibar, fügte schäumendes Badesalz zum Badewasser und liess sich hinein-gleiten.

Kurz vor fünf hörte sie auf der Treppe zur Suite Schritte.

»Sannie?«

»Ich bin im Bad.«

Adam kam lächelnd herein. Er trug Rugby-Shorts und ein schweissnasses T-Shirt, das er sich über den Kopf zog. Ich habe das Duschen ausgelassen.«

Er schnürte seine Schuhe auf, die, wie sie sah, staubig waren, und wischte sich den Sand von den Waden, bevor er seine Shorts auszog. »Ich dachte, du wärst im Fitnessraum auf einem Laufband.«

»Das war ich auch eine Zeit lang«, erzählte er und stieg zu ihr in die Wanne, »aber dann zeigte mir einer der Angestellten einen Rundweg um die Lodge, den sie zum Trainieren nutzen. So konnte ich ein paar Runden drehen, was besser war als drinnen zu schwit-zen. Es half mir beim Nachdenken.«

Sie versteifte sich im Wasser. »Ist das der Moment, in dem du sagst: ›Lass uns einfach Freunde sein‹?«

Er schüttelte den Kopf, setzte sich, streckte die Hand aus und strich ihr das nasse Haar aus den Augen. »Ganz und gar nicht, aber wie soll es denn nun weitergehen?«

Sie entspannte sich ein wenig und zuckte dann mit den Schul-tern. »Wir sind beide frei, Single und weit über einundzwanzig. Wie wäre es, wenn wir es einfach vorwegnähmen?«

Er lächelte, aber sie fand, es sehe gezwungen aus. »Sannie, ich ... ich habe nichts.«

Jetzt legte sie einen Finger an seine Lippen. »Adam, du studierst und betreibst wertvolle Forschung. Ich habe etwas Geld und ausserdem meinen Job. Ich weiss nicht, wie lange ich bei der Polizei bleibe, oder ob ich mich nach Pennington zurückziehe und einen anderen Job suche. Aber jetzt wollen wir erst einmal sehen, wie es weitergeht und was auch immer kommt, Adam, du brauchst mich nicht zu unterstützen.«

Er nickte, sah aber nachdenklich aus und sie fragte sich, ob es an seinem Ego lag. »Danke«, sagte er, beugte sich vor und küsste sie. »Du bist wunderschön! Bitte dreh dich um.«

Sannie drehte sich in der Wanne so, dass sie mit dem Rücken zu ihm lag. Er legte einen Arm um sie und zog sie näher heran, so dass sie an seiner Brust lag. Seine rechte Hand wanderte ins Wasser und streichelte ihren Innenschenkel. Sie bewegte ihr Bein und er fand die richtige Stelle. Sannie legte ihren Kopf an seine Schulter, schloss die Augen und liess ihren Körper auf seine Berührung reagieren.

Als sie zu zittern begann, küsste Adam sie auf die Wange. Er drückte sie fest an seinen muskulösen Körper, bis sie sich an ihn schmiegte.

Sannie sah ihn an und lächelte. »Ich fühle mich wieder wie ein Teenager.«

»Ich hätte dich gern mit siebzehn gekannt, vor ..., na ja, vor der Armee und dem ganzen Scheiss.«

»Ja, und bevor ich sah, was ich bei der Polizei gesehen habe. Sie griff zu einem Beistelltisch und zog einen Waschlappen und Seife herüber. Sie schäumte den Lappen ein, nahm einen seiner Arme und begann ihn zu waschen. »Glaubst du, dass es möglich ist, die Unschuld wiederzuerlangen?«

»Ich weiss, dass es unmöglich ist, vor seiner Vergangenheit wegzulaufen, aber vielleicht können wir neu anfangen.«

Sie nickte. »Diese Idee gefällt mir.«

Er seufzte. »Wenn ich hätte weglaufen wollen, wäre ich nicht hierhergekommen. Ich wollte Tony Ferri umbringen.«

Draussen ging die Sonne unter und der Himmel war mit roten Wolken gemustert, die wie Granatsplitter aussahen. Sannie legte den Arm, den sie gereinigt hatte, zurück ins Wasser und begann mit dem anderen. »Wahrscheinlich solltest du so etwas, nachdem der Mann, von dem du sprichst, in seiner Suite überfallen wurde und du als Erster vor Ort warst, nicht zu einer Detektivin sagen.«

»Wenn ich es ernsthaft hätte tun wollen, wäre er bestimmt nicht mehr am Leben.«

Sie verrenkte sich den Hals. »Wolltest du es wirklich tun?«

»Irgendwann in meinem Leben, möglicherweise. Nach Franks Tod. Aber nein, nicht wirklich ernsthaft.«

»Puh.«

»Glaubst du mir?«

»Ich muss. Wir haben uns geliebt und ich liege mit dir in der Badewanne.« Er fuhr mit seinen Fingern über ihre linke Brust, während sie ihn weiter einseifte.

»Frank war zorniger als ich. Ich wollte die Vergangenheit hinter mir lassen und er konnte es nicht. Nach seinem Tod fühlte ich mich schuldig, dass ich seine Rachegelüste nicht geteilt und ihm nicht bei seinen Nachforschungen geholfen hatte.«

»Frank war nicht die Polizei, und du warst es ebenso wenig. Wenn er die Befürchtung hatte, einer oder mehrere von eurer Gruppe habe ein Verbrechen begangen, hätte er zur Polizei gehen müssen.«

»Und die hätte etwas untersucht, das in der Armee der Apartheid-Ära, in einem anderen Land und zwanzig Jahre zuvor passiert ist?«

Sie hörte auf, ihn zu waschen und zuckte mit den Schultern. »Ich weiss es nicht. Das Problem mit SAPS, der südafrikanischen Polizei, ist, dass man ein Verbrechen bei der nächsten Polizeistation melden und hoffen muss, dass es die richtigen Leute erreicht. Man kann sich nicht einfach einen Polizisten suchen, von dem man glaubt, er wolle einen historischen Fall wie diesen aufklären.«

»Und was ist mit dir?«, fragte er.

»Die Hawks in Port Shepstone werden mein Reisebudget wohl kaum genehmigen. Wenn Ferri den Überfall auf ihn in seiner Suite meldet, untersuchen das die Detektive von Askham. Nach dem, was Mia mir erzählt hat, waren sie nicht sehr daran interessiert, zu tief über Luiz' Tod nachzuforschen. Da Ferri ein hochrangiger Politiker ist, müssten sie seinen Fall ernst nehmen, aber so wie ich es verstanden habe, wollte er nicht, dass Shirley die Sache der Polizei meldet.«

»Ich habe über Franks Tod nachgedacht, Sannie.«

»Erzähl weiter.«

»Er war so wild darauf, gegen Ferri zu ermitteln und die Wahrheit herauszufinden. Ich kann nicht verstehen, warum er dann plötzlich alles aufgab und sich umbrachte. Ich glaube, er könnte ermordet worden sein. Könntest du etwas für mich überprüfen?«

»Ich weiss es nicht, Adam, was denn?«

»Könntest du einige Fragen zu Franks Tod stellen?«

Sannie runzelte die Stirn. »Vielleicht. Ehrlich gesagt bin ich selbst neugierig. Und Mia ist eine Freundin – was sowohl ein guter wie auch ein schlechter Grund dafür ist, den abgeschlossenen Fall eines anderen Detektivs anzutasten. Aber ich kann ein paar Anrufe tätigen. Als Frank sich umbrachte, war ich nicht im Lowveld, aber ich kenne einige Polizisten aus Hazyview und Nelspruit, die zu jener Zeit in der Nähe gewesen sein müssten.«

»Das würde ich wirklich sehr schätzen«, sagte Adam.

Sannie griff im Wasser nach ihm. »Wie sehr würdest du es schätzen?«

Sie drehte den Kopf und sah, dass er grinste.

NACHDEM sie wieder miteinander geschlafen hatten, zogen sich Sannie und Adam fürs Abendessen an.

Als sie den Weg zum Hauptbereich der Lodge entlanggingen, kamen zwei Fahrzeuge an: Mias Wildtierbeobachter mit Ferri, Evan, Shirley und Lisa an Bord sowie dicht dahinter ein Bakkie mit vier schwer bewaffneten Anti-Wilderei-Rangern.

»Sie sind früh zurück«, wunderte sich Sannie. »Mia sagte, sie kämen erst nach einer Stunde Nachtfahrt im Dunkeln, gegen halb sieben oder sieben Uhr abends zurück.«

»Und was hat es mit der bewaffneten Eskorte auf sich?«, fragte Adam.

Mia eröffnete ihren Gäste die Wahl, auf ihre Zimmer zu gehen, um sich frisch zu machen, oder sich direkt an die Bar zu begeben. Alle entschieden sich für Letzteres. Meshach, bleib bitte in der Nähe«, sagte Mia zu einem grossen Mann in Uniform, bevor sie zu Sannie kam.

»Stimmt etwas nicht?«, erkundigte sich diese.

Mia erklärte, Meshach sei für die Sicherheit im Allgemeinen und die Bekämpfung der Wilderei im Speziellen zuständig. Dann erzählte sie Sannie und Adam, dass sie und die Gäste gegen vier Uhr von einem Unbekannten mit einem Gewehr mit Schalldämpfer beschossen worden seien, und zwar genau an der Stelle, an der Luiz sich das Leben genommen habe.

»Zuerst wurde ein Mann in seinem Zelt überfallen und jetzt das«, mischte sich Adam ein. »Ich nehme an, so etwas passiert in der Dune Lodge normalerweise nicht.«

»Wenn jemand von einem Skorpion gestochen wird, ist das ein grosses Ereignis«, sagte Mia.

»Versucht jemand, ein Attentat auf Ferri zu verüben?«, fragte sich Sannie laut. Sie blickte Adam an und holte scharf Luft.

»Ich weiss es nicht«, sagte Mia, »und Herr Ferri weiss es auch nicht. Was ich aber weiss, ist, dass er wie Chuck Norris losgezogen ist. Er hat mein Gewehr genommen und denjenigen, der auf uns geschossen hat, gejagt.«

Sannie nickte Meshach, der seine Männer zu instruieren schien, zu. »Haben sie die Sache angeschaut?«

Mia nickte. »Ich entdeckte die Spuren des Schützen von dort, wo dieser zu Fuss weggegangen war. Meshach suchte weiter und bemerkte, dass derjenige, der es war, ein Quad hinter der Düne geparkt hatte. Ich hatte keine Zeit, den Spuren zu folgen, denn ich musste zuerst die anderen Gäste in Sicherheit bringen.«

»Benutzt ihr hier in der Lodge Quads?«, erkundigte sich Sannie.

»Ja«, sagte Mia. »Meshach und seine Leute fahren damit herum, aber er hat mir gesagt, er habe alle überprüft. Es seien alle da und es sei keins benutzt worden.«

»Wo ist Ihr nächster Nachbar?« fragte Adam.

»Etwa zehn Kilometer westlich von uns gibt es eine weitere Lodge und im Norden liegt der Kgalagadi Transfrontier Park. Der Typ auf dem Quad ist nach Osten gefahren. Die Hauptstrasse liegt etwa sieben Kilometer in dieser Richtung und ich vermute, dass er dort ein weiteres Fahrzeug geparkt hatte. Um dorthin zu gelangen, hätten wir erst über eine Stunde aus unserem Reservat herausfahren müssen, um zu dem Punkt zu gelangen, zu dem er möglicherweise unterwegs war. Ich hätte vielleicht mit dem Land Rover über Land fahren oder Meshach schicken können, doch wir beschlossen, zuerst die Gäste in Sicherheit zu bringen.«

»Wahrscheinlich eine gute Entscheidung«, sagte Sannie. »denn der Typ auf dem Quad wäre sowieso schneller gewesen als ihr.«

»Das habe ich mir auch gedacht. Mia blickte in den Barbereich, wo ihre Gäste standen. Ich weiss nicht, ob alle Politiker auf diese Weise von Ärger verfolgt werden.«

»Also«, versuchte Sannie lässig zu klingen, »wenn der Schütze auf der Hauptstrasse sieben Kilometer vom grossen Baum entfernt ein anderes Fluchtfahrzeug bereithielt, muss das etwa fünfzehn Kilometer Luftlinie von der Lodge entfernt sein.«

Mia schüttelte den Kopf. »Nein, das wäre es, wenn du fahren würdest, aber in einer geraden Linie sind es vielleicht nur zehn.«

»Ein fitter Mann könnte das in weniger als einer Stunde schaffen. Was ist mit der örtlichen Polizei?« fragte Sannie.

»Meshach hat sie auf dem Rückweg zur Hütte von seinem Handy aus angerufen. Sie sagten, heute Abend könnten sie nichts mehr tun, schickten aber morgen Detektive hin.«

Sannie schüttelte den Kopf, sagte aber nichts. »Könnten es Wilderer gewesen sein?«

»Nicht hier«, sagte Mia.

Mias Telefon piepste. Sie nahm es heraus und sah es an. »Oh mein Gott.«

»Was ist los?«, fragte Sannie.

»Eine Reiseführer-Freundin von mir, Margaux, schreibt, es gebe ein Meme auf Instagram mit mir und will wissen, ob es mir gut geht.« Mia reichte ihr Handy an Sannie weiter.

»Ein Meme?«, fragte Adam.

»Ein kurzes, lustiges Video«, erklärte Sannie und drückte auf Play. »Nur ist dieses nicht so lustig«, sagte Mia.

Sannie schaute auf den Bildschirm, auf dem Mia zu sehen war, die bei ihrem Land Rover hockte. Im Hintergrund ertönte ein Schuss.

»Tony, steigen Sie ein!«, hörte man Mia im Video.

Adam beugte sich vor, um auch zuzusehen. Die Kamera auf Tony Ferris Gesicht schwenkte.

»Nein, aber Sie können gehen. Fahren Sie über den nächsten Hügel und ich gebe Ihnen Deckung. Warten Sie dort auf mich.«

»Nein, Tony!«, sagte Mias Stimme.

Man sah, dass Ferri auf eine Düne zusteuerte und das Gewehr nun einsatzbereit an der Schulter hatte.

»Verrückter, mutiger Mistkerl«, sagte Mia in der Aufnahme.

Das Video war bereits so bearbeitet, dass es zu einem Meme wurde. Die Heldenaufnahme, in der Ferri das Gewehr schwingt und ein Ziel sucht, wiederholte sich wieder und wieder, begleitet von Mias Stimme.

»Verrückter, mutiger Mistkerl. Verrückter, mutiger Mistkerl. Verrückter, mutiger Mistkerl.«

»Das verbreitet sich bestimmt«, prophezeite Sannie.

»Genau wovon jeder Politiker träumt«, sagte Adam.

»Nun, er war mutig«, sagte Mia. »Sannie?«

Sannie reichte Mia ihr Telefon zurück. »Ja?«

»Kann ich unter vier Augen mit dir sprechen?«

Sannie sah zu Adam. »Das ist selbstverständlich okay«, sagte Adam. »Ich sage den anderen Hallo. Es ist wohl an der Zeit, dass ich mal richtig mit Ferri spreche.«

»Wir sehen uns gleich«, gab Sannie zurück. Sie war aufgewühlt. Sie musste noch einmal mit dem Mann sprechen, mit dem sie gerade Sex gehabt hatte, und ihn fragen, wo er am Nachmittag gewesen war, als er sagte, dass er trainiert habe, aber das musste warten.

Mia führte sie weg, in die Bibliothek des Hauses. Ohne Vorrede sagte sie: »Sannie, Tony glaubt, Adam sei hinter ihm her und wolle ihm etwas antun.«

Sannie schluckte. »Wirklich?«

»Ja.«

»Weisst du zufällig, wo er heute Nachmittag war?«, erkundigte sich Mia.

Sannie spürte, wie sich ihre Wangen färbten. »Ja. Er war hier in der Lodge, in seiner Suite, und später hat er eine Zeit lang trainiert.«

»Hast du ihn gesehen?«

»Ja.«

»In seinem Zelt?«

Sannie seufzte. »Ja, Mia ... Adam und ich... Wir haben heute Nachmittag etwas Zeit miteinander verbracht.«

Mias Augen weiteten sich. »Du?«

»Wir haben den Nachmittag zusammen verbracht.«

»Den ganzen Nachmittag?«

»Mia ...« Sannie spürte, dass ihr Puls raste und wusste, dass sie errötete.

Mia hob die Hände. »Okay. Das geht mich nichts an. Er kann also nicht allein in der Wüste gewesen sein.«

»Nun ja ...«

»Wow. Okay. Ich meine, ich freue mich für dich, wenn du glücklich bist.«

»Es ist noch zu früh«, sagte Sannie. Wenn sie ehrlich war, hatte sie noch nicht einmal fünf Minuten Zeit gehabt, um über die Auswirkungen dessen nachzudenken, was zwischen ihr und Adam vorgefallen war. Das Liebesspiel war fantastisch gewesen, und sie hatte sich danach besser gefühlt, aber jetzt zwang Mias Frage sie dazu, eine Pause einzulegen und nachzudenken. Adam war seit zwei Stunden aus ihrem Blickfeld verschwunden. »Ich habe seine ... Gesellschaft sehr genossen.«

»Du wirst ja rot!«

»Hör auf.«

Mia lachte ein wenig und legte eine Hand auf Sannies Unterarm. »Ich freue mich für dich. Aber als Tony sagte, er könne sich vorstellen, dass Adam ihm etwas antun wolle, nun, das hat mich nachdenklich gemacht. Ich kenne Adam nicht, aber er scheint mir irgendwie launisch und verschlossen.«

Sannie schaute durch die Nebentüren in den Barbereich. Adam war auf Tony Ferri zugegangen und schüttelte ihm die Hand. Ferri winkte dem Barmann zu.

»Das mag er sein, was ihn aber noch lange nicht zu einem Kandidaten für einen durchgeknallten Amokläufer macht. Oder doch?«

»Er war der Erste, der in Tonys Zelt war, nachdem er angegriffen wurde, und kurz bevor Shirley auftauchte«, gab Mia zu bedenken.

»Du denkst, Adam könnte für den Schlag gegen Ferri verantwortlich gewesen sein und dann so getan haben, als rette er ihn, als er Shirley sah?«, fragte Sannie.

»Möglich.«

»Es sei denn, Adam hat versucht, Tony zu töten, und es ist ihm misslungen, sonst macht das keinen Sinn. Aber wenn Adam einen Streit mit Ferri anzetteln wollte, um sich zu rächen, wäre er Manns genug, ihn von Angesicht zu Angesicht zur Rede zu stellen.«

»Warum sagst du ›Rache‹?«, wollte Mia wissen.

Sannie atmete aus. »Mia, ich befürchte, Tony Ferri ist über seine Zeit in der Armee und in Angola mit Adam und deinem Vater vielleicht nicht ganz ehrlich zu dir gewesen.«

»Ich habe dir doch gesagt, dass er zugegeben hat, dass mein Vater und er Differenzen hatten«, sagte Mia.

Sannie wusste, dass sie Mia erzählen musste, was Adam ihr erzählt hatte, auch wenn es ihrer Freundin Kummer bereitete. Mia sollte Ferri wenigstens wegen Adams Geschichte zur Rede stellen. »Mia, es klingt, als wäre es bedeutend mehr als nur eine Meinungsverschiedenheit gewesen.«

Mias Telefon klingelte und sie schaute auf das Display. »Sannie, es tut mir leid, es ist die Chefin, Julianne. Da muss ich rangehen.«

»Natürlich. Aber lass uns bald reden.«

MIA NICKTE Sannie zu und nahm den Anruf entgegen, während sie wegging.

»Shirley hat angerufen«, sagte Julianne Clyde-Smith anstelle einer Begrüssung. »Mia, was soll dieser Scheiss?«

Mia holte tief Luft. »Julianne, ich weiss nicht, was ich darauf antworten soll. Als wir am grossen Baum sassen, hat unvermittelt jemand auf uns geschossen.«

»Ja, das sehe ich. Es ist überall auf dem verdammten Facebook und auf Instagram. Wir sind in aller Leute Munde, Mia, aber aus dem falschen Grund. Bei der Reservierungsabteilung gehen bereits Anrufe von Kunden ein, die ihren Aufenthalt in der Dune Lodge stornieren wollen.« Julianne hielt inne, dann fuhr sie fort: »Shirley hat mir berichtet, es sei niemand verletzt worden.«

»Ja, es geht allen Gästen gut.«

»Immerhin, Glück im Unglück, verdammt noch mal.«

Ihr britischer Akzent liess Schimpfwörter immer besonders dramatisch klingen, dachte Mia, sie konnte aber den Ärger ihrer Arbeitgeberin verstehen. »Es tut mir leid, Julianne.«

»Es ist nicht Ihre Schuld, Mia. Ich dachte, Tony Ferri wolle, dass dieser Besuch unter dem Radar bleibt, aber jetzt scheinen seine Leute den Stoff in den sozialen Medien zu verbreiten. Dass Herr Ferri sich wie ein Rambo aufführt, hat seinem öffentlichen Image offenbar nicht geschadet. Das Video wurde bereits Tausende Male angesehen, und es gibt jede Minute neue Memes. Shirley hat mir erzählt, er sei ausserdem in seiner Suite angegriffen worden.«

»Ja«, sagte Mia.

»Glauben Sie, dass jemand in meinem Wildreservat ein Attentat auf ihn verüben wollte?«

»Wenn jemand das wollte, war er kein sehr guter Schütze«, sagte Mia. »Es wurden vielleicht ein halbes Dutzend Schüsse auf uns abgefeuert, die das Fahrzeug ziemlich gut trafen, aber Ferri nicht.«

»Meinen Sie, die Person hatte es auf Ferri abgesehen?«

Mia dachte einen Moment lang nach. »Ja. Ein paar Schüsse kamen nahe an mich heran, aber ich war zu diesem Zeitpunkt neben Tony.«

»Tony? Sprecht ihr euch schon beim Vornamen an?«

»Er ist nett«, sagte Mia.

»Und er ist verheiratet, Mia. Ich kann nicht brauchen, dass ein prominenter Gast zum Rambo wird und am Khaki-Fieber erkrankt.«

Mia hätte ihrer Chefin gern gesagt, ihr Privatleben gehe sie nichts an, aber sie wusste, dass Julianne recht hatte.

»Was tun Sie und Shirley, um Ferris Sicherheit zu gewährleisten?«, fuhr Julianne fort.

»Meshach hat seine Anti-Wilderei-Leute rund um die Lodge

postiert. Die Polizei hat gesagt, sie komme erst morgen früh heraus, um den Fall zu untersuchen.«

»So, wie Ferri im Internet dargestellt wird, ändert sich das sicher. Wahrscheinlich kriecht die Polizei noch vor dem Morgengrauen überall herum. Und machen Sie sich darauf gefasst, dass morgen ein Mediensturm auf Sie zukommt. Ich werde meine PR-Leute bitten, eine Pressemitteilung vorzubereiten. Niemand spricht mit den Medien, ohne vorher mit mir zu sprechen. Verstanden?«

»Ja, Julianne.«

»In Ordnung«, sagte sie. »Passen Sie auf sich auf.« Julianne beendete den Anruf.

Als Mia in den Barbereich zurückkehrte, sah sie Sannie und Adam allein an einem Ecktisch sitzen und ging auf sie zu.

»Mia, kommen Sie und trink Sie etwas mit mir und den anderen Überlebenden.« Tony versperrte ihr den Weg und hielt ihr ein Glas Champagner entgegen.

»Ich glaube, ich sollte heute Abend keinen Alkohol trinken. Ich habe gerade mit meiner Chefin telefoniert. Sie will, dass wir uns alle auf die Sicherheit konzentrieren.«

»Könnte ich bitte ein kohlensäurehaltiges Wasser haben?«, rief Tony dem Barkeeper zu. »Kommen Sie, leisten Sie uns bitte Gesellschaft.«

»Okay.« Mia schenkte Sannie ein Lächeln, zuckte mit den Schultern und folgte Tony zu der langen Holztheke. Evan und Lisa sassen bereits dort und tranken Wein, während Shirley an etwas, das wie ein Glas Orangensaft aussah, nuckelte.

»Hat Julianne angerufen?«, fragte Shirley Mia.

»Ja, hat sie«, sagte Mia. »Sie hat gesagt, wir sollen uns auf eine Medieninvasion vorbereiten.«

»Es würde mich wundern, wenn sie nicht auftauchte.« Tony reichte das Mineralwasser vom Barmann an Mia weiter. »Es tut mir leid, dass ich das alles über Sie gebracht habe. Ich wollte eigentlich, dass es ein ruhiger Besuch wird, dieser hat sich aber zu allem anderen entwickelt.«

»Das ist nicht Ihre Schuld, Herr Ferri«, sagte Shirley.

»Sagen Sie Tony zu mir, bitte«, korrigierte er sie. »Besonders nach dem, was wir heute alle durchgemacht haben.«

»Ich kann es einfach nicht glauben«, sagte Shirley. »Ausgerechnet hier.«

»Ja, mir geht es genauso«, stimmte Mia zu.

Tony berührte Mia sanft am Ellbogen und sie spürte einen kleinen Schauer. »Darf ich Sie für eine Minute von der Party entführen?«, bat er leise.

»Sicher.«

Er führte sie in die gegenüberliegende Ecke des Raums, in dem Adam und Sannie sassen und Mia spürte, dass die beiden sie beobachteten.

Tony deutete ihr, sich in einen der gepolsterten Ledersessel zu setzen und sie stellte ihr Getränk auf einem geschnitzten hölzernen Couchtisch ab. Tony setzte sich in den Sessel neben ihrem und sein Knie war fast so nah, dass es ihres berührte. Er lehnte sich ein wenig vor.

»Es tut mir leid, dass ich heute Nachmittag Ihr Gewehr genommen habe und einfach damit weggegangen bin.«

»Ich muss einem ehemaligen Armeeoffizier sicher nichts über Waffensicherheit und Protokolle erzählen.«

»Stimmt.« Er stellte sein Getränk neben ihrem ab. »Aber in diesem Moment, als das Adrenalin durch mich strömte und feindliches Feuer drohte, gewannen meine Instinkte die Oberhand.«

»Hat Ihnen Ihr Instinkt eingeflüstert, Sie sollen, wenn Sie unter feindlichem Beschuss stehen, über offenes Gelände vorrücken?«

Er lachte. »Ein Punkt für Sie, Mia. Ich glaube, ich war ein bisschen verrückt Mia. Aber ich fühlte mich verpflichtet, den Schützen zu verfolgen, weil ich Ihnen Zeit verschaffen wollte, um wegzukommen.«

»Das war heldenhaft von Ihnen.«

Er liess sich in seinem Stuhl zurückfallen. »Nein, es war dumm. Aber so ist der Kampf. Manchmal denkt man nicht nach, sondern handelt einfach.«

»Wer will Ihnen wehtun, Tony, oder Sie sogar töten?«

Er schüttelte den Kopf. »Ich weiss es nicht. Glauben Sie mir, ich habe mir den Kopf zerbrochen und Lisa ebenso. Sie hat alle möglichen Theorien und ich denke nur, dass wir einen einfachen Diebstahl ausschliessen können.«

»Sie erwähnten Adam.«

»Damit war ich vielleicht etwas voreilig. Wir haben uns in der Bar gerade zum ersten Mal seit den späten Achtzigern die Hand gegeben. Ich spüre aber immer noch Feindseligkeit in ihm.«

»Er hat ein wasserdichtes Alibi für diesen Nachmittag. Er war bei Sannie.«

Ferri zog die Augenbrauen hoch, aber Mia sah sich nicht veranlasst, seine offensichtlichen Anspielungen zu kommentieren. Das ging weder ihn noch sie etwas an. Trotzdem hatte Mia das Gefühl, Adam habe Tony vor Sannie schlechtgemacht, denn Mia spürte, dass Sannie darüber mit ihr sprechen wollte.

»Adam hat Sannie erzählt, dass da mehr zwischen Ihnen, meinem Vater und ihm war, als nur Meinungsverschiedenheiten.«

Tony schlug die Hände zusammen, als wolle er beten. »Wir waren in Angola in einem Gefecht und ich traf eine Entscheidung – nicht unbedingt die richtige –, nämlich dass wir die Stellung halten sollten. Evan und Luiz blieben bei mir, und Ihr Vater und Adam verliessen uns im Angesicht des feindlichen Feuers.«

Mia legte eine Hand vor den Mund. »Nein.«

Tony streckte seine Hand aus und legte sie auf ihr Knie. »Nein, Mia, es ist nicht so schlimm, wie es klingt. Frank hatte höchstwahrscheinlich Recht und ich Unrecht, aber die Armee sah das nicht so. Unser Sektorkommandant, Colonel de Villiers, zwang mich, Frank und Adam wegen Missachtung eines rechtmässigen Befehls anzuklagen. Sie wurden vor ein Kriegsgericht gestellt und diszipliniert.«

»Oh, nein.« Mia wurde schwindelig. Sie hatte sich ihren Vater immer nur als Helden vorgestellt – mit Problemen, ja, aber nicht als jemanden, der sich eines militärischen Verbrechens schuldig gemacht hatte. »Diszipliniert?«

Tony nickte feierlich. »Ihr Vater wurde in einen wenig bekannten Stützpunkt an der Grenze zu Botswana geschickt, an einen Ort, an

dem Soldaten bestimmte Probleme und Verhaltensweisen korrigieren lassen konnten. Es war bestimmt hart für ihn. Sowohl er als
auch Adam kehrten jedoch in verschiedenen Einheiten zum Dienst
zurück, und ich habe gehört, Frank habe sich in einer der letzten
Kampfhandlungen des Krieges ausgezeichnet.

»Meine Güte.« Mia versuchte, die neuen Informationen zu verarbeiten, wobei ihr bewusst war, dass Tony immer noch seine Hand auf
ihrem Knie hatte. »Mein Vater wurde also in eine Art Strafanstalt
geschickt?«

»So könnte man es nennen.« Er sah ihr in die Augen. »Ich musste
es Ihnen sagen, Mia, bevor Sie es von jemand anderem hören. Ich
habe Frank als Soldaten respektiert, aber wir hatten ein System und
es gab Protokolle und Entscheidungen, die ausserhalb meiner Macht
lagen. Ich habe mehrmals versucht, Frank zu erreichen, um mich bei
ihm zu entschuldigen. Ich kann mich des Eindrucks nicht erwehren,
dass das, was ihm zugestossen ist, irgendwie mit seinen schlechten
Erfahrungen in der Armee zusammenhängt.«

Mia spürte, wie ihr Tränen in die Augen stiegen.

Tony nahm seine Hand weg, rückte aber seinen Sessel näher und
legte einen Arm um sie. Sie lehnte ihren Kopf an seine Schulter. »Er
war ein guter Mann, und es war eine schlimme Zeit, Mia«, flüsterte
Tony. »Können Sie mir verzeihen?«

Mia hob ihren Kopf und sah ihm wieder in die Augen. Eine Träne
kullerte über seine Wange und er tat nichts, um sie zu verbergen. Ihn
weinen zu sehen, brachte sie nur noch mehr zum Weinen. Sie nahm
seine Hände in die ihren.

»Es tut mir sehr, sehr leid«, sagte er und fuhr fort. »Was dieser
Krieg uns angetan hat ...«

Mia schniefte, wischte sich über die Augen und versuchte, ihre
Gefühle wieder unter Kontrolle zu bringen. Sie merkte, dass die
anderen sie ansahen und der Chefkoch der Lodge darauf wartete,
dass sie sich zum Essen an den Tisch setzten.

»Ich möchte mehr wissen, Tony«, bat sie, »alles, über ihn und
Sie.«

Tony holte tief Luft. »Es stimmt, Frank und ich haben uns nicht immer verstanden, aber es wurde ernst. Ich war jung und mein Stolz und meine Unsicherheit sind meinen Entscheidungen in die Quere gekommen. Ich möchte nicht annehmen, dass unsere Erfahrungen bei ihm hängen geblieben sind und ich in gewisser Weise für seine geistige Gesundheit verantwortlich bin. Hat Ihr Vater jemals über unsere letzte Mission erzählt? Wir sollten die Besatzung eines abgestürzten südafrikanischen Flugzeugs finden. Es war eine verrückte Zeit.«

»Er erwähnte ein paar Mal eine grosse Schlacht«, sagte Mia, »und dass einige Männer durch Mörser- und Artilleriebeschuss getötet wurden. Aber nein, ich kann mich nicht erinnern, dass er jemals speziell über ein Flugzeug gesprochen hat. Erzählen Sie mir bitte mehr.«

»Essen Sie mit mir in meiner Suite zu Abend«, forderte er sie auf und drückte ihre Hände. »Dort können wir richtig reden.«

Mia zögerte und sah ihm in die Augen. Sie war eine Vorgesetzte, hielt sich streng an die Regeln und das Protokoll und war stolz darauf, mit gutem Beispiel voranzugehen. Trotzdem wollte sie unbedingt alles über ihren Vater wissen. Und Tony sah so verdammt gut aus.

»Okay.«

23

Die Polizei traf vor dem Abendessen ein.

Sannie und Adam sassen bereits zusammen an einem privaten Tisch im Essbereich. Der zuständige Detektiv, der sich im Speisesaal als Sergeant Thabo Cele vorstellte, konzentrierte sich auf den Barbereich, wo Mia, Evan, Lisa und Tony Ferri sassen.

Celes Arbeitskollegin begann mit der Aufnahme von Aussagen und fing bei Tony Ferri an.

Sannie entschuldigte sich bei Adam, stand auf und ging zum Detektiv. Das Hemd spannte über seinem Bauch und als Sannie sich ihm vorstellte, roch sie Bier in seinem Atem. »Wir haben am Telefon miteinander gesprochen.«

»Ah ja. Sind Sie hier im Urlaub, Captain?«, fragte Cele.

»Ja, ich bin mit Mia Greenaway befreundet.« Sannie nickte Mia zu.

»Ja, wir haben miteinander gesprochen.«

»Ich bin neugierig. Können Sie mir bitte erklären, warum Sie es nicht für nötig hielten, die von Mia gefundene Hülse zu holen und zu prüfen, ob sie mit der beim Selbstmord verwendeten Waffe übereinstimme?«

Der Sergeant runzelte die Stirn. »Ich weiss nicht, wie Ihr

Budget in KwaZulu Natal aussieht, Captain. Vielleicht haben Sie das Geld für eine zweihundert Kilometer lange Hin- und Rückfahrt, um eine Hülse abzuholen und untersuchen zu lassen, wenn der Gerichtsmediziner den Fall bereits als Selbstmord abgeschlossen hat?«

Sannie wusste, dass sie in dieser Situation vorsichtig sein musste. Indem sie ihm unterstellte, dass er seine Arbeit nicht gründlich gemacht habe, hatte sie ihn gerade beleidigt. »Ich verstehe Sie, Thabo, wenn ich Sie so nennen darf. Ich bin Sannie – ich bin nicht bei der Arbeit und will auch keinen Fall neu aufrollen. Aber hier gehen einige seltsame Dinge vor sich.«

Er senkte seine Stimme. »Politiker. Ich bekomme einen Anruf, dass ich alles stehen und liegen lassen soll, um hierher zu kommen, weil auf einen Weissen geschossen wurde.«

Sannie nickte, wie um ihm zuzustimmen.

Cele hielt sich die Hand vor den Mund und rülpste leise. »Ich habe Ihrer jungen Freundin, Frau Greenaway, gesagt, dass ich die Hülse abholen werde, sobald ich kann. Wenn sie sie noch hat, nehme ich sie jetzt gern mit.«

»Natürlich hat sie sie noch.«

»Dann ist es gut«, sagte er. »Ich muss zurück zu meinen Befragungen. Waren Sie am Ort des Geschehens?«

Sannie schüttelte den Kopf. »Nein. Ich war hier in der Lodge.«

»Was halten Sie davon?«, fragte er. »Beruflich gesehen?«

»Ich sprach mit Mia, die dabei war. Es wurden mehrere Schüsse aus
einem Gewehr abgefeuert.

»Sie sagte, der Schütze habe einen Schalldämpfer benutzt, was für ein gewisses Mass an Fachwissen und möglicherweise auch für Geld spricht.«

Cele strich sich über das Kinn. »So scheint es.«

»Doch jeder Schuss ging daneben, kein einziger traf.«

»Jemand, der danebenschiessen wollte?«, fragte Cele.

»Könnte sein«, bestätigte Sannie.

»Warum? Um den politischen Kandidaten zu erschrecken? Ich

habe gehört, er sei auch in seiner Suite oder seinem Zelt oder wie auch immer man die Unterkünfte hier nennt, angegriffen wurde.«

»Ja«, sagte Sannie. »Möglicherweise sollten diese Vorfälle ihn verunsichern, vielleicht aber auch das Gegenteil bewirken – ihn entweder als Opfer oder vielmehr als tapferen Helden hinstellen.«

»Hmmm. Der Sergeant sah sich im Raum um. Ich denke, dieser Fall ist, egal wie man ihn betrachtet, politisch. Das gefällt mir nicht.«

Die Detektivin winkte Cele zu.

»Entschuldigen Sie, Captain. Es war interessant, mit Ihnen zu sprechen, aber ich werde gebraucht.«

»Natürlich«, sagte Sannie.

Adam schaute zu ihr, aber ihr kam etwas in den Sinn, das sie noch tun wollte, bevor sie mit dem gut aussehenden Fremden ins Bett fiel. Sie hob einen Finger und murmelte: »Eine Minute.«

Sie verliess den Essbereich und ging in die kühle Wüstennacht hinaus. Der Himmel war mit Sternen übersät und es war wunderschön. Sie holte ihr Handy aus ihrem BH, in den sie es manchmal steckte und wählte eine Nummer.

»Sannie, howzit? Lange nicht mehr gesehen.« Captain Henk de Beer sprach in Afrikaans, ihrer gemeinsamen Sprache. »Geniesst du das Leben am Strand?«

Sannie war klar, dass ihre Nummer auf Henks Bildschirm – er war Kriminalbeamter bei den Hawks in Nelspruit – sichtbar war. »Hallo, Henk. Ich besuche gerade Mia Greenaway in der Wüste, in der Nähe der Kgalagadi. Lange Geschichte.«

»Ah, da ist es *lekker*. Ich möchte im Juli mit meinem Geländewagen dorthin fahren. Grüss Mia von mir.« Sannie hatte gehofft, dass Henk sich von ihrem letzten gemeinsamen Fall im Sabi Sand Game Reserve an Mia erinnere. »Geht es dir gut?«

»Ja, prima. Henk, du hast doch eine Zeit lang in Hazyview gearbeitet, nicht wahr?«

»Ja, ich war fünf Jahre lang dort, habe aber vor zehn Jahren aufgehört.«

»Ich nehme nicht an, dass du dich daran erinnerst, dass Frank Greenaway, Mias Vater, Selbstmord begangen hat? Er war ein ehemaliger Ranger im Krügerpark, aber arbeitslos, als er starb. Er lebte allein mit Mia.«

»Ja, daran erinnere ich mich tatsächlich«, antwortete er sofort. »Durch einen Ranger-Freund, mit dem ich in Skukuza Golf gespielt habe, traf ich Mias Vater ein paar Mal. Netter Kerl, aber er liebte die Flasche ein bisschen zu sehr, wenn du weisst, was ich meine. Nicht, dass das bei Typen wie ihm ungewöhnlich wäre.«

»Typen wie ihm?«

»Mein *Boet* hat mir erzählt, Frank steckten noch viele schlechte Erinnerungen an die Armee und die Kriegstage in den Knochen. Das kommt vor, weisst du, und es ist schlimm.«

»Ja. Henk, ich weiss. Du, es ist weit hergeholt, aber ich möchte dich fragen, ob du dich an irgendetwas Merkwürdiges in diesem Fall erinnerst. Gab es vielleicht etwas, das dich daran zweifeln liess, dass es sich um Selbstmord handelte?«

Henk hielt jetzt inne. »Sannie, ich bin mir nicht sicher. Aber jetzt, wo du fragst ... Nun, ich weiss es nicht, aber ich habe noch alle meine Notizbücher. Kann ich für dich nachsehen? Weisst du vielleicht das Datum?«

»Ich kann es besorgen und schicke dir eine Nachricht. Herzlichen Dank, Henk.«

Sannie legte auf und hörte in der Stille Schritte hinter sich.

Sie drehte sich um und sah Mia.

»Oh, hallo. Alles okay? Hast du schon mit der Polizei gesprochen?«

»Ich bin die Nächste. Ich verstehe Afrikaans und habe gerade gehört, wie du nach meinem Vater und seinem Tod gefragt hast. Was geht hier vor, Sannie«

Sannie runzelte die Stirn. Sie hatte nicht bemerkt, dass Mia ihr Gespräch mitgehört hatte. »Ich habe noch einmal mit Sergeant Cele über die zusätzliche Patronenhülse gesprochen, die du in der Nähe von Luiz' Leiche gefunden hast, weil ich finde, das sei seltsam und bedürfe einer forensischen Untersuchung. Und nun habe ich gerade mit Captain Henk de Beer aus Nelspruit gesprochen ...«

»Ich erinnere mich an ihn.«

»Ja, nun, er erinnert sich an den Fall deines Vaters. Ich habe ihn gebeten, seine Notizen durchzugehen, um zu sehen, ob es irgendetwas Merkwürdiges gab, irgendetwas, das vielleicht nicht passte.«

»Glaubst du, jemand hat meinen Vater ermordet und es wie Selbstmord aussehen lassen?«

»Es ist viel zu früh, um so etwas auch nur anzudeuten, aber möglicherweise lässt sich hier ein Muster erkennen. Du solltest wirklich mit Adam reden, Mia. Ich sehe, dass Tony Ferri dir näherkommt. Du solltest Adams Seite der Geschichte aus Angola hören.«

Mia reckte ihr Kinn vor. »Dein Adam könnte die Ursache für den ganzen Ärger hier sein. Wenn er nicht auf uns geschossen hat, hat er vielleicht jemanden dafür bezahlt.«

Sannie war verblüfft. »Er ist nicht ›mein Adam‹. Aber als Freundin möchte ich dir einfach sagen, dass du nicht alles glauben solltest, was du hörst. Vor allem nicht von einem Politiker.«

Die Detektivin kam aus dem Essbereich. »Miss Greenaway? Ich bin jetzt bereit für Sie.«

Mia warf Sannie einen verärgerten Blick zu und ging dann hinein.

Als er herauskam, ging Adam an Mia vorbei. »Sie sieht nicht glücklich aus.«

»Du musst mit ihr reden, Adam. Tony Ferri füttert sie immer wieder mit seiner Version der Ereignisse aus Angola. Ausserdem glaube ich, sie verliebt sich in ihn.«

»Meine Version wird Mia nicht gefallen.«

Sannie nickte. »Ich weiss, aber sie muss die Wahrheit darüber erfahren, was mit ihrem Vater und mit dir geschehen ist.«

»Kommst du mit in mein Zelt?«, fragte Adam.

Sie lachte ein wenig. »Was bist du, Superman?«

Er lächelte. »Ich wollte schlafen. Ich möchte dich nur halten.«

Sannie streckte eine Hand aus und berührte ihn am Arm. »Ich glaube, ich muss mich noch einmal mit Mia zusammensetzen und ihr sagen, dass ich einfach auf sie aufpasse, nur so als Freundin. Das, was heute Nachmittag passiert ist, muss sie sehr erschüttert haben. Wir sehen uns vielleicht später, okay?«

»Sicher«, nickte er. »Ich verstehe.« Er lächelte, drehte sich um und ging in Richtung seines Zeltes.

Sannie ging in die Lodge zurück. Mia sass in der Ecke, wo sie zuvor mit Tony Ferri gesessen hatte, wurde jetzt aber von der Detektivin befragt. Sergeant Cele unterhielt sich mit Lisa Ingram, während Tony Ferri, ganz der Politiker, sich entfernt hatte und sich mit drei Angestellten aus der Küche unterhielt, die über etwas lachten, was er gerade gesagt hatte. Evan Litis sass allein an der Bar. Sannie ging zu ihm.

»Hallo.«

»Hallo noch einmal«, sagte er. »Sannie, richtig?«

»Ja. Darf ich mich setzen?«

Evan deutete auf den Hocker neben sich. Der Barmann fragte Sannie, ob sie etwas trinken wolle, und sie bestellte ein Glas Sauvignon blanc.

»Das war ein ziemlich verrückter Nachmittag«, sagte Evan und nahm einen Schluck von seinem Bier.

»Das habe ich gehört«, sagte Sannie. Der Barmann schenkte ihr Wein ein. »Danke.«

»Glauben Sie, es war ein Wilderer, der auf uns geschossen hat?«, fragte er.

»Ich weiss es nicht«, sagte sie. »Ich habe viele Jahre im Krüger-Park gearbeitet, und obwohl die Ranger dort häufig Kontakte mit bewaffneten Wilderern hatten, gab es nie einen Vorfall, bei dem Wilderer auf Touristen schossen. Das Gegenteil war der Fall – die Wilderer vermieden es in der Regel, von zivilen Besuchern des Parks gesehen zu werden. Ausserdem sagt Mia, dass Wilderei mit Schusswaffen hier selten ist.«

Evan schaute in sein Weinglas. »Ich verstehe.«

»Waren Sie es, der das Video von Tony aufgenommen hat, Evan?«

Er schüttelte den Kopf. »Das war Lisa, seine Wahlkampfleiterin. Ich wusste nicht, dass es sich so schnell und so weit herum verbreiten würde.«

Sannie fragte sich, von welchem Planeten Evan stammte, sagte aber nichts dazu. »Es ist auf jeden Fall sehr seltsam.«

»Sind Sie und Adam gute Freunde?«, fragte er und sah sie an.

»Wir haben uns erst kürzlich kennengelernt. Wir leben in der Nähe voneinander, an der Küste KwaZulu Natals. Zufälligerweise kam ich hierher, um Mia zu treffen und Urlaub zu machen. Ich habe gehört, was mit Luiz passiert ist, also habe ich Adam angeboten, ihn mitzunehmen ...«

»Ich verstehe.«

»Sie und Tony, stehen Sie sich nahe?«

Evan nickte. »Obwohl er ein Offizier war und ich ein *Soldat*, ein einfacher Gewehrschütze, haben wir im Krieg viel zusammen erlebt und uns nach der Armee wiedergefunden. Wir sind jetzt schon sehr lange befreundet. Es ist erstaunlich, wie die Zeit vergeht.«

»Ja, tatsächlich«, sagte sie. »Adam hat mir ein paar Dinge über eure gemeinsame Zeit in Angola erzählt, über eine Patrouille, an der ihr teilgenommen habt. Ich glaube, Sie haben dafür eine Medaille bekommen.«

Er sah ihr jetzt in die Augen. »Was hat er Ihnen erzählt?«

Sannie fand, sein Tonfall klinge eher defensiv als aggressiv, aber das Gespräch hatte sich eindeutig über den Smalltalk hinaus entwickelt. »Dass Tony Ferri ihn und Frank Greenaway zu Unrecht der Feigheit bezichtigt habe. Ich glaube nicht, dass Ferri Mia erzählt hat, dass ihr Vater vor ein Kriegsgericht gestellt wurde.«

»Ich weiss nicht, was Tony ihr erzählt hat.« Er trank von seinem Bier und blickte weg.

»Sie scheinen mir Tony gegenüber sehr beschützend.«

Er drehte sich um und sah sie an. »Wie ich schon sagte, wir sind Freunde. Er hat im Leben einen weiten Weg zurückgelegt und ist so kurz davor, ein ganz Grosser zu werden.«

Eine interessante Art, den Werdegang einer politischen Karriere zu beschreiben, dachte Sannie. Evans Augen hatten für einen Moment aufgeleuchtet, aber jetzt brütete er wieder über seinem Bier. »Ist alles okay, Evan?«

Er starrte weiter auf die bernsteinfarbene Flüssigkeit. »Tony ist heute Nachmittag ausgestiegen. Der Klang der Schüsse, die Kugeln, die in den Wagen einschlugen – das hat ihn gepackt. Bei mir fiel die Reaktion anders aus.«

Sie sagte nichts und wartete darauf, dass er fortfuhr.

»Mia bat mich, den anderen beiden, Shirley und Lisa, in das Safarifahrzeug zu helfen. Ich konnte gar nicht anders, als hineinzurennen und mich weinend auf dem Boden des Fahrzeugs zu verstecken. Es war schrecklich.«

Sannie nickte. »Haben die Schüsse Sie wieder zum Nachdenken gebracht?«

»Ja. In Angola wären Tony und ich fast gestorben – wahrscheinlich hätten wir es tun sollen. Wenn Sie mit Adam gesprochen haben, wissen Sie sicher etwas davon. Tony befahl uns, eine Stellung zu halten, obwohl überall Angolaner und Kubaner waren, und dann kamen die Mörser und die Artillerie. Tony hat unsere eigenen Geschütze auf uns gehetzt. Das war ein mutiger Schritt – wir waren praktisch umzingelt und standen kurz davor, überrannt zu werden, aber als Fallschirmjäger, ›Parabats‹, lag es nicht in unserer Natur, zu kapitulieren. Wir suchten Deckung, wo wir konnten und wie durch ein Wunder überlebten er, Luiz und ich, und der Feind zog sich zurück. Das klingt jetzt mutig oder verrückt, aber damals war es die Hölle. Ich weiss noch, wie ich weinte und betete.«

»Während Sie Ihre Waffe weiter abfeuerten«, sagte Sannie.

Er starrte sie an. »Der Lärm, die Erschütterungen und das Beben des Bodens um mich herum haben mich halb um den Verstand gebracht. Ich wusste nicht, was ich tat, oder was los war. Ich erinnere mich an sehr wenig von diesem Tag.«

Als er sein beschlagenes Glas wieder in die Hand nahm, rutschte es ihm aus den Fingern und er hätte es beinahe fallen lassen. Sannie sah, dass seine Hand zitterte.

»Es muss furchtbar gewesen sein.«

»Das war es, und so verwirrend. Ich habe nur getan, was mir gesagt wurde, nämlich mich nicht zu bewegen. Ich hatte keine Ahnung, auf wen ich hören sollte, aber schliesslich war Tony der Vorgesetzte.«

»Frank und Adam sind wegen euch beiden zurückgekommen.«

»Ja.« Er sackte auf seinem Barhocker zusammen. »Die Armee wollte nichts davon wissen, dass Soldaten sich mit Offizieren streiten oder Leutnants schlechte Entscheidungen treffen – oder sie wollte jedenfalls nicht, dass die Öffentlichkeit davon erfährt. Es war einfacher, uns auseinanderzureissen, indem man Adam und Frank vor ein Kriegsgericht stellte und sie in verschiedene Einheiten schickte, nachdem Frank seine Zeit abgesessen hatte. Die ganze Sache wurde unter den Teppich gekehrt, aber wir alle mussten seitdem jeden Tag damit leben. Und taten dies auf unterschiedliche Art und Weise. Für Frank und Luiz war es schliesslich offensichtlich einfach zu viel.«

»Erzählen Sie mir von Luiz«, bat Sannie. »Ich bin neugierig. Wo war er, nachdem Frank und Tony sich stritten und Ihre Gruppe getrennt wurde?«

»Um ehrlich zu sein: ich weiss es nicht. Luiz war wie ein Geist, er bewegte sich so lautlos durch den Busch. Er und sein Bruder Roberto schlichen sich an und überraschten sich gegenseitig – keine gute Sache, wenn man geladene Gewehre trägt. Als der Beschuss aufhörte, suchte ich nach ihnen und ...«

Sannie schwieg weiterhin. Sie konnte sich nur vorstellen, wie es war, wenn jemand durch den direkten Treffer einer Artilleriegranate getötet wurde.

»Ich glaube, ich dachte, es sei Luiz, der im Sperrfeuer getötet wurde, aber als meine Ohren zu klingeln aufhörten und ich mir das Blut aus der Nase gewischt hatte, stand er wie eine Erscheinung plötzlich neben mir. Wer weiss, vielleicht hatte er nur ein paar Meter von Tony und mir entfernt in Deckung gelegen?«

»Und der Flieger, den Sie retten wollten ...?«

»Duarte. Er starb an seinen Verletzungen, und danach wurde sein Körper von einer Mörserbombe getroffen. Wir waren, das heisst, ich war ...« Evan warf ihr einen flehenden Blick zu, fast als frage er, ob er fortfahren müsse. Sannie behielt die Nerven und blieb wieder stumm. »Ich habe«, Evan schluckte, »seinen Körper als Deckung benutzt.«

Sannie schloss für einen Moment die Augen und versuchte, das

Grauen zu verdrängen. Sie öffnete sie wieder und sah Evan an. »Evan, hatte Duarte etwas bei sich?«

Er schaute wieder weg und gab dem Barmann ein Zeichen, noch ein Bier zu holen. »Wenn er etwas hatte, wurde es wahrscheinlich von der Bombe, die neben ihm landete, in Stücke gesprengt. Ich kann mich nicht erinnern. Ich weiss nur, dass wir alle, das heisst Duarte, Rossouw, unser Funker, und ich, als wir die Leichen hinaustrugen, keine zusätzliche Ausrüstung oder Taschen dabeihatten.«

»Könnte Duarte ein Kurier gewesen sein, der etwas Wertvolles transportierte? Adam erzählte, niemandem von Ihnen sei jemals genau gesagt worden, wen oder was Sie suchten, sondern nur, dass es sich um die ›Besatzung‹ eines abgestürzten Flugzeugs handelte.«

Evan zuckte mit den Schultern. »Wer weiss. In der Armee haben sie uns nur gesagt, was sie dachten, dass wir wissen müssen, und für *Truppen* wie Adam und mich war das *fokol*, scheissegal. Entschuldigen Sie meine Ausdrucksweise.«

»Kein Problem. Haben Sie jemals mit Frank Greenaway über diese Dinge gesprochen?«

»Ich habe Frank im Lowveld ausfindig gemacht und einmal mit ihm gesprochen. Er hatte die verrückte Theorie, Duarte habe Diamanten von Jonas Savimbi bei sich gehabt und jemand habe sie gestohlen. Absolut lächerlich.«

»Wirklich?« fragte sich Sannie.

»Wie würden wir die Diamanten danach aus Angola herausschmuggeln?«, fuhr Evan fort. »Ich erinnere mich, dass wir, nachdem wir zur Basis zurückgekehrt waren, alle durchsucht wurden, aber niemandem wurde gesagt, wonach die Leute suchten. Ich habe Tony später gefragt, ob er etwas über Diamanten oder ähnliches wüsste, und er sagte mir, dass er nur angewiesen worden sei, einen Aktenkoffer zu holen, den einer von der Flugzeugbesatzung bei sich hatte.«

»Und hat er?«

Evan schloss die Augen und schien einige Augenblicke zu überlegen. »Nein. Er sagte, er habe ihn nicht, weil er während des Mörser- und Artilleriebeschusses verloren gegangen sei. Tony und Erasmus, der Sanitäter, haben Duarte Erste Hilfe geleistet, aber wir konnten ihn nicht mehr retten. Dann wurde sein Körper von Mörserfeuer getroffen – es riss ihm den linken Unterarm und einen Teil seines Körpers ab. Danach wurde Rossouw getötet – er wurde erschossen – und Roberto ...«

»Es tut mir leid«, sagte Sannie.

Evan öffnete seine Augen und sah in ihre. »Können Sie sich vorstellen, wie es ist, jemanden vor Ihren Augen verschwinden zu sehen?«

Sannie erschauderte. »Nochmals, es tut mir sehr leid.«

»Das ist mit Roberto passiert. Es gab nichts mehr von ihm, was wir seiner Familie hätten geben können. Was Rossouw betrifft, so war ich voll von seinem Blut.« Evan nahm einen langen Schluck von seinem Bier und schluckte es hinunter. »Adam und ich haben seine Leiche weggetragen.«

Sannie fühlte sich miserabel, musste aber dennoch weiter fragen. Irgendetwas an all dem passte nicht zusammen und konnte nicht auf die Schrecken des Krieges oder Posttraumatische Bealstungsstörungen zurückgeführt werden. Evan wandte den Blick wieder von ihr ab.

»Und was ist mit Adam?«, fragte sie.

»Was mit ihm ist? Er wurde wegen Befehlsverweigerung und Feigheit angeklagt. Adam sagte, Frank habe ihm und mir befohlen, uns zurückzuziehen, obwohl Tony gesagt hatte, wir sollten bleiben und uns gegen den Feind verteidigen. Ich habe das nicht gehört – ich war zu sehr mit Schiessen beschäftigt. Frank und Adam machten sich aus dem Staub, und als ich merkte, dass nur noch Tony und ich im Busch waren, konnte ich ihn nicht so einfach zurücklassen. Ich glaube, Tony war selbst ein bisschen übermütig, er war ganz aus dem Häuschen. Er schoss wie verrückt, und dann liess er die Artillerie auf unsere Position feuern. Das war der schrecklichste Moment meines Lebens.«

Sannie nickte. Der ›Nebel der Schlacht‹ war eindeutig eine Sache, aber sie wurde das Gefühl nicht los, dass mehr hinter der Geschichte steckte.

»Und Luiz?«, fragte sie. »Ist er wieder aufgetaucht, als die anderen zurückkamen?«

Evan blickte auf das Zeltdach über der Bar. »Vielleicht kurz vorher. Ich kann mich nicht wirklich erinnern. Es war, als ob er irgendwo anders in der Nähe gewesen wäre. Ich weiss nur noch, dass ich froh war, dass er da war. Meine Ohren klingelten und ich war völlig desorientiert, als südafrikanische Artilleriegranaten einschlugen. Sie können sich den Lärm nicht vorstellen. Die Landschaft war eine einzige Verwüstung – zermalmte und entwurzelte Bäume. Ich hätte den Weg zum Rest des Gruppe nicht mehr zurückfinden können, weshalb ich froh war, dass Luiz da war. Ich wusste, dass er uns führen konnte.«

»Ich verstehe«, sagte Sannie. »Haben Sie nach der Schlacht mit Adam gesprochen?«

»Nein. Sie haben uns getrennt – Adam, Frank und mich. Ich glaube, das war Absicht, weil Colonel de Villiers beschlossen hatte, Frank und Adam wegen Desertion oder so anzuklagen. Tony hat mir seither gesagt, er habe nicht gewollt, dass jemand angeklagt werde.«

»Ja, das hat er Mia auch gesagt.«

»Er ist ein guter Mann, Sannie.«

Er war ein Politiker. Das bedeutete nicht unbedingt, dass er ein schlechter Mensch war, aber es bedeutete, dass er sich seines Images und seiner Vergangenheit sehr bewusst war. Jeder hat eine Vergangenheit – Sannie selbst hatte einst ihren Vorgesetzten nicht gehorcht und die Grenze nach Mosambik überquert, um unerlaubt Nachforschungen anzustellen. So hatte sie ihren zweiten Mann kennengelernt und wegen dieser unüberlegten Entscheidung fast ihren Job verloren. »Das scheint er zu sein.«

»Dieses Land braucht ihn.«

Sannie nippte an ihrem Wein. Südafrika brauchte vielerlei Dinge, vor allem aber einen ehrlichen Anführer. Ob Tony Ferri das war? Sie war sich nicht sicher.

»Adam ist verletzt und ich mache ihm keinen Vorwurf«, sagte Evan. »Es fällt mir schwer, die Vergangenheit loszulassen und im Moment zu leben – das müssen wir alle versuchen und es ist nicht immer einfach. Es ist kein Geheimnis, dass ich stark in Tonys Wahlkampf und die Partei involviert bin, und ich denke, es wäre schlecht für das Land, wenn Adam ... etwas sagen würde. Oder irgendetwas versuchen würde.«

»Was schlagen Sie vor?«, fragte Sannie.

Evan zuckte mit den Schultern. »Nichts. Ich weiss, dass Adam ein Hühnchen mit Tony zu rupfen hat, und mache mir Sorgen, er könne ein wenig labil sein. Ich würde verstehen, wenn er das wäre, möchte aber nicht, dass er etwas Unüberlegtes tut.«

»Natürlich nicht, aber das ist seine Angelegenheit.«

Evan lehnte sich auf seinem Barhocker zurück, als begutachte er sie. »Ihr zwei scheint gute Freunde zu sein.«

Sie war auf der Hut. »Wir kennen uns noch nicht lange.«

»Können Sie mir helfen, einige alte Wunden zu heilen? Es könnte für alle gut sein, und morgen müssen wir zu einer Beerdigung.«

»Ich weiss es nicht. Was schlagen Sie vor?«

»Als sie sich vorhin in der Bar trafen, war Adam kaum in der Lage, Tony mit Respekt zu grüssen. Wenn ich Tony dazu bringen kann, sich in aller Form bei Adam für die Geschehnisse in Angola zu entschuldigen, könnten Sie Adam dann bitten, ihm zumindest Zeit und Ort dafür zu nennen? Ich bin sicher, Tony tut das, denn er will die Vergangenheit begraben.«

Ja, das stimmte wohl wirklich. Aber wie sehr war er darauf erpicht? Wenn eine förmliche Entschuldigung nicht funktionierte, war er dann skrupellos genug, eine Person töten zu lassen? Steckte Tony Ferri hinter dem Tod von Frank und Luiz, und wenn ja, was hatten sie gegen ihn in der Hand gehabt?

Sannie sah Evan an, der manchmal ernst und ehrlich wirkte und Augenkontakt herstellen konnte, aber dessen Augen von Zeit zu Zeit abschweiften oder der an einem Ohrläppchen zupfte – Anzeichen die sie schon bei lügenden Verbrechern beobachtet hatte. War Evan so sehr in Ferris Kampagne verstrickt, so sehr an seinen politischen Rockzipfel gebunden, dass er töten würde, um den Ruf seines Kandidaten zu schützen?

Sannie sah sich im Raum um, in dem andere entweder mit einem der Polizeibeamten sprachen oder darauf warteten, dass sie an die Reihe kamen.

Lisa Ingram sah, dass Sannie sie anschaute und blickte ihr in die Augen. Sie starrte über den Rand ihres Weinglases, und Sannie sah weg. Was war mit ihr? Sie war die hübsche Wahlkampfmanagerin und Sannie fragte sich, ob Ferri mit ihr geschlafen hatte. Nach dem, was Mia gesagt und dem, was Sannie beobachtet hatte, hatte Ferri ein wanderndes Auge und angeblich die Erlaubnis zu flirten, oder mehr. Lisa wollte Ferris Ruf mindestens so sehr schützen wie Evan, wenn nicht noch mehr. Sannie wusste von Frauen, die getötet hatten und hatte solche verhaftet. In Südafrika war alles möglich und Auftragskiller waren billig.

»Dieser Colonel de Villiers ...«, sagte Sannie.

»Ja?« Evan setzte sein Bier ab.

»Haben Sie noch Kontakt zu ihm?«

»Er ist verstorben. Ich habe vor etwa zehn oder elf Jahren mit ihm gesprochen. Jaco, Colonel de Villiers, war nach Australien gezogen.«

»Warum haben Sie ihn kontaktiert?«

»Sie sind sehr direkt, Captain.«

»Das bringt mein Job mit sich.«

Evan runzelte die Stirn. »Als Tony seine erste ernsthafte Kandidatur anstrebte, wollten wir – seine engsten Unterstützer und Berater – die Fronten klären, um sicherzustellen, dass keine bösen Überraschungen auf uns warteten. Ich habe de Villiers über Facebook ausfindig gemacht.«

Ich verstehe. »Was hatte er über Tony zu sagen?«

Er glühte. Evan trank sein Bier aus und nickte dem Barkeeper zu, er wolle noch eins. Er wartete darauf, dass es kam und der Barmann wieder ausser Hörweite war. »Er sagte, Tony sei ein guter junger Offizier gewesen. Wir sprachen über die Sache mit Frank und Adam, die vor ein Kriegsgericht gestellt worden waren. De Villiers war unerbittlich. Er sah in Frank einen Unruhestifter und in Adam nur einen Kollateralschaden.«

Sannie beherrschte ihre Wut und wartete darauf, dass Evan weitersprach, nachdem er etwas von seinem Bier getrunken hatte.

»De Villiers sagte, er wünsche Tony für seine Kampagne alles Gute. Er bestätigte mehr oder weniger, dass es seine Idee war, Adam und Frank anzuklagen. Eigentlich wollte er Frank loswerden. Ich habe später versucht, Frank das zu erklären, aber er wollte nicht zuhören und nahm seinen Groll gegen Tony mit ins Grab.«

Sannie verdaute, was Evan gerade gesagt hatte, und fragte sich erneut, ob jemand Frank Greenaway zu einem frühen Tod verholfen habe.

»War Ihr Besuch bei Frank Teil dieser ›Aufräumaktion‹?«

Evan schien sich über die Frage aufzuregen, vielleicht weil er sich bereits mehr oder weniger selbst verwickelt hatte. »Frank war ein Kamerad, ein Veteranenkollege, der es schwer hatte. Ich habe mich an ihn gewandt, weil ich hörte, dass er Probleme hatte.«

»Und Sie wollten wissen, ob er Ferris mögliche Kandidatur für den Vorsitz stören würde.«

Evan blieb einen Moment lang stumm, dann seufzte er. »Ich würde lügen, wenn ich das Gegenteil behaupten würde. Ich habe mit Frank gesprochen. Da hat er mir seine Theorie über Tonys Schmuggel von Diamanten aus Angola erzählt. Frank hatte mit einigen von Duartes Fliegerkollegen gesprochen, und sie sagten ihm, er habe manchmal solche aus Angola heraustransportiert. Allerdings hatte Frank keine Beweise dafür, dass Tony tatsächlich in eine solche Sache verwickelt war. Ich war aber die ganze Zeit mit Tony zusammen und habe gesehen, dass er zu sehr damit beschäftigt war, den Artillerieangriff anzukündigen und unsere Ärsche zu retten, um irgendwelche Diamanten zu stehlen.«

Sannie sagte nichts. Es war, was Adam von Frank erfahren hatte, dass Duarte ein möglicher Diamantenkurier gewesen sei. Sie wollte, dass Evan weiterredete.

»Also«, sagte Evan, »ich habe Frank gesagt, dass ich davon zum ersten Mal höre und weder Tony noch ich ein Vermögen mit gestohlenen Diamanten gemacht hätten. Um ganz ehrlich zu sein, Captain, meine Familie war wohlhabend und ich hatte es nicht nötig, mich an einem Diamantenraub zu beteiligen. Tony wollte nach seinem Militärdienst Anwalt werden, was durch ein Eintrag im Strafregister zunichte gemacht hätte. Nach der Armee legte er die Anwaltsprüfung ab, schnitt gut ab und eröffnete eine erfolgreiche Praxis. Er verdiente gut, bevor er in die Politik ging.«

»Aber Sie sagten, Frank hätte Ihnen nicht geglaubt?«

Evan breitete seine Hände aus. »Ich weiss es nicht. Ich glaube, er wollte Ferri nicht vergeben und seine Verschwörungstheorie war für ihn attraktiver. Ich habe ihm gesagt, wenn er damit an die Presse gehe, werde ihm niemand glauben, und dass er keine Beweise habe, die mich oder Tony mit den verschwundenen Diamanten in Verbindung brächten.«

Sannie wusste, dass es Möglichkeiten gab, den Wahrheitsgehalt dessen, was Evan ihr gerade erzählt hatte, zu überprüfen. Durch Finanzunterlagen sowie ein wenig Nachforschung über seinen und Ferris Werdegang. Aber dies war keine Untersuchung, und niemand hatte behauptet, es sei ein Verbrechen begangen worden – jedenfalls noch nicht.

»Ich sage Ihnen, wer mir Sorgen macht, Captain, obwohl ich ihm nichts übelnehme.«

»Wer?«, fragte sie. »Ihr Freund, Adam Krüger. Ich glaube, er wünscht sich Tony wäre tot.«

Sannie sagte nichts. Dennoch konnte sie die Tatsache nicht ignorieren, dass Adam sie am Nachmittag für ein paar Stunden allein gelassen hatte und danach mit Sand und Staub an den Schuhen und Beinen zurückkkam, als wäre er in der Wüste gewesen.

24

»Lisa, haben Sie einen Moment Zeit für mich?« Sannie stellte ihr Glas Wein auf dem Beistelltisch, neben dem Lisa sass, ab. »Ich hatte gehofft, nach dem Grillen noch einen Drink zu bekommen«, sagte Lisa und blickte zur Bar.

Die Polizeibeamtin hatte eben die Befragung von Mia beendet und war zu Evan gegangen.

»Ich habe Ihr Video online gesehen.«

»Ich glaube, wir haben schon fast eine Million Likes«, sagte Lisa.

Sannie versuchte, sie zu lesen. War sie überrascht? Stolz? Vielleicht am ehesten beides.

»Es muss ziemlich beängstigend gewesen sein, dass jemand auf Sie geschossen hat«, sagte Sannie.

Lisa nahm einen Schluck Wein und nickte. »Ja. Schon ziemlich erschreckend.«

»Dennoch« ... Sannie liess das Wort eine Sekunde lang hängen, »aus dem Blickwinkel des Videos sieht es aus, als würden Sie hinten im Fahrzeug stehen, um eine bessere Sicht zu haben. Mia muss Sie dazu auffordern, sich in Deckung zu bringen.«

Lisa schaute weg, als versuche sie, sich an etwas zu erinnern. »Es war ein aufregender Moment und ich bin mir nicht sicher, ob ich wusste oder mich daran erinnere, was ich genau getan habe.«

Sannie lächelte. »Ich bin sicher, das war verrückt. Dennoch gehen die meisten Menschen, wenn sie Schüsse hören, in Deckung. Sie dagegen waren bemerkenswert ruhig.«

Nun sah Lisa Sannie in die Augen. »Ich weiss, dass Sie Detektivin sind, Sannie, aber befragen Sie mich – im Rahmen einer Untersuchung?«

Sannie hob die Hände. »Nein, natürlich nicht. Ich bin nur neugierig, das ist alles.«

Lisa verengte ihre Augen. »Wollen Sie sagen, Tony oder ich hätten etwas falsch gemacht?«

Sannie zuckte mit den Schultern. »Alles, was ich weiss, ist das, was ich auf dem Video gesehen habe, wie etwa eine Million andere Leute auch: Dass Tony Mias Gewehr genommen hat und eine Sanddüne hinaufgestürmt ist, um auf denjenigen zu schiessen, der auf euch alle feuerte. Das hat Mia in eine schwierige Situation gebracht. Es ist nicht angemessen, die Waffe von jemand anderem zu nehmen. Ausserdem war Mia dafür verantwortlich, euch alle zu beschützen und Tony hat die Gruppe auseinandergerissen.«

»Nun, wie Sie sicher gehört haben, ist er ein verrückter, mutiger Kerl.«

Zumindest eines davon war er, dachte Sannie. »Lisa, hat er viele Feinde?«

Lisa lachte laut auf. »Er ist ein Politiker, der für den Parteivorsitz kandidiert. Ich schätze, ein beträchtlicher Teil Südafrikas hätte keine einzige Träne vergossen, wenn er erschossen worden wäre.«

»Und jetzt?«, fragte Sannie.

»Was meinen Sie, Detective? Wollen Sie etwa andeuten, ich hätte ein Video davon gemacht, wie Tony einen Wilderer verfolgt, um seine Beliebtheit zu steigern?«

»Nach allem, was ich erfahren habe, ist es jedenfalls unwahrscheinlich, dass sich ein bewaffneter Wilderer in diesem Teil des Reservats aufhält.«

Lisa sah wieder weg. »Ich weiss nur, dass jemand auf uns geschossen hat und Tony uns zu retten versuchte.«

»Und was ist mit dem Überfall auf Tony in seinem Zelt? Haben Sie dazu irgendeine Idee?«, erkundigte sich Sannie.

Lisa richtete ihren Blick wieder auf sie. »Ich denke, diese Lodge sollte trotz all ihres Luxus einen sorgfältigen und intensiven Blick auf ihre Sicherheitsvorkehrungen werfen.«

»Ich bin sicher, Julianne Clyde-Smith wird das tun, aber ich weiss auch, dass sie die Sicherheit in ihren Lodges schon jetzt sehr ernst nimmt«, sagte Sannie.

Lisa nahm ihr Weinglas in die Hand und stand auf. »Wenn Sie mich entschuldigen, ich glaube, es ist bald Zeit für das Abendessen.«

»Natürlich«, sagte Sannie.

Nachdem Lisa gegangen war, sass Sannie noch einen Moment da und dachte über, das, was die andere Frau gesagt hatte und wie sie es geäussert hatte, nach. Kandidaten für politische Ämter versuchten oft, die Bedrohung ihrer persönlichen Sicherheit in Wahlkampfzeiten schönzureden. Jeder wollte heutzutage als Aussenseiter dastehen, um mehr Leute dazu zu bringen, für ihn zu stimmen. Tony Ferri warb im Wahlkampf für Recht und Ordnung und für die Umwelt. Wenn er sich also mit einem bewaffneten Angreifer anlegte – das Wahlkampfteam konnte den Kriminellen als Wilderer oder was auch immer bezeichnen –, unterstrich dies seine harte Haltung mit anschaulichen Videobildern.

Wenn ein Kandidat einen Ziegelstein durch das Fenster seines Wahlkampfbüros schmisse und behauptete, Opfer einer Hasskampagne geworden zu sein, war das eine Sache, aber eine ganz andere, wenn jemand mehrere Schüsse aus einem Gewehr auf ein Fahrzeug abfeuerte, mit dem er Wildtiere beobachtete. Falls der Angriff auf Mias Safari ein Trick war, dann ein unglaublich leichtsinniger und riskanter.

Sannie nahm ihr Handy heraus und ging auf Instagram. Da war eine Nachricht von Ilana, die fragte, ob sie in Sicherheit sei. *Ich habe gerade das Video von Tony Ferri in der Dune Lodge gesehen. Bist du nicht gerade dort?* hatte Ilana geschrieben.

Mir geht es prima, tippte Sannie als Antwort. *War nicht in der Nähe.*

Ferri ist grossartig, tippte Ilana zurück, während Sannie zusah. *Und heiss. Schade, ist er verheiratet, sonst solltest du dir von ihm einen Drink spendieren lassen!* Ilana hängte Emojis von Liebesherzen, Küssen und einem zwinkernden Smiley-Gesicht an. Sannie schüttelte den Kopf.

»Was lächelst du so?«

Sannie blickte von ihrem Telefon auf und sah Mia vor sich stehen. Auch Mia lächelte, obwohl es gezwungen aussah. Ihr letzter Austausch war angespannt gewesen.

»Meine Tochter hat einen Scherz gemacht«, sagte Sannie. »Darf ich dir eine Frage zur Dune Lodge stellen?«

»Natürlich«, sagte Mia und schien sich etwas zu entspannen.

»Wer ist Shirleys Vorgesetzter hier in der Lodge? Wem ist sie unterstellt?«

»Keiner. Sie ist der Big Boss – sie leitet den Laden. Nur weil sie unter vierzig und eine farbige Frau ist, heisst das nicht, dass sie keine Lodge leiten kann.«

Sannie versuchte, den Trotz in Mias Antwort zu ignorieren, obwohl sie eindeutig eine Brücke schlagen musste. »Natürlich nicht. Aber meiner Erfahrung nach arbeitet ein Geschäftsführer einer Lodge normalerweise nicht an der Front.«

»Entschuldige, ich wollte dir nicht unterstellen, dass du eine Rassistin oder so etwas bist, Sannie.«

»Schon in Ordnung. Aber Julianne Clyde-Smith begrüsst nicht alle ihre Gäste persönlich.«

»Nein, aber Shirley packt sehr gern selber zu. Sie ist nicht nur Geschäftsführerin, sondern ihr gehören auch Anteile an der Lodge. Sie ist ein Symbol für eine echte Erfolgsgeschichte in der Branche, und die Dune Lodge hat einen fantastischen Ruf für Luxus und Service. Ihr Vater kaufte das Land hier in den frühen Neunziger Jahren und nach seinem Tod expandierte Shirley die Lodge, die ihr Vater gebaut hatte, weiter. Sie verbesserte Vieles, und zwar ziemlich genau ab dem Zeitpunkt, als sie ihren Abschluss in Betriebswirtschaft an der UCT machte.«

»Ich verstehe. Und wann hat Julianne die Lodge gekauft?«

»Das hat sie nicht – jedenfalls noch nicht. Juliannes Firma hat einen Handelsvertrag für die Vermarktung der Dune Lodge und die Bearbeitung der Reservierungen als Teil ihrer Lodge-Gruppe, sie möchte sie aber ganz kaufen. Ich glaube, ihr Angebot wurde bereits angenommen, es ist aber noch geheim und muss noch unterzeichnet werden. Ich wollte schon lange mit einigen der San-Fährtenlesern zusammenarbeiten und von ihnen lernen, und Julianne wollte andererseits, dass ich hierherkomme und die Qualität der Führungen und das Gästeerlebnis beurteile, für den Fall, dass nach dem Verkauf etwas verändert werden sollte. Die Abmachung sieht vor, dass Shirley mindestens ein Jahr lang Geschäftsführerin bleibt, um alle Anpassungen zu überwachen.«

»Und was hältst du von der Lodge und ihrem Personal?«, erkundigte sich Sannie.

»Ich bin von allem hundertprozentig überzeugt«, antwortete Mia, ohne zu zögern. »Ich wüsste nichts, was ich tun könnte, um die Standards der Führungen oder der Fährtensuche zu verbessern, und die Gäste werden hier wie Könige behandelt. Wie du schon sagtest, ist es eher ungewöhnlich, dass eine Geschäftsführerin oder Eigentümerin kalte Handtücher und Begrüssungsgetränke an die Gäste verteilt, aber es ist Teil dessen, was diese Lodge so gut – und teuer – macht. Shirleys Liebe zum Detail ist grandios.«

»Und wie beurteilst du die Sicherheit?«

Mia liess ihren Blick über den Essbereich schweifen, in dem die beiden einheimischen Polizisten ihre Befragungen beendeten, dann schaute sie nach draussen, wo zwei von Meshachs Männern mit Gewehren bewaffnet Wache standen. »Sannie, das hier ist verrückt. Laut Shirley ist so etwas hier noch nie vorgekommen. Dass ein Gast in einer Suite überfallen wird und danach ein Safarifahrzeug von einem Scharfschützen beschossen wird, ist, nun ja ... Es ist einfach unglaublich.«

»Sag mal«, sagte Sannie, »haben Meshach und seine Männer oder einer deiner Fährtenleser nach dem Angriff in Ferris Zelt nach Spuren gesucht? Sie müssten doch in der Lage sein, sich zumindest ein Bild davon zu machen, wohin der Eindringling verschwunden ist.«

Mia rieb sich das Kinn. »Gute Frage. Ich muss das mit Shirley klären.«

Meshach ging den Weg entlang, blieb kurz stehen, wechselte mit einem seiner Männer ein paar Worte, bevor er zum nächsten schritt.

»Sieh sie dir an, sie sind alle bis zu den Zähnen bewaffnet, sogar Meshach«, sagte Mia.

Der Sicherheitschef trug, wie Sannie feststellte, ein Gewehr über die Schulter gehängt und seine Männer trugen LM5s, die halbautomatische Version des R5-Sturmgewehrs der südafrikanischen Armee.

»Du würdest also nicht sagen, dass Shirley bei der Sicherheit gespart hat?«

Mia schüttelte den Kopf. »Ganz und gar nicht. Um die Wahrheit zu sagen, als Julianne mich vor ein paar Wochen nach der Personalstruktur hier gefragt hat, habe ich ihr gesagt, dass ich die Sicherheitsvorkehrungen hier für übertrieben halte. Wir haben hier noch nie ein Nashorn durch Wilderer verloren, also gibt es keine ernsthafte bewaffnete Wilderei, und wir sind weit weg von Askham, also gibt es auch keine Einbrüche, aber Shirley ist sehr stolz auf Meshach und sein Team. Die Sicherheitsleute selbst haben Geländewagen, Nachtsichtgeräte, ein Hundeteam – alles, was man braucht.«

»Wie du sagtest, zu viel des Guten?«

Mia zuckte mit den Schultern. »Es ist wohl besser, auf Nummer sicher zu gehen, als etwas zu bedauern. Was es nur noch unverständlicher macht, dass diese beiden Vorfälle passieren konnten.«

Sannie nickte. »Möchtest du mit mir zu Abend essen, nur wir beide, Mia? Ich habe das Gefühl, dass wir uns noch kaum gesehen haben. Ausserdem muss der heutige Tag für dich sehr schwierig gewesen sein. Hey, wir sind doch Freundinnen und ich will nicht, dass wir uns streiten.«

Mias Schultern sanken herab. »Ich weiss, und es stimmt, Sannie, aber ...«

»Nun, hallo, meine Damen.« Tony Ferri kam durch den Essbereich und stellte sich neben Mia. »Es tut mir leid, dass ich Ihnen Mia weggenommen habe, ...«

»Sannie«

»Ja, Entschuldigung, Sannie. Oder Captain van Rensburg, richtig?«

»Ja, genau«, bestätigte Sannie.

»Es tut mir leid, Sannie, aber ich muss Ihnen meine Safariführerin entführen. Die Pflicht ruft und sie muss mich durch die Dunkelheit zu meiner Suite begleiten.«

»Oh, ich dachte, das sei die Aufgabe des Sicherheitspersonals?«, staunte Sannie. Sie schaute Mia an und sah, wie sich die Wangen ihrer Freundin röteten.

»Nun, es ist hier auch üblich, dass die Führer mit ihren Gästen zu Abend essen, und Mia hat versprochen, heute Abend das Nachtessen mit mir in meiner Suite einzunehmen, nicht wahr, Mia?«

Mia schaute von Tony zu Sannie. »Shirley sagt, wenn man bedenke, was wir heute alles durchgemacht haben, sei es in Ordnung.«

Ferri lächelte und seine Zähne schimmerten so weiss wie die eines Hais.

»Guten Appetit«, murmelte Sannie. Abgesehen von ihren Vorbehalten gegenüber Ferri war Sannie quer durch Südafrika gereist, um ihre Freundin zu sehen, und wurde nun zugunsten eines Politikers zur Seite geschoben. Sie kam sich wie eine Närrin vor, weil sie vorgeschlagen hatte, sie und Mia sollten zusammen essen.

»Danke gleichfalls.« Ferri legte seine Hand auf Mias Rücken. »Ich habe Shirley gerade gesagt, dass wir für das Abendessen bereit sind, Mia.«

Mia schaute mit leicht gerunzelter Stirn zu Sannie, die die Zähne zusammenbiss.

Die Kellner stellten sich am Rande des Speisesaals auf und ein Koch in weisser Uniform mit Mütze schaute besorgt aus der glänzenden Küche. Shirley ging von Gast zu Gast und blieb stehen, um mit den beiden Polizeibeamten zu sprechen, die ihre Notizbücher weglegten. Als nächstes kam Shirley zu Sannie. »Sind Sie bereit für das Abendessen, Sannie?«

»Natürlich«, antwortete sie und versuchte, ihre Verärgerung zu verbergen. »Kann ich vielleicht nach dem Essen mit Ihnen reden?«

Shirley schaute auf ihre Uhr. »Ähm ... Wir sind heute Abend schrecklich im Verzug und ich habe eine Menge Papierkram zu erledigen. Ist es dringend?«

»Morgen wäre auch okay«, sagte Sannie.

»Aber morgen findet die Beerdigung statt.«

»Oh, natürlich«, sagte Sannie.

»Nehmen Sie auch daran teil?«

»Darüber habe ich noch nicht nachgedacht.«

»Mia wird im Gottesdienst sein, aber Sie können gern mit Isaac, einem unserer anderen Führer, auf eine Pirschfahrt gehen.«

»Nein, ich denke, ich werde zur Beerdigung gehen. Mein Freund, Adam Krüger, braucht auf jeden Fall eine Mitfahrgelegenheit.«

»Sehr gut«, sagte Shirley. »Vielleicht können wir uns nach Luiz' Abschiedsfeier unterhalten, aber ich habe bereits mit der örtlichen Kriminalpolizei gesprochen.«

»Ich habe nicht gesagt, dass ich mit Ihnen über das, was hier passiert ist, sprechen will. Das ist eine laufende Untersuchung.«

»Oh, ja, richtig. Hat es etwas mit der Lodge zu tun? Ist mit Ihrem Zimmer alles in Ordnung, Sannie?«

»Mein Zimmer ist in Ordnung, danke.« Sannie spürte, dass Shirley nun aufgeregt war. Ihr Blick schweifte durch den Raum, zur Polizei und zu den anderen Gästen, überall hin, nur nicht zu Sannie selbst. Sie war nervös, vielleicht besorgt oder sie verbarg etwas.

»Lassen Sie uns morgen reden«, sagte Sannie.

»Gut.« Shirley entfernte sich und rief alle zum Essen an einem gemeinsamen langen Tisch zusammen. Sannie ging zu Adam, der sich einen Stuhl am einen Ende des Tisches, weit weg von Evan und Lisa, die nebeneinandersassen und die Köpfe zum Reden zusammensteckten, ausgesucht hatte.

Sannie setzte sich neben Adam. »Wie ist es mit den Detektiven gelaufen?«

»Gut«, sagte Adam. »Ich habe ihnen gesagt, ich sei den ganzen Nachmittag im Lager gewesen, während Ferri damit beschäftigt war, auf angebliche Wilderer oder Attentäter zu schiessen. Ich sagte, du wärst mein Alibi.«

»Oh.«

Er grinste. »Keine Sorge, ich habe gesagt, wir beide hätten am Swimmingpool gelesen. Ich hoffe, es ist in Ordnung, in diesem Zusammenhang zu schwindeln.«

»Nein, Adam, es ist ganz und gar nicht in Ordnung, denn das ist doch überhaupt nicht wahr.«

Er wich ein wenig von ihr weg und Sannie merkte, dass sie ihre Gefühle nicht gut unter Kontrolle hatte. Vor dem, was sie als Nächstes sagen musste, gab es kein Entrinnen. »Du bist joggen gegangen und warst, während ich geschlafen habe, vielleicht zwei Stunden lang weg.«

Seine Augen weiteten sich, dann sagte er leise: »Was? Du denkst, ich bin abgehauen, um Tony Ferri zu töten?«

»Du hast mir selbst gesagt, dass du dir seinen Tod wünschst.«

»Das war früher.« Er breitete seine Hände aus. »Bitte, Sannie. Ich habe dir doch gesagt, dass ich auf einer Bahn um die Lodge herumgelaufen bin. Ich kann den Mitarbeiter finden, der mir gezeigt hat, wo ich laufen soll. Er hat mich von seinem Arbeitsplatz aus jedes Mal, wenn ich eine Runde gelaufen und an ihm vorbeigekommen bin, gesehen.«

Sannie atmete aus. »Es tut mir leid, Adam. Aber bitte lüg die Polizei nicht an. Du musst Cele sagen, dass du joggen warst.«

»Okay. Das mache ich. Was hältst du von dem Ganzen – der Schiesserei auf der Pirschfahrt und dem Angriff auf Ferri in seinem Zelt?«

»Er wäre nicht der erste politische Kandidat, der einen Werbegag inszeniert, um sich als Opfer – und als Held – darzustellen. Dass aber jemand auf ein Safarifahrzeug voller Zivilisten schiesst, wäre ein hochriskantes Stück Theater.« Sannie war froh, dass Adam das Thema gewechselt hatte. Um am Anschlag auf Ferri beteiligt gewesen zu sein, hätte er sich von irgendwoher ein Gewehr und offenbar auch ein Quad besorgen müssen. Das hätte eine Menge Vorausplanung erfordert und einen oder mehrere Komplizen. Er schien wirklich schockiert zu sein und kam nicht wie ein Lügner rüber. Dass er aber dem Ermittlungsbeamten nicht die Wahrheit gesagt hatte, war ein Fehler, der in Ordnung gebracht werden musste.

»Ja«, sagte Adam, »aber es steht sehr viel auf dem Spiel.«

Sannie dachte über das Video nach, dann sagte sie leise. »Und Lisa war unter Beschuss sehr cool und hat das Ganze gefilmt. Ausserdem kann ich mich des Eindrucks nicht erwehren, dass jemand, der mit einem schallgedämpften Hochleistungsgewehr bewaffnet war und Tony Ferri töten wollte, entweder ein sehr schlechter Schütze war oder ihn zu verfehlen beabsichtigte.«

»Wir werden abwarten, was die Medien morgen berichten«, sagte Adam. »Während du mit Lisa und Mia gesprochen hast, hat Ferri mit News24 telefoniert.«

»Ich wäre nicht überrascht, wenn die Fernsehteams morgen hier auftauchen würden.«

»Kommst du mit mir zur Beerdigung?«

»Shirley hat mich gerade dasselbe gefragt. Ich bin hierhergekommen, um Mia zu besuchen, und jetzt, na ja... Ich...«

Er streckte die Hand aus und legte sie auf ihre, auf den Tisch. Sannie schaute zu den anderen, die es aber nicht zu bemerken schienen, und merkte, dass es ihr sowieso völlig egal war.

»Wenn du es möchtest, komme ich mit«, fuhr sie fort.

»Das wäre schön. Ich möchte dich jetzt küssen, tue es aber nicht.«

Sannie nahm ihre Hand sanft vom Tisch. »Danke. Mir geht es genauso.«

Die Kellner brachten als Vorspeise einen Krabbencocktail und Shirley kam zu ihnen und legte eine Hand auf die Lehne des Stuhls neben Sannie. »Macht es Ihnen etwas aus, wenn ich mich zu Ihnen setze?«, fragte Shirley.

»Im Gegenteil«, lud Sannie sie ein.

»Puh.« Shirley setzte sich. »Wenigstens ist das Abendessen jetzt im Gang. Für die beiden Polizisten habe ich einen Tisch in der

Bibliothek gedeckt. Ich denke, die Gäste sind heute Abend schon genug befragt worden.«

Sannie nahm einen Bissen von ihrer Vorspeise. Sie war köstlich. »Ich bin mir sicher, dass sie sich über so ein Essen freuen.«

»Ich wollte vorhin nicht unhöflich sein, Sannie«, sagte Shirley. »Vielleicht können wir jetzt beim Abendessen darüber reden.«

»Okay, von mir aus«, sagte Sannie. Ein Kellner fragte sie, ob sie stilles oder kohlensäurehaltiges Wasser wünsche. Sannie wählte Ersteres und nahm einen Schluck. Mit dem Wein wollte sie bis nach dem Essen und dem Gespräch mit Shirley warten.

»Womit kann ich Ihnen helfen?«

»Ich möchte mehr über Sie erfahren.«

Shirley hob, eine Garnele auf der Gabel, die Augenbrauen. »Über mich? Wieso?«

»Mia hat mir erzählt, Sie seien Miteigentümerin der Lodge.«

»Das ist richtig. Ich werde oft mit einem Angestellten verwechselt, aber das macht mir nichts aus. Ich möchte, dass die Gäste mir alles sagen können, und ich möchte sie überraschen, indem ich alle Probleme sofort löse. Dank meiner Eltern habe ich sehr viel Glück im Leben gehabt.«

»Luiz war Ihr Onkel, stimmt das?«

»Ja, meine Mutter, Maria, war Luiz' Schwester, oder besser gesagt, seine Halbschwester. Sie hatten verschiedene Väter – meine Mutter war Halbportugiesin.«

»Und die beiden hatten noch einen Bruder, Roberto?«

Shirley legte ihr Messer und ihre Gabel ab. »Sie sind sehr gut informiert.«

Adam, der zugehört hatte, beugte sich vor, um mit Shirley Augenkontakt aufzunehmen. Tut mir leid, das war mein Fehler«, sagte er. »Ich habe Sannie erzählt, dass wir während des Krieges mit Luiz und Roberto zusammen gedient haben.«

»Ja, armer Roberto«, sagte Shirley, »obwohl ich noch nicht geboren war, als er ums Leben kam.«

Sannie bemerkte, dass Adam sich in seinem Stuhl zurücklehnte, wahrscheinlich wieder in Gedanken an den Krieg versunken.

»Und Ihre Mutter? Ist sie in Angola geblieben?«

»Nein«, sagte Shirley. »Als Luiz und Roberto der südafrikanischen Armee beitraten, zog sie in den Südwesten, nach Namibia. Etwa zur gleichen Zeit verliess ein katholischer Priester, ein Ire namens Father Hennessy Angola. Er – das ist ein bisschen peinlich – verliebte sich in meine Mutter, worauf er das Priesteramt aufgab. Sie heirateten und als der Buschkrieg zu Ende war, nahm Christopher, mein Vater, meine Mutter Maria mit nach Südafrika. Christophers Familie hatte Geld und er konnte eine Farm kaufen – diesen Ort hier. Er erkannte schon früh, dass die Wüste eine bessere Umgebung für Wildtiere als für Rinder bietet. Da er mit meiner Mutter verheiratet war, stand er auch den San nahe und tat viel für die ehemaligen Soldaten, die in Platfontein angesiedelt wurden. Obwohl er als Priester scheiterte, hatte er ein gutes Herz.«

»Ja, das hört sich so an«, sagte Sannie.

»In diesem Teil Südafrikas lebt das Volk der Khomani-San, von denen wir uns sprachlich unterscheiden, die uns aber akzeptiert haben. Ich habe alles in meiner Macht Stehende getan, um den hier ansässigen San und denen aus dem Clan meiner Familie im Reservat Arbeitsplätze anzubieten.«

»Und was werden Sie tun, nachdem Sie die Lodge an Julianne Clyde-Smith verkauft haben?«

»Meine Güte, Sannie, Sie sind aber gut informiert. Ich glaube, zuerst einmal mache ich Urlaub. Meine Mutter starb jung, bei der Geburt ihres zweiten Kindes, und das Baby, ein kleiner Junge, überlebte auch nicht. Mein Vater betrieb diesen Ort, um etwas Geld zu verdienen, zunächst als Jagdfarm, später für reine Fotosafaris, so wie es noch heute der Fall ist. Als ich an der Universität Ökologie und Wirtschaft studierte, war es immer mein Plan, danach die Dune Lodge zu führen. Mein Vater ist vor fünf Jahren gestorben, und seitdem führe ich die Lodge allein.«

»Das klingt, als hätten Sie eine Pause verdient«, sagte Sannie. »Und die anderen Besitzer der Lodge?«

»Wir haben die Lodge vor etwa zehn Jahren gründlich renoviert. Zum Teil war das, nachdem ich frisch von der Uni kam, meine Idee, denn ich wollte, dass wir in die gleiche Liga aufsteigen, wie die Luxus-Safari-Lodges, die Julianne betreibt. Wir brauchten eine grössere Kapitalinvestition, also beschlossen mein Vater und ich, einen Anteil an ein Unternehmen zu verkaufen, das sich mit dem Import und Export von Lebensmitteln beschäftigt und die nun quasi ein stiller Teilhaber ist.«

»Nun, die Lodge sieht sehr schön aus«, sagte Sannie, »und der Service ist tadellos.«

»Danke. Wir versuchen, unsere Gäste zufrieden zu stellen.«

Adam beugte sich wieder vor. »Haben Sie hier ein Problem mit der Wilderei, Shirley?«

»Ich denke, jedes Reservat und jeder Nationalpark hat in gewissem Umfang ein Wilderei-Problem. Aber Meshach und seine Leute patrouillieren ständig im Reservat und am Grenzzaun. Ab und zu sind sie dabei auf Leute gestossen, die Schuppentiere gefangen haben – was nicht allzu schwierig ist, denn diese bleiben, wenn sie sich unter unserem Zaun durchgraben, oft stecken oder bekommen einen Stromschlag. Aber das war's dann auch schon.«

»Dann können Sie sich glücklich schätzen«, sagte Adam.

»Ich ziehe die Wortwahl ›wir sind wachsam‹ vor«, berichtigte Shirley.

»Verstanden«, sagte Adam.

»Ist das Geschäft mit Schuppentieren hier gross?«, fragte Sannie.

»Wir verlieren hier nicht viele, und die WESSA, die Wildlife and Environment Society of South Africa, bezahlt ein paar Schuppentier-experten in Askham, die sich um die Rettung und Pflege beschlagnahmter Tiere kümmern. Die örtliche Polizei ist ziemlich gut auf den Handel eingestellt, aber in der Kalahari-Region gibt es viele Schuppentiere, so dass Wilderer hier reiche Beute machen. Schuppentiere, die verschwinden, werden unverzüglich aus diesem Teil des Landes gebracht.

»Ist das die Mühe wert?«, wollte Adam wissen.

Shirley nickte. »Wenn ein Schuppentier lebend aus Südafrika verschifft werden kann und in Vietnam auf einen Markt kommt, kann es Hunderttausende von Rand wert sein.«

»Menschenskind«, sagte Adam.

»Shirley ...« Sannie hielt inne. »Hat Luiz jemals mit Ihnen über die Aktion gesprochen, an der er, Evan Litis, Tony Ferri und Adam während des Krieges beteiligt waren? Das war die, bei der Ihr anderer Onkel, Roberto, getötet wurde.«

Shirley schwieg einen Moment. »Nein. Luiz war ein Mann weniger Worte, ein sehr introvertierter Mensch.«

»Ist Evan schon einmal hier gewesen?«, fragte Adam.

»Ja.« Shirley bedankte sich bei einem Kellner, der die Vorspeisen abräumte. »Wein?«

»Für mich bitte ein Wasser mit Kohlensäure«, sagte Sannie.

»Und für mich dasselbe, danke«, bestellte Adam. Als Shirley nicht weitersprach, forderte er sie erneut auf. »Evan?«

Sannie sah zum anderen Ende des Tisches hinunter. Sie glaubte zu sehen, wie Evan den Kopf leicht neigte, als hätte er gehört, dass sein Name genannt wurde.

»Ja, Herr Litis hat die Dune Lodge ein paar Mal besucht. Er ist ein Unterstützer der ›Platfontein San‹ und deshalb schon oft nach Kimberley gereist. Er hat unter den Veteranenorganisationen Spendenaktionen organisiert, um die Einrichtungen in den San-Gemeinden zu verbessern. Ich glaube, er hat auch viel eigenes Geld beigesteuert. Sie bauten eine Schule und ein Gemeindezentrum, finanzierten Stellen für Lehrer und starteten ein Programm, das junge San in Lodges wie die unsere bringt, um das Spurenlesen zu lernen und hoffentlich danach in diesem Bereich Arbeit zu finden. Wir haben zwei weitere Fährtenleser aus Platfontein eingestellt und Luiz fungierte im Rahmen des Programms als ihr Mentor.«

»Sehr lobenswert«, sagte Sannie.

Die San haben während des Krieges vielen südafrikanischen Soldaten das Leben gerettet, und es ist schön, zu sehen, dass die Veteranen dies anerkennen«, sagte Shirley. »Nachdem der ANC an die Macht kam, hatte mein Volk eine schwierige Zeit und obwohl Mandela uns das Land in der Nähe von Platfontein zugestand, können die San ihr traditionelles Leben nur im Busch oder hier in der Wüste wirklich leben.«

»Und tun sie das?«, wollte Adam wissen.

»Wann immer sie können, ja«, antwortete Shirley. »Die San-Fährtenleser und andere Mitarbeiter dürfen ein paar Mal im Jahr auf die Jagd gehen, um ihre traditionellen Jagdfertigkeiten zu trainieren. Ich hoffe, dass Julianne diese Praxis fortsetzt. Manchmal zahlen Gäste sogar dafür, mitgehen zu dürfen.«

»Verständlich, denn das klingt sehr faszinierend«, sagte Adam.

Sannie war sich nicht sicher, ob sie die Ausdauer hätte, den San-Jägern während mehrerer Tage auf der Jagd nach einem Oryxbock zu folgen. »Womit jagen sie? Mit Pfeil und Bogen?«

»Ja.«

Zwei Kellner servierten das Hauptgericht, Springbockfilet mit Aprikosenfüllung, eine grosse Flasche Mineralwasser für Adam und Sannie und ein Glas Weisswein für Shirley.

»Das Essen hier ist hervorragend«, sagte Sannie nach dem ersten Bissen.

»Wir sind mit den erreichten Standards zufrieden, streben aber immer danach, uns weiter zu verbessern«, gab Shirley zurück.

»Obwohl Sie die Lodge verkaufen?«, fragte Adam.

Shirley hörte auf zu kauen und nahm einen Schluck Wein. »Die Dune Lodge ist das Erbe meiner Familie. Ich hoffe, dass sie auch in Zukunft einen Ort bietet, an dem San-Angehörige Arbeit finden und Fähigkeiten erwerben, die ihnen im Leben helfen. Die Lodge dient nicht nur dem Schutz der Tierwelt, sondern auch der Bewahrung des Erbes meines Volkes. Ich hoffe, diese gute Arbeit wird noch lange nach meinem Weggang fortgesetzt.«

»Wohin werden Sie gehen?«, fragte Sannie.

»Nach Portugal. Ich habe portugiesisches Blut und viele von uns Platfontein-San haben durch ihr koloniales Erbe direkte Verbindungen zu diesem Land.«

»Wie ich gehört habe, ist es für Südafrikaner auch einfach, in dieses Land auszuwandern und einen europäischen Pass zu bekommen«, sagte Sannie.

Shirley trank noch etwas Wein. »Ist das so? Ich gehöre nicht zu der Sorte Mensch, die auswandern möchte, würde aber gern in

Portugal Urlaub machen. Ich bin Afrikanerin und stamme direkt von den ersten Völkern dieses Kontinents ab. Ich glaube nicht, dass ich in Europa oder irgendwo anders auf Dauer glücklich wäre. Allerdings würde ich gern einmal nach Angola reisen und herauszufinden, ob es möglich wäre, dort mit dem langfristigen Ziel, in diesem Land die San-Kultur zu erhalten oder wieder einzuführen, ein Tourismusunternehmen zu gründen.«

»Das könnte schwierig sein«, sagte Adam, »denn soviel ich weiss, verfolgten die anderen Völker Angolas während der portugiesischen Zeit die San infolge des Krieges.«

»Das ist wahr«, sagte Shirley. »Aber die Zeiten ändern sich. Sie haben sicher gesehen, dass Tony Ferri eine Reise südafrikanischer Militärveteranen nach Angola leitete, dort ehemalige Feinde buchstäblich in die Arme schloss und Programme zur Unterstützung behinderter ehemaliger Soldaten aufstellte.«

Sannie blickte zu Adam, und erkannte an der Art, wie er mit den Augen rollte, dass nur sie es sehen konnte, dass er an Ferris Aufrichtigkeit zweifelte.

»Was halten Sie von Herrn Ferri und seinen Chancen?«, wandte sich Sannie wieder an Shirley.

»Wir alle wissen, dass der ANC trotz seiner vielen Schwächen und dem Gestank der Korruption immer noch fest in diesem Land verwurzelt ist, aber ich glaube, dass ein Wandel in der Luft liegt. Herr Ferri versteht es, Menschen zusammenzubringen, auch alte Feinde.«

Adam, bemerkte Sannie, kaute schweigend auf seinem Springbock herum. »Besass Ihr Onkel Luiz eine Waffe?«, fragte Sannie Shirley.

Shirley tupfte sich die Lippen mit einer Leinenserviette ab. »Diese Frage habe ich bereits beantwortet, und die Antwort, die ich Detective Cele bei seinem ersten Besuch gegeben habe, ist die Wahrheit: Ich hatte keine Ahnung, dass Luiz eine Pistole besass, und falls es nicht seine war, habe ich keine Ahnung, woher er eine gehabt haben könnte. Aber wir sind in Südafrika, und ich muss Ihnen sicher nicht sagen, wie viele illegale Schusswaffen es hier gibt.«

»Natürlich«, sagte Sannie.

»Und bevor Sie mich fragen: Nein, er wirkte weder verzweifelt noch aufgebracht, bevor er sich das Leben nahm, aber wer kennt schon die Wunden, die alte Soldaten tragen und den Schmerz, der sie von innen auffrisst?«

Sannie warf noch einmal einen kurzen Blick nach links und sah, dass Adams Augen jetzt nach unten gerichtet waren. Sie wandte sich wieder Shirley zu.

»Nachdem Mia die Leiche von Luiz entdeckt hatte, war ich die nächste Person, die zum Tatort kam. Ich habe ihn identifiziert.«

»Ja, das habe ich gehört«, sagte Sannie. »Es tut mir so leid, dass Sie so etwas sehen mussten.«

»Dieser Ort«, Shirley legte ihr Messer ab und deutete durch die offene Seite des Essbereichs nach draussen, »ist so leer, so abgelegen. An diesem Tag war niemand sonst im Reservat. Meshach und seine Männer prüften alles rund um den Sundowner-Baum, aber es gab keine Anzeichen dafür, dass ausser Mia und Luiz noch jemand gekommen oder gegangen war. Ich erfuhr erst später, nachdem ich mit Mia gesprochen hatte, dass Luiz nicht zur geplanten Pirschfahrt gekommen war. Mia wollte die Gäste nicht warten lassen, also sagte sie ihnen, Luiz gehe es nicht gut, was sie auch annahm, und machte die Fahrt allein.«

»Es wäre für Luiz also nicht möglich gewesen, mit jemandem von ausserhalb der Lodge dorthin zu gehen?«, fragte Sannie.

Shirley schüttelte den Kopf. »Ich hätte gewusst, wenn Luiz sich mit einem Besucher getroffen hätte. Wir führen immer Buch über die Fahrzeuge, die ins Grundstück hineinfahren oder es verlassen und wie ich schon sagte, gab es keinen Hinweis darauf, dass jemand anderes dort gewesen wäre.«

25

Tony Ferri schenkte den Wein ein.

Mia hatte bemerkt, wie Sannie sie angesehen hatte, als sie mit Tony weggegangen war und fühlte sich schuldig, weil sie nicht genug Zeit mit ihrer Freundin verbracht hatte. Sie sah Tony an. Dadurch, dass er ihr mehr Informationen über ihren Vater anbot, hatte er sie dazu überredet, eine Regel zu brechen, indem sie allein zum Zelt eines Gastes kam.

Das Personal der Lodge hatte auf der Veranda von Tonys Suite einen Tisch schön gedeckt. Das Silberbesteck und die Gläser reflektierten den warmen Schein des Kerzenlichts und über ihnen funkelte der Himmel voller Sterne. Mia versuchte, sachlich zu bleiben.

»Es ist einfach wunderschön.« Tony hob sein Glas.

Auch Mia schaute zum Himmel. Wenn er ihr in die Augen sah, verunsicherte sie das jedes Mal. »Ist das ein Toast?«

»Es ist die Wahrheit.«

Sie stiessen an. Er hatte mit ihr geflirtet. »Sie meinen, die Nacht und die Lodge sind schön.«

Tony blickte ihr nur in die Augen und Mia begann zu zittern. »Auf das Leben«, sagte sie.

Tony nickte leicht. »Ja, auf das Leben.« Sie tranken und Tony

331

deckte den ersten Gang auf. »So sollte das Leben sein. Ein Mann und eine Frau, die ihre tägliche Arbeit in einer wunderschönen Umgebung hinter sich lassen. Meine verschlingt mich.«

»Ich habe Glück, dass ich abschalten kann, aber nur in der Zeit zwischen dem Ende des Abendessens und dem Aufwachen um vier Uhr morgens.« Sie musste sich daran erinnern, warum sie hier war, nämlich um mehr über ihren Vater zu erfahren.

Tony zog eine theatralische Grimasse. »Ich hasse es, früh aufzustehen, aber ich muss es doch oft tun, vor allem für Fernsehauftritte zum Frühstück.«

»Ich muss mich nicht einmal anstrengen, um aufzuwachen, das kommt von allein. Mein Vater war ...«

»Es ist in Ordnung«, sagte er und legte eine Hand auf ihre.

Seine Berührung war elektrisch. »Ich wollte sagen, er wachte immer früh auf, egal, wie viel er in der Nacht zuvor getrunken hatte. Aber ich will nicht schlecht über ihn reden.«

»Hat er Ihnen jemals von Greefswald erzählt?«

Sie schüttelte den Kopf. »Nein, was ist das?«

Tony legte Messer und Gabel ab, stützte die Ellbogen auf den Tisch und schlug die Hände zusammen, als ob er bete. »Der Ort, an den ihn die Armee nach dem Kriegsgericht geschickt hat. Es muss schrecklich gewesen sein. Mia, Sie sagten, Sie wollen alles hören.«

»Ja.« Mia ballte die Hände zu Fäusten.

Er holte tief Luft. »Es gab auch eine Anklage wegen Drogen.«

Sie sass einen Moment lang mit offenem Mund da. »Was?«

Tony erzählte von einer Durchsuchung und von Marihuana, das im Spind ihres Vaters gefunden wurde und von der Strafe für Drogendelikte in der alten südafrikanischen Verteidigungsarmee. Harte Arbeit, brutale körperliche Ertüchtigung und Umerziehung.

»Heute gäbe es einen Klaps auf die Hand«, sagte Tony, »und für den persönlichen Gebrauch ist das verdammte Zeug sogar legal. Damals war alles so anders und Greefswald darauf ausgelegt, Menschen zu ›heilen‹, er zeichnete Anführungszeichen mit seinen Fingern, oder sie zu brechen. Ihr Vater ging danach zurück nach

Angola und zurück in den Kampf, aber dieser Ort könnte bleibende Einwirkungen auf seinen Geist gehabt haben.«

Mia sah auf ihr Essen hinunter, sie hatte keinen Hunger mehr. »Ich verstehe.« Sie spürte, dass ihr Tränen in die Augen stiegen. »Er hat mir nie etwas von einer der Anklagen erzählt. Er muss sich geschämt haben. Ich brauche einen Moment, bitte.«

Sie schob ihren Stuhl zurück, stand auf und ging zum Ende der grosszügigen Treppe. Dort stand sie, die Hände auf das Geländer gestützt und blickte in den Wüstenhimmel. Sie hörte die Terrassendielen knarren und spürte, dass Tony neben ihr stand. Sie roch sein Aftershave und es war herrlich. Er berührte sie nicht.

»Er wäre so stolz auf Sie.«

Mia richtete ihren Blick nach oben, als ob sie Franks Gesicht in den Sternen sehen könne. »Das war er. Und er hasste Drogen, vielleicht als Folge seiner Zeit an diesem Ort. Mehr als einmal hat er sich mit mir zusammengesetzt und mir eingetrichtert, wie schlimm sie seien und wie sehr es ihm das Herz bräche, wenn er mich jemals an Drogen verlieren würde. Die Ironie dabei war, dass, wenn er sich nicht selbst das Leben genommen hätte, sein Rauchen und Trinken ihn wahrscheinlich umgebracht hätten.«

»Es tut mir so leid.«

Sie drehte sich zu ihm um und sah, dass die geschmeidige Fassade des Politikers verschwunden war und Traurigkeit sein Gesicht verzerrte. »Es ist nicht Ihre Schuld, Tony.«

»Mia.«

Er öffnete seine Arme und sie war sich nicht sicher, ob es eine Geste der Verzweiflung oder eine Einladung war. Alles, was Mia in diesem Moment wusste, war, dass sie gehalten werden und die Wärme eines anderen lebenden Menschen spüren wollte. Sie ging zu ihm. Verdammt, das war überhaupt nicht, was sie geplant hatte.

Während sie weinte, legte Tony seine Arme um sie und hielt sie fest. Sie spürte Tonys Hand, die ihr Haar beruhigend streichelte, sowie den Schlag seines Herzens. Sie vermisste ihren wunderbaren, fehlerhaften Vater so sehr. So oft in ihrem Leben hatte sie sich dabei ertappt, wie sie zu den Sternen aufblickte und sich wünschte, er wäre da, oder es gäbe jemanden, an den sie sich wenden könnte.

»Du bist so ein braves Mädchen, Mia.«

Die Worte waren herablassend und sie hätte sich dagegen wehren sollen, aber in diesem Moment vervollständigten sie die Wärme in Tonys Umarmung. Sie sah von seiner Brust auf und betrachtete sein Gesicht. Er war so viel älter als sie, aber er war gutaussehend, klug und stark. Mia schloss die Augen.

»Hey!«

Mia sah nicht an Tonys breiter Brust vorbei, hörte aber, dass jemand den Weg hinauflief und dann das Stampfen von Füssen auf der Holztreppe, die zur Veranda führte. Tony wurde ihr rückwärts aus den Armen gerissen. Mia sah Adam Krüger, der zornig aussah.

»Du Mistkerl!«

»Nein, warte …« Tony hob eine Hand, aber Adam holte mit seiner Faust aus und landete einen Hammerschlag auf Tonys Kinn, der ihn rückwärts zu Mias Füssen auf die Veranda schleuderte.

»Was zum Teufel …?« Mia sprang zurück. Sie sah noch jemanden den Weg entlangkommen. »Sannie!«

»Adam, *Bliksem*, Mist, was machst du da?«, rief Sannie.

Ferri setzte sich auf und rieb sich den Kiefer. Adam stand mit erhobenen Fäusten über ihm, bereit, wie ein Boxer, der auf die zweite Runde wartet.

Sannie rannte die Treppe hinauf. »Adam, komm weg.« Adam ignorierte sie und sah zu Mia.

»Was glauben Sie, wer Sie sind?«, fragte ihn Mia.

»Was auch immer dieser Kerl Ihnen erzählt, ist höchstwahrscheinlich eine Lüge«, sagte Adam.

»Was?« Mia spürte, dass Wut in ihr brannte. »Dass mein Vater vor ein Kriegsgericht gestellt wurde? Dass er in irgendein Straflager geschickt wurde? Dass es ihn gebrochen haben könnte? Ich habe von Tony mehr erfahren, als mir irgendeiner der so genannten Freunde meines Vaters je erzählt hat.«

»Er«, Adam zeigte auf den Politiker, »war die Ursache für all das.

Er und der Colonel und all die anderen verdammten Offiziere haben sich gegenseitig gedeckt.«

»Aber es ging um eine kleine Drogenverhaftung«, sagte Mia. Tony hatte nichts über andere Offiziere oder Vertuschungen gesagt.

Ferri richtete sich auf und hob ergeben die Hand. »Ist schon gut, Mia. Ein Teil von dem, was Adam sagt, ist wahr.«

»Es tut mir leid, Herr Ferri«, sagte Sannie.

»Das muss es Ihnen nicht«, erwiderte Ferri. Er schaute Adam in die Augen. »Adam, wenn ich die Vergangenheit ändern könnte, zurückgehen und Dinge anders machen, glaub mir, Mann, ich würde es tun.«

Mia sah Adam an. Sie war immer noch wütend auf ihn und ging zu Ferri, um ihm zur Seite zu stehen, falls Adam noch einmal auf ihn losginge. Dieser sah unentschlossen aus. Seine Fäuste waren jetzt halb erhoben und sein Kiefer angespannt. Sie sah den Zorn, vielleicht auch den Hass, in seinen Augen.

»Adam, ich brauche Sie nicht, um mich zu beschützen «, sagte Mia. »Die Zeiten, in denen ich jemanden dafür gebraucht hätte, sind schon lange vorbei. Ich muss nicht vor der Wahrheit darüber geschützt werden, wer mein Vater war und was er getan hat.«

»Er war ein guter Mann, Mia.« Endlich liess Adam seine Hände sinken. »Adam, lass uns gehen«, forderte Sannie.

Adam ignorierte sie. »Ferri, was ist mit den Diamanten passiert?«

Ferri mahlte mit seinem Unterkiefer hin und her. »Mit welchen Diamanten?«

Adam straffte die Schultern wieder. »Stell dich nicht dumm oder ich verpasse dir wieder eine Ohrfeige.«

»Adam!« Sannie stellte sich zwischen die beiden Männer.

»Diamanten?«, fragte Mia, überrascht und verwirrt.

Adam warf einen Blick auf Sannie. »Lass uns hören, was er dazu zu sagen hat.«

»In Ordnung.« Ferri hielt nun beide Hände hoch, falls Adam ihn wieder schlagen wollte. »Der Sektorkommandeur, Colonel de Villiers, sagte mir, an Bord des abgestürzten Flugzeugs, das wir suchen mussten, befinde sich ein Kurier, der in einer an sein Handgelenk geketteten Aktentasche eine wichtige Fracht mit sich führe. Als ich im Hauptquartier war, sah ich, dass Flüge von und nach Angola geplant waren, um Gegenstände von Jonas Savimbis Leuten abzuholen. Es wurde geflüstert, es handle sich um Diamanten, Nashorn-Horn oder Elfenbein, also nahm ich an, dass es sich bei diesem Koffer wahrscheinlich um einen mit Diamanten handle.«

»Warum hast du Frank und uns anderen nichts davon gesagt?«, wollte Adam wissen.

»Ich wusste es nicht genau. Ich habe de Villiers gefragt: ›Ist das eine wertvolle Fracht?‹, aber er sagte mir nur, dass sie höchste Priorität habe und dass ich niemandem von euch etwas sagen dürfe, wonach ich suche.«

»Und was ist mit der Aktentasche passiert, die Duarte bei sich hatte?«, fragte Adam.

Ferri schüttelte den Kopf. »Du hast ihn gesehen, nachdem die Mörser und die Artillerie fertig waren. Sein linker Arm war weggesprengt. Um Himmels willen, ich musste ihn tragen.« Ferri schaute zu Mia. »Frank hat mich dazu gezwungen. Ich stand unter Schock und wusste, dass es falsch war, Evan, Rossouw und die San-Leute zurückzuhalten, obwohl Frank sich zurückziehen wollte. Diese paar Minuten, in denen ich versucht habe, den Helden zu spielen, haben zwei guten Männern das Leben gekostet, Mia.«

Mia spürte, dass ihr die Tränen wieder in die Augen stiegen. Sannie stand schweigend da. »Ich war, wahrscheinlich durch den Granateinschlag, erschüttert und wie betäubt, aber ich sah mich nach der Aktentasche um. Ich sah sie, halb unter dem Stumpf eines entwurzelten Baumes. Sie war bis auf einige Lederstücke zerfetzt. Nachdem er bereits tot war, wurde Duartes Körper von einer Mörserbombe getroffen. Ich erinnere mich, einige Papiere gesehen zu haben, verbrannte und schwelende Fragmente. Falls sich in der Tasche Diamanten befunden hatten, wurden sie ins Jenseits befördert. Duartes ... seine Hand war noch ...« Ferri verschluckte sich an den Worten.

Mia legte einen Arm um ihn. Sie blickte in sein Gesicht und sah, dass die Tränen, die ihm über die Wangen liefen, echt waren, während sein Körper vor Schluchzen geschüttelt wurde.

Tony Ferri schniefte und fuhr sich mit dem Finger unter die Nase, dann starrte er Adam an. »Sein Arm war abgetrennt worden. Du hast die Leiche gesehen.«

Auch Adam, sah Mia, war in diesen schrecklichen Moment damals zurückversetzt. Seine Nasenflügel blähten sich, als er tief durchatmete. Seine Augen blickten jetzt an Tony vorbei, in die Ferne, zurück in die damalige Zeit. Die Art, wie er Tony geschlagen hatte, war überraschend und schockierend gewesen. Sie wunderte sich über die Gewalt, zu der diese Männer fähig waren.

Aber Tony brauchte sie jetzt.

»Herr Krüger«, sagte Mia förmlich, wie wenn sie einen neuen Gast und nicht einen Mann, der vielleicht ihrem Vater und ihrer Mutter zu ihrer Geburt gratuliert hatte, ansprechen würde, »ich denke, Sie sollten diese Suite jetzt verlassen.«

»ADAM!« Sannie lief hinter ihm her, als er den Weg an seiner Suite und dann weiter am Schwimmbad vorbei hinunterging. »Wo zum Teufel gehst du hin?«

Er drehte sich nicht um. »Weg von diesem ganzen *Kak*.«

»Du kannst nicht immer weglaufen, Adam. Und wenn du es tust, endest du in der Wüste.«

Am Rande des Lichtkegels, den die letzte der Laternen der Dune Lodge warf, blieb er stehen. Sannie ging zu ihm. Sie war wütend, auf ihn und auf sich selbst.

Adam starrte in den Nachthimmel.

»Nachdem, was auf dieser Mission mit Ferri passiert ist, habe ich den Krieg gehasst.«

»Willst du sagen, es hat dir vorher gefallen?«, fragte sie.

»Nein. Ja. Ich weiss es nicht. Es ist schwer, es in Worte zu fassen. Sicher, es gab einige Kriegsdienstverweigerer aus Gewissensgründen, die den Krieg aus religiösen oder politischen Gründen ablehnten.

Aber für die meisten anderen von uns war es etwas anderes – sogar aufregend. Während unserer Ausbildung, vor allem bei den ›Bats‹, wollten wir einfach nur in den Kampf ziehen. Danach war es anders.«

»Ich verstehe«, sagte sie.

Er sah zu ihr. »Ferri lügt wie ein Politiker.«

»Was meinst du damit?«

»Er sagt uns – Mia – einen Teil, aber nicht die ganze Wahrheit. Er gibt gerade genug Informationen, um den Anschein zu erwecken, er mache reinen Tisch, hält sich aber zurück. Ich weiss es. In der Zeit, in der Frank, Erasmus und ich in Angola von ihm getrennt waren, ist noch etwas anderes passiert. Glaubst du den Blödsinn, dass Duartes Aktenkoffer voller Diamanten in die Luft geflogen ist?«

Sannie dachte darüber nach. Ferris Geschichte, dass die Diamanten von einer Mörserbombe weggesprengt worden seien, klang geschliffen. »Aber als ihr zur Basis zurückkamt, wurdet ihr alle durchsucht. Evan hat das Gleiche berichtet.«

Er fuhr sich mit der Hand durch sein kurzes Haar. »Ich weiss. Ich versuche immer wieder, all die Teile zusammenzusetzen, aber es ist, als würde eines fehlen. Wenn die Diamanten wirklich verloren gegangen sind, warum hat man dann Frank und mich angeklagt, den Stab aufgeteilt und uns alle zu verschiedenen Einheiten geschickt?«

»Ich weiss es nicht, Adam, aber was du gerade getan hast, Tony Ferri zu schlagen, war nicht richtig.«

Adam schaute sie an. »Du hast gesehen, wie er deine Freundin Mia gehalten hat. War das richtig? Wie denkst du darüber?«

Sannie biss die Zähne zusammen. Sie gab es nur ungern zu, aber sie war genauso wütend gewesen wie Adam, als sie Mia in den Armen des Politikers gesehen hatte. Wenn Mia einen Fehler hatte, dann den, dass sie sich immer die falschen Männer aussuchte, um sich zu verlieben. Ihr letzter Freund, Graham, war ein gutaussehender junger Safari-Führer gewesen, aber leider ein schlechter Mann.

Als Sannie nicht antwortete, fuhr Adam fort: »Oder glaubst du etwa dieses Stück Hollywood in den sozialen Medien, in dem Ferri mit Mias Gewehr eine Sanddüne hinaufstürmt und auf niemanden schiesst?«

»Das ist wirklich seltsam. Und nein, um das zuzugeben, ich bin nicht glücklich darüber, dass Ferri sich an Mia heranmacht. Aber sie ist erwachsen und du hast gerade einen hochrangigen Politiker angegriffen. Du hast ihn nicht einmal in Notwehr geschlagen, Adam. Wenn er dich anzeigt, muss ich als Zeugin gegen dich aussagen. Du hast mich in eine schreckliche Lage gebracht.«

Seine Stimmung änderte sich. »Es tut mir so leid.«

Sannie seufzte. »Reagierst du so auf Stress? Wenn du zu der Sorte Mann gehörst, die jedes Mal, wenn du dich aufregst, um sich schlägt, dann ...«

»Sannie ... Bitte.«

Sie machte eine Kehrtwende, schlang in der bereits kühlen Nachtluft die Arme um sich und machte sich auf den Weg zurück zu ihrer Suite.

Nach einer Weile piepte ihr Telefon. Sannie holte es aus ihrem BH und checkte ihre Mitteilungen. Es war eine Nachricht von Adam, die lautete: *Hier sind die Telefonnummern meiner Tochter Jolene und meiner Ex-Frau Sarah. Ruf sie an und frag sie, was für ein Mann ich sei.*

Sannie steckte das Handy weg und ging weiter. Sie hatte nicht vor, ihre Zeit mit einem Rohling zu verschwenden. Wenn sie einen Mann wollte, der all seine Probleme mit den Fäusten löste, fand sie bei der Polizei jede Menge davon.

Während sie den mit Laternen beleuchteten Weg entlangging, liess sie die bisherigen Gespräche noch einmal Revue passieren. Instinktiv hatte sie die Leute in der Lodge zu befragen begonnen, als ob sie eine Art Amateurermittlung durchführe. Es war nicht ihr Fall und das alles ging sie nichts an. Aber sie wollte wissen, wessen Version der Wahrheit über die Geschehnisse in Angola die Richtige war und ob es noch mehr gab, was ungesagt oder unbekannt war.

Evan verbarg etwas – seine Körpersprache, als sie ihn befragt hatte, verriet ihn. Sannie erinnerte sich an den Blick, der zwischen Evan und Shirley, der Lodgemanagerin, hin und her gegangen war, als Sannie und Adam hier angekommen waren. Es war klar, dass sie sich kannten, aber hätten sie sich nicht wenigstens in ihrer Gegenwart ›Hallo‹ sagen können? Hätte Evan davon gewusst, wenn Tony Ferri in Angola Diamanten gestohlen hätte? Vielleicht war seine anschliessende Versetzung in eine bequeme Stelle in der Zentrale die Bezahlung für sein Schweigen.

Und was war mit dem zwielichtigen Colonel de Villiers, der von Anfang an ein persönliches Interesse an der Mission der Fallschirmjäger gehabt zu haben schien?

»Sannie«, sagte Adam hinter ihr.

Sie war nach wie vor sauer auf ihn, spürte aber auch immer noch, was sie an diesem Nachmittag getan hatten.

»Sannie, ich bin …«

»Erzähl mir von de Villiers«, sagte sie, als er sie eingeholt hatte und neben ihr ging.

»Frank hat ihn über die Facebook-Seite der ›South African Military Veterans of Australia‹ ausfindig gemacht«, erklärte Adam und klang erleichtert, dass sie ihn nicht wieder angeschnauzt hatte. »Er ist in den neunziger Jahren, nicht lange nach dem Regierungswechsel, nach Australien ausgewandert, wo er in einem Vorort von Perth einen Laden eröffnete und Ouma-Zwieback und Biltong an Heimweh-Südafrikaner verkaufte. Falls er ein Drahtzieher des Diamantenschmuggels war, muss er sein ganzes Geld in den Kasinos oder mit Fehlinvestitionen verprasst haben. Als Frank ihn ausfindig machen konnte, lag De Villiers an Krebs im Sterben.

»Evan hat mir bereits gesagt, dass de Villiers nicht mit Frank sprechen wollte. Seine Theorie, Ferri habe die Diamanten aus Angola geschmuggelt, konnte also weder bewiesen noch entkräftet werden. Und Evan behauptet, Ferri sei in Angola zu sehr damit beschäftigt gewesen, ein Held zu sein, um etwas zu stehlen.«

»Wann hat Evan gesagt, sei das passiert?«

»Er gab an, das sei vor zehn oder elf Jahren gewesen, als Ferri zum ersten Mal ernsthaft daran dachte, sich um den Posten des Parteivorsitzenden zu bewerben. Er hat offensichtlich eine langfristige Kampagne geführt. Das war, als Frank Evan seine Diamanten-Theorie erzählte.«

»Okay«, sagte Adam und dachte nach. »Wahrscheinlich etwa zur selben Zeit, als Frank es mir erzählte, nämlich nachdem er mit Duartes alten Kameraden gesprochen hatte. Ich besuchte ihn Anfang des Jahres, etwa im März oder April. Der Busch im Krügerpark, in dessen Nähe er lebte, war dicht und grün. Ungefähr ein halbes Jahr später, im September, starb Frank.«

»Evan erwähnte, Frank habe auch mit Leuten gesprochen, die Duarte kannten.«

»Kurz bevor er starb, hörte ich wieder von Frank. Ich habe nicht mit ihm gesprochen, aber ich bekam eine SMS, in der er mir mitteilte, dass er ›den Colonel‹ ausfindig gemacht habe und mit ihm sprechen werde. Ob Frank tatsächlich Kontakt zu de Villiers aufgenommen hat und was sie besprochen haben, weiss ich nicht. Aber nicht lange, nachdem ich diese Nachricht erhalten hatte, war Frank tot – vielleicht zwei oder drei Tage später.«

Sannie speicherte diese neue Information in ihrem Gedächtnis, bevor sie sich wieder den Ereignissen in Angola zuwandte. »Wenn du und Frank also von den anderen getrennt waren und der andere San-Fährtensucher, Roberto, sowie Rossouw, der Parabat mit dem Funkgerät, beide im Kampf gefallen sind, war die einzige Person ausser Evan, die noch etwas gesehen haben könnte, Luiz«, sagte Sannie.

»Und jetzt ist er tot.«

»Ja, aber warum jetzt, nach all den Jahren?«, fragte sich Sannie laut. »Und wir gehen davon aus, dass Luiz sich nicht wirklich aus einem anderen Grund umgebracht hat.«

Adam ging schweigend neben ihr her.

Sannies Telefon klingelte und sie nahm den Hörer ab. »Henk, howzit?«, begrüsste sie ihn, als sie seinen Namen auf dem Display sah.

»Gut, und dir?«, antwortete Captain Henk de Beer. »Ich hoffe, ich rufe nicht zu spät an.«

»Nein, ganz und gar nicht. Hast du etwas herausgefunden?«

»Ja, ich habe in meinem Notizbuch nachgesehen und gelesen, was ich damals notiert hatte. Da war tatsächlich etwas Seltsames, Sannie.«

»Ja?« Sie widerstand dem Drang, ihm zu sagen, er solle es einfach ausspucken.

»Franks Tochter Mia und Franks Freund, also mein Freund, mit dem ich Golf spielte, sagten beide, Frank Greenaway habe nie eine Waffe besessen. Er sagte immer, sein Gewehr, das er vom Krüger-Park erhalten habe, sei ein Arbeitsinstrument und er wolle nicht zum Spass schiessen. Ausserdem fühlte er sich etwas ausserhalb von Hazyview, bei den Shangaan, in der Nähe des Ortes, an dem er und Mia lebten, sehr wohl. Er sagte immer, dass er nie um seine Sicherheit fürchte. Aber wir wissen alle, wie einfach es ist, eine Waffe zu kaufen, und es scheint, als hätte Frank das nur um sich selbst zu töten, getan.«

»Was für eine Waffe war es, Henk?«

»Eine Makarov. Und das andere Ungewöhnliche war, dass in der Pistole, mit der er sich umgebracht hat, nur eine einzige Patrone war. Als wir die Waffe fanden, war sie leer.«

»Vielleicht wollte er nicht, dass Mia sie findet und sich mit einer geladenen Waffe verletzt?«, mutmasste Sannie.

»Ja, das habe ich damals auch gedacht, Sannie. Der Bluttest, der beim Opfer durchgeführt wurde, hat übrigens ausserdem gezeigt, dass Frank eine auffällig niedrige Anzahl roter Blutkörperchen hatte, als ob er an Malaria oder etwas Ähnlichem gelitten habe.«

Sannie dachte über die Informationen nach, die Henk ihr gegeben hatte. »Steht in Ihren Notizen, wo Mia zu dieser Zeit war?«

»Ja, sie war in einem Schulcamp im Busch und sollte erst nach Franks Tod nach Hause zurückkehren. Die Hausangestellte hat Frank gefunden, nicht Mia, obwohl sie natürlich aus dem Camp nach Hause geholt wurde und ich sie am Tag danach befragt habe.«

Das bedeutete, dass Frank sich keine Sorgen machen musste, Mia könne sich mit einer geladenen Schusswaffe verletzen. Sicherlich wusste Frank, dass seine Tochter ihn nicht finden würde. Hatte er sich Sorgen gemacht, die Frau, die für ihn kochte und putzte, könnte sich versehentlich erschiessen? »Sonst noch etwas, Henk?«

»Ich bin mir nicht sicher. Ich werde mit meinem Handy ein paar Fotos von meinen Notizen machen und sie dir per Whatsapp schicken. Es war alles ziemlich normales Zeug. Sie hörte das Geräusch von Seiten, die umgeschlagen wurden. »Sonst nicht viel, Sannie. Wart noch kurz ... oh ja. Kennst du Greg Mahoney?«

»Wer in Hazyview kennt Greg nicht?«, sagte Sannie. Mit seinem üppigen Lockenschopf und dem charakteristischen roten Tuch um den Hals war der erfahrene Safari-Guide im kleinen Städtchen eine Institution und seine temperamentvolle englische Frau Tracey ebenso.

»Greg war ein weiterer Freund von Frank und war im Haus, als wir dort arbeiteten. Ich habe ihm die üblichen Fragen gestellt – wie Franks Stimmung war, ob er depressiv war und was-weiss-ich-was.«

»Und?«

»Mal sehen ... Ich habe hier geschrieben: ›Herr Mahoney sagt, als er Frank im September, eine Woche vor seinem Tod, das letzte Mal gesehen habe, sei der Verstorbene wütend gewesen. Er sei mit einem Politiker, der Hazyview besucht habe, vor dem Checkers-Supermarkt in einen öffentlichen Streit geraten.‹ Ja, ich erinnere mich an diese Zeit, Sannie. Greg kandidierte für die Demokratische Alternative. Er wurde zwar nie gewählt, aber ich erinnere mich an den Besuch dieses Politikers.«

»Wer war das, Henk? Wer war der Mann, mit dem Frank sich gestritten hat?«

»Dieser Kerl, der glaubt, er werde der nächste Präsident. Tony Ferri.«

»DAS TUT mir alles so leid, Tony«, sagte Mia. Sie waren in seine Suite zurückgekehrt, hatten aber beide keine Lust, weiter von ihrem halb aufgegessenen Hauptgericht zu essen. Tony hatte ihre Weingläser aufgefüllt und sie sassen nebeneinander in den Sesseln und schauten in die Dunkelheit.

»Es ist nicht deine Schuld. Ausserdem«, er fuhr sich mit dem Finger über den Kiefer, »habe ich das wahrscheinlich schon seit mehr als fünfunddreissig Jahren kommen sehen. Oh, und wenn ich das so sage, fühle ich mich uralt.«

»Das bist du nicht.« In der kurzen Zeit, seit sie Tony kennengelernt hatte, durchlebte Mia ein Wechselbad der Gefühle. Obwohl er ungefähr so alt wie ihr verstorbener Vater war, schien er ihr nicht alt. Tony und Frank hatten sich offensichtlich nicht verstanden, und Adam war immer noch wütend über das, was in Angola geschehen war. Aber Tony schien alles zu tun, um die Vergangenheit zu bereinigen und zu sühnen. »Du siehst richtig gut aus.«

Er lächelte und hielt sein Glas hoch. »Und du bist wunderschön.«

Mia spürte, wie ihre Wangen brannten, sowohl wegen des Kompliments, mit dem sie herausgeplatzt war, wie auch wegen seinem. Sie erinnerte sich an das Gefühl seiner Arme um sie, aber bevor sie sich über den Rand eines emotionalen Abgrunds stürzen liess, musste sie mehr wissen. »Gibt es noch etwas, das du mir über meinen Vater oder den Krieg erzählen möchtest?«

Er blickte zu Boden. »Nur, dass ich mir wünschte, ich wäre damals auf dieser Patrouille ein besserer Anführer gewesen und hätte die Chance gehabt, es bei Frank wirklich wiedergutzumachen und ihn um Vergebung zu bitten.

Sie nickte. »Er war so aufgewühlt. Vielleicht gab es gar nichts, das man ihm hätte sagen können, damit er sich besser gefühlt hätte. Ich habe es jedenfalls versucht.«

Tony streckte die Hand aus und sie nahm sie. »Das hast du bestimmt getan.«

»Ich danke dir.«

Der Wein hatte sie nach diesem hektischen Tag milder gestimmt und sie nahm noch einen langen Schluck, in der Hoffnung, im Alkohol Zuflucht und Mut zu finden. Seine Augen waren im Kerzenlicht so verdammt schön.

»Ich kann dir nichts mehr über deinen Vater oder über mich erzählen, wodurch du mich lieber magst oder um dich über den Schmerz um deinen Verlust zu trösten, Mia. Ich stehe in der Öffentlichkeit und die Welt, in der ich lebe, ist unglaublich anstrengend, und ja, sie kann künstlich oder manchmal sogar unehrlich wirken. Letztendlich bin ich aber auch nur ein Mensch, ein Mensch mit

Gefühlen, Wünschen und Bedürfnissen wie jeder andere auch. Ich bin alles andere als perfekt, Mia.«

»Tony, das ist niemand.«

»Aber hier draussen«, er deutete auf die offenen Schiebetüren, »in der Wüste oder im Busch, ist es so perfekt, wie man es nur finden kann. Ich will hier enden, Mia, aber bis dahin habe ich noch zu tun.«

»Das verstehe ich.«

»Du kennst meine verrückte persönliche Situation, mit meiner Frau und mit Lisa.«

»Ja.«

Er schaute ihr tief in die Augen. »Ich möchte dich gern in meinem Leben haben, Mia. « Es fühlte sich an, als würde Ihr Herz stehen bleiben. Dann küsste Tony sie.

26

———

»Du darfst gern reinkommen, aber nur zum Reden«, sagte Sannie, als sie und Adam am Fuss der Treppe zu ihrem Zelt stehen blieben.

»Okay, das machen wir«, sagte Adam.

»Gut.« Sie ging zur Treppe, öffnete die Schiebetüren und Adam folgte ihr hinein. Ihr Telefon piepte mehrmals.

»War das dein Freund, der Detektiv? Henk?«, erkundigte sich Adam. Er stand in der Suite und Sannie machte ihm ein Zeichen, sich in einen der Sessel zu setzen.

»Ja.« Sie setzten sich beide. »Und?«

»Wenn es sich um eine Untersuchung handeln würde, gäbe ich keine Informationen an dich weiter, vor allem nicht in Anbetracht der Art und Weise, wie du dich gerade verhalten hast.«

»Ich bin kein Kind, Sannie, und dies ist keine Untersuchung – zumindest dachte ich das. Hier sind zwei Freunde, die einander helfen, nicht wahr?« Freunde? Waren sie das? »Ja, ich nehme es an.« Sannie nahm ihr Handy heraus, öffnete Whatsapp und prüfte ihre Nachrichten. Henk hatte ihr, wie versprochen, ein paar Fotos von Seiten seines Notizbuches geschickt. Sie überflog sie schnell.

»Was ist das?«

»Geduld«, sagte sie. »Okay, aus Henks Notizen geht hervor, dass es Beweise dafür gibt, dass Frank sich selbst getötet hat. Henk stellte eine sternförmige Wunde auf der rechten Seite von Franks Kopf an der Schläfe fest, die darauf schliessen lässt, dass dort eine Waffe gegen die Haut gedrückt wurde, und ausserdem fand die Spurensicherung an Franks rechter Hand Schmauchspuren. Laut Henk gab es weder Anzeichen für ein gewaltsames Eindringen ins Haus, noch Abwehrwunden am Körper oder andere Anzeichen für einen Kampf. Bei der Obduktion wurde ausserdem festgestellt, dass Frank an einer hämolytischen Anämie litt, bei der die Anzahl roter Blutkörperchen des Körpers drastisch sinken. Henk hat geschrieben: ›Es wird vermutet, dieser Befund hänge entweder mit Sichelzellenanämie oder mit Malaria zusammen. Die Tochter des Verstorbenen, Mia Greenaway, berichtete, ihr Vater sei mehrmals an Malaria erkrankt.«

»In Ordnung«, sagte Adam. »Noch etwas?«

Sannie berichtete von ihrem Gespräch mit Henk, über die russische Pistole, in der nur eine Kugel steckte, und von dem Bericht, Frank habe sich kurz vor seinem Selbstmord in Hazyview öffentlich mit Tony Ferri gestritten.«

»Ferri«, war alles, was Adam sagte.

»Das heisst aber nicht, dass du ihn noch einmal schlagen kannst.«

Adam lächelte ein wenig. »Ich habe meine Lektion gelernt.«

»Gut.«

»Aber das mit der Art der Pistole und der einzelnen Kugel ist ein verblüffender Zufall – darin liegt eine Gemeinsamkeit zwischen dem Tod von Frank und von Luiz und dem Angriff auf mich.«

»Ja«, sagte Sannie. Sie glaubte in der Regel nicht an Zufälle, andererseits hatte genau ein solcher sie und Adam zusammengebracht, und zwar hier in der Wüste. Was den Urlaub anbelangte, hatte sie sich diesen nicht so vorgestellt, aber sie konnte sich weder von diesem Geheimnis aus der Kriegszeit noch von Adam Krüger lösen.

»Wenigstens redest du noch mit mir«, sagte Adam.

»Vorläufig. Was ist das Bindeglied bei all dem?«

»Tony Ferri«, sagte Adam.

»Du sagst das zu schnell«, mahnte Sannie. »Du musst die Sache logisch und ohne Emotionen durchdenken, Adam, wie ein Detektiv. Und dich davor hüten, zu versuchen, Fakten oder Beweise an deine Theorie anzupassen.«

»In Ordnung. Wie?«, fragte er.

»Um ein Verbrechen zu begehen, braucht eine Person ein Motiv, Mittel und eine Gelegenheit. Wer hatte ein Motiv, Frank zu töten, und warum?«

»Ich hasse es, wie eine kaputte Schallplatte zu klingen, aber: Tony Ferri. Frank kannte die Wahrheit hinter Ferris öffentlichem Auftreten als netter Kerl.«

»Frank hegte einen Groll, und nach dem, was du sagst, mit gutem Grund. Aber warum sieht Ferri auf einmal die Notwendigkeit, Frank zu töten?«

»Vielleicht hat Frank Tony Ferri in Hazyview mit etwas konfrontiert, und ihm gedroht, es an die Öffentlichkeit zu bringen? Vielleicht die Diamanten?«

»Frank hatte die Diamanten-Theorie bereits sechs Monate zuvor bei dir und Evan zur Sprache gebracht. Warum sollte er so lange gewartet haben, Ferri damit zu konfrontieren? Ausserdem schien er keine Beweise zu haben.«

»Aber Frank hat sich öffentlich mit Tony Ferri gestritten und ist ein paar Tage danach gestorben.«

Sannie dachte an das, was Evan ihr erzählt hatte, und an ihre Gespräche mit Henk und Adam über die Zeit vor Franks Tod. »Du hast mir erzählt, Frank habe kurz vor seinem Tod noch einmal Kontakt zu Colonel de Villiers aufgenommen.«

»Ja. Frank war in den sozialen Medien nicht sehr aktiv, aber ich erinnere mich, dass er mir erzählte, jemand habe de Villiers über eine Veteranenorganisation in Australien im Facebook für ihn gefunden.«

Sannie nickte. »Evan erzählte mir, dass er mit Colonel de Villiers in Kontakt stand, um ›die Fronten zu klären‹, wie er es nannte, und um Tony Ferris ersten Versuch, die Parteileitung zu übernehmen, vorzubereiten. Er berichtete, de Villiers habe Ferri ein hervorragendes Zeugnis ausgestellt.«

Adam schnaubte. »Wie ich schon sagte, Offiziere helfen Offizieren.«

»Ist das eine private Facebook-Gruppe für südafrikanische Veteranen in Australien?«

»Ja«, bestätigte Adam, »aber ich bin dort Mitglied.«

»Kannst du etwas für mich überprüfen?«, bat ihn Sannie. »Klar, was denn?«

»Ich weiss nicht, was. Nun, jedenfalls nicht genau.«

Adam nahm sein Handy heraus und Sannie wartete, während er die Social-Media-App öffnete. »Ich habe es, ich sehe die Gruppe«, sagte er.

»Vielleicht suchst du nach dem Namen Frank Greenaway?«

Adam nickte und tippte mit seinen Fingern auf den Bildschirm. »Ich habe eine Nachricht über Franks Tod gefunden. Sie lautet: *Mit Bestürzung haben wir vom Tod von Sergeant Frank Greenaway, 1. Fallschirmjägerbataillon, erfahren. Traurigerweise hat sich Frank offenbar in Südafrika das Leben genommen. Er hatte vor kurzem noch Kontakt zu unseren Mitgliedern hier in Australien.«*

»Kannst du bitte weiter oben schauen, bevor das passiert ist, im September?«

Adam wischte abwechselnd über den Bildschirm und las Beiträge. Während sie wartete, dachte Sannie nach, nahm dann ihr Telefon heraus und schrieb eine Nachricht an Henk de Beer.

Henk, kannst du mir bitte eine Überprüfung des Strafregisters der folgenden Personen ermöglichen: Evan Litis, Luiz Siboa, Frank Greenaway, Anthony oderAntonio Ferri. Ich werde Ferris Geburtsdatum online finden und nach den Geburtstagen der anderen suchen. Vielen Dank! S.

»Ich habe etwas gefunden«, sagte Adam.

»Gib mir bitte noch eine Minute.« Sannie fügte der Liste einen weiteren Namen hinzu und sah dann auf. »Jetzt gehöre ich ganz dir.« Als ihr bewusst wurde, was sie gerade gesagt hatte, errötete sie.

Adam schien die Bedeutung ihrer Bemerkung nicht verstanden zu haben. »Hier ist eine Nachricht von Jaco de Villiers: *Suche dringend Kontakt mit Sergeant Frank Greenaway, der sich vermutlich in Hazyview,*

SA, aufhält. Obwohl der Colonel Frank, als dieser ihn zum ersten Mal zu kontaktieren versuchte, ignoriert hatte.«

»Wann wurde dies gepostet?«

»Am achten September. Es gab ein paar Kommentare von Leuten, die Frank kannten, und ihm anboten, ihm Franks Nummer in einer privaten Nachricht zu senden.« Adam reichte ihr sein Telefon.

»Dringend«, sagte Sannie. »Vielleicht hatte de Villiers etwas, das er loswerden wollte. Evan hat mir erzählt, der Colonel habe Ferri in den höchsten Tönen gelobt und Frank andererseits immer nur als Unruhestifter betrachtet.«

Adam blätterte und las weiter. »Hier ist ein weiterer Eintrag – eine Todesanzeige für de Villiers. Ich habe diesen Mann lange Zeit gehasst, aber ich wünsche niemandem Krebs. Er starb nur ein paar Tage nach der Nachricht, in der er versuchte, Frank zu finden. Hier steht, er habe seit einem Monat auf der Palliativstation eines Krankenhauses gelegen.«

Sannie nickte. »Er lag auf dem Sterbebett, Adam.«

Einige Augenblicke lang sassen beide da und verarbeiteten die Kette der Ereignisse, die für immer im Internet festgehalten wurden.

»De Villiers wollte Frank etwas sagen, und zwar ganz sicher nicht, was für ein guter Kerl Tony Ferri sei«, mutmasste Adam schliesslich.

Sannie stimmte zu. »Und vierundzwanzig Stunden nach diesem Online-Austausch war Frank in einem Supermarkt in Hazyview in einen öffentlichen Streit mit Tony Ferri verwickelt.«

Sannies Telefon piepte. Sie schaute auf das Display und sah eine Nachricht von Henk, die sie schnell las. »Das ist mein Kontakt bei der Polizei. Er sagt, er habe gerade einen weiteren Eintrag in seinem Notizbuch über Frank Greenaway gefunden, der Greg Mahoneys Behauptung bestätigt. Am Tag, als er sich mit Tony Ferri anlegte, wurde Frank wegen Störung der öffentlichen Ordnung im Checkers-Supermarkt von der örtlichen Polizei in Hazyview verhaftet und angeklagt.«

»Bei einem politischen Besuch wäre die Polizei vor Ort gewesen«, sagte Adam. »Das klingt für mich, als wäre Frank verhaftet und mundtot gemacht worden, bevor jemand hören konnte, was er Ferri zu sagen hatte.«

»Und ein paar Tage später bringt sich Frank um«, sagte Sannie. »Scheisse.«

»Was?«, wollte Adam wissen.

»Mia ist immer noch mit Tony Ferri zusammen, und du, Adam Krüger, hast ihn wahrscheinlich, indem du ihn geschlagen hast, direkt in ihre Arme getrieben.«

»Ich bringe ihn um.«

Sannie schaute Adam an. »Das wirst du nicht.«

Er hielt seine Hände hoch. »Das war nur ein Scherz. Aber was machen wir jetzt mit Mia?«

Sannie zeigte mit dem rechten Zeigefinger wie mit einer Pistole auf ihn. »Du bleibst hier, oder es ist aus mit uns.«

Adam atmete tief, beruhigte sich und nickte. »Sei vorsichtig.«

MIA LIESS sich von Tony tiefer in seine Suite führen und setzte sich dann auf sein Drängen hin zu ihm ans Fussende des Betts. Er küsste sie weiter, eine Hand in ihrem Rücken. Die Finger der anderen streichelten zuerst ihr Haar, dann wanderten sie über ihre Schulter. Es war alles so schnell passiert – zu schnell. Wenn überhaupt etwas, hatte Adams Hereinplatzen bei den beiden dazu geführt, dass sie mit Tony Mitleid empfand.

Er hatte sich nicht gewehrt, sondern sein Fehlverhalten in der Vergangenheit zugegeben. Das weckte in ihr den Wunsch, ihn wieder zu umarmen und zu halten.

Unvermittelt wurde jeder Gedanke an Mitleid oder an richtig oder falsch von den Signalen ihres eigenen Körpers verdrängt. Es war fünf Monate her, dass sie sich von Graham getrennt hatte, und seit ihm hatte es keinen anderen mehr gegeben. Im Gegensatz zu Graham, der zwar gutaussehend, aber unreif war, war Tony älter, weiser und hatte einen immer noch tollen Körper.

Seine Berührung verriet ihr, dass er genau wusste, was er tat. Er strich mit dem Rücken seiner Finger über den Stoff ihres grünen

Buschhemdes und sie spürte, wie ihre Brustwarze auf ihn reagierte. Als sie seine Zunge schmeckte, ging ihr Atem schneller. Er war ein grossartiger Küsser.

Tony begann, ihr Hemd aufzuknöpfen, und Mia tat nichts, um ihn aufzuhalten. Sie genoss seine Berührung, wollte seine Haut auf ihrer spüren und fühlte die Hitze, die sich tief in ihr ausbreitete.

»Gott, ich will dich«, flüsterte er, als sich seine Lippen von ihren lösten.

»Ja«, sagte sie und fand wieder seinen Mund.

Tonys Hand befand sich jetzt in ihrem BH und seine Fingerspitzen fühlten sich auf ihrer Haut elektrisch an. Als er ihre Brust berührte, biss sie sich auf die Unterlippe. »Tony ...«

»Es ist okay, Mia. Es fühlt sich so gut und so richtig an.« Seine Lippen waren in der Nähe ihres Ohrs. Sie spürte eine Hand auf ihrem Knie, dann Finger, die an der Innenseite ihres Oberschenkels hinauffuhren, und langsam ihre Beine spreizten. Schliesslich öffnete er fachmännisch ihren Gürtel, dann den Knopf ihrer Shorts und zog den Reissverschluss herunter.

Als seine Hand in ihre Hose glitt, stützte sich Mia ab und lehnte sich ein wenig zurück, um ihm zu helfen.

Sie küssten sich innig, während er seine Erkundung fortsetzte.

OBWOHL ES GEGEN die Lodgeregeln verstiess, verliess Sannie die Suite und ging allein auf dem Sandweg in Richtung Ferris Suite.

Ihre Wut auf Adam steigerte sich immer mehr. Das lag zum Teil daran, dass sie, je mehr sie darüber nachdachte, dass Tony Ferri Mia ausnutzte – und genau das schien der Fall zu sein –, ihren Ärger immer mehr auf den Politiker lenkte. Aber sie brauchte einen klaren Kopf, und ein Spaziergang in der kühlen Wüstennacht half ihr, auch wenn er mit einem gewissen Risiko verbunden war.

Sannie nahm ihr Handy wieder heraus. Sie suchte nach Cele, fand die Nummer des örtlichen Kriminalkommissars und rief ihn an.

»Captain Van Rensburg, howzit? Ich bin immer noch auf der Rückfahrt nach Askham.«

»Entschuldigen Sie die Störung«, sagte sie. »Ich habe nur noch eine Frage zu Luiz Siboa an Sie.«

»Sie wissen, dass ich die Einzelheiten eines Falls nicht mit jemand aussenstehendem besprechen kann.«

»Ja, ich weiss, aber immerhin tragen wir die gleiche Uniform. Ich möchte nur wissen, ob Sie einen toxikologischen Bericht oder Bluttests von Herrn Siboas Obduktion gesehen haben.«

»Natürlich.«

»Und? Gab es etwas Ungewöhnliches?«

»Weder Drogen noch Alkohol, wenn Sie das meinen.«

»Nein«, sagte Sannie. »Vielleicht irgendetwas über eine Krankheit?«

»Ja, jetzt, wo Sie es erwähnen ... Der Gerichtsmediziner sagte, Siboa hätte eine Art Blutkrankheit gehabt, Anämie oder so.«

»Hämolytische Anämie?«

»Ja, genau. Vielleicht von Malaria oder einer anderen Krankheit. Er war nicht gesund, auch wenn das für seine Familie ein schwacher Trost ist. Warum fragen Sie?«

»Ich bin nur neugierig. Ich danke Ihnen.« Sannie beendete das Gespräch und öffnete den Webbrowser auf ihrem Telefon.

Mia lag auf dem Rücken und eine ansteigende Welle der Lust drohte in ihr zu brechen.

»Was ist, wenn jemand kommt?«, fragte sie und schnappte nach Luft.

»Entspann dich einfach«, sagte Tony. »Niemand kommt, ausser dir.«

Der abgedroschene Witz störte den Moment gerade genug, um sie innehalten zu lassen. Sie konnte entscheiden, ob sie sich seiner Berührung und dem, was darauffolgen würde, völlig hingeben, oder ob sie aufhören wollte. Etwas, das sie gesehen oder gesagt hatte, drängte sich in ihre Gedanken. Sie küsste ihn, bewegte dann ihr Gesicht aber ein wenig von seinem weg, damit sie in seine Augen sehen konnte.

»Machst du dir keine Sorgen, dass dir jemand etwas antun und vielleicht wieder in dein Zelt einbrechen könnte?«

Er lachte und schüttelte den Kopf. »Ganz und gar nicht. Ich meine... Es gibt doch überall Sicherheitsleute, oder? Und die tragen alle Gewehre.«

»Ja.«

»Mia ...« Er wusste genau, wo er sie berühren musste, damit ihr Körper sich mit seinem bewegen wollte.

SANNIE STAND vor Tony Ferris Luxussuite und holte tief Luft. Als sie den rechten Fuss hob, um die erste Holzstufe der Treppe zu nehmen, wurden die Schiebetüren über ihr aufgeschoben.

»Mia!«, rief Tony Ferri von drinnen.

Mia erschien, schnallte den Gürtel ihrer Shorts zu und steckte hastig ihr Hemd in die Hose, als sie die Treppe herunterkam. Als sie ihre Freundin sah, blieb sie kurz stehen. »Sannie?«

»Es tut mir leid, Mia, ich war ...«

»Vergiss es«, sagte Mia. »Ich glaube, ich konnte gerade noch vermeiden, etwas Dummes zu tun.«

»Was?«

»Ich erzähle es dir später. Du solltest nachts nicht draussen sein, Sannie.«

»Ich weiss, aber ich musste zu dir kommen.«

»Dann komm mit mir«, sagte Mia.

»In Ordnung.« Sannie bemerkte, dass Ferri in der offenen Tür stand und sich schnell hineinduckte, als er sah, dass Mia nicht allein war. »Wohin gehen wir?«

»Zum Tresorraum.«

Um mit Mia, die zurück in Richtung des Hauptgebäudes mit den Speisesälen und Aufenthaltsräumen ging, Schritt zu halten, beschleunigte Sannie ihr Tempo. Anstatt durch den Vordereingang zu gehen, nahm sie jedoch einen Weg zur Rückseite, der nur für das Personal ausgeschildert war. Drinnen gingen sie an Shirleys Büro vorbei in einen besser gesicherten Bereich im hinteren Teil des

Gebäudes. Im Gegensatz zur Stahl- und Segeltuchkonstruktion, die den Gästen die Illusion vermittelte, sich in einem luxuriösen Zelt zu befinden, war dieser Flügel aus Ziegelsteinen und Mörtel gebaut. Mia führte Sannie zu einer schweren Stahltür und holte ihre Schlüssel aus der Tasche. Offensichtlich war Mia als Chefführerin mit einem Schlüssel zum Tresorraum betraut.

»Was ist los, Mia?«, fragte Sannie.

»Tony Ferri hat gerade etwas über Männer gesagt, die Gewehre tragen, was mich zum Nachdenken gebracht hat.«

Drinnen roch Sannie, noch bevor Mia das Licht einschaltete, den vertrauten Geruch von Waffenöl. Auf einem Regal an der Wand standen etwa zwanzig Waffen. Es waren halbautomatische LM5-Gewehre für die Anti-Wilderei-Einheit, ein paar ältere 7,62-Millimeter-R1-Gewehre und eine Auswahl an Jagdgewehren mit grösserem Kaliber. Sannie fiel auf, dass die meisten davon tschechische Brnos waren. Eines jedoch stach hervor. Mia nahm das Gewehr aus dem Regal.

»Dies ist eine .300 Winchester, sie ist mit Zielfernrohr und Schalldämpfer ausgestattet.«

»Wozu brauchst du den Schalldämpfer?«, fragte Sannie.

»Gelegentlich schiessen wir für die Verpflegung des Personals einen Springbock oder eine Oryxantilope. Wir wollen nicht, dass die Gäste in der Lodge oder auf den Pirschfahrten Schüsse hören. Mia betätigte den Bolzen und öffnete den Verschluss, dann hob sie das Gewehr an ihre Nase und schnupperte. Sie steckte ihren kleinen Finger in den Lauf. »Das Ding wurde erst kürzlich abgefeuert, und nicht, wie es nach jedem Schiessen sein sollte, gereinigt.«

Sannie wusste, was Mia dachte, sagte aber nichts. Mia bediente den Verschluss, drückte ab und lehnte das Gewehr in den Ständer zurück. Dann ging sie zu einem Buch, das auf einem Tisch am Ende der Waffenreihe lag, und schlug es auf. Sie fuhr mit einem Finger die Namensliste hinunter.

»Meshach?«, vermutete Sannie.

Mia blickte von ihrem Buch auf. »Ja. Woher weisst du das?«

»Als du dieses Gewehr in die Hand nahmst, fiel mir ein, dass

Meshach, als wir ihn bei der Inspektion seiner Anti-Wilderer-Ranger beobachteten, ein anderes Gewehr trug als seine Männer. Du hast so eine Bemerkung gemacht wie: ›Sogar Meshach ist bewaffnet‹.«

Mia nickte. »Ja. Er ist im Management. Wenn er bewaffnet ist, dann normalerweise nur mit einer Pistole. »Scheisse.«

»Was willst du nun tun, Mia?«, wollte Sannie wissen.

»Lass uns zu ihm gehen.«

Sannie nickte nur. Mia löschte das Licht, schloss ab und ging mit ihr den Weg, der zu den Personalräumen führte.

Sannie hörte leise Musik aus einem Radio und in der Reihe der kleinen Wohneinheiten brannten noch ein paar Lichter. Mia blieb vor einem grösseren Haus stehen, einem Backsteinbau mit einem schrägen grünen Blechdach. Sie klopfte an die Tür. »Meshach?«

»Ich komme«, sagte eine Stimme von drinnen. Als sich die Tür öffnete, trug Meshach ein Paar Shorts und ein T-Shirt der Springbok-Fans. In seiner rechten Hand hielt er eine Dose Carling Black Label Lagerbier. »Ja?«

Mia stemmte die Hände in die Hüften. »Meshach, wir müssen miteinander reden.«

Er sah sie von oben bis unten an. »Es ist spät, und ich bin nicht mehr im Dienst.«

»Sie haben einen hochrangigen Politiker im Camp, auf den ein Anschlag verübt wurde und der auf einer Pirschfahrt beschossen wurde«, sagte Sannie.

»Entschuldigung«, sagte Meshach zu Sannie, »ich habe Ihren Namen nicht verstanden. Sind Sie ein Gast?«

»Ich bin Detective Captain Susan van Rensburg von der südafrikanischen Polizeidirektion für vorrangige Verbrechensbekämpfung. Sie wissen schon – die Hawks.«

Meshach blieb der Mund offen, dafür begann er, die Tür zu schliessen. »Es ist schon spät.«

Mia stellte ihren Fuss in die Tür und Sannie merkte an: »Wir müssen Ihnen ein paar Fragen stellen.«

»Ich muss nicht mit Ihnen reden«, wehrte sich Meshach.

»Nein, eigentlich nicht«, sagte Sannie. »Aber entweder kann ich morgen mit einem Durchsuchungsbefehl wiederkommen, oder Sie können sich selbst helfen, indem Sie uns sagen, was an diesem verdammten Ort vor sich geht.«

»Sie ..., Sie haben keine Ahnung.«

»Das werden wir sehen«, sagte Sannie.

Die Tür der Nachbarwohnung öffnete sich und eine Mitarbeiterin schaute heraus. Als sie Sannie und Mia vor Meshachs Zimmer stehen sah, zog sie einen roten Satinmantel über ihren Brüsten zusammen.

»Kommen Sie rein«, brummte Meshach.

»Warum hattest du heute Abend das Winchester-Gewehr dabei?«, fragte Mia ihn, als sie drinnen waren.

»Ich bin der Sicherheitchef, ich kann jede Waffe benutzen, die ich will.«

»Stimmt«, sagte Mia, »aber es ist Nacht und wir sind angeblich auf der Suche nach einem bewaffneten Mann. Wäre eine LM5 oder eine Schrotflinte nicht sinnvoller als ein Jagdgewehr mit Zielfernrohr und Schalldämpfer?«

»Es ist ein gutes Gewehr.« Meshach schaute, offensichtlich unfähig, Augenkontakt herzustellen, weg.

»Du hast dich heute, kurz bevor jemand auf mein Wildbeobachtungsfahrzeug voller Gäste geschossen hat, im Schusswaffenregister eingetragen.«

Er sah sie herausfordernd an. »Ja, und?«

»Warum hast du dieses Gewehr ausgetragen?«

»Ich bin zum Schiessstand gegangen, um ein wenig zu üben«, gab er zurück.

»Blödsinn, Meshach«, sagte Mia. »Wir benutzen den Schiessstand nie, wenn eine Pirschfahrt ansteht. Jeder in der Lodge war darüber informiert, also wusstest auch du, dass ich mit Tony Ferri und seinen Leuten unterwegs war. Hast du versucht, Tony Ferri zu töten?«

Dieses Mal sah er ihr in die Augen. »Nein.«

»Aber Sie haben auf ihn und auf Mia und die anderen geschossen«, warf Sannie ein.

Meshach schaute kurz zu Sannie, dann wieder weg. »Nein!«

»Mia, ich möchte, dass du die Waffenkammer sicherst«, sagte Sannie. »Ich besorge einen Durchsuchungsbefehl und beschlagnahme eine Schusswaffe, die vermutlich gegen Tony Ferri, dich, Evan Litis, Lisa Ingram und Shirley Hennessy verwendet wurde. Vorausgesetzt, die Kugeln, die wir beim Safarifahrzeug oder auf dem Boden des Sundowner-Platzes finden, passen zu dem Gewehr, ergibt dies fünf Anklagen wegen versuchten Mordes. Was meinen Sie dazu, Meshach? Stimmen sie damit überein?«

Er sah von Frau zu Frau. »Sie können nicht beweisen, dass ich es war.«

»Wir untersuchen Ihre Hände auf Schiesspulverrückstände. Meshach ...«

Sannie sah zu Mia. »Shabangu«, sagte Mia.

»Meshach Shabangu, ich verhafte Sie wegen des Verdachts auf ...«

Er hielt beide Hände hoch. »Warten Sie, bitte, warten Sie. Ich habe wirklich nicht versucht, jemanden zu töten. Ich habe nur Befehle befolgt. Die Leute auf dem Safariwagen wussten, dass ich auf sie schiesse.«

»Nein, das wusste ich nicht!«, berichtigte Mia.

»Es tut mir leid, Mia. Ich habe sehr genau darauf geachtet, wohin ich ziele, und du weisst, dass ich der beste Schütze im Reservat bin.«

Sannie konnte sehen, wie wütend Mia war. »Ja, das stimmt. Aber was zum Teufel ...?«

»Meshach«, Sannie hielt ihm die Hand hin, »reden Sie mit uns. Erklären Sie uns, was hier vor sich geht.«

Er knirschte mit den Zähnen und setzte seine Bierdose ab. Mit einer Geste wies er auf ein paar billige Plastikstühle und sagte: »Setzen Sie sich, bitte.« Meshach selbst setzte sich auf das Ende seines Betts und sein Körper schien zu erschlaffen. »Ich gehe nicht wegen irgendeines Politikers in den Knast. Lieber erkläre ich es.«

27

Es war schon nach Mitternacht, als sie die Befragung von Meshach beendeten. Sannie wies ihn an, in seinem Zimmer zu bleiben und mit niemandem zu sprechen, bis sie die örtliche Polizei informiert habe.

»Ihr werdet mich doch nicht verhaften, oder?«, wollte Meshach wissen, als sie gingen.

»Das ist Sache von Mia, wenn sie sich beschweren will«, sagte Sannie.

Mia schaute Meshach nur ernst an, machte dann auf dem Absatz kehrt und ging in die Nacht hinaus.

»Ich bin so wütend auf ihn«, sagte Mia, als sie den Weg zurück zum Hauptgebäude gingen, »aber Julianne wird noch viel wütender sein, wenn sie es erfährt.«

»Wir müssen mit Shirley sprechen«, sagte Sannie. »Und zwar jetzt.«

»Gut.«

»Mia?«

»Ja?«

»Tony Ferri ...«

Mia seufzte, als sie in Richtung eines viel grösseren, von den übrigen Personalunterkünften abgesetzten Haus weitergingen. »Es ist nichts passiert, Sannie. Na ja, nicht allzu viel jedenfalls. Wir haben uns geküsst. Ein bisschen rumgealbert ...«

»Du brauchst es mir nicht zu erzählen«, begann Sannie.

»Ich weiss, aber ich möchte es. Du bist schliesslich eine gute Freundin. Ich mochte Tony. Er sieht gut aus, ist charmant und hat mich einfach umgehauen. Aber irgendetwas hat mich dazu gebracht, aufzuhören. Er lachte darüber, dass er in seinem Zelt angegriffen wurde, und sagte, er mache sich überhaupt keine Sorgen um die Sicherheit. Und das, nachdem auf uns alle geschossen worden war. In diesem Moment kam mir Meshach in den Sinn und ich erinnerte mich daran, dass er das Jagdgewehr getragen hatte. Plötzlich wurde mir klar, dass die Tatsache, dass die Angriffe geplant gewesen waren, verheimlicht werden sollte.«

Vielleicht verbarg er ja noch etwas anderes, doch Sannie ging nicht weiter darauf ein. Mittlerweile war Mia bei dem Haus angekommen, von dem Sannie annahm, es gehöre Shirley und ging den Betonweg zur Haustür hinauf. Mia klopfte, wartete und klopfte dann erneut.

»Wer ist da? Ich komme«, hörte man Shirley von drinnen.

»Ich bin's, Mia. Ich muss dringend mit dir sprechen.«

»Es ist nach ...« Shirley, im blauen Satinpyjama, öffnete die Tür. »Oh... Sannie. Ist alles in Ordnung?«

»Nein«, sagte Mia und ging ins Haus.

»Wie bitte?«

»Shirley, warum hast du Meshach auf mich und mein Safarifahrzeug schiessen lassen?«

»Ich ...«

Shirley schien keine Worte zu finden, aber Sannie erkannte die Schuld in ihren geröteten Wangen und an ihrem Gesichtsausdruck.

»Wenn es ein Querschläger gewesen wäre, hätte ich oder einer der Gäste auf dem Fahrzeug getroffen oder sogar getötet werden können. Ich kann nicht glauben, du dich zu so einem lächerlichen PR-Gag hast überreden lassen, Shirley!«

Shirley sah die beiden an und liess dann den Kopf hängen. »Ich ...

sie haben angeboten, für alle Reparaturen zu bezahlen. Sie sagten, dass sie das brauchten, um Tony Ferris Kampagne zu unterstützen, Mia. Es war alles Lisas Idee.«

Sannie und Mia tauschten einen Blick aus.

»Diese Frau ist vollkommen rücksichtslos«, sagte Shirley. »Sie akzeptiert kein Nein als Antwort.«

Mia schüttelte den Kopf. »Tony Ferris Umfragewerte sind für einen weissen Politiker in diesem Land himmelhoch. Warum, um alles in der Welt, war es so wichtig für sie, ein Bild von ihm zu bekommen, wie er wie Rambo durch die Wüste stürmt?«

Shirley zuckte mit den Schultern. »Ich konnte nicht nein zu ihnen sagen. Du weisst ja nicht, wie sie sind.«

Sannie dachte über ihr Gespräch mit Lisa nach. Die Frau war kalt – rücksichtslos war das passende Wort. Wenn Lisa so berechnend war, dass sie durch die Inszenierung einer Schiesserei Menschenleben aufs Spiel setzte, wozu war sie dann noch fähig? Könnte sie es arrangiert haben, dass Frank Greenaway ermordet wurde, nachdem er möglicherweise etwas Peinliches über Tony Ferri aufgedeckt hatte?

»Was tun wir jetzt?«, fragte Shirley die Stille füllend. »Morgen kommt die Presse, um Tony Ferri zu interviewen. Sie werden doch nichts über die Rolle der Lodge in dieser Sache sagen, oder?«

Sannie ignorierte Shirleys Flehen. »Wer war noch an der Planung dieser Aktion beteiligt?«

»Ich hatte nur mit Lisa zu tun, aber sie sagte, die anderen – Evan und Tony – wüssten Bescheid. Sie ist diejenige, die das Sagen hat.«

»Und weil Lisa fragte – oder verlangte, oder was auch immer – sagten Sie ja und befahlen Ihrem Sicherheitsverantwortlichen, auf einen Ihrer Landrover zu schiessen. Weiss Julianne Clyde-Smith davon?«

»Nein.« Shirley sah entsetzt aus. »Bitte, nein. Sagen Sie es ihr nicht, noch nicht. Das muss ich ihr erklären.«

»Scheisse.« Mia drehte sich um und ging zur Tür. »Ich bin mit diesem Ort fertig.«

»Sagen Sie erst einmal nichts zu Lisa«, sagte Sannie zu Shirley.

»Machen Sie Witze? Ich habe eine Heidenangst vor dieser Frau und will nicht mit ihr reden.«

Sannie nickte und folgte Mia nach draussen. »Mia!«

»Ich erwürge diesen verdammten Polit-Lakaien.« Mia marschierte weiter.

»Nein, Mia«, mahnte Sannie. »Noch nicht. Zuerst brauchen wir noch mehr Informationen.« Sannie holte sie ein. »Da steckt bestimmt mehr dahinter als nur ein politischer Werbegag. Ich brauche deine Hilfe und einen Arbeitsplatz mit einem Computer und Internet.«

Mia hielt inne und holte tief Luft. »Ja, komm, gehen wir zu Shirleys Büro. Fick sie.«

»Zuerst holen wir besser Adam«, sagte Sannie. »Wer zu zweit ist, ist sicherer, und wer weiss, was hier noch alles ausgeheckt wurde.«

Wie er ihr versprochen hatte, wartete Adam in Sannies Suite. Sie holten ihn ab, und während sie zu Shirleys Büro gingen, informierte ihn Sannie über Meshachs Geständnis.

»Mia«, sagte Adam, als sie zügig den Weg hinuntergingen, »trotz allem, was wir jetzt über die Absprachen wissen, tut es mir leid, dass ich Tony geschlagen habe.« Mia wedelte mit der Hand in der Luft. »Vergessen Sie es. Es tut mir leid, dass ich wütend auf Sie geworden bin, schliesslich haben Sie versucht, mich vor einem Lügner und Betrüger mit einem Stab von Verrückten zu retten.«

»Wahrscheinlich hat er sich, kurz bevor er das Signalhorn betätigt hat, den Kopf gestossen«, mutmasste Adam. »Ich gehe davon aus, dass dieser Vorfall morgen auch in den Nachrichten zu sehen ist.«

Mia ging voran und Sannie und Adam folgten ihr. Es fühlte sich gut an, Adam an ihrer Seite zu haben – obwohl sie nicht dachte, sie brauche Schutz, sondern eher im Gegenteil. Sie merkte, dass sie sich besser fühlte, wenn er sie begleitete, weil er dadurch vor Lisa, Tony oder wem auch immer sicher war.

Mia führte sie durch den gemeinsamen Aufenthaltsbereich zu den Büros im hinteren Teil. Sie öffnete die Tür zu Shirleys Büro und schaltete das Licht ein. Dann zeigte sie ihnen den angrenzenden Raum, in dem ein runder Sitzungstisch stand. »Hier halten wir unsere Mitarbeiterbesprechungen ab. Dort steht ein Computer mit

Internetzugang, und ich kann mich mit meinem Passwort in Shirleys Computer einloggen.«

Mia setzte sich hinter Shirleys Schreibtisch und loggte sich ein.

»Mia, weisst du, wie man eine CIPC-Suche durchführt?«, fragte Sannie. »Das ist die Kommission für Unternehmen und geistiges Eigentum.«

»Nein, aber ich kann es sicher herausfinden. Wozu brauchst du das?«

»Um herauszufinden, wem die Dune Lodge ausserdem gehört. Shirley hat mir gesagt, sie sei Anteilseignerin, habe aber einen stillen Teilhaber, ein Lebensmittelunternehmen.«

»Oh, ich weiss, wer das ist«, sagte Mia.

»Wirklich?«

»Ja, eine Firma namens ›Sea Star South Africa‹«. Adam schnippte mit den Fingern. »Hey, von denen habe ich schon gehört.«

»Wie das?«, fragte Sannie.

»Sie besitzen Fischereibetriebe an der Ostküste und waren kürzlich in den Nachrichten. Aber ich kann mich nicht mehr genau erinnern, worum es ging.«

Sannie deutete auf den Computer im Sitzungssaal. »Überprüf sie bitte online, Adam und finde heraus, was es über sie zu wissen gibt. Und schau bitte auch nach, ob du aus den Presseberichten herausfinden kannst, wo Tony Ferri und seine Wahlkampfmanagerin in der Nacht, in der du angegriffen wurdest, gewesen sein könnten.«

»Gut, mache ich.«

Sannie wandte sich an Mia. »Weisst du, wer hinter ›Sea Star‹ steckt?«

Mia schüttelte den Kopf. »Nein, aber ich weiss, dass wir manchmal Buchungen in ihrem Namen bekommen: Führungskräfte und ihre Freunde kommen meistens wegen der Gratisangebote hierher. Da wir versuchen, alle Gäste gleich zu behandeln, achte ich nicht so sehr darauf, wer wer ist.«

»Besuch die CIPC-Website, such nach der Sea Star SA und du solltest eine Liste der Unternehmensleitung erhalten.«

»Wird gemacht«, sagte Mia und begann, auf Shirleys Tastatur zu tippen. Während Adam und Mia arbeiteten, nutzte Sannie ihr Telefon, um die Website der südafrikanischen Nationalparks zu öffnen. Sie war sich sicher, dass sie bald eine sichere Basis, weit weg von den Intrigen der Dune Lodge, brauchen würde und buchte eine Unterkunft für drei Personen im Kgalagadi Transfrontier-Park.

Als sie damit fertig war, nahm Sannie ihr Telefon heraus und rief ihre neue Chefin, Gita Kapahi, an. Sie zog eine Grimasse, als sie auf die Uhrzeit ihrer Uhr schaute.

»Sannie ... Ist alles in Ordnung?«, fragte Gita, die offensichtlich geschlafen hatte.

»Es tut mir sehr leid, dass ich Sie so spät anrufe, Gita, aber kennen Sie den Fall des Mannes, der in seinem Haus in Pennington überfallen wurde?«

»Krüger? Der von der Schiesserei in der Scottburgh Mall?«

»Ja. Ich habe eine Vorstellung davon, wer diesen Anschlag organisiert hat, und dieselbe Person ist möglicherweise für einen weiteren Mord in Hazyview in Mpumalanga verantwortlich.«

»Sannie, das ist alles sehr interessant, aber ein Überfall in Pennington kann warten, bis Sie zurückkommen, und den anderen Fall können Sie an die örtlichen Hawks, wahrscheinlich in Nelspruit, weiterleiten.«

»Sie wissen es bereits. Ich habe meinen Kontaktmann Henk de Beer in Nelspruit angerufen.«

»Sannie, ich will ja nicht zu kritisch sein, aber meinen Sie wirklich, das war es wert, mich um zwei Uhr morgens zu wecken?«

»Tony Ferri, der Politiker der Demokratischen Allianz, ist darin verwickelt.«

Am anderen Ende der Leitung gab es eine Pause. Gita war ehrgeizig und wollte sich einen Namen machen. Sie war in der SAPS, der südafrikanischen Polizei, zu Recht zu Höherem bestimmt, und Sannie wusste, dass sie die Medien als Mittel sah, um ihr Profil zu schärfen und ihren Aufstieg zu beschleunigen. »In Ordnung, Sie haben meine volle Aufmerksamkeit.«

Sannie informierte Gita darüber, was sie schon wussten und über ihre bisherigen Vermutungen. Ein Schatten fiel über den Schreibtisch, und sie blickte auf. Adam stand neben ihr und schob ihr einen handgeschriebenen Zettel vor die Nase.

»Gita, ich habe gerade herausgefunden, dass Tony Ferri und wahrscheinlich auch seine Wahlkampfmanagerin Lisa Ingram in der Nacht des Überfalls auf Adam Krüger in Port Shepstone waren. Wir glauben, die Waffe, die der Eindringling am Tatort zurückgelassen hat, sollte benutzt werden, um Krügers Selbstmord vorzutäuschen.«

»Port Shepstone!«

Gita konnte ihr Hochgefühl nicht verbergen. Ihr war soeben der vielleicht wichtigste Fall ihrer bisherigen Laufbahn in den Schoss gelegt worden.

»Wenn Mia Greenaway, die Safari-Führerin, auf die geschossen wurde, eine Aussage macht, habe ich genug in der Hand, um Lisa Ingram morgen früh, also in ein paar Stunden, zu verhaften.«

»Hmm.«

Sannie konnte erahnen, was ihrer Chefin durch den Kopf ging. »Bleiben Sie dran, Sannie«, fuhr Gita fort. »Holen Sie die Aussage von Mia auf jeden Fall ein, damit wir eine zusätzliche Anklage wegen versuchten Mordes haben, aber sagen Sie Ingram, dass ich sie so schnell wie möglich befragen möchte.«

»Okay.« Eine andere Detektivin hätte es vielleicht übelgenommen, wenn sich eine vorgesetzte Person in ihren Fall eingemischt hätte, aber Sannie wusste, was sie tat. Sie wollte keine Publicity, keinen Ruhm und keine Politik in ihrem Leben. Ein Teil von ihr fühlte sich schlecht, denn wie Millionen von Menschen in Südafrika hatte sie geglaubt, Tony Ferri könnte, wenn es ihm eines Tages gelänge, die ANC-Regierung zu stürzen, ein guter Präsident sein. »Natürlich ist das bisher alles nur Theorie und Hörensagen, aber ich habe eine Aussage von Shirley Hennessy, der Besitzerin der Lodge.«

»Das ist genug«, sagte Gita schnell. »Was werden Sie jetzt tun, Sannie?«

Sie hatte bereits darüber nachgedacht und war sich bewusst, dass Adam und Mia mithörten. »Wenn Sie einverstanden sind, würde ich mich gerne mit Henk de Beer in Nelspruit in Verbindung setzen, um den Fall von Frank Greenaways Tod wieder aufzurollen. Und wir müssen auch den Fall eines anderen Toten hier im Nordkap, Luiz Siboa, erneut prüfen lassen. Diese Leute sind verrückt, Boss, und ich glaube, das Beste wäre, wenn Adam Krüger, Mia und ich für ein paar Tage aus dieser Lodge und von diesen Leuten wegfahren.«

»Ja, Sannie, das klingt vernünftig. Aber lassen Sie Ihr Handy an. Wo wollen Sie hin?«

»Ich denke, wir sollten für ein paar Tage in die Kgalagadi fahren und habe uns im Camp von Nossob eingebucht. Dort werden nur wir drei sein. Wir sind nah genug an der Aussenwelt, falls ich etwas tun muss, aber nicht in direkter Gefahr.«

»Das klingt nach einem guten Plan.«

»Danke«, sagte Sannie. »Es fehlt noch ein Teil des Puzzles, Gita, aber ich rechne damit, dass Henk mich in den nächsten Stunden anruft, und mir meine Vermutung bestätigt.«

»Können Sie mir etwas darüber erzählen?«

»Dafür ist es noch zu früh, denn es ist, wie gesagt, erst eine Vermutung.«

»In Ordnung. Passen Sie auf sich auf, Sannie.«

Sie konnte die Enttäuschung in der Stimme ihrer Vorgesetzten hören, aber Sannie wollte zumindest eine Überraschung in petto haben. »Wird gemacht.« Sie beendete das Gespräch.

»Seid ihr beide damit einverstanden, heute später zu gehen?«, fragte Sannie Mia und Adam.

»Ich will diesen Ort nie wieder sehen«, sagte Mia.

»Nachdem ich mich von Luiz verabschiedet habe, bin ich bereit, überall hinzugehen«, sagte Adam. »Aber so sehr ich dieses Kapitel in meinem Leben auch abschliessen möchte, kann ich es nicht aufgeben, bevor die Person, die für Franks Tod verantwortlich ist, im Gefängnis ist.«

Sannie sah zu Mia, die nickte. »Im Gefängnis, oder ...« Mia legte den Kopf schief. »Habt ihr das gehört? Draussen, vor dem Büro?«

. . .

SHIRLEY HENNESSY ERSCHRAK und verschwand in den Schatten. Sie hatte gerade noch rechtzeitig einem Skorpion ausweichen können, aber Mia hatte sie gehört.

Es war nicht das Spinnentier, das ihr Furcht einjagte, sondern sie hatte Angst vor dem Tod, vor dem Verlust ihrer Lodge und ihres Lebensunterhalts.

Sie war hinter einem geparkten Land Rover versteckt, von wo sie sah, dass aus ihrem Büro Licht drang und Mia in der offenen Tür stand. Diese holte ihre Taschenlampe heraus und leuchtete damit in die Nacht, aber Shirley duckte sich ausser Sichtweite. Schnell holte sie ihr Telefon heraus und tippte eine Nachricht.

Krüger, Mia und die Polizistin fahren nach dem Gottesdienst nach Nossob, in die Kgalagadi.

Eine Minute später vibrierte Shirleys auf lautlos gestelltes Telefon, als eine Antwortnachricht einging.

Ich werde sie finden.

28

Sannie, Mia und Adam arbeiteten die Nacht hindurch bis zum Morgengrauen, dann gingen sie getrennte Wege, um in ihren eigenen Zimmern zu duschen und sich umzuziehen. Sie vereinbarten, sich um sieben Uhr morgens, dem vereinbarten Zeitpunkt, an dem alle frühstücken wollten, bevor sie zur Beerdigung aufbrachen, wieder im Speisesaal der Lodge zu treffen. Als Sannie zehn Minuten vor der vollen Stunde mit Adam den Speisesaal betrat, war sie überrascht, Detective Sergeant Thabo Cele mit Lisa Ingram an einem Tisch sitzen zu sehen. »Was ist denn hier los?«, fragte Sannie.

Lisa sah zu ihr auf. »Entschuldigen Sie, dass ich Ihnen die Show stehle, Captain. Ich habe Detective Cele kontaktiert, und er ist heute Morgen sofort losgefahren.«

Mia kam in den Raum und ging zu Sannie hinüber.

Cele rieb sich die roten Augen. »Ja, wir haben eine Akte angelegt und ich nehme die Aussage dieser Frau auf.«

»Tony hat heute Morgen meinen Rücktritt als Wahlkampfleiterin akzeptiert«, sagte Lisa zu Sannie.

»Sie gehen in die Offensive«, flüsterte Mia, »und versuchen zu beschönigen, was auf dem Safarifahrzeug passiert ist. Dieser verdammte Meshach muss geredet haben.«

»Das war eine PR-Aktion, die schief gelaufen ist«, sagte Lisa und wandte sich dann an Mia. »Ich bedaure, dass niemand Sie informiert hat, was vor sich ging.«

»Das ist doch Blödsinn«, sagte Mia und Sannie empfand das Gleiche.

»Wenn Sie uns bitte entschuldigen würden«, sagte Cele. »Ich arbeite hier.«

»Sie müssen diese Frau wegen versuchten Mordes an mir anklagen«, sagte Mia.

»Soviel ich weiss, handelt es sich hier um einen Fall, bei dem die Leute nicht miteinander reden. Und natürlich um den höchst unangemessenen Gebrauch einer Schusswaffe«, sagte Cele.

Tony, Evan und Shirley betraten den Essbereich. »Möchte jemand Kaffee oder Tee?«, bot Shirley an. Ich bediene heute Morgen von der Küche aus, weil ich möchte, dass es intim bleibt.«

»Setzen Sie sich bitte hin, Shirley, und ihr alle auch«, wies Sannie die anderen an. Zu Mia und Adam sagte sie leise: »Und ihr zwei deckt die beiden Türen.«

»Wird gemacht«, sagte Adam. Mia nickte und jeder von ihnen ging zu einem Ausgang.

Die anderen nahmen alle am langen Esstisch Platz. Adam stand von seinem Platz bei der Tür Ferri gegenüber auf und blickte ihn an.

»Thabo, Sie können sich Notizen machen«, sagte Sannie, »aber ich muss Sie warnen, dass die Hawks von Port Shepstone und Nelspruit eine Untersuchung gegen bestimmte Personen hier am Laufen haben.«

»Aber ...« begann Thabo, überlegte es sich dann aber anders und verstummte.

Sannie nahm ihr Notizbuch aus der Handtasche und begann, ohne ihn zu beachten, vorzulesen. »Heute Morgen haben die Hawks eine Fahndung nach Roberto Siboa, sechsundsechzig Jahre alt, und einen roten Nissan Navara Bakkie, der auf seinen Namen zugelassen ist, herausgegeben.«

Adam wandte sich an Sannie. »Was?«

Sie schenkte ihm ein kleines Lächeln. »Diese Information habe ich gerade erst von Henk erhalten, aber ich nehme an, sie interessiert Sie.«

Sannie sah, dass Evan, die Hände vor sich verschränkt, auf den Tisch hinunterblickte. Er war im Moment schwer zu deuten. Schuldig?

»Was? Wie?« Tony Ferri machte grosse Augen. Für einen Politiker war er ein schlechter Lügner.

»Wer ist dieser Roberto Siboa?«, fragte Kommissar Cele.

Jetzt war Sannie überrascht, versuchte es aber zu verbergen. »Oh, vielleicht erinnern Sie sich nicht mehr, Sergeant. Sie haben ihn zweimal verhaftet, einmal wegen des Besitzes von Schuppentieren und einmal wegen Körperverletzung in Askham.«

»Oh ... Ich ... na ja, man kann nicht erwarten, dass ich mich an jeden Fall erinnere.« Stammelte er und studierte sein Notizbuch.

Du kannst warten, sagte Sannie zu sich selbst. »Roberto Siboa ist, falls mir nicht jemand widersprechen möchte, der Bruder von Luiz Siboa und einer der Männer, mit dem Herr Ferri, Herr Litis und Adam Krüger Ende der 1980er Jahre in Angola gedient haben.« Sie studierte ihre Gesichter.

»Es tut mir leid, dass ich Ihnen unser Familiengeheimnis nicht verraten habe, Captain«, sagte Shirley und brach das Schweigen. »Im Gegensatz zu Luiz ist mein Onkel Roberto kein guter Mann.«

»Anscheinend nicht«, bestätigte Sannie. »In seinem Strafregister finden sich unter anderem Anklagen wegen Körperverletzungen und Verurteilungen in Platfontein und Kapstadt.« Sannie war nicht bereit, dies öffentlich zu sagen, aber Henk hatte berichtet, alle Anklagen, mit denen sich die örtliche Polizei in Askham befasst habe, seien aus Mangel an Beweisen fallen gelassen worden. Das kam ihr schon bevor Cele so schnell behauptete, er erinnere sich nicht an den Serientäter, verdächtig vor. Sie hatte bereits eine E-Mail an Gita geschickt, in der sie die Unfähigkeit bzw. das möglicherweise korrupte Verhalten des örtlichen Polizeibeamten erwähnte. »Wegen einer dieser Straftaten, die wir in Bezug auf Opfer, Motiv usw. noch genauer untersuchen werden, hat Roberto ein Jahr im Gefängnis von Pollsmoor verbracht. Ich bezweifle aber, dass ihn diese Erfahrung gebessert hat.«

Sannie schaute wieder auf den Tisch. »Kann mir jemand sagen, wie es sein kann, dass Roberto Siboa anscheinend noch lebt und für einen Mann seines Alters Verbrecherkreisen immer noch sehr aktiv in ist, obwohl er doch angeblich 1987 in Angola durch den Volltreffer einer südafrikanischen Artilleriekugel getötet wurde?« Sannie schaute zu Shirley, die ihrerseits einen Blick auf Evan warf.

»Evan?«, drängte Sannie.

Er schaute sie an. »Wenn das jetzt eine offizielle polizeiliche Untersuchung ist, muss ich, wie alle anderen hier, die sich jetzt als verhört betrachten, meinen Anwalt anrufen.«

»Dies ist kein Verhör, Mister Litis, im Moment führe ich lediglich Ermittlungen durch. Das Büro der Direktion für vorrangige Verbrechensbekämpfung in Port Shepstone – das Sie alle besser als die Hawks kennen – wird sich jedoch, je nachdem, wie oder ob Sie meine Fragen jetzt beantworten, bald mit einigen oder allen von Ihnen in Verbindung setzen. Es ist nun an der Zeit, mit dem Reden anzufangen, Leute.«

»Port Shepstone?«, fragte Lisa und setzte sich auf ihrem Stuhl aufrechter hin. »Wieso? Von dort sind wir doch gar nicht in der Nähe.«

»Nein«, sagte Sannie, »aber in der Nacht, in der jemand Adam Krüger in seinem Haus in Pennington überfallen und möglicherweise versucht hat, ihn zu ermorden, waren Sie und Herr Ferri bei einer politischen Kundgebung in Port Shepstone, nur etwa fünfundvierzig Autominuten entfernt.«

»Was?«, sagte Tony.

»Das ist absurd«, kommentierte Lisa.

Sannie setzte ein sanftes Lächeln auf. »Was ist absurd?«

»Dass ...« Lisa schien ihre neu gewonnene Zuversicht wieder zu verlieren. »Dass wir ... ich ... vielleicht ...«

»Könnte was? Dass Sie oder Herr Ferri versucht haben könnten,

Herrn Krüger zu ermorden oder jemanden beauftragt haben könnten, dies für Sie zu tun?«

Ferri schlug mit der Hand auf den Tisch. »Wahnsinn.«

Shirley, die an den Ringen an ihrer linken Hand herumgedreht hatte, schreckte bei dem lauten Knall auf. Sie blickte wieder zu Evan und dann zu Sannie. »Ich möchte etwas über meinen Onkel sagen.«

»Shirley, du brauchst nichts zu sagen, ohne dich vertreten zu lassen«, sagte Evan.

Sannie sah die Art, wie sie ihn ansah. Interessant. »Ja, bitte, Shirley?«

»Wie ich schon sagte, ist es unser Familiengeheimnis. Mein Onkel Roberto hat den Krieg überlebt. Ich weiss nicht genau, was er getan hat, aber er ist wieder nach Schmidtsdrift gekommen und dann nach Platfontein. Niemand schien sich Gedanken darüber zu machen, dass er angeblich gestorben oder desertiert war, die Armee verlassen hatte oder was auch immer. Onkel Luiz sagte, San-Männer würden manchmal, wenn sie genug vom Kämpfen hätten, einfach gehen.«

Shirley hielt inne, als würde sie ihre Gedanken sammeln oder vielleicht entscheiden, ob sie fortfahren solle oder nicht. Sannie bemerkte, wie die Managerin der Lodge noch einmal kurz Augenkontakt mit Evan aufnahm, dann aber wieder zu Sannie blickte und fortfuhr.

»Im Gegensatz zu den meisten der San-Veteranen hatte Roberto Geld«, sagte Shirley. »Als ich ein kleines Mädchen war, hatte er ein Auto mit einem dröhnenden Radio und immer ein hübsches Mädchen am Arm, manchmal auch zwei. Eine Zeit lang dachte ich, er sei ein Fernsehstar, aber meine Mutter, seine Schwester, sagte mir, ich solle mich in seiner Nähe vorsehen und nie allein mit ihm sein. Später erfuhr ich, warum. Als ich älter war, erzählte mir mein Vater, er und meine Mutter seien mit Roberto ins Geschäft gekommen. Sie hätten zusammen einen Teil des Landes hier gekauft, auf dem Gelände der heutigen Dune Lodge. Meine Eltern erweiterten den Besitz, aber Onkel Roberto war Miteigentümer der ursprünglichen Farm, die meine Eltern gekauft hatten. Später, als Roberto sein Geld zurückhaben wollte, zahlte mein Vater ihn aus.«

Während Shirley sprach, machte sich Sannie Notizen und schrieb Fragen auf. »Fahren Sie bitte fort, Shirley.«

»Onkel Roberto jagte auf der Farm und später auch auf dem Grundstück der Lodge. Mein Vater hiess das gut und unterstützte es anfangs sogar. Er erzählte mir, er habe den Eindruck, Roberto sei nur dann wirklich glücklich und in Frieden mit sich, wenn er in die Wüste gehe, in den Tag lebe und jage, wie er es als junger Mann vor dem Krieg in Angola getan habe. Roberto war unruhig, und ich erfuhr, dass er gewalttätig sein konnte. Ich lernte von klein auf, dass niemand etwas über Robertos Dienst im Grenzkrieg oder seinen angeblichen Tod sagen durfte, wenn ein ›Offizieller‹, etwa die Polizei oder das Militär, danach fragte, sonst gäbe es ernsthafte Konsequenzen. Onkel Luiz ging früher mit ihm auf die Jagd, hörte später, als er ein vollwertiger Führer in der Dune Lodge wurde, aber damit auf. Luiz sagte, er habe in seinem Leben schon genug getötet. Roberto ...«

Sannie liess den Satzanfang einen Moment lang stehen, befürchtete aber, Shirley könnte sich wieder verkriechen.

»Sie sagten, Roberto habe nach dem Krieg Geld gehabt. Glauben Sie, dass dieses von Kriegsdiamanten stammen könnte, zu denen er in Angola gekommen ist?«

Shirley sah sie an und blinzelte ein paar Mal, dann sah sie zu Evan. »Ich ... Ich kann es nicht mit Sicherheit sagen.«

Verdammt. Sannie wandte sich an Tony Ferri. »Herr Ferri. Wussten Sie, dass Roberto Siboa den Krieg überlebt und die Diamanten, die Sie und Ihre Patrouille im Auftrag von Colonel de Villiers bergen sollten, gestohlen hat?«

Ferri blickte auf seine Hände, und während er sprach, blieb sein Blick dort. »Sie können sich den Wahnsinn des Krieges und des Artilleriebeschusses nicht vorstellen.«

Sannie spürte, wie ihr das Herz schwer wurde. »Mein Mann wurde im Irak bei einem Raketenangriff getötet, als er als Leibwächter arbeitete. Versuchen Sie es also.«

Ferri sah auf. »Das mit Ihrem Verlust tut mir leid.«

Sie versuchte, sich ein Grinsen zu verkneifen. »Bitte beantworten Sie meine Frage.«

»Tony«, warf Lisa ein. »Nicht ohne einen Anwalt. In der Tat, scheiss drauf. Ich bin fertig mit diesem Pseudo-Gericht.« Sie stand auf.

»Frau Ingram, setzen Sie sich«, forderte Sannie sie mit eisiger Stimme auf. »Wenn Sergeant Cele Sie nicht wegen irgendetwas angeklagt hat, verhafte ich Sie hier und jetzt wegen versuchten Mordes an Mia Greenaway.«

»Das stimmt für mich«, sagte Mia.

Sannie nickte ihr, dankbar für die Unterstützung, zu, denn jetzt brauchte sie Mia, um die Sache emotionslos weiter zu bearbeiten. »Herr Ferri?«

»Captain, wenn ich sage: ›Sie können es sich nicht vorstellen‹«, sagte Ferri leise, »dann meine ich damit, dass Sie vielleicht nur an gute Männer denken – und ich nehme an, Ihr Mann war ein solcher – und daran, wie diese unter Beschuss reagieren. Die Dinge verlaufen nicht immer nach Plan, und nie so wie in einem Kriegsfilm.« Er richtete seinen Blick auf Mia. »Männer sind sich uneins und kämpfen miteinander, sogar wenn sie auf der gleichen Seite stehen. Manche Männer handeln mutig, andere laufen davon und manche sind einfach nur verängstigt.«

»Tony ...« Lisa klang fast flehend.

Ferri hielt eine Hand auf und fuhr fort. »Um die Wahrheit zu sagen, habe ich so viel von diesem Tag verdrängt, vergraben oder mir selbst irgendwie zusammengereimt und nacherzählt, dass ich mich kaum noch an das wirkliche Geschehen erinnern kann. Ausser an die ohrenbetäubenden Explosionen und das Blut auf meiner Uniform – das Blut anderer Männer. Ich erinnere mich, dass Evan wie ein Held gehandelt hat, sodass ich ihn für den höchsten Orden unseres Landes vorgeschlagen habe. Aus Gründen, die ich nicht näher erläutern möchte, wurde ihm diese Auszeichnung verweigert und er erhielt eine geringere, aber die war hoch verdient. Ist an diesem Tag eine Tasche, ein Aktenkoffer mit Diamanten verschwunden? Ja. So war es. Aber ich kann Ihnen mit Bestimmtheit sagen, dass ich nicht gesehen habe, dass Roberto das Schlachtfeld mit dieser Aktentasche verlassen oder auch nur einen einzigen Diamanten gesehen hat.

Ausserdem habe ich Roberto Siboa seit diesem Tag im Jahr 1987 nicht mehr gesehen.«

Sannie nickte. Es war nicht verwunderlich, dass er angesichts der Position, die er in einem hinterhältigen Spiel wie der Politik erreicht hatte, ein Meister darin war, Unterlassungssünden zu begehen. »Aber Sie nahmen an oder wurden von jemand anderem informiert, dass Roberto Siboa lebte und die Diamanten nach Südwestafrika oder an einen anderen Ort gebracht hatte?«

Ferri stellte sich ihren Fragen, wie er es wahrscheinlich in Hunderten von schwierigen Fernsehinterviews getan hatte. »Wie ich bereits sagte, kann ich mit Bestimmtheit sagen, dass ich Roberto nicht mit dieser Aktentasche das Schlachtfeld verlassen oder auch nur einen einzigen Diamanten gesehen hat. Ausserdem habe ich Roberto Siboa seit diesem Tag nicht mehr gesehen.«

Sannie war zu gleichen Teilen beeindruckt und verunsichert. Er hatte die letzten paar Zeilen fast wörtlich wiederholt. Bestimmt hatte er sich auf diesen Tag vorbereitet, vielleicht seit fünfunddreissig Jahren. »Herr Ferri ...«

Er unterbrach sie: »Ich glaube nicht, dass ich heute noch etwas zu sagen habe. Ich bin natürlich gerne bereit, alle formellen Fragen zu beantworten, wenn und sobald eine ordentliche Untersuchung eingeleitet worden ist.«

Er konnte auch noch warten. Sannie wandte sich wieder an Shirley. »Shirley, nur eine Frage zu meinem persönlichen Verständnis. »Sie haben mir vorhin erzählt, Ihr Onkel habe den traditionellen Methoden der San entsprechend gejagt?«

»Ja«, sagte Shirley, möglicherweise erleichtert, schnell. »Mit Pfeil und Bogen.«

Sannie nickte und blätterte in ihrem Notizbuch einige Seiten zurück. »Ich glaube, bei den San sind die Waffen eigentlich nur sehr klein. Nicht das, was man sich unter einer Bogenjagd mit riesigen Bögen und langen Pfeilen vorstellt, oder?«

»Ja, das ist richtig. Die San bestreichen ihre Pfeile mit einem Gift, das aus den Larven des *Diamphidia nigroornata*-Käfers gewonnen wird. Dieses Gift schwächt die Beute, so dass die San-Jäger das Tier fangen und töten können.«

»Genau«, sagte Sannie, »und wie ich gestern Abend erfahren habe, wirkt das Gift, indem es die Blutzellen der Beute zerstört, was zu einer Lähmung führt. Das Gift wurde von San ausserdem für Morde eingesetzt. So haben Blutproben, die sowohl bei Frank Greenaway wie auch bei Luiz Siboa entnommen wurden, Zell-schäden aufgezeigt. Man führte dies entweder auf eine Blutkrankheit oder auf Malaria zurück. Ich glaube, beide Männer, erfahrene Mili-tärveteranen, waren nicht leicht zu überwältigen. Also wurden sie zuerst irgendwie vergiftet und ihnen danach, wenn sie ausser Gefecht gesetzt waren, von einem Killer in den Kopf geschossen. Dieser drückte jedem seiner Opfer eine Schusswaffe in die Hand, die er seit-lich an den Kopf hielt. Damit erweckte er den Anschein eines Selbstmordes.«

»Ich kann es nicht glauben«, sagte Tony. »Roberto?«

Sannie studierte den Politiker einen Moment lang. Wie viel wusste er? Wer hatte den Befehl gegeben, Frank und Luiz auf dieselbe Weise zu töten? Niemand sonst sprach, also wandte sich Sannie an Shirley. »Es tut mir leid, Ihnen mitteilen zu müssen, dass die Beerdigung Ihres Onkels Luiz heute nicht stattfinden kann.«

»Nein!«

»Ich entschuldige mich dafür.« Zu Wachtmeister Cele sagte sie: »Wachtmeister, wenn Sie nicht veranlassen, die Leiche einer zweiten, genaueren Obduktion zu unterziehen, tue ich das.«

»Bitte, Captain«, sagte Shirley.

»Es tut mir leid. Ihr Onkel muss professionell untersucht werden, um die genauen Umstände seines Todes zu klären.«

Shirley biss sich auf die Lippe. Sannie beobachtete sie genau, musste dann ihre Aufmerksamkeit aber wieder den anderen zuwen-den. »Ich glaube«, fuhr sie fort, »Frank Greenaway wurde kurz vor seinem Tod durch offensichtlichen Selbstmord – vielleicht aber durch Mord – von Colonel a.D. Jaco de Villiers, der nach Australien gezogen war, kontaktiert. Aus einem Facebook-Post geht hervor, dass de Villiers dringend mit Frank Kontakt aufnehmen wollte. Das muss als ungewöhnlich betrachtet werden, weil de Villiers dafür verantwortlich war, dass Frank wegen scheinbar erfundener Anschuldigungen wie Feigheit und Drogenkonsum in die Armee-Strafanstalt Greefswald geschickt wurde. De Villiers starb nur wenige Tage nach dem Gespräch mit Frank an Krebs, womit es sich hierbei um ein Geständnis auf dem Sterbebett handelte. Wir wissen, dass de Villiers zu dieser Zeit von Ihnen als Teil einer ›Aufräumaktion‹ kontaktiert wurde, Evan.«

»Ähm, ja, das stimmt«, bestätigte dieser.

Sannie blätterte in ihrem Notizbuch ein paar Seiten zurück. »Sie sagten mir, Evan, dass de Villiers eine ›glänzende‹ Beurteilung für Herrn Ferri abgegeben habe und keineswegs bereut habe, dass Frank, ein Unruhestifter, bekommen habe, was er verdiente. Ist das so richtig?«

Evan reckte sein Kinn vor. »Ja. Mehr oder weniger. Das war zumindest der Kern der Sache.«

»Und Sie sagten, Frank habe Ihnen gesagt, er glaube, Sie und/oder Tony Ferri hätten die Diamanten aus Angola mitgenommen.«

»Ja. Aber, jetzt wissen wir, dass das nicht der Fall war. Und wie ich Frank schon sagte, haben weder Tony noch ich irgendwelche Diamanten nach Südwestafrika oder Südafrika mitgenommen. Wie er und Adam wurden wir auch alle durchsucht. Sogar die Leichen der Toten wurden durchsucht«, sagte Evan.

Sannie nickte. »Das glaube ich auch. Und damit das klar ist: Ich glaube weder, dass Tony Ferri die Diamanten gestohlen hat, noch dass Sie sie aus Angola herausgeschmuggelt haben, Evan.«

»Dann sind wir hier fertig?«, Tony legte seine Handflächen hoffnungsvoll auf den Tisch.

»Nein, noch nicht ganz, Herr Ferri.«

»Was noch?«, fragte Ferri.

»Ich glaube nicht, dass Frank Sie des Diamantendiebstahls beschuldigt hat, Herr Ferri. Ich glaube, es war etwas anderes.«

Ferri schlug mit beiden Fäusten auf den Tisch.

»Tony, lass uns einen Anwalt anrufen«, forderte Lisa.

Er sah sie von der Seite an. »*Ich bin* Anwalt. Daran scheint sich keiner von euch zu erinnern.«

»Behauptungen über Diamantenschmuggel aus einem lang zurückliegenden Krieg wären sehr schwierig, wenn nicht gar unmöglich, zu beweisen«, sagte Sannie. »Und obwohl Sie eine erfolgreiche juristische Karriere hinter sich haben, Herr Ferri, sehe ich keine offensichtlichen Anzeichen dafür, dass Sie ein Leben in Reichtum führen.«

»Nein, nicht wirklich, aber danke«, sagte Tony.

»Das Einzige, was für einen Politiker noch schädlicher ist als eine strafrechtliche Verurteilung«, sagte Sannie und liess ihren Blick über sie alle schweifen, »ist etwas, das seinen Charakter in Frage stellt, weil es sein Ansehen in der Gesellschaft und damit seine Chancen, gewählt zu werden, reduziert.«

Ferri schaute sie starr an, doch seine zitternde Unterlippe verriet seine wahren Gefühle.

»Mir persönlich fällt es schwer zu glauben, dass Jaco de Villiers Frank Greenaway dringend kontaktiert hätte, um ihm einfach noch einmal zu sagen, dass er ihn für einen Unruhestifter und Feigling halte. Nach dem, was ich von ihm weiss, schien Frank zwar ein eigensinniger Mann zu sein, dem aber die Interessen seiner Soldaten am Herzen lagen. Und ich habe keinerlei Hinweise auf Feigheit gehört.«

»Ich ...«, begann Ferri. Sannie wartete.

»Tony«, zischte Lisa.

Um sie herum herrschte Stille, die so einschüchternd, vielleicht sogar so furchterregend war, wie die donnernde Zerstörung durch Artilleriefeuer.

Sannie wusste, dass sie sie im Handumdrehen alles verlieren konnte. Ferri war, wie er gesagt hatte, Anwalt, und Evan hatte bereits gedroht, seinen Anwalt einzuschalten. Sannie wusste, dass ihr Fall und all ihre Theorien, nicht annähernd wasserdicht waren, und dass es für Gita und die besten Detektive des Landes schwierig wäre, irgendetwas davon zu beweisen, wenn nicht mindestens eine dieser Personen ein Geständnis ablegte.

Sie war keine Glücksspielerin, nie eine gewesen. Aber mit Toms

Tod hatte sich Sannies Leben verändert. In ihrem geliebten Südafrika kamen die Reichen, die Mächtigen und die politisch Verbundenen zu oft mit schrecklichen Verbrechen davon, manchmal auch durch einfache, altmodische Bestechung. Sie hatte hier eine Pattsituation erreicht, musste dieses Treffen beenden und nach KwaZulu-Natal zurückkehren. Die Jahre, die sie noch bei der südafrikanischen Polizei bleiben wollte, würde sie damit verbringen, Tatorte von Morden und Raubüberfällen zu besuchen und weinende Angehörige der Opfer von Verbrechen zu trösten.

Wie so viele hatte sie sich gewünscht, Tony Ferri wäre derjenige, der Südafrika in eine neue Zukunft führen würde, aber das Land steuerte bereits wieder auf einen bedeutenden Wandel zu. Wenn ein schwacher Mann, vielleicht selbst ein weiterer Krimineller, die Zügel der derzeitigen Regierung übernähme, wäre dies noch schlimmer. Die Demokratische Allianz brauchte ein sauberes Umfeld und den richtigen Mann oder die richtige Frau, um diesen Wandel herbeizuführen.

»Tony«, sagte sie und benutzte absichtlich seinen Vornamen, »ich glaube, es gibt etwas, das Sie mir sagen und sich von der Seele reden wollen.«

Er biss sich, scheinbar um sich zu beruhigen, auf die Unterlippe und schaute Lisa an. Diese schüttelte den Kopf und Evan liess den Kopf hängen.

Das war es also. Sannie holte tief Luft. »Was immer Frank über Sie wusste, Tony, war also so schädlich, dass es Ihre erste Kandidatur für die Demokratische Allianz schon zerstört hätte, bevor sie begonnen hatte. Was könnte für einen Mann, einen Armeeoffizier, einen Parabat, schlimmer sein, als ein Verbrechen begangen zu haben? Etwas, das so schrecklich ist, dass es sich lohnt, einen Menschen zu töten, damit es nicht an die Öffentlichkeit gelangt?«

Sannie sah Adam an. Er blieb teilnahmslos, aber sie konnte erkennen, dass er darum kämpfte, seine Gefühle unter Kontrolle zu halten. Mias Gesicht war blass.

»Aus irgendeinem Grund, den ich noch nicht kenne, sollte diese Information am Vorabend Ihrer Bestätigung als Parteivorsitzender und hoffentlich des Sieges der DA an die Öffentlichkeit gelangen und bei den nächsten Wahlen erneut zum Thema werden. Vielleicht hat Luiz Siboa damit gedroht, die Bombe platzen zu lassen, obwohl ich keine Ahnung habe, warum er so lange damit gewartet hat. Und was auch immer es war, wovor Sie so viel Angst hatten, dass die südafrikanische Wählerschaft es herausfindet, Tony, Ihr Wahlkampfteam hier dachte, ein Video von Ihnen, wie Sie eine Sanddüne hinaufstürmen und mit Mias Gewehr auf einen imaginären Angreifer schiessen, wirke dem entgegen.«

»Ich habe zugegeben, dass das eine schlechte Idee war«, sagte Tony.

Sannie wartete darauf, dass er mehr sagte, aber ein weiterer strenger Blick von Lisa brachte den Möchtegern-Präsidenten zum Schweigen. Sannie hatte nur noch eine Karte auszuspielen, und wenn dieser Schuss nach hinten losging, würde es sie wahrscheinlich ihren Job kosten. Gita wäre wütend auf sie, wenn sie diesen Fall ruinierte, bevor er überhaupt richtig begonnen hatte.

»Tony«, sagte Sannie mit sanfter Stimme, »haben Sie den Angriff auf sich in Ihrem Zelt auch vorgetäuscht?«

Ferri stützte die Ellbogen auf den Tisch und legte den Kopf in die Hände. Er nickte.

Sannie räusperte sich. »Tony Ferri, ich verhafte Sie wegen Verschwörung zum Mord an Frank Greenaway und ...«

Lisa stand auf. »Nein! Stopp.«

»Setzen Sie sich, Lisa«, sagte Sannie. »Möchten Sie etwas sagen?«

Lisa setzte sich langsam wieder auf ihren Stuhl. »Tony hatte in keiner Weise mit Franks Tod zu tun, ebenso wenig mit dem von Luiz und er war auch nicht am Angriff auf Adam Krüger beteiligt.«

»Lisa, Sie sind seine Wahlkampfmanagerin, warum sollte ich Ihnen glauben?«

»Weil ich Roberto Siboa geschickt habe, um ... Greenaway und Luiz zu beraten.«

»Beraten?« Wenn die Verbrechen nicht so abscheulich gewesen wären, hätte Sannie gelacht.

»Lisa ...« Tony klang echt schockiert. »Warum in aller Welt

schickst du einen Mann wie Roberto? Er war ein skrupelloser Killer. Ich traf ihn und Luiz damals, nachdem Hennie getötet worden war, im Busch. Die beiden standen neben einem toten Angolaner, dem in den Kopf geschossen worden war. Zuerst dachte ich, Luiz hätte dies getan, aber nach dem, was ich später über die beiden Brüder erfuhr, denke ich, Roberto hat diesen unbewaffneten Mann erschossen.«

»Tony, du brauchst nichts zu sagen«, beschwor ihn Lisa.

»Dann sagen Sie mir, warum Sie Roberto geschickt haben, um Frank und Luiz zu ›beraten‹?«, forderte Sannie Lisa auf.

Diese schaute sie an.

»Wenn Sie mir nicht mehr sagen können, Lisa«, sagte Sannie, »lassen Sie mir keine andere Wahl, als Tony anzuklagen und Sie wegen Verschwörung zum Mord zu verhaften. Natürlich steht es Ihnen beiden frei, sich nach der Verhaftung einen Anwalt zu nehmen.«

Lisa holte tief Luft. »Lassen Sie Tony aus dem Spiel. Nachdem er mit Colonel de Villiers gesprochen hat, kontaktierte Frank unser Wahlkampfteam. De Villiers erzählte Frank in einem Telefongespräch bestimmte Dinge, die Frank mit der Erlaubnis des Colonels aufnahm.«

»Und was hat de Villiers gesagt?«, fragte Sannie.

»Ich bin nicht dazu bereit, dies in der Öffentlichkeit zu sagen«, sagte Lisa.

»Sie werden zu gegebener Zeit darüber befragt werden«, sagte Sannie.

Lisa nickte. »Ja, das nehme ich an.«

»Also«, sagte Sannie, die jetzt mitspielte, »was waren Ihre Anweisungen an Roberto?«

»Ich habe ihm Geld gegeben, Captain, eine Summe von 200'000 Rand aus Wahlkampfmitteln, um Frank die Aufnahmen und alle Fotos, die Frank von ihm und Tony und den anderen aus Angola hatte, abzukaufen. Den gleichen Betrag habe ich ihm all die Jahre später gegeben, um seinen Bruder Luiz zu bestechen, damit er jetzt, wo wir so kurz vor der Bestätigung von Tonys Führungsrolle stehen, nichts über die Geschehnisse auf dieser Patrouille in Angola öffentlich sagt.«

»Und was ist mit dem Geld passiert?«

Roberto kam mit der Nachricht von einem Besuch bei Frank Greenaway zurück, Frank habe sich umgebracht – zumindest hat er mir das erzählt. Roberto gab mir das Geld zurück und ich zahlte ihm eine Prämie für seine Ehrlichkeit. Er gab mir auch ein Fotoalbum mit Bildern aus Greenaways Kriegstagen, das ich vernichtete. Das hätte ich nicht tun sollen.«

»Sie haben so verdammt recht, das hätten Sie nicht tun sollen«, zischte Mia.

»Und wo ist Roberto Siboa jetzt?«, wollte Sannie wissen.

Lisa zuckte mit den Schultern. »Ich habe keine Ahnung. Ich gehe davon aus, dass er sich irgendwann bei mir meldet, es sei denn, er ist diesmal mit dem Geld abgehauen und verschwunden. Vielleicht war es zu viel für ihn, seinen Bruder tot zu sehen.«

»Sie verlogene Schlampe!« Mia stürmte von der Tür, die sie bewacht hatte, weg und auf Lisa zu. Auch Adam bewegte sich von seiner Position weg. Er packte Mia um die Taille und fing sie, bevor sie Lisa einen Schlag versetzen konnte, ab.

»Lassen Sie mich los!« Mia versuchte, sich aus Adams Armen zu lösen, doch er hielt sie in festem Griff.

»Mia, bitte.« Als sie in Adams Umarmung erschlaffte, sah Sannie den Schmerz auf dem Gesicht ihrer Freundin.

»Kämpfen ist der falsche Weg, Mia«, sagte Adam. »Ich habe den gleichen Fehler gemacht. Lass Sannie die Wahrheit finden, die zur Gerechtigkeit führt.« Adam geleitete Mia sanft zurück zu ihrer Tür und kehrte, für den Fall, dass jemand auf die Idee kommen sollte, wegzulaufen, zu seiner zurück.

»Wie haben Sie Roberto Siboa kennen gelernt?«, fragte Sannie zu Lisa gewandt.

»Ich habe ihn in Platfontein getroffen. Evan und Tony besuchten einige der alten San-Veteranen aus dem Krieg. Sie haben in der Gemeinde beide viel gute Arbeit geleistet. Evan legte Wert darauf, mich Roberto in Abwesenheit von Tony vorzustellen. Ich glaube, wir wussten beide, dass Roberto nicht mit Tony gesehen oder gar fotografiert werden durfte.

»Und Evan?« Sannie bemerkte, dass Evan während dieser Enthüllungen geschwiegen hatte. »Wie haben Sie Roberto Lisa vorgestellt, und warum?«

Evan zuckte mit den Schultern. »Ich sagte, Roberto sei ein harter Kerl und ein guter Kämpfer.«

»Für den Fall, dass die Kampagne von Herrn Ferri jemals die Dienste von wem benötigte? Einem Aufpasser? Einem Attentäter?«

»Kein Kommentar«, sagte Evan.

»Wussten Sie, Evan, dass Lisa Roberto angeblich beauftragt hatte, Tonaufnahmen von Frank Greenaway zu kaufen?«

»Nein, das wusste ich nicht. Ich wusste nicht einmal, dass Roberto Frank besucht hatte.«

»Möchten Sie korrigieren, was Sie mir über den Inhalt Ihres Gesprächs mit Jaco de Villiers über Tonys Charakter erzählt haben?«, fragte Sannie.

»Dazu sage ich nichts, Captain.«

Sannie richtete ihren Blick wieder auf Lisa.

»Evan sagt die Wahrheit«, sagte Lisa. »Er wusste nicht, dass ich Roberto geschickt hatte, um das Geld an Frank oder Luiz zu zahlen. Evan mag zwar Tonys Freund sein, aber seine Meinung über ... neue Informationen ... Er meinte, wenn es Tony seine politische Karriere koste, dann solle es so sein.«

Sannie musterte kurz ihre Gesichter. Tony sah überrascht aus, vielleicht auch verletzt, aber Evan schien eher der berechnende, erfolgreiche Geschäftsmann zu sein, der nur auf Gewinner setzt, als der freundliche Friedensstifter, als der er sich zunächst präsentiert hatte. »Und der Angriff auf Adam Krüger?«

»Ich habe niemanden geschickt, um mit Adam Krüger zu sprechen«, sagte Lisa.

»Ich auch nicht«, sagte Evan. Er schaute Adam in die Augen. »Wenn du wissen willst, was Colonel de Villiers mir und Frank erzählt hat, was er wusste, dann werde ich es dir sagen, obwohl ich es, wenn ich jemals öffentlich gefragt werde, leugne.«

»Warum sagen Sie es uns jetzt?«, fragte Mia. »Um Ihre eigene Haut zu retten?«

»Um Sie«, Evan drehte seinen Kopf in Richtung Sannie, »und sie davon zu überzeugen, dass es hier nicht um verdammte Diamanten geht und es sich nicht lohnt, dafür zu töten.«

Adam warf einen Blick auf Sannie, die nickte. »Erzähl!«, sagte Adam.

Evan legte seine Handflächen vor sich auf den Tisch, wie um sich zu beruhigen. »Als Sergeant Frank Greenaway uns die Anweisung gab, wir sollten alle mit ihm und Adam gehen, um uns mit dem Sanitäter, Lance Corporal Erasmus, zu treffen, wurde es verrückt. Tony richtete eine Waffe auf Frank und befahl ihm zu gehen, daraufhin schlug Frank Tony ins Gesicht...«

ANGOLA, 1987

»OKAY, FERRI«, rief Evan, »heben Sie Ihr Gewehr auf und lassen Sie uns gehen.«

Der Boden bebte, als etwa dreissig Meter von ihnen entfernt eine Mörserbombe detonierte. Evan, der sich immer noch auf ein Knie stemmte, aber bereit war, aufzustehen und zu rennen, sah durch das Gebüsch eine Bewegung und gab zwei Schüsse ab.

Ferri liess sein Gewehr neben dem regungslosen Körper von Duarte liegen und kroch zu Evan hinüber. »Du musst mir helfen.«

Evan schaute Ferri an und sah deutliche Spuren von Tränen, die sich durch Staub, Blut und Tarncreme über seine Wangen gezogen hatten. Rossouw, der hinter einem Baum in Deckung gegangen war, stand auf und rannte zu ihnen. »*Wat de fok* macht ihr zwei denn da? Ihr habt den Sergeant gehört, lasst uns ...«

In diesem Moment wurde der Kopf des Funkers nach hinten geschleudert und er fiel. Die Kugel eines Angolaners hatte ein Loch in seine Stirn geschlagen und ihn sofort getötet.

Wie eine Krabbe kroch Ferri auf allen Vieren zurück zu Duarte und drehte ihn um. Wütend über Rossouws Tod und in der Absicht, den Leutnant mit sich zu zerren, ging Evan auf den Offizier zu und packte ihn am Kragen. Ferri drehte sich jedoch auf den Knien herum und in diesem Moment sah Evan zuerst das Kampfmesser in seiner Hand und dann das Blut am linken Handgelenk des toten Kuriers.

»Mann, was machst du da?«, fragte Evan.

Ferri blinzelte ihn an. »Diamanten, ich muss die Diamanten sichern. Das ist unsere Mission. Ich dürfte es eigentlich niemandem sagen, aber...«

Ferri begann zu schluchzen und das Messer fiel ihm aus der Hand. Da kein Gegenfeuer mehr kam, hatten die Angolaner aufgehört, ihre Gewehre abzufeuern. Evan suchte den Busch ab. Vielleicht dachten ihre Feinde, alle Südafrikaner seien tot und kämen bald zu ihnen.

Evan hob sein R4 an die Schulter, stellte den Wahlhebel auf Automatik und leerte sein Magazin in einem weiten Bogen in den Busch. Er hörte irgendwo einen Aufschrei und ein paar Schüsse wurden abgefeuert. Als Evan das leere Magazin herausnahm und ein neues einsteckte, begannen erneut die Mörser zu schiessen. Die Angolaner würden sich somit nicht sofort auf sie stürzen. Er richtete seine Aufmerksamkeit wieder auf Ferri und den Toten.

»Verdammt.« Er sah jetzt, dass Ferri versucht hatte, Duarte die Hand abzuschlagen, es aber aufgab. Eine Lache aus Erbrochenem stank neben dem ans Handgelenk des Kuriers geketteten Aktenkoffer.

Ganz in der Nähe schlug eine Mörserbombe ein und überschüttete Evan mit Dreck und Kieseln. Ferri rollte sich seitwärts in die Fötusstellung und presste die Hände auf die Ohren. »Nein, nein, nein!«

Der Offizier heulte und schrie. Plötzlich sah Evan eine Bewegung durch die Blätter und hob sein Gewehr. Kurz bevor er schoss, erkannte er, dass das Gesicht, das sie beobachtete, Luiz, dem Spurenleser, gehörte. Dessen Augen wurden von der erbärmlichen, sich am Boden windenden Gestalt angezogen.

Evan deutete mit seinem Gewehr auf die Baumgrenze und

forderte Luiz auf, ihm Feuerschutz zu geben. Der San-Krieger musste nicht überzeugt werden, sondern zielte und feuerte.

Evan legte seine Waffe nieder und hob Ferris Messer auf.

SANNIE SCHAUDERTE BEI DEM GEDANKEN, was Evan getan hatte.

Adam schüttelte, eindeutig angewidert, den Kopf. »Du hast dem toten Kerl die Hand abgeschnitten?«

Evan blickte auf den Esstisch. »Ich bin nicht stolz darauf, Adam, dachte aber, verdammt, wenn wir wegen dieses blöden Koffers schon gute Männer verloren haben, können wir Tonys Mission, auch wenn er nie daran gedacht hat, uns zu sagen, worum es geht, genauso gut zu Ende bringen.«

Sannie warf einen Blick auf Tony Ferri. Er konnte sein Gesicht immer noch nicht heben und einen von ihnen ansehen. »Und die Diamanten?«

Evan schaute zu ihr. »Das angolanische Mörserfeuer wurde präziser und als das Sperrfeuer näherkam, packte ich Tony und zog ihn hinter einen umgestürzten Baum. Ich nahm unser Funkgerät von Rossouws Leiche und liess die Aktentasche neben Duarte stehen. Dann schlug eine Mörserbombe neben Duarte ein, die ihn und die Aktentasche zerfetzte. Zu diesem Zeitpunkt waren mir weder Diamanten noch die Mission wichtig. Ich fürchtete nur, wir würden sterben. Dann sah ich angolanische Soldaten hinter der Stelle, wo die Mörser gelandet waren, auf uns zustürmen und wusste, dass uns bestenfalls wenige Minuten blieben. Ich war es schliesslich, der unsere Artillerie anforderte – nicht Tony – und schon bald schlugen die Granaten ein.«

»Du hast mir gesagt, Roberto sei durch einen direkten Treffer einer unserer eigenen Granaten getötet worden«, sagte Adam.

»Ja, das dachte ich damals auch, mein Freund, aber später wurde mir klar, dass es ein angolanischer Soldat gewesen sein muss, der getroffen hatte – sie waren zu dem Zeitpunkt schon so nah an uns dran und es war sehr verwirrend.«

»Ich bin nicht dein Freund, verdammt noch mal.«

Evan nickte. »Zu meiner Überraschung tauchte Roberto später aus heiterem Himmel im Hauptquartier auf, als ich dort war. Als wir alle nach Ondangwa zurückkehrten, bot mir Colonel de Villiers ein Geschäft an. Ich hatte den Verdacht, er habe vielleicht ein Nebengeschäft mit Diamanten am Laufen. De Villiers wollte, aus welchen Gründen auch immer, unbedingt vertuschen, was in Angola mit uns geschehen war und bot mir einen bequemen Job im Hauptquartier an, wenn ich verspreche, meinen Mund zu halten und nichts über Roberto zu sagen. Was die beiden am Laufen hatten, weiss ich nicht. Er sagte jedoch, wenn die Nachricht über eine Beinahe-Pleite in Angola herauskäme, wäre die Kacke am Dampfen, und zwar gewaltig. Er behauptete, es gehe nur um PR, um den Widerstand zu Hause gegen den Krieg und was weiss ich noch alles.«

»Du hättest ein echter Parabat sein, ihn ignorieren und dem Kriegsgericht sagen können, was wirklich passiert ist, bevor sie Frank in dieses Höllenloch schickten. Du bist ein Feigling, Evan, der lieber seine eigene Haut geschützt und sich einen Job als Marmeladendieb im Hauptquartier verschafft hat, als sich für seine Brüder einzusetzen.«

Evan versuchte, Adams Blick zu halten, brach aber bald ab und senkte seinen Blick. »Nach diesem Tag hatte ich genug vom Krieg, Adam.«

»Gibt es noch etwas, das Sie sagen möchten, Evan?«, fragte Sannie und fuhr nach einer Pause fort: »Wie hat Frank von Herrn Ferris Verhalten an diesem Tag erfahren?«

Evan zuckte mit den Schultern und sah dann zu ihr auf. »Ich kann mir nur vorstellen, dass de Villiers sich am Ende seines Lebens bei Frank entschuldigen wollte, und ihm wahrscheinlich erzählt hat, was wirklich passiert ist. Es ging nicht um Diamanten, sondern um Tonys Ruf, um seinen Zusammenbruch unter Beschuss. Aber jetzt warte ich auf meinen Anwalt, wenn es Ihnen nichts ausmacht.«

Sannie wandte ihre Aufmerksamkeit wieder Lisa zu. »Ich frage Sie noch einmal, Lisa: Haben Sie jemanden geschickt, um Adam Krüger in seinem Haus zu ›beraten‹, als Sie und Herr Ferri in Port Shepstone waren?«

Lisa blickte zurück. »Nein. Und ich will jetzt auch meinen Anwalt.«

Sannie schloss ihr Notizbuch und stand auf. »Ich denke, wir sind hier für den Moment fertig. Entweder ich selbst oder Frau Colonel Gita Kapahi von den Hawks werden uns bald wieder mit Ihnen allen in Verbindung setzen. Sergeant Cele, ich überlasse es Ihnen, den Papierkram zu erledigen, um eine zweite Obduktion für Luiz Siboa zu organisieren.«

»Ich ...«, begann Detective Cele.

»›Jawohl, Captain‹ sind die Worte, die Sie suchen, Sergeant.«

Cele sah zu Evan und danach zu Lisa, als hätten sich ihre Pläne geändert, dann wieder zu Sannie. »Ja, Captain.«

Shirley sah verzweifelt aus, fast so, als würde sie gleich in Tränen ausbrechen.

»Adam, Mia, ich glaube, es ist nicht sinnvoll, länger als nötig hier in der Dune Lodge zu bleiben«, sagte Sannie. Sie musste die beiden aus dem Essbereich bringen, bevor einer von ihnen versuchte, jemanden umzubringen.

Tony und Lisa standen beide auf und Tony legte seiner Wahlkampfmanagerin die Hand auf den Arm. »Lisa, warum hast du Roberto geschickt, um mit Frank und Luiz zu sprechen?«

Sie schüttelte seine Hand ab. »Weil ich dich, verdammt noch mal, geliebt habe.«

29

Sannie fuhr den Fortuner und Mia sass neben ihr auf dem Beifahrersitz. Adam schaute auf dem Rücksitz auf sein Handy, während sie in Richtung Kgalagadi Transfrontier Park fuhren.

Die Landschaft bestand aus roten Dünen mit gelbgrünen Gräsern, und hier und da fuhren sie an bescheidenen Farmgebäuden oder Lehmziegelhäusern mit Blechdächern und rostenden Autos in Höfen vorbei.

»Ich bin froh, wenn ich diesen Ort nie mehr sehen muss«, sagte Mia, »werde aber nicht ruhen, bis jemand für den Tod meines Vaters hinter Gittern sitzt.«

Sannie bremste, weil ein Esel, scheinbar ohne das Auto, das mit 120 Stundenkilometern auf ihn zuraste, zu bemerken, mitten auf die Strasse lief. »Wir haben gerade erst angefangen, Mia. Wir brauchen handfeste Beweise dafür, von wem und wofür Roberto beauftragt wurde. Alles, was Lisa bis jetzt getan hat, ist, Roberto mit dem Tod deines Vaters in Verbindung zu bringen. Es tut mir leid, aber wir müssen wahrscheinlich eine gerichtliche Verfügung einholen und seine Überreste exhumieren.«

Mia atmete aus. »Ich dachte mir schon, dass das der Fall sein könnte. Es ist schrecklich, daran zu denken, aber ich werde alles tun, was nötig ist und unterschreiben.«

Adam sah auf. »Mia?«

»Ja?«

»Wissen Sie, ob die Buchung für Evan, Ferri und Lisa in der Dune Lodge unter einem ihrer Namen oder einem Firmennamen vorgenommen wurde?«

Mia schüttelte den Kopf. »Nein. Ich schaute oft in ›NightsBridge‹, die Buchungssoftware, um zu sehen, wer als nächstes in die Lodge kommt, aber bei allem, was nach Luiz' Tod passiert ist, hatte ich keine Zeit dafür. Ist es wichtig?«

»Ich glaube schon«, sagte Adam.

»Ich werde Juliannes Assistentin, Audrey Uren, anrufen. Sie kann auf das System zugreifen.«

Sannie hörte zu, als Mia Audrey anrief und mit ihr sprach.

»Danke, Aud«, sagte Mia und beendete das Gespräch. »Es war eine Sea Star-Buchung. Vielleicht ist Sea Star ein Unterstützer von Tony und der Demokratischen Allianz?«

»Warum fragst du, Adam?«, erkundigte sich Sannie.

Er hatte den Kopf wieder gesenkt und schaute auf sein Handy. »Ich mache mich im Internet nur gerade über Sea Star ein wenig schlau.«

»Hast du etwas über die Unternehmensstruktur und die Unternehmensführung herausgefunden?«, wollte Sannie wissen.

»Ich bin schon alle Namen durchgegangen«, sagte Adam. »Mir kommt keiner bekannt vor. Aber Sea Star ist nur eines von mehreren Unternehmen der ›African Star-Gruppe‹ und die durchsuche ich gerade.«

»Sannie, ich möchte mich dafür entschuldigen, wie ich mich dir gegenüber in den letzten Tagen verhalten habe«, sagte Mia.

Sannie wich einer Ziege aus. »Danke, schon in Ordnung.«

»Doch, es ist wirklich notwendig. Es tut mir so leid. Ich habe mich von Tony Ferri mitreissen lassen. Es ist kein Wunder, dass so viele Politiker bei Affären erwischt werden – dumme Leute wie ich fallen auf ihren falschen Charme und ihren Schwachsinn herein.«

»Falls es dich tröstet«, sagte Sannie, »meine Tochter hat mir vor meiner Ankunft per SMS mitgeteilt, sie finde Tony Ferri heiss.«

»Er hat mich reingezogen. Dieser Feigling. Danke auch dir, Adam.«

»Ich hätte ihn nicht schlagen sollen, aber verdient hat er es.«

Sannies Telefon läutete und sie schaltete die Freisprechanlage an und ging ran. »Captain van Rensburg, hallo.«

»Captain, hier ist Sergeant Thomas Lebope von der Polizeistation Twee Rivieren im Kgalagadi Transfrontier Park. Howzit?«

»Danke, gut, und Ihnen, Sergeant? Ich bin gerade auf dem Weg zu Ihnen.«

»Sehr gut. Captain, ich habe Ihren Namen als Kontaktperson für eine Fahndung nach einem Roberto Siboa erhalten.«

»Ja, das ist richtig.« Adam sah von seinem Telefon auf und Mia lehnte sich näher zu ihr, als wolle sie kein Wort verpassen.

»Ich kam heute Morgen von einer Besprechung in Upington zurück in den Park und stiess etwa zwanzig Kilometer von Twee Rivieren entfernt auf einen am Strassenrand abgestellten roten Nissan Navara.« Sergeant Lebope las das Nummernschild des Wagens vor.

Sannie tat ihr Bestes, um ruhig zu wirken, aber ihr Herz klopfte heftig. »Ja, das ist das Fahrzeug von Siboa.«

»Ja, das wurde mir klar, als ich hier zur Arbeit kam und Ihre Fahndungsmeldung las. Captain, als ich das nicht abgeschlossene Fahrzeug durchsuchte, fand ich etwas sehr Ungewöhnliches: Ein Hemd, eine Hose und die Schuhe eines Mannes sowie eine Brieftasche mit dem Personalausweis und dem Führerschein eines gewissen Roberto Siboa, also des gesuchten Manns.«

»Ich verstehe. Vielen Dank, Sergeant.« Sie prüfte ihr Navigationsgerät. »Ich bin jetzt zweiunddreissig Kilometer von Twee Rivieren entfernt. Können Sie mich so schnell wie möglich mit so vielen Beamten, wie Sie entbehren können, bei diesem Fahrzeug treffen? Es handelt sich um eine Hawks-Angelegenheit.«

»Ich verstehe. Es sind nur ich und ein weiterer Beamter hier im

Dienst und mindestens einer von uns muss hierbleiben. Aber ich komme selbst.«

»Ja, bitte tun Sie das, und fordern Sie Verstärkung aus Askham oder der nächstgelegenen Polizeistation an. Siboa ist ein gefährlicher Mann und bestimmt bewaffnet.« Sie beendete den Anruf.

»Was macht er denn?«, fragte Mia.

»Will er sich aus dem Staub machen? In der Wüste verschwinden?« überlegte Adam. »Hat ihm jemand der anderen schon einen Tipp gegeben, dass wir ihn suchen?«

»Das mag ja sein, aber warum auf dieser Strasse und warum gerade jetzt?«, sprach Sannie ihre Fragen aus. Dann kam ihr ein unheimlicherer Gedanke. »Vielleicht ist er gewarnt worden – nicht, dass wir hinter ihm her, sondern wo und wann wir auf dem Weg zum Park sind.«

»Denkst du, er wartet auf uns?« beunruhigte sich Mia. »Denkst du, es ist es ein Hinterhalt?«

Sannie warf jedem von ihnen einen Blick zu, bevor sie wieder auf die Strasse schaute. »Was wollen wir tun? Ich möchte keinen von uns in Gefahr bringen.«

»Ich will Roberto sehen«, sagte Adam. »Und ich laufe nicht vor ihm weg.«

»Für mich gilt dasselbe und ich habe mein Gewehr.« Mia hatte vor ihrer Abreise noch schnell so viele Habseligkeiten und Kleidungsstücke wie möglich in einen Rucksack gepackt und Shirley gesagt, sie lasse den Rest ihrer Sachen abholen. Ausserdem ging sie in den Tresorraum der Waffenkammer und holte dort ihr Gewehr und fünfzig Schuss Munition, die ihr gehörten.

»Ich habe meine Z88 in der Reisetasche«, sagte Sannie.

»Und was ist mit mir?«, wollte Adam wissen.

»Greif unter meinen Sitz, Adam.«

Er tat, wie geheissen und zog ihre persönliche Ersatzwaffe hervor, einen 38er Smith & Wesson Revolver. Er legte ihn neben sich auf den Sitz und widmete sich wieder seinem Telefon.

»Scheisse!«, entfuhr es Adam.

»Was ist los?« Sannie schaute über die Schulter zu ihm.

»Ihr werdet nie erraten, wer der Vorsitzende von Africa Star Holdings, der Muttergesellschaft von Sea Star South Africa, ist.«

»Wer?«, erkundigte sich Sannie.

»Evan Litis.« Ich habe hier eine News24-Story, in der es darum geht, dass Sea Star eine Reihe von familiengeführten Fischereibetrieben in Südafrika aufgekauft hat. Ich erinnere mich jetzt, wo ich diesen Namen schon einmal gelesen habe. Sea Star ist jetzt Besitzer der Boote von Renshaw, dem Mann, der versucht hat, mich an die Haie zu verfüttern. In den Online-Nachrichten wird Evan zitiert, der, nachdem eines seiner Tochterunternehmen wegen dem Handel mit Haifischflossen angeklagt worden war, versprach, in der Unternehmensführung von Sea Star aufzuräumen.

»Ich wollte Evan für später aufheben«, sagte Sannie. »Henk de Beer hat für mich einen Strafregisterauszug von Evan besorgt, den ich an meine Chefin Gita weitergegeben habe. Evan hat ein ziemlich beeindruckendes Strafregister, angefangen bei einer Anzeige wegen Körperverletzung als Teenager bis hin zum Handel mit Abalone-Muscheln und später Steuerhinterziehung. Wir wollen ihn genauer unter die Lupe nehmen.«

»Er ist ein Wilderer«, sagte Adam. »Er hat mir gesagt, er habe nach mir gesucht, und ich glaube, als ich anfing, mich gegen seine Haifischfangoperationen zu wehren, hat Renshaw ihm gesagt, wer ich sei. Sannie, ich glaube, es war Evan, der mich in jener Nacht zu Hause aufgesucht hat.«

»Aber er ist in Kapstadt ansässig. Wie kommst du darauf?« Adam las von seinem Telefon ab. »Nachdem er die Begrüssungsrede bei der Konferenz für nachhaltige kommerzielle Fischerei im Suncoast Casino in Durban gehalten hatte, sprach Herr Litis ...«

»In der Nacht, in der du überfallen wurdest?«, unterbrach ihn Sannie.

»Genau.«

»Oh«, sagte Sannie.

»Lass uns anhalten, damit ich mein Gewehr aus dem Koffer holen kann, Sannie. Nur für den Fall, dass Roberto irgendwo auf uns wartet«, fügte Mia hinzu.

In den meisten anderen Ländern der Welt wäre ein solcher Vorschlag lächerlich, aber Sannie hielt es für eine gute Idee. Sie setzte den linken Blinker um an den Strassenrand zu fahren und schaute in den Rückspiegel.

Ein Ford Ranger *Bakkie* mit Doppelkabine beschleunigte hinter ihr und blinkte, als Sannie langsamer wurde, um sie zu überholen. Als das Fahrzeug an ihr vorbeifuhr, bemerkte Sannie, dass die getönten Seitenscheiben sich senkten. Ihr erster Gedanke war, ein aggressiver Mann wolle sie beschimpfen, weil sie auf der Hauptstrasse verlangsamt hatte.

Dann sah sie den Lauf des Gewehrs. »Achtung, Gewehr!«

ADAM HÖRTE SANNIES SCHREI und schaute nach rechts. Er sah die Waffe, hob den Revolver neben sich hoch und feuerte mit der linken Hand einen Schuss durch das geschlossene Fenster. Das Glas zersplitterte, als ein Dutzend Schüsse die Haut von Sannies Fortuner durchschlugen.

Sannie trat das Gaspedal durch und riss das Lenkrad heftig nach rechts. Ihr Fortuner stiess mit dem Ranger zusammen, dessen Fahrer ebenfalls nach rechts auswich, auf den unbefestigten Seitenstreifen. Damit hatte der Fahrer wohl nicht gerechnet und übersteuerte, weil Sannie vor ihm her schoss.

Adam hämmerte gegen das zerbrochene Fenster auf seiner Seite, konnte aber kein grösseres Loch hineinschlagen. Stattdessen öffnete er schliesslich die Tür, stieg aus dem Fortuner und zielte. Er feuerte einen zweiten Schuss ab und sah, dass die Kugel die Windschutzscheibe des Fords durchschlug.

»Köpfe runter!« Adam sah, wie ein LM5-Sturmgewehr aus der Beifahrerseite des sie verfolgenden Fahrzeugs ragte und weitere Kugeln in die Karosserie des Toyotas einschlugen. Die hintere Windschutzscheibe zerbarst und Adam spürte, dass eine Kugel an seinem Kopf vorbeizischte. »Seid ihr beide okay?«

»Bisher beide nicht getroffen, aber das Fahrzeug verliert Treibstoff«, antwortete Sannie. »Scheisse.«

Mia hatte Sannies Telefon und wählte eine Nummer, hoffentlich die Polizei.

Adam spürte, dass der Fortuner langsamer wurde und sah durch die offene Tür, dass der Ford auf sie zuraste. Sannie versuchte, von einer Seite zur anderen zu schwenken, was sie zu einem schwierigeren Ziel machte. Dadurch konnte Adam aber seine Hand nicht ruhig genug halten, um mit seinen wenigen verbliebenen Patronen einen weiteren Schuss zu wagen.

Der Ford rauschte neben sie, und Adam hätte wieder geschossen, aber sechs weitere Kugeln schlugen in die Karosserie und an ihm vorbei.

Sannie riss am Lenkrad und wandte sich erneut dem anderen *Bakkie* zu, anstatt von ihm wegzufahren. Der Fahrer des Fords behielt dieses Mal die Nerven und die nächste Salve liess Sannies rechten Vorderreifen platzen.

Während aus dem durchlöcherten Kühler Dampf zischte, kämpfte Sannie mit dem Lenkrad. Diesmal rammte der Ford Ranger sie und drängte Sannie von der Strasse. Als der Fortuner sich überschlug und auf weichem Sand landete, knallte Adams Tür zu.

Sie kamen kopfüber zum Stehen, waren aber zum Glück alle angeschnallt. Adam löste seinen Gurt und öffnete die Tür. Er kroch mit Sannies Revolver in der Hand aus dem Fahrzeug. Als der Ranger anhielt und die Türen aufflogen, stürmte Adam vor. Sein beherzter Angriff überraschte die Angreifer und sein zweiter Schuss aus der Sechs-Patronen-Kammer traf den Mann mit dem LM5-Gewehr in die Brust, wodurch er nach hinten geschleudert wurde. Als der Mann stürzte, sah Adam sein Gesicht und erkannte Meshach, den Leiter der Anti-Wildereigruppe und des Sicherheitsdienstes der Dune Lodge. Er war also auch Evans Mann.

Ein anderer Uniformierter, der vielleicht auch überrascht war, dass Adam zu ihnen kam, anstatt wegzulaufen, öffnete seine Tür. Adam sah die Pistole in der Hand des Mannes und schoss durch das hintere Beifahrerfenster, wobei er den Mann am Kopf traf.

Adam ging in die Hocke, und sah als er den Kopf hob, wer der Fahrer war. Doch bereits kamen zwei weitere Kugeln auf ihn zu.

»Evan! Komm raus. Es ist vorbei.«

»Fick dich, Adam«, schrie Evan von drinnen.

Der Motor lief noch. Evan legte den Rückwärtsgang ein, trat auf das Gaspedal und schlug das Lenkrad gleichzeitig hart nach rechts. Die Nase des Fords drehte sich zu schnell, als dass Adam ausweichen konnte, und die Wucht des Schlags warf ihn um. Obwohl er sich auf der linken Seite taub fühlte, rollte Adam sich auf den Bauch und zielte auf die Windschutzscheibe.

Evan hielt an, legte einen Gang ein und liess den Motor des Wagens aufheulen. Der Ranger raste auf Adam zu. Er wusste, dass er nur noch zwei Kugeln übrighatte. Er zielte und feuerte, einmal.

Der Ranger schwenkte nach links, fuhr so dicht an Adam vorbei, dass der linke Vorderreifen über sein lose flatterndes Hemd fuhr, kam von der Strasse ab, schleuderte durch den Sand und prallte schliesslich gegen einen Baum.

Adam drehte sich um. Schmerz schoss jetzt durch seinen Körper. Irgendetwas schien gebrochen zu sein, denn er konnte nicht mehr aufstehen. Ausserdem spürte er Blut in den Augen.

»Adam!«

Es war Sannies Stimme. Er drehte den Kopf – noch stärkerer Schmerz. Mia lehnte sich in den offenen Kofferraum des umgestürzten Fortuners und Adam erinnerte sich an ein Gewehr und Sannies Pistole in ihrer Tasche.

»Lauft!«, rief Adam den beiden Frauen zu. »Lasst mich hier!«

Er wusste, dass er sie brauchte, um von Evan wegzukommen, um Hilfe zu holen, um von Roberto wegzukommen, wo auch immer er war. Dennoch hatte Adam weder Angst vor Evan noch vor dem Sterben.

Evan öffnete die Tür des Ford Ranger und taumelte heraus. Wie Meshach war er verletzt, im Gegensatz zum Sicherheitschef lebte er aber noch und kam aufrecht und grinsend auf Adam zu.

»Glaubst du, mir Angst machen zu können?« Er näherte sich Adam, der die Pistole hochhielt, aber zu weit weg war und wusste das. Ob er auch wusste, dass Adam nur noch eine Patrone hatte?

Adam zielte, aber seine Hand zitterte. Er drückte den Abzug. Die Kugel verfehlte Evan.

»Fast«, lachte Evan laut und ging weiter auf Adam zu. »Aber keine Zigarre, Bruder.«

Evan kam zu ihm und kauerte sich neben ihn, während Adam sah, wie Mia das Jagdgewehr aus dem Koffer zog. Evan bewegte sich hinter Adam, hob ihn in eine sitzende Position und setzte sich dann hinter ihn.

»Nimm deine verdammten Hände von mir«, fluchte Adam, als er feststellte, dass er Evan nicht wegdrücken konnte. Sein linker Arm war nicht mehr zu gebrauchen und als er auf sein linkes Bein hinunterblickte, bemerkte er, dass es nach dem Zusammenprall mit dem Fahrzeug gebrochen war und in einem seltsamen Winkel dalag.

»Meine Damen, bitte Waffen runter und hier entlang!«, rief Evan Sannie und Mia zu. »Im Gegensatz zu eurem Helden hier, habe ich jede Menge Munition. Oh ja, und von den Bäumen da drüben aus beobachtet euch einer der besten Killer, die ich je in meinem Leben getroffen habe, sei es in Kriegszeiten oder im Frieden.«

Mia und Sannie sahen sich beide um.

»Waffe runter, Mia!« Evan presste seine Pistole hart gegen Adams Kopf.

»Erschiesst... ihn!«, forderte Adam, dem es schwerfiel, zu sprechen.

Evan konnte sich ausrechnen, dass Mia ihr Gewehr nicht geladen in der Reissverschlusstasche gelassen hatte, also hob er seine Pistole und feuerte einen Schuss auf sie ab. »Gewehr fallen lassen!«

Mia stürzte zu Boden.

»Hast du ... Hast du Roberto befohlen, Frank zu töten?«, fragte Adam. Er wollte Evan ablenken um Mia und Sannie vielleicht eine Chance zu verschaffen.

Evan schüttelte den Kopf. »Nein, Witzbold. Das war Lisa. Gegen diese Leopardin ist Roberto eine Miezekatze. Aber du bist mir in die Quere gekommen, alter Junge. Roberto und ich hatten mit dem Verkauf von Schuppentieren einen netten Nebenerwerb, und dein Kumpel Renshaw einen schwunghaften Handel mit Haifischflossen, bis du auftauchtest. Renshaw hat mir von ›Sharky‹, einem eigenwilligen Akademiker erzählt, der uns Kummer bereitet. Aber erst als du den Raubüberfall im Einkaufszentrum vereitelt hast und dein Name überall in den Nachrichten auftauchte, wurde mir klar, dass du es warst. Wenn dich die Haifische erwischt hätten, wären damit zwei Probleme auf einen Schlag gelöst worden, für mich und für Ferri.«

»Was... was ist mit Ferri?«

Evan lächelte. »Mit ihm? Er ist nichts als ein Feigling, aber im Gegensatz zu dem, was ich euch heute Morgen erzählt habe, ist mir seine politische Karriere nicht egal. Mit dem, was ich gegen Tony in der Hand habe, beginnt für mich ein wahrer Goldregen, wenn er an die Macht kommt und die Demokratische Allianz anfangen muss, Ausschreibungen zu verteilen. Tut mir leid, Adam, es muss sein.«

Evan stand auf, richtete die Pistole auf Adam und zielte zwischen seine Augen.

»Nein!«, schrie Sannie.

»Gute Reise, Adam«, sagte Evan und sein Finger krümmte sich langsam um den Abzug. Adam hoffte, Sannie überlebe wenigstens, denn sie war reizend.

Dann hörte er ein ›pfft‹, weil ein Pfeil Evans Kehle durchbohrte. Ein Strahl hellen Blutes schoss aus der Wunde und Evan liess die Pistole fallen, um den Strom voller Verzweiflung mit seinen Händen zu stoppen zu versuchen. Dann sackte er auf die Knie.

Adam bemerkte, dass Sannie und Mia auf einen Mann mit nacktem Oberkörper, der barfuss war und einen kleinen Bogen trug, zuliefen.

»Luiz!«, schrie Mia.

30

———

Es war an der Zeit, das Töten zu beenden.

Luiz atmete, während er rannte, tief durch. Seine Brust schwoll mit jedem Atemzug an, als wäre er wieder ein stolzer junger Mann. Selbst als er sich an die vergangenen Schlachten, die besiegten Feinde und die verlorenen Brüder erinnerte, wusste er, dass dies endlich das Ende war.

Adam lag, verletzt, aber lebend, auf dem Boden. Seine Augen waren riesig, als sähe er einen Geist. Luiz grinste. Seine Sinne, weder durch das Alter noch durch die Bequemlichkeiten des Lebens im Frieden getrübt, waren immer noch scharf.

Es war wieder wie im Krieg. Das Gute und das Schlechte.

ANGOLA, 1987

LUIZ SCHAUTE über den Lauf seiner R1, sah einen Angolaner, der sich durch den Rauch einer frisch gezündeten Mörserbombe näherte und drückte ab. Der Mann fiel.

Sergeant Greenaway, der Mann, der diese Mission hätte leiten sollen und Adam, der sanfte Riese mit dem Maschinengewehr, waren gerade gegangen, nachdem Greenaway sich mit dem verrückten Offizier Ferri geprügelt hatte. Luiz wollte ebenfalls gehen, doch dann wurde Rossouw vor seinen Augen in den Kopf geschossen.

Und dann herrschte plötzlich Frieden, eine Kampfpause. Die Weissen hatten zu schiessen aufgehört und die Angolaner dachten vielleicht, sie hätten sie mit ihren Kugeln und Mörsern besiegt. Roberto, der ein paar Meter rechts von ihm stand, sah zu ihm und nickte in Richtung des Offiziers, der neben dem toten Kurier kniete.

Luiz schloss zu seinem Bruder auf und gemeinsam schlichen sie durch den Busch und beobachteten das seltsame Treiben. Es sah aus, als sei der junge Leutnant Ferri von einem bösartigen Geist besessen. Er weinte wie ein Kind und liess ein blutiges Messer auf den Boden fallen.

Evan, in ähnlichem Alter, aber mit ebenso kalten Augen wie die von Luiz' Bruder, gab seinem Vorgesetzten eine Ohrfeige. Luiz war davon überrascht. Ferri fiel zu Boden und kroch vom Kurier und von Evan weg. Der Leutnant rollte sich wie ein ungeborenes Wesen im Leib seiner Mutter zu einem Ball zusammen, umarmte sich selbst und schaukelte sich tröstend hin und her.

Luiz zuckte, obwohl für ihn Blut nichts Fremdes war, zusammen, als er beobachtete, wie Evan durch das Handgelenk des toten Südafrikaners schnitt und sägte. Roberto stand auf und brach aus der Deckung des Busches hervor. Evan wirbelte herum und hielt das Messer hoch, entspannte sich aber, als er sah, dass es Roberto war. Luiz blieb in seinem Versteck und hielt ebenfalls Ausschau nach den Angolanern, die sich ihnen näherten und sie wie Jagdhunde umkreisten. Schliesslich hielt Evan die braune Ledertasche triumphierend hoch. »Weisst du, was da drin ist?«

»*Sim, diamantes*«, sagte Roberto.

»Ja, Diamanten. Für den Colonel, richtig?«

Roberto nickte. Luiz und sein Bruder hatten schon früher für den Colonel gearbeitet und trafen manchmal in Angola UNITA-Soldaten zu Fuss, um Pakete für de Villiers nach Ondangwa zu bringen. Der Colonel bezahlte sie und Roberto stellte keine Fragen. Luiz verachtete die Missionen, denn er vermutete, sie würden von Dieben geplant. Er war ein Kämpfer und für ihn war Stehlen, nicht wie für seinen Bruder, unter seiner Würde. Sie waren vom gleichen Blut und doch verschieden, obwohl Luiz seinen Bruder nie verraten hätte.

Evan zögerte und dachte nach, ›einen Plan machen‹, wie das die Südafrikaner nannten. »Nimm sie mit und lauf. Verschwinde von hier, zurück nach Ondangwa. Hast du verstanden?«

Roberto nickte, als Evan ihm die Tasche übergab. »Gib mir durch deinen Bruder Bescheid, sobald du zurück bist, falls du überhaupt zurückkommst.«

Luiz gab sich zu erkennen, doch als Roberto ihn sah, rannte er mit der Tasche in Richtung Süden.

Evan griff in eine seiner Gurttasche, von wo er eine Granate herausholte. Er zog den Stift und Luiz begann sein RI zu heben, weil er für einen Moment dachte, Evan wolle ihn töten. Stattdessen bückte sich Evan und liess die Granate nur wenige Meter von Duartes verstümmeltem Körper entfernt fallen. Evan sprang über den Kurier, kam zu Luiz und packte ihn am Arm. Gemeinsam rannten die beiden zu der Stelle, an der Ferri kauerte, und warfen sich hinter dem umgestürzten Baum zu Boden.

Die Granate explodierte mit einem dumpfen Knall, der für die Angolaner das Signal war, ihre Kleinoffensive wieder aufzunehmen. Man hörte das Krachen von Mörserbomben, die die Rohre verliessen und das Rattern von AK-47-Feuer. Luiz erkannte jetzt, dass Evan, indem er die Granate neben dem Toten platzierte, den Diebstahl der Tasche vertuschen wollte.

Evan erhob sich und ging beim erschossenen Rossouw in die Hocke, zog ihm das Funkgerät vom Körper und nahm es mit. Er sprach ins Mikrofon: »Hier ist Romeo-Mike-Zero-Nine, bitte um dringenden Feuereinsatz, over.«

Während Evan auf die Antwort der Südafrikaner wartete und den Artilleriebeschuss organisierte, schaute er zu Luiz.

»Los, Luiz. Geh ausser Reichweite, geh in Deckung, versteck dich. Falls wir überleben, brauchen wir dich lebend, um hier rauszukommen.«

Im Gegensatz zu dem schluchzenden Offizier, der neben ihnen auf dem Boden lag, war Luiz kein Feigling. »Ich bleibe hier und tue meine Pflicht.«

»Gut. Aber wenn du die anderen siehst – Adam, den Sergeant und alle, musst du ihnen sagen, dein Bruder sei tot. Von der Artillerie getötet, verstanden?«

Luiz schüttelte den Kopf. »Ich bin kein Verbrecher. Er ist am Leben.«

Evan hob die Hand, als Ondangwa antwortete und übermittelte die Koordinaten ihres Standortes. Er sprach schnell in den Hörer und kurz darauf schlug die erste Granate ein. Die Erde bebte.

Evan machte grosse Augen, dann schrie er über den Lärm der nächsten Salve hinweg, die so nah war, dass Dreck und Steine auf sie niederprasselten: »Luiz, du tust, verdammt noch mal, was ich sage.«

»Ich muss ...«

»Du hast eine Schwester, ja?«, sagte Evan.

»Ja.«

»Wenn du den anderen die Wahrheit über das erzählst, was gerade passiert ist, lasse ich sie umbringen.«

Luiz blinzelte. Er erkannte das Böse, wenn er es sah, denn es begegnete ihm fast täglich, wenn er in die Augen seines eigenen Bruders blickte. Er stand auf, drehte sich um und rannte in den Busch, vom Regen des Todes weg, der durch die Luft fegte.

Luiz verdrängte die Erinnerungen an die Vergangenheit aus seinem Kopf. Evan blutete aus dem Hals, war aber noch am Leben. Luiz rannte auf Adam und Evan zu.

Er wusste, dass sein Pfeil richtig geflogen war, aber Evan war wohl schwieriger zu töten als eine Schlange. Aus den Augenwinkeln sah Luiz, wie sich Evans Hand von seiner schrecklichen Wunde löste.

Selbst als er im Sterben lag, war er, wie Roberto, immer noch böse. Evan kramte nach seiner heruntergefallenen Pistole und Adam versuchte aufzustehen, doch sein Körper liess ihn im Stich. Luiz griff im Rennen über seine Schulter nach einem weiteren Giftpfeil aus dem Köcher auf seinem Rücken.

Evan hob seine Waffe und drückte ab, aber Luiz sprang mit der Wendigkeit und Kraft eines Springbocks und überbrückte die letzte kurze Distanz zwischen ihnen. Die Pistole dröhnte und das Geschoss segelte nahe genug an Luiz' Brust vorbei, um seine Haut zu verbrennen, aber als er landete, hielt er den Pfeil, die Spitze nach unten gerichtet, in der rechten Hand.

Als Luiz auf dem Boden landete, rammte er Evan die geschärfte Spitze mitten ins Herz.

EPILOG

ZWEI MONATE SPÄTER

ie hören die Nachrichten von East Coast Radio zur vollen Stunde. Tony Ferri, der umkämpfte Hoffnungsträger der Demokratischen Allianz, hat angekündigt, er steige zum Wohl seiner Partei und aus persönlichen Gründen aus der Politik aus. Dies nur einen Tag, nachdem Ferris Wahlkampfmanagerin aufgrund einer historischen Anklage wegen Verschwörung zum Mord angeklagt wurde.«

Sannie schaltete das Radio in ihrem neuen Fortuner aus, stieg aus und ging zur Beifahrertür. Mia, die in KwaZulu-Natal im Urlaub war, kletterte auf den Rücksitz, und gemeinsam halfen die beiden Frauen Adam, sich aus seinem Sitz zu erheben. Sannie ging neben ihm her, während er sich auf Krücken die Treppe zu seinem Haus hochkämpfte, und Mia folgte ihm schützend. Er war zwar aus dem Krankenhaus entlassen worden, benötigte aber noch mehrere Monate lang Rehabilitation. Sein Arzt war sich jedoch sicher, dass er in danach zu seinem normalen Alltag mit Laufen, Schwimmen und Surfen zurückkehren konnte.

Sannie öffnete die Tür.

»Wow«, sagte er. »Ich weiss, du sagtest, du hättest einen Bauunternehmer engagiert, um einige Dinge fertigzustellen, aber das hier ist unglaublich.«

»Warte, bis du die Küche siehst«, freute sich Mia. »Soll ich den Kessel aufsetzen, Sannie?«

»Ja, bitte«, sagte Sannie. Mia quetschte sich an ihnen vorbei und ging weiter.

Das Haus war nun zumindest bewohnbar, was vor allem daran lag, dass Sannie, während Adam im Krankenhaus lag, eingezogen war. Sie konnte allerdings nicht so leben, wie Adam das getan hatte, weshalb sie einen Bauunternehmer damit beauftragt hatte, Adams Arbeitszimmer, das Hauptschlafzimmer und eines der Gästezimmer auszubauen. Die alte Küche war verschwunden, dafür waren neue Schränke, Arbeitsplatten und ein schicker neuer Schachbrettfliesenboden eingebaut.

Adam folgte ihr den Flur hinunter und nickte ihr zustimmend zu.

»Ich hoffe, der Küchenboden gefällt dir«, sagte sie, besorgt auf seine Antwort wartend.

»Ich liebe ihn.« Er lächelte sie an. »Danke.«

Mia lehnte an der Küchentheke und sah Sannie und Adam einfach nur an. Sannie spürte, dass sie verlegen wurde.

»Hallo!«, hörte man eine Frauenstimme von der Eingangstür her.

»Bleib hier und setz dich an die Frühstückstheke«, sagte Sannie zu Adam. »Ich gehe.«

»Hallo, bin ich zu früh?«, fragte Gita Kapahi.

»Komm rein, Gita. Wir sind gerade nach Hause gekommen.«

Gita folgte Sannie in die Küche. »Hallo noch mal, Mia. Adam, wie geht es Ihnen?«

»Jeden Tag besser, danke«, sagte er. Gita hatte seine Aussagen im Krankenhaus aufgenommen.

»Haben Sie die Neuigkeiten über Ferri gehört?«, erkundigte sich Gita.

»Gerade eben, im Autoradio«, antwortete Sannie.

Gita nickte. »Ich kann nicht anders, als ein wenig enttäuscht zu sein. Dies war ein grosser Fall für mich – für uns, meine ich – aber wie so viele andere Leute dachte ich wirklich, Ferri sei der Richtige.«

»Das ging uns allen so«, sagte Mia, während sie Wasser in ihre

Tassen goss. »Wieder einmal typisch für meinen entsetzlichen Geschmack in Bezug auf Männer. Kaffee, Gita?«

»Nur Wasser, bitte, Mia.«

»Wie zuversichtlich sind Sie hinsichtlich der Anklage gegen Lisa Ingram?«, fragte Mia Gita.

Sannie reichte Adam seinen Kaffee und nippte an ihrem. Obwohl Adam es noch nicht bemerkt hatte, hatte sie eine Lithium-Ionen-Batterie und sechs Solarzellen auf dem Dach installieren lassen, um die vielen Stromunterbrüche zu überbrücken. Sie hoffte, er flippe nicht aus, dass sie so viel Geld ausgab.

Gita zuckte leicht mit den Schultern. »Sie hat ein teures Anwaltsteam, aber Luiz Siboa und Shirley Hennessy haben sich bereit erklärt, vor Gericht auszusagen, um im Gegenzug für ihre Taten eine geringere Strafe zu erhalten.«

»Ich wollte schon lange mit Luiz sprechen«, sagte Adam.

»Ja, das verstehe ich. Seine Geschichte ist unglaublich«, sagte Gita. »Wenn Luiz ihn nicht getötet hätte, wäre Evan Litis für lange Zeit ins Gefängnis gewandert. Und Tony Ferri wird nicht gut aus dem Gerichtsverfahren herauskommen, wenn man Luiz' Schilderungen über ihn in Angola und alles, was seitdem passiert ist, bedenkt.«

Adam schüttelte den Kopf. »Frank hat tatsächlich die Wahrheit über Tony Ferri herausgefunden.«

»Ja«, sagte Gita, »von Colonel de Villiers. Während Jonas Savimbi seinen Krieg in Angola teilweise mit Kriegsdiamanten finanzierte, war de Villiers an einem rein kriminellen Unternehmen beteiligt. Duarte, der Kurier, der die Diamanten transportierte, und andere wie er, dachten, sie seien Teil einer offiziellen Operation. Dabei nutzte de Villiers den Seitenkanal zu einem hochrangigen UNITA-Offizier mit Zugang zu seiner eigenen Diamantenquelle. Es ging nur um Geld – deshalb ging de Villiers so weit, Mias Vater nach Greefswald zu schicken und alle Soldaten der Einheit aufzuteilen. Um zu verhindern, dass die Leute Fragen stellten und redeten. Luiz und Roberto arbeiteten manchmal als Kuriere, obwohl Luiz behauptete, er habe dies nie gebilligt und auch kein Geld genommen. Ich glaube ihm. Aber sein Bruder war eindeutig ein angehender Berufsverbrecher, während Luiz nach dem Krieg sein Leben mit ehrlicher Arbeit bestritt, auch wenn er bei Robertos Verbrechen ein Auge zudrückte. Und Evan hat sich natürlich als einer der Hauptakteure des Schmuggels entpuppt.«

»War er die ganze Zeit ein Krimineller?«, fragte Adam.

»Ja, und es war Sannie, die das zuerst aufgedeckt hat«, sagte Gita. »Henk de Beer fand eine Liste mit Verurteilungen von Evan und anderen Mitgliedern seiner Familie. Wenn Evan eine Gelegenheit sah, nutzte er sie. Er war absolut rücksichtslos.«

Sannie erinnerte sich, wie Luiz den dreien – ihr, Mia und Adam –, während sie nach Evans Tod auf die Polizei und einen Krankenwagen warteten, erzählte, was in Angola wirklich passiert war.

»Grässlich«, sagte Sannie, die in ihrem Leben doch schon einige schreckliche Dinge gesehen hatte.

»Dann nahm Ferri also, als er ins Hauptquartier zurückkehrte, Evan mit, und dieser führte den Diamantenschmuggel mit de Villiers weiter?«, fragte Adam.

»Genau.« Gita bedankte sich bei Mia für das Wasser und nahm einen Schluck. »Obwohl er als gefallen gemeldet war, fand Roberto bei Evan und de Villiers einen ruhigen Job, indem er während des restlichen Krieges Diamanten von Namibia nach Südafrika transportierte und sobald Frieden herrschte für Evan als Helfer fungierte. Ich bin überzeugt, Luiz wusste zwar von einigen, wenn auch längst nicht allen von Robertos Aktivitäten, war aber nicht darin verwickelt und zeigte seinen Bruder verständlicherweise nicht bei der Polizei.

»Und was ist zwischen de Villiers und Evan passiert?«, fragte Adam Gita.

»Ich habe etwas nachgeforscht und mit de Villiers Tochter in Australien gesprochen. Sie wusste nichts über die Geschäfte ihres Vaters während des Krieges, erinnerte sich aber daran, dass ihr Vater wegen eines Investitionsgeschäfts sehr wütend auf Evan war. De Villiers hatte im Laufe der Jahre einige schlechte Geschäftsentscheidungen getroffen, als Evan ihm ein Geschäft anbot, bei dem er schnell reich werden konnte, indem er in eine seiner Übernahmen eines Fischereiunternehmens investierte. Die Tochter sagte, de

Villiers habe nicht gemerkt, wie sehr das Geschäft zu Evans Gunsten ausgelegt gewesen sei, und dass es für den Colonel keine Dividenden gab, sondern da die Flotte des Unternehmens angeblich überholt werden musste, nur weitere Anträge auf Kapitalfinanzierung. De Villiers musste sich zurückziehen und war Evan gegenüber voller Verbitterung. Schliesslich sah er auch keine Notwendigkeit mehr, Tony Ferris Geheimnis zu bewahren.«

Während sie an ihrem Kaffee nippte, dachte Sannie über das Gehörte nach. Sie hatte beim Autounfall, nachdem Evan das Feuer auf sie eröffnet hatte, einen Schlüsselbeinbruch erlitten und war während der Zeit, in welcher die meisten Ermittlungen durchgeführt wurden, krankgeschrieben. Ebenso wie Adam war sie nun daran interessiert, jede Einzelheit zu erfahren.

»Warum wies Lisa Roberto dann plötzlich an, Luiz auszubezahlen?« fragte Mia Gita.

»Shirley Hennessy hat uns im Gegenzug für ihre Aktivitäten darüber eingeweiht«, berichtete Gita. »Als Roberto erfuhr, dass Shirley und Evan beabsichtigten, die Dune Lodge für eine riesige Summe an Julianne Clyde-Smith zu verkaufen, verlangte er einen Anteil am Gewinn. Shirleys Vater hatte Roberto vor Jahrzehnten ausbezahlt und ihm freien Zugang zum Grundstück gewährt, um dort zu jagen. Aber nun behauptete Roberto, er sei übers Ohr gehauen worden und schüchterte seine Nichte ein. Luiz widersprach ihm und stellte sich auf Shirleys Seite, worauf Roberto in einem bedrohlichen Ausbruch drohte, Luiz auf die gleiche Weise verschwinden zu lassen, wie er Frank Greenaway auf Anweisung von Tony Ferris Wahlkampfleiterin getötet habe. Luiz war darüber genauso schockiert, wie Shirley, die Evan weitere Fragen dazu stellte. Evan bestritt, dass Ferris Leute den Mord an Frank angeordnet hätten, aber sowohl Shirley wie auch Luiz waren verunsichert. Luiz berichtete, er habe Roberto noch einmal zur Rede gestellt und ihm vorgehalten, bezüglich der Tötung von Frank gelogen zu haben. Denn wie, so fragte Luiz, könnte ein Krimineller wie Roberto einen kräftigen Kämpfer wie Frank überwältigen und dessen Selbstmord vortäuschen? Roberto prahlte damit, Frank mit

einer simplen Falle betäubt zu haben, indem er eine Reihe ange-
spitzter Zweige, die er mit dem Gift der Diamphidia-Käferlarven
bestrichen habe, im Gras von Franks Vorgarten platzierte. Er wartete
und beobachtete, bis Frank, der meist barfuss ging, auf einen dieser
Zweige trat und sich daran vergiftete. Sobald Frank die Auswirkungen des Gifts spürte, konnte Roberto ihn zur Rede stellen und
ihn so töten, dass es aussah, als hätte er sich selbst das Leben
genommen.«

Adam schüttelte den Kopf, Mia lief eine Träne über die Wange
und sie biss sich auf die Unterlippe. Sannie ging zu ihr und legte
einen Arm um sie.

Gita hielt einen Moment inne, bevor sie fortfuhr: »Luiz konnte
vielleicht über Robertos andere Verbrechen schweigen. Er wusste
auch, dass Roberto Pangoline wilderte und sie nebenbei an Evan
verkaufte. Über die Behauptung seines Bruders, er habe einen
ehemaligen Kameraden ermordet, konnte Luiz aber nicht hinwegse-
hen. Er rief im Wahlkampfbüro von Tony Ferri an und wurde zu Lisa
durchgestellt.«

»Scheisse«, sagte Adam.

Gita nickte. »Genau. Lisa, die nichts von der Familienfehde
zwischen Roberto, Luiz und Shirley wusste, schickte Roberto zu Luiz,
angeblich um dessen Schweigen zu erkaufen. Also fuhr Roberto zur
Dune Lodge und verabredete sich mit Shirley am grossen Baum, wo
die Pirschfahrten für Sundowner oder Morgenkaffee Halt machten.
Shirley sagte, Roberto habe ihr gedroht, Luiz, den sie sehr mochte,
umzubringen, wenn sie ihm nicht einen Anteil am Verkaufserlös der
Lodge gäbe und Luiz nicht aufhöre, Fragen über Franks Tod zu stellen. Sowohl Shirley als auch Luiz berichteten, Roberto habe ihnen
gesagt, er sei von seinem ›Boss‹ – von dem wir jetzt wissen, dass es
Lisa war – den Befehl hatte, Luiz zu töten, wenn er sich zu schweigen
weigere. Sie stritten sich und schliesslich versetzte Roberto Shirley
Schläge und warf sie zu Boden. Er zog eine Waffe, hielt sie ihr an den
Kopf und sagte, er lasse es auch bei ihr so aussehen, als habe sie sich
selbst umgebracht. Aber genau in diesem Moment schoss Luiz, der
sich in den Dünen in der Nähe versteckt hielt, einen vergifteten Pfeil

auf Roberto. Dieser feuerte seinerseits einen Schuss auf Luiz ab, verfehlte ihn aber.«

Mia wischte sich die Augen. »Die zweite Patronenhülse, die ich am Tatort gefunden habe.«

»Genau«, sagte Gita.

»Wow, genau wie bei Evans Tod«, sagte Mia.

»Fast«, korrigierte Gita. »Luiz hat Roberto überwältigt, doch Shirley sagt, Roberto habe, obwohl er verwundet gewesen sei, ein Messer gezogen, habe Luiz gepackt und ihm in die Seite gestochen. Danach hielt Luiz Roberto die Pistole an den Kopf und tötete ihn.«

»Shirley und Luiz haben also Robertos Leiche so präpariert, dass es wie Selbstmord aussah und ihn den Geiern überlassen«, sagte Sannie.

»Ja. Aber ihr Plan wäre im letzten Moment beinahe gescheitert, weil Mia die Leiche fand, bevor Shirley zur Lodge zurückkehren konnte, um ihren Bericht zu verfassen. Aber die Geier hatten sich bereits auf die Leiche gestürzt, so dass sie aus der Ferne schwer zu identifizieren war. Glücklicherweise hatte Mia Gäste, so dass sie nicht näher herangehen konnte, um die Überreste genauer zu betrachten, und da die beiden Brüder sich sehr ähnlich sahen, dachte sie aus der Ferne, es sei Luiz.«

»Was auch nahelag, denn ich hatte zu dieser Zeit keine Ahnung davon, dass Robertos noch am Leben war«, sagte Mia.

»Ja, und Shirley als ›nächste Angehörige‹«, Gita zeichnete mit ihren Fingern Anführungszeichen, »hat die Leiche als die von Luiz identifiziert.«

Adam schüttelte den Kopf. »Shirley oder Luiz hätten mit dem, was sie über Franks Tod wussten, zur Polizei gehen können.«

»Ja, das sehe ich auch so«, sagte Gita, »aber zu ihrer Verteidigung muss man sagen, dass Shirley sehr eingeschüchtert war und unter dem Einfluss von Evan stand, der ihr versicherte, Roberto lüge. Evan war nicht nur der heimliche Anteilseigner der Dune Lodge, sondern Shirley enthüllte auch, dass die beiden seit einigen Jahren eine Affäre hatten. Shirley war einerseits verliebt, andererseits hatte sie Angst vor Evan und aus finanzieller Sicht wollte sie den Verkauf der Dune

Lodge möglichst schnell umsetzen, angeblich, damit sie mit Evan Schluss machen und neu anfangen konnte. Shirley half auch Ihnen dreien, indem sie Luiz wissen liess, wo und wann Sie in die Kgalagadi fahren würden. Sie kommunizierte per SMS an Robertos Telefon mit ihm, genau wie Evan, der, in der Annahme, er kommuniziere mit dem lebenden Roberto, eine ähnliche Nachricht schickte und diesem mitteilte, wo der Überfall stattfinde. Dank dieser List war Luiz in der Lage, Sie zu unterstützen – wenn auch im letzten Moment.«

»Aha«, nickte Sannie, »als ich bei der Frühstückssitzung allen erzählte, dass wir noch eine genauere Autopsie an Luiz' Leiche durchführen würden, konnte ich sehen, wie besorgt Shirley war. Da war ich mir ziemlich sicher, dass sie etwas verheimlicht. Und das Schuppentier?«

»Shirley war sich nicht sicher«, sagte Gita, »aber ihr war klar, dass Luiz nicht beteiligt war. Sie glaubt, Roberto habe nicht die Absicht gehabt, Luiz Lisas Schweigegeld zu überlassen, was auch immer passiert sei. Roberto wollte, dass Luiz verschwinde, damit er Shirley dazu bringen könne, das zu tun, was er ihr sagte. Als Beweis dafür versteckte er in Luiz' Zimmer ein Schuppentier, damit es, nachdem er seinen Bruder getötet hatte, gefunden würde und ihn als schuldigen Wilderer darstellen würde.«

»Ich hoffe, Lisa wird verurteilt«, sagte Mia.

»Ich verstehe dich, Mia, und fühle mit dir, glaub mir, aber das ist Sache des Gerichts.« Gita trank ihr Wasser aus und stellte das Glas ab. »Wenn Ihr mich jetzt entschuldigt, ich muss zurück an die Arbeit. Ich wollte mich nur vergewissern, dass ihr beide, ähm, wie sagt man das am besten, euch einig werdet? Sannie, es sieht aus, als hättest du es dir hier schon gemütlich gemacht.«

Sannie zuckte mit den Schultern. »Tja, einerseits musste ich aus der Wohnung meines Bruders und meiner Schwägerin ausziehen, andererseits brauchte Adam jemanden, der sich um sein Haus kümmerte, während er im Krankenhaus war.«

»Eigentlich will Sannie damit sagen«, korrigierte Adam, »dass ich keine medizinische Hilfe oder Geld hatte, um mein gebrochenes Bein und meinen gebrochenen Arm zu versorgen. Sie zahlt also die Rechnungen in Form eines Darlehens, bis ich das Haus verkaufe und etwas Geld verdiene. Freie Kost und Logis, solange sie es braucht, ist Teil der Abmachung.«

»Deshalb habe ich auch schon zwei Schlafzimmer renovieren lassen«, fügte Sannie schnell hinzu.

»Und warum ich heute Nachmittag abreise«, ergänzte Mia.

Gita lächelte. »Sannie, nach all der Zeit zu urteilen, die du im Krankenhaus verbracht hast, scheint es, als ob du und Adam trotz all dem Kummer sehr gute Freunde geworden seid.«

Sannie und Adam sahen sich in die Augen. Gita räusperte sich. »Ich mache mich dann mal auf den Weg.«

»Ich begleite dich hinaus«, sagte Mia. »Ich habe Lust auf einen letzten langen Strandspaziergang, bevor ich nach Mpumalanga zurückfahren muss.«

Als sie die Tür hinter sich schloss, winkte Mia Sannie und Adam kurz zu.

Die beiden schauten sich einige lange Sekunden an und schwiegen. Sannies Herz schlug schneller, aber zum ersten Mal seit langer Zeit hatte sie das Gefühl, zu Hause zu sein. Hoffentlich ging es Adam auch so.

Er reichte ihr seine Hand und sie nahm sie. Adam zog sie zu sich heran und sie legte ihre Arme um seinen Hals.

»Nun ist der Krieg vorbei«, flüsterte er, und sie küssten sich.

DANKSAGUNG

Je länger ich in Afrika lebe und reise, desto mehr erfahre ich über die Bedrohung der natürlichen Umwelt und den illegalen Handel mit Wildtieren.

Die Statistiken über das Abtrennen von Haifischflossen sind erschreckend, aber wie in diesem Buch erwähnt, hat Südafrika diese Praxis verboten und war eines der ersten Länder, das den Schutz Weisser Haie eingeführt hat. Ich möchte David Booth, Professor für Meeresökologie an der University of Technology in Sydney, dafür danken, dass er mich bei meinen Nachforschungen über Haie und die Meeresumwelt unterstützt und mir die Idee zu diesem Buch vermittelt hat.

Eine Reihe von Veteranen des südafrikanischen Grenzkriegs in Namibia (ehemals Südwestafrika) und Angola halfen bei der Recherche für diese Geschichte und lasen das Manuskript. Zwei von ihnen sind zufällig praktizierende oder pensionierte Ärzte, so dass sie auch bei den medizinischen Aspekten geholfen haben. Ich möchte Fritz Rabe, Kevin McDonald, Richard Tustin und Ronnie Borrageiro meinen tiefen Dank aussprechen. Mein besonderer Dank gilt der Person, die mir von ihren Heldentaten erzählte, als sie während des Krieges Diamanten aus Angola transportierte – Sie wissen, wer Sie sind, und dass Sie die Inspiration für diesen Teil des Buches waren.

Mein Dank gilt auch meinem Team von fleissigen, aber unbezahlten Redakteuren: meiner Frau Nicola, meiner Mutter Kathy, meiner Schwiegermutter Sheila und meiner Expertin in Sachen Afrikaans und Afrika, Annelien Oberholzer.

Bei meinen Recherchen über die Rolle des San-Volkes während

der Konflikte in Angola und der anschliessenden Umsiedlung der Soldaten und ihrer Familien nach Platfontein in Südafrika habe ich eine Reihe von Online-Quellen zu Rate gezogen. Ich hoffe, dass es mir gelungen ist, ihrer Kultur und Geschichte, sowie ihrem Platz in der Geschichte gerecht zu werden.

Wie bei allen Angelegenheiten, die mit der Forschung zu tun haben, ist es meine Schuld, wenn ich einen Fehler gemacht oder jemanden versehentlich beleidigt oder verletzt habe, und ich entschuldige mich im Voraus!

Viele gute Menschen haben Geld dafür bezahlt, dass gute und böse Personen in diesem Buch ihren Namen tragen. Wenn du als Bösewicht gelandet bist (und in diesem Buch gibt es viele Bösewichte), sei bitte nicht traurig, denn in meinen Augen bist du ein wahrer Held, weil du die unten aufgeführten Ziele unterstützt hast.

Vielen Dank an folgende Personen und die Wohltätigkeitsorganisationen, denen sie gespendet haben, um in dieser Geschichte eine Rolle zu spielen: Chris Hennessy (im Namen seiner verstorbenen Mutter, Shirley Hennessy für Guide Dogs,); Evan Litis (Painted Dog Conservation Inc.); Tony Ferri (Wildlife and Environment Society of South Africa); und Geoff Hoddy (im Namen von Lisa Ingram, Painted Dog Conservation Inc.).

Wie immer danke ich meinen wunderbaren Mitarbeitenden bei Pan Macmillan Australien und Südafrika dafür, dass sie die erste Auflage dieses Buches in Druck gegeben haben. Mein besonderer Dank gilt Alex Lloyd, Andrea Nattrass, Danielle Walker und Brianne Collins.

Ich danke meiner Übersetzerin für die deutsche Ausgabe, Maya von Dach und Ihrem Team von Korrekturlesenden (Luzia und Thomas Wyss-Gassner, Res Gisler und Manfred Suter) für die sorgfältige Arbeit. Insbesondere schätze ich sehr, dass Maya mit Ihrem Anteil am Verkaufserlös jedes Buches die südafrikanische Artenschutzorganisation WildlifeACT unterstützt – es ist schön, ein gemeinsames Ziel anzupeilen!

Und zu guter Letzt: Wenn Sie es bis hierhin geschafft haben, danke ich Ihnen, liebe Leserin und lieber Leser. Sie sind die wichtigste Person in der gesamten Branche des Schreibens und Veröffentlichens von Büchern.

www.tonypark.net

WENN IHNEN DIESES BUCH GEFALLEN HAT

Sannie van Rensburg hat bereits in mehreren anderen Büchern von Tony Park mitgespielt. Wenn Ihnen ›Blutrache‹ gefallen hat, können Sie sie in ›Lautloser Jäger‹ auf einem der früheren Abenteuer begleiten, weitere deutsche Übersetzungen folgen.

Einzelheiten unter www.tonypark.net